WHO SLEEPS MY BRO

高晓松／监制 电影　张琦／编剧 导演

民主与建设出版社　博集天卷 CS-BOOKY

图书在版编目（CIP）数据

睡在我上铺的兄弟/高晓松监制；张琦编剧.—北京：
民主与建设出版社，2016.3
ISBN 978-7-5139-0961-7

Ⅰ.①睡… Ⅱ.①高…②张… Ⅲ.①长篇小说–中国–
当代 Ⅳ.①I247.5

中国版本图书馆CIP数据核字（2016）第054854号

睡在我上铺的兄弟

SHUIZAI WO SHANGPU DE XIONGDI

出 版 人	许久文	
编 著	高晓松	监制
	张 琦	编剧
责任编辑	王 颂	
监 制	蔡明菲	潘 良
特约策划	邢越超	
特约编辑	温雅卿	谷明月
封面设计	张丽娜	
出版发行	民主与建设出版社有限责任公司	
电 话	（010）59417749 59419770	
社 址	北京市朝阳区阜通东大街融科望京中心B座601室	
邮 编	100102	
印 刷	北京鹏润伟业印刷有限公司	
版 次	2016年4月第1版 2020年2月第2次印刷	
开 本	700mm×1000mm 1/16	
印 张	22.5	
字 数	420千字	
书 号	ISBN 978-7-5139-0961-7	
定 价	45.00元	

注：如有印、装质量问题，请与出版社联系。

目录

contents

第十五章　兄弟们的爱情

第十六章　分手的倒计时

尾声　迟来的毕业典礼

WHO SLEEPS MY BRO

| 第一章 | 新学期开始了 |

Chapter 1　消暑时光

时值秋高气爽的九月，上海市的著名学府——沪都大学又迎来了新学年，校园内的林荫大道上人来人往，大学生们三三两两地在路上追逐嬉戏，男孩儿和女孩儿们身上散发着朝气蓬勃的荷尔蒙气息，一张张年轻的脸上洋溢着青春和活力。

午休时间，一辆印有"某某教育频道"的采访车，停在了男生宿舍楼下，一名穿着考究的职业套裙、笑容端庄的女记者走了下来，一位男摄影师穿着一件口袋很多的马甲，扛着摄影器材跟在女记者身后。

男生宿舍的大门口，站着一个大腹便便的中年男人，此男长得油头粉面，留着油光抹亮的整齐大背头，仿佛每一根头发丝都精心打理过。女记者下车还没站稳，男人就伸出双手，满脸堆笑地迎上来，嘴里夸张地逢迎道："哎呀呀，欢迎欢迎，欢迎孙大记者莅临我校参观指导，真是万分荣幸，万分荣幸啊。"

"我们只是报道一下贵校今年的新生入学情况，谈不上指导，您太客气了。"孙记者蜻蜓点水似的和中年男人握了握手，并接过了对方递来的名片，只见名片上的抬头是：**沪都大学商学院经贸系系主任　高朝**。

"我先带你们随便参观一下学生宿舍吧。"高朝一弯腰，热情地做出一个"请"的动作。

虽然嘴上说着"随便参观"，高朝却目标明确地直接把孙记者和摄影师带到了二楼的 230 宿舍门口。

230 宿舍的大门敞着，屋内的墙壁雪白无瑕，空气中散发着油漆未干的气味，整整齐齐的四张床铺上干净异常，显然，这是一间空宿舍，还没有学生入住，不过走廊里的其他宿舍里，都已经有拎着行李走动的新生的身影了。

"这间宿舍是专门为了采访准备的？"孙记者皱了皱眉头。

高朝完全无视孙记者的问题，美滋滋地介绍道："今年我们学校的新生比往年都多，男生宿舍的一层和二层都给了新生，学校还利用暑假时间，把这两层的宿舍都粉刷了一遍，你们看，不错吧？"

看着高朝充满期待的发光眼神，孙记者硬生生把那句"这油漆味会不会对身体有害"的话咽了下去，笑着敷衍道："是很漂亮。"

"可以开始录了吗？"摄影师开口问道。

听到这话，高朝急忙从裤兜里掏出一把小梳子，轻轻地梳理起头发，女记者礼貌地问他："高老师，可以了吗？"

高朝点点头，把小梳子揣回裤兜，一本正经地冲着摄像头挺直了胸脯，摄影师翻着白眼儿，朝孙记者竖起大拇指，摄像开始了。

孙记者手持话筒，对着摄影镜头温文尔雅地说道："各位观众大家好，我们教育频道今天有幸来到沪都大学，向大家报道今年大学新生的入学情况。现在有请沪都大学商学院经贸系的系主任高朝老师给我们做一下简单介绍。"

话筒伸到高朝嘴边，他忙笑眯眯地说："哦，大家好，首先我要小小纠正一下，我的名字是多音字，是'朝阳'的'zhāo'，不读'cháo'，我叫高朝（zhāo）。"

女记者急忙尴尬地笑着说："哦，不好意思，高朝主任，请您介绍一下贵校今年的新生入学情况。"

高朝清清嗓子，朗声说起来："我们沪都大学，作为一所百年名校，除了延续教书育人的传统，提高教师和学生的综合素质之外，也非常注重学生的生活居住环境。古人云'安得广厦千万间，大庇天下寒士俱欢颜'……"

当高朝在整洁干净的 230 宿舍里滔滔不绝的时候，在他头顶上的大二男生宿舍里，却是截然不同的另一番景象。

330 宿舍里一片狼藉，到处都丢满了杂乱无章的生活物品，其中的一张床几乎已经被摞得高高的杂物淹没，仅在屋子的中央腾出一小块空地，空地上放着一张小桌，桌边围着三个装满清水的大塑料桶，每一桶水里都端坐着一个光着膀子的男生。

三个男生手边的桌面上堆着啤酒、花生、咬了一半的黄瓜和一堆扑克牌，一台电风扇甩着彩布条，对着他们呼呼转动，风扇的正前方还放着一个盛满冰块的大饭盒。

窗外是耀武扬威的秋老虎，330 的三个男生却在宿舍里尽情享受着冰水和凉风的惬意"斗地主"时光——

"三张尖子带一张四！"一个高大帅气的男生声如洪钟地大喊道。

此男名叫林向宇，西安人，21 岁，因为外形的关系，被经贸系的部分女生暗地里封为系草。

一旁的白面男生扶扶鼻梁上的眼镜框，眉头紧锁地研究着手里的牌，咬了一口黄瓜，一边嚼一边说："过！快出牌！"

这个戴眼镜的男生名叫管超，上海弄堂里长大的土生土长男小为，是个不折不扣的学霸，也是班上硕果仅存的两名处男之一，见到漂亮女生就脸红心跳腿发软，当然了，该硬的地方还是很硬的。另外，此人还有一个令人百思不得其解的习惯，他总是随身带着一把菜刀，不过从来没见他用刀砍过人。

"炸弹！炸不死你个龟儿子！"另一个男生操着一口川味的普通话，扯着嗓子吼道。

这是谢训，重庆人，高中时混过社会，后来因为爱情的力量而改邪归正，为了追寻女朋友，他发愤图强刻苦读书考到上海的沪都大学。此人除了聪明之外，还很有生意头脑，大一开学没多久就在宿舍里开了家小卖部，那张被淹没的空床上，满满堆放的都是谢训的各种小百货，床上边还挂着一个手写的招牌——**谢客隆**。

以上三位，就是330男生宿舍的全部成员，他们全都是商学院经贸系大二的学生，每天过着一名普通大学生的生活——上课、吃饭、睡觉、打牌，最大的业余爱好无外乎聊聊女生。

林向宇被谢训的"炸弹"轰没电了，转头拿管超取乐："哎，今天下午最后一批大一新生就要来报道了，你可得抓紧点儿。这狼多肉少的，你要是看上了哪个女生，就赶紧追，速度要快！"

管超又推推眼镜框，吞吞吐吐地说："我一个大二的学长，向学妹下手，这合适吗？"

"有什么不合适的？"林向宇一本正经地说，"你是师哥，她们是师妹，师哥本来就是用来泡师妹的。"

"莫得错！"谢训在一旁附和道，"你不主动泡她们，她们怎么有机会吃得到你这只鲜美的童子鸡！"

一听到"童子鸡"三个字，管超白净的脸唰地红了，羞臊地推了谢训一把："滚，去你的！"

这时，林向宇的手机突然响起来，一看到来电显示上的"亲爹是也"四个字，林向宇登时收起嬉皮笑脸，严肃地朝大家做了一个安静的手势，随后，他声音低沉而老成地接通了电话："喂，爸。"

"小宇，下午子豪要到你们学校报到，你别忘了招呼他！"电话那头的林父声音威严，惜字如金，开门见山地下达命令。

林向宇不自在地撇了撇嘴说："他报他的到，关我什么事儿啊？"

"你这是什么态度？"林父不满地说，"都是同乡，我们两家又这么熟，你无论如何都该关照人家一下。"

"是他爸让您来找我的？"林向宇反感地问道。

"不是。"林父果断地否定道。

"那您干吗费这功夫啊?"林向宇继续逃避。

"少废话!"林父不耐烦地提高音量,"以后你就是他的师兄了,关照他一下是理所当然的,让你去你就去!"

"哦。"林向宇漫不经心地应付着。

"有人会去浦东机场接他的,你在学校里迎接他一下就可以了,帮人家拎拎行李,带带路,聊聊天,陪人家参观一下学校,态度要热情,知道吗?"林父不放心地叮嘱。

"知道了,知道了。"林向宇翻着白眼儿挂了电话。

谢训好奇地眨巴着眼睛问:"谁家的娃儿这么大的面子,能让你老汉(爸爸)专程打电话来布置招待任务?"

"一个新生,叫宋子豪,他爸和我爸是老同学。"林向宇愤愤地回答。

管超一脸困惑地问:"接待一下新生而已,你干吗一副不情愿的样子?"

林向宇咬牙切齿地回答道:"你们不知道,那个小王八蛋是个官二代,满肚子都是坏水,我从小就跟他处不来。"

"什么官二代?"谢训追问,"他老汉是多大的官儿啊?"

林向宇望着天花板,无奈地长叹一口气:"是我爸厂里的董事长,号称将来要当副省长。"

"乖乖!"管超摸摸下巴,目光同情地看着林向宇,"原来那小子的爹是你爹的顶头上司!"

谢训用力一拍桌子,高声骂道:"老子最讨厌官二代!"

林向宇愤怒地咀嚼黄瓜,嘴里含糊不清地说:"行了,不说这些烦人的事儿了,打牌打牌,管超你叫不叫地主?不叫我叫了!"

三个人又热火朝天地斗起地主来。

十来分钟后,宿舍的房门咯吱一声,被人从外面推开了,一个身材瘦小、形容猥琐、踩着脏兮兮人字拖的男生,顶着一头乱发迷迷糊糊走进来。

此男名叫侯小天,绰号猴子,北京人,住在隔壁宿舍。猴子爱好喝酒,嘴巴特别贱,和管超一起并称"班上唯二的处男",两个人的共同点是都喜欢漂亮姑娘,不过管超这个人该硬的时候能硬,而听说猴子基本上很少能硬起来,用北京话来说,这就是一有色心没色胆的尿货。

猴子揉着惺忪的睡眼,一进屋就快快地叫道:"高朝那极品,让咱们干一上午活儿,连根冰棍儿都不给发,热死他大爷我了!谢总,来瓶冰啤酒,记账啊!"他边说边在"谢客隆”的招牌下方的小本本上，给自己记上账。

“给，不太冰，你凑合喝吧。”谢训直接从自己屁股底下摸出一瓶啤酒，递给猴子。

猴子用牙咬开瓶盖，咕咚咕咚喝了几大口，心满意足地打了一连串的酒嗝。

谢训这才发现，自己“凉身”的水桶里，水位降低了不少，便不客气地对猴子说：“猴子，给我桶里加点水！”

猴子顺手提起旁边的一个大塑料水桶，将里面剩下的半桶水全都倒进谢训的桶里。

喝完啤酒，猴子晃晃悠悠地离开了，林向宇、管超和谢训继续“斗地主”，谁也没注意到，谢训身下的水桶底部裂了一条缝，桶里的水正从裂缝中潺潺溢出，顺着地板的缝隙，不断汇聚到屋内地势最低的屋角，并穿透楼板，慢慢洇湿了 230 的天花板……

230 宿舍内，高朝精神抖擞地面向摄影机侃侃而谈，丝毫没感觉到有水滴从天花板而降，无声无息地滴落到他那油光抹亮的头发上。

摄影师最先发现水滴，他抬起头看，只见水痕从墙壁边缘渗透扩散，洁白的天花板已经被洇湿了一大片，并不断地滴落下来，落到高朝的头上。

高朝还在滔滔不绝地说：“正所谓‘谈笑有鸿儒，往来无白丁。可以调素琴，阅金经。无丝竹之乱耳，无案牍之劳形’。”

摄影师给孙记者使眼色，孙记者抬起手，想要提醒高朝。

高朝谈兴大发，视周遭的一切为空气，陶醉地闭着眼睛说：“在这样美好的居住环境中，学生们心情愉悦，情操陶冶，自然就可以才思如泉涌了……”

一滴水从高朝的头发丝里渗下来，沿着他的额头滑落到脸上，高朝终于感觉到不对劲，忙掏出手帕擦拭，并紧张地对孙记者说：“不好意思，天太热了，我都流汗了。呵呵，这段儿掐了别播啊！”

孙记者看着高朝，慢慢地抬起手，指了指天花板。

高朝一脸迷惑地朝天花板看去，不禁恍然大悟，而随着高朝的抬头，在他头顶聚集了一汪的水顷刻失去平衡，一股脑顺着他的脖子流下去，灌进了领口。

“啊啊啊！”高朝惊声尖叫，仓促中，他下意识地抬起手，居然一把将自己的头发整个扯了下来！

看到高朝那光秃秃没有几根毛的脑袋，孙记者和摄影师再也忍不住，放声大笑起来，原来他那大背头是一顶假发！

高朝在镜头前出尽了洋相，不禁暴怒地仰天大叫：“又是 330 ！”

Chapter 2　美女来了

"高朝来啦——朝来啦——来啦——啦——"

男生宿舍里慵懒的午休氛围，突然被一声凄厉的尖叫划破，猴子在走廊里奔走，跑得人字拖都丢了一只。

在猴子身后，高朝顶着没剩几根毛的脑袋，怒气冲冲地奔上三楼，女记者和摄影师紧随其后，孙记者边跑还边做现场播报："各位观众，我们在沪都大学的采访过程中，遇到了一起意外事件，下面我们将为大家做跟踪报道……"

高朝一路冲到330宿舍门口，抬起短粗的腿，轰的一脚踹开了房门。

屋内，泡在水桶里纳凉的林向宇等三人吓了一跳，时间仿佛瞬间定格，林向宇大张的嘴里含着一截黄瓜，谢训捏着花生米的手悬在半空，管超愣愣地举着手里的牌，三个人坐在水桶里，呆若木鸡地仰头看着突然闯入宿舍的"不速之客"。

一时间，偌大的宿舍里只剩下电风扇呼呼转动的声音。

看到这一室狼藉，高朝顿时怒不可遏，厉声喊道："谁让你们在宿舍里泡澡的？都给我站起来！"

林向宇、管超和谢训相互看了看，乖乖地从水桶里站了起来，三个人都赤裸着上身，下身也只穿着平角短裤，此时此刻，湿漉漉的短裤紧紧地贴附在皮肤上，将他们身体的某个部分勾勒得一清二楚。

"啊！"孙记者惊呼着捂住眼睛，摄影师则眼睛发亮，举起摄影机对准形象不雅的三人狂拍。

看到摄影机，林向宇三人本能地捂住下体，结果却让整幅画面更加令人浮想联翩……

半个小时后，又是赔礼道歉又是央求恳请，高朝总算送走了孙记者和摄影师。

看着采访车绝尘而去，高朝气呼呼地大步返回系办，一进门就暴跳如雷地咆哮道："简直是胆大包天，肆意妄为！我警告你们三个，别再给我整幺蛾子，要是再搞东搞西，小心我修理你们！"

林向宇、谢训和管超勉强穿上衣服，衣衫不整地并排在系办罚站，三个人都低着头，看起来十分狼狈。

身为宿舍长的林向宇带头表态："高老师，我们错了。"

"是啊，高老师，我们不是故意的，您就原谅我们吧。"管超小心翼翼地附和。

谢训操着川普，满脸赔笑地接道："天气热，高老师您消消气，莫上火。"

高朝手里的假发还在滴滴答答地漏水，气不打一处来，哀怨地说道："你们没脸没皮，还要拉上我跟你们一起丢人现眼！"

谢训轻声嘟囔："真不晓得水桶漏了嘛。"

管超弱弱地补充："真不知道您在楼下嘛。"

林向宇强忍着笑说："高老师，实在不行，我们赔您一顶假发。"

"我自己买不起假发吗，要你们赔？"高朝横眉竖眼地吼道，"快滚！"

三个人得到解脱令，立刻脚底下抹油，逃之夭夭。

下午两点，艳阳高照，蝉鸣聒噪，沪都大学校园里人来人往，熙熙攘攘，校门口挂着大红的横幅：**欢迎 2012 级大一新生报到**。

各院系的教学楼前都张灯结彩，负责接待新生的学生干部穿着印有各系 LOGO 的 T 恤，在一排排迎新的桌子前忙碌奔走着。

林向宇、管超和谢训从高朝的办公室里逃出来，就直接来到"商学院"的报到处前，迎接最后一批前来报到的新生，一波波的新生拖着大大小小的行李，风尘仆仆地从全国各地来到沪都大学。

管超一手拿着花名册，一手抄笔在上面画钩，例行公事地询问："同学，你好，你叫什么名字，哪个专业？我帮你看看啊……你的宿舍号是……"

林向宇负责把各种入学手册发放给新生，面带笑容地重复台词："同学，这是新生入学须知和学生守则，请收好，回去务必仔细阅读。"

谢训不是学生干部，但他也坚持每天来迎新生，当然了，他另有目的。只见谢训高举着一块印有二维码的纸板，像一条鱼似的在新生中穿梭，口中热情洋溢地叫卖道："来来来，同学，走过路过扫一扫，谢客隆便民小超市，香烟啤酒蚊不叮，奶茶泡面避孕套，应有尽有。手机下单立减 5 毛，30 元以上校内免费送货啦！"

如果有新生赏脸用手机扫了谢训的二维码，他立刻就用看衣食父母的眼神，感恩戴德地说："谢谢，谢谢！"

一连接待了好几拨新生，林向宇和管超抽空喝水休息一会儿。

林向宇从管超手里拿过花名册，饶有兴趣地阅读起来。

管超费解地问："这玩意儿有什么好看的？"

"给你选妃啊！"林向宇一本正经地说，"我来研究一下有没有比较漂亮的学妹。"

"别逗了！花名册上又没有照片，光看名字，你哪儿知道谁漂亮谁不漂亮？"管超不假思索地说。

"这你就不懂了吧！人的名字里头可是有很多学问的，"林向宇神神秘秘地说，"一个姑娘，她从小被人称呼什么名字，天长日久潜移默化，她慢慢就会长得越来越像自己的名字。"

谢训也被林向宇的"理论"吸引过来，笑嘻嘻地说："我觉得舍长说得有点儿道理啊！"

见管超露出一脸鄙夷的神情，林向宇随手点了花名册上的一个名字："喏，你们看这位女同学，她叫'高胜男'，她肯定是一个又高大又壮实的学妹，像头牦牛一样。"

说来也巧，林向宇话音刚落，就见一个矮小瘦弱的女生走到报到桌前，女生看着高大帅气的林向宇，推了推鼻梁上厚厚的罐头瓶底眼镜，羞涩地说："学长好，我叫高胜男。"

林向宇露出一副吃瘪的表情，管超和谢训不客气地放声大笑，两人的笑声把那女生吓得浑身一震，从林向宇手中接过一摞手册，像躲怪物一样拖着行李逃走了。

首战就失败，林向宇非常不甘心，指着花名册又说："你们俩别急着笑话我，刚才这个高胜男只不过是概率问题，你们看这个名字——孙妙雪，嗯，她一定是一个晶莹剔透、冰雪聪明的小学妹。"

几分钟后，管超和谢训再度捧腹大笑，谢训甚至笑得差点儿滚到桌子底下。

林向宇目送着那个身材高大、虎背熊腰的学妹远去的背影，口中怅然地喃喃道："这不可能啊，她怎么可能叫孙妙雪？不，我不能接受，我的理论绝对不可能出错……"

"要我说，你的理论还真有点儿作用，但应该是反作用。"管超乐不可支地拿过花名册，指着其中的一个名字说，"你看，这个'夏星辰'，夏夜当空，满天星辰，多美的一个名字……"

"哈哈哈哈哈，我知道了！"谢训抢白道，"按照林向宇的理论，这个夏星辰一定是个满脸麻子的丑女！"

林向宇郁闷地一转身："不跟你们俩说话了，我上厕所去了。"

"我也去。"管超把花名册放到桌上，追上林向宇。

"上厕所还得一起去，娘炮。"谢训朝着两人的背影嚷了一句，又揉了揉笑得酸疼的腰，摇摇晃晃地走到对面的树荫下蹲着抽烟去了。

谢训一根烟还没抽到一半，一辆奥迪A6急速开了过来，因为谢训身旁停着一辆MPV，等奥迪司机发现MPV后面还蹲着一个人的时候，车头距离谢训只剩下不到两米的距离了。

奥迪的车轮发出刺耳的急刹车声，谢训更是被吓得一屁股坐到地上，张嘴就是一句："龟儿子，吓死老子了！"

哔哔哔！

奥迪车的车膜隔光极好，看不清里面坐着什么人，也没人下车，只是停在谢训面前，不断地按喇叭，示意谢训让路。

"龟儿子，凭什么让老子让路？"谢训的牛脾气也上来了，坐在地上就是不起来。

几分钟后，副驾驶的车窗缓缓摇了下来，一颗顶着一头黄毛、戴着夸张大墨镜的头伸了出来，朝谢训尖声叫道："喂！让一让不会啊？"

谢训脖子一横："老子为啥子要让你？"

黄毛气急败坏地叫起来："你眼瞎啊，你坐的地方是停车位！"

谢训低头一看，屁股底下的水泥地上还真画着停车格，没办法，他只好站起来让地方，嘴里不甘心地嘟囔："有嘴不会说嘛，按啥子喇叭？"

黄毛不耐烦地挥手轰道："赶紧走，赶紧走！"

谢训悻悻地走回新生报到处，隔着马路看着奥迪A6停入位车，司机殷勤地先下车，绕过车子拉开副驾驶的车门，那个黄毛衣着浮夸、趾高气扬地下了车。

就听司机低声下气地问："您要拿行李不？"

"不拿！"黄毛看都不看司机地说，"一会儿你直接送到我宿舍去。"

司机点点头，黄毛撇着八字脚，大摇大摆地朝着商学院的报到处走过来。

"哟呵！原来这小子是大一新生啊！"谢训咧嘴一笑，嬉皮笑脸地迎向黄毛。

黄毛一愣，用鼻孔上下打量了谢训几眼，冷冷地说："怎么又是你啊？"

谢训满脸堆笑，举起手中的二维码纸板："既然你是新生，那就扫个码吧？"

黄毛摘下眼镜，又重新打量了谢训一番，一脸不屑地问："你这是干吗啊？"

谢训耐心地自我营销道："这是我开的小商品超市，新生扫码，当天可享受会员优惠价哦！"

"你想钱想疯了吧？"黄毛哭笑不得地怪叫，"你烦不烦啊，让开，别老挡我的路！"

说完，黄毛用肩膀撞开谢训，径直走到签到桌前，问一个负责接待的学生会干部："是在这里签到吗？"

"这瓜娃子……"谢训被撞得一个趔趄，心里十分不爽，索性放下二维码纸板，在一旁冷眼观察黄毛。

学生会干部拿起花名册，例行公事地说："对，这里是新生签到处，同学，你叫什么名字，哪个专业的？"

"宋子豪，国际金融专业。"黄毛傲慢地回答。

听到"宋子豪"三个字，谢训不禁一愣，急忙走上前，从学生会干部手里接过花名册，一脸热情地说："你叫宋子豪啊？来，我帮你找找。"

黄毛一看到谢训，立刻就露出厌恶的眼神。

谢训对黄毛的表情视而不见，煞有介事地翻着花名册，慢悠悠地用拼音拼着宋子豪的名字："sòng-zǐ-háo，嗯……哦……嗯？哦……这个嘛……咦？不对啊，宋同学，我在花名册上莫得找到你的名字嘛，你还有什么别名吗？黄毛？黄脑壳？大黄？"

一旁的几名学生会干部不禁哑然失笑。

黄毛急了，一把从谢训手中抢过花名册，用手指头不停戳着自己名字，面红耳赤地对谢训说："你什么眼神儿啊？白纸黑字这么清楚看不见，你是不是不识字啊？"

说完，黄毛从桌子上抓起笔，直接签上自己的名字，然后把笔一扔，转身就要走。

"等等！"谢训伸出胳膊拦住黄毛。

黄毛歪着脖子，气鼓鼓地问："干吗？"

谢训笑眯眯地看着黄毛细皮嫩肉的脸，问："你老汉没得教你咋个讲话？"

"啥意思？"黄毛听不懂谢训的四川普通话。

谢训清了清嗓子，突然用字正腔圆的普通话一字一顿地说："你爸爸没教你好好说话吗？"

"你什么意思？"黄毛的眼珠子瞪得溜圆，"你是谁啊？你想干吗？"

谢训虎着脸回答："我是你师兄，你是新生，跟师兄说话要客气点儿！"

"毛病！一边儿去！"黄毛不耐烦地一把推开谢训，扭头就要走。

谢训也急了，一把拽住黄毛的手，指着他的鼻子叫道："龟儿子，你再说一遍！"

黄毛想抽回手，但谢训的手像铁钩子一样有力，他拽了半天也没能成功，气急败坏地嚷起来："我就说你怎么着？你这人有毛病吧，还想跟我动手啊，你动我一手指头试试！"

"你找死吧！"谢训捏紧拳头，对准黄毛的脸就要揍上来。

"老谢，住手，住手啊！"远远地，林向宇和管超急匆匆地跑过来。

管超一把拽住要动手的黄毛，骂道："哪儿来的小赤佬？"

林向宇则扯住谢训，谢训不甘心地喊："别拉老子，老子要教训这个瓜娃子！"

"你有本事就来啊，来啊！"黄毛扯着脖子嘶叫。

林向宇一边夹住谢训，一边指着黄毛的鼻子尖儿大吼："宋子豪，你给我闭嘴！"

黄毛不甘示弱地回呛："林向宇，你给我闪一边儿去，这儿没你的事儿！"

林向宇的胸口剧烈起伏，极力克制着自己的情绪，指着谢训对黄毛说："宋子豪，我告诉你，这是我同宿舍的兄弟，你要是敢打他，别怪我不帮你！"

"我要你帮？"黄毛不客气地揶揄道。

"少跟他废话，来来来，放马过来！"谢训唯恐天下不乱地又要往前冲。

林向宇和管超手忙脚乱地拉架，就在大家闹得一团乱的时候，在一旁看热闹的猴子突然目不转睛地看着路的另一边，倒吸一口凉气大喊："都别打了，别打了，快看！"

几个男生下意识地顺着猴子的视线看过去，只见路的另一边走来一个拖着行李箱的女生。

女生身材修长，长发飘飘，眉目如画，虽然身上只穿着简单的 T 恤和牛仔裤，整个人却散发出令人移不开眼睛的光芒。

刚才还剑拔弩张的男生们顿时都钉在原地，一个个半张着嘴，傻傻地看着这个清纯漂亮的女生，就像在直击仙女下凡。

管超的心怦怦乱跳，黄毛的眼珠子都快夺眶而出，猴子喉咙里咕咚一声，发出一声轻不可闻的惊叹："他大爷的，太美了……"

Chapter 3　迎新晚会

商学院教学楼前的报到处前，原本正在打架的男生突然间就不打了，全都痴痴地凝望着一个漂亮的小学妹。

小学妹感受到了如狼似虎的眼神，白皙的脸蛋不禁微微绯红起来，面带迟疑地走到签到桌前，礼貌地开口问："请问这里可以报到吗？"

所有男生还沉浸在痴呆状态中，没人回应小学妹的问题，几秒钟后，林向宇第一个恢复了神志，赶紧一咧嘴，摆出一个标准的露出八颗牙齿的"林式招牌笑容"，满脸阳光地说："可以可以，管超！赶紧帮新生报到啊！"

管超一言不发地看着小学妹，还没回过神儿来。

谢训赶紧用力推了管超一把，他这才反应过来，手忙脚乱地扑向签到桌，结结巴巴地问："美……不不，同、同学，你叫什么名、名字？哪、哪个专业的？"

"学长好，我叫夏星辰，外贸英语专业。"名叫夏星辰的小学妹莞尔一笑。

管超看到夏星辰的笑容，脸唰地就红了，指着花名册上的名字，低着头闷声说："麻烦签一下名。"

看到管超害羞的样子，林向宇和谢训不怀好意地对视一眼，看起来，330这个仅存的处男终于心动了。

夏星辰倒是有点意外，她没想到管超一下子就找到了自己的名字，她哪儿知道这些男生刚才指着她的名字，猜测她是一个满脸麻子的丑女？

签完名，夏星辰把笔还给管超，说："谢谢。"

"不用谢。"管超傻乎乎地笑着。

夏星辰拉起行李箱要离开，转身的时候装作不经意地偷偷看了林向宇一眼，有着"系草"头衔的林向宇十分高大帅气，脸上总是带着阳光的笑容，站在一群男生里十分醒目。

不过，林向宇却没有注意到夏星辰的眼神，他正在给管超使眼色。

可惜，管超虽然在学业上是当之无愧的学霸，但在男女关系上却是个不折不扣的白痴，他歪着头，困惑地看着林向宇，不理解宿舍长为何要向自己抛媚眼。

站在一旁的谢训实在看不下去了，干脆用胳膊撞了管超一下，用唇语对管超说：送学妹回宿舍！

管超眨巴了半天眼睛才搞明白谢训的意思，他的脸顿时涨得更红了，害羞地笑道："这、这不太好吧……"

就在管超踟蹰犹豫的时候，黄毛已经一个箭步冲上去了，不由分说地一把从夏星辰手中抢过行李箱的拉杆，极其自然地笑着说："夏同学你好，我也是新生，咱俩都要去宿舍，我送你！"

夏星辰吓了一跳，忙说："谢谢，但我自己认路，不用送。"

黄毛的脸皮比城墙的拐角还要厚，面不改色心不跳地拉起夏星辰的行李箱就走："没关系，反正顺路，走走走，不用客气！"

夏星辰无奈，只好跟着黄毛朝宿舍方向走去。

黄毛一边走一边朝不远处的奥迪 A6 招招手，奥迪司机心领神会，缓慢地驱动车子，不远不近地跟在黄毛身后。

一众男生望着黄毛和夏星辰远去的背影兴叹。

管超懊恼地嘀咕："这小子！"

谢训记仇地骂道："这龟儿子！"

林向宇的嘴唇动了两下，最终还是忍住了脏话，只是烦躁地皱起了眉头……

去往学生宿舍的林荫路上，黄毛嬉皮笑脸地跟在夏星辰身后搭讪："夏同学是哪里人啊？"

"南京。"夏星辰走得很快，故意和黄毛拉开距离。

黄毛一惊一乍地说："南京好啊！古都啊。我是西安人，也是古都，咱俩多有缘分啊！"

夏星辰不想说话，加快脚步往前走。

黄毛等了一会儿，见夏星辰没搭理他，便不甘寂寞地继续说："对了，还没跟你自我介绍呢，我叫宋子豪，12 级国际金融专业的。"

"你好。"夏星辰敷衍地应了一声。

黄毛歪着脖子看夏星辰的侧脸，巴巴地问："夏同学去过西安吗？"

"没。"夏星辰惜字如金地说。

黄毛立刻露出一脸遗憾的表情，叹息道："那太可惜了，西安的小吃可多了，有机会我带你去，保证你爱吃！"

夏星辰不作声，埋头走路。

黄毛又问："你宿舍是多少号啊？"

"不知道。"夏星辰冷淡地回应。

夏星辰越走越快，黄毛拖着行李累得满头大汗，气喘吁吁地说："喂，你别走那么快啊！"

"对不起，宋同学，我急着上厕所，"夏星辰终于停住脚步，一把从黄毛手里抢过行李箱，"我先走了，你慢慢走。"

说完，夏星辰头也不回地走了。

黄毛愣了一会儿才急忙从口袋里掏出手机，大喊道："哎哎，夏同学，加个微信呗！"

夏星辰边走边说："不好意思，我的手机没电了。"

黄毛目不转睛地看着夏星辰走远，下意识地扭了扭拇指上闪闪发亮的黄金扳指，色眯眯地摸摸嘴角，嘀咕道："啧啧，挺酷的嘛……"

当天晚饭之后，男生宿舍330室的房门紧闭，屋内或站或坐地挤了十几个男生，气氛有点严肃，众人皆是一脸凝重。

猴子靠在门边，手里拿着一瓶啤酒，边喝边说："去年的迎新会，咱们被学长整……简直惨不忍睹！我被灌了四大盆面条，搞得爷现在一听面条俩字立马就想吐，连最喜欢的老北京炸酱面都提不起兴趣！"

"风水轮流转，今晚终于轮到咱们占山头当霸王了！"谢训激动地站起来，双臂乱挥地说，"今晚的迎新派对，看老子玩儿不死大一这帮龟儿子！"

猴子好奇地问谢训："老谢，听你的口气，有什么新花招吗？"

林向宇胸有成竹地接话："放心，我们早就安排好了，如此这般……"

说着，林向宇压低音量，将他们的"整学弟计划"如实传达给屋里的男生，一时间，屋子里群情激昂，大伙儿兴奋得纷纷拍手："对！好好玩儿，往死了玩儿，就这么干！"

"对了！"热烈的气氛中，管超突然提醒大家，"咱们得找一个'重点关照对象'吧？"

"这还用找吗？"谢训撸胳膊挽袖子地说，"就那个宋子豪吧，先把他收拾得服服帖帖了，其他人肯定就老实了！"

"就他了！"猴子点头如捣蒜，不怀好意地说，"晚上让他尝尝baby的厉害！"

谢训的提议得到众人的一致同意，只有林向宇摇摇头说："你们也太抬举那小子了吧？"

"咋，你怕了？"谢训一副"中国好大哥"的嘴脸，对林向宇说，"莫怕，你爸要是找你麻烦，就说是我们搞他，跟你没关系！"

林向宇推开谢训，嘴硬地说："我怕什么呀？你们随便搞他好了。"

管超赞许地拍拍林向宇的肩膀："你没有心理负担就好。"

"好什么好？"林向宇白了管超一眼，"我看你呀，赶紧想想晚上怎么和夏星辰套近乎吧，别到时候又掉链子！"

一个男生起哄地大声说："大家没看见今天下午，管超一看见小学妹，脸就红得像猴子的屁股一样了！"

"你大爷！"猴子一把将那个男生推开，"你什么时候看过我的屁股？"

宿舍里哄堂大笑，一片混乱中，管超红着脸凑到林向宇身边，小声问道："快跟我说说，今天晚上我具体该怎么办？"

林向宇立刻不假思索地说："很简单，今天晚上你要像一块牛皮糖一样贴着夏星辰，她去哪儿你就去哪儿。记住，但凡她问你问题，你的回答模式就是——正确答案 + 今晚的夜色真美 + 你比夜色还美！"

管超目瞪口呆地看着林向宇："这能行吗？"

林向宇像斗鸡一样抬起脖子说："当然行！"

夜幕降临，沪都大学笼罩在氤氲的夜色之中，散发出一丝白日里没有的神秘和温柔气息。

学校的多功能大厅里张灯结彩，半空中布置着彩带和彩灯，大屏幕上投影着"迎新会"的闪亮大字，连灯泡上面都拴着五彩斑斓的气球。

大厅中央空了出来，周围一圈坐满了学生，不过此时，老生和新生还是泾渭分明的，新生们聚在一片，老生们坐在另一片，大家彼此遥遥相望，害羞又兴奋地在人群中寻找着符合自己审美的面孔，期待着能谱写一曲脸红心跳的校园恋曲，但碍于系领导和老师也在场，气氛还是十分拘谨的。

晚上八点整，商学院 2012 级迎新晚会正式开始，高朝昂着一丝不乱的大背头，016 站到中央的空地上，抑扬顿挫地发表讲话："看到这么多新面孔，我很高兴。看到你们，我就想到了我刚入校的时候，一晃 25 年光阴过去了，我都老了，你们正年轻！我代表系里欢迎各位新同学！"

全场响起热烈的掌声，新生们是发自内心地鼓掌，老生们就显得十分敷衍了。

管超嘴皮子不动地小声哼唧道："还是去年那套说辞嘛，一点儿新意都没有。"

"哼，他也就那点儿墨水。"谢训不屑地附和。

林向宇皮笑肉不笑地接话："注意，他要说'下面'了。"

高朝抬手示意掌声结束，抑扬顿挫地继续说："下面，我就把时间交给大家了，你们几个年级的同学一起联欢一下，彼此认识认识，好好玩儿，我就不打扰你们年轻人了。"

说完，高朝和领导、老师们果然都离开了。

很快，多功能厅的音箱里响起动感的音乐声，现场迅速热闹起来，连室内温度都似乎上升了几度，胆大的男生女生纷纷起身，主动去和陌生的同龄人攀谈，随着灯光的变暗，伴着音乐的节拍，年轻的男生女生们渐渐卸下心理包袱，迅速地打成了一片，还有人在中央的舞池里助兴地跳起舞来。

嘈杂中，管超一直目不转睛地痴痴望着舞池对面，一群大一的女生中，夏星辰就像一颗晶莹闪亮的星星，在管超的瞳仁里熠熠生辉。

远远的，夏星辰并没有感受到管超炽热的目光，她和周围的女生附耳聊天，不时露出令管超心跳加速的微笑。

林向宇凑过来，戳了戳管超的后背："还愣着干吗，主动坐过去啊！"

"我、我坐过去跟她说什么啊？"管超紧张得手心里全都是汗。

"我不是都教你了吗？哎呀，你可真够木的，走，兄弟帮你一把！"林向宇怒其不争地拽起管超，大步穿过舞池，目标明确地走到夏星辰面前。

离挺远的时候，夏星辰就看见了林向宇，等林向宇拖着管超走到面前，夏星辰急忙站起来，睁着水汪汪的大眼睛看着高大的林向宇。

林向宇露出八颗牙齿，大大方方地笑着打招呼："夏星辰学妹，你好。"

"学长好。"夏星辰笑起来，双眼弯成两道月牙，管超顿时觉得自己快要不能呼吸了。

林向宇一手拽住要逃跑的管超，笑盈盈地对夏星辰说："你好，你好，我叫林向宇，是大二市场营销专业的，这是我同宿舍的好兄弟管超，他是咱们系的高才生，首席大学霸，以后你在学习上有什么困难可以找他。哦对了，下午你报到的时候我们见过的。管超，跟学妹打个招呼啊！"

管超被赶鸭子上架，腼腆地硬着头皮说："你好，夏同学。"

"学长好。"夏星辰礼貌地回应。

管超的嘴唇激动地抖动着，似乎想要说什么，但就在这时，音响中的音乐声戛然而止，取而代之的是一个有些尖厉的女声——

"Everybody！停止你们心怀不轨的勾搭吧，全都 Look at me！对，这里，here，全都看过来！"

所有人都惊讶地循声看向舞池的中央，只见一个从头到脚穿着名牌、妆容浓重且浮夸的女生，手里持着麦克风，正挺胸抬头、充满自信地站在那里。

"好戏要来了！"林向宇一脸兴奋，压低音量对管超和夏星辰说，"你们俩慢慢聊，我过去一下！"

说完，林向宇朝远处的谢训摆摆手，两人一起挤到人群的前排去了，留下手足无措的管超呆立在夏星辰身旁。

舞池中央，"浮夸女生"扭动着身姿，热情如火地对着麦克风说道："大家好！我是外贸英语专业二年级的沈月，你们也可以叫我 Jennifer Baby！今天呢，我代表系里的师哥师姐欢迎诸位新同学。我知道，大家能考上沪都大学都非常不容易，你们高中时应该都是优等生。但是呢，优等生当久了，难免会心高气傲、目中无人，这对你们未来的学习和发展是非常不利的，将来肯定会吃大亏。我们这些学长学姐不能不替你们操心啊！所以，今天我们就花点时间和大家交流交流，帮大家端正一下心态！怎么交流呢？我们为大家准备了一些有利于身心健康的小游戏，希望大家听我的指挥，一定要认真参与哦！好了，先给大家一点时间，做做准备！"

演说完毕，Jennifer Baby 对人群前头的林向宇和谢训使了个眼色，两人立即带着几个男生走上来，开始在舞池中央搬桌子和游戏道具。

大厅陷入一片骚动中，老生们全都是一副迫不及待地看好戏的表情，新生们则有些忐忑，还有点儿说不清的小期待。

管超尴尬地立在夏星辰身边，心里涌出无数个话题，但都被他自己在脑中否定了，急得额头上流下豆大的汗珠。

两人站了一会儿，反倒是夏星辰主动寒暄起来："管学长是上海本地人吗？"

"对对对，我是上海人！"管超急忙回答，只不过声音越说越小，最后一个字几乎被他自己咽回嗓子眼儿里，"今……"

夏星辰笑盈盈地又问："那林向宇学长呢？他是哪里人？"

"他是西安人！"管超提高音量说，"今晚……"

夏星辰好奇地追问："你们俩住在一个宿舍啊？"

"对，男生宿舍 7 号楼 330 室，"管超终于鼓足勇气说道，"今晚的夜色……"

这一回，夏星辰终于听出点儿端倪，歪着头看管超："学长，你是不是有话没说完啊？"

管超深吸一口气，把心一横，面红耳赤地说："嗯，我是想说，今晚的夜色真美啊，你也……"

夏星辰显然没太听懂管超的意思，她眨巴眨巴眼睛，莞尔一笑说："管学长，找个时间，你带我在上海转转吧，叫上林向宇学长一起，好吗？"

"什么？"管超突然意识到，夏星辰居然在主动向自己发出邀请，整个人受宠若惊，直接把后半句话忘记了，语无伦次地说，"好、好啊，太好了！我给你当男、男、男向导，嗯，也叫上林向宇……"

管超的内心正汹涌澎湃着，冷不防一头讨人厌的黄色杂毛横插进来，挡在了管超和夏星辰中间。黄毛宋子豪推开管超，笑嘻嘻地对夏星辰说："星辰啊，你要逛上海？不用找别人，我带你逛啊！我在上海有熟人，可以给咱们安排车，想去哪儿就去哪儿！"

夏星辰冷淡地笑着说："再说吧。"

黄毛觍着脸说："别再说啊，就这么定了啊。"

夏星辰收起笑容，板着脸说："不了。"

黄毛继续赖皮："要不就定在这个周末吧，我派车去女生宿舍楼下接你，怎么样？"

夏星辰的脸上已经浮现出了愠怒，冷冷地说："不用。"

管超忍不住在后面拨拉黄毛，抗议道："喂，你有完没完啊？"

黄毛歪着脖子回呛管超："关你屁事儿？就许你泡妞，不许我泡妞啊？"

管超本来就脸色通红，被黄毛这么一噎，整张老脸都快涨成茄子色了。夏星辰看了看管超，又看了看黄毛，反感地丢下一句"无聊"，扭头走了。

管超朝夏星辰的背影抬了抬手，终究还是没鼓起勇气去挽留，只能懊恼又愤恨地看着黄毛，黄毛翻了个白眼，不屑地"哼"了一声，转身也走了。

这时，Jennifer Baby 的声音又从舞池中央爆裂炸响——"Ladies and Gentlemen！擦亮你们的眼睛吧，游戏马上就要开始了，大一的新生都给我过来！"

Chapter 4　整人游戏

多功能大厅中央的舞池里，摆放着一张圆桌，桌面上整齐地排列着一圈形状各异的杯子，从最小的二两白酒杯，到喝水用的马克杯、喝红酒的红酒杯，再到超大啤酒杯、特大号啤酒杯，应有尽有，足有几十个，这些杯子里都装满了五颜六色的液体。

圆桌的正中央有一个可旋转的小圆木板，木板中央倒放着一个空啤酒瓶。

"接下来，我们就要开始第一啪游戏环节——命运大轮盘！"Jennifer Baby 站在圆桌前，对着麦克风，眉飞色舞地介绍道，"俗话说，商场如战场，人生如演戏，苦辣酸甜，世间百态，我们都要勇敢去品尝。所以，学长和学姐们精心为大家准备了一些饮品，帮助各位学弟学妹提前醒醒脑！"

望着杯子里那些可疑的不明液体，新生们发出一阵不满的骚动，谢训赶紧把脑袋凑到 Jennifer Baby 手里的麦克风前，补充道："大家别担心，这些杯子里没有装什么见不得人的东西，都是无毒无害的饮品，可以放心饮用。接下来，被 Jennifer Baby 学姐点到名字的人，自己上来转空酒瓶，瓶嘴指到哪杯，就喝哪杯，不要啰唆和讨价还价哈！"

Jennifer Baby 迫不及待地说："我要开始点喽，点到谁算谁，不许抵赖哦！"

新生们一个个愁眉苦脸，生怕被点到，纷纷往后躲。Jennifer Baby 目标明确地指向一个穿着迷你短裙的女生，她已经注意这个学妹很久了，穿那么短的裙子在学姐面前招摇过市，真是太没有礼貌了。Jennifer Baby 得意地大喊："你，就你！别躲了！"

一片起哄声中，迷你裙女生甩着两条白白的大腿，姿态婀娜地走进舞池，用手推了圆桌中央的空啤酒瓶一下，瓶子转了几圈，瓶嘴指向一大杯黄色的液体。

"这是什么呀？"迷你裙女生郁闷地捂住眼睛。

林向宇拿起杯子递到女生面前，一脸坏笑地说："学妹别怕，这是红牛，当然了，里面还掺了点啤酒和花生油。"

Jennifer Baby 幸灾乐祸地说："都要喝光哦，你是第一个，要给后面的同学做个好榜样。"

围观的几个调皮男生配合地做出呕吐的声音，迷你裙女生哭丧着脸，咬牙把一大杯黄色液体艰难地喝了下去。

第二个被 Jennifer Baby 点到的是一个小男生，小男生转到了一杯黑色的液体，男生拿起杯子，用询问的眼神看向林向宇。

"咳咳！"林向宇夸张地清了清嗓子，"事先知道自己喝的是什么，这是只有学妹才有的待遇，所以，你先干为敬吧学弟。"

小男生无奈地深吸一口气，捏着鼻子就往嘴里灌，喝到一半，他突然觉得十分恶心，鼓着腮帮子就要往外吐。

管超立刻在人群中大喊："不许吐，吐了要再转一杯喝！"

老生们纷纷附和，小男生急得干瞪眼儿，硬生生又把腮帮子里的液体咽了下去，看得 Jennifer Baby 一阵干呕。

看到小男生手里的杯子见了底，林向宇才满意地宣布："这杯'饮料'是川贝枇杷止咳糖浆配酱油醋！"

大厅里爆发出老生们炸锅般的哄堂大笑，新生却一个个噤若寒蝉，看着圆桌上剩下的恐怖"饮料"，心中暗暗祈祷自己能逃过这一劫。

游戏继续进行着，Jennifer Baby 不停地在人群中指定倒霉鬼，被点到的新生们依次上前转动酒瓶，喝下各种无法想象的混合"饮料"，一个个表情奇形怪状，苦不堪言。

林向宇乐不可支地在一旁解释"饮料"的成分："风油精蓖麻油！牛奶辣椒油！芥末二锅头！啤酒生鸡蛋液！蚝油兑可乐……"

渐渐地，圆桌上的一圈杯子都被喝得见了底，只剩下最后一杯无色的液体。

Jennifer Baby 目光狡黠地看了看一旁的谢训，猛地抬起头指向躲在人群中的黄毛："那个黄头发的，你！"

黄毛的脸瞬间变色，眼珠子叽里咕噜地转动着，一把将身边同宿舍的跟班甲推了出去："你去！"

跟班甲为难地说："豪哥，学姐叫的人是你啊。"

"少废话！"黄毛凶巴巴地瞪着眼睛，"让你去你就去！"

跟班甲无可奈何地叹了口气，抬腿往舞池走来，Jennifer Baby立刻不满地叫起来："我又没叫你，我叫的是那个黄毛！"

黄毛连连往后退，跟班甲只好硬着头皮解释："报告学姐，他今天闹肚子，不能喝这些，我替他。"

Jennifer Baby无奈地朝谢训耸耸肩膀，那表情的意思是：他跟我玩儿苦情伎俩，我总不能欺负一个闹肚子的人啊。Jennifer Baby把装满透明液体的杯子递给跟班甲，同情地说："最后一杯了，不用转了，直接喝了吧。"

跟班甲把杯子凑到鼻子底下一闻，顿时惊恐地睁大了眼睛，显然，杯中的液体有着超乎想象的"扑鼻气息"。

Jennifer Baby眉毛一竖，对跟班甲大喊一声："喝！"

林向宇、谢训、管超和所有老生齐声起哄："喝！喝！喝！"

跟班甲忧伤地看了一眼藏匿在人群中的黄毛，捏上鼻子，一口饮尽杯中液体，霎时间，痛苦、酸楚、煎熬、烧灼、恶心、反胃、窒息、迷乱……各种表情在跟班甲的脸上轮番上演。

林向宇高声报出"饮料"的成分："这一杯的成分，是最最著名的白酒白醋白糖白胡椒白兰地！"

跟班甲喝下这杯"白色恐怖"，脚尖渐渐轻盈起来，整个人仿佛踩到了棉花上，高举着空酒杯，一脸陶醉地原地转起圈来。

老生们心照不宣地低声数起数字："一，二，三。"

话音落下，跟班甲应声倒地，林向宇示意几个学弟上前，七手八脚地把跟班甲抬走了。

"好了！第一啪热身游戏结束，真正的游戏现在开始！"大厅中再度响起Jennifer Baby如魔音穿脑般的呼喊，"是男人就要有担当，商场中的男人更应如此。下面的游戏专为小学弟们量身定制，我们要看看，你们到底有多大的担当！好，我现在开始挑人，被我选中的人不能躲，否则就把你们刚才看到的那些'饮料'全都喝一遍！"

说完，Jennifer Baby走进人群中，张牙舞爪地在一个个面色铁青的学弟中间穿梭，学弟们看她的眼神就像在看一个散发邪恶气息的老巫婆，老巫婆伸出涂抹得血红的手指甲，阴森森地指向一个个被死神选中的倒霉蛋："你，你，还有你，对，就是你！"

黄毛在人群中左躲右闪，但还是不幸被 Jennifer Baby 拉住了衣袖，她尖声笑道："就是你，这回看你还往哪儿躲！好了，刚才被我点到名字的男生都出列！"

包括黄毛在内的十几个男生，一个个愁眉苦脸地蹭到舞池中央。

Jennifer Baby 情绪激昂地喊道："听我的口令，站成一排，把衣服都脱了！"

台下顿时传来一片学妹的惊呼声，Jennifer Baby 赶紧补充道："我说的是上衣，把上衣脱光，不用脱裤子！"

学姐们哄堂大笑，开始起哄，闹哄哄的气氛中，十几个学弟红着脸脱光了上衣。

"来人，上菜！"Jennifer Baby 满意地扫视了学弟们一圈，一抬手，一个学姐端来了一个大盘子，盘子中央放满各种各样的大小夹子，有塑料夹、木头夹、金属夹，甚至有几个夹子下面还挂着铁锁用来增重。

谢训不怀好意地对站在队首的一个赤膊学弟，说："我击鼓，你们传花，当我的鼓声停止的时候，花在谁手里，你们的学姐就会在那个人身上夹一个夹子。"

Jennifer Baby 不由分说地把一个香蕉形状的毛绒玩具塞到男生手里，阴森森地说："你们可以尖叫，可以哭泣，但是绝对不能反抗！"

022 —

"各就各位，我要开始击鼓了，谁来蒙住我的眼睛？"谢训跃跃欲试地说。

管超举着手小跑过来："我来，我来！"

两人心照不宣地交换了一个眼神，管超又朝林向宇眨眨眼，林向宇笑着耸耸肩膀，黄毛似乎预感到了什么，他看着"眉目传情"的三个学长，露出一丝焦虑的神情。

咚咚咚……

管超从身后蒙住谢训的眼睛，谢训手持鼓槌，有节奏地敲打着一面小鼓，香蕉毛绒玩具在一排打赤膊的学弟中间传递着。

随着鼓点声越发急促，大厅里的掌声和笑闹的声音也越来越大，一些学弟学妹此时也呈现出"事不关己，高高挂起"的看好戏的心态，跟着老生一起瞎起哄。

当毛绒玩具再一次即将落入黄毛手中的时候，管超装作不经意地看向远处，把头扭到一边小声地咳嗽了一下，谢训手中的鼓槌精准地停住了。

鼓声戛然而止的时候，香蕉毛绒玩具刚好落进黄毛手里。

Jennifer Baby 面带微笑地捏起一个塑料夹子，似笑非笑地在黄毛眼前晃动："学弟，你是要夹左耳朵还是右耳朵啊？"

"随便！"黄毛一脸愤慨地说。

Jennifer Baby 毫不手软地把夹子夹到黄毛的左耳垂上，痛得黄毛一阵倒吸凉气。

"击鼓传花"游戏继续，谢训被蒙着眼睛不断敲鼓，管超不停地扭头轻声咳嗽，Jennifer Baby笑吟吟地将更多的夹子夹到黄毛身上，黄毛的鼻子、头发、腋下、下巴、耳朵和嘴唇上，全都夹满了各种夹子。

围观的老生们爆笑，新生们也乐不可支，就连同样脱光上衣站在舞池里的十几个学弟也揣着手臂看起热闹，因为他们全都是陪练的配角而已，这个整人游戏环节，完全是为黄毛一个人量身打造的。

谢训手里的鼓声再一次停下来，香蕉毛绒玩具依然还是落到黄毛的手上。

这一回，Jennifer Baby从盘子里拾起了两个坠着小秤砣的夹子，把它们夹到了黄毛的乳头上，这种惨无人道的"酷刑"令围观的新生都看傻了眼，学姐真是太猛了！黄毛则是痛不欲生，眼珠子瞪得溜圆，面部表情扭曲到令人无法形容。

Jennifer Baby心满意足地翘着兰花指，弹了弹夹子，嬉笑着问黄毛："怎么样？学弟，感觉是不是酸酸爽爽的？"

谢训、管超和猴子等老生全都凑了过来，谢训不客气地拍着黄毛细皮嫩肉的脸，幸灾乐祸地说："龟儿子，这就是大学，愈痛愈快乐啊！"

管超拿起手机，打算给自己来一张自拍，没想到大家全都挤上来，想要和浑身挂满夹子的黄毛合影留念，只要有这张耻辱性的照片，黄毛以后的大学生活就再也别想嚣张了。管超美滋滋地说："一会儿咱们把这张合影发到学校论坛上去！"

"对对对！"猴子点头如捣蒜，"这肯定是上海市本年度最佳迎新会现场照片！"

黄毛又痛又羞，再也忍不住了，手忙脚乱地将手里的香蕉毛绒玩具掼到地上，然后龇牙咧嘴地把身上的夹子全都扯下来，一些夹子上还夹着黄毛的腋毛，惹得现场又是一阵倒吸冷气的骚动。

"老子不玩儿了！"黄毛痛得眼泪都流出来了，气得满地乱蹦。

"你骂谁？"谢训虎视眈眈地逼视着黄毛。

"骂你，骂你们所有人！"黄毛快要失去理智了，红着眼睛指着每一个人的鼻尖。

"你找死啊！"管超上去推了黄毛一把。

黄毛不客气地也还手推了管超一把，叫骂道："滚！"

猴子激动地举起拳头，跃跃欲试地在黄毛身边晃动："你找打！"

"滚！"黄毛奋起一脚，直接把瘦弱的猴子踹飞出两米远。

原本大家只是口头上吵闹一下，一看到黄毛把猴子踹飞了，大二的男生全都群情激奋起来，一拥而上地扑向黄毛，七嘴八舌地叫道："找揍呢，敢打学长，揍他！"

黄毛班上的几个男生也挺义气，面对这么多如狼似虎的学长，他们居然也冲上来，和黄毛一起对抗学长们，而更多的大一男生则两头劝架，不敢表露立场。

男生们乱成一锅粥，女生们则惊恐地尖叫着四处乱跑："打架啦，救命啊，别打啦！"

混乱中，管超和谢训把黄毛按住，谢训抬起拳头就要捶黄毛的脑袋。

可还没等谢训的拳头落下，大厅的门口突然传来一声厉喝："都给我住手——"

众人全都愣住了，一个个循声望去，就见高朝带着几个老师冲进了大厅。

"我就知道，我们一走就没好事儿。谁要打架？谁要打架？不想混了吗？想要滚蛋吗？"高朝怒容满面地咆哮着。

所有人都耷拉着头，一个个全都灭火了。

安静中，高朝指手画脚地说："宋子豪，你们新生都先回宿舍去！"

黄毛恶狠狠地瞪了管超和谢训一眼，带着他的几个跟班离开了，大一的新生也三三两两地离开了大厅。

高朝不时看看手表，估计等新生们都回到宿舍了，他才又说："好了，迎新会可以结束了，老生们也可以散了。"

林向宇他们也随着人流准备离开，就听高朝叫道："330 的那几个，给我站住！谁让你们走了？还有侯小天，你也别跑！"

被点名的众人只好乖乖地一字排开，低着头在大厅墙边罚站。

高朝在几个男生面前暴躁地走来走去，像审讯犯人似的逼问道："刚才是谁先动手的？"

几个人立马不约而同地齐声回答："宋子豪！"

"放屁！"高朝的口水喷出挺高，"宋子豪是新生，哪儿敢对你们动手？"

猴子委屈地叫屈："高老师，我们没撒谎，真的是宋子豪先踹了我一脚，我身上现在还疼呢！"

高朝鄙夷地朝猴子吼道："被学弟打了你还有脸说，你给我闭嘴！"

猴子不服气地瘪着脸。

高朝用手指头点着几个男生的脑门儿，严厉地呵斥道："你们想干吗？混黑社会吗？我告诉你们，这是大学！谁要是不想念了明天就退学！迎新会整蛊新生，开开玩笑意思一下就行了，你们还要翻天了吗？我警告你们，宋子豪这些新生要是再出问题，我就拿你们是问，听到了没有？"

大伙儿都不吭声，高朝怒不可遏地大吼："听到了没有？"

几个人这才不情不愿地回答："听到了。"

"这还差不多。"高朝打了个哈欠，不耐烦地挥挥手，"滚吧！"

几个男生悻悻地离开了。

WHO SLEEPS MY BRO

| 第二章 | 寻找手帕女神 |

Chapter 1　京沪大战

夜深了，沪都大学笼罩在浓重的夜色中，校园里一片静谧，零星的几个晚归的学生脚步匆匆地往宿舍楼跑着。

被高朝痛骂了一顿，330 的三个男生和猴子郁闷地走在回宿舍楼的路上。

"啥子情况？"谢训满肚子狐疑地说，"高朝居然杀了个回马枪，而且还公然袒护黄毛！"

"问题是他怎么知道咱们今天晚上要修理黄毛？"管超警觉地说，"难道有人打小报告？"

猴子若有所思地看向林向宇："老林，咱们这些人里头，就你跟黄毛最有交情啊……"

"你把我想成什么人了？"林向宇不悦地白了猴子一眼，"我看啊，黄毛那小子八成是早就猜到咱们要在迎新会上收拾他，所以就提前知会了高朝。"

"他算老几啊？高朝会搭理他？"谢训不屑地说。

林向宇叹了口气，无奈地说："你们可别小看那小子，他是不算老几，但他爸可算。高朝这么势利眼的人，肯定知道黄毛的背景，估计是想要巴结他老子。"

"高朝和黄毛他爹根本八竿子打不着嘛，巴结他干什么啊？"管超想不明白。

林向宇耸耸肩："我也是猜的，具体是怎么回事儿我就不知道了。"

猴子在一旁又憋不住骂了起来："这人还踢了我一脚，这仇我非报不可！"

四个人闷闷不乐地往宿舍走去。

与此同时，7 号宿舍楼的 117 室里，黄毛光着膀子，手持两根冰棍儿贴在自己被夹得又红又肿的乳头上，牙缝里倒抽着凉气，骂骂咧咧地嚷嚷道："这帮孙子，真疼！"

跟班甲因为喝了"白色恐怖"，被人抬回宿舍后昏睡了两个小时，刚刚清醒过来，凑到黄毛跟前献媚说："豪哥，你真牛！高主任这么大的人物，你说搬来就能搬来，真不是盖的！"

黄毛哼道："高朝不过是个小角色，我让他帮忙都是给他脸了。"

"我还是很好奇，"跟班乙也凑过来，笑嘻嘻地问黄毛，"豪哥是用什么方法让高朝乖乖听你的话的？"

黄毛把用来冰敷乳头的冰棍儿伸进嘴里，狠狠咬了一口，得意地说："咱们系里想让我爸出点赞助费。"

"哇塞，豪哥真是背景雄厚啊！"跟班甲和跟班乙向黄毛竖起大拇指，"我们以后就跟着豪哥混了，豪哥让我们往东，我们绝对不去西、南和北！"

这时，跟班丙在一旁插话："对了，330 那个林向宇不是豪哥的老相识吗，他怎么也不帮帮你？"

"他？他也不是什么好东西！"黄毛咬牙切齿地说，"他爸是我爸的跟班，他心里不服气呗，哼，管他呢，以后他要是识相，我就给他留点面子，他要是不知好歹，我一样跟他势不两立！"

新学期很快就步入了正轨，不论是新生还是老生，每个人都按部就班地投入到新生活中，迎新晚会上的不快似乎已经烟消云散了，年轻的男生和女生也都彼此渐渐熟悉起来。

几天后的午休时间，330 宿舍里十分热闹，林向宇、管超和另外两个同班的男生用手机和 iPad 联机玩儿《狂野飙车》，四个人全都在模拟操作方向盘的动作，一个个左摇右晃，嘴里大呼小叫，玩儿得不亦乐乎；谢训、猴子则和另外几个男生围着小桌打扑克，输的人在脸上贴纸条，几个人的脸上都贴得白花花一片；不时还有其他宿舍的男生进出 330 宿舍，在"谢客隆"小超市买货、记账、付钱。

一局扑克结束，谢训大获全胜，猴子惨败，不服气地站起来，指着谢训说："好，老谢，你别牛，等小爷我撒泡尿回来与你再战！"

谢训放声大笑："好！等你个龟儿子！"

林向宇操作着游戏里的车子，有惊无险地转过几个弯道，长吁一口气，用胳膊拐了拐埋头认真驾驶的管超，问道："昨天星辰去军训，你去没去送人家啊？"

管超的车子一下子碰到一连串的路障，郁闷地叹了口气："本来想去的，结果没好意思。"

林向宇怒其不争地摇摇头："榆木脑袋，怎么教都教不会啊。"

管超索性把手机丢到一边，一脸严肃地看着林向宇说："我想趁着这段时间好好准备一下，等半个月后她回来了，再好好努力！"

林向宇朝管超翻了个白眼儿，似乎已经对他丧失了信心，捧着 iPad 朝不远处的队友大喊："快快，给油啊，给油！怎么给不上油？"

这时，一个男生拿着几个盒子走到宿舍门口，问道："侯小天在你们屋吗？有他的快递！"

"在！"谢训头也没抬地回道。

男生随手就把手里的一个盒子丢给谢训，谢训没接住，盒子掉到桌子上，下一秒，那盒子居然在桌面上嗡嗡震动起来！

"这是什么玩意儿？"林向宇好奇地凑过去。

管超抄起一把尺子捅了捅盒子，夸张地大叫："这里边不会是定时炸弹吧？"

谢训性子急，一把抓起盒子，三下五除二地拆起来，边拆边说："拆开看看不就知道了？"

盒子很快就被拆开了，一个粉红色的保温杯模样的东西出现在众人眼前，众目睽睽之下，那杯身还在持续震动着。

谢训困惑地嘟囔道："这是啥子玩意儿啊？"

林向宇把那玩意儿拿起来，仔细看了看，胸有成竹地说："我知道了，这是飞机杯。"

"飞机杯？"连学识渊博的学霸管超也没听说过这个东西。

林向宇的脸上露出坏笑，给几个单纯的男同学解释道："就是打飞机专用的杯。"

宿舍里静默了两秒，随后，发出猛烈的爆笑。

这时，猴子上厕所回来了，笑炸锅的宿舍立刻变得静悄悄，所有人都目光深邃地看着猴子，看得猴子浑身起鸡皮疙瘩，紧张地问："我就上了趟厕所而已，什么情况啊？"

林向宇把飞机杯藏在身后，不怀好意地笑道："猴子，你媳妇刚才来找你了。"

"我媳妇？"猴子哭笑不得，"我什么时候有媳妇了，我怎么不知道？"

管超捂着嘴，学着女人的声音，尖着嗓子说："你的小媳妇等着跟你入洞房呢。"

看着猴子头上的雾水越来越浓重，林向宇憋不住了，把飞机杯从身后拿出来，拍在桌子上，眨巴着眼睛对猴子说："看看这是谁？"

众人再度哑然失笑，笑声中，猴子羞得满脸通红，一把抢过飞机杯揣在怀里就要跑，众人哪儿能让他这么轻易就跑了，七手八脚地又把他扯了回来。

"我说猴子啊，"林向宇拉住猴子的手，语重心长地说，"现在咱们班上，就硕果仅存你和管超两枚24K纯金的处男了，你们俩要加油啊！"

谢训在一旁添油加醋地说："你们俩干脆来个比赛算了，看谁能先脱单！"

没想到，这个开玩笑般的提议立刻得到众男生的一致赞同："好好，太好了，脱单大赛！"

林向宇向来雷厉风行，脑海中立刻涌现出各种奇思妙想："管超是上海人，猴子是北京人，咱们这可不是简单的脱单大赛啊，而是一场京沪大战啊！你们两个肩负着两座城市的荣辱和使命啊！怎么样，敢不敢比？"

众男生纷纷附和着激将："要比，要比，谁不比谁不是爷们儿！"

群情激昂之下，管超的内心蠢蠢欲动，咔吧咔吧地掰着手指关节，大声喊道："比比比！Who 怕 who 啊？"

猴子也豁出去了，像自由女神一样高高举起飞机杯，豪迈地吼道："比就比！"

"好，既然要比赛，就得制定好规则，大家听我说两句，"林向宇高高站到床上，兴致勃勃地说，"首先，租的不行，临时拉来帮忙的不行；其次，兄弟也不可以。必须得是正牌女友，两个人你情我愿，你侬我侬，共浴爱河。"

谢训也爬到床上，站到林向宇身边，两手各提着一白一绿两件球衣，兴奋地补充道："咱们其他人别光看热闹，也积极参与进来，咱们来给管超和猴子下赌注，支持管超的就押上海申花，支持猴子的，就押北京国安，咋个样？"

男生们全体表示赞同："太好了，就这么办，咱们押啤酒瓶当筹码！"

谢训把两件球衣挂到储物柜的门上，并搬出一箱啤酒："一人一瓶，现金支付，这次我可不许记账啊，大家把啤酒瓶放在自己支持的球衣前面，就算这场京沪大战的参与者了！"

一众男人纷纷掏钱买啤酒，然后嬉笑着把啤酒放到球衣下，一番投票下注之后，绿色球衣前堆了 6 瓶啤酒，白色球衣前面堆了 10 瓶。

为防止选手中途耍赖或后悔，林向宇还扯出一张纸拍在管超和猴子面前说："二位选手，空口无凭，白纸黑字，签字画押啊！"

没等林向宇话音落下，管超已经夺过纸和笔，帅气地签上了自己的名字，猴子也不甘示弱地签名，两人还特意从桌上拿起一罐辣椒酱，蘸着辣椒油在纸上按了手印儿。

这场令人啼笑皆非、参与者却无比郑重其事的京沪大战，正式拉开了帷幕。

周末，谢训一大早就起来了，把头发梳理得整整齐齐，又穿上最干净的一套衣服，急匆匆地离开学校，乘坐公交车前往市区。

当谢训推开韩国料理餐厅的玻璃门时，高宝镜已经光鲜亮丽地坐在餐厅里了，靓丽的外形十分引人注目，谢训心里美滋滋地朝高宝镜走去。

高宝镜就是那位让谢训洗心革面、发愤图强从一个小混混考上沪都大学的女生，她现在是谢训的女朋友，在上海的一所中专读礼仪专业，人长得颜正条顺，十分艳丽。

餐桌上很快摆满琳琅满目的泡菜碟子，谢训殷勤地给高宝镜盘子里夹了一块炸鸡腿："来，小镜，吃块鸡腿！"

高宝镜优雅地笑笑，说："谢谢。"

谢训巴巴地看着高宝镜问："咋个样，这个地方还不错吧？"

高宝镜脸上的微笑收了一大半，有些嗔怪地说："训哥，我和你说了多少遍了，咱俩在一起不要说重庆话。"

"嘟个不能说四川话？"谢训不甘心地搓着手，"老子就是重庆人嘛。"

"我说不行就是不行！"高宝镜放下筷子，噘起嘴巴撒娇地说，"上海人一听咱们说话，就知道咱们是外地人了，你答应过我的。"

"要的，"谢训最受不了高宝镜撒娇，急忙点头答应，并马上用略带重庆口音的普通话重说了一遍，"好的，说普通话。"

"这还差不多，"高宝镜这才恢复笑脸，还给谢训夹了一筷子菜，"训哥，你也吃。"

吃了一会儿，高宝镜端起玻璃杯喝水，尝了一口，眉头不禁微皱，抬手朝不远处的服务员招手："服务员，麻烦过来一下！"

服务员走过来问："小姐请问您有什么吩咐？"

"侬这里怎么倒的是热水啊？"高宝镜操起一口上海普通话，"没有加冰块的柠檬水吗？"

服务员也赶紧切换成上海话回答："勿好意思，那是要单独收费的，你们这是团购套餐，没有这项。"

"哪有这种道理？"高宝镜瞪大眼睛说，"别家店里都有免费的冰柠檬水。"

服务员礼貌地说："勿好意思，小姐，阿拉这里没有。"

"好了，小镜，"谢训一急，就把说普通话的保证又忘了，在一旁插嘴，"你等一哈水不就凉了吗？"

高宝镜生气地瞪了谢训一眼："你别插嘴。"

谢训意识到自己又说了重庆话，只好悻悻地对服务员说："那就来一杯冰柠檬水吧。"

服务员上下打量了谢训几眼，说："那您得另付15元。"

"这么贵呀？"谢训大吃一惊，但见高宝镜又用不高兴的眼神看着自己，他只能无奈地摇摇头，从口袋里摸出几张零钱递给服务员。

服务员数了数零钱，脸上的客气渐渐消失了，取而代之的是眼中的一抹轻视，似笑非笑地对谢训说："对不起先生，这里只有14元，还差一元。"

谢训尴尬地摸遍全身的口袋，却怎么也找不到多余的钱，服务员脸上的表情越来越难看了，高宝镜坐不住了，不高兴地从自己包里掏出一块钱，丢到服务员手里："拿去！"

Chapter 2　书店邂逅

周末，林向宇和管超吃完午饭后，结伴去市区的一家书店买书。

午后时分，书店的二楼十分安静，放眼望去几乎看不到几个顾客，只有一些工作人员正顺着楼梯往楼上搬书，音响中播放着舒缓的轻音乐，使得店内的气氛颇为慵懒。

一上二楼，学霸管超就如鱼得水地兴冲冲选起书来，林向宇没有什么买书的计划，就在一排排书架前慢慢挪动着脚步，惬意地听着流水般的背景音乐，漫不经心地随手翻翻架上的书，一个不留神，一本书里的书签落在地上。

林向宇弯腰捡起书签，当他起身的瞬间，余光突然扫到一楼靠窗户的那排书架，一个长发飘飘的女生，正独自站在书架前选书。

女生穿着十分淡雅和随意的白色长裙，午后的阳光透过窗子洒进来，温和地照在女生的侧脸上，将她的五官和轮廓勾勒得十分分明，白色的窗帘在她身边飘啊飘，她的裙摆也柔软地荡啊荡，这幅场景就像是一幅画一样美好，林向宇一下子就呆住了。

时间一分一秒地过去，林向宇就那么一动不动地站在二楼上，俯视着女生的侧影，感觉一切都像梦幻一般不真实。女生的手腕上系着一条白色的手帕，她翻看一会儿书，就侧过头轻轻地抬手用手帕擦拭一下额头的薄汗。

不知过了多久，女生似乎已经选好了书，她转过身，朝收银台走去，林向宇终于看到了女生的正脸——简直比侧影更加美丽动人，清新脱俗！

女生边走边伸手从坤包里取钱包，拿出钱的瞬间，女生手腕上的手帕滑落在地，但她并没有发现，而是脚步不停地走向了收银台。

林向宇这时才反应过来，急忙把手里的书胡乱塞回书架里，也许是心不在焉，也许是书架太满，总之他塞了半天也没能把书塞回去，不禁心里一急，直接把书扔在一旁，大步朝楼梯跑去。

结果一到楼梯，林向宇又迎面撞上了两个抱着一大摞书上来的工作人员，楼梯很狭窄，林向宇和两个工作人员左右躲闪，都想给对方让道，但又怎么都让不开。林向宇心急如焚地看向收银台，那个女生已经结完账拿着书要走了。

林向宇顾不了那么多了，猛地从两个工作人员中间的小缝里穿了过去，结果直接把工作人员手中的书全都撞翻了，哗啦啦地撒了一地。

"你这个人怎么回事儿啊？"工作人员生气地叫起来，"毛毛躁躁，没长眼睛啊？"

"对不起，对不起！"林向宇脑门儿冒烟，赶紧蹲下来帮人家捡书。

因为书店里很静，工作人员一喊，所有人都朝楼梯看过来。管超抱着一摞书，推了推鼻梁上的眼镜，奇怪地看着楼梯上一副魂不守舍状的林向宇。

林向宇一边捡书，一边心急地朝收银台张望，却只看见女生提着书袋推门而去的背影，林向宇忍不住张嘴喊了一声："等等！"

女生没听见，背影消失在门后，林向宇拔腿就要去追，结果却被两个工作人员死死地拽住，气哼哼地说："搞完破坏就想跑？没门儿，赶紧给我们收拾完！"

"师傅，求你了，我真有急事儿，一会儿我回来帮您收拾还不行吗？"林向宇诚恳地说。

"不行！"工作人员斩钉截铁地说，"万一你走了就再也不回来了呢？"

林向宇看看已经走得没影的女生，又看看满地的书，不禁觉得焦头烂额。就在这时，一个人走到林向宇身后，对书店的工作人员说："师傅，我来我来，让他先走。"林向宇惊喜交加地回头一看，是管超。

管超拍拍林向宇的肩膀："赶紧去吧。"

工作人员一松开林向宇的衣服，他就如离弦的箭一般飞奔出书店。

林向宇跑出书店的同时，一辆出租车刚好从路边开走，出租车的后座上坐着一个长头发的女生，依稀能看出就是刚才选书的女生，林向宇气喘吁吁地追出租车，但是来不及了，出租车越开越快，很快就没了踪影。

管超在书店里帮忙捡完书，一走出书店，就看到了垂头丧气、一脸怅然的林向宇。

"你刚才干吗呢？看见谁了？"管超一脸疑惑地问。

林向宇摇摇头，深深叹了一口气，此时此刻，他沮丧得一句话也不想说。

几分钟后，管超困惑地跟着林向宇又走回了书店，林向宇走到一楼的一排书架前，弯腰从地上捡起了刚才那个女生掉落的手帕。

手帕是丝绸的质地，洁白淡雅，上面还有浅浅的刺绣，但没有任何标记和姓名。林向宇情不自禁地把手帕凑到鼻子底下，轻轻嗅了嗅。

管超看得愣模愣眼的，忍不住又问了一遍："喂，你没毛病吧？刚才到底看见谁了？"

"一个从没见过的女生，她刚刚在这儿买了几本书走了，"林向宇遗憾地看着手帕，痴痴地说，"我还没来得及和她认识，她就走了，好可惜。"

管超终于松了口气，随即又一脸坏笑地问："怎么，看上啦？"

林向宇笑了笑，算是默认了。管超看了看书架，随手抽出一本书念起来："大学英语四级模拟考题，她刚才在看这种书？那说明她也应该是个学生啊。"

"可能吧，就是不知道她是哪个学校的。"林向宇惆怅地说。

"别着急，有缘分以后还能遇到的，"管超安慰道，"咱们以后经常来这书店转转呗。"

林向宇摇摇头，悲观地说："万一她以后再也不来了呢？"

"才见了一面，你还真爱上人家了？"管超不禁有些哭笑不得。

没想到，林向宇还真的点了点头，转身走到收银台前，一本正经地问收银员："您好，请问一下，刚刚在这儿买了四级英语考试模拟题的那个女生，长头发长裙子的那个，她经常来这儿买书吗？您认识她吗？"

工作人员像看神经病一样看着林向宇，说："不认识，每天来这里买书的学生那么多，我哪儿知道他们都是谁啊？"

林向宇不甘心地又问："您能借给我一张纸和笔吗？"

"你要干吗啊？"工作人员不耐烦地反问。

"我给您留下我的电话号码，如果那个女生再来，麻烦您通知我！"林向宇恳切地说。

"你没毛病吧？"工作人员干脆懒得理林向宇了，扭头走到一边儿去了。

林向宇又急又气地嚷起来："哎，你这人怎么……"

管超赶紧拉起林向宇就往书店外走："你别闹了，走啦走啦！"

在管超的强拉硬拽下，林向宇心有不甘地离开书店。回学校的一路上，林向宇都没有说话，只是目光沉沉地看着公交车窗外，一副丢了魂的样子……

几天后的一个中午，林向宇一动不动地躺在宿舍的床上，脸上盖着一块白色的丝绸手帕，要是不知道的人看见，说不定还以为他死了呢。

管超、谢训和猴子抱着篮球走到林向宇的床边，管超推推他："走，打球去，大三的约咱们打场友谊赛。"

林向宇盖着手帕，闷声闷气地说："你们去吧，我没心情。"

"这娃儿咋回事儿？"谢训一脸困惑。

"魂儿被勾走啦！"管超撇撇嘴说。

"被谁勾走了？乖乖，哪个女生有那么大的魅力？"谢训好奇地凑过去，一把掀开林向宇脸上的手帕，边闻边问，"你碰到哪路神仙姐姐了？"

林向宇像触电般弹起来，一把夺回手帕，紧张兮兮地收进怀里说："别乱摸，大汗手。"

"嘿，龟儿子发情了，"谢训脸上的兴致更浓了，"那女娃娃到底长啥个样？你同我们分享哈嘛！"

"我从来没有过这种感觉……"林向宇望着宿舍的天花板，痴痴地说，"我以前没见过她，也不认识她，但又觉得她十分熟悉。她的脸、头发，还有她站在那里的姿态，甚至扎在手上的手帕，怎么说呢，都跟我脑海中想象的女朋友一模一样。"

"谢训抬手在林向宇眼前晃了晃，哭笑不得地说："你哪个有点儿装疯迷窍吧？"

"她的周身好像自带发光体，那种光很温暖，熠熠生辉，"林向宇深深嗅了一口手帕，自顾自地说，"当时我站在二楼，离她很远，但她身上的香气却像长着翅膀，随风而来，将我包围，让时间为之静止……"

"脑壳不太对！"谢训扭头看管超，指了指自己的脑袋。

"你们不懂，爱情是一种很宿命的存在，"林向宇鄙夷地白了谢训一眼，"当你遇不到它的时候，怎么着急也没有用，一旦遇到了，就是一刹那的天雷地火，一刻都不能浪费，必须马上去爱！"

管超实在听不下去了，说："既然你这么放不下，那就花点儿时间去找她啊，整天躺在床上装死有什么用？"

林向宇怅然地叹了口气："怎么找？我连她叫什么名字，在哪里上学都不知道。"

"现在网上不是有很多'寻人'的帖子吗？你也发一个试试呗，"管超不假思索地说，"把你们相遇的时间、地点、当时的状况都在帖子里写清楚，万一她真的看见了呢？而且，她认识的人也能转给她看，或者还有其他知情群众能给我们提供更多线索。"

"对，发动网络力量，微博、微信、人人、豆瓣、天涯，咱们都试试！"猴子说。

林向宇眼前一亮，一翻身从床上跳下来，扑到电脑前，噼里啪啦地写起帖子来。几分钟后，林向宇按下了屏幕上的"发送键"，朝众人比出"OK"的手势："帖子发出去了！"

众人急忙看向电脑，屏幕上显示的正是林向宇刚发出的帖子，帖子的标题是《寻找手帕女神》，帖子正文还配了一张手帕的特写照片。

"兄弟们，转起来！"谢训喊了一嗓子，众男生纷纷掏出手机，开始友情转发林向宇的帖子，林向宇自己也在电脑和手机上马不停蹄地转发起来。

众人疯狂地转了半天，猴子有点儿累了，对谢训说："谢总，来瓶啤酒吧。"

谢训从放杂货的床上拿了瓶啤酒丢给猴子，继续在手机上转发帖子。猴子懒洋洋地坐在床上喝了几口啤酒，突然打着酒嗝问："哎，谢总，上学期你跟礼仪学校的女生搞的那种联谊，咱们啥时候再搞几次啊？"

"干啥子再搞，你不是瞧不上小镜学校那些妞儿吗？"谢训头也不抬地说。

"那也不能怪我啊，上次那些妞儿的颜值忒差了点儿，"猴子笑嘻嘻地说，"你让嫂子按她自己的标准约人嘛，咱们这边儿帅哥这么多，也就我颜值低了点儿，但有你们在，平均分总能拉起来是吧？咱不能对对方没有要求啊，不然不是吃亏了吗？"

谢训放下手机，奇怪地问猴子："你咋突然想起这个了？"

"还不是那个'京沪大战'嘛，我压力山大啊！"猴子假装抹眼泪状，"不赶紧交女朋友，怎么赢得比赛啊，再说我和超又不能睡兄弟，是吧，超？"

"嗯，相当有理。"管超连连点头。

"那我就没办法了，上次来的那些，都已经是小镜她们学校比较像样的了，再约也还是那个水平。"谢训爱莫能助地对猴子说。

"咱们可以约其他学校的妞儿啊！"猴子不甘心地说，"想想办法嘛，咱们可以扩大狩猎范围。"

林向宇突然打断猴子，两眼发光地问他："你说什么？"

"约妞儿啊，咋啦？"猴子愣愣地说。

"你把刚才的话再说一遍！"林向宇目光灼灼地看着猴子。

猴子顿时紧张起来，看了看其他人，结结巴巴地说："啥、啥、啥意思？我说错什么了吗？"

"我让你再说一遍，你就再说一遍嘛！"林向宇兴奋地用双手抓住猴子的肩膀。

这回猴子彻底吓傻了，结结巴巴一句话也说不利索了，其他男生也都是一脸诧异地看着林向宇，只有管超很快心领神会过来，笑着对猴子说："没事儿没事儿，宇哥他可能要欠你一个大人情了！"

"还是超哥了解我！"林向宇忍不住冲管超竖起大拇指。

包括谢训在内，其他人还是一头雾水，猴子深吸了一口气，对林向宇说："我刚才说，咱们可以约其他学校的妞儿，想想办法嘛，扩大一下狩猎范围……"

"对！就是这个办法！"林向宇一嗓子把猴子吓得浑身一激灵。

"啥子办法？"谢训着急地问。

林向宇刚才在床上挺尸的郁闷一扫而空，浑身上下散发出蓬勃的生命力，抑扬顿挫地说："'手帕女神'不是大学生吗？我可以用联谊的方式找她呀！"

Chapter 3　跨校联谊

受到猴子的启发，林向宇想到了一个寻找"手帕女神"的办法，只不过，好像没有人能听懂他的意思。

幸好有管超在一旁加以注解："舍长的意思应该是，咱们主动去和外校的女生搞联谊，一个学校一个学校地去找那个女生，对吧？"

"对！"林向宇兴奋地挥舞着拳头，"掘地三尺也要把她挖出来，就算找不到她本人，也要找到线索！"

"哦——"谢训终于恍然大悟，朝林向宇竖起大拇指，"你娃儿脑袋瓜子快得很啊！"

猴子还是没听懂，纳闷地问："你们说啥呢？"

林向宇不管不顾地抱起猴子的脑袋，朝他脑瓜门儿上亲了一口，亲热地说："你哥我真没白疼你！"

"去去去！"猴子嫌弃地推开林向宇，连连擦脑门儿，"哥们儿是直的！"

管超乐观地说："照这个方法，应该能迅速广撒网！"

不过，除了330宿舍的人，其他男生就显得对这件事儿没多大兴趣了，他们可没有时间和精力去帮别人找女朋友。

林向宇感受到了大家的情绪，便站起来走到众人中间，热情地说："大家听我说，跨校联谊这件事儿不仅对我有利，对大家都有好处！"

一个男生问："什么好处？"

林向宇拍拍对方的肩膀，笑着回答："我找我的女神，你们大家找你们的女朋友啊。你们想啊，要是一个学校一个学校地串烧联谊下去，咱们得多认识多少女生啊？学法律的、跳舞的、音乐的、表演的、播音的、中文的，海了去了！"

"哇塞，学表演的女生……"一个男生立刻陷入了遐想之中。

另一个男生还算理智，冷静地问："可是，这些女生为什么愿意跟咱们联谊啊？漂亮的女生，肯定不缺条件好的追求者嘛。"

"你这种想法就太狭隘了，"林向宇迅速转动着三寸不烂之舌，滔滔不绝地分析起来，"再优秀的女生也要找男朋友啊，有追求者固然好，但她们总有挑选一番的需求嘛，多认识一些款型的男生，对她们没有任何坏处嘛！而且我们是健康交友，不管能不能成为男女朋友，大家多交几个朋友总是好事儿嘛，专业不同的大学生，多多交流，增长见闻，既陌生又新鲜又有益身心！"

管超摸着下巴，像一个老学究似的说："我觉得老林你在发起一个大学生之间交流的新方式！"

"学霸的理解力就是强！"林向宇又给管超竖起大拇指，并煞有介事地在宿舍里来回溜达，口中嘀嘀咕咕地说，"别急别急，让我想想啊，俗话说，距离产生美，陌生易心动，神秘是发情的根源。但我们现在要反其道行之，让各个学校的男生女生资源互动起来，热闹起来，实现互惠互利的目的！"

听到这儿，谢训不禁恍然大悟，而且是大彻大悟地畅想道："这个想法太好了，那么多男娃儿女娃儿在一起耍，肯定少不了吃吃喝喝，那都需要钱啊，我虽然用不着找女朋友，但我可以去卖啤酒饮料矿泉水，卖花生瓜子烤鱼片，哈哈哈，要大赚喽！"

"没错，你已经上路了！"林向宇赞叹地拍拍谢训。

经过林向宇的游说和解释，众男生全都领会了跨校联谊的内涵和深远意义，一个个不禁摩拳擦掌，充满了斗志。

一个男生说："这样一来，不仅大家都能得到好处，猴子和管超的'京沪脱单大战'也将进入白热化，更加激情澎湃了！"

"对，正点！"林向宇点头称是。

猴子和管超激动得拼命鼓掌，管超一边鼓掌一边对林向宇说："大伙儿都参与进来，人多力量大，咱们的联谊搞得越大，你找到'手帕女神'也就指日可待了！"

"是啊，这是多么一举多得的好事儿啊！大家要不要搞？"林向宇大声发问。

"搞！"所有人齐声呼喊，差点儿把房盖儿都顶起来。

一想到能大赚一笔，谢训就高兴得直搓手，美滋滋地问："赶紧搞，怎么搞？"

"对啊，在哪儿搞？"管超激动得眼睛都红了。

"在酒吧呗，"林向宇不假思索地说，"这种活动，肯定得在酒吧搞啊！"

众人对林向宇的话毫无异议，纷纷点头说："对，就在酒吧搞，酒吧好。"

"不过，谁有酒吧的关系？"林向宇看看众人，问道。

大家面面相觑，一时没人作声，好几秒后猴子突然像想起什么似的，朝谢训看去："谢总，上次和嫂子她们联谊的那个'约吧'怎么样？"

"我看行，"谢训连连点头，"那地方生意不好，肯定巴不得咱们去他那儿办活动呢。"

"约吧？"林向宇扑哧一笑，"瞧这名字，一看就是为咱们的跨校联谊准备的。"

谢训已经迫不及待地站起来了，挥着手说："那咱们还等什么？这就去找约吧的老板谈合作的事儿吧！我先给他打个电话。"

管超连拖鞋都没换就站起来，要跟着谢训往外走，林向宇急忙拦住二人，笑着说："你们俩去吧，我嘛，嘿嘿，我先把这个《寻找手帕女神》的帖子打印出来，给书店送一份过去。"

众男生向林向宇投来鄙夷的眼神，齐声对他哼道："切——"

一个多小时后，谢训和管超走进一条安静的小巷，来到一家门可罗雀的酒吧门前，酒吧的招牌上写着两个字：**约吧**。

二人推门走进酒吧，偌大的店内居然一个客人也没有，生意清冷，酒吧老板和几个服务员围坐在吧台前，懒洋洋地打着扑克牌。

看到来了客人，酒吧老板忙咳嗽了两声，使眼色让员工把扑克牌收起来，然后，老板叼着雪茄站起来，对谢训和管超说："哟，来了，挺快啊！"

"呵呵，想你么，张哥，"谢训笑嘻嘻地说，并指了指身后的管超，"这是我同学，名叫管超。"

"张哥好。"管超礼貌地说。

酒吧老板张哥笑眯眯地朝管超点点头，又扭头对谢训说："小兄弟，你刚才在电话里说的事儿我琢磨过了，我是这么想的，如果我只收你场地费的话，那这生意我就没啥兴趣了。"

"为啥子啊？"谢训大感意外地问，"张哥，你为啥有钱不赚啊？"

"不是有钱不赚，而是钱太少了，"张哥摸摸下巴，露出一副老谋深算的奸商嘴脸，"我这是什么地方？是酒吧。酒吧是干吗的？顾名思义，卖酒的啊！你们卖门票，卖酒水，只给我分点儿场地费。小兄弟，你们这算盘可真会打啊！"

"呵呵，张哥，我们都是穷学生，组织一次活动也挺不容易的，您也得让我们多少赚一点钱嘛。"谢训有点不好意思地说。

"都让你们赚去了，我还赚什么啊？"张哥坚决地摇摇头。

"您可以赚名声啊，我们可以给酒吧带来人气，"管超见缝插针地说，"张哥你看，你这店里都没人。"

"你这小伙子怎么说话呢？"张哥不高兴地瞪着管超，"我不是人吗？"

谢训赶紧用手势示意管超少说话，满脸堆笑地往张哥身边凑了凑，试探地商量道："张哥，你看这样好不好？你负责卖酒，让我卖卖饮料，要得不？"

"不行，酒水饮料全都归我，"张哥不容商量地摆摆手，"你们同意就干，不同意就算了。"

谢训猛地一拍桌子，大声说："同意！同意！就这么定了！"

从"跨校联谊"的设想诞生之日起，男生们就陆陆续续地为之进行了各种准备事宜，时间不知不觉已经过去了半个月，出校军训的大一新生已经返校了，很多人都晒黑了，一个个生龙活虎地投入到崭新的大学生活之中。

九月底的一天，秋高气爽，阳光明媚，沪都大学的林荫道两侧摆满了桌子，学生们三一伙、五一群地在一张张桌子前穿梭来往，熙熙攘攘，十分热闹，今天是学校各大社团一年一度纳新的日子。

各大社团的团员都使出浑身解数，将自己的展台布置得别出心裁，希望能吸纳到优秀的新成员："动漫社"的团员Cosplay(角色扮演)着五颜六色的动漫人物服装，吸引了无数爱美的学弟学妹驻足围观；"街头运动社"的团员踩着滑板，在水泥路上滑来滑去，旋转跳跃，极力展现自己的酷炫，结果一个起跳差点儿掉到另一个学生的身上。

一个写着"啤酒社"的牌匾下，猴子正提着一瓶啤酒卖力地招徕着："轻身一摇雪花飞，尝尝还有酒香味，你当酒来我为水，烈日酷暑家必备。走过路过不要错过啊，啤酒社招募新人。青岛燕京哈尔滨，德国荷兰爱尔兰，百花齐放，百家争鸣！"

这个奇怪的社团立刻吸引一众新生，几个学妹好奇地问猴子："学长，你们社平时都组织一些什么活动啊？"

"喝！"猴子挥舞着手里的啤酒瓶，"我们就是喝！"

女生们被猴子喷了一脸酒气，皱着眉头往后退，嫌弃地说："真没正形儿！"

"误会误会！"猴子急忙收敛姿势，认真地给学妹解释，"我们会举办一些有关啤酒文化的讲座，欢迎妹子们前来看看，不能喝酒也没关系，可以学习一下啤酒文化嘛！"

这时，黄毛领着几个跟班，大摇大摆地晃了过来，一脸轻蔑地对猴子说："哟，这不是大名鼎鼎的猴子吗？"

猴子在迎新会上被黄毛当众踹了一脚，与之有着不共戴天的仇恨，当即皱起眉头轰道："起开！"

黄毛完全无视猴子的驱赶，厚着脸皮自己拿起了一张宣传单："不错嘛，以酒会友，我喜欢，请问在哪儿填报名表啊？"

"我这里不欢迎你！"猴子一口回绝。

"你说不欢迎就不欢迎啊，这社团又不是你一个人开的，我还偏要报名！"黄毛挑衅地舞动着手里的宣传单，"不行咱俩就去学生会理论理论，你凭啥不让我入社？"

猴子懒得搭理黄毛，随手扯过一张报名表丢过去："给你！"

黄毛露出奸诈又得意的笑容，正要填写报名表，一旁的跟班甲突然凑到黄毛耳边，朝远处一努嘴："老大，快看，夏星辰在那边！"

一听这话，黄毛顿时眼睛一亮，丢下报名表转身就走，猴子朝黄毛一伙儿的背影吐了口吐沫，厌恶地说："呸！你要来，老子喝不死你！"

相比那些人头攒动的热门社团，冷门社团就显得有些萧条了，比如戏剧社，今年戏剧社只摆出了一张寒酸的小桌子，还有一道去年剩下的横幅，红布上的白字已经有些污浊，写着：**沪都大学戏剧社招新**。下边还用黑色记号笔歪歪扭扭地写了一行小字：**本社团即将排演大戏《罗密密与朱叶叶之青春无悔》，欢迎加入！**

管超和社长两人穿着民国范儿的戏服，一脸愁容地坐在小桌子后面，从早晨到现在，两人已经坐了两三个小时，前来问询的学弟学妹只有两三个，大多数新生一看到寒酸的小桌子和横幅，就远远绕开了。

时间接近中午，太阳越来越大了，管超被厚厚的戏服捂出了一身汗，郁闷地扭头问社长："社长，咱们非得穿成这样吗？"

戏剧社的社长是个胖子，他出的汗比管超更多，戏服的后背都湿透了，说话的语气却十分固执和坚决："咱们社本来人就少，没有动漫社那么时尚，又没有街舞社那么动感，不穿成这样，怎么抓住人的眼球？"

管超无奈地用长袖擦汗，喝了口水继续卖力吆喝："走一走看一看啊，戏剧社欢迎……"

没想到，管超的话还没喊完，就卡在了嗓子眼儿里，他看见夏星辰穿着漂亮的花裙子，花枝招展地和几个舍友朝着自己走过来，管超瞬间觉得喉咙里像是卡了一块石头，连呼吸都有些困难起来了。

夏星辰和舍友们有说有笑地走过来，落落大方地抬手跟管超打招呼："管超学长好！"

管超呼啦一声从凳子上站起来，过度热情地大声说："夏、夏，你好，星辰！"

"原来学长是戏剧社的呀！"夏星辰灿若桃花地一笑。

管超急忙从桌上抓起一份戏剧社的宣传单，递给夏星辰说："是，我在戏剧社，你喜欢戏剧吗？这是我们社的介绍，给你看看。"

夏星辰饶有兴趣地接过资料，边翻看边问："学长，你们宿舍里的其他人呢？林向宇学长没有参加社团吗？"

"哦，他没兴趣，"管超规规矩矩地回答，"谢训忙着卖东西，没时间。"

这时，社长缓缓地把自己圆滚滚的身体凑向夏星辰，十分认真地问道："这位同学，你听说过斯坦尼斯拉夫斯基吗？王尔德？特尔佐布罗斯呢？留比莫夫？铃木忠志？"

夏星辰忍不住掩嘴一笑，说："学长，我上高中的时候演过学校的话剧。"

"好！"社长夸张地拍起手来，吓了管超一跳，就见社长激动地绕过小桌子，走到夏星辰面前，激情澎湃地说，"同学，我要跟你好好聊一聊，当代戏剧的发展是这样的……"

管超难以置信看着跟社长探讨"当代戏剧"的夏星辰，此时此刻，在他眼中，夏星辰已经不仅仅是美丽而已，而是才貌兼具，天上难觅，人间难寻啊，管超多希望那个和夏星辰畅所欲言的人是自己啊！

夏星辰和社长正聊得起劲，冷不防几个人横插进来，黄毛让手下的跟班推开社长，笑嘻嘻地对夏星辰说："星辰啊，原来你在这儿啊，我都找你半天了！"

夏星辰一看到黄毛就笑容顿消，迅速切换成惜字如金的模式，冷冷地说："哦。"

"你加入戏剧社了？"黄毛看到夏星辰手里的宣传资料，夏星辰没搭理他，他也不在意，自顾自地说，"原来你喜欢戏剧啊！太巧了，我也是！没想到咱们有这么多共同爱好，那我也加入，这样咱俩就可以一起演戏啦！"

管超一脸厌恶地对黄毛说："谁让你加入了？"

没想到社长兴奋地走上来，目光闪闪地看着黄毛："这位同学，你想加入我们社吗？"

"当然！"黄毛趾高气扬地回答。

"欢迎欢迎！"社长热情地握住黄毛的手。

"社长！"管超急忙对社长说，"你不了解情况，他不合适。"

社长紧张地把管超拉到一边，奇怪地问："他怎么不合适了？"

"他不是好人，"管超憋了半天才憋出几个字，"你看他那样，站都没个正形儿！"

"好人坏人还能从外表看出来？管超，你不能以貌取人嘛，"社长语重心长地说，"你就别死心眼了，咱们平时想排练个戏，连演员都凑不齐。我早就想好了，这次只要是能喘气的，愿意加入咱们社团，咱们统统来者不拒。你要是挑挑拣拣的，以后排戏还得咱俩一人分饰好几个角色，都快弄出精神分裂了！"

说完，不等管超表态，社长就走到黄毛身边，郑重地说："同学，经过研究，我们决定接纳你入社，请你按时参加排练！"

"好嘞！"黄毛得意地看着管超。

Chapter 4 宣传造势

国庆长假结束后，秋老虎渐渐收起了炎炎的触手，空气中开始有了些许凉意，午饭时间过后，校园里十分安静，宿舍楼里走动的人也很少，大多数人都进入了午睡中。

位于学校一角的一栋静谧的小楼，一间教室的门敞开着，里面隐隐传出一两句交谈声，夏星辰和零星的几个戏剧社成员坐在教室里，这是戏剧社纳新后的第一次全员会议。

会议时间过去了十多分钟，黄毛才姗姗来迟，大摇大摆地走进教室，一屁股坐到了夏星辰身旁的空位上，毫无愧意地说："不好意思啊，各位，有点忙，来晚了。"说着，他极其自然地将自己的胳膊搭在夏星辰的椅子靠背上。

管超看到黄毛的手，脸上顿时涌出一丝愠怒，可还没等管超开口说什么，社长就清了清嗓子，提高音量说："我接着说啊，我们马上要排演的这出新戏，是莎士比亚经典名剧《罗密欧与朱丽叶》的当代本土版本，名叫《罗密密与朱叶叶之青春无悔》，相信大家都已经看过剧本了。"

"看了看了，一口气看到底！"黄毛挥舞着手里崭新的剧本，夸张地附和道。

社长满意地冲黄毛点点头，继续说："作为这出戏的总导演，我要先和大家一起确定一下我们的主要演员，先说女主角朱叶叶。"

管超看了夏星辰一眼，刚举起手表示要发言，却被黄毛抢了先，就听黄毛大声说："女主角必须能挑起整部戏的颜值担当，我推荐夏星辰！"

"不不不！"夏星辰有点羞涩地说，"我刚入社，应该从配角开始演起。"

管超终于抢上一句话，激动地说："表演不应该看资历，我认为星辰同学对戏剧的领悟力非常强，而且我看见她在剧本上标注了不少分析和思考，再加上她在高中时就有过话剧的演出经验。"

"太好了！"社长赞许得连连点头，"就冲这张脸，还有这份认真的态度，我看女主角非夏星辰莫属！"

"当之无愧！"黄毛立即鼓掌，其他社员对此也没有什么异议，大伙儿一致同意让夏星辰出演女主角。

"接下来是男主角，"社长看了看管超，"我看还是管超吧，他和夏星辰站在一起，看上去比较和谐，大家觉得呢？"

管超的脸微微一红，没想到黄毛居然跳起来嚷嚷："我不同意，凭什么选管超不选我？这不公平，我和星辰同学站在一起也很和谐！"

"子豪同学，是这样的，管超是咱们戏剧社的元老，形象和表演都得到了大家的公认。"社长耐心地做着解释。

"你没选我，怎么知道我演得就没他好呢？"黄毛不服气地挥舞着剧本，言辞凿凿地说，"我认真研读了剧本，剧本里说罗密密潇洒倜傥，意气风发，怎么看都更符合我的形象嘛，哪儿能是弄堂里长大的小赤佬？"

"你骂谁是小赤佬呢？"管超立马站起来。

"别吵，都别吵！"社长赶紧跳到两人中间劝架，"这样吧，我们还是公平起见，宋子豪，你给我们表演一下你想如何塑造罗密密这个角色，如果大家觉得你演得好，就让你来当男主角，怎么样？"

"没问题！"黄毛立马跳到教室的讲台上，歪头斜腰、一扭一扭地走了一圈，还自以为很帅地撩了撩额前的黄色杂毛刘海，最后还朝着夏星辰抛了个飞吻。

黄毛的表演把戏剧社的成员全都逗笑了，社长暗暗摇了摇头，对大家说："大家投下票吧，同意宋子豪出演男主角的举手。"

只有黄毛自己举了手。社长又说："同意管超的举手。"

除了黄毛之外，所有人都举起了手，社长看了看一脸郁闷的黄毛，拍拍手说："少数服从多数，那就这么定了，罗密密由管超出演。我们来看看其他角色，朱叶叶的父亲，土豪朱豪三，谁演？"

"我！"黄毛又跳起来，"演土豪必须是我啊，我本色出演啊！"

大家又被黄毛逗笑了，社长也笑着说："行，那就你吧。"

黄毛赶紧转过头，肉麻而动情地对夏星辰说："俗话说，女儿是父亲上辈子的情人，你会是我这辈子乃至下辈子的情人！"

夏星辰反感地转过头，一眼都不想看黄毛。

选角讨论会顺利结束了，社员们纷纷起身，打算离开教室，管超看看夏星辰，想张嘴又没胆量，黄毛则像一条哈巴狗一样，寸步不离地缠着夏星辰。

夏星辰好不容易才甩开黄毛，径直朝管超走过来，走到跟前又有点儿不好意思似的想了一会儿才开口说："管超学长，你有空吗？我有些关于剧本的问题想请教你。"

"没关系，没关系！"管超受宠若惊，一激动又胡言乱语起来，赶紧自我纠正道，"哦，我的意思是，我没事儿，我有空，没问题。"

"那我们边走边聊？"夏星辰提议。

管超心情澎湃地和夏星辰一起，并肩走在回宿舍楼的路上，一路上，管超紧张得双手都不知道往哪儿放，左右脚的步调也分外地不协调。

"学长，你平时除了参加戏剧社的活动以外，还有什么其他爱好吗？"夏星辰主动寻找话题。

"打篮球。"管超规规矩矩地回答。

星辰眨眨眼睛，追问："还有别的吗？"

管超认真想了想，摇摇头说："没了。"

"那你们宿舍里的其他人呢？比如林向宇学长，他有什么爱好？"夏星辰的脸不知为何微微有些发红。

"也是打篮球。"管超像小学生回答老师的问题一样认真，完全没注意到夏星辰的表情。

"那他有女朋友吗？"夏星辰问完，似乎觉得自己有点心急了，赶紧补充，"我是说他们，嗯，还有谢训学长。"

"谢训有一个青梅竹马的女朋友，在别的学校上学，"管超老老实实地回答，"林向宇跟我一样，没有女朋友。"

夏星辰的嘴角刚浮现一丝浅浅的笑容，就听管超又说："哦，对了，林向宇最近有了一见钟情的梦中情人。"

"是谁？"夏星辰嘴角的浅笑瞬间不见了。

"我不认识，他也不认识，"管超看着夏星辰一脸困惑的样子，觉得她特别可爱，忍不住笑了起来，说，"那天我们俩去市区的一家书店买教材，结果他看上了一个陌生的女生，但还没等他跟人家打招呼，人家就走了，也不知道对方叫什么名字，在哪个学校上学。"

"那可怎么办呀？"夏星辰怔怔地问。

"他在网上发了个寻人的帖子，我们大家都帮他转发，希望能有人提供线索，"管超说，"还有，我们现在正在组织'大学生跨校联谊'，利用这个活动来帮林向宇找到他的女神。"

见夏星辰露出一副感兴趣的表情，管超赶紧把"跨校联谊"的计划原原本本地说了一遍，听完之后，夏星辰若有所思地说："听起来很好玩儿啊。"

"那你也来参加吧，大家一定很欢迎你！"管超激动地发出邀请。

"好呀，我一定参加！"夏星辰一口答应下来。这时，一阵微风轻拂而过，将一片树叶卷起，落到管超的头发上，管超浑然不觉，夏星辰十分自然地抬了一下手，帮他把树叶从头发上摘了下来，并顽皮地朝他眨眨眼睛。

那一刹那，两个人之间只有不到两厘米的距离，管超几乎能看到夏星辰脸颊上软软的胎毛，整个人不觉目眩神迷。

下午没有课，男生们都聚在 330 宿舍里讨论"跨校联谊"的事儿，因为林向宇不在，大家讨论了半天也没什么进展，这时，人群后面突然传来一阵憨憨的笑声。

"呵呵，呵呵，呵呵呵。"管超坐在小板凳上，双手挂着膝盖，托着下巴，满脸痴呆状，不时发出一阵令人毛骨悚然的傻笑。

众人浑身一阵恶寒，谢训怔怔地不知道问谁："他没事儿吧？"说完，他站起来，走到管超面前，下意识地伸手去摸他的额头，没想到管超居然一把拉住谢训的手，含情脉脉地看着他。

"我娘哎，这娃儿的脑壳绝对不正常了！"谢训触电般缩回手，"咋个了，吃午饭前还好好的嘛。"

猴子的眼珠子狡猾地转了转，试探地问："超，你吃完午饭后干吗去了？"

"戏剧社选角会。"管超甜蜜地痴笑道。

"见到夏星辰了？"谢训恍然大悟地问。

管超点点头，猴子赶紧又问："见到夏星辰，然后呢？"

"我们俩在校园里散步了。"管超美滋滋地说。

"牵手了？拥抱了？接吻了？"猴子急切地问。

管超连连摇头，猴子不甘心地追问："一点儿接触都没有？"

"有！"管超猛地抬起头，一脸回味地说，"她碰了我的头。"

"哎，这就对喽！"谢训一拍手，赞许地说，"这次她碰了你的头，下次你再摸她的脸，再搞几回，你俩该碰的不该碰的就都碰到一起了，这事儿就成了！"

猴子宿舍的一个男生站起来，把本来放在申花队球衣的啤酒瓶挪到了国安队那边："跟大家说一下啊，我倒戈了，要改变立场支持管超了！"

"你就对我这么没信心啊？"猴子哀怨得直跺脚，"你白睡我上铺一年多了！"

男生冲猴子抛了个肉麻的媚眼，充满同情地说："你抓紧吧，连个目标还没有呢，下一步你只能睡我了。"

猴子随手抓了个枕头丢过去，那男生哈哈大笑。这时，宿舍的门被人从外面推开了，林向宇走进来，咧嘴一笑说："哟，大家都在，正好我要跟大伙儿讨论一下跨校联谊的事儿！"

"宇哥，赶紧把这事儿落实了吧，我等得花儿都谢了！"猴子带着哭腔喊道。

"就是就是，"谢训也在一旁附和，"约吧那边我和管超都谈好了，虽然不能赚酒水钱，但张哥答应给咱们打折。"

管超看着林向宇一脸沉思的样子，问："怎么了，你还有什么疑问吗？"

"确实有件事儿，我这几天一直在琢磨，"林向宇摸着下巴，神神秘秘地说，"我觉得，这个联谊，得起个名字，也就是得有个主题，这样才有特色。"

"对对对，必须得有，"猴子说，"而且要特洋气，倍儿怀神（fashion 的音译，指时髦）。"

"我想到了，"谢训竖起一根手指，一本正经地说，"约会联盟！"

"切！"众人齐声唾弃，"太无趣了！"

谢训哈哈大笑："我开个玩笑嘛！"

"要不就叫'交友派对'，简单又明了。"管超说。

"是这个意思，但太没有特色了，没什么记忆度，"林向宇摇摇头，眉头深锁地说，"我是这么想的，现在大家都流行在网上和手机上和朋友交流，我想，我们应该通过这个'跨校联谊'给大家传递一个概念，号召大家放下手机，离开网络，回归到现实中，面对面交朋识友。"

众人一致点头称赞，林向宇继续说："所以，我们的核心理念就是'面对面'，我们取名字应该要突显出这个理念。"

管超若有所思地沉吟道："叫什么名字好呢？面对面……face to face……"

"对，face to face！"林向宇眼前一亮，"我看就叫'face party'怎么样？"

"漂亮！"谢训立即拍桌子，"一听就洋气，好要！"

管超朝林向宇竖起大拇指，猴子兴奋得满屋子乱窜："太棒了，我终于可以大施拳脚了，在'脸啪'上散发我浓浓的雄性荷尔蒙啦！"

"好，接下来咱们就可以进入宣传造势阶段了，"林向宇精神抖擞地站在宿舍中央，激情号召道，"大家都要充分参与进来，文笔好的出文笔，会画画的来画图，一定要把宣传帖子和海报做得尽善尽美，然后发动身边认识的人都来转发、扩散，微博、QQ、微信……各种渠道都不要放过！来来来，大家都来出主意！"

"我动员'谢客隆'超市的所有会员都来转发！"生意做遍沪都大学的谢训说。

"我把线下广告贴满学校，还要一间一间宿舍去专门做宣传！"爱到处走动的猴子说。

"我来发动校外的朋友！"上海土著管超说。

"好，就这么干，大家行动起来！"林向宇一拍桌子，所有男生马上投入到为"face party"宣传造势的行动之中……

几天来，又要忙着做生意，又要忙着宣传"face party"，晚上还要跟高宝镜煲电话粥，谢训蜡烛多头烧，整天都觉得睡不够，所以，他就在英语课上睡着了。

英语老师是个处于更年期的妇女，最讨厌学生上课睡觉了，偏偏谢训睡得太香了，居然打起了微小的呼噜，老师的脸色越来越差，终于忍不住了，拿着教鞭用力敲讲台，愤愤地说："我们现在进行实景对话练习，我出个场景，点到名字的同学上来跟我模拟对话！"

说完，老师用探照灯般的眼睛射向谢训，谢训被管超用胳膊撞醒，迷迷糊糊地走上讲台，迷茫地看着英语老师。

"我们来演抢劫银行，"英语老师虎着脸对谢训说，"现在我是银行服务人员，我正在点钞，你演劫匪，用英语让我把钱交出来，开始！"

英语老师开始做出数钱的动作，谢训愣了几秒，猛地反应过来，赶紧跑到教室的墙角，抄起一把扫帚，像举着机关枪似地冲到老师面前，用带着浓浓重庆口音的英语吼道："I'm a bad gay! Very very bad! Give me your mother! Or I'll kill you! "（我是一个坏同性恋，非常非常坏，把你妈给我，否则我就毙了你！）

全班哄堂大笑，最可笑的是谢训完全不知道自己错在哪儿了，老师气急败坏地吼道："My mother? Are you sure?"（我妈？你确定？）

谢训喊得比老师的声音还大："Yes! I like your mother! "（是的，我就喜欢你妈）

教室里的笑声几乎要把房顶掀开了，谢训还自我感觉良好，得意地朝同学们挥手示意，说："三克油！"

"你给我滚到后边罚站去！"英语老师气愤地喷了谢训一脸口水。

谢训一脸困惑地走到教室后面罚站，没过两分钟，他居然靠在墙上，站着睡着了……

WHO SLEEPS MY BRO

| 第三章 | 宿舍的新成员 |

Chapter 1 人肉沙包

　　经过对剧本的反复修改，戏剧社的新学期大戏《罗密密与朱叶叶之青春无悔》终于进入了排练阶段，周六下午，导演和主要演员都来到学校的排练室进行排演，舞台上放着几样家具和布景，看起来十分简陋。

　　这一场是朱叶叶和父亲朱豪三的对手戏，夏星辰和黄毛坐在两把靠得很近的椅子上，其他同学坐在舞台下观看。

　　夏星辰十分入戏，饱含深情地说："爸爸，我是真的爱小罗。一个女人，在她最好的年纪遇到自己最喜欢的人，恰好那个人也喜欢自己，这是件多么幸运的事儿啊！"

　　"女儿啊，我的小叶叶！没有物质的爱情就是一盘散沙啊！"黄毛一把扯过夏星辰的手，夏星辰想要抽回手，黄毛却死不撒手，他用另一只手拍抚着夏星辰的后背，语气浮夸地扯着脖子发问，"女儿啊，你想想，他能给你什么呀？"他能给你房子吗？他能给你车子吗？他能给你衣食无忧的生活吗？他不能，这些东西只有爸爸我能给你！只有我能给你！"

　　眼看着黄毛的脸越凑越近，夏星辰求助地看向台下，管超再也看不下去了，愤怒地就要站起来，结果社长抢先一步跳起来大喊："停停停！怎么说呢，宋子豪，我觉得你这个父亲的处理有点怪。"

　　"哪里怪了？"黄毛自以为是地撩撩头发，"我觉得我演得挺好的，是吧星辰？"

　　夏星辰厌烦地扭过头不搭理他，管超忍不住走上来说："朱叶叶是你的女儿，又不是，又不是……"

　　"又不是什么？"黄毛挑衅地问。

　　管超红着脸说不出口，社长大大咧咧地替他说了："她又不是你的情人，朱豪三是个传统势力的土豪父亲，不是个心理变态嘛！"

　　"岂有此理！"黄毛瞪着眼珠子叫起来，"你们的心理怎么那么肮脏？我是个可怜孤独的父亲，早年丧偶一直未娶，和女儿相依为命，现在看到女儿爱上一个不能给她幸福的穷小子，我的心能不痛吗？"

"你可以心痛，但你说台词就行了，不用动手动脚的嘛！"社长耐心地规劝道。

"我那是情绪到位后的自然驱动，一旦入戏了，怎么控制得了？"黄毛强词夺理地狡辩，指着夏星辰说，"这么一个如花似玉的宝贝女儿，就要被那么一个二八不靠的臭小子糟蹋了，我能甘心吗？"

管超指着黄毛的鼻子："你说谁呢？"

"说戏呢，怎么，还不能评价角色了？"黄毛牙尖嘴利地说。

就在众人相持不下的时候，排练室的后门咯吱一声被推开了，谢训和猴子叼着冰棍儿溜了进来，两人闲着没事儿，想来看看管超和夏星辰对戏，解解闷。

看见有外人来了，社长咳嗽了两声，提高音量说："好了，这场父女对戏先排到这儿，大家对角色的处理有点分歧，没关系，今天回去之后我们都再揣摩揣摩。下面咱们排下一场戏——朱豪三和罗密密的对手戏，大家准备！"

社员们开始重新布置舞台场景，管超和黄毛在舞台上站好位置，挑衅地看着彼此，社长看了看剧本，突然像想起什么似的说："对了，这场戏朱豪三身后需要站两个家丁，谁来帮忙搭一下戏？"

在一旁蹲着吃冰棍儿看热闹的谢训和猴子立刻跳起来，饶有兴趣地说："我来，我来！"

050

社长看了两人一眼，可能觉得这两人长得确实很符合家丁的形象，便欣然同意了，于是谢训和猴子跳上舞台，乐颠颠地站到黄毛身后，黄毛顿时觉得后背发毛，内心深处有种不祥的预感。

"第二幕，第三场，Action！"社长大喊一声，排演开始了。

管超站在夏星辰身边，对着黄毛慷慨激昂地说道："朱老爷！金钱诚可贵，自由价更高，若为爱情故，二者皆可抛！没有了叶叶，我的生命就失去了色彩，活着的每一秒钟都是煎熬，不要说活着了，连呼吸都困难！"

"爸爸，你就成全我们吧！"夏星辰在一旁搭词，"我可以为了爱情去吃苦、去受累、被放逐，哪怕流浪到天涯海角，我也心甘情愿！"

"叶叶，你不要求他了，他就是自私、贪婪，不允许你去追求自己的幸福！"管超深情地看着夏星辰，目光闪闪地说，"但是你的幸福，把握在你手中，你有自己的权利！青春是自由的，爱情是伟大的，我们对他的阻挠也是无所畏惧的！"

"你这小子，竟敢这样跟我说话！"黄毛用手指头指着管超，阴阳怪气地说着台词，"你给我闭嘴，她是我的女儿！永远都是我的女儿，她就是得听我的！来人啊，把这个浑蛋小子给我拉出去，好好打一顿！让他明白明白什么是畏惧！"

"是！"谢训和猴子齐声应道，随后两人默契地一起伸出手，居然把黄毛原地提起来往台下拖，并重重摔到了地上。

黄毛被摔得猝不及防，又痛又惊，在地上躺了半天才琢磨过味儿来，气急败坏地跳起来大喊："你们拖我干吗呀？我是老爷，你们要造反吗？"

"停停停！"社长急忙冲到舞台上来，对谢训和猴子说，"你们俩演错了，剧本不是这样的，你们俩应该听朱老爷的话，把罗密密拖下台。"

"就是就是！"黄毛在一旁气鼓鼓地帮腔。

"导演，我们这是被刚才精彩的表演感染了啊！"谢训装模作样地捂着心口，做出一副感动的样子，"罗密密讲的那句'青春是自由的，爱情是伟大的'，句句扎进我的心里头，我情不自禁啊！"

"这台词，一看就是导演您写的吧？"猴子一脸诌媚地看着社长笑，"写得太好了，太有代入感了！"

"呵呵呵，那是那是。"社长很吃拍马屁这一套，笑得眼睛都弯了。

"这剧本太好了，但还是有一点小小的问题，我不知该不该讲。"谢训趁热打铁地说。

"什么问题，说来听听？"社长很有兴趣地问。

"咱们是新编版对吧？那就贴近当下，尤其是应该贴近年轻人的心，"谢训一脸诚恳地说，"朱老爷虽然是老顽固，但他的两个家丁是年轻人啊，听了罗密密这么感人肺腑的独白，我觉得家丁应该深受感动，拿出年轻人该有的态度来！"

_051

"对对对！"管超连忙帮腔，"这种情绪到位后的自然驱动，非常合理！"

"对，既能让观众意想不到，细细一想又觉得尽在情理之中。"夏星辰也表示赞同。

社长听得连连点头，摸着下巴说："我也觉得这样效果很好，还能体现出我们这部戏独有的叛逆范儿，好，既然大家都喜欢，那咱们就这么演，那么这两位同学，劳烦你们再陪我们练习一遍这场戏！"

"没问题！"谢训和猴子异口同声地说。

黄毛急了："我不干！经过我的同意了吗？凭什么我要受摔打啊！"

"既然来演戏，就要有牺牲精神，如果导演要求摔打罗密密，相信他也毫无怨言，这是职业精神，对吧管超学长？"夏星辰一脸严肃地说，管超点头如小鸡啄米，夏星辰又看向黄毛，"本来你不是想演罗密密的吗？那就代表你也做好了肉体磨炼的准备，对不对？"

管超简直对夏星辰佩服得五体投地，她的这番话逻辑严谨，滴水不漏，把黄毛堵得哑口无言。

黄毛耷拉着头，无奈地说："好吧，既然星辰都开口，那就这么演吧！"

几分钟后，谢训和猴子又把黄毛拖下舞台，黄毛试图反抗，但一虎难敌二狼，再次被重摔到了一边。

社长小跑过来，对谢训和猴子说："我觉得你们不能只顾着摔，神情和动作也要融入家丁的身份中，比如眼神应该更……"

"没问题，导演！"猴子笑嘻嘻地说，"我们再来一遍！"

"还来啊？"黄毛坐在地上，哭丧着脸哀号，随即他看到社长殷切的眼神，还有夏星辰"鼓励"的目光，只好改口，"好，再来。"

就这样，黄毛又被摔了好几次，每一次，谢训和猴子总会出现一点小"瑕疵"，令社长很不满意，又对他们俩提出新的要求……

摔到第五次的时候，黄毛已经放弃抵抗了，被丢出去的瞬间，他整个人已经像一条死狗一般了……

彩排一结束，黄毛就叫苦不迭地被几个前来接应的跟班抬走了。

谢训、管超、猴子和夏星辰一起去食堂吃了晚饭，饭后，谢训热烈提议："咱们去操场上转转怎么样？"一边说还一边朝管超眨眼，明显是想给管超制造和夏星辰相处的机会。

管超紧张地看着夏星辰，生怕她不同意，没想到夏星辰立刻就答应了："好啊，我们把林向宇学长也叫上吧？"

"行啊！"谢训笑呵呵地说，"正好我顺路回宿舍拿点啤酒和零食！"

晚上七点多，林向宇、谢训、管超和夏星辰拎着啤酒和小吃，有说有笑地来到操场上，跑道上有很多学生在夜跑，四个人在看台上坐下聊天，猴子到了宿舍就不想出来了，估计是想晚上和"小媳妇"温存一下。

听完下午在彩排室"摔黄毛"的故事，林向宇笑得前仰后合："笑死我了，黄毛那么衰啊，我居然错过了好戏！"

"龟儿子被我和猴子扔来摔去，就差跪地求饶了！"谢训解恨地说。

"今天总算是出了一口恶气！"管超鼓起勇气看着夏星辰，说，"让那小子在星辰面前出丑，一定让他比死了都难受。"

夏星辰看着林向宇，好奇地问："林向宇学长，你寻找手帕女神的事儿进展得怎么样？"

"没什么进展，"林向宇摇摇头，"我又去了好几次那家书店，还把附近所有的书店都转了，都没找到什么线索。"

"来来来，喝酒！"谢训咬开一瓶啤酒递给林向宇，"你这才刚开始找嘛，莫急！"

大家开始分啤酒和零食，管超挨着夏星辰坐，时不时偷偷瞟她一眼，夏星辰则一边漫不经心地吃薯片，一边情不自禁地望向林向宇："林学长，你那个一见钟情的女神长什么样啊，有照片吗？"

"没有，只有一条她落下的手帕，"林向宇灵机一动，问道，"哎，星辰，你是女生，帮我想想，到底是什么样的女生，现在还有用手帕的习惯？"

夏星辰皱起眉头，认真思索了一下才说："嗯，我觉得她应该是那种小家碧玉类型的吧，很有可能是南方人，不过也不排除其他可能性。"

"宇哥，别着急，一旦这周末的'face party'开起来，没准你的女神就自动出现了！"管超拍拍林向宇的肩膀。

"来，干一口，为了咱们的脸啪！"谢训举起啤酒瓶，"也为了宇哥的爱情！"

三个男生大笑着碰瓶，夏星辰略微迟疑了一下，也举起一瓶啤酒跟大家碰了一下。

仰脖一口气干掉一瓶啤酒后，林向宇豪迈地一抹嘴，情绪高昂地对谢训说："怎么样，老谢，来一圈？"

谢训立刻心领神会，把瓶子里的啤酒一饮而尽，跳下看台，挽着袖子说："跑就跑，谁怕谁啊，老子号称重庆小飞龙！"

"那额四陕西黑骏马！"林向宇难得说一次陕西话。

两个人在跑道边摩拳擦掌，活动筋骨，开始做起热身运动。

管超和夏星辰坐在看台上，管超心里感激着两个舍友积极地为自己制造机会，他和夏星辰坐得那么近，他都能闻到她头发上洗发水的香味，朦胧的醉眼中，夏星辰看起来更美了，就像坐在云端的仙女。

夏星辰静静地坐在看台上，并没有感觉到管超痴情的目光，而是一直脉脉含情地望着在跑道上飞驰的林向宇，看着他高大的身形，飞扬的头发，夏星辰心中不禁有些落寞，他已经有了一往情深的女神，他的眼中似乎永远都看不到小小的夏星辰……

就在夏星辰和管超坐在操场的看台上想着各自的心事的时候，不远处7号男生宿舍楼的某间寝室里，突然发出一声哀怨的惨叫：

"啊呀——"

黄毛躺在下铺的床上，跟班丙正在给他揉腰上被摔出的瘀青，跟班甲则从一个电热杯里往外捞煮鸡蛋，剥了皮在黄毛的腰上滚动。

黄毛一声声地惨叫不止："我说你们俩轻点儿啊，这个揉法不得把我揉成残废啊！"

跟班甲一边吃煮鸡蛋一边说："这些人下手怎么这么重啊！"

黄毛眼含泪光地望着窗外的夜空，咬牙切齿地发誓："这个仇我一定会报的！"

Chapter 2 首战告败

令人期盼已久的周末终于到了，晚上七点半，谢训和管超在约吧的门口贴上了精心设计的"face party"宣传画，八点整，策划已久的第一次跨校联谊就要正式开场了！

谢训手法熟练地点着一摞印有"face party"LOGO的门票，点好后还朝管超晃了晃，兴奋地说："不多不少，刚好一百张！"

"不知道能不能卖出去，"管超心里有点忐忑，"万一没人来怎么办？"

谢训胸有成竹地搭住管超的肩膀，笑呵呵地说："就算你对咱们的创意没有信心，也要对男娃娃们的荷尔蒙有兴趣，放心吧，一定会有人来的！"

四十分钟后，谢训和管超蹲在门口，百无聊赖地用随手捡到的树枝在地上画圈圈玩儿。

"怎么搞的，都过了四十分钟了，怎么才来了几个人？"管超的信心又跌到了谷底。

谢训也急了，用鞋底一下下地碾着半截烟蒂，看着手里没卖出几张的门票说："再这样，肯定要赔钱了，咋个办哟？"

就在两人抓耳挠腮的时候，街道的拐角处突然走出来一群大学生模样的男生，他们径直走到约吧门口，为首一个戴眼镜的男生开口问道："这里是约吧吗？ face party 是在这里吗"

"对对对！"谢训激动地问，"你们几个人？"

"十个，"眼镜男骄傲地随手往后指了指，"后面还有人呢。"

"好好好，太好了！"管超两眼放光地说，"不好意思啊，由于我们这是大学生交友派对，所以要麻烦各位出示一下学生证。"

眼镜男大大方方地掏出学生证递给管超，管超一看，眼睛不由得更亮了："原来是理工大学的啊，欢迎欢迎。"

谢训早已数出了十张门票，手里还拿着一个荧光章说："好了，买票，盖章！"

众男生纷纷掏钱，谢训一手在众人手臂上盖荧光章，管超殷勤地拉开约吧的门，请大家入场。

眼镜男一伙儿刚进入约吧没多久，果然有六七个高大健壮的男生走进来，为首的是一个梳着"莫西干"头的大块头，没等谢训和管超开口询问，他们就递上门票钱和学生证，自报家门地说："六个人！"

"是体育大学啊！"管超看看学生证，热情地说，"好，好，欢迎！"

这两拨男生入场之后，陆陆续续又有几拨男生先后出现，约吧门口很快就排起了长龙，众人手里拿着钱和学生证，管超和谢训收钱、查证、盖章，忙得不亦乐乎。

约吧内，人数越来越多了，轰鸣的音乐声中，不算大的酒吧空间里挤满了人，但林向宇他们的脸色却从一开始的惊喜和兴奋，渐渐转化成不知所措，根据目前的情况来看，吧内的男女比例已经严重失调，舞池里跳舞的基本上都是男生，放眼望去，整个酒吧里也几乎没几个女生，很多男生只能尴尬地跟男生跳舞。

而且，女生的数量不仅少，还没有长得好看的。

在这样的情况下，夏星辰就显得更加珍贵了，她的身边围了十几个男生，每一个都争先恐后地要和她聊天，还有男生在后面拼命地挤，不满地喊道："可以了，你都跟她聊了一分钟了，该轮到我了吧！"

"莫西干"愤愤不平地找到林向宇，抗议道："你们这是怎么回事儿啊，没几个漂亮姑娘啊。"

林向宇已经回答了好几个男生诸如此类的问题，焦头烂额地敷衍道："哥们儿，稍安勿躁，别急，漂亮姑娘马上就到了。"

"快点儿啊。""莫西干"嘟囔着走来了。

林向宇赶紧把谢训拉到一边，小声说："快给小镜打电话，让她带几个女生过来救场，打车的钱给报销！"

谢训点点头，小跑着到一旁打电话去了。

过了半个多小时，高宝镜终于带着几个女生赶到了，这群礼仪学校的女生比一般大学生的穿着和装扮更为艳丽，一出现就立刻吸引了全场的注意。

派对的局面立刻出现了变化，人群划分成了两个区，一个区以夏星辰和她的舍友为中心，另一区的中心则是高宝镜和她的小姐妹们。

"莫西干"第一时间扑向了高宝镜，亢奋地说："哎呀！同学，我这一晚上能等到你，真是值得了！"

"不好意思啊，我有男朋友了。"高宝镜客气地笑笑。

谢训赶紧把高宝镜揽到自己身边，一半歉意一半得意地对"莫西干"说："不好意思啊，兄弟，这是我女朋友。"

"莫西干"一脸艳羡地舔舔嘴唇，说："艳福不浅啊！"

谢训陪着笑，护着高宝镜走开了，不过谢训的担心显然是多余的，下一秒"莫西干"的注意力就被高宝镜带来的一个小姐妹吸引过去了，他一脸轻浮地走过去，一甩头发说道："同学，你没男朋友吧，跳个舞呗？"

还没等女生回答，第一批带队入场的那个眼镜男跳到"莫西干"和女生中间，张牙舞爪地说："哎哎，你不能这样啊，我都和她聊半天了，刚才不过是撒了个尿的功夫，你就想挖墙脚啊！"

"挖你妹，她是你什么人？我跟她聊两句还用经过你的同意？我今天还非要跟她跳舞了！""莫西干"不客气地把眼镜男推到一边，说，"躲开！"

"你躲开！"眼镜男也不甘示弱地反推了"莫西干"一把。

"莫西干"当然不能掉面子，又用更大的力气推向眼镜男，眼镜男被推得后退了好几步，好不容易才站稳，女生惊呆了，娇声劝道："别打架啊！"

056 _

眼镜男原本已经有点害怕了，但听到女生这么一说，顿时又起了逞强的心，硬着头皮大喊："我就打了，能怎么样？"

两个人就这么你一言我一语，你推我一把我撞你一下地对峙起来，双方的同学看到这情况，全都义气相挺地冲过来，一开始众人还只是推推搡搡，骂骂咧咧，但局面很快就失去了控制，当一个人终于被推倒在地的时候，所有人的情绪都被彻底点燃了，双方人马全都打在一起。

很快，一些看热闹的人也被卷了进去，混乱中，很多根本不知道发生了什么事儿的人也加入了战局，人们打红了眼，只要看见男生就往上冲，女生们尖叫着到处乱窜逃跑，杯盘和酒瓶全都成了武器，桌子被撞翻了，各种颜色的液体流了一地，不知道谁抄起一个凳子丢向了吧台，就听哗啦一声巨响，酒柜上的各种高档洋酒像保龄球一般被炸得粉碎。

"别打了，有话好好说啊！"管超冲上去抱住带头的"莫西干"的腰，却被对方一下子甩脱，摔趴到地上，地上淌满了红酒，又湿又滑，管超爬了半天也没爬起来，幸好林向宇及时奔过来，把管超拉起来，就在两个人惊魂未定地站稳的时候，一个玻璃果盘凌空飞来，眼看就要砸到两个人身上，关键时刻，谢训一跃而起，飞起一脚把果盘踢飞了。

见状不妙，谢训大喊一声："兄弟们，保命要紧，莫得拉架不成反被打呀，快撤！"

一片混乱中，林向宇三人护着夏星辰和高宝镜，穿过人群的夹缝，狼狈而艰难地逃出了约吧。

五个人跑到约吧外面，躲到一个阴暗的角落里，在他们身后，打架的男生也纷纷涌了出来，在约吧门外的马路上喊叫追打。

"这可怎么办啊？"管超浑身沾满红酒汁液，"怎么会来这么多人啊？"

事到如今，谢训还嘴硬地开玩笑说："我就跟你们说吧，要相信男生的荷尔蒙！"

夏星辰无奈地仰天长叹："荷尔蒙太多了就要闯祸了！"

"咱们赶紧离开这个是非之地吧！"高宝镜害怕地说。

"不行啊，咱们还没给约吧的老板结账呢！"谢训到什么时候也忘不了他的生意经。

这时，一阵刺耳的警笛声传入五个人的耳中：呜哇呜哇呜哇——

刺眼的红色警灯由远及近地迅速朝着约吧靠近过来，看着一辆又一辆驶来的警车，林向宇心中大呼不妙，大叫一声："不好，警察来了，快跑啊！"

包括谢训在内，五个人二话不说，掉头就跑！

第二天一大早，躲在宿舍睡大觉的三个男生就被"请"进了系办，高朝跷着二郎腿坐在椅子上，脸色铁青地把手里的水杯重重放在桌子上，暴怒地吼道："你们知道闯了多大的祸吗？你们这是聚众斗殴！毁坏他人财产，这是犯罪知道吗？"

林向宇不服气，壮着胆子说："我们没打架，是别的学校的学生在打，我们还拉架了呢。"

"你还敢狡辩！"高朝气得把桌面拍得山响，"那活动是你们办的吧？场地是你们选的吧？门票是你们卖的吧？人都是你们找来的吧？你们就是主谋知道吗？我怎么会教出你们这样的学生？真是太给我丢人现眼了，我恨不得让警察立马就把你们都带走，永远消失在我的面前，我怎么这么倒霉，摊上你们这些败类！"

高朝越骂越难听，谢训忍不住嘟囔："我们还倒霉呢。"

"还敢顶嘴？"高朝拿起杯子做出要砸谢训的架势，谢训吓得急忙往后退。

管超低着头，一脸窝囊地问："高老师，那现在怎么办啊？"

"哼，这次算你们运气好！"高朝鼻孔朝天地说，"那个酒吧的张老板，是我过去的学生，而且也是咱们系毕业的，说起来还是你们的师兄，要不是他拦着我，昨天晚上我就直接把你们交给警察了，还能让你们像没事儿人一样在宿舍睡觉？"

三个人皆是一脸惊奇，谢训跟张老板打交道最多，难以置信地说："张哥是我们师兄？我怎么没听他提起过！"

高朝白了三个人一眼，鄙夷地说："总之，这次张老板看在我的面子上，就不追究你们的责任了，他同意跟你们私了。"

"什么私了？"林向宇一头雾水。

"赔钱啊！"高朝怒其不争地看着林向宇，"你们把人家的酒吧砸成那个样子，酒啊装饰啊，全都碎了一地，那都是钱啊！必须得赔钱，马上赔！"

谢训终于意识到问题的严重性，颤颤巍巍地问："赔多少钱啊？"

高朝懒洋洋地靠回椅背上，手指头像算命似的掐算着："连着装修，带酒水，再加上停业维修期间的营业损失，给你们打个折扣，七八万吧！"

"这么多！"三个人瞪大眼睛，异口同声地喊出声。

"你们也知道多？"高朝气不打一处来地说，"早知如此，何必当初！"

谢训来自农村，连上大学的钱都是全村凑齐的，两年来他的所有学费和日常开销全都靠自己卖杂货和打零工赚，即便如此，手头还是经常入不敷出，此时此刻，他的脸都吓白了，发自内心地悲叹起来："老天爷，辣么多钱！"

管超也是一脸惆怅，他虽然是门门功课全优的学霸，但摊上这种事情，也是一点儿办法都没有。

只有林向宇还算冷静，他镇定地对高朝说："不可能，就算把所有费用都算上，也用不了那么多钱。"

"你什么意思，难不成还是我敲诈你们吗？"高朝鼻子不是鼻子、眼睛不是眼睛地说，"要不我让警察来好好查一查到底需要多少钱？还是我直接把这事儿上报到学校里，先让你们三个停课一个学期？你们知道我花了多大力气才把这事儿压下来的吗？"

这下林向宇也没辙了，一想到自己老爹那个暴脾气，他就浑身汗毛倒竖，连连摆手说："别，别，我们还是赔钱吧，我们、我们这就回去想办法凑钱！"

"这还差不多，"高朝的鼻子和眼睛这才归了位，吱溜喝了一口茶水，一边往茶杯里"呸呸"吐着茶叶梗，一边放缓语调，如释重负地说，"好了，你们尽快去筹钱吧，筹齐了尽快来交给我。"

"是，高老师。"三个人垂头丧气地扭头要离开办公室，这时，高朝突然像想起什么似的又开口喊道。

"管超！"高朝放下茶杯，冲管超摆摆手，"你留一下！"

管超收住脚步，不情愿地看了林向宇和谢训一眼，两个人爱莫能助地看了看他，自己走了，出门后还识相地把办公室的门带上了。

Chapter 3 新合伙人

林向宇和谢训离开后，系办里只剩下了高朝和管超两个人，管超低着头，一言不发，一副逆来顺受的小媳妇模样。

"管超啊，你真是太让我失望了，太失望了！"高朝叹了口气，起身去给自己倒茶水，倒完看看管超，也给他倒了一杯，然后朝一旁的沙发努努嘴，"别站着了，坐吧。"

"谢谢高老师。"管超端着茶水，浅浅地坐在沙发边上，一副忐忑不安的样子。

高朝怒其不争地看着管超的头顶，抬手呼撸了一下自己的假发说："这学期的优等生奖学金，你们班报到系里的就是你，当然，最后系里批不批，还得看系领导的意见，这个字还得我来签，所以你自己掂量一下，我下面要跟你说的话，你要不要听进去。"

"嗯。"管超闷声点头。

"以后，你离你们宿舍的那两个浑蛋远一点，"高朝不客气地说，"我会害你吗？俗话说，近朱者赤近墨者黑，再这么混下去，你早晚会跟他们同流合污。"

管超不甘心地小声抗议："我们是好兄弟。"

高朝轻蔑地用鼻子哼了一声："那你就别想当什么优秀学生了，还有什么奖学金、保研、留校，这些好事儿分钟和你半毛钱关系都没有了，你想想，你的好兄弟能给你解决这些吗？"

管超低着头不吭声了。

高朝看管超似乎有所悔改，口气也略微缓和下来，他吹了吹茶水，喝了一口，语重心长地说："你跟他们一起搞这个'非死派对'，是因为缺钱吗？要是这个原因，我可以多给你介绍几份家教的工作，有好几个老师家的孩子都需要文化辅导。"

"不用，生活费我可以自己解决。"管超敏感地回答。

"管超啊，你要好好为自己的前途想想，你们家的情况明摆在那里，"高朝不知是没看出管超的难为情，还是故意视而不见，继续说，"你是单亲家庭，母亲还卧病在床，你的家庭根本没有办法做你的后盾。上海这么大，你以为你是一个上海人，就能那么容易在这个城市里拥有自己的一席之地吗？从入学的第一天开始，我就已经把最美好的未来摆在你的眼前了——保研、读博、留校！而要想实现这些，能帮助你的人只有我，你明白吗？"

管超的头埋得更低了，捏着茶水杯的手指关节微微发白，用轻不可闻的音量应道："嗯。"

高朝苦口婆心地继续发表感言："说实话，我人到中年，在高校教育体制里，也混到了该承担更大责任的年纪，所以，可能不久之后，我就需要有自己一手培养起来的、值得我信任的人做我的左膀右臂。机会就摆在你的眼前，我也不想说得更透了，你自己回去好好想想。"

管超看着漂浮在茶水上面的劣质茶叶渣，木讷地又应道："嗯。"

"我跟你说过很多次了，你跟你们宿舍里的那两个浑蛋不一样，我读书的时候，身边也有他们俩那样的人，当时是看着比谁都能吃得开，但毕业后你再看看他们，全都抓了瞎，"一提到林向宇和谢训，高朝就气不打一处来，喋喋不休地说，"那个谢训，看上去挺有经商头脑，但他做的都是些不入流的小生意，小打小闹，鸡毛蒜皮，以后撑死就是个小商贩；还有林向宇，自认为生了一副好皮囊，脸皮比谁都厚，油嘴滑舌，一肚子小聪明，哪儿有一点儿正形？他对自己的未来有打算吗？他继续这样，只能成为一个毁誉参半的男花瓶！当然了，你们既然住在一个宿舍里，你就要学得聪明一点，他们这些人，就是你生活的调剂品，玩玩闹闹就行，别谈什么兄弟感情。"

管超又"嗯"了一声。

高朝终于说累了，疲倦地冲管超摆摆手："好了，今天跟你说的够多了，你回去好好消化一下。"

管超放下茶杯，刚走到门口，就听高朝又说："哦，对了，我差点儿忘了说，你们宿舍不是还有一张空床吗？有个国外回来的转校生，要插到你们班，我把他安排到你们宿舍了，跟你说一声。"

"哦，知道了。"管超点点头，转身迅速离开系办。

一回到宿舍，管超就有气无力地一屁股瘫坐到床上，林向宇和谢训交换了一个眼神，一脸八卦地凑过来，谢训眼巴巴地问："高朝又跟你说啥子了？"

"还不是那些话。"管超叹了一口气。

林向宇一边啃黄瓜一边说："他是不是说我是男花瓶，老谢是小商贩？"

"你还真了解他。"管超哭笑不得地说。

林向宇俏皮地模仿着高朝的动作，朝自己的头发上撸了一下，摇头晃脑地说："夫谋之在先者必远远逊于策之于时。我看他一成不变，一辈子就会这么几个比喻。"

管超不禁被林向宇夸张的模仿逗乐了，心情渐渐轻松起来，说："他还说，等我将来留校，就可以做他的左膀右臂。"

"啧啧，高朝在下一盘很大的棋啊。"林向宇拍拍管超的肩膀，意味深长地说。

"什么意思？"管超真心地向林向宇请教。

"这还不简单，你就是他精心雕琢的棋子啊，"林向宇头头是道地分析起来，"你想啊，高朝也没有什么强大的后台，他要想往上爬，争当院长，乃至校长的级别，就必须得有得力的帮手在下面托着，从教学到行政部门，各个关口都得安置上自己的亲信，他这是要培养你当自己的嫡系啊！"

"原来是这样！"管超恍然大悟，"我怎么就没意识到这一点呢，我刚才差点儿相信了他是真心为了我好。"

"呵呵，再这么发展下来，管超将来就会变成一个小高朝啊！"谢训殷勤地给管超拧开一瓶可乐，点头哈腰地说，"管主任，以后还请您多多关照！"

"我才不要变成小高朝！"管超接过可乐喝了几口，不想再继续这个话题了，于是说，"对了，高朝还说，咱们班要转来一个新同学，他已经安排到咱们宿舍了。"

谢训一听就跳起来："他这是要让新人睡在我放货的铺上啊，那我的货放哪儿啊？"

林向宇问："大学还有转学的？背景挺硬啊，高朝说没说是什么人？"

"他只说是从国外回来的，"管超如实作答，喝完饮料，他脸上浮出一抹惆怅，语气沉重地说，"咱们别管什么新同学了，先想想怎么把酒吧老板的赔钱凑上吧。"

谢训立刻没电了，坐在床头唉声叹气。

"老谢你先别急，"林向宇打开电脑，"我上网查查。"

"查什么？"管超豪气地问。

"大学男生怎么才能快速赚到钱，"林向宇边说边噼里啪啦地在电脑上打字，"哎，有了！"

谢训赶紧凑到电脑前，念出搜索结果："有偿服务，伴游，要求身材好，身体棒，这是啥意思？"

"这还看不出来？"林向宇坏笑道，"卖肉当鸭子啊。"

三人互相看了看对方，静了几秒，异口同声地说："我不卖！"

夜深人静，330 宿舍的三个男生在床上辗转反侧，一想到 8 万元的赔偿金，三个人就心情沉重，夜不能寐。

谢训在被窝里不断地戳着手机，突然大喊一声："看这个广告，富婆求精。这个富婆，二十八岁，肤白貌美，丈夫是香港富商，早年因车祸而丧失生育能力。为继承庞大的家业，两人经过商议决定寻求身体健康、品貌端正的年轻男子，以圆为人父母的心愿。一旦受孕成功，立即支付酬劳 50 万！哎呀妈呀，一颗精子就能卖到这个价钱？可以啊！"

"这明摆着是骗人的，天底下哪儿有这种好事？"林向宇不以为然地说，"没等你的精子卖给她，你的钱就都被她骗走了，没准她还能把你的血都给榨干了，外带挖走你一颗肾！"

"对呀！"谢训一个鲤鱼打挺从床上翻起来，"我们可以去卖肾啊！"

"你疯了吧？"管超随手把自己的袜子丢到谢训的床上，"你没看电影里演的吗？好多人把肾掏出去，再塞一包毒品进去，吃不了兜着走！"

谢训长长地叹了口气，语气难得有些低沉地说："我屋里头，还有小镜家里，就是这种情况，靠我一个人赚这点钱供我们两个人交学费和生活，还得贴补双方的家用，真是没什么钱，就算我把囤的这些货都卖了也没几个钱。"

"我肯定不能让我妈知道这件事，她本来身体就不好，"管超的声音听起来也闷闷的，"我姨妈家也比我家强不了多少，供我上大学她们本来就很辛苦了，我不能为了这种事儿再让她们操心了。"

"我倒是可以让我爸把钱垫上，"林向宇牙缝里倒抽着凉气说，"但我发誓，他肯定得当场把我的腿给卸了。"

三个男生感觉自己真是要被钱给逼死了，长吁短叹了一阵子之后，林向宇突然一拍床板，坐起来大声说："我决定了，去找约吧的张哥谈判！"

"怎么谈？"

"咋个谈？"

管超和谢训齐声发问，林向宇用不容置疑的坚定口气说："咱们让他宽限一下赔钱的时间，分期付款，用大学四年慢慢还，哪怕给他点利息也行！"

第二天一大早，三个人就赶到了约吧，张哥正坐在一片狼藉的店里，指挥着店员清点财物，因为一把断腿的高档吧台椅，张哥刚跟店员发了一通脾气，一看见林向宇他们，就没好气地问："来得挺早啊！钱拿来了吗？"

三个人你看我，我看你，谁也没作声。

"怎么，没带钱吗？"张哥更气了，"那你们来干吗？你们几个臭小子也真够可以啊，把我的酒吧砸成这个样子，居然说走就走，连个招呼也不打！"

三个人赶紧低声下气地赔不是。

"光道歉有什么用？"张哥说，"钱呢？我要的道歉是真金白银的补偿，不是你们那廉价的道歉，别说赔偿了，你们连酒水钱都没给我！"

"张哥，不，张师兄，我们一下子真是拿不出那么多钱，但是我们想到了一个办法……"林向宇硬着头皮，把分期付款的计划跟张哥说了，最后补充道，"只要您宽限我们一些时间，我们大学毕业前一定把这个钱给您。"

林向宇说得口干舌燥，张哥却完全不为所动，似笑非笑地说："你们毕业前？开玩笑！我这分分钟要装修，要付房租水电，要给店员发薪水，我一刻也等不了！"

"那您有什么建议？师兄，我们真是山穷水尽了，看在我们都是沪都大学校友的分儿上，您给我们指条路吧！"林向宇一咬牙，一瞪眼，干脆把难题丢还给张哥了。

"你们先坐下吧。"张哥把手里的雪茄放在烟缸上，指了指旁边的沙发，三个男生交换了一个眼神，局促不安地坐下了，张哥看着紧张兮兮的三个人，面色慢慢变得和颜悦色起来，还朝一旁的服务员挥挥手，"小王，给他们上酒。"

服务员端来了四杯酒，张哥自己喝了一口，发现三个男生都没动，便向三人做了个"请"的手势，林向宇和管超还是不敢喝，只有谢训硬着头皮喝了一口。

张哥看着谢训喝了酒，这才不紧不慢地说："其实，你们这个 face party 的创意，本身有很大的商业价值和影响力，以及巨大的潜在市场。这次的事故，主要是由于操作不当和缺乏经验导致的突发状况，在未来的运作中，是完全可以规避的。"

"未来？"林向宇的思维转得飞快，意外地看着张哥，"您的意思是，我们这个活动还可以继续办下去？"

"你们认真听啊，我给你们算了一下，"张哥放下酒杯，用手指蘸着酒水在桌子上胡乱划拉着，"你们这是第一回，在还没有正确和透彻宣传的情况下，就来了一百多人，门票五十块一张，再加上额外消费的酒水、果盘和零食，除去场地和员工费用，利润相当可观。"

"真的？"谢训不敢相信地眨巴着眼睛，"您觉得我们这个生意有前景？"

"综上所述，与其跟你们追债，我不如把这个钱当作投资，入股到你们接下来的生意中，"张哥闪动着那双属于商人的狡黠眼睛，微笑着说，"我决定把自己的身份从你们的债权人变成合伙人。"

三个男生早就听得入了迷，一个个挺直腰杆，双眼发光。

"等酒吧修整完成后，你们可以继续举办 face party，酒水和场地费用由我承担，你们负责招募和活动的具体操办，"张哥又叼起雪茄，眯着眼睛意味深长地看着三个男生，"至于利润嘛，咱们五五分成，你们觉得怎么样？"

三个人愣了几秒，异口同声地回答："我们觉得行！"

回学校的路上，林向宇、管超和谢训的心情一改来时的沉重，六只眼睛里满满都是喜悦，沿途的街道、风景、建筑和行人，看起来全都那么美好、和谐、充满朝气，三个人争先恐后地抒发自己的感想，激动地畅想着 face party 的未来。

"现在我满眼都是白花花的银子啊！"谢训美滋滋地说，"关于第一次派对的失败，我归结原因主要是人数太多了，以后咱们得限制一下人数，尤其是男女生的比例。"

"这好办，咱们以后提前一周就开始预定门票，比如凭学生证号码在网上购票，没有事先预约的一概不许入场，给多少钱都不行！"管超的学霸大脑飞速转动着，很快就有了主意。

"我觉得咱们还得想一下派对上的具体活动内容，像上次那样大家随着性子玩儿，很容易就引发骚乱，"林向宇的鬼点子是最多的，滔滔不绝地说，"从提升娱乐水准的目的来看，我觉得做主题派对比较有意思，入场的人都带有任务和期待，这样在交流中，大家就能更自然地认识和了解彼此。"

"太好了，这样我就能不停地数钱了！"谢训笑着说。

"这样我和星辰接触的机会就更多了。"管超笑着说。

"这样我找到'手帕女神'的可能性就更大了。"林向宇笑着说。

三人相视一眼，喜不自禁地击掌庆祝："耶！"

064

Chapter 4　奇葩绝配

第一次 face party 的风波平息了，碍于高朝虎视眈眈的监视，男生们最近的言行举止似乎都收敛了许多，但实际上，大家都在攒着劲儿，暗暗酝酿下一次派对。

这天，结束了上午的课，330 的三个男生有说有笑地回宿舍，路过一间寝室门口时，林向宇突然停住脚步，一脸神秘地说："你们俩先回去，我去帮猴子下载一部片子。"

"什么片子？"管超问。

林向宇挤眉弄眼地说："你懂的。"

"哦，是爱情动作片啊。"谢训坏笑起来。

林向宇不置可否地笑着走进那间寝室，管超和谢训径直走回 330，却发现宿舍的门开着。

"怎么回事儿？"谢训傻眼地说，"钱还没赚到呢就招贼了？"

两人赶紧走进宿舍，就见宿舍杂乱无章的宿舍中央摆着一只行李箱和一个大号的旅行袋，谢训那张堆满小卖部杂货的床铺居然被清空了，摆上了一套干净的寝具，谢训眨巴眨巴眼睛，错愕地说："啥子情况？"

"应该是高朝说的那个国外回来的插班生来了吧，"管超的反应快一点，提醒谢训，"老谢，你的货呢？"

谢训立刻紧张起来，急匆匆地在宿舍里转了一圈，最后在阳台里找到了被摆放得整整齐齐的货，这才松了口气，东张西望地到处看："这小子还挺懂礼貌的，给我码得挺整齐，不过他人去哪儿了？"

"管他呢，该回来的时候就回来了呗，"管超懒得理会这事儿，懒洋洋地脱了鞋躺到自己床上，"今天一下午都有课，我得抓紧时间睡一会儿。"

管超闭上眼睛，很快就迷迷糊糊地睡了过去，谢训在宿舍里东翻西翻地找电话卡，又心急火燎地跑出去给高宝镜打电话，这些声音管超统统没听见，睡梦中，管超突然有一种奇怪的感觉，似乎有什么东西正在近距离地看着自己，他下意识地转过头，睁开眼睛，就见一个绿色的小东西正静静地趴在他的枕头上，瞪着一对小眼睛直勾勾地看着自己。

一开始，管超还以为自己是做梦，他眨巴眨巴眼睛，又活动活动手脚，突然意识到不对劲，这不是梦，自己真的醒了，而且自己的枕头上真的趴着一个奇怪的不明生物，更夸张的是，那只绿油油的恶心生物，居然开始伸展开四肢，蠕动着爬行起来，爬到了管超的脸上，痒痒的清晰触感顿时令管超睡意全无，全身都冒出了鸡皮疙瘩——这居然是一只变色龙！

"妈呀！"管超情绪激动地从床上弹起，双手在脸上胡乱蹭，把变色龙甩掉。

变色龙也被吓得不轻，慌不择路地在床单上乱爬，管超早已从挂在床勾上的书包里摸出了他那把随身携带的菜刀，对准变色龙就要开砍。

"Stop！Stop！"一个惊恐的男声传入管超耳中，与此同时，管超的手腕被人紧紧地握住了。

管超惊愕地一扭头，就见自己身后站着一个陌生的男生，男生长着一对圆溜溜的大眼睛，长长的睫毛像两把小刷子，一脸无辜而呆萌地看着自己。

"干吗？"管超大声道，"你谁啊？"

下完"电影"的林向宇和打完电话的谢训一推开宿舍的门，就看见管超正举着菜刀，和一个男生纠缠在一起，两人赶紧冲上去拉架。

"搞啥子？哪个都抄刀子嘞？"谢训奋力从管超手里夺菜刀。

"别动手，有话好好说啊！"林向宇抱住陌生男生的腰，用力往后拖。

男生被拖出几米后，连连对林向宇和谢训解释："没事，没事，我们没有打架，这都是误会！"

"你是谁啊？"林向宇、谢训和管超一起朝男生喊道。

"What？"男生吓了一跳，没听清。

"我们问你是谁。"林向宇放轻音量又问了一遍。

"你们好，我叫李大鹏，是你们的新同学 and 新室友，嗨！"男生顿时满脸堆笑，还抬起一只爪子朝三人挥了挥，"你们也可以叫我 James，我是厦门人，刚从加拿大回来。"

自我介绍完毕，男生友好地向三人伸出手，要握手，三人愣了半天才反应过来，林向宇第一个伸出手，慢慢地和对方握了握："林向宇。"

"谢训。"谢训虽然不太情愿，但也不太自在地伸手握了两下。

"鞋熏？"李大鹏被浓浓的四川普通话搞糊涂了，好奇地重复着。

"谢训！"谢训郁闷地用字正腔圆的普通话又说了一遍。

"哦哦哦！"李大鹏温顺地连连点头，又朝管超伸出手，"你好，你是？"

管超压根不搭理李大鹏，而是指着自己床单上的变色龙问道："这个鬼东西是你的吗？"

"她不是鬼东西！她叫 COCO，是我的宠物！"李大鹏尴尬地缩回手，小心翼翼地把变色龙捧起来，放回一边的一个小笼子里，柔声说，"她平时很乖的，不过最近怀孕要生蛋宝宝了，所以激素有些紊乱，就爱到处乱爬，刚才吓到你了，sorry，不过不要怕，以后你们熟悉了，就明白她很可爱呢！"

林向宇、管超和谢训像看怪物一样看着李大鹏，管超不客气地吼道："可爱个屁，恶心！赶紧拿走！"

"不行啊，我得照顾她生宝宝！"李大鹏温和地说。

"我不管，你不拿走我就告诉舍监，他一定会没收了这鬼东西，弄不好直接就地正法！"管超危言耸听地说。

"'正法'是什么意思？"李大鹏困惑地看着面色似乎最为和善的林向宇。

"就是吃了它，"林向宇幸灾乐祸地解释，"舍监是广东人。"

李大鹏吓得赶紧抱住笼子，惊恐地说："不要！谁也不能吃我的COCO！"

"我说大鹏同学，你这种情况就不该住学校宿舍嘛，"林向宇好心地说，"你应该出去租个房子，爱养什么就养什么，别说变色龙了，养恐龙都没人管你。"

"可是，我爸妈规定我必须要住校，"李大鹏低着头，委屈地说，"他们说，我要跟大家 live together，learn together（住在一起，学在一起），而且COCO正怀着孕，肚子里全都是 baby，我不在她身边照顾她会很惨的。"

"少啰唆，宿舍是公共空间，不能你想干什么就干什么，"管超不耐烦地打断李大鹏，"反正你赶紧把你这东西弄走。"

"等COCO下完蛋再送走好吗？"李大鹏恳请地问。

管超是吃了秤砣铁了心了，斩钉截铁地说："不行！"

"好吧，"李大鹏像个受委屈的小孩子似的嘟着嘴，凄凄艾艾地开始收拾自己的行李，收拾完了，他提着行李箱和行李，走到林向宇三人面前，郑重地给三个人鞠了个躬，诚恳地说，"sorry，对不起，给你们添麻烦了。"

说完，李大鹏转身要离开宿舍，林向宇的心一下子就软了，顿时觉得自己也太不近人情了，人家加拿大孩子多有教养，多有礼貌啊，想到这儿，林向宇下意识一抬手，说："哎，算了，各退一步吧。"

谢训一脸木然，管超立刻不客气地问林向宇："你什么意思啊？"

"身为330的寝室长，我觉得有必要说两句，"林向宇难得正经地说，"既然大鹏同学来到330，就算和咱们有缘分，咱们也不能太不近人情，不如就让他把变色龙养在阳台吧，等下完蛋再让他送走，怎么样？"

其实看到李大鹏道歉，管超心里也有点过不去，但出于面子，他脸上还是一副不爽的表情，谢训则眼里闪着金光地说："住在阳台怎么也得交个租金吧？"

"行了行了，你跟一只动物计较什么呀？"林向宇推了谢训一眼，扭头对李大鹏说，"去吧，把你的宠物放到阳台去吧，哦，离谢训的货远点儿，别把他的货弄脏了。"

"OK！你们人真是太好了！"李大鹏变脸比翻书还快，立刻笑逐颜开，欢欣鼓舞地抱着笼子去阳台了，很快，阳台里传出他嘀嘀咕咕的说话声，"Miss COCO，以后这里就是你的新家了，你要乖乖的哦，我们俩都要努力适应新环境，快快乐乐，变得很强大哦。"

林向宇三人一阵恶寒地看看彼此，突然有点后悔把这小子留下来了。

这时，李大鹏行李箱上的手机响了起来，来电铃声是 Savage Garden 的歌曲

The Animal Song 的高潮部分，李大鹏小跑着来接手机，一看到来电显示，他脸上的笑容瞬间消失了，取而代之的是忧心忡忡的神情，他犹豫了好半天才接通了电话，声音十分诚惶诚恐："喂？什么？你在楼下？哦，哦，哦，我马上下去。"

挂断电话，李大鹏垂头丧气地走出宿舍，林向宇三人面面相觑，正想说话，突然李大鹏又上半身后倾地把脑袋伸回宿舍里，强颜欢笑地朝三人摆摆手："我先出去一下，待会儿见哦！"说完再次从门口消失。

谢训恍然地摇摇头，嘟囔道："这娃儿的脑壳不太好吧。"

"还挺呆萌的。"林向宇撇撇嘴。

"只有呆而已，哪有萌？"管超烦躁地说。

7 号男生宿舍楼下，李大鹏刚走出大门，一个女生就如闪电一般从侧面扑出，像树袋熊一样跳到李大鹏的身上，这女生穿着昂贵的名牌服装，脸上画着夸张的浓妆，她不是别人，正是之前迎新会上的那个女巫婆——Jennifer Baby！

Jennifer Baby 紧紧地挂在李大鹏身上，双手亲热地箍着李大鹏的脖子，撒娇地哼唧道："James！人家等你半天了！都想死你了！"

李大鹏很尴尬，想挣脱又不好意思太用力，嘴巴惊恐地小声呼喊着："喂，喂。"

Jennifer Baby 一会儿摸摸李大鹏胳膊上的肌肉，一会儿又拍拍他的胸肌，目光灼灼地说："亲爱的，这么久没见，你真是越来越 Man 了呢！好帅好帅，我好开心哦！"

"Jennifer，你别这样，让同学看见了不好。"李大鹏难为情地提醒。

"我就是要让大家都看见，你是我 Jennifer Baby 的王子，别人休想打你的主意！"Jennifer Baby 反而搂得更紧了，激动地大喊，"不管什么女生，不管美的丑的，只要敢多看你一眼，我就把她们的眼珠子挖出来！"她边说边用两根手指比画成一个钩子的样子，吓得李大鹏脸都白了。

"看把你吓的，Honey，你放心，人家会把所有的温柔都留给你的！"Jennifer Baby 亲昵地刮刮李大鹏的鼻子，"亲爱的，你一来，整个商学院颜值最高的 CP（指恋人）就诞生了！你是 James，我是 Jennifer，我们在一起就是宇宙无敌的'双 J 绝配'！"

来来往往的学生全都用看神经病的眼神看着李大鹏和 Jennifer Baby 这对奇葩男女，李大鹏的脸由白转红，声东击西地问："你、你还好吗？"

"别的都很好，只是你不在身边，人家美貌又孤独，好可怜呢！"Jennifer Baby 嘟着嘴说，"不过现在好了，你回来了，人家的生活质量又可以重新打回满分啦！"

这时，林向宇、谢训和管超从楼上下来，看到姿态不雅地纠缠在一起的李大鹏和 Jennifer Baby，三个人全都惊呆了。

李大鹏再也忍不住了，赶紧用力从 Jennifer Baby 的拥抱中脱身出来，尴尬地对林向宇三人说："咦？你们要去哪里啊？"

"去食堂吃饭啊。"林向宇皮笑肉不笑地回答。

"带、带上我吧，我也想去食堂吃饭，"李大鹏赶紧闪开要再次扑上来的 Jennifer Baby，像看到救命稻草似的扑到林向宇身边，并扭头对 Jennifer Baby 说，"他们是我的新舍友，我想多跟他们熟悉熟悉。"

Jennifer Baby 朝林向宇他们随意地打了个招呼，用快要掉出蜜的声音娇滴滴地说："他们仨我都熟，你跟他们去吧。"

李大鹏像得到出狱通知的犯人一样，带着一脸劫后余生的喜悦，屁颠儿屁颠儿地跟着林向宇他们朝食堂走去。

WHO SLEEPS MY BRO

| 第四章 | 暧昧的初恋季 |

Chapter 1　风暴前夜

午餐时间，学校的食堂里人头攒动，空气中散发着饭菜的香味，耳中充满了锅碗瓢盆的清脆碰撞声，男生女生们嬉笑打闹着，每个打菜窗口前面都大排长龙。

李大鹏跟在林向宇他们身后，站在等待打菜的队伍中，手里也有模有样地端着盘子，一脸好奇地东张西望，仿佛这里的一切都让他觉得非常新鲜。

林向宇和谢训打完餐就去找桌子了，轮到管超和李大鹏，管超看了看菜色，对阿姨说："3号套餐，两荤一素！"

结果李大鹏也赶紧凑上来，像复读机似的也跟着喊道："我也要3号套餐，两荤一素！"

管超吓了一跳，不满地瞪了李大鹏一眼。打完餐，李大鹏又亦步亦趋地跟着管超，来到林向宇他们占好的座位共同进餐，李大鹏一直偷偷瞟管超，管超懒得理他，埋头津津有味地吃糖醋鲫鱼，李大鹏愁眉苦脸地用筷子戳着鱼，一副不知从何下手的样子。

"你怎么不吃？"林向宇忍不住问道。

"这鱼有刺。"李大鹏不高兴地回答。

"鱼当然有刺了，你把刺吐出来不就得了吗？"管超忍无可忍地怪叫。

"我在国外都吃鱼柳，没有刺的。"李大鹏固执地撅着嘴，拒绝进餐。

谢训趁机凑过来，笑嘻嘻地对李大鹏说："我用我的鸡肉换你的鱼吧,咋个样？"

"好呀！"李大鹏连连点头，谢训立刻伸长筷子夹走了李大鹏盘子里的大鱼，然后把自己盘里那份芹菜炒鸡肉里为数不多的两三片鸡肉，挑着夹给李大鹏，李大鹏呆呆地看了半天，才小心翼翼地吃了一口，谢训则大快朵颐地吃起大鱼。

"哎，对了，James！"林向宇饶有兴致地看着李大鹏，"Jennifer Baby是你女朋友啊？"

管超和谢训同时竖起耳朵，就见李大鹏像拨浪鼓似地摇着头说："不是不是，我们只是从小一起长大的好朋友而已，我们两家父母很熟悉。"

"我怎么觉得你说话有一股台湾腔？"林向宇皱着眉头问。

"我六岁的时候就移民去了温哥华，住在那里的台湾人特别多，还有，Jennifer 的妈妈也是台湾人，她们家是在 Jennifer 五岁的时候搬来内地的，"李大鹏放下筷子，像小学生一样一本正经地回答林向宇的问题，"还有，我们都是厦门人，所以也有这种原因吧。"

"原来如此，"谢训其实根本没听李大鹏唐僧念经一般的话，但他怀有一颗八卦的心，好奇地追问，"听说 BB 家经营的阿波罗集团，是长三角地区最大的内衣生产商，那你们家是干什么的呀？"

"哦，我们家是袜子厂，生产各种袜子。"李大鹏有些羞涩地说。

"什么牌子的袜子？"谢训打破砂锅问到底。

"维、维纳斯。"李大鹏回答。

"牛啊！"林向宇由衷地竖起大拇指，"看不出啊，你家是袜业巨头，你是个货真价实的富二代啊！"

李大鹏不置可否地笑笑，管超在一旁冷冷地问："你这么有钱，还用上学？回家继承家业多好。"

"我不喜欢做生意嘛，"李大鹏皱起眉头，大眼睛眨巴眨巴地说起来，"我喜欢动物，各种动物！鸟类啊、鱼类啊、哺乳类啊，飞的、跑的、游的，我都喜欢，而且我还很了解动物！"

"那我问你个问题哈，"谢训打断李大鹏，不怀好意地问，"你说大自然中，哪种动物的那玩意儿最大？"

林向宇和管超放声大笑，李大鹏红着脸，一本正经地对谢训说："你说的是生殖器对吧？最大的应该是蓝鲸。"

"哦？"谢训继续逗他，"有多大啊？"

"8 英尺，就是 2.43 米。"李大鹏耐心地做着解释。

管超嘴里的饭都喷了出来。

李大鹏还在浑然不觉地继续说着："是的，蓝鲸的生殖器不仅又大又长，而且它每次射精的量都有 2000 升左右，能把咱们全都埋起来。"

林向宇差点儿吐出来，连连摆手制止李大鹏："您快别科普了，太恶心了，大家快吃吧，下午还得去上选修课呢。"

"急什么？还有一段时间呢，"管超慢条斯理地继续吃饭，"对了，你选修的课程是什么啊？"

"诗歌赏析。"林向宇回答。

"斯锅（诗歌）有啥子好赏析的？"谢训不解地插话，"宇哥啥子时候有这个爱好了？"

"还不是期末考试容易过嘛！"林向宇直白地回答，"别的课，又要写论文，又要做PPT，真是够了，我这个多简单啊，到时候我就写一首诗，名字叫《路》，内容就是一串问号。"

管超和谢训哈哈大笑，只有李大鹏笑不出来，他眉头紧锁地看着林向宇，严肃地问："酱紫也行啊，这到底是什么意思啊？"这下大家笑得更乐不可支了。

吃完饭，四个男生一同走出食堂，谢训从兜里掏出几根牙签，分给管超和林向宇，李大鹏目不转睛地看着谢训，谢训被看得没办法，只能也给了李大鹏一根，李大鹏就学着三个人的样子，把牙签叼在嘴里，边走边毫不在意形象地剔牙。

"学长！"夏星辰站在食堂楼下，远远地朝管超招手。

林向宇咧嘴一笑，赶紧说："谢训，咱俩先去上课吧。"说完，两人不由分说地把一脸木然的李大鹏一起拉走了。

管超的老脸立马红了，局促地走上前问："星辰，你怎么在这儿？"

"今天晚上导演要排咱俩的对手戏，吃完晚饭后我在这里等你一起去彩排室！"夏星辰笑呵呵地说。

管超的脸更红了。

当天晚上，戏剧社的新学期大戏《罗密密与朱叶叶之青春无悔》紧锣密鼓地排演着，男主角管超和女主角夏星辰站在舞台上，情绪激昂地表演着。

"这一次，不论我父亲是什么态度，我都要抗争到底！"夏星辰的眼睛像星辰一般闪亮，炽热地对管超说，"为了爱情，我可以献出自己的一切，包括生命！"

"不，我不准你这么说！"管超赶紧伸手轻轻按住夏星辰的嘴唇，动情地说，"自从我们相爱的那一刻起，你的生命就不再只属于你自己，它同样也属于我，世间从此不再有你、我的概念，只有我们！"

夏星辰提高音量，激动地说："对！我的嘴巴从此不再是为了吃和说，它的存在只为了迎接你的吻；我的眼睛从此不再为了观望，它的存在只为了回应你的目光！"

话音落下，两个人投入地深情对望。

"停停停！"黄毛在台下气急败坏地喊起来，"太不像话了，怎么能这么开放呢？刚刚相爱的人，应该保留一点羞涩，这也太不含蓄了！"

社长不悦地看着黄毛，他居然越俎代庖，替导演喊停，管超不满地质问黄毛："你怎么管那么宽啊，你以为你是谁啊？"

"我是朱老爷，我是她爹！"黄毛一指夏星辰，理所当然对管超吼道，"我就是要监视你们的地下恋情，怎么了？我这也是为了更好地代入角色，为了戏能排得更好，我还错了不成？"

"宋子豪，我觉得你这样真的很不尊重别人，"夏星辰刚刚的表演情绪被打断，一脸愠怒地说，"有你的戏你就来，没你的戏你就好好去研读剧本，体会你自己的角色和戏份，不要总来对其他演员的角色指手画脚好吗？"

"好好好，我错了还不行吗？"黄毛一见夏星辰都生气了，赶紧举手认错，"接下来我光看着，不出声了。"

"不行！"夏星辰义正辞严地说，"你刚才都说了，你要代入角色监督我和管超，在这种情况下，我们没有办法进入最自然的表演状态，所以，我现在郑重地请你离开！"

夏星辰很少这样动怒，大家伙儿面面相觑，黄毛没办法，只好悻悻地离开了彩排室，社长赶紧缓和气氛地说："咱们休息一会儿啊，演员调整一下情绪，十分钟后再开始！"

管超贴心地给夏星辰拿了一瓶水，轻声说："别生气，咱们休息一会儿。"

夏星辰喝了几口水，情绪好像平静了些，扭头跟管超聊天："对了，你们那个 face party 后来怎么样了？"

"那天的事儿真是太意外了，让你和你带去的女生都受到了惊吓，真是抱歉。"管超惭愧不已，并试探地说，"不过后来又出了一些峰回路转的事儿，所以这个派对我们还会继续办下去，而且还要办得更正规更好，我们还想邀请你长期参与，当我们的派对女神呢。"

"真的吗，那我太荣幸了！"夏星辰的音量提高了一点儿，脸上却看不出有多高兴，"对了，林向宇学长找手帕女神的事儿，进展得怎么样了？"

管超摇摇头，夏星辰黯淡的眼中隐隐又浮现出几道光……

当晚的彩排一直进行到十点多，管超回到宿舍门口，刚要拽门，门突然从里面被推开了，谢训顾不得和管超说话，心急火燎地抓着手机往楼下跑去了。

7号宿舍楼门口的一片阴影里，一个女生正蹲在那儿轻轻地啜泣着，一看见谢训走出楼门，女生就脚步踉跄地冲上来，一把抓住他的手，哽咽着说："训哥，我弟弟这下完了，他把别人打伤了，人家住进医院了，要我们家赔偿一万块私了，否则就报警！"

"那会啷个样？"谢训紧张地问。

"我弟弟会被抓起来的，"高宝镜泣不成声，"要是那样，我妈的命也别想要了。"

"唉，你弟弟真是个麻烦精，从小到大就不停地惹事儿，"谢训恨恨地说，又心疼地拉住高宝镜的手，"但他毕竟是你亲弟弟，我知道你心里难受，我去筹钱，先保住他这次平安无事，一切有我呢，你别怕。"

一个小时后，林向宇、管超和谢训面色凝重地围坐在330的小圆桌前，新同学李大鹏则在阳台絮絮叨叨地和变色龙聊天。

"我手头的现金全都在这儿了，一共600多，你先拿着，"林向宇把一堆零钱放到桌子上，"我卡里还有点生活费，明天都去取出来，估计能有四五百。"

"这学期的奖学金还没批下来呢，我身上的全部家当就两百块，都给你拿去。"管超从床底下摸出两张百元纸币。

谢训手里捏着一摞纸币，那是上次face party扣除了给张哥的场地费用之后剩下的钱，大概有一千多，谢训一脸愁苦地说："兄弟们的心意我都领了，但对方开口就要一万，少一分也不行。"

林向宇和管超只能无奈地叹气，他们把身上的钱全都凑出来，也不过是杯水车薪，于事无补啊。

就在三人唉声叹气、无计可施的时候，李大鹏不动声色地从阳台走回了寝室，他轻手轻脚地打开自己的行李箱，非常淡定地从暗格里掏出一个信封，递给谢训。

_075

"啥子东西？"谢训愣头愣脑地看着李大鹏。

"一万元现金，"李大鹏依旧淡定地说，"你先拿去救急。"

"这怎么行！"谢训虽然急着用钱，但身为男人的尊严还是有的，况且他和李大鹏才刚认识一天，怎么能随便拿人家这么多钱？

"反正我也用不着，就算借给你好了，等你有钱了再还给我。"李大鹏真诚地说。

谢训有些犹豫地看看林向宇，林向宇思量了几秒，点了点头，谢训这才接过钱，感激地说："谢谢你啊，詹姆斯兄弟，等我挣到钱了就马上还你，不行，我得给你写个借条。"

"不用麻烦，"李大鹏大方地挥挥手，"我相信你。"

管超有些意外地看着李大鹏，心里暗暗嘀咕，想不到这小子平时看起来娘里娘气的，关键的时候还挺爷们儿的。

与此同时，7号男生宿舍117号寝室里，黄毛躺在床铺上辗转反侧，怎么也睡不着，终于，他难以忍受地坐起来，用力捶了一拳床板，气呼呼地说："妈的，管超这个王八蛋，竟然抢我的妞儿，真是气死老子了！"

跟班甲赶紧从床上探下头，关心地问："管超和夏星辰好了？"

"快了！"黄毛没好气地说。

跟班乙光着脚凑过来，讨好地说："哎呀，那豪哥你得赶紧想办法啊！"

跟班丙蹲在床上，挥舞着拳头出谋划策："干脆教训他一下！"

"不光是他！"黄毛气急败坏地咆哮，"整个330我都得教训一顿，最近我被这帮孙子搞得太憋屈了！"

"是啊，330最近太出风头了，是应该杀杀他们的威风，"跟班甲苦恼地摸着下巴，"不过，该怎么办呢？"

几个跟班抓耳挠腮，谁也想不出主意，最后还是黄毛灵机一动，说："有了，给他们下药！"

Chapter 2　暗流汹涌

星期六的傍晚时分，市区的一台ATM柜员机前，高宝镜和谢训肩并肩地站立着。

高宝镜小心翼翼地把厚厚一叠钱塞进存钱口里，她的眼睛还有些微微肿胀的，但脸上的表情已经不再有悲伤，而是一种如释重负的放松，谢训的一条手臂紧紧地挽在高宝镜纤细的腰间，两人幸福地依偎在一起，陶醉地听着钞票在机器内滚动的声音。

"你屋里头，爸爸下岗，妈妈生病，弟弟又不懂事，所有的担子都落到你一个人肩上，你要撑这么大一个家，还要读书养活自己，真是太不容易了。"谢训心疼地说高宝镜。

"没办法，一个人一个命，"高宝镜叹了一口气，哀哀地说，"以前我总是不信命，可到头来还是被命运逼着走，他们怎么说也是我的家人，我只是觉得对不住你，跟着我一起担。"

"你这说的是啥子话？你是我老婆，你屋里头的事儿就是我的事儿，就是你弟弟太不争气了，"谢训一提起高宝镜的弟弟就忍不住咬牙切齿，"每次我听到他对你说话那吊儿郎当的语气，我就想揍他，这回放假回家，我非收拾他一顿不可，这么发展下去哪个了得！"

"训哥，你莫得对我弟弟动粗啊，他毕竟是我亲弟弟，年纪还小，我想他长大了会慢慢懂事的，"高宝镜害怕地劝说谢训，劝着劝着又扑哧一声笑了，捶了谢训一拳说，"再说了，当年你不也是这个样子，成天在街上混来混去，一哈打这个，一哈被那个打，大哥就别说二哥了！"

谢训有些不好意思地把头靠在高宝镜头上，甜蜜地说："幸好我遇见了你，把坏毛病都改了，还考到上海来。嗯，说不定以后有个对的女人出现，你弟弟也能变好。"

汇完款，两人拉着手走到公交车站，高宝镜长舒一口气，心有余悸地靠在谢训怀里说："训哥，这次要是没有你，我真不知道该怎么办。"

"你怎么会没有我呢？我永远都会在你身边。"谢训深情地说，高宝镜抬脚吻住了谢训的嘴。

两人动情地拥吻了一会儿，谢训的嘴角浮现出一抹坏笑，手指头捏着高宝镜的腰，在她耳边小声闻："今晚你宿舍有人不？"

"正好没得。"高宝镜心领神会地羞涩一笑。

"那我送你回去？"谢训话里有话地咬着高宝镜的耳朵，"再搞点别的。"

说话间，一辆公交车停在两人面前，谢训扯着高宝镜的手就往车上跳："快，这是回你们学校的最后一班车了。"

谢训和高宝镜亲密地依偎在最后一排座椅上，公交车吐着尾气，缓缓地驶远了……

是夜，沪都大学7号楼的117宿舍里，黄毛和他的两个跟班在地上蹲成一个圈，八只眼睛直勾勾地看着地上的一袋药粉，空气中出奇地静谧、诡异。

跟班甲犹豫地问黄毛："豪哥，什么仇什么冤啊？咱们把那几个小子麻袋套头捶一顿就完事儿了嘛，用不着投毒吧？"

"你有这么暴力的想法很危险知不知道？"黄毛照着跟班甲的屁股踹了一脚，"这是泻药，口感自然，安全无毒副作用，吃一袋保准拉得销魂……"

"不会不好使吧？"跟班乙疑神疑鬼地说。

"当然好使了，药店的人说了，就是一头驴，也能把它拉得腿儿都软喽，"黄毛正说着，宿舍的门开了，跟班丙扶着墙跌跌撞撞地走进来，黄毛指着跟班丙说，"不信你们问他！"

"别提了！"跟班丙捂着肚子，脸色蜡黄地说，"经过我亲自检测，这药绝对管用，哎哟，真是倍儿酸爽！保证他们吃了——哎哟不行了不行了，我还得去……"

黄毛得意地一笑："看见没，这就是 330 那帮浑蛋的下场！"

星期天一大早，李大鹏的手机就夺命般地大唱起来，在林向宇和谢训气愤的叫骂声中，李大鹏衣冠不整地跑到楼下。

妆容夸张的 Jennifer Baby 端着一个超大号的洗脸盆，猛地从一个角落里冲出来，吓得李大鹏原地蹦起老高，就听 Jennifer Baby 娇滴滴地嗔道："鹏鹏哥，你怎么那么慢？人家等得好辛苦啊！"

李大鹏浑身一阵发凉，有点害怕地看着 Jennifer Baby，她正低着头拨拉起脸盆里的东西，美滋滋地说："Honey 呀，这些都是我专门给你准备的日常用品，有全套的沐浴洗护用品，全都是高档货哦，看这个沐浴露，新出的，味道好香呢，我最喜欢了。还有毛巾、杯子、剃须刀和一些学习用品，应有尽有，你看看还缺什么不？"

"这是什么？"李大鹏敷衍地指了指脸盆中一团红红绿绿的布料。

"这是我给你准备的小内内呀！"Jennifer Baby 故作羞涩状地说，"一共有七种颜色，你可以每天换一条，一看颜色就知道今天是星期几了，过一阵子你要是穿厌了，咱们就换国旗款，让你时刻感觉自己穿梭在世界上的各个国家。"

李大鹏突然觉得头很疼，他无奈地推开递到自己面前的脸盆说："我真用不了这么多东西，我的生活很简单的，再说，这些东西我可以自己买，你不用管我。"

"那不行！"Jennifer Baby 义正辞严地说，"你是我的男人，我可要把你伺候好呢！"

"好吧好吧，"李大鹏想赶紧把 Jennifer Baby 打发走，硬着头皮接过脸盆说，"谢谢你，东西我收下了，你赶紧去忙吧！"

"我一点儿都不忙，人家今天把一整天都留给你了！"Jennifer Baby 娇羞地捶了李大鹏一粉拳，"快点把东西送上去，我还没带你参观校园呢！"

"真不用！"李大鹏焦头烂额地说，"以后我自己慢慢转就行了。"

Jennifer Baby 登时变脸了，她故意叉起腰说："那我给你爸打电话了？这是他给我布置的任务，我要是不完成，他会不高兴的！"

"别别！"李大鹏长叹一口气，"好吧，我把盆子送上去，就跟你走！"

"好呀好呀！"Jennifer Baby 翻书页般换上一张幸福的笑脸，"快去快去！"

二十来分钟后，秋风习习，风和日丽，在落满金黄树叶的林荫小路上，一辆高档独轮电动小车缓缓地漂移着。

Jennifer Baby 歪歪扭扭地操纵着车子，为防止从车上摔下去，李大鹏被迫从后面揽住她的腰，Jennifer Baby 一脸幸福地问："James，你觉得我这个小车车是不是特别的赞？有没有被这风吹得心里酥酥的？特别有恋爱的感觉？”

李大鹏无言以对。

Jennifer Baby 陶醉地陷入了回忆之中：“记得咱俩好小的时候，就在一起骑这种小小的儿童脚踏车。别的小朋友都嫌我骑得慢，只有你每次都等着我，一直等到天都黑了，害的你回家晚了被你爸爸骂，你还自己扛着。从那时候开始，我就知道我这辈子最喜欢的人就是鹏鹏哥了。我当时就好想快快长大，嫁给鹏鹏哥做老婆呢！”

“有这种事儿吗？”李大鹏心不在焉地说，“小时候的事儿我都记不得了。”

“当然有了，我还能骗你不成？”Jennifer Baby 理所当然地说，“所以你爸爸妈妈让你从加拿大回来，跟我在一个学校，就是为了让你赶紧想起来啊。等咱俩的感情恢复并升了温，毕业后我们就可以正式完婚了！你不知道这些安排吗？”

李大鹏的额头渗出一层冷汗，小声说：“那是他们想的，不是我的意思。”

“其实，我们这种家庭的孩子，有些事情也由不得自己选的，好在咱俩青梅竹马，从小就有感情基础，再说人家 3 岁的时候就被你掀开裙子看过小屁屁了，你要对人家负责的啦，你说是不是啊？”Jennifer Baby 边说边在车座上左右摇晃。

“是是是，”李大鹏几乎要被晃得跌下车了，赶紧敷衍道，“你先不要晃，注意安全。”

Jennifer Baby 得到李大鹏的确定答复，高兴得哼起了歌，哼了一会儿，她似乎觉得还不过瘾，把自己耳朵上的耳机摘下来一只，回头硬给李大鹏塞上了。

音质良好的耳机中传出了电影《泰坦尼克号》的主题曲——《我心永恒》，优美而高亢的旋律中，正在骑车的 Jennifer Baby 渐渐舒展开双臂，做出电影的女主角 Rose 的经典造型，微闭双眼，脸上写满了意乱情迷。

小路上来来往往的同学纷纷驻足留步，争先恐后地掏出手机，要给这两个玩儿浪漫的人拍照留念。

李大鹏羞耻地坐在后座上，一只手揽着 Jennifer Baby 的腰，以防止自己坠车，另一只手死死地蒙住自己的脸，生怕别人拍到自己，他可不想在网络上走红……

煎熬了一上午，又陪 Jennifer Baby 吃了午饭，李大鹏终于元气大伤地逃离了她的魔爪，一走进 330 宿舍，他就不管不顾地凑到唯一的一台破电风扇前。

“哎哎哎，你把我的风都挡住了，”管超手里拿着一本《英语词典》，朝李大鹏吼了一嗓子，李大鹏赶紧往旁边躲了躲，管超白了他一眼，继续背英语单词，“歼灭，安妮害拉特（annihilate）。”

“是额耐额累特，不是安妮害拉特。”李大鹏好心纠正道。

管超愣了愣，没搭理李大鹏，继续念道：“祝福，白啊踢吐的（beatitude）。”

"是比爱踢吐的，不是白啊踢吐的。"李大鹏再次纠正他。

管超瞪了李大鹏一眼，还是不搭理他，继续念："啊木塞的里（amusedly）。"

"是额缪子的里，愉快地，开心地。"李大鹏认真地说。

学霸管超的面子再也挂不住了，一把合上书，用上海话嚷道："侬脑系哇特啦（你脑子有毛病吧）？"

"这是什么？"李大鹏瞪着眼睛看管超，"我没听说过这个单词。"

"Shability（生造词，意指脑子有问题）懂吗？"管超看李大鹏一副听不懂的样子，抓狂地说，"我说你是死图赔的漫（stupidman），这回听懂了吗？"

"我好心好意帮你纠正发音，你为什么要骂我蠢啊？"李大鹏委屈地抗议。

"我这是纯正的沪式英语，你个假洋鬼子明白个卵？"管超说完，生气地拿起脸盆和毛巾走出宿舍。在走廊里，谢训正黑着眼圈从楼梯上上来，管超上下打量着谢训，一脸坏笑地问："昨晚没少折腾吧？"

谢训嘚瑟地摸摸下巴说："嘿嘿，难得小镜宿舍没得人，我俩就纵情放肆了一哈。"

"要保重身体啊，肾斗士！"管超拍拍谢训的肩膀。

谢训反拍了管超两下，语重心长地说："你个吃'自助餐'的懂啥子？好火废柴，好女费男，等你搞定夏星辰，你娃儿就懂喽！"

管超不屑地走进水房，正准备接水，突然看到镜子里，自己身后冒出一颗人头，正瞪着一对大眼珠子死死地盯着自己，管超浑身一激灵，大声道："你搞什么？"

"我也来洗脸啊。"李大鹏手里也端着脸盆，目光熠熠地看着管超。

管超内心一阵恶寒，嫌弃地白了李大鹏一眼，懒得再搭理他，脱掉身上的跨栏背心，李大鹏见状，赶紧也脱掉自己的上衣。管超一惊，别扭地赶紧转过身，背对着李大鹏，扭开水龙头哗啦啦地接水。

李大鹏赶紧把自己的水盆放到旁边的水龙头下，学着管超的样子接水，还没话找话地对管超说："用水盆洗脸，是为了节约用水吗？你很环保耶！"

"这是我的习惯，跟环保有毛关系？"管超开始往脸上抹香皂，李大鹏也往自己脸上抹洗面乳。

抹了几下，李大鹏像想起什似的，又对管超说："香皂伤皮肤的，下回你用我的洗面乳吧！"

管超一愣，满脸泡沫地看着李大鹏，李大鹏也满脸泡沫地看着管超，静默了几秒钟后，管超的皮肤上冒出一层鸡皮疙瘩，郁闷地直接将一盆冷水从自己的头顶上浇下。

李大鹏毫不犹豫地举起脸盆,学着管超的样子兜头一浇,忍不住大叫一声:"呼,好爽!"

一个男生肩膀搭着毛巾走进水房,目睹了这一幕,不禁哈哈大笑:"可以啊,超哥,洗鸳鸯浴呐?"

"滚!"管超的头顶上腾腾地窜着小火苗。

李大鹏浑然不觉,还意犹未尽地看着管超:"超哥,要不要再来一次?"

"你能不能离我远一点儿,干吗非要挨着我,还老学我?"管超忍无可忍地咆哮起来。

"哦!"李大鹏害怕地缩缩脖子,悻悻地端着脸盆去另一排水池,结果他刚走到水池边就发出"啊"的一声惨叫,"砰"地丢下脸盆,跑过来一把抱住管超,激动地大喊,"救命啊,水池里有人,不,不是人,是尸、尸体!"

管超也本能地抱住李大鹏,紧张地问:"在哪里?"

两个人一起看向远处的水池,水池中盛着满满的水,水池边上,赫然耷拉着一只苍白的人手!

就在空气几乎僵滞的时候,就听哗啦一声,一个赤条条的人从水池中猛地坐了起来!

猴子坐在盛满水的池子里,"噗"地从嘴里吐出一口水,面红耳赤地喊道:"痛快!"原来猴子中午喝酒喝多了,正泡在水池里醒酒。

"有病,你们两个都是疯子!"管超把猴子和李大鹏放在一起骂,然后愤愤地扭头走出水房。

李大鹏看看管超的背影,又看看猴子,脸上写满了惊吓和困惑,他觉得管超好像不太喜欢自己,但他又不知道自己做错了什么……

Chapter 3　泼尿事件

星期天的下午,学校的篮球上传来阵阵欢呼和喝彩声。

管超正带着两个男生和另外三个男生打半场对抗赛,对方的三名球员都十分高大帅气，引来了好多女粉丝在场外加油助威，管超他们本来就没有身高优势，再加上这些女粉丝的影响，连连丢分失利，不禁有些心浮气躁起来。

远远地，李大鹏小跑着来到了球场，他看了看比分牌，发现管超他们落后了好多，不禁有点着急，女粉丝们在给对方球员不停地加油："魏明加油，魏明加油！耶！"

在女生的鼓舞声中，那个叫魏明的男生果然一鼓作气地进了一个球，管超他们已经被打得无精打采，快要没有斗志了，看到这种架势，李大鹏急忙扯开嗓子助阵："管超加油！管超加油！"

精神的力量是无穷的，管超居然重新控球过人，成功上篮进了一个球。

女粉丝们不甘心，提高了加油音量，李大鹏也提高音量，双方的喊叫此起彼伏，不禁把更多的学生吸引到球场边，很快，双方就形成了两个啦啦队，互不相让地喊起热烈的口号。

李大鹏越喊越嗨，干脆用双手在嘴边做出喇叭状，对着管超大喊："管超，棒棒哒，加油！帅帅哒！爱你，么么哒！"

球场上瞬间一片寂静，所有人都瞪大眼睛看着李大鹏，场上，管超的脚步明显跟跄了一下，篮球飞过来砸到他身上，他也浑然不觉，对方的球员过来捡球，一脸坏笑地推推管超说："超，你什么时候弯的啊？"

管超无地自容，扭头离开球场，李大鹏好奇地追上去，结果管超一回头，气急败坏地大喊："滚，你离我远点儿！"

李大鹏吓得一把捂住嘴。

330宿舍里，只有谢训一个人在蒙头大睡，宿舍门悄悄地被推开一道小缝，黄毛的跟班甲鬼鬼祟祟地走进来，没想到谢训的呼噜声戛然而止，猛地睁开眼睛看着跟班甲，警觉地质问："你干吗？"

"嘿嘿，训哥，我想跟你买那个，杜老师。"跟班甲嬉皮笑脸地说。

谢训翻身下床，打开储物柜翻找，跟班甲赶紧趁机把藏在掌心的泻药倒进桌上的三个水杯里，还伸出中指迅速搅拌了几下，就在他的手指从杯子里拔出来的瞬间，谢训转过身，伸出手不客气地说："十块。"

管超满头大汗地回到宿舍，正好和急匆匆离开的跟班甲撞了个满怀，他看着跟班甲的背影，一脸狐疑地问谢训："那小子不是黄毛宿舍的吗，他来干吗？"

"买套儿。"谢训把钱塞进抽屉。

"你这个叛徒，什么人的钱你都挣啊？"管超说。

"我跟黄毛有仇，跟钱又没仇，干吗不挣？"谢训反唇相讥，"再说了，你看看人家瓜娃子多有出息，才上大一就开始用那玩意儿了，你再看看你！"

"去去去！"管超不耐烦地说，"我追求的是精神快感，柏拉图你晓得伐？"

管超被李大鹏缠得满肚子火，看什么都不顺眼，一把脱掉身上被汗水浸透的球衣，端起桌子上的水杯，咕咚咕咚一口气喝干了，觉得不解渴，又把其他两杯也给喝了。

李大鹏尾随着管超，一会到宿舍就看见他正在喝自己杯子里的水，李大鹏有点畏惧地看着管超说："那、那是我的杯子耶。"

"你们两个娃娃感情好得很啊，间接接吻哦。"谢训在一旁看热闹不嫌事儿大地说。

管超一下子呛着了，不停地咳嗽，李大鹏充满歉意地上前给他拍背说："哎呀，真是的，慢点儿喝嘛，我又没说嫌弃你。"

"滚！"管超咳嗽得更厉害了，一把推开李大鹏。

当天吃完晚饭，谢训和李大鹏拿着洗澡用品走出宿舍，谢训边走边给林向宇发微信：**洗澡的东西给你带上了，等会儿澡堂见。**

经过卫生间的时候，谢训冲里面喊道："超，你拉好没得？我们走喽！"

"你们先去，我还得再蹲会儿！"管超在里面虚弱地回应，同时还传出一阵"噼里啪啦"的不祥之音，这已经是他今天下午拉的第六泡稀了。

谢训直皱眉头，李大鹏关心地隔着门问："要不要我帮你买点儿止泻药？"

"他菊花已残，你放他一马吧。"谢训拉着李大鹏就往外走。

两人走进学校的公共澡堂，林向宇已经在更衣室等他们了，李大鹏按捺不住好奇心，东张西望地参观，当他透过更衣室的门，看到男澡堂里面的景象时，顿时目瞪口呆，澡堂十分宽敞，没有任何隔断，所有洗澡的男生全都赤条条地"坦诚相见"。

林向宇和谢训已经站在花洒下洗上了，大声喊道："李大鹏，你干吗呢，快来啊！"

"这、这里没有单间吗？"李大鹏怔怔地问。

"单间？"谢训看了林向宇一眼，两人哈哈大笑起来。

"我想起来，我忘记喂COCO了，我要先回宿舍。"李大鹏红着脸扭头就要遁，林向宇和谢训眼疾手快地冲上去，硬把他拖了回来。

林向宇不怀好意地劝说道："COCO晚几分钟再喂怕什么？澡堂一会儿就要关门儿了。"

五分钟后，李大鹏腰上系着一条浴巾遮住下半身，扭扭捏捏地走进澡堂，谢训热情地招呼道："到这儿来，这有空位。"

李大鹏讪笑两声，装作没听见，自顾自地走到一个位于角落的莲蓬头下，开始面壁洗澡，林向宇奇怪地看着李大鹏的背影，问谢训："这小子怎么老是躲着我们啊？"

谢训意味深长地指了指下面："他是不是自卑啊？"

两人相视一眼，不约而同地抬起腿，悄悄地朝李大鹏走去。

李大鹏专心致志地用Jennifer Baby送的沐浴液洗身体，丝毫没注意到有两个人虎视眈眈地从背后靠近过来，突然间，林向宇和谢训的头出现在了李大鹏的肩膀上，两人一起大喊："Surprise！"

"啊——"李大鹏受惊地尖叫。

"啊——"林向宇和谢训也情不自禁地喊了起来。

忍受了无比煎熬的沐浴时光后，李大鹏满脸通红地从澡堂里跑出来，和正在脱衣服的管超撞在一起，李大鹏看都没看管超一眼，埋头往外走，反倒是管超不习惯地问："你怎么了？"

"我洗完了，先回宿舍了。"李大鹏迅速地穿衣服，没等管超说出那句"你头发上的沫子还没冲掉呢"，李大鹏已经夺路而逃了。

这时，林向宇和谢训嘻嘻哈哈地从澡堂里走出来，管超奇怪地问："李大鹏怎么了？"

林向宇神秘地一笑："可惜啊，你错过了见证奇迹的时刻。"

管超刚想细问，突然又感觉肚子里咕噜一声，急忙捂住肚子，只穿着裤衩边往厕所跑边道："我今天这是怎么了？"

"你快点儿啊，澡堂马上就要关门了。"谢训朝管超的背影喊了一嗓子。

林向宇和谢训穿好衣服就回宿舍了，谁也没注意到更衣室的角落里，佯装换衣服的黄毛跟班丙正拿出手机发短信。

与此同时，黄毛和跟班甲、跟班乙正在澡堂附近百无聊赖地等待着，旁边放着一个脸盆和几个大可乐瓶，里面都装满了黄色的液体，三个人手里都拿着矿泉水，不停地往肚子里灌水，一旦有了尿意就赶紧尿到脸盆和可乐瓶里。

就在三个人又是喝水又是撒尿的时候，猴子提着热水瓶经过这里，他奇怪地看了黄毛他们几眼，黄毛等人急忙转过身，挡住脸盆和可乐瓶，装作什么事儿都没有的样子。

猴子撇撇嘴，不以为意地走开了。

这时，黄毛的手机传来短信提示音，看完短信后，黄毛和两个跟班端起尿液，鬼鬼祟祟地溜进了澡堂。

澡堂还有五分钟就要关门了，浴室和更衣室里都是静悄悄的，一个人影都没有了，只有厕所里还传出阵阵异物落水的声音，跟班甲疑惑地嘀咕："真是怪事儿，我明明在330每一个人的杯子里都放了泻药啊，怎么其他三个人都没事儿呢？"

"不管了，逮到一个算一个，"黄毛带头，蹑手蹑脚地朝厕所走去，"开闸放水！"

黄毛一伙儿爬到厕所隔间外的高处，把脸盆和可乐瓶里的尿液全都一股脑地倒了下去。

管超正蹲在隔间里专心致志地用力呢，突然间，一场尿雨从头顶倾泻而下，把他从头到脚都淋透了，管超顿时就惊呆了。

倒完了，黄毛等人强憋着笑，轻手轻脚地从储物柜里拿走了管超的衣物，迅速开溜。

许久之后，厕所隔间才爆发出管超爆炸般的怒吼："啊——"

夜深人静，330的宿舍里却灯火通明，管超裹着床单，愤怒地瞪着双眼坐在床上，自打从澡堂回来，他已经这么坐了两个小时了，大伙儿全都感觉到很担心，可不论怎么问，管超就是一言不发，仿佛被谁下了封嘴的魔法。

林向宇不厌其烦地第N次开口发问："说啊，为什么让谢训去给你送衣服，你的衣服去哪儿了？"

李大鹏的鼻子抽动着，凑过来闻了闻管超的头发，皱着眉头说："咦，你头发上怎么有股尿骚味？"

"你说什么？"管超突然爆发，跳起来就要揍李大鹏，谢训和林向宇急忙把他按住。

谢训看着一脸委屈的李大鹏，冲管超低吼道："你凶啥子？你身上确实有股臊味嘛，说嘛，到底是怎么回事儿？"

管超长叹了一口气，颓然地瘫坐回床上，用万念俱灰的声音幽幽地说："老子刚才在澡堂的厕所里，被人给泼尿了，而且对方还把我的衣服也拿走了。"

"什么？"林向宇、谢训和李大鹏全都惊呆了。

"哪个龟儿子干的？"谢训也暴发了，"老子要拿石头找他去！"

管超沮丧地说："我没看到人。"

"看来是有人在背后暗算你啊，这也太缺德了！"林向宇捶着桌子说。

李大鹏恍然道："我就觉得不对嘛，你好好的怎么会拉肚子，会不会也是被人暗算的？"

"如果被我知道是谁暗算我的，一定要……"管超咬牙切齿地发着毒誓。

没等管超话音落下，猴子推门走进来说："谢总，来两瓶啤酒！"

"来个锤子，今天不做生意了！"谢训没好气地说。

"怎么了？"猴子一头雾水。

没人作声，只有李大鹏诚实地站出来说："管超在澡堂的厕所被人泼尿了，还把衣服偷走了。"

"什么？"猴子也惊呆了。

"闭嘴！"林向宇、谢训和管超异口同声地朝李大鹏吼道，"你懂不懂家丑不可外扬啊？"

李大鹏吓得一把捂住嘴，恨不得在自己嘴上拉拉链。

"你们别吼大鹏，我又不是外人，"猴子关心地凑过来问管超，"有没有看清楚是哪个孙子干的？"

"要是看见我还能在这儿生闷气？"管超越说越生气，"我走的时候澡堂都已经没人了，也不知道是哪个浑蛋干的。"

"哎呀呀，我想起来一件事儿，"猴子的眼珠子转动了几圈，突然一拍大腿，"澡堂快关门的时候，我去打热水了，结果看到 117 那几个正鬼鬼祟祟地在那儿转悠，我当时还纳闷这帮孙子大晚上的跑这儿干吗，现在彻底对上了，他们就是冲着管超去的！"

只见管超一个翻身从床上跳下去，从床头的书包掏出菜刀就往宿舍外冲，他的动作太快，等大伙儿反应过来的时候，管超已经夺路跑出门了。

大家心里齐齐咯噔一声，心说这下管超是真急了，大家认识了一年多，他虽然每天都随身背着一把菜刀，但还真从来没见他把刀掏出来过，一来怕弄出大事儿，二来怕管超吃亏，几个人急忙跟了出去……

Chapter 4　复原女神

宁静的夜晚，被 7 号楼里发出的一声"呀呀呀"的喊声打破了，管超挥舞着菜刀，怒不可遏地从三楼往一楼狂奔，后面还跟着林向宇和谢训他们。

管超一路冲进 117 宿舍，一脚将门口的凳子踢飞，伸出菜刀指向黄毛，破口大骂道："宋子豪，你这个王八蛋！"

几个跟班一看见菜刀，不由得十分紧张，黄毛却仗着人多的主场优势，似笑非笑地看着管超："你想干吗？大半夜的，谁让你们进来的？"

这时，林向宇等人也一股脑地追进了 117，再加上猴子宿舍的几个男生，黄毛一伙儿的人数优势顿时没有了，谢训不动声色地走到管超前面，指着黄毛说："你装个板板，老子知道你瓜娃子干了啥子！今天不跪下来给你超爷爷认错，老子让你好看！"

"哎哟，吓死我了，"黄毛还嘴硬，并学着谢训的口音说，"我干什么了，我们一整个晚上都在宿舍复习英语呢。"

"你们复习狗屁的英语！"猴子跳出来大叫，"我在澡堂外面看见你们了，敢做就要敢当，现在知道怕啦？"

"对不起，我不知道你在说什么，"黄毛轻蔑地看着猴子，冷笑着说，"我们几个就不能到澡堂附近走走吗？我们又没偷看你老婆洗澡，哦，对了，你没老婆！"

黄毛和他的跟班放肆地大笑起来，猴子面红耳赤地说不出话了："你——"

"少跟他们废话！动手！"管超的眼睛通红，挥舞着菜刀就要往上冲。

谢训和猴子原本是来拉架的，结果也全都被黄毛激怒了，三个人张牙舞爪地就往前扑，谢训还对试图拉架的林向宇说："你让开，血莫溅在你身上！"

黄毛和几个跟班终于不敢再说话了，害怕地往宿舍里边躲，黄毛边退边扯着脖子大喊："我告诉你们，如果我们今天出了什么事儿，高主任不会饶了你们的，对了，我手机呢？我现在就给高主任打电话，让他来评评理，看学长是怎么抱团欺负学弟的！"

林向宇焦头烂额，急忙给其他傻站着的男生使眼色，男生们这才反应过来，冲上来拉住管超、谢训和猴子，费了九牛二虎之力，终于把三个人拖出了 117 宿舍。

众人一退出宿舍，黄毛他们急忙把宿舍门重重反锁上了，谢训砰砰砰又捶了半天，最后还不解气地用力踢了一脚，结果痛得抱着脚满地乱跳。

林向宇和李大鹏合力拖着管超往三楼走，炸了毛的管超一路哇哇乱叫，不分青红皂白逮谁骂谁："林向宇，你到底是哪边儿的？不帮忙就算了，你还拦着吾做撒？"

谢训也一瘸一拐地跟在后边发牢骚，指责林向宇："瓜兮兮哩，你还是不是 330 的人啊？"

"老谢，管超生气就算了，你就不能少煽风点火吗？"林向宇耐着性子解释，

"我们现在一点儿证据都没有，如果真把黄毛他们打了，到时候高朝来找咱们茬儿，连着上次约吧那次闹事儿，别说管超要吃大亏，咱们几个全都吃不了兜着走！"

"Who 怕 who 啊？"管超扯着脖子狂吼，"大不了受处分，大不了老子不念了，老子咽不下这口恶气！"

"行，你去出了这口恶气，"林向宇捶了管超一拳，"然后你不想保研了是不？不想留校了是不？你不怕被开除，你妈也不怕你被开除是不是？行！就算这些你都豁出去了，可你还总得要脸吧？"

"揍黄毛一顿，难道不是一件特别有脸的事儿吗？"猴子在一旁不服气地说。

"你闭嘴！"林向宇冲猴子咆哮，又冲管超咆哮，"这事儿真闹大了，你被泼尿的事儿就全校皆知了知道吗？你还想追夏星辰吗？据我所知，她可是有洁癖的！"

这回，管超彻底灭火了，像条死狗一样被林向宇和李大鹏拖着走。

"我觉得舍长说得对，君子报仇，十年不晚，"一片安静中，李大鹏终于逮到发言的机会，他好奇地问，"有没有人能告诉我一下，为什么管超书包里会有一把菜刀啊？"

没人搭理李大鹏不合时宜的问题。

这次"泼尿门"事件给管超的身心带来极大的伤害，但身为一名学霸，他的自律能力也是异于常人的，经过了几天的沉默寡言之后，管超终于恢复到正常状态了。

这天上午的课结束后，管超背着书包回到宿舍，一推开门，就看见林向宇、李大鹏、谢训和来串门的猴子正在热火朝天地联机打着网络游戏。

没等四个人开口问，管超就主动告知："点名的时候我都替你们喊'到'了，这是期中考试的政治课范围，你们自己有空抄一抄。"

谢训懒洋洋地问："有没有答案啊？"

"饭要不要替你吃啊？"管超不客气地噎回去。

"瓜皮！"谢训骂骂咧咧的，突然他的手机响起来，电话一接通，谢训就来了精神，"无图无真相！赶快拍几张妹子的照片儿发过来，快点儿！"

"妹子的照片儿？"猴子笑嘻嘻地问，"谢总要出轨啊？"

"瓜皮！"谢训骂了猴子一句，扭头对林向宇说，"宇哥，我一个外语学院的老乡，在学校里头见着一个漂亮妹子，说长得挺像你形容的'手帕女神'。"

"真的！"林向宇唰地站了起来。

这时，谢训的手机传来了微信提示音，谢训把手机划开："喏，妹子的照片来了！"

大家伙儿全都放下手边的事情围了上来，几双眼睛一眨不眨地盯着手机屏幕上一点点加载出来的照片，第一张照片是一个长发女生的背影，管超失望地说："怎么是个背影啊？"

"这背影很像，真的很像！"林向宇掩饰不住内心的激动，"长发披肩，发色光亮，还有其他的照片吗？"

谢训赶紧用微信语音吼道："你娃光让老子们看个背影，能看出个毛啊？追上去拍个正面噻！"

很快，第二张照片也发过来了，这次是一张侧面照，林向宇呆呆地看着照片，双手不禁有些微微发抖，因为侧面也非常像，林向宇一把从谢训手里夺过手机，直接对着微信语音说："同学，能不能再近点，拍张正面的？拜托了！"

几分钟后，一张女生的正面照缓缓加载出来了，众人激动地凑近看，李大鹏不由惊呼："哇哦，真的好美耶！"

照片上是一个皮肤白皙、清纯美丽的女生，女生不论是外貌、身材还是穿着，都无疑是校花级别的，大家都期待地看着林向宇，林向宇却露出失望的表情，不为所动地说："确实很美，可不是她。"

"我去！"众人全都用不可思议的眼神看着林向宇，这么漂亮的女生居然都没能让他动心，大伙儿遗憾地四散开去。

"这件事儿别人真的不好帮忙啊，"李大鹏若有所思地嘟囔，"要是你能把'手帕女神'画出来就好了。"

谢训在一旁接道："哎，这是个法子嘛！"

"真的要画吗？"管超看着林向宇，"我在美院有个高中同学，是画肖像界的一绝，要画的话，我现在就带你去找他。"

林向宇已经朝宿舍门口走去，边走边说："那还等什么？走吧！"

一个小时后，330宿舍的男生们来到了美院，画室的墙壁上挂着很多肖像画，有名家作品，也有学生作品，谢训看了几眼就没兴趣了，李大鹏却颇有兴致地一幅幅仔细欣赏着。

画室的一角，管超把林向宇介绍给自己的高中同学，并说明了来意。管超的同学挺义气，立即摊开画纸说："你描述女神的特征，我来画，画得不对的地方你及时纠正。"

林向宇点点头，认真地指导起来："鼻子应该再高一点……眼睛小了，哦哦，但也没有那么大……是不是眼白太多了……不对，她的脸形要更尖一点……不对，也没有那么尖，不会让人有刁钻刻薄的感觉……"

在林向宇的"严格要求"下，管超的同学终于不会画了，他略显无奈地放下画笔，说："你给我的细节已经足够了，但你的嘴不是我的笔。"

"那为什么画得不像呢？"林向宇丈二和尚摸不着头脑，在一旁围观的管超和谢训也一脸困惑，其实地上已经丢了好几团画废的画纸，管超的同学就是始终不能画出令林向宇满意的画像。

"我现在需要的不是细节，"管超的同学皱着眉头说，"而是一种感觉，你懂我的意思吗？"

"感觉？"林向宇有些混乱地说，"怎么形容呢？反正就是她整个人都blingbling（闪闪发光）的！"

"不是这个意思，"管超的同学耐心地解释道，"通过你的形容，我觉得你太想看清楚你的女神了，所以你恨不得贴着她的脸去看，生怕错过什么，但美不是这样的。美是即使离你很远，也还能吸引到你。"

林向宇不禁陷入了沉思，过了几秒，他从书包里掏出一个精致的布袋，从里面取出一块叠得整整齐齐的手帕，上面还绣着几朵花瓣，林向宇怔怔地看着手帕，仿佛要将自己的整个身心都融入手帕中了。

谢训挠了挠后脑勺，困惑地嘀咕："宇哥这是在干啥子？"

"不知道。"管超摇摇头。

在几个粗线条大男生的注视下，林向宇拿着手帕走到了画室的窗前，他将手帕凑到鼻子前，深深地嗅了一口，然后闭上了眼睛。

午后的阳光落在林向宇的身上，如同在他身覆上一层金光，时间似乎静止了，周遭的一切都在慢慢淡去，记忆之门缓缓开启，林向宇仿佛又回到了那个在书店里邂逅的午后，在靠窗的书架前，一个女生长发飘飘，她整个人是那么淡雅、随意，阳光将她的轮廓勾勒得那样分明、深邃，白纱帘和她的裙摆在微风的抚弄下飘荡，一切都像梦幻一般美好……

片刻之后，林向宇回过头，有些陶醉地对管超的同学说："她不是那种令人惊艳的美，却给人一种很舒服的感觉。"

管超的同学重新铺开一张画纸，一边迅速地勾勒，一边用鼓励的语气说："舒服的感觉可以再具体地说说。"

"她的长发很直，很自然地披在肩膀上，皮肤不算很白，却很有光泽，"林向宇滔滔不绝地说起来，"她应该有点怕热，所以会随身带着手帕，不时擦拭一下额头的汗珠。从窗户照进来的阳光刚好落在她身上，让她跟周围的整个世界都划清了界限，好像一幅还未完成的水彩……"

时间一分一秒地过去，终于，管超的同学收起了笔，把画纸推向林向宇，说："画好了，你看看这回怎么样。"

林向宇一看到画像，就立刻惊讶地张大了嘴巴，画纸上，那个静静站在书架前的女生，和林向宇记忆中的"手帕女神"一模一样，不差分毫！

李大鹏推了推林向宇："怎么样，这回像吗？"

"像，太像了，"林向宇激动得声音都在颤抖，"就是她！"

"耶！"所有男生齐声发出欢呼。

林向宇痴迷地捧着画，像捧着一件价值连城的稀世珍宝，整个人都沉浸在幸福之中无法自拔。管超谢过了同学，拍拍林向宇的肩膀，提醒道："把画像发到网上吧，这样应该就更容易找到她了。"

林向宇急忙拿出手机，对着画像拍照，其他人也举着手机，准备等林向宇发出帖子后，大家第一时间进行转发和扩散。

可林向宇却突然停住了，收起手机，摇摇头说："不行，我突然意识到，从女神的角度来想，如果一个不认识的人，没经过你的同意就把你的照片发到网上，你会不会有被冒犯的感觉？"

"会。"猴子诚实地说。

谢训也连连点头："是啊，现在网上啥子人都有，万一有无聊的人拿女神的画像干坏事怎么办，这不是给人家女娃儿找麻烦吗？"

管超遗憾地叹了口气："看来，这张画像不能用来找人了。"

"嗯，也就是说，我只能用 face party 找到她。"林向宇小心地把画像卷起来收好，虽然画像不能用，但能重新看到女神的样子，他已经得到了莫大的精神力量，整个人都如同打了鸡血般充满斗志，大声说，"我们要抓紧时间，尽快让 face party 重新开张！"

"宇哥，只要你有主意，兄弟们赴汤蹈火，在所不辞！"猴子兴奋地附和。

当天夜里，330 宿舍召开了 face party 的动员大会，寝室的床上、地上，挤了二十几个男生。

"这是我们第二次举办 face party，也是获得约吧老板支持后的第一次正式派对，这次派对对我们来说非常重要，所以必须要做到完美无缺，"林向宇以发起人的身份发言，"目前我们面临的最大技术问题是控制人数，另外还有一个重点，就是想一个派对主题。"

李大鹏第一个举手出主意："宠物派对怎么样？"

"不错，很多女生都喜欢宠物，"林向宇说，"但首先，有宠物的大学生不多，其次，如果有宠物在场，这派对应该就没男生什么事儿了吧？"

　　众人立刻说："这个主意不好，pass！"

　　"我认为，有钱才是泡妞的硬道理，"谢训站起来说，"所以派对不如就以'校园投资赚钱小窍门'为主题。"

　　管超摇摇头，说："金钱可以滋养爱情，但也可以杀死爱情，这个话题过于敏感了，不适合刚认识的男生女生。"

　　众人又说："没错，这个主意也不好，pass！"

　　又有几个男生提出了建议，但也全都被大伙儿否决了，宿舍陷入了沉默，众人全都看向了鬼主意最多的林向宇。

　　在一片期待的注视中，林向宇不负众望地站起来，说："嗯，我在想，可不可以搞一期穿校服出场的主题趴，名字就叫——初恋的季节。"

　　"校服？"谢训歪着头，"有啥子含义吗？"

　　"校服象征着我们纯真的中学时代，很契合'初恋的季节'这个主题不是吗？"林向宇进一步做出说明，"到时候，每一个入场参加派对的人，都必须穿上校服，但是校服的年代、国别、种类和款式都不受限制。"

　　"宇哥威武！"一想到女同学们穿上日式短裙校服的样子，所有男生都情不自禁地朝林向宇竖起了大拇指。

WHO SLEEPS MY BRO

| 第五章 | 330 动物园 |

Chapter 1　初恋季节

夜色中的黄浦江畔，行人如织，灯火辉煌，外滩上林立的高大建筑，上演着这座城市的繁华，每一扇窗里，都装载着无数的悲欢离合。

在一条略显僻静的小街上，一间名为"约吧"的小酒吧里，隐隐传出阵阵明快的音乐节拍，还有年轻男女们的欢声笑语，在林向宇的发起和众人的共同努力下，重新开张后的第一次 face party 如期举行了，派对的主题为——初恋的季节。

因为有了张哥的指导，派对的前期宣传做得颇有成效，此时，酒吧的大厅里挤满了前来参加派对的男生和女生，每个人都穿着风格不同的校服，有民国的，有欧美的，还有日韩的，琳琅满目，极富青春气息。

330 的四个大男生也穿着校服，十分忙碌地各司其职：林向宇和管超负责充当侍者，端着饮品和果盘在大厅里穿梭分发；李大鹏把控着吧台里的调音台，既是DJ又是现场主持；谢训和高宝镜则负责在场内分发 face party 的宣传单，让大家进一步扩散派对的影响力。

这一次，一共有八十名大学生参与到派对中，男女生的比例各占一半，因为做了充足的前期准备，派对的气氛非常热烈，每个人都好奇地观察着彼此身上的校服，并以此为契机和对方进行交流，人人都玩儿得十分尽兴。

夏星辰自告奋勇地充当了派对的摄影师，忙不迭地用手中的相机记录着派对的每一个生活画面。

突然间，音响中的舞曲戛然而止，众人好奇地看向 DJ 李大鹏，李大鹏和不远处的猴子交换了一个眼神，随即，音响中居然播放出了第五套广播体操的音乐，此情此景，配上这样的音乐，显得十分土气，大学生们不禁哄然大笑。

然而在一片笑声中，猴子却突然跳到舞池正中央，一本正经地做起了广播体操，在猴子的感染下，陆续有人加入其中，凭借着记忆，做出认真而滑稽的广播体操动作，气氛热烈而又充满了缅怀青春的怀旧感，每一个人的脸上、眼里，都写满了快乐。

林向宇站在舞池边，用探寻的目光扫过每一个女生的脸，然而她们都不是他要找的人，他不禁有些失望，一个人默默地走出了约吧，到外面透口气。

夏星辰的目光一直追随着林向宇，看到林向宇闷闷不乐地出去了，她心中也涌出一丝淡淡的落寞，这时，管着来到夏星辰身边，用不太自信的语气问："星辰，你歇会儿吧，咱们去那边儿玩儿会儿游戏好不？"

"哦，好。"夏星辰犹豫了一下，还是接受了邀请。

不远处，穿着一身篮球啦啦队队服的 Jennifer Baby，强拽着穿着"灌篮高手"的李大鹏往舞池里挤，边挤边兴奋地大喊："走，一起跳广播体操去，你看我们今天多心有灵犀，穿的是情侣装哦！"

"别闹了，"李大鹏试图挣脱 Jennifer Baby 的魔爪，"我还得去做 DJ 呢，走不开啦！"

"嘿嘿，别担心，我已经帮你搞定了！咱们好好跳舞吧！"Jennifer Baby 满不在乎地指着，吧台里，猴子正一脸新奇地操作着调音台。

李大鹏一头冷汗，Jennifer Baby 已经背过身去，随着广播体操的节拍，动作夸张地扭动起来，可她跳了一会儿，发现身后没有动静，扭头一看，李大鹏已经逃得无影无踪了。

"李大鹏——"Jennifer Baby 气得直跺脚。

林向宇刚走出约吧，就看见黄毛带着一群跟班走了过来，看门的同学赶紧拦住了他们。

"对不起，派对的门票已经卖完了，下一次你们可以早一点在网上预订。"看门的同学礼貌地说。

"什么破门票，还得预订？"黄毛不屑地说，正好看见林向宇走出约吧，他赶紧招手，"林向宇，你出来得正好，带我们进去啊！"

没想到，林向宇居然装成没听见的样子，扭头又走回去了，黄毛顿时觉得很没有面子，带着一众跟班就要硬往里闯，嘴里骂骂咧咧："浑蛋！"

看门的同学根本拦不住气势汹汹的黄毛一伙儿，眼看他们就要冲进去了，酒吧的老板张哥从门内走了出来，张哥身后还跟着两个又高又壮的墨镜男，一看就是不好惹的角色。

"怎么回事儿？"张哥冷冷扫视了黄毛他们一眼，"这是正规的大学生交友派对的地方，不是流氓撒野的地方，想闹事儿的话，你们可能找错地方了。"

黄毛被张哥的气势吓到了，整理了一下自己的衣服，悻悻地说："不让进拉倒，330，咱们走着瞧！"

看着黄毛一伙的背影，张哥反感地摇了摇头。

约吧内，派对如火如荼地进行着。

主持人李大鹏跳到小舞台上，手持话筒，动情地大声说："Ladies and Gentlemen，下面我们进入今天最激动人心的环节——第一次表白的回忆！还记得你的初恋吗？还记得你当时是怎么对 TA 表白的吗？"

酒吧里渐渐安静下来，Jennifer Baby 激动地举手大喊："我记得！"

李大鹏故意装作没听见，继续说："勇敢地上台来说出你的故事吧！我们会用尖叫声来评选出今晚的最佳表白，请大家踊跃上台参加！"

Jennifer Baby 拨开人群就往台上冲，但一个穿着霍格沃茨巫师袍的男生跑得更快，嗖地跳上台，动情地说："我的初恋是赫敏·格兰杰，我看《哈利·波特》只看她的镜头。"

台下响起一阵笑声，男生还没下台，Jennifer Baby 就冲了上来，抢过话筒，含情脉脉地看着李大鹏说："我对我的初恋说过，你干吗看人家的小屁屁呀，结果他还害羞了呢！"

台下爆发出更大声的哄笑，李大鹏尴尬地夺回话筒说："下一个！"

"我跟我的初恋说我喜欢他，结果他竟然告诉我他喜欢男生，真把我气死了。"一个女生气愤地说。

"有一天，我的初恋说她想吃粽子，我顶着大太阳给她买了两个肉粽，结果她说吃咸粽子的人不能忍，居然把我拉黑了！"一个男生郁闷地说。

"自从与她相遇，我的每一次飞机都为她而打，所有的'.avi'（暗指情色视频）都变得没有意义！"一个男生的初恋故事换来众人一阵起哄声。

大学生们争先恐后上台发言，气氛越来越热烈，林向宇觉得很欣慰，但心中也流转着淡淡的遗憾，他始终没有看到"手帕女神"的身影。管超看出林向宇的落寞，对他说："别灰心，一次就能遇到的概率太低了，这次不行，还有下次呢。"

"就是，好饭不怕等，来日方长。"谢训在一旁补充。

这时，猴子屁颠屁颠地小跑过来，手舞足蹈地说："你们猜怎么着？刚才我去上厕所，发现一对失散多年的初中生情侣竟然死灰复燃了！"

大伙儿顺着猴子手指的方向看去，果然看见一男一女正抱在一起。

谢训和管超兴奋地吹起口哨起哄，林向宇呆呆地看着那对终成眷属的有情人，没想到他自己没找到想找的人，却帮别人圆了梦。

李大鹏站在舞台上，重新拿起话筒，激情满满地说："大家知道吗？在我们face party 的发起人中，有一位颜值很高的钻石级单身汉，你们希不希望他也上来分享一下自己的爱情故事啊？"

"希望！"场下的女生们期待地喊道。

"有请林向宇同学！"李大鹏冲着林向宇的方向举起话筒，谢训和管超他们纷纷起哄。

林向宇无奈地摇头笑笑，大步走上舞台，接过话筒说："大家好，我是 face party 的策划人之一——林向宇，首先感谢大家对我们这个派对的支持和关注。"

台下响起掌声，夏星辰举起相机，咔嚓一声记录下林向宇灿烂而迷人的笑容。

"我们举办 face party，主要目的是要给大家一个面对面交流的机会。"林向宇微笑着继续说道，"有人说，世界上最遥远的距离，就是我坐在你对面，你却在玩儿手机。我们希望通过这个派对，让大家不再局限在网络社交，而是走出去，感受和朋友们坐在一起，共享美食和美酒的快乐！"

台下传来一阵赞许的声音。

"当然了，我这么积极地策划 face party，其实还夹带着一个私心，"台上，林向宇却话题一转，收起了笑容，认真地说起来，"说出来不怕大家笑话，不久前，我对一个女孩儿一见钟情，我和她只有一面之缘，我们没有说话，没有视线相交，连擦肩而过的机会都没有，我甚至不知道她的名字。当时，我就远远地看着她，就像歌词里唱的，只是在人群中多看了她一眼，就再也忘不掉了。"

说着，林向宇从怀中拿出女神的画像，展开在众人面前，现场顿时一片惊叹，谢训吹着口哨起哄道："这么漂亮的姑娘，换成我也忘不了啊！"

"她也是个大学生，所以期待着她也能来参加 face party，让我能再次与她相遇，"林向宇小心地收起画像，说，"这是我举办这次派对的私人动机，我真的很想找到她，希望大家能够帮助我。"

台下一片哗然，议论纷纷，众人似乎不太能理解林向宇的心思。

林向宇站在台上，不以为意地耸耸肩，继续说："我是在单亲家庭长大的，我妈妈很早就去世了，她走的时候我爸一滴眼泪也没有掉，葬礼上他冷静得令人心凉。可是回到家后，他却把自己关在房间里，偷偷地哭。我原本以为我爸并不爱我妈，可直到那个时候我才明白，有些人的爱并不擅长用语言去表达，都体现在行动中。十多年过去了，我也曾开玩笑地问过我爸，一个人不寂寞吗？要不要给我找个后妈？我爸总是这么回答我，'我有你妈就够了，她一直活在我的脑海里，我从来不感觉寂寞'。"

台下的议论声全都消失了，没有人再质疑林向宇的动机。

林向宇挤出一丝笑容，再次开口说："看到父母的爱情，我终于明白，能够随着一方的离去而消失的情感，并不是爱，因为寂寞而产生的情感也不是爱。真爱是一种能够耐得住寂寞的守候。我爸做到了，我相信我也可以。可能大家会感到好奇，我身边明明也有很多优秀的女孩子，为什么我却偏要去追求一个虚无缥缈的幻影。现在我要回答大家，我也想像我的父母那样，找到一份能让自己坚守的爱情，而那个只有一面之缘的女孩，让我产生了这种期待，我相信她就是我在寻找的那个人。"

台下，夏星辰缓缓地放下了手里的相机，表情黯然地低下了头，而在台上，林向宇正提高音量给自己的发言收尾："我知道，在茫茫人海中寻找一个陌生人很困难，但也许是遗传了父亲的固执，也许因为我是双鱼座，天生就比较一根筋，对纯真的爱情抱有不切实际的幻想，所以，我心里一直有个声音在敦促我不要放弃，不能放弃。如果这是一场梦，那我不想醒来，如果这是一段苦旅，我也甘之如饴地走下去。我会一直寻找、等待，直到能和她再次相遇！"

说完，林向宇对着台下深深地鞠了一躬，台下爆发出热烈的掌声，大家都被林向宇的发言感动了，心中更是对这个派对滋生出更大的参与感和使命感，而对于林向宇来说，刚才那番话与其说是给别人听的，却更像是说给自己的，将自己寻找"手帕女神"的信念变得更加坚定。

深夜时分，在欢乐而热烈的气氛中，第一次正式的主题派对圆满结束了，大学生们零零散散地离开约吧，每个人带着意犹未尽的兴奋，相互打听着什么时候才能有下一次派对。

约吧里空了下来，只剩下夏星辰、高宝镜和330的四个男生，留下来清扫场地。

林向宇默默地清理桌子，一副沮丧的样子，谢训走过去搂住他的肩膀，嘻嘻哈哈地说："放心，从今晚开始，face party 的影响力将迅速辐射到上海的各大高校，这意味着啥？会有更多漂亮的女生来参加我们的派对！"

"对，约吧以后就会变成一个大磁场，早晚会把你的女神吸引过来的。"管超也说。

林向宇的脸上浮现出一抹期待，李大鹏也凑过来说："这派对要是能帮 BB 也找个对象，就更好了！"

大家哄堂大笑。

张哥坐在吧台后，用点钞机数着钱，然后把数好的钱分成三份，递给林向宇、管超和谢训，一脸喜悦地说："完美的开局哦，这是你们的那一份，再接再厉吧！"

谢训和管超美滋滋地收钱，林向宇连忙拦住他们两个，朝李大鹏努努嘴说："别光顾着自己收钱啊，人家 Bird Li 也出了不少力呢，我建议，这次咱们每人拿出二百来凑给他，等下次，咱们就把收入分成四份均分，怎么样？"

"不用不用，你们能带我一起玩儿，我就很开心了，"李大鹏不好意思地说，但三人早已不由分说地把钱塞给了李大鹏，他只好收下钱说，"好吧，这钱我留下来请大家吃喝玩乐。"

这时，管超指了指在不远处坐着玩手机的夏星辰，小声说："人家也出了不少力，要不要分一点儿给人家？"

"她留下来是为了钱吗？"林向宇一脸坏笑地推推管超，"人家是为了你。"

管超又红了脸，林向宇他们哈哈大笑起来，夏星辰似乎听到了什么，犹豫着走了过来，说："几位学长，你们先忙着吧，我还有事，先走了。"

说完夏星辰转身离开，谢训赶紧推管超，挤眉弄眼地说："人要走了，快上啊！"

"是啊，不能让人家女孩子一个人回去，快去啊！"林向宇也说。

管超却突然没了胆，害羞地说："我……我该怎么跟她说啊？我、我不好意思啊！"

在管超犹犹豫豫的时候，夏星辰已经推开约吧的门，独自离开了，林向宇和谢训鄙夷地指着管超，异口同声地骂道："孬货！"

李大鹏也同情地拍拍管超的肩膀，管超郁闷地叹了口气，只能恨自己的懦弱。

Chapter 2   COCO 产子

"Oh my God... Jesus Christ... Nice surprise!"

悠闲的午后，330 宿舍里突然传出一惊一乍的叫声，喊叫声的来源是海归萌宝宝——李大鹏，他正难以置信地瞪大眼睛看着电脑屏幕。

管超边吃面包边认真地看书，一连被李大鹏吓了好几次，不满地斜了他一眼："侬脑子秀逗了？"

"我被淘宝低廉的价格震惊了！"李大鹏说。

谢训敏感地抬起头，眼放金光地问李大鹏："你要在淘宝上买啥子东西？我到批发市场帮你买，比淘宝更便宜，我只收取少少的跑腿费哈！"

"批发市场比淘宝还要便宜吗？"李大鹏惊喜地看着谢训说，"我要买蛐蛐罐头、面包虫和樱桃红蟑螂幼体！"

"什么肉体？"谢训听得一愣。

"樱桃红蟑螂幼体！"李大鹏又说了一遍。

管超差点儿把吃到嘴里的面包吐出来，皱着眉头问："你要这些东西干吗，恶心死了！"

"给COCO补充高蛋白的食物！"李大鹏美滋滋地说，"她马上就要生宝宝了，营养必须要跟上，我说的这些都是她最喜欢的美味。"

"蛐蛐罐头？"谢训若有所思地说，"你的意思是，它喜欢吃蛐蛐对不？活的蛐蛐吃不？"

"当然吃了，变色龙可是捕猎高手，可惜网上不卖活的蛐蛐，批发市场有吗？"李大鹏充满期待地问。

"去什么批发市场啊？我在咱们学校就能给你抓到又大又肥的蛐蛐，"谢训拍着胸脯说，"当年我们村里孩子玩儿的蛐蛐全都是老子抓的，我说，你娃儿别花那份冤枉钱了，蛐蛐的事儿包在老子身上。"

"哇塞！"李大鹏兴奋地满屋子乱蹦，谢训也暗暗高兴接到一单小生意，管超不以为然地哼了一声，继续吃面包看书。

不知不觉，夜幕降临，宿舍楼后面的小树林里一片漆黑，却传出阵阵清脆的虫鸣声。

谢训和李大鹏蹑手蹑脚地走在小树林里，像鬼子进村一样猫着腰，谢训肩上还扛着一根用蚊帐改装的简易捕虫网。

"Here, here！"李大鹏激动地小声招呼谢训，"这边儿有好多蛐蛐在叫耶！"

"啥子嘛，跟我走，好货都在那边儿！"谢训拉着李大鹏，一直走到一棵大树下，指着不远处的一个乱石堆，自信地说，"捉虫之前，你要先把这片地方的虫鸣声都听一遍，这叫洗耳朵，'远听一片虫叫，近听一只虫叫'，这样的地方，准有大个的蛐蛐，要是'远听是一片虫叫，近听也是一片虫叫'，那就可以走了，说明蛐蛐又嫩又小，懂吗？"

"不太懂，"李大鹏一脸单纯地说，"不过听起来好厉害的样子！"

"唉，反正你娃儿记住，有几种叫声不能放过，大叫声、急叫声和怪叫声……"谢训话音还没落，就听石头堆后面传出了又大、又急、又怪的叫声——

"啊、啊、啊，嗯、嗯、嗯……"石头堆后传出一阵阵男女混合的呻吟声。

谢训和李大鹏听傻了，李大鹏红着脸，抱怨地大声说："训哥，他们的声音太大了，我都听不见虫子叫了！"

李大鹏喊完这一嗓子，石头后面霎时安静下来，李大鹏还没反应过来，谢训赶紧一扯李大鹏："你傻啊？快跑吧！"

谢训和李大鹏没跑出几步，就见石头后面冲出一个衣冠不整的男生，在两人身后叫骂道："妈的，谁在这儿偷看呢？"

"蛐蛐，蛐蛐，蛐蛐……"

夜更深了，330宿舍的阳台上，传出此起彼伏的蛐蛐叫声，阳台里挂着几个竹条编织的小笼子，里面装了好多只蛐蛐。

李大鹏坐在台灯下，伺候着变色龙进食，他往饲养箱里丢一只蛐蛐，COCO就立刻飞出舌头，以迅雷不及掩耳之势把活蛐蛐吃掉，李大鹏不禁小声地为COCO叫好："耶！Good girl! Good job!"（好姑娘，干得漂亮！）

谢训和林向宇都已经入睡，鼾声四起，只有管超在床上辗转反侧，郁闷地用被子捂住脑袋，但蛐蛐和李大鹏的声音还是魔音穿脑般传入他的耳朵，管超实在憋得受不了了，猛地把被子掀开，冲李大鹏吼道："寿头！你一次喂完好不好，不要每天晚上都折腾行吗？"

"不行耶！"李大鹏认真地说，"训哥上次给我抓的是两天的量，一次全吃掉的话，COCO会消化不良的。"

_101

管超正要发火，就听呼的一声，谢训从床上跳了下来，睡眼惺忪地看着李大鹏，管超还以为他也被吵醒了，结果却听谢训激动地说："好热啊！这么热的天，会有好多蛐蛐跑出来活动的，大鹏，赶紧穿衣服，咱哥俩今晚要去大干一票！"

"好耶！"李大鹏高兴地收拾东西。

"我抗议，"管超郁闷地举起手，"你们在宿舍里养蛐蛐，严重违反了330的第七条公约！"

"什么公约？"李大鹏好奇地问。

"330公约第七条——为了保持宿舍夜间安静，放屁可以，但不要太响；唱歌可以，但不要太嚷。你们的蛐蛐完全不具备自制能力，严重侵害了我的睡眠权利！"管超严肃地说。

"呼——"这时，林向宇适时地发出一声呼噜，睡得直吧嗒嘴。

李大鹏和谢训看了看林向宇，又看了看管超，两人的眼中明显写着：你看人家林向宇睡得多香，就你事儿多。

管超不服气地辩解道："他天天在外面奔波，能睡着是因为太累了好伐？"

李大鹏边穿衣服边央求管超："COCO马上就要生了，超哥你再忍耐一下下好不好？"

"对嘛，再熬两天嘛，"谢训笑呵呵地附和道，"我支持你表达抗议的权利，但这事儿不一样嗤，宿舍公约和一条鲜活的生命比起来，说服力弱了一点哦。"

"谢训！你到底跟谁一伙儿啊？"管超闹起了脾气。

"超，你就算看我的面子还不行吗？我都答应大鹏要帮忙了，帮人要帮到底嘛，理解一下，啊，理解一下，"谢训抬手制止了还要再表达抗议的管超，说，"好了，莫要再说喽，大鹏已经让我当COCO的干爹了，我也很难嘛！"

谢训和李大鹏肩并肩、亲亲密密地走出了宿舍，管超嘴里情不自禁地蹦出几个字："什么情况？"

第二天上午第一节是高朝的课，林向宇和谢训难得按时起床，匆匆洗漱完毕就去教室了，李大鹏还磨磨蹭蹭地在阳台里喂变色龙。

喂完变色龙，李大鹏捧着书要出门，这才发现管超还在床上呼呼大睡。

"Come on 超哥，起床啦！今天可是高朝的课哦！"李大鹏招呼管超。

管超昨夜被蛐蛐声吵了半宿，天快亮了才睡着，现在睡得正香，对李大鹏的喊声置若罔闻，李大鹏只好自己去上课了。

李大鹏刚走，阳台里的一只蛐蛐突然鸣叫了一声，沉睡中的管超立即浑身一颤，触电般地从床上坐起来，爆发出一声怒吼："瘟三白天也叫啊！"

管超一个翻身从床上跳下来，眼眶发黑、精神涣散地满宿舍晃了一圈，这才意识到，宿舍里居然只有自己一个人，管超看了看紧闭的宿舍门，又看了看阳台，心中突然冒出一个邪恶的念头，如果那只变色龙死了，他的烦恼不就一了百了了吗？

这么想着，管超已经走进了阳台，饲养箱里没有COCO的身影，不过在箱子一角的几片树叶下，露出一条碧绿色的小尾巴，管超手里握着他那把没开刃的菜刀，嘴角狞笑着蹲在了饲养箱前。

COCO似乎察觉到危险，从树叶下探出了尖尖的小脑袋，和管超四目相对。

就在这时，管超的眼皮跳了一下，就见COCO突然向前爬了几步，一枚小小的蛋从树叶下滚了出来，管超手里的菜刀一颤。

母变色龙COCO居然在管超眼皮子底下，公然下了一颗蛋！

一个小时后，管超脸色铁青地靠在宿舍的床上看书，寝室门突然砰的一声被撞开了，李大鹏激动地冲了进来，后面还跟着谢训，谢训一进屋就朝管超喊："怎么样，怎么样？"

"我怎么知道？"管超翻着白眼儿朝阳台努努嘴，"反正一共下了五颗蛋。"

李大鹏直奔阳台，一把抱住饲养箱，一脸心疼地哼唧道："COCO，辛苦了，My sweetheart，我知道你很累……"

"哎哎，别心疼了，赶紧把蛋拿出来吧，一会儿别压坏了！"谢训在一旁嚷嚷。

"哦哦！"李大鹏这才反应过来，赶紧小心翼翼地把五颗蛋拿出来，放进一个早就准备好的小沙盆里。

这时，林向宇拿着两个纸箱子走进宿舍，朝阳台喊道："李大鹏，楼下有你的快递，我帮你拿上来了。"

"哇哦！好快好及时哦！"李大鹏兴奋地扑过来，拿着小刀开始拆开体积较小的箱子，轻轻地从里面拿出一个造型奇怪的小箱子，有点像单开门的家用小冰箱。

"这是啥子东西？"谢训好奇地问。

"是我给蛋宝宝准备的孵化箱啊，"李大鹏美滋滋地说，"COCO生孩子好辛苦呢，所以，我决定帮她孵蛋！"

"那这又是什么？"林向宇指着大一点儿的箱子。

"这是新的饲养箱啊！"李大鹏大箱子也拆开，从里边拿出一个奇怪的笼子，笼子上还有电线，一接通电源，内部的紫外灯、照明灯纷纷亮起，再加上微缩的丛林景观、循环流水，这小笼子俨然就是一个缩小的热带雨林。李大鹏一边把COCO放进新的饲养箱，一边眉开眼笑地说："这样COCO就可以舒舒服服地度产假了！"

林向宇和谢训在一旁饶有兴趣地看着，还不时给李大鹏搭把手，管超可坐不住了，激动地跳过来喊道："停停停！李大鹏，你可是跟我们承诺过的，只要变色龙下完蛋就要从宿舍里离开的，你现在这是什么意思？"

"可COCO现在是早产啊，"李大鹏为难地解释道，"她现在很虚弱，正是需要人照顾的时候。"

"早两天也叫早产啊？"管超更急了，"你别编了，答应别人的事儿就得做到！"

李大鹏赶紧央求管超："可我真的不忍心让COCO现在就走啊，在我们家里，没有人会照顾她的，她虽然不是人，但是也需要坐月子的，求求你再让她多留一阵子吧。"

"留多久？"管超咄咄逼人地说，"李大鹏，你别以为我不知道，你这东西我查过了，叫高冠变色龙，它的蛋孵化时间需要五到七个月！你要把我们宿舍折腾成什么鬼样啊？"

"不会的，不会的！"李大鹏认真地说，"有孵化箱的话，就没那么麻烦的，我发誓不会打扰大家的。"

"少来，侬讲的话吾不相信啦，反正吾要求它搬走，不行就启用宿舍公约，"管超一激动就说上海话，还拉上林向宇和谢训，"来来来，大家一起举手表决，省得说我们欺负你，赞成COCO搬出330的请举手！"

管超说完就把自己的手高高地举了起来，下一秒，他愣住了，因为他发现林向宇和谢训都没动，他摇摇头，又说："那现在，赞成COCO留在330的举手！"

这回，李大鹏、谢训和林向宇同时举起了手，林向宇抱歉地笑着看管超，谢训则不好意思地嘟囔道："我跟你讲过了，我认了COCO当干女儿的。"

"你们两个都是叛徒！"管超扭头就走，一脸愤愤地摔门走出宿舍。

宿舍楼下，林向宇追上管超，伸手要拉他，管超生气地甩开他，嘴里骂骂咧咧："叛徒！我白把你们当兄弟了！"

"你什么时候变得这么小心眼儿了，超哥，"林向宇赔着笑说，"其实我和谢训早就聊过这件事儿了，我们俩都觉得你应该再忍忍。"

"凭什么让我忍？"管超愤怒地问。

"你看James那么在乎COCO和她的蛋宝宝，咱们这么做，也是为了成全他嘛，"林向宇说，"再说了，你都已经忍了这么长时间了，再忍五个月能有多大区别？"

"哼，不用你劝我！我愿赌服输，但不代表我就非要认同你们的观点，"管超的眼睛里闪了闪，扭头就走，"惹不起你们，我还躲得起吧？我去自习室待着去！"

林向宇看着管超怒气冲冲的背影，无奈地笑了笑。

Chapter 3　痛失爱蛋

管超虽然对李大鹏的变色龙无法忍受，但奉行着"少数服从多数"的游戏规则，他还是接受了现实，只是由于被林向宇和谢训"背叛"了，他的面子上有点儿过不去，这几天总是独来独往，故意对宿舍里的其他三人视而不见。

不知不觉，已经是上海的深秋时节，林荫路上落着一层树叶，但因为有年轻人青春勃发的身影和爽朗的笑声，这层秋意并不令人感觉凄凉，而是充满收获般的喜悦。

Jennifer Baby踏着那辆高级独轮代步车，花枝招展地停在男生宿舍楼下，翘着兰花指、表情丰富地给李大鹏打电话："喂，Honey（亲爱的），我到楼下啦，你快点下来啦，不要让人家在这里等太久哦！你知不知道我今天订的是什么餐厅？

八又二分之一 chef bombana（一位意大利大厨，另："八又二分之一"是一家意大利餐厅）开的店哎！我提前一个月才排到的位子，你说不去就不去了？什么孵化箱出问题了？我不接受这个理由！五分钟后，你必须下来，不然我就杀上去把你扛下来！什么 COCO 的 baby？你要是不理我这个 baby，你的那些 baby 全都别想要了！我不管，你要么就把它们一起带去，要不就找个人帮你看着，快点儿，你还有三分钟时间喽！"

"怎么办，怎么办啊？"李大鹏在宿舍里像热锅上的蚂蚁一般走来走去，宿舍里只有他一个人，他该找谁去帮忙啊？

"谁指使你来的？现在你和我都是有子女的人了，旧事何必重提呢？"这时，宿舍门开了，管超手里持着一本《雷雨》的剧本，边走边声情并茂地念着台词。

"超哥——"李大鹏犹如看到救星般扑向管超，"求求你帮我个忙吧！"

管超被李大鹏吓了一跳，一时忘了自己正和其他人冷战的事儿，本能地问："帮什么忙？"

"是这样的……"李大鹏一边说，一边把管超拉到储物柜前，亲自给他演示孵化器的操作，"这个孵化器本来是自动的，但今天它出了点儿问题，每过一个小时就会自己断电，幸好断电的时候它会'嘀'地响一声，听到这个声音就麻烦你过来操作一下，重新开一下机。喏，这是开机键，这是恒温键，这是加湿键，温度必须调到 27~29℃之间，湿度要保持在 80%～90%，千万不要错了！"

"你不会一夜不归吧？"管超一脸嫌弃地看着孵化器，"过了十二点我可就不管了。"

"这么说你是答应帮我照顾 COCO 的蛋宝宝了？"李大鹏感激地连连鞠躬，"你放心，我巴不得早点儿回来呢，顶多两个小时，我肯定回来，蛋的事就拜托你了！"

"行了，我记住了，你赶紧走吧！"管超不耐烦地说。

"一定要记得哦，'嘀'的一声，拜托拜托……"李大鹏一边往宿舍外走，还一边唠唠叨叨地嘱咐着管超。

管超坐到孵化器前，继续研读剧本，一个小时很快过去了，放在储物柜里的孵化器果然"嘀"地叫了一声，管超一脸不屑地站起来，按照李大鹏的操作，开机，调试温度和湿度等设定，然后坐下来继续看剧本。

又过了一会儿，猴子走进了 330，大喊大叫地说："谢总，买东西！"

"谢训不在，要买什么你自己拿，"管超看着剧本，突然抬起头，"对了，谢训说了，以后不准你记账，你走前把钱付了。"

"抠门儿的，不就赊了他几瓶啤酒吗？您忙您的，我自己动手找。"猴子边说边叮叮当当地在谢训的床底下翻了起来，先翻出一盒方便面，又掏出两根火腿肠，这时，猴子抬头问管超，"还有鸡蛋吗？我再来俩蛋补补。"

没人回答，猴子这才发现，管超嫌他吵，已经拿着剧本去阳台研读了。

没辙，猴子只能继续自己翻，这时，他看到储物柜前那台长得像小冰箱似的孵化器，便顺手把盖子打开了，看到整齐镶嵌在里面的五颗变色龙蛋，不禁咧嘴一乐，伸手把五颗蛋全都掏出来，揣进自己口袋里，美滋滋地推门走了……

又过了一个多小时，李大鹏满头大汗地冲回宿舍，在楼底下刚好撞见了谢训和林向宇，三个人一起往楼上走。

谢训笑嘻嘻地问李大鹏："怎么样？阿波罗登月了？"

"What？"李大鹏竖起耳朵，"Apolo？"

"你们家生产的丝袜不是叫'阿波罗'吗？BB家的内衣叫'维纳斯'，BB大名叫沈月，小名叫月亮，你上了她，不就是阿波罗登月吗？"林向宇边解释边做了一个上床的暧昧手势。

"Jesus Christ！你们饶了我吧，我好不容易才从她的魔掌中逃出来，你们就别再往我伤口撒盐了，好不好？再说你们把丝袜和内衣的名字也记反了。"说话间，三个人回到了330，一进门李大鹏就着急地问管超："超哥，孵化器你一直都有关照吧？"

"反正我照着你说的做了。"管超头也不抬地继续翻着剧本。

"谢谢，真是太感谢了！"李大鹏边说边走向孵化器，像走向久别的恋人般，一脸深情，可当他打开孵化箱的盖子后，却不禁发出一声惊叫，"啊！蛋宝宝怎么不见了？"

谢训和林向宇急忙凑过来，发现孵化器里果然空了，管超也赶紧跑过来，一脸诧异地说："不可能啊，我连孵化器的门都没碰过，蛋怎么可能不见了呢？"

"明明就是不见了啊！"李大鹏急得发出了哭腔。

"哎？谢总，你总算回来了！"这时，猴子推门进来，一边从口袋里掏钱一边说，"我下午在你这儿拿了一盒方便面，两根火腿肠，还有五颗鹌鹑蛋，一共多少钱？"

330的四个人全都没作声，呆呆地看着猴子。

猴子浑然不觉地继续对谢训说："不过，你这次进的鹌鹑蛋太差了，吃起来腥味真重，以后你还是进鸡蛋吧。"

"你说什么鹌鹑蛋？"李大鹏像疯了一样扑过来，一把揪住猴子的衣领，"你从哪儿拿的鹌鹑蛋？"

"干吗动手动脚的？"猴子惊吓地挣脱李大鹏，并指了指孵化器，"从小冰箱里拿的呀！"

"Oh shit!"李大鹏瞬间就崩溃了，像脱线的木偶般瘫坐到凳子上。

"怎么了？"猴子一头雾水地看着众人。

"你个瓜娃子！"谢训暴躁地吼道，"你把变色龙的蛋给吃了！"

猴子大吃一惊，看了看阳台上冲他吐出芯子的变色龙，又想了想自己刚吃下的五颗蛋，顿觉一阵反胃，捂着嘴冲向厕所，抠着嗓子眼儿一阵狂吐。

李大鹏伤心地抱住头，坐在椅子上一言不发，管超一脸抱歉地走过去说："对不起啊，猴子来买的东西的时候，我正好在阳台背台词，真没注意他把蛋拿走了。"

"你为什么会没注意？"李大鹏突然从凳子上站起来，红着眼睛朝管超喊道，"你明明答应了要帮我好好照顾它们的，可你没有，你根本就是不负责任！"

管超怔住了，林向宇和谢训也吓了一跳。

李大鹏抹了一把快要流出来的眼泪，声音激动地对管超说："我知道，我第一天到宿舍，就因为COCO的事儿冒犯过你，所以后来我才一直贴着你，想跟你示好！你不领情就算了，为什么要对COCO下这样的毒手？"

管超有点火了，冷笑着问李大鹏："你说什么呢？"

"冷静啊，冷静点！"谢训试图上前劝架。

"你不要管，"李大鹏推开谢训，指着管超的鼻子说，"你这么坏？这么没爱心？你以为自己学习好就很了不起吗？像你这么冷血的人，学习再好又有什么用？"

"你不要指着我，不然我对你不客气！"管超恼火地拨开李大鹏的手。

见势不妙，林向宇也上前劝阻："你们俩别这样啊，都是一个宿舍的兄弟……"

李大鹏的情绪却越来越激动，再次伸手指向管超，大声嚷嚷："我就指你了，怎样？来呀，我早就受够你了！"

"你个瘪三少冤枉老子！"管超也火了，抓住李大鹏的手就要挥拳揍他。

"敢做不敢当，冷血的懦夫！"李大鹏一点儿都不怕，仰着脸就往前伸，"你有本事就打我啊！"

林向宇死死地抱住发疯的管超，朝谢训大喊："你还愣着干什么？快把James拉走啊！"

谢训都看呆了，这才反应过来，赶紧死拉硬拽地把李大鹏拖出宿舍，林向宇赶紧把宿舍门踢上，把管超一把推到床上，大吼道："你疯了吗！服个软会死吗？"

管超泄气地瘫坐在床上，渐渐冷静下来，不作声了。

宿舍外，李大鹏一路发疯地喊叫着，被谢训拖了出去，硬拉到球场边上，李大鹏终于喊累了，也没力气了，气喘吁吁地坐到地上。

"不要生气喽，"谢训也累得满头汗，憨笑着劝道，"这个事儿管超确实有责任，但你也不能全怪他，我敢用我的人格担保，他肯定不是故意的，天有不测风云嘛，咱们还是为COCO节哀吧。"

李大鹏捏着拳头，生气地不说话，一副不能释怀的样子。

"行啦，看不出你脾气还挺倔，你莫怪管超跟你来劲，你刚来，还不了解他，这小子什么气都能受，就是不能被冤枉。我不是说你们谁对谁错，反正大家都是一个宿舍的兄弟，这事儿过去了就算了吧，别闹得大家都不痛快，好不好？"谢训拍拍李大鹏的肩膀，突然咧嘴一笑，"我本来还以为你喜欢管超呢，没想到最后先打起来的是你们俩。"

"我喜欢他？"李大鹏沉默不下去了，夸张地怪叫，"Oh my God! 你怎么会这么想？"

"不只是我，好多人都这么想呢，"谢训一看李大鹏上钩了，赶紧借着杆子往上爬，"有人还打赌你们俩能成为一对呢！"

"Holly shit！"李大鹏激动地拍着地，"我对着篮球架发誓，我的性取向是正常的！"

"哪儿正常啊？"谢训故意阴阳怪气地说，"BB那么疯狂地追求你，你都无动于衷。"

"那是因为我不喜欢她！"李大鹏理直气壮地说。

"那你喜欢谁啊？"谢训故意气他，"我看你整天闲得不得了，应该找个女朋友充实一下生活嘛！"

"谁说我很闲了？我很忙的！"李大鹏一本正经地挺直腰杆，自豪地说，"你知道吗？我在学校要照顾COCO，每周末回家还要陪我的孔雀和矮马散步，还要照顾我的Polly洗澡，还要教它讲话，哦，Polly是我养的金刚鹦鹉啦，它今年已经三岁了。还有，每个月我都要定期去流浪动物救助站，帮忙给新到那儿的流浪猫狗打疫苗，另外，如果我们爬虫论坛上有谁家的宝宝生病了，我还要义务出诊，帮它们治病，因为我是这方面的专家！"

"瓜皮！"谢训听得一愣一愣的，"你在动物身上搞那么多事，图啥子嘛？"

"我喜欢动物啊，"李大鹏看向远处，深情地说，"实话跟你说吧，我有一个终极理想，就是开一家自己的动物园，不是普通的动物园哦，是放养的，野生的那种！"

"你的终极理想是开动物园？"谢训哑然失笑，"我才不信哩，你家那么有钱，随随便便给你点儿不就能开了吗？"

"唉，一言难尽，"李大鹏郁闷地捡起一块小石子往远处一丢，"我家的钱都是我爸爸的，他一点儿都不支持我，所以我只能靠自己的努力去慢慢实现了。"

谢训十分意外地看着李大鹏："你也要自己努力？那岂不是跟我一样喽？"

李大鹏困惑地眨巴眨巴眼睛："我们有什么不一样的吗？"

"咱俩还真有点儿不一样，"谢训被李大鹏问住了，不禁笑起来，"你比我呆，比我萌。"

"什么意思？"李大鹏认真地看着谢训。

第二天上午，李大鹏没有来上课，等中午管超回到宿舍的时候，就发现阳台已经被收拾得干干净净了，COCO和它的饲养箱，以及各种日常用品，全都不见了。

"James把变色龙拿回家了，还把宿舍打扫了一遍，"谢训没去上课，看见管超一脸困惑，就在一旁说，"而且他坚持一个人打扫，我要帮忙，他死活不让。"

"他每天都在想什么啊？"管超不解地嘀咕。

"你关心吗？"谢训把管超问得一愣，"不过我说出来你也不会理解的，你知道他昨天晚上告诉我他的理想是什么吗？"

"什么？"管超好奇地问。

"开动物园，而且还是终极理想，"谢训哭笑不得地说，"虽然他的想法有点儿不着边际，脑子也有点问题，但我觉得他这个人还是挺可爱的。"

_ 109

"你爱上他了？"管超揶揄谢训。

"别闹了，"谢训正经地说，"我昨天问了，人家James的性取向很正常，以后你不用有包袱了，肥皂该拿就拿出来吧。得了，我还得送货去呢，走了！"

谢训说完提着货出门了，管超一个人站在宿舍里，看着安静而整洁的屋子，心头涌出一阵说不清、道不明的愧疚感。

Chapter 4 蒙面派对

天气一天天地冷了起来，秋天在不知不觉中过去了，校园里来来往往的学生，都换上了厚厚的冬装。

夜里十点，宿舍里准时响起熄灯的铃声，330宿舍里一片漆黑，但四个人都没有睡，而是一个个裹严被子，小声地开着"卧谈会"。

"时间过得真快啊，一转眼就到冬天了。"林向宇感慨地说。

"肯定快嘛，你们算算，咱们的face party都已经办了多少期了？"谢训在一旁接话。

"差不多有三四次了吧？"管超回味地说，"我感觉，这学期咱们做的最有意义的事儿就是搞了这个派对，现在face party在上海各高校里的名气越来越大了，甚至连我苏州的同学都听说了，还想来参加呢。"

宿舍里陷入短暂的安静，每个人都喜滋滋地回味着每一次派对中的快乐经历。

片刻之后，林向宇开口说："哎，马上就要放寒假了，咱们是不是应该再组织一次派对？帮单身狗们在回老家过年之前找到对象！"

"这个要得！"谢训同情地说，"你娃儿要是单身，回去肯定被七大姑八大姨烦得要死！"

"那这主题就是爱情喽？"李大鹏问，"具体是什么角度呢？千万不能落俗套。"

谢训摇摇头，不乐观地说："这可有点儿难，这年头，相信真爱的人不多喽！"

"是啊，我觉得很多年轻人都已经不相信爱情了，"管超说，"现在都流行谈标准，因为这个更简单、直接，比如要找漂亮的，要找有钱的，或者能拼爹的。"

"我就不认同这些，我觉得年轻人还是应该相信爱情，"林向宇点名问李大鹏，"James，国外的年轻人也这样吗？"

"我不知道他们在不在乎钱，但他们很少在乎长相，"李大鹏想了一会儿才认真地回答道，"他们认为爱情还是要靠感觉和心灵来体会。"

咚咚咚！林向宇立马捶墙，激动地大喊："我想到主题了！"

"什么？"其他三人着急地问。

林向宇清清嗓子，兴奋地说："咱们可以办一期面具派对，主题就叫'爱情不能只看脸'。当然了，这个'脸'可以指外貌，也可以指金钱、地位等，如果刨除了这些现实因素，看看爱情到底还能不能存在。"

大家齐声鼓掌叫好："太棒了，就这么办！"

经过大伙儿精心的筹备，face party本学期的最后一次主题派对，在圣诞夜的这一天举行了，入场时间还没到，约吧门口就排起了长长的入场队伍。

远处，在一个装点着圣诞树的街口，一辆MPV缓缓停在路边，副驾驶的车门开了一道小缝，一颗满头黄毛的脑袋探出来，往约吧的方向偷瞄了一番，确定安全后，黄毛才对着车后座说："把面具都戴好了再出来！"

后车门打开了，依次走下来四个戴着脸谱面具的男子，脸谱分别为"生""旦""净""末"，黄毛自己则戴上了"丑"的面具，五个人大摇大摆地朝约吧走去。

因为戴着面具，负责入场的同学并没有认出黄毛一伙，他们成功地混入了场内，此时，约吧内已经人满为患，人挤着人，偌大的舞池里连穿行通过都十分费劲。

"老大，这里的妞儿都戴着面具，咱也看不出美丑啊。"戴着"旦"面具的人凑到黄毛耳边，郁闷地说，"万一泡到一个丑女怎么办？"

"你傻啊？你可以把她们的面具摘开看啊，"黄毛捶了"旦"一拳，"就算不摘面具，胖瘦你总能看出来吧？身材好不好你总能看出来吧？皮肤颜色也能看到不是吗？长头发也比短头发好。"

生旦净末四人连连点头，黄毛又说："待会儿大家相互通个气儿，大拇指朝上代表是漂亮妞儿，大拇指朝下就是丑女，哎对了，如果你们发现了左耳朵上有颗红痣的妞儿，就第一时间通知我啊。"

四个人点点头，迅速分散开来，在约吧里游手好闲地游荡起来，他们完全不遵守今晚派对的规则，看见身材好、皮肤白的女孩儿，就随意地掀开人家的面具，惹得被掀面具的女生发出不满的尖叫，但因为酒吧里音乐声很大，人数又多，所以五个人的行为并没有引起太大的骚动。

_111

过了一会儿，戴着"净"面具的男生在舞池里看到了一个左耳根有红痣的女孩儿，急忙挤过去掀开人家的面具，女孩儿的正脸露出来，原来是夏星辰，"净"拼命地朝远处的黄毛竖大拇指。

"你有毛病啊？"夏星辰突然被揭了面具，生气地嚷了一声，赶紧把面具戴上，但不远处的一个高个子的男生还是看到了她的脸。

男生抢先黄毛一步挤到夏星辰面前，激动地说："同学，我能请你喝点东西吗？"

没想到夏星辰一下子就听出了对方的身份，大声说："管超学长？"

"是星辰吗？"管超只好认了，尴尬地抓抓后脑勺，"这么巧？"

舞池里人很多，"净"一直像橡皮糖似地挨着夏星辰，她赶紧拉起管超说："走，我们到那边去，这里有人毛手毛脚的。"

黄毛看见夏星辰拉着一个男生的手离开，不禁气得咬牙切齿。

这时，戴着"生"面具的人停住脚步，色眯眯地看向吧台，吧台前有一个身材婀娜、穿着暴露的女生，正在随着音乐晃动着身体，"生"刚想过去，就被"旦"拽住了，"旦"摇着头说："我刚看过了，龅牙。"

"真没劲，""生"骂了一句，"看了好几个，没一个好看的。"

"大哥，别着急嘛，""旦"朝一个方向歪了歪头，对"生"说，"十点钟方向，红裙子的那个女生，我看过了，特漂亮。"

"这还差不多，""生"点点头，到吧台买了两杯酒，走到红裙女生面前搭讪道，"你好，我能请你喝一杯酒吗？"

红裙女孩愣了愣，接过酒，有些腼腆地说了声："谢谢。"

舞池里，黄毛着急地东张西望，却再也找不到夏星辰的踪影，不由得烦躁起来，在人群中挤来挤去，看哪个不顺眼就粗暴地把人家的面具揭下来，引来一阵叽叽喳喳的叫嚷：

"谁呀？"

"干吗揭人家面具，讨厌！"

"臭流氓！"

黄毛听着姑娘们的尖叫声，内心变态地觉得很熨帖，揭得越发肆无忌惮了，不知不觉中，他走到了一个衣着夸张的女生面前，一把将女生脸上的巫婆面具摘了下来。

下一秒，黄毛浮现出看见鬼一般的表情，因为他居然看到了Jennifer Baby的脸，黄毛的手一抖，赶紧把面具又给Jennifer Baby戴上了，而且还戴歪了。

Jennifer Baby可没那么好惹，她一把拽住黄毛的衣袖，炸毛地尖叫："浑蛋，你干吗？"

黄毛拼了老命，奋力挣脱开Jennifer Baby，抱头逃走，Jennifer Baby气得直跺脚。

不远处的一个卡座里，"生"已经和红裙女孩儿玩儿起了"大话骰子"，红裙女孩儿一连输了好几把，不甘心地看着骰盅说："我就不信还是六个六！"

"生"满眼堆笑地看着红裙女孩儿，把骰盅一开，果然还是六个六，红裙女孩儿叹了口气，端起一杯酒刚要喝，却被"生"拦住了，他语调温和地说："别急，这次咱们不赢酒。"

"那赢什么？"红裙女孩儿好奇地问。

"生"笑吟吟地掏出手机："加你个微信怎么样？"

"你早说啊！"红裙女孩儿爽快地笑起来，"刚才那几次我也不喝了。"

这时，酒吧里轰鸣的背景音乐渐渐弱了下来，林向宇拿着话筒走到舞台上，大声喊道："喂喂喂！大家看这边！"

众人循声看向林向宇，却不禁哄堂大笑起来，原来林向宇身上贴满了号码，这是今天这场派对的游戏环节之一：每一名入场的学生都被分了一个阿拉伯数字号码牌，一式两份，一份贴在自己身上，另一份则偷偷贴在场内令自己心仪的人身上，因为这是蒙面舞会，所以谁也不知道自己看中的人到底是谁，令人感觉神秘又刺激。

林向宇自己也不禁笑起来，抱歉地把身上满满的号码牌都撕掉，说："忘了告诉大家，我是今天的主持人，没资格参与'不看脸配对'游戏，要辜负这几位姑娘了，抱歉。"

台下不禁传来一片扼腕叹息声，林向宇抬手做出一个示意安静的手势，提高音量说："好啦，现在到了大家揭开面具、互看真容的时刻了，姑娘们，小伙儿们，把你们的面具都摘下来吧！此时此刻，看看你们的号牌都贴到了谁的身上，或者你身上有谁的号码牌。如果你和TA都贴了对方，那么恭喜你们，你们找到了人类历史上最真挚、最美好、最珍贵的'睁眼瞎好感'！"

现场又是一阵大笑，众人纷纷摘下面具，场内顿时一阵骚动，有人遗憾，有人叹息，但也有几对男生女生情不自禁地走到了一起，因为他们真的把号码牌都贴到了彼此身上。

就在气氛轻松而愉快的时候，Jennifer Baby突然激动地跳起来，大声喊道："我要举报！"

林向宇和场内的人全都一愣，只见Jennifer Baby奋力从人群中挤到台上，抢过林向宇手中的话筒，生气地说："我要举报！刚才有人破坏游戏规则，强行揭开了我的面具偷看我！"

"你还记得他是谁吗？"林向宇赶紧问。

"就是他！"Jennifer Baby毫不犹豫地指向人群中的黄毛。

此时黄毛还戴着"丑"的面具，因为没有露脸，他底气十足地叫道："你哪只眼睛看见是我了？"

"你别想抵赖！"Jennifer Baby得意地说，"你看你的背后！"

黄毛自己看不见，刚好谢训站在他身后，伸手一把从黄毛后背揭下一个数字号码牌。

"看见没？这是我的号码！"Jennifer Baby指指自己身上的号牌，对着众人说，"刚才他揭开我的面具后想逃跑，我灵机一动就在他身上做了记号！"

林向宇这时也注意到，除了"丑"之外，现场还有"生""旦""净""末"四个人没有把面具摘下来，便狐疑地指着五个人说："你们五个，为什么还不把面具摘下来？"

"我们乐意不摘，管得着吗？"戴着"旦"面具的人理直气壮地说。

"不行，这是游戏规则，你们凭什么不遵守？"管超在一旁大喊，众人纷纷附和。

迫于压力，五个人只好乖乖把面具摘了下来，大家这才认出这五个人是黄毛，还有一个年龄至少有四十岁的男人，还有三个流里流气的青年，三个青年一看就不像学生。

　　而在场最惊讶的人却是谢训，因为他看到高宝镜居然和那个老男人站在一起，两个人身上的号码居然配对成功了！

　　谢训一脸紧张地冲过去，把高宝镜拉到自己身边，不高兴地问："你咋个跑到那儿去了？"

　　"宋子豪，你干吗摘了我的面具还重新给我戴上？难道我丑到见不得人了吗？"Jennifer Baby 冲上去跟黄毛撒泼，越撒越来气，干脆又撕又挠，"你算老几啊！轮得到你来嫌弃我？你去死吧！"

　　黄毛一开始还消极抵抗，但 Jennifer Baby 越来越过分，他脸上也挂不住了，生气地推了 Jennifer Baby 一把，烦躁地吼道："你再动一下，我就弄死你！"

　　"BB，BB！"李大鹏怕 Jennifer Baby 吃亏，赶紧冲出来护住她，推开黄毛，"你这人怎么连女生都打？"

　　"哟呵，要二打一吗？"那个老男人冷笑着走上来，拽过李大鹏就要打，他身后那三个小混混也全都挥着拳头朝李大鹏扑上来。

　　李大鹏显然从来没打过架，看到这架势脸都白了，但还是本能地用双手护住 Jennifer Baby。

　　危急关头，管超爆发出一声怒吼，第一个从人群中飞蹿出来，一把推开那个老男人，死死地挡在李大鹏前面，不管不顾地吼道："要打他，先打我！"

　　谢训、林向宇和猴子等人这才后知后觉地全都冲上来，护住李大鹏和 Jennifer Baby，抡胳膊挽袖子地准备和这几个闹事的人大干一场。

　　"住手！"剑拔弩张的气氛中，酒吧老板张哥突然在人群后面喊了一嗓子，他虽然单枪匹马，周身却散发出一股无法形容的气场，现场所有的人都愣住了，人群中自动分出一条路来。张哥目标明确地走到那个中年男人面前，客客气气但却不怒自威地问，"大哥，贵姓？"

　　"免贵姓吴，"吴姓老男人反问，"你呢？"

　　"鄙人是这间酒吧的老板，孩子们都叫我张哥，"张哥似笑非笑地说，"老吴，都是出来玩儿的，既然跟孩子们玩儿不到一起，那就散了得了，抡胳膊瞪眼睛的，嘛呢？"

　　老吴不客气地看着张哥："孩子？那你就是孩子头喽！"

　　"我们这儿不分辈分，都是朋友，"张哥前半句还是笑吟吟的，后半句却突然收了笑脸，冷冷地说，"我现在出来给大家做个调解，要么你们马上走，要么我就'请'你们走，另外，黑道还是白道，只要你想玩儿，我都奉陪到底！"

林向宇他们都听呆了，认识了张哥这么久，从来没见过他这么有杀气。

老吴的脸色也变了，他上下打量了张哥一会儿，心知对方不是善茬儿，只好朝黄毛使了个眼色，几个人灰溜溜地离开了。

不知是谁吹了几声匪哨，学生们纷纷鼓起掌来，庆祝张哥打跑了社会流氓。

在一片痛打落水狗的欢呼雀跃声中，黄毛和三个混混满脸通红地走出约吧，老吴却不紧不慢地走在最后面，他脸上看不出一丝尴尬和扫兴，还饶有兴致地拿出手机，打开微信，给一个刚刚通过验证的微信号发了一个笑脸的表情。

约吧内，高宝镜的手机响了两声，她打开微信看了看，整个人不禁一愣。

WHO SLEEPS MY BRO

| 第六章 | 告白与被拒绝 |

Chapter 1　失联女友

在本学期最后一次的 face party 上，张哥让黄毛和他带来的社会朋友当众出了丑，派对结束后，330 的四个男生兴致高昂地走在回学校的路上。

马路上很安静，路面湿润，似乎是刚刚下过雨，管超独自走在最前面，林向宇和谢训走在中间，两人模仿着黄毛一伙的丑态，嘻嘻哈哈地不时相互推搡，李大鹏则一脸心事地落在最后。

"喂，李大鹏你干嘛呢？"谢训回头招呼李大鹏，"快走啊，等一哈天该亮啦！"

李大鹏像被惊醒似的抬起头，赶紧跑上来，可他却直接从林向宇和谢训中间穿了过去，朝着前面的管超追过去，边追还边喊道："超哥！"

管超回头看了他一眼："干吗？"

李大鹏走到管超身边，两人的脚步并没有停下来，而是并肩向前走着，李大鹏粗声粗气地说："谢谢你今天晚上出手帮我。"

"什么？我都忘了。"管超不以为然地说。

"真的很感谢，没想到你会第一个冲出来，我好感动。"李大鹏诚恳地又说了一遍。

"谢什么谢？都是自家兄弟，何足挂齿。"管超突然伸出一只手，自然地搂住李大鹏的肩膀，关心地询问，"对了，COCO 最近怎么样？胖了还是瘦了？有没有再怀上？"

"也没那么快啦，不过她现在挺好的，"李大鹏一提起动物就一脸幸福，"我打算明年再给她找个如意郎君，努力让她顺利当上妈妈。"

"那要找个又帅又专一的。"管超开玩笑地说。

"那当然，"李大鹏一脸认真地指着自己的鼻子，"我可都是按照自己的标准来找的。"

林向宇和谢训走在后面，看见管超和李大鹏勾肩搭背、一副重归于好的样子，不禁感觉很欣慰。谢训问林向宇："忘了问你，今天有没有发现女神的线索？"

林向宇脸上的笑容退去了，自嘲地摇摇头："face party 办了这么多次，从来没有找到任何关于她的线索，这个女神太神秘了，真是黄浦江未解之谜啊！"

"可能她已经毕业了，或者不在上海了。"谢训托着下巴猜测道。

管超在前面也插了一嘴："也有可能人家根本就不是学生呢。"

"不可能！她肯定是学生，"林向宇不甘心地辩解，"不然怎么会在教材书店买大学英语四级考试资料呢？"

李大鹏突然转过头，认认真真地说："她也有可能是帮别人买的啊。"

林向宇彻底无言以对了，逆着路灯昏黄的光，能看见碎雪粒窸窸窣窣地从天空中飘落，无声无息地坠落在地上，又无声无息地消融成水。林向宇心里蓦然涌出浓浓的失落，此时此刻，不论是兄弟的重归于好，还是派对上的大获全胜，都不能填补他内心缺失的那一角……

"蒙面派对"过后不久，就是煎熬的考试周，再之后就是漫长的寒假，外地的大学生们纷纷收拾起行李，搭乘各种交通工具，回到各自的家乡过年。

118时间飞逝而过，转眼就到了 2013 年的 4 月份，新学期已经开始一个多月了，这天傍晚，330 的四名成员齐聚在校门口的一家烧烤摊前，桌上摆着满满当当的烧烤，散发着孜然和肉香味，十分吸引人。

林向宇高高举起手里的啤酒杯，大声说道："来来来，咱们先集体敬超爷一杯，恭喜他勇夺上学年的一等奖学金！大家放开吃，放开喝，超爷请客啊！"

"不不不，还是我来埋单吧，"李大鹏急忙说，"我第一次参加 face party 的时候说了，分给我的钱会留着，请大家吃喝玩乐。"

"你少起哄！"管超瞪了李大鹏一眼说，"这是我们 330 大一时就定下的规矩，只要我拿奖学金，大家就出来撮一顿！"

谢训一直在打电话，但始终没人接，他有些心不在焉地举起酒杯说："来噻，我干喽，你们随意！"

"好了，废话说完了，说点正事儿吧，"林向宇干了一杯啤酒，扭头问管超，"你跟夏星辰到底怎么样了？"

"没怎么样啊，继续排话剧呗。"管超避重就轻地回答。

"那你打算什么时候向人家告白啊？"谢训烦躁地把手机揣起来，吃了一口烤腰子，边嚼边说，"都过去半个学期了，再不上黄花菜都凉了！你娃儿是不是尿了？"

"谁尿了？我是有客观原因的，"管超狡辩道，"我们的话剧还没公演的，万一表白失败，会影响到演出的好伐？"

"你们这话剧也排得太久了吧？"谢训掐指算了算，"天天排练，天天排练，咋个还不公演？"

"剧本总要改来改去的，所以只能排了又排啊。"管超摊开手，一副无奈的样子。

李大鹏跟330的人相处久了，吐槽的能力也见长，在一旁冷冷地丢出一句："那都是借口啦！"

"要不这样吧，今天你当着大家的面儿定个表白期限，"林向宇添油加醋地说，"要是你到时候做不到，就乖乖认屎，怎么样？"

"定就定，谁怕谁啊？"管超被激怒了，当场拍了桌子，"今天我就把话放这儿，等话剧公演一结束，我就跟夏星辰告白！"

大家立刻拍手起哄，一片笑声和碰杯声中，谢训又拿出手机来拨号，林向宇忍不住问他："你怎么回事儿，怎么老打电话，给谁打电话呢？"

"小镜嘛，说好了一起过来吃饭的，莫明其妙关机了，"谢训郁闷地嘟囔，"这段时间她总是怪怪的，都放我好几次鸽子了。"

"你俩情比金坚，怕什么？来，喝酒喝酒！"管超搂着谢训大喊。

这时，李大鹏摆在桌上的手机响了起来，铃声居然是肉麻的爱情歌曲，李大鹏急忙抓起手机，调成静音。

_119

"是 BB 的专属铃声哦！"林向宇一脸坏笑地说。

"不是啦！是她非逼着我设置的铃声，不关我事儿，"李大鹏说着，发现大家用暧昧的眼神看自己，不禁急得举起右手对天发誓，"我讲的都是真的啦，我跟你们讲实话，要不是我爸非逼着我强扭 BB 这只瓜，我跟她连朋友都不会做。"

"原来这后面还有你爸爸的事儿啊，"林向宇同情地看着李大鹏，突然像想起什么似的问他，"我问你，你们家的丝袜和BB家的内衣，谁家的生意做得更大？"

"当然是她们家喽，"李大鹏很自然地回答，"她们家的阿波罗内衣已经打入了国际市场，可我们家的维纳斯丝袜还只能在国内热卖。"

"这就对了，James 啊，看来你爸在下一盘很大的棋！"见众人一副听不懂的样子，林向宇进一步解释道，"你们想啊，要是 James 搞定了 BB，维纳斯丝袜和阿波罗胸罩是不是就有可能合二为一了？"

"好像是哎！"李大鹏若有所思地点点头，"这能说明什么呢？"

林向宇神秘兮兮地说："借着阿波罗胸罩的势头，维纳斯肯定更容易挤进国际市场，这样一来，全世界的女人贴身穿的那点儿东西，在不远的将来，有可能就都被 James 的老爸全包了！我去，这在内衣帝国，是怎样的江湖老大啊？你爸牛啊，原来是你爸在你背后搞阿波罗登月计划啊！"

"所以，我就是个牺牲品？"李大鹏终于听明白了。

"一个伟大的商业帝国的诞生，总是需要有人付出代价的嘛。"林向宇云淡风轻地说。

"这代价也太大了吧！"李大鹏苦着脸向大家拱手道，"拜托大家，赶紧给BB介绍个男朋友吧！"

大家都笑喷了，谢训忍不住又掏出手机，拨出了高宝镜的号码，但依然是关机……

高宝镜的手机早就关了，正躺在她随身的包包里，此时此刻，高宝镜正坐在一间咖啡厅里，优雅地小口啜着昂贵的猫屎咖啡，不时抬头看一眼坐在桌对面的老吴，举止有些不自在，这还是她第一次来这么高档的地方。

自从去年圣诞节在"蒙面派对"上和老吴互加了微信，老吴就隔三岔五在微信上跟高宝镜聊天，他有着成熟男人的见多识广和风趣幽默，高宝镜对他并不反感，反而还觉得他很有趣，一来二去，两人就熟了，新学期返校后，老吴更是给高宝镜介绍了一次展会模特的工作，令手头一直拮据的高宝镜十分感激。

"对，就是上次展会的时候你见过的那个姑娘，人长得漂亮，能力也强，"老吴煞有介事地打着电话，并冲着高宝镜温和地笑笑，"总之你帮我想着点儿，有好的工作机会第一个推荐给她。"

挂了电话，老吴笑眯眯地看着高宝镜，说："你知道小欧吧？模特圈的知名经纪人，我已经拜托他帮你留意合适的工作机会了。"

高宝镜十分感激，但又有点儿紧张地说："不过，我学的是礼仪，不知道条件符不符合人家的要求。"

"没关系，不行我还有别的朋友呢，"老吴满不在乎地挥挥手说，"再说了，他也不会说不行，我们是好多年的老朋友了。"

"谢谢你，吴哥。"高宝镜赶紧道谢。

"跟我客气什么？"老吴说着从包里取出一个小礼盒，从桌面上推到高宝镜面前，"看看这是什么？"

"啊，蒂凡尼新款！"高宝镜打开盒子，不禁发出一声惊呼，激动地拿起项链，爱不释手地把玩起来。

"喜欢就戴上吧，"老吴笑眯眯地看着高宝镜，"我记得上次你提到过，你最喜欢蒂凡尼的首饰。"

"送我的？"高宝镜这才反应过来，连忙把项链放下说，"不行，这礼物太贵重了，我不能收。"

老吴喝了一口咖啡，淡淡地说："你马上要到社会上打拼了，要学会包装自己，在大城市混的人，很吃这一套的。"

"您的好意我心领了，不过我还是不能收，"高宝镜把项链推给老吴，目光却留恋着很难离开盒子。

老吴把高宝镜的神情尽收眼底，不动声色地说："这东西对你吴哥来说，还不算贵重。你要是不收就真见外了。你一口一个吴哥地叫，那我就认了你这个小妹妹，哥哥送给妹妹一个见面礼，不是很正常吗？"

"我……"高宝镜有些动容了，老吴笑着站起来，自然而然地走到高宝镜身后，亲手把项链给她戴上，高宝镜有些难为情，但最终还是接受了这份馈赠。

老吴把项链替高宝镜戴好，目光色眯眯地在她白皙而细嫩的脖颈上流连着……

几天后的晚上，沪都大学的剧场外张灯结彩，门口的公告栏贴着大幅的公演海报，剧场内灯火通明，不时爆发出热烈的掌声和欢笑声。

经历了长达半年的秘密排练，《罗密密与朱叶叶之青春无悔》终于在学校的大剧场隆重上演了，演出非常成功，没有任何冷场，校领导和许多知名校友都前来观看。

演出结束后，掌声经久不息，管超、夏星辰和社长等主创人员上台足足谢了三次幕，观众才恋恋不舍地散去。

_ 121

最后一次谢幕完毕，管超和夏星辰穿着戏服，抱着满满一怀的鲜花，兴奋而感动地回到后台，社长激动地振臂大喊："今晚的演出太成功了，大家为我们的男女主角鼓掌！"

穿着各种民国服装的主创团队热烈地鼓掌、欢呼，气氛十分热烈，只有穿着地主袍的黄毛不屑地撇着嘴，对于管超和夏星辰站在一起的画面非常不忿。

大家合影留念之后，纷纷去更衣室里换衣服，管超迅速换掉了戏服，心不在焉地回到梳妆室，在梳妆台前磨磨蹭蹭难地假装整理东西，耳朵却一直警觉地竖着，聆听着女生更衣间里的动静，夏星辰还在更衣间里，并不时哼唱着轻快的歌声。

主创人员陆陆续续地收拾完毕，离开了，梳妆室内只剩下了管超一个人，他有些激动地对着镜子整理自己的仪容，又从花瓶中拔出一朵红色的玫瑰花，对着镜子小声练习："星辰，我想邀请你去吃消夜。"

说完，管超突然觉得这么说有点儿太书面了，于是换了一种轻松的语气说："星辰，我肚子饿了，走，陪我去吃消夜。"

这一次，管超又觉得有点儿太轻佻了，就在他犹豫着该怎么说时，女更衣室的门打开了，换好衣服的夏星辰走了出来。

管超浑身一颤，赶紧把玫瑰花插回花瓶中，当他转过身看着夏星辰的时候，突然感觉自己把刚才想好的台词全都忘得一干二净了……

Chapter 2　表白之夜

管超跟 330 的兄弟们发了誓，要在话剧结束后跟夏星辰告白，等真到了时候，他却突然觉得脑子和嘴巴全都不灵光，想好的台词一句都说不出来了。

慌乱中，管超顺手抄起一个水杯，给瓶子里的鲜花浇水，夏星辰好奇地问："你干吗呢？"

"浇点水养养花。"管超讪笑着回答。

"用开水浇花？"夏星辰惊讶地问。管超这才发现，水杯里的水还冒着热气，不禁手一抖，尴尬地把水杯放下了。

"星辰，原来你在这儿啊，我找你半天了！"这时，黄毛带着跟班甲走进梳妆室，嬉皮笑脸地朝夏星辰凑过来，"走啊，我请你吃夜宵去，庆祝演出成功！"

"星、星辰！"一听黄毛抢了自己的台词，管超大吃一惊，急忙抢白道，"我是特意在这儿等、等你一起去吃宵夜的！"

黄毛怒视管超，夏星辰暗暗笑着，边低头收拾自己的东西边说："我确实肚子饿了，去吃什么？"

"海天阁的澳洲大龙虾！"黄毛抢着说。

"我、我请你吃老李的小龙虾！"管超赶紧说。

"不好意思，还是小龙虾更对我胃口，谢谢你的好意，"夏星辰收拾好背包，冷冷回绝了黄毛，径直走到有点儿发懵的管超面前，笑着说："走吗？"

"哦，走走！"管超如梦方醒，屁颠屁颠地跟着夏星辰走了。

跟班甲同情地目送着夏星辰和管超远去的背影，笑嘻嘻地问黄毛："豪哥，她没口福，咱们自己去吃大龙虾吧？"

"吃你个头啊！"黄毛喷了跟班甲一脸口水，"回宿舍睡觉去！"

一回到宿舍，跟班乙和跟班丙就迫不及待地跑上来问："豪哥，战况如何啊？

快跟我们说说，让兄弟们的耳朵也跟着开开荤！"

黄毛一脸羞恼，开了一听啤酒闷声喝，跟班甲叹气道："别问了，没成，夏星辰被那个尿臊男带走了。"

"你闭嘴！"黄毛愤愤地踹了跟班甲一脚，咬牙切齿地说，"老子说什么也不能输给管超！走着瞧，这学期结束前，夏星辰我睡定了！"

晚上九点多，校门口的烧烤摊上，吃东西的学生已经不太多了，管超和夏星辰坐在临街的一张小桌上，点了不少烧烤，夏星辰一看就是真的饿了，津津有味地埋头吃着，管超则心猿意马，一会儿摆弄摆弄筷子，一会儿又看看手机，一会儿又偷偷看看夏星辰。

夏星辰似乎有所感觉，抬头看了管超一眼，刚好和管超的目光碰在一起，管超急忙低下头看手机，夏星辰笑着问："吃啊，你怎么老看手机？"

"呃……是林向宇他们，在、在宿舍的群里问我几个英语单词的用法。"管超顺口胡诌。

话音落下，手机里果然传出几声微信群的提示音，不过林向宇他们可不是在问英语，而是在焦急地八卦管超的"告白进展"——"怎么样了？""说了吗，说了吗？""快点实况转播！"……

"什么题啊？"听到"林向宇"的名字，夏星辰的目光微微闪了一下，"我帮你看看？"

"不用不用！让他们自己查字典去吧，"管超赶紧把手机揣回兜里，看了看夏星辰，硬着头皮没话找话地说，"星辰，你喜欢研究中东问题吗？"

"什么？"夏星辰显然没跟上管超的思维回路。

"中东问题啊，我特喜欢研究这个，因为那个地方的情况特别复杂，"管超终于找到一个能说话不打结的话题，赶紧滔滔不绝地说，"巴以人民太可怜了，天天饱受战乱的摧残，哎，你支持巴勒斯坦建国吗？"

夏星辰目瞪口呆地看着管超，尴尬地拿过纸巾擦嘴，站起身说："我去趟洗手间。"

等夏星辰走开了，管超百无聊赖地把手机又掏出来，330的微信群里已经有了几十条未读信息，最后一条是林向宇发来的语音信息："千万别跟人家聊中东问题和巴以和谈，不然就没有然后了。"

管超的脑门儿上顿时渗出一层冷汗，郁闷地回复语音微信："她好像要走了，怎么办？谁能帮帮我？"

"锤子！你今天晚上要是不表白，就别回来睡觉了！"谢训发来一段怒其不争的语音。

"你赶紧喝酒吧，酒壮尿人胆，喝醉了没准就好了！"林向宇给管超出了个主意。

刚好烧烤摊的服务员走过来，管超急忙叫了一瓶二锅头，对着瓶口猛灌了几大口，然后小心地把酒瓶子藏好，过了一会儿，夏星辰从洗手间回来了，抬手看了看手机上的时间，客气地问管超："学长，你吃好了吗？我们可以回去了吗？"

"呵呵，好，我送你回去！"管超傻笑着站起来，说完还打了个酒嗝，熏得夏星辰一阵皱眉，奇怪地看了看管超有些潮红的脸……

两个人并肩走在回学生宿舍的路上，因为快要熄灯了，所以路上人不多，树枝将路灯的光切割得斑斑驳驳，静谧的林荫路上有种暧昧的气息。

酒劲儿正慢慢地往头上顶，管超的脚步越来越轻快，心情越发放松下来，他偷偷瞄着身旁的夏星辰，情不自禁地高声朗诵道："恋爱的人去赴他情人的约会，像一个放学归来的儿童，可是当他和情人分别的时候，却像上学去一般满脸懊丧！"

夏星辰发出一声轻笑，没有作声，继续往前走，管超也不觉得尴尬，笑着说："今天这两句台词我没太说好，现在好像才找到感觉，有没有比之前说得好一点儿？"

"演出已经结束了，你不用再说这个了。"夏星辰说。

"可在我看来，还没有结束！"管超突然停住脚步，勇敢地一把扯过夏星辰的手，面红耳赤地说，"星辰，我、我想告诉你，我喜欢你，做我的女朋友好吗？"

夏星辰的反应很镇定，昏暗的路灯光下，她认真地看了管超好一会儿，才微微一笑地说："我猜到你今天晚上会跟我表白了，我都等了一个晚上了。"

"你在等我？"酒精令管超的脑袋越发晕乎，惊讶中还掺杂着一丝惊喜，"莫非你也在等……"

"是啊，我也在等，"夏星辰不动声色地抽回自己的手，说，"等着和你说清楚。"

"说清楚什么？"管超一愣。

"管超学长，其实我心里早有别人了，"夏星辰平静地说，"不过，如果你愿意，我们以后还可以做朋友。"

"你、你心里怎么会有别人？"管超觉得自己的脑子更晕了，一时间有点儿分不清现实和戏剧，错乱地问，"你明明是对我有感觉的好伐？我说爱你的时候，你也说爱我，我要带你私奔，你义无反顾地跟我走，我翻越高墙与你见面，你彻夜守在窗前等我……"

"那只是在舞台上演戏而已，"夏星辰不为所动地说，"我要进入角色，所以会在舞台上全身心地爱你，可现实和演戏是两码事，学长，你入戏太深了。"

管超还是无法接受，固执地追问："那，你心里的那个人到底是谁？"

"那很重要吗？"夏星辰不耐烦地反问。

"是宋子豪吗？"管超失望地问。

夏星辰露出厌恶的表情："怎么可能？"

"那是谢训？猴子？还是李大鹏？"管超不甘心地继续问，夏星辰不停地摇头，管超就不停地继续问，"难道是林向宇？"

这回，夏星辰瞬间沉默了，她不自然地低下头，居然不敢直视管超的眼睛，霎时间，管超就听自己的脑子里嗡的一声，过去的一幕幕画面像放电影似地在他脑中交叠，他一下子什么都明白了。

两个人就那么静静地站在安静的林荫路上，久久地沉默着，管超没有再说什么，许久之后，他长长叹了口气，扭头自己走了。

夏星辰看着管超的背影，眼中闪过一抹愧疚，但更多的是轻松和解脱。

管超闷闷不乐地回到宿舍，一推开 330 的门，林向宇、谢训和李大鹏就一脸八卦地围上来，七嘴八舌地问起来：

"怎么样，战况如何？"

"你回来的时间够晚的啊，怎么不回我们的微信啊？"

"折腾到这么晚，你到底上到几垒了？"

管超一脸厌烦地推开三个人，默默地走到桌前坐下，三个人相互看看，不甘心地又跟了上去，这回，还没等三人开口，管超就突然一拍桌子吼道："你们能不能别再多管闲事了？都给我躲开！"

三个人被吓了一跳，心知表白情况可能不太乐观。尴尬的气氛中，管超暴躁地走到自己床前，三下五除二地把几件衣服塞进书包里，扭头就往宿舍外走。

"这么晚喽，你要去哪里啊？"谢训紧张地问，"莫要想不开喽！"

"少废话！"管超拉开门，"我回家去住！"

门在管超身后轰的一声被摔上了，林向宇、谢训和李大鹏不禁面面相觑，心说：这是表白被拒了？也不至于生这么大的气吧，莫非是又被黄毛泼尿了？可他们也没闻到什么异味啊，到底是怎么回事儿啊……

就在三个人丈二和尚摸不着头脑的时候，林向宇的手机突然响了，来电显示上竟然是夏星辰的名字，电话里，夏星辰约林向宇在篮球场旁见面。

林向宇带着满腹的疑问来到篮球场，夏星辰正站在一盏昏黄的路灯下，静静地等待着，路灯将她的影子拖得很长，隐隐能看到她的脸颊上泛着两点淡淡的红晕。

"抱歉啊，来晚了，"林向宇朝夏星辰跑去，"我去错球场了。"

"没关系。"夏星辰腼腆地说。

林向宇停在夏星辰面前，低头认真看了看她的脸，关心地问："你的脸色好像不太好，刚才到底怎么了，管超他……"

夏星辰不置可否地笑笑，扭头走到一旁的椅子上坐下，林向宇赶紧跟上去，坐到椅子另一端，迫不及待地说："管超这个笨小子，见到自己喜欢的姑娘就会腿发软，但实际上他也是个厉害的爷们儿。我猜，他刚才可能是说错什么话惹到你了，你千万别生气，他一定是因为太紧张了。"

夏星辰看了林向宇一眼，她的眼神有点儿复杂，但还是没说话，林向宇继续絮絮叨叨地说："你真别往心里去，不管他说错了什么，我先替他给你道个歉，回头我再抓他来亲自给你赔不是，好不好？"

"你可真仗义。"夏星辰终于开口了。

"我可不是对谁都这么仗义的，关键是我这兄弟实在太优秀了，"林向宇王婆卖瓜般吹嘘起来，"管超这个人要是给谁做男朋友，绝对是体贴、耐心、细致、百依百顺、不会顶嘴，除了不会甜言蜜语之外，其他方面全都是模范级的！"

"我很清楚，"夏星辰说，"其实，刚才管超学长对我表白了，但我拒绝了他。"

"为什么啊？"林向宇十分意外。

夏星辰定定地看着林向宇："因为我觉得我和他不合适。"

"哪儿不合适啊？你俩不是一直都挺好的吗？"林向宇越来越糊涂了，想了想又补了一句，"那你找我来干吗啊？是不是让我帮你传话，我觉得你有什么话还是直接跟他说比较好。"

夏星辰低头看了看地面，又抬起头，目光灼灼地看着林向宇，突然没来由地说道："只要两个人坐在一把长条椅上，哪怕是分开坐着，如果他们的影子连到一起，这个时候向对方表白，成功率就是百分之百，林向宇学长，这是咱们学校的情人椅的传说，你听说过吗？"

林向宇一怔，下意识地往地上一看，路灯果然将他和夏星辰的影子重叠在一起。

夏星辰长长地吁出一口气，目光迷离地看着远处，悠悠地说："你知道吗？从第一天入学看到你的时候，我就喜欢你了。可后来却得知，你心里有个一见钟情的女孩，我就不知道该怎么办了。但后来我想明白了，既然喜欢一个人，就应该让他知道，为什么要顾虑他心中那个虚无缥缈的女神呢？那并不是现实。"

林向宇尴尬地把脸转到一边，不知道该如何回应夏星辰突如其来的告白。

"林向宇学长，如果你还愿意考虑一下现实的话，我希望和你在一起的那个女生，会是我，"夏星辰望着林向宇，痴痴地问，"可以吗？"

"不，这绝对不可能，"林向宇坚决地摇摇头，夏星辰愣住了，她似乎没想到林向宇会拒绝得这么果断、干脆，林向宇的眼中浮现出一丝愧疚，但很快又恢复了坚定，"星辰，我必须承认，你的话很真诚，也打动了我。但是，你并不了解我对'手帕女神'的感情，更不了解我这个人，我怎么可能和兄弟喜欢的姑娘在一起呢？对不起！"

说完，林向宇站起来，头也不回地走了，夏星辰望着他决绝的背影，漂亮的大眼睛里不禁噙满了失落的泪水……

Chapter 3　酒店惊魂

"星辰，别忘了今晚的生日派对！"放学铃声打响，教学楼门口涌出熙熙攘攘的学生，一个女生对着身后的夏星辰激动地挥手大喊着。

"知道了！红果，我去图书馆了，"夏星辰怀抱着一摞书，朝另一个方向走去，"放心，晚上我肯定过来，走啦！"

名叫徐红果的女生远远挥别了夏星辰，独自走到教学楼旁边的僻静拐角，黄毛正一脸不耐烦地蹲在那里，一看见徐红果，黄毛笑嘻嘻地站起来，凑上前说："红果，我可算把你等来了，我爸今天刚从香港回来，你猜我让他帮你带了什么生日礼物，是香瓜还是香水？"

徐红果白了黄毛一眼："必须是香水啊！"

"那当然，那当然，"黄毛赶紧把手里的礼物盒递给徐红果，看着徐红果兴奋地拆着名牌香水，爱不释手地把玩着，黄毛才慢条斯理地继续说，"那什么，我有点儿事儿想请你帮忙。"

红果拿人家的手短，感激地看着黄毛："你尽管说。"

黄毛搓着手，做出一副可怜巴巴的样子说："是这样，你看我追星辰也追了好长时间了，可她一直都没给我个准话。其实我知道她心里是爱我的，只是不好意思说出来。那什么，今天晚上你的生日趴她不是也去吗，你能不能帮我从她嘴里套句准话出来？"

"怎么套啊？"徐红果苦恼地说，"我这人直肠子，你又不是不知道，拐弯抹角的事儿我不会干啊。"

"这简单啊，"黄毛朝徐红果眨巴眨巴眼睛，"你想办法让她多喝几杯嘛，她不就酒后吐真言了吗？"

"原来是让我跟她喝酒啊？"徐红果这才爽朗地笑起来，"那你不早说？放心，包在我身上！"

当天晚上，在市中心的某家高档酒店门口，一辆出租车停靠在大门口，Jennifer Baby 穿着一身清亮性感的小洋裙，精神抖擞地从车上下来，在穿着笔挺制服的门童的引领下，趾高气扬地走进酒店大厅。

不过，一看见早已在定好的餐桌前等待的李大鹏，Jennifer Baby 浑身的名媛贵妇气质顷刻就不见了，叽叽喳喳地小跑过去，娇滴滴地说道："哎呀呀，对不起对不起，难得你主动约我吃饭，我居然迟到了，怎么样，我选的这家餐厅你还满意吗？Honey！"

说完，Jennifer Baby 不由分说地在李大鹏脸上吧嗒亲了一口。

"你、你快入座吧，"李大鹏尴尬地用纸巾擦掉脸上的唇印，清清喉咙，一本正经地说，"这里还好啦，只是在酒店约会感觉怪怪的，其实我今天约你出来，是想跟你好好聊一聊……"

"干吗这么正式啦！我们边吃边聊吧，酒呢？"Jennifer Baby 忙抬手示意李大鹏安静，扭头喊道，"Waiter，上酒！"

李大鹏有点儿意外地问："还要喝酒啊？"

"当然了，哪儿有情人约会不喝酒的？哎呀，对了！"Jennifer Baby 再次抬手，打断了想要说话的李大鹏，她低下头，从包里翻出一个伸缩自拍杆，站起来跑到李大鹏身后，搂着他的脖子说，"来，我们拍张合影，茄子！"

Jennifer Baby 折腾了半天，终于安静下来，李大鹏脑门儿上的汗更多了，他看着一脸花痴地看着自己的 Jennifer Baby，突然觉得喉咙发哽，刚才准备好的一番话居然没胆量说了……

就在李大鹏在酒店大厅里对 Jennifer Baby 欲言又止的时候，不远处的一家 KTV 里，徐红果的生日派对正在热闹地举行着，昏暗的包厢里充斥着音乐声和喊叫声，徐红果邀请了二十几个同学来为她庆生，其中也包括夏星辰和黄毛。

"来来来，必须都干了，特别是女生，咱们巾帼不让须眉，不能输给男的！"徐红果站在沙发上，高举着酒杯张罗大家喝酒。

众人纷纷豪迈地干杯，夏星辰的脸颊已经有些泛红，举着酒杯有些犹豫地说："红果，我已经喝了好几杯了，真的喝不下了。"

一个女生凑过来附和："是啊，星辰这两天心情不好，别让她多喝了。"

"哎呀，这才哪儿到哪儿啊？"徐红果不以为意地说，"今天你千万别拘束了，咱们这么好的姐妹在一起，你就放心大胆地喝，为情所困更要喝，我每次失恋都是靠酒来疗伤的，效果好极了，来来来，干了干了！一醉解千愁！"

听到徐红果这么说，夏星辰眼里的犹豫突然消失了，扬起脖子把一整瓶啤酒都干了。

旁边的人都被夏星辰的行为惊呆了，不禁齐声为她鼓掌叫好，在角落里和别人玩骰子的黄毛不时瞟夏星辰一眼，脸上露出一丝阴险的笑意。

或许是徐红果的劝说起了效果，或许是酒精真的能让人忘掉哀愁，夏星辰一瓶啤酒喝下去，整个人顿时像被打通了任督二脉，红酒白酒啤酒统统来者不拒，一番杯盏厮杀之后，夏星辰一连喝倒了好几个男生，终于，她自己也傻笑着瘫倒在沙发上。

黄毛去上了个厕所，当他从洗手间出来的时候，就看见夏星辰已经醉倒在沙发上一动不动了，他赶紧走上去，对同样醉醺醺的徐红果说："星辰喝多了，我正好有事儿要回学校，顺路送她回去吧。"

"我帮你问出来了，"徐红果还没忘记自己的任务，口齿不清地说，"她们都说星辰最近为情所困。"

"我知道我知道，"黄毛敷衍着，拉起烂醉如泥的夏星辰，"我就是她心中的烦恼，你们好好玩儿吧，我们先走了。"

徐红果心满意足地闭上眼睛，倒头大睡，黄毛架起迷迷糊糊的夏星辰，一路把她扶出了KTV，上了一辆出租车。

夏星辰晕得眼睛都睁不开了，还以为是徐红果搀着自己，晕晕地问："这是要去哪儿啊？"

"回学校啊，你还好吧？"黄毛试探地回答，夏星辰却没有反应了，他扭过头，看见她已经趴在后车座上安静地睡着了，脸上还泛着迷人的醉态，黄毛顿时春心大动，对出租车司机说，"师傅，去附近最好的五星级酒店！"

五星级酒店的一楼餐厅里，Jennifer Baby还在不停地说着肉麻的情话，埋头吃饭的李大鹏突然深吸一口气，抬起头，目光闪闪地看着Jennifer Baby，说："BB，我想跟你说，我们真的不可能在一起，感情这种事是不能勉强的。"

"我不懂你在说什么啦，"Jennifer Baby 装作听不懂的样子，"我们在一起明明很开心呀！每次我需要你陪我的时候，你都会出来，这说明你内心深处是喜欢人家的，只不过你自己没意识到而已嘛。"

"What?"李大鹏的脑袋有点儿转不过弯儿。

"James，你记不记得小时候我们一起玩儿过家家的事儿？只要你演爸爸，就非逼着人家演妈妈，还说要跟人家生九个宝宝呢……"Jennifer Baby 自顾自地陷入甜蜜的回忆中。

"我们现在谈正经事儿好不好？"李大鹏纠结了半天才回到原本的思路上，硬着头皮对 Jennifer Baby 说，"我不想自己的人生被家长安排，你想想，我们是不是应该自己做选择？"

"啊——"Jennifer Baby 突然大叫一声，吓得李大鹏浑身一颤，就见她激动地说，"我想起来你为什么要生九个宝宝了，因为你最喜欢的动画片是《美少女战士》，那里面就有九个美少女！哼，我妈知道了还说我呢，又不是猪，干吗要给人家生那么多的宝宝，你最讨厌啦，快，罚酒一杯！"

李大鹏莫明其妙地被 Jennifer Baby 强行灌下一杯红酒，一脸无奈地说："你怎么老跟我说小时候的事情，我们现在都已经长大了好不好？我现在的精力都在照顾动物上，完全没有爱去分给别人。"

"可是，在我心里，你永远是那个追着我跑的小男孩儿啊！"Jennifer Baby 天真地用双手托着下巴，眼睛眨呀眨地看着李大鹏，"你记不记得，小时候我妈妈带我从台北去你家玩儿，你经常偷偷跑过来掀人家的裙子，偷看人家的小屁屁，搞得人家好害羞哦！你对人家做过的事，现在想想都害羞啦，你说你心里是不是很爱人家？你明明不是流氓，却对人家做流氓的事，这就是爱情啊！"

李大鹏觉得头好痛，站起身说："你说的那些我都想不起来了，反正我要对你说的，我都说了，你听不听也无所谓，我去趟洗手间，然后咱们就走吧。"

"不嘛，人家还没喝够，"Jennifer Baby 撒娇地举起红酒杯，"来，再喝一杯好好想想嘛，酒精能让你放松，让你想睡觉，帮你唤醒童年的记忆，鹏鹏哥——"

李大鹏头也不回地朝洗手间走去，Jennifer Baby 不禁气得咬牙切齿，愤愤地从包里掏出一个小纸包，将里面的药粉倒进李大鹏的酒杯里，对着洗手间的方向道："哼，李大鹏，今天晚上你死定了！"

几分钟后，李大鹏从洗手间回来，把自己杯里的红酒一饮而尽，然后冷淡地对 Jennifer Baby 说："好了，话也说了，酒也喝了，我们可以走了……"

又过了十来分钟，两个五星级酒店的男服务生，架着不省人事的李大鹏，来到了楼上 Jennifer Baby 早就预定好的房间。

在 Jennifer Baby 的示意下，两个男服务生一用力，李大鹏就以一个抛物线的轨迹摔到了软绵绵的大床上，身体还弹了两下，但他没有任何知觉。

Jennifer Baby 付了小费，把两个男服务生打发走，然后妩媚地看了一眼昏迷的李大鹏，扭头走进了卫生间，片刻之后，卫生间的门打开了，Jennifer Baby 踩着一双火红的高跟鞋，穿着一身性感的蕾丝吊带内衣，手里甩着一根皮鞭，像个威风凛凛的女王般，带着风地走到大床边，缓缓地爬到李大鹏的身上。

李大鹏四脚朝天的仰面躺在床上，一动不动，任由 Jennifer Baby 对他上下其手，宽衣解带，一副任人宰割的模样，Jennifer Baby 像饥渴的动物般，幸福地舔了舔嘴唇说："James，一想到你脱光光的样子，每天晚上都会让人家睡不着呢……"

李大鹏的上衣被 Jennifer Baby 一件件扒光，她轻轻抚摸着李大鹏的胸肌，一脸惊喜地说："哇，胸好大！人家真的好喜欢哦，结实的肌肉、鲜嫩的面孔，吃一顿米其林法国大餐也不过如此呢！Come on baby！让我们来玩儿一个我揍你、你被我揍的游戏吧！"

很快，李大鹏被脱得仅剩一条卡通大裤头，Jennifer Baby 挥舞着手里的皮鞭，在空气中甩得啪啪直响，正当 Jennifer Baby 把手伸向李大鹏的裤头时，他突然像是有所察觉般，昏沉沉地睁开了眼睛。

下一秒，李大鹏的眼睛惊恐地瞪圆了，像见鬼一样看着 Jennifer Baby，突然间，他觉得胃部一阵翻江倒海，扭过头"哇"地吐了起来。

吐完之后，李大鹏仿佛无法接受眼前的画面，头一歪，又昏睡过去。

"啊！恶心死人啦，你怎么能酱紫？" Jennifer Baby 惊愕万分，她想去清理呕吐物，又下不去手，只好骂骂咧咧地穿着睡衣跑到酒店的走廊上，大声喊道，"Waiter！Waiter！来我房间收拾一下，有人吐了！"

就在这时，Jennifer Baby 突然一愣，她看见黄毛架着一个喝醉的女生，从远处的走廊拐角一闪而过，Jennifer Baby 心里有点古怪，便好奇地跟了上去，她刚跑过转角，就看见黄毛把女生丢到墙边，自己则掏出钥匙准备开一间客房的门。

"喂，你在干吗？" Jennifer Baby 走上前，不客气朝着黄毛的后脑勺拍了一巴掌。

"啊！你怎么在这儿？" 黄毛吓得一跳，本能地低头看了一眼地上的女生，Jennifer Baby 这才惊讶地认出来，女生竟然是夏星辰！

"夏星辰为什么会跟你在一起？" Jennifer Baby 指着黄毛叫道，"你把她怎么了？"

"我我我……她她她……"黄毛吭吭哧哧地憋了一会儿，突然间像想起什么似的，收起紧张，理直气壮地挺直腰杆说，"她跟我在一起怎么了？她现在是我女朋友，你躲一边儿去，别多管闲事！"

说完，黄毛急忙打开房门，搀着夏星辰进入房间，并重重地关上了房门。

"女朋友？"Jennifer Baby 被扔在门外，满脸都写着困惑，"夏星辰什么时候成了他的女朋友了……"

Chapter 4　暗巷痛殴

市中心的某五星级酒店，一间高档客房中，黄毛摆脱了 Jennifer Baby，把不省人事的夏星辰扔到床上，自己也累得气喘吁吁了。

"我去，喝醉的人怎么那么沉啊？"黄毛边喘粗气边色眯眯地扫视着夏星辰，猥琐地说，"宝贝儿，别着急啊，让我歇会儿，歇会儿……"

几分钟后，黄毛休息好了，迫不及待地开始脱衣服，很快就把衣服和裤子都脱了，只穿着一条大裤衩，就在他准备把裤衩也脱了的时候，客房的门突然咚咚作响起来。

"黄毛，黄毛！"Jennifer Baby 扯着嗓子在门外边敲边喊，"你出来，我有话要问你！"

"这祖宗怎么还没走啊？"黄毛吓了一跳，烦躁地骂道，但他并不想搭理 Jennifer Baby，而是兴奋地扑到床上，伸手去解夏星辰的衣服扣子。

砰砰砰！

敲门声越来越大了，Jennifer Baby 聒噪地嚷道："黄毛，快点出来，你说话呀！"

黄毛低头看了看自己的裆部，一脸无奈地朝门外嚷道："我们要睡了，有什么话明天到学校再说！"

"不行，必须现在就说！"Jennifer Baby 一旦犯起驴脾气，那可是没有人能劝住她的，她叉腰站在门口，用脚踹门，尖声叫道，"你给我出来！你说夏星辰是你女朋友，有什么证据？你给我出来，我要亲口问问夏星辰！"

"证明个屁啊！我说是就是，你给我滚到一边儿去！"黄毛被闹得心神不明，眼看着夏星辰就醉卧在他眼前，性感又迷人，仿佛唾手可得，可他的裤裆里却一片平静，完全兴奋不起来，他只好冲进卫生间，直接用凉水往裤裆里冲，嘴里像念经一样絮叨着，"快点快点，加油啊，兄弟！"

很快，黄毛好像来了感觉，急忙冲回房间，狂喜地扑向夏星辰："宝贝儿，我来了！"

"宋子豪，你快出来，再不出来我要踹门了！"Jennifer Baby 又开始新一轮的砸门。

"你有完没完啊？哪儿凉快哪儿待着去，再胡闹，我出去抽你了！"黄毛一惊，刚刚兴奋起来的裆部又萎下去了，不禁气急败坏地把手伸进裤衩里，对着夏星辰卖力动作，嘴里嘟嘟囔囔地自我激励，"快点快点，奔跑吧兄弟！"

Jennifer Baby 在门外敲得双手发麻，踹得两脚生疼，黄毛仿佛笃定了就是不开门，她疲倦地揉着手脚，突然转变思路，换个方式喊道："宋子豪，你再不出来，我就报警了，我要告诉警察叔叔，你诱奸未成年少女！喂，110 吗？我要报案！"

"她怎么就未成年了？"黄毛手上的动作立马停了，急忙冲出房间，一把抢过Jennifer Baby 手里的手机，破口大骂，"你疯了！老子什么也没干，警察来了也没用！"

"哦？我信你。"Jennifer Baby 撇了撇黄毛的裆部，露出一抹鄙夷的神情。

黄毛这才反应过来，自己只穿了一条裤衩，而且裆部还萎靡不振，他红着脸把身体躲进门后，仓促地穿好衣服，一把推开 Jennifer Baby 夺路而逃，吼道："沈月，我告诉你，今天这事儿我跟你没完，你等着！"

"等着就等着，谁怕谁啊？"Jennifer Baby 见黄毛遁了，急忙冲进房间，发现夏星辰醉卧在床上，衣领的扣子开了几颗，幸运的是她还穿着衣服，Jennifer Baby 这才长长地松了口气，拿出手机拨通 330 寝室的电话，"喂？我是 Jennifer Baby，我在某某酒店，你们快来……"

半个小时后，林向宇、管超和谢训从出租车上下来，心急火燎地冲进酒店客房。

Jennifer Baby 简单把事情的经过说了一遍，然后指着夏星辰说："幸好星辰没事，就是喝得太醉了。"

"黄毛人呢？"管超听得浑身寒毛倒竖，扭头就要去跟黄毛拼命。

"他早跑了，别追了，以后再找他算账吧，"Jennifer Baby 搀起夏星辰，"你们先把星辰送回学校。"

谢训上下看了看 Jennifer Baby,她还穿着性感的蕾丝长袍睡衣,不禁奇怪地问:"哎,BB,你咋个会在这儿?"

"我?"Jennifer Baby 一愣,被她别在腰间的小皮鞭啪哒一声掉到地上,看着目瞪口呆的三个男生,Jennifer Baby 索性一挺胸脯,自豪地说,"我是跟 James 一起来的呀!"

片刻之后,林向宇、谢训和管超站在另一间客房的 King size(指超大号)大床前,看着仅着寸缕、仰面朝天躺在床上的李大鹏,三个人笑得前仰后合。

谢训抱着肚子狂笑:"我去,销魂!"

"喂!"Jennifer Baby 挽着夏星辰站在三人身后,不客气地提醒道,"夏星辰好像有点醒了,你们赶紧送她回去吧。"

"是是是,"林向宇强忍着笑,一本正经地对着李大鹏做出"请慢用"的手势,"你们继续,你们继续啊!"

三个男生扶着夏星辰,一脸坏笑地离开了。

Jennifer Baby 关上房门,把灯光调暗,又用手机播放出一支《人鬼情未了》的主题曲,咬着皮鞭的一端,扭动着身体,一摇一摆地朝李大鹏走去。

经过长时间的昏睡,李大鹏也渐渐醒了过来,他迷迷糊糊地睁开眼睛,突然看到眼前有一个恐怖的人影,正对自己尽情做出笨拙的舞姿,李大鹏认出这个人是 Jennifer Baby,不禁整个人都傻住了。

趁着 Jennifer Baby 扭身狂舞的时候,李大鹏轻轻地抓起自己的衣裤,蹑手蹑脚地从床上爬起来就要逃跑。

就在这时,Jennifer Baby 猛地转过身,对着床做出一个饿虎扑食的动作,结果她发现床上居然空了,李大鹏正一脸惊恐地站在客房门口。

"你站住!"Jennifer Baby 大叫。

"啊——"李大鹏本能地也跟着大叫,拉开房门没命地夺路而逃。

等 Jennifer Baby 反应过来追上去的时候,走廊里早已没有了李大鹏的身影……

与此同时,林向宇三人把夏星辰扶到出租车上,谢训坐副驾驶,后座上,林向宇和管超分别坐在夏星辰的两侧。

车子行驶在灯火阑珊的街道上,夏星辰的身体微微动了动,迷迷糊糊地把头靠在林向宇的肩膀上,管超用余光看了夏星辰一眼,林向宇却用余光瞟了管超一眼,两个人都没吱声。

尴尬的安静之中,夏星辰突然说起醉话:"你为什么宁愿去喜欢一个影子,也不喜欢我?林向宇……我到底哪里不好……为什么……"

夏星辰说着，眼角滚下两行热泪，车厢内静得吓人，副驾驶上的谢训连一丝呼吸声都快没有了，管超默默地把脸扭向车窗外，林向宇则低下头，闭上眼睛一言不发。

三个人在女生宿舍楼下，把夏星辰交到她们宿舍的女生手中后，转身回男生宿舍，一路上，谢训被夹在管超和林向宇中间，三个人谁也不说话，气氛安静得可怕。

走了一会儿，谢训忍不住大叫一声："都站住！"

三个人都停下脚步，谢训大声嚷道："啥子了不起的事儿嘛？都是兄弟，有啥子话不能拿出来说？非要憋在心里，我快受不了喽！"

说着，谢训激动地把林向宇和管超揪到一起，强迫他们两个面对面，跳着脚说："说嘛！说嘛！不把话说清楚，以后还能不能在一起开心地玩耍喽？快点说嘛！"

"对不起，超，我没想到事情会变成这样。"林向宇郁闷地说。

"这跟你无关，爱情本来就是自由的，我没理由怪你。"管超有点尴尬。

"哎，这就对了嘛，把话说开了就好了嘛，还有啥子要说的？"谢训问，两人乖乖地摇头，谢训又说，"要我说，你们两个都没得错，人家夏星辰也没得错，这是天意弄人。大家都没缘分。这个事儿今天就到此为止，都不要再去想它喽！"

"不，"管超却摇摇头，看着林向宇说，"我跟夏星辰的缘分是到此为止了，但林向宇不是，他和夏星辰的缘分才刚刚开始。"

"我和她不可能，"林向宇想都没想就回绝，"我心里已经有人了。"

"你不会是顾忌我的感受吧？如果是这样，这对星辰就太不公平了。说句心里话，虽然她不喜欢我，但我还是希望她幸福，如果是你去照顾她，对我来说也是一种安慰，"管超真诚地说，"而且我觉得你那'手帕女神'太不现实了，比起那种虚无缥缈的感情，还不如去选择眼前的人。"

林向宇保持沉默，谢训在一旁接道："我觉得超说得有道理噻，不要太执迷找女神喽！难道找不到女神，你娃还要打一辈子光棍？而且夏星辰我们都了解，方方面面确实是个不错的女娃，就算是比外形，也不比你的女神差嘛！"

管超补充："是啊，而且你也不能保证，女神的为人和性格，就真的适合你，你应该慎重思考一下这个问题。"

"算了，别说这事儿了，对我来说，咱们能在一起做一辈子的兄弟才最重要，"林向宇看着同样一脸动容的管超和谢训，又缓缓地说，"还有，咱们是不是该合计一下，怎么收拾一顿黄毛这个瘪三？"

一提到黄毛，管超和谢训的脑门儿上全都腾腾地窜出愤怒的火苗。

不过，经历过酒店里的"惊魂夜"，黄毛仿佛也感觉到做贼心虚，接下来的几天，他一直十分谨慎，刻意避开林向宇等人，有好几次，林向宇他们都看见黄毛了，一眨眼的工夫就又被他狡猾地跑掉了。

一天中午，黄毛在校外的小饭馆里吃完午饭，叼着一根烟，吊儿郎当地走进一条暗巷，打算去小解。

黄毛一边解着裤带，一边对着肩膀里夹着的手机说："我跟你说，这次不行还有下次，实在不行我就拿钱砸……老子就不信，天下还有不喜欢钱的女人……多跟吴哥学学嘛，他搞妞可有一手……"

突然间，黄毛觉得背后有一丝异样，他警觉地回头往身后看。

结果还没等黄毛看清楚，一个麻布口袋突然从天而降，把他的脑袋套住了，林向宇带着人从暗巷的角落里冲出来，把套住头的黄毛拽进巷子深处，管超扬起拳头用口形示意大伙儿：开扁！

暗巷深处，顿时传出黄毛哭爹喊娘的声音……

当天下午，黄毛戴着一副大蛤蟆镜，怒气冲冲地走进商学院的系办，对着正在优哉悠哉喝茶水的高朝，哭丧着脸大喊："高主任，这事儿您管不管？"

"怎么回事儿？"高朝看了看黄毛，即便他戴着大蛤蟆镜，也盖不住脸上青一块、紫一块的瘀青，高朝耐着性子，听黄毛添油加醋地把自己被人蒙头殴打的经过说了一遍，然后语气平静地说，"你是在校外被打的，最好还是报警吧。"

"报警？"黄毛看着高朝那副事不关己高高挂起的嘴脸，冷笑着说，"如果我报了警，这事儿肯定会被我老子知道，要是他知道了，肯定要来学校找你的，你希望他来找你吗？"

高朝不禁一愣，赶紧赔笑说："这个嘛，你爸他挺忙的，最好就不要惊动他了，不过，你说是330宿舍的人黑着打你，有什么证据没有？"

"有证据就不叫黑着打了！330的人平时就在学校里横行霸道，看谁都不顺眼，难道您不该出来管管他们吗？"黄毛气不打一处来地说，"你不信就算了，不过，我爸最近经常打电话问我系里的风气如何，他要是知道咱们系里培养了这么多流氓恶霸，您觉得他公司还敢再接收您推荐过去的毕业生吗？还有他打算给系里的赞助费……"

"好了，我知道了！"高朝立马放下茶杯，郑重地直起身子，严肃地对黄毛说，"你反映的问题确实非常严重，这样，你先回去，系里一定会好好处理这件事，你放心，我保证330的人以后再也不敢来找你的麻烦！"

"谢谢高老师！"黄毛立即喜形于色，忘乎所以地摘下墨镜，顶着一对熊猫眼给高朝深深鞠了一躬，一瘸一拐地乐颠颠离开系办。

黄毛一走，高朝就抄起桌上座机的话筒，拨通了一个号码，对着话筒咆哮道："330吗？我是高朝，你们几个浑蛋，马上给我滚到系办来——"

WHO SLEEPS MY BRO

第七章　　　　　友谊地久天长

Chapter 1　童年派对

西边的天空中，夕阳正缓缓地沉入地平线下，正是晚饭时间，校园里人来人往，食堂内杯盘叮当，熙熙攘攘，十分热闹。

此时此刻，高朝的办公室里却静得吓人，林向宇、管超和谢训吊儿郎当地站成一排，排尾还站着一脸茫然、显然没搞清状况的李大鹏。

"都给我站好了，少跟我装傻，你们为什么要殴打宋子豪同学？"高朝气愤地凌空点着四个人的鼻尖，劈头盖脸地骂道，"甭跟我扯什么证据，打没打你们心里最清楚！不要以为我拿不住你们的把柄，就不会把账算到你们头上！我最后一次警告你们，以后给我放老实点儿，如果宋子豪再出状况，你们就该处分处分，该滚蛋滚蛋，听明白了吗？"

四个人拖着长音，参差不齐地回答："听明白了。"

"大声点儿！"高朝拍着桌子咆哮，四个人只好大声又喊了一遍，高朝心烦地挥挥手，"知道了还不快滚？管超留下！"

刚走到门口的管超只好硬着头皮留下来，高朝伸手指指沙发，管超就轻车熟路地坐下，再次听高朝开始了念经般的老生常谈："管超啊管超，我一直相信你是一个洁身自好的好孩子，但现在我却越发地感觉到环境对你的伤害。交友一定要慎重啊！别看你现在跟他们好得穿一条裤子，等到一毕业马上就会树倒猢狲散！林向宇好歹有个官爸爸，李大鹏有个富爸爸，谢训倒是跟你一样一无所有，但人家至少有生意头脑，你呢？除了学习好之外，没有任何攀附的把手，所以留校是你最好的也是唯一的出路。关键时刻，你一定要审时度势。虽然我知道你是个稳重的孩子，但你毕竟年轻，有时脑袋一热，就拎不清了，明知是火，还往自己怀里扒拉！"

管超听得昏昏欲睡，苦笑着说："高老师，我拎得清。"

"是吗？"高朝话里有话地问，"那我问你，林向宇他们有没有打宋子豪？"

"没有。"管超语气坚定地回答。

高朝露出奸诈的笑容，站起来走到管超身后，拍拍他的肩膀，语重心长地说：

"管超啊！可能你还来不及彻底反刍我刚才说的话到底是什么意思。跟什么样的人在一起，你将来就会变成什么样的人，在天朝，自古以来'站队'都是很重要的！林向宇他们是注定要啃老的，自顾自就不错了，不可能再分你一杯羹；我呢，好赖是个系主任，将来你要是想留校，不过是我扳扳手指头的事。话我已经说得不能再白了，你是聪明孩子，是选择趋利避害、弃暗投明，还是想长驱直入、自取其辱？你自己掂量下！"

说完，高朝回到自己的座位上，意味深长地凝望着管超，管超吞了口口水，抬起头轻声说："我们没打人。"

"你真是人牵着不走，鬼拉着直转啊！"高朝失望地看着管超，"我这是给你机会，你懂吗？你再好好想想再说！"

"没打就是没打，难道您想听我撒谎吗？"管超咬咬牙，站起来说，"高老师，您还有别的事儿吗，没事儿我先走了！"

高朝气得假发都快怒发冲冠了，指着管超点了半天，最终没有再说什么，失望地朝他摆摆手，管超头也不回地走了。

当天夜里，熄灯铃落下，宿舍楼的窗子一扇扇地暗了下去，330宿舍里没有一丝睡意，四个男生或躺或坐，都在自己的床上醒着，窗外的路灯光透进寝室里，如同给房间洒了一层银辉。

管超把高朝逼自己招供的话一字一句地重复了一遍，咬牙切齿地捶着床板说："当时我是多么希望自己会开推土机，并且知道他家的祖坟在哪里啊！"

"这老秃瓢也太阴险了，他这不是在拿你的前途来逼你反水吗？"谢训骂骂咧咧地说，"这个龟儿子，这么弯酸你，那你招安了吗？"

林向宇模仿着管超的语气，阴阳怪气地说："你把我们超超当成什么人了？"

"我就是想亲耳听哈，被超超的仗义感动哈，不行吗？"谢训收起玩笑的语气，正经地说，"不过超啊！听哥一句劝，穷不跟富斗，富不跟官争。你有原则，不出卖兄弟，这是好样的，但千万别激怒那个死秃子，让自己万劫不复啊！毕竟你跟我们不一样，你是打算考研的。人在屋檐下，不得不低头。打击报复这种事儿，就交给我们了，你只管把自己打扮成纯洁的羔羊就行。"

管超长长地叹了一口气，感慨地说："都说大学是净土，是象牙塔，我怎么觉得学校里的各种权谋法术，狗屁倒灶一点儿也不比社会上少啊！"

"Holly shit！"李大鹏幽幽地说，"成人的世界太复杂了，我好想回到小时候，能吃能睡，无忧无虑。"

"马上就要过六一儿童节了，要不要送你个奶嘴，让你一秒钟变baby啊？"

林向宇打趣道。

"Oh no！"李大鹏惊恐地大叫，"我现在一听到 baby 这个词儿就浑身发毛，头皮发麻！"

大家想起不久前李大鹏在酒店客房里的香艳画面，不禁笑得前仰后合，李大鹏郁闷地试图转移话题："对了，咱们的 face party 是不是应该活动一下了？"

"这次应该想个什么主题呢？"管超琢磨起来，"春天刚过，夏天刚来，学期过半，考试将近。"

"别提考试了，一提老子就焦虑，这日子无聊得要淡出个鸟来了，林向宇，你倒是出个主意啊，"谢训在一旁催促，"我和超，一个缺 baby，一个缺 money，赶紧着啊！"

"别急，我已经想好主意了！"林向宇在床上神秘兮兮地说，"刚才 James 不是说他讨厌成人世界吗？既然讨厌，那就做回你自己，反正在 face party 里，一切都是自由的！你想傻吃傻睡，没人拦你，你想无忧无虑，没人给你添堵。至少在六月一日这一天，如果你不想长大，face party 就可以帮你拨回时钟，让你一秒钟穿越回童年！"

"好！这点子太棒了！"众人纷纷赞叹，并不约而同地把枕头丢向林向宇，以示给他点赞。

第二天中午，face party 的宣传海报张贴出来了，学生们在布告栏前围了里三层外三层，争抢着阅读海报上的内容：

六一啦，给自己残留的童心放个假吧！建议一：在房间里开心地爬；建议二：穿鞋在床上蹦跶；建议三：在床上画个圈，并在晚上把它尿湿；建议四：打电话问妈妈，你是怎么来的；建议五：来参加我们的"不想长大猪蹄趴"！六月一号，face party 和你一起致童年！

广告里幽默的措辞引得人群爆发出阵阵笑声。

远远地，跟班甲对身旁戴着大蛤蟆镜的黄毛说："老大，330 那帮人好像又开始拉皮条了，听说还是六一儿童节那天。"

"幼稚！"黄毛鄙夷地哼道。

"这回咱们怎么着也得给他们点颜色看看！"跟班甲用胳膊肘去撞黄毛，结果却撞到黄毛肋骨上的伤口，痛得他龇牙咧嘴。

"我跟你说了几遍了我这儿有伤！"黄毛嘴巴里倒吸着凉气骂道，"你脑袋里养鱼了吗？"

"不好意思，不好意思老大，我忘了你被……"跟班甲急着道歉，一不小心差点儿说溜嘴，急忙改口说，"嘿嘿，我的意思是，我忘了你从楼梯上摔下来这事儿了！"

黄毛揉着痛处，斜眼瞪着远处的布告栏，又嫉妒又生气，咬牙切齿地说："妈的，330，这次老子非给你们来个狠的，一绝后患！"

众所期盼之中，"六一儿童节"终于到来了，约吧里再一次聚集了近百名来自上海各大高校的大学生。

音响里播放的音乐都是《我们的祖国是花园》《让我们荡起双桨》和《春天在哪里》等能勾起童年回忆的歌曲，墙壁上张贴的也都是能唤起90后儿时回忆的动画片海报，比如《西游记》《葫芦娃》《美少女战士》和《大头儿子和小头爸爸》等。

酒吧内人声鼎沸，欢声笑语，出席的大学生全都穿着带有童年回忆的服装，330的四兄弟统一穿着蓝白相间的圆领水手T恤，下身穿着藏蓝色的小短裤，脚踩回力球鞋，脖子上还系着红领巾，四个人迈着小麦色的健美大长腿，满场穿梭，热情地招呼着大家。

派对的气氛越来越热烈，四个人终于得空坐下来休息一会儿，管超有些怅然地坐着，自从发生酒店里的事之后，他就很少见到夏星辰了，这次派对她也没来，虽然已经在内心放弃了这段感情，但管超心里还是难免有种空落落的感觉。

_ 141

谢训的手机里收到一条来自高宝镜的微信：**训哥，我今天有事，去不了了。**看到信息，谢训的脸上划过一丝怅惘和不悦，急忙拨打高宝镜的电话，可电话那头却传来机械的女声："对不起，您所拨打的用户已关机，请稍后再拨。"

李大鹏的屁股还没坐热，就突然脸色一变，鬼鬼祟祟地躲到了吧台后面，原来他看见Jennifer Baby正在舞池里到处东张西望。

林向宇的目光在人群中不断地逡巡，寻找着令他魂牵梦萦的"手帕女神"的身影，然而却始终一无所获……

就在四个男生各怀心事的时候，有两个陌生的男生背着书包进入酒吧，因为乐音嘈杂，灯光昏暗，所以没有人注意到二人背后书包里的异常，仿佛有什么活物在他们的背包里蠢蠢蠕动着。两个男生一进来就随着音乐摇摆，外表看起来和普通的大学生一样，渐渐地，两人晃到了酒吧的配电箱附近。

"感谢大家来参加我们的face party！我们今天的主题是——"这时，林向宇跳到台上，把麦克风冲着台下，近百名大学生异口同声地大喊："不！想！长！大！"

林向宇再次把话筒对准自己的嘴巴，抬起一只手指向舞台后的大屏幕："好，下面进入我们今天的第一个环节，童年萌照大 PK！"

投影仪中开始播放出一张张孩童的照片，众人看着自己事先提交给主办方的照片被放大到屏幕上，不禁哄堂大笑，那些照片有的萌萌的，有的呆呆的，有的土土的，憨态可掬，十分有趣。

趁着所有人的目光都被大屏幕吸引，其中男生不动声色地打开配电箱，一把拉下了电闸。

酒吧内瞬间一片漆黑，只有几盏摆在桌上的蜡烛，发出几小团暗淡的烛光，观众发出一片惊讶的嘘声，但大家很快就将突如其来的熄灯理解为主办方故意制造的效果，渐渐地，场内开始传来拍桌子、吹口哨的兴奋起哄声。

舞台上，林向宇他们可傻眼了，谢训怔怔地说："我擦，这是什么情况啊？"

"是不是保险丝烧断了？"林向宇摸索着跳下舞台，朝配电箱的方向走去，"我去看看。"

配电箱前，那两个背着书包的可疑男生已经不见了踪影，而在不远处，通往后厨的门却敞开了一道缝隙，隐隐地，后厨里传出奇怪的"吱吱"声，一团团小小的黑影，从敞开的后厨门缝里迅速窜出，向着站满学生的大厅冲去。

几秒钟后，大厅里的一个女生惊讶地喊了一声："哎呀，谁摸我的腿？"

"有人带狗进来了吗？"黑暗中，一个男生纳闷地问。

"不是狗，狗怎么会唧唧叫呢？"另一个女生紧张地用手机照向地面，居然看到一条黑粗的尾巴在她脚边一闪而过，女生冒出一身的鸡皮疙瘩，颤巍巍地说，"好、好像是老鼠。"

这时，一只大老鼠居然跳上桌子，在蜡烛的照映下，老鼠在桌布上投影出张牙舞爪的狰狞黑影，一个坐在桌前的女生发出杀猪般的尖叫："天呐，不好了，有老鼠，有老鼠啊——"

女生的尖叫声凄厉而刺耳，像踩到了电门，伴随着尖叫声的，是一声哗啦啦的桌子翻倒声，一时间，整个舞厅里秩序大乱，女生们哇哇乱叫，有的女生吓得直哭，男生们也不遑多让，这些 90 后的大学生，多半来自衣食无忧的家庭，平时看见只蟑螂都够怕的了，此时此刻面对满地的老鼠，一个个不禁吓得屁滚尿流，抱头鼠窜。

桌子被碰翻了，玻璃瓶和杯子被踢得满地都是，受惊的人群发出惊恐的尖叫，争先恐后地挤向约吧的大门往外逃，差点儿把门框都挤变形了！

Chapter 2 真爱难寻

啪啪!

几个穿着印有"卫生局"字样的制服、戴着大盖帽的人,在约吧的大门上贴上了封条。

"为什么要贴封条?我都说了我们是被陷害的,你们怎么就是不信!"林向宇不甘心地表达抗议,330的其他三人也义愤填膺地站在旁边,张哥叼着雪茄冷眼旁观。

"小伙子,别冲动,我不是不相信你们,酒吧里一下子跑出几十只老鼠来,这事儿确实不正常,"戴着大盖帽的人例行公事地说,"不过,我们必须照章办事。酒吧的卫生许可证我们先拿走了,你们停业整顿一阵子,好好想想,到底得罪了哪路神仙。"

"这不是你们该干的事儿吗?"管超气冲冲地说,"你们这些人,拿了纳税人的钱,又不帮纳税人办事,真是……"

大盖帽斜着眼睛看管超,脸上浮现出一丝不悦,谢训连忙把管超拉到一边,劝道:"算了算了,你和他们置气能解决啥子问题?"

贴好封条,又没收了约吧的"卫生许可证",几个大盖帽开着车子离开了。

"难道我们就这样认命吗?"李大鹏难以置信地说,"It's not fair!"(这不公平)

"年轻人,你们到底是太嫩啊,"目送着公家的车子远去,张哥这才开口说,"常年打鱼,总有捞上王八的时候,停业整顿就跟学生罚站一样,虽然不好受,但比起开除而言,已经是最轻的处罚了,知足吧。"

330的四个人想了想,也不得不承认张哥说的有道理,一个个郁闷不已,李大鹏破天荒地说:"你们谁有烟?我、我想抽一根。"

谢训从兜里掏出一包烟分给大家,酒吧进不去了,四个男生和张哥只能坐在门口的台阶上,默默无言地抽烟。

"越想越气愤，"谢训恨恨地说，"绝对是黄毛干的！"

李大鹏显然是第一次抽烟，连连咳嗽："真是太卑鄙了。"

管超掐了烟拔腿就走："我找黄毛算账去！"

"别冲动，你现在去没有任何好处！"林向宇忙将管超拽住，劝道，"你还看不明白吗？黄毛和高朝早就穿一条裤子了。你现在过去，就是着了他的道！"

"咋个讲？"谢训狠狠地吸着烟问。

"黄毛肯定知道我们会去找他算账的，"林向宇咬牙切齿地说，"所以，要么他早把高秃子搬出来当救兵，他现在就等着我们呢，只要我们一去跟他动手，高秃子肯定得跳出来把咱们抓个现形，连着上次在暗巷里扁黄毛的事儿，一并跟咱们算总账！"

"难道他仗着那个老秃驴撑腰，就可以一手遮天吗？"管超气急败坏地大喊。

"我知道，你是我们几个里最恨黄毛的，但俗话说得好，君子报仇十年不晚，"林向宇耐着性子安抚管超，"你别脑子一热就犯晕，为了那个杂碎而背上处分实在不值。"

管超还想再说什么，张哥突然开口说："你们几个就听小宇的吧。报仇不分早晚，而是要看时机。时候不早了，你们先回去，等我把酒吧这边的事摆平了再通知你们。"

大学长都发话了，大家也不好再说什么，一个个闷闷不乐地回学校去，这天晚上注定是个难眠之夜，330宿舍的四个男生情绪低落地躺在各自的床上，不停地辗转反侧。

李大鹏实在煎熬得难受，索性从床上坐了起来，对着林向宇的床铺说："舍长，你还没有找到'手帕女神'的线索吗？"

林向宇的床铺里亮着一道手电光，林向宇仰面躺在床上，借着电筒的光亮定定地看着贴在上铺床板上的女神画像，有点忧郁地说："没有，我现在都开始怀疑到底有没有这么个人了，难道我当初遇见她，根本就是一场幻觉？"

"唉，咱们这 face party 都办了多少次了？"管超掐着手指头算着，"全上海的高校咱们基本都踏平了，我说老林啊，你是不是也该给自己定个期限啊？我相信那不是你的幻觉，但如果你再这么继续耗下去，就真的像一个孤注一掷的赌徒了！"

"对！"李大鹏立即附和道，"我今天在微信朋友圈看到一句话——抓紧过去不放的人，是不会有未来的。"

"呵，连James都会说心灵鸡汤了哇，而且好浓，放了不少鸡精吧？"谢训笑道，"我看啊，宇哥你还是脚踏实地一点，对那个女神死心了吧。"

"Come on boy！人生总得往前看。"李大鹏说。

管超也补充道："现实中有那么多女生喜欢你，你何苦那么费劲巴拉地找呢？"

林向宇静静地听着三个兄弟的话，没有作声，他的目光一直看着头顶的女神画像，其实，何止兄弟们对他没有信心了，他自己都快没有信心了，渐渐地，女神的画像在林向宇的眼中变得越发的模糊、遥远……

第二天是周末，艳阳高照，空气宜人，沪都大学里一片鸟语花香，大学生们在校园里嬉戏打闹，篮球场上进行着热火朝天的比赛，这个世界没有因为约吧被封而有任何改变。

大二的某间女生宿舍里，Jennifer Baby 正对着梳妆镜认真地往脸上扑粉，寝室的门突然被人敲开了，夏星辰走了进来，有点腼腆地走到 Jennifer Baby 面前说："学姐，你有空吗？"

"哦，星辰啊！"Jennifer Baby 边涂腮红边热情地指着旁边的凳子，"坐吧，找我有事？"

夏星辰坐下，有些不好意思地说："学姐，那天真的很感谢你出手相救。"

"哎呀，区区小事，何足挂齿？"Jennifer Baby 爽朗地说，"换成是谁，都不会坐视不管的，更何况是我这样德艺双馨的沪都一枝花！"

夏星辰被 Jennifer Baby 逗得直笑："学姐，你真可爱。"

"你也不差啊！真搞不懂林向宇为什么放着你这么近在眼前的鲜花不采，非要想着画中仙，真是 no zuo no die（不作死就不会死）！"Jennifer Baby 一向快人快语，丝毫没注意到夏星辰尴尬的表情，自顾自地继续说，"哎，说到林向宇这事儿，我真想帮你一把。毕竟大家都是女生，我不忍心站在岸边看你在爱河里挣扎，那天我既然从黄毛手里救了你，就打算救人救到底！"

"请学姐指教。"夏星辰认真地说。

"什么指教不指教的？其实秘诀只有一个，就是——死缠烂打！你别笑，我说的是认真的，这世界上有好几十亿人，假设你每天认识 1 个陌生人，那么到你 80 岁的时候，你总共会认识 2.92 万个人，在这些人里，能遇到真爱的概率大概比抽到五百万大奖还要低，"Jennifer Baby 放下粉扑，抓住夏星辰的手，严肃地说，"所以，一旦遇到真爱，你必须要抱着咬定青山不放的精神，用心追、狠命追、往死里追，甚至死了都要追。别管他有多神气，总有爱你的那一天，就算他是个和尚，也要熬到他思凡的那一天！"

夏星辰无奈地说："学姐，你的擒男术太猛了，我实在驾驭不来啊。"

"驾驭不来？那只能说明你爱得还不够深！"Jennifer Baby 不假思索地说。

"也许是吧，"夏星辰不禁苦涩地笑笑，随即一拍头，说，"对了，我差点儿忘了正事儿，学姐，我今天来找你，是想邀请你和330的小伙伴们一起吃顿饭，感谢你们那天的相救之恩，如果没有你们，后果真是不堪设想。"

"哎呀，那么客气干什么啊？"Jennifer Baby不客气地问，"什么时间，在哪儿吃啊？"

"就今天晚上，学校后门的烧烤摊怎么样？"夏星辰有点害羞地说，"学姐你能帮我通知一下330的人吗？"

"没问题！"Jennifer Baby比出一个"OK"的手势，"我负责通知那几个臭男生，并亲自打扮得美美的出席！"

周末的白天总是过得特别快，似乎一转眼就到了晚上，太阳落山后，学校后门的烧烤摊又到了一天中生意最繁忙的时间段，一张张小桌子在路边一字排开，每张桌前都围满了男生女生，大家吃着烧烤，喝着啤酒，谈论着属于年轻人的话题。

夏星辰、Jennifer Baby和330宿舍的四个男生围坐在一起，嘻嘻哈哈地喝酒吃肉，气氛很欢乐，夏星辰举起啤酒杯，诚恳地说："我敬大家一杯，谢谢你们在关键时刻出手相救！"

"哎呀呀，好话说三遍就淡如水了，"Jennifer Baby大笑着打断夏星辰，"我说星辰啊，你能换个祝酒词嘛？这一晚上都感谢好几回了，差不多了。"

"那，祝我们在座的各位友谊地久天长？"夏星辰问。

"太土了！"Jennifer Baby摇摇手指，大声说，"我看呀，还是祝大家都能找到严丝合缝的另一半吧！"

"这个好，干杯！"大家一致赞同，六只酒杯碰在一起。

"呀，都八点啦！"酒酣耳热之际，谢训突然看着手机说，"我忽然想起来，今晚要去找小镜，时间来不及了，走了啊！"

谢训站起来，走之前对管超挤了挤眼睛，管超立马心领神会地说："我参加了个英语沙龙小组，今晚是第一次活动，抱歉了各位，也得走了！"

"不是吧？"林向宇察觉到不对劲，对管超说，"你英语六级都过了，还参加什么沙龙？"

"不一样，我、我口语不行，就是个洋泾浜！"管超回避着林向宇的目光，急匆匆地抓着书包走了。

Jennifer Baby不停地冲李大鹏使眼色，李大鹏没有丝毫自觉，还关切地问："BB，你眼睛怎么了？"

"啊呵呵，没事，进沙子了，揉揉就好了，"Jennifer Baby边说边拉李大鹏的手，

"James，你不是说今晚要陪我去看电影吗？走不走啊？"

"我点的果盘还没到哎。"李大鹏认真地说。

"哎呀，到电影院我给你买水果，走吧，快点儿陪我去啦！"Jennifer Baby不由分说地拖着李大鹏也离开了。

转眼的工夫，桌上只剩下林向宇和夏星辰两个人，林向宇这才意识到是怎么回事儿，本能地闭上嘴，夏星辰也羞涩地低下头，气氛一下子变得很尴尬。

沉默了一会儿后，林向宇不自然地咳嗽了一声，硬着头皮打破沉默："星辰，其实你真的挺好的。没认识你之前，我只知道你是人见人爱的校花，但认识你之后，我觉得你的性格也很好，爽朗直率，没有漂亮女孩儿的那种蛮横和傲娇。但是，我心里面已经有人了，这事儿不是秘密，你也知道，虽然我还没找到她，但我相信，地球是圆的，迟早有一天，我会遇到她的。"

"我相信，无比地相信会有那么一天的，"夏星辰看着有些意外的林向宇，笑着说，"其实，我今天张罗这次聚会，一是想感谢你们相救，二是想告诉你，我已经彻底想通了，和你这样的人做恋人实在是太可惜了，我想和你做朋友，就像你跟管超他们那样的好哥们儿。"

"真的？"林向宇难以置信地看着夏星辰。

_ 147

"当然是真的，"夏星辰的眼眶有些湿润，"其实，我能想通还是多亏最近发生的一些事情，说实话，我从来没想到这么狗血的事儿会发生在我身上，更没想到，原来我身边还有这么一群愿意为我挺身而出的朋友。在这之前，我并不觉得朋友有多重要，反正我一个人独来独往惯了。我们寝室里都是上海姑娘，只有我一个外地人，每到周末，就只有我一个人睡在寝室里，感觉特别孤独。每次我出门的时候，都要反复确认自己带了钥匙，看到麦当劳推出'第二杯半价'的饮料，我也不知道该跟谁分享。最无聊的时候，我甚至会一个人对着苹果手机里的 siri（苹果公司在其产品 iPhone4S，iPad 3 及以上版本手机上应用的一项语音控制功能）讲话……"

"老天，堂堂的沪都大学校花，居然这么孤独。"林向宇有些心疼地说。

"你的朋友那么多，整天吃五喝六的，应该不会有这种多愁善感的时候吧？"夏星辰有些难为情地自嘲道。

"其实你说的感觉我也有过的，"林向宇感慨地说，"刚来上海的那年，我特别不适应，有一次我想家了，就跑到一家陕西面馆，在热闹喧哗的羊肉泡馍店里，独自一个人默默地掰馍，那几分钟，我至今都忘不掉。"

"是啊，没人喜欢孤独，除了神兽和神灵，"夏星辰目光闪闪地看着林向宇，"正因为如此，人才需要朋友。林向宇学长，我已经放下了。你呢，愿意和我做好朋友吗？"

"当然，来，友谊万岁！"林向宇举起手里的啤酒杯，说罢，先干为敬。

夏星辰也一口饮尽杯中酒，放下酒杯，两人微笑地望着对方，眼底尽是一片解脱和释然……

Chapter 3 情海生波

谢训从烧烤摊上离开，就坐上了去往高宝镜学校的公交车，一路上，他又给高宝镜打了好几个电话，话筒里传出的始终是关机的提示音。

自从这学期开学后，谢训就经常找不到高宝镜，打电话不接，打多了就关机，每次谢训问起来，高宝镜就总是支支吾吾推说自己忙，一开始谢训勉强相信了，但时间一长，他就没法自欺欺人了，今天晚上，谢训决定无论如何要跟高宝镜谈谈，搞清楚她最近到底是怎么了，是不是遇到什么困难……

当谢训在公交车上惴惴不安地胡思乱想的时候，高宝镜正站在一家高档珠宝专柜前，对着镜子看着自己脖子上的一串钻石项链，左右扭动着身体，看起来十分喜欢。

"喜欢吗？"老吴坐在一旁的沙发上柔声问，高宝镜点点头，老吴立即对服务员说，"小姐，包起来！"

"哎哎，我还没说要呢，太贵了，我还想再多看看，再说了，吴哥，就算我喜欢，也不能让你花钱啊。"高宝镜连忙拉住老吴。

"你最近要面试，打扮得不像样的话，别人肯定会轻看你三分的，这大庭广众的，你也不想跟我拉拉扯扯的对吧？收下吧，"老吴用毋庸置疑的口气对高宝镜说，"别犹豫了，等你将来飞黄腾达了，有的是报答你吴哥的机会。"

高宝镜咬着下嘴唇，依然有些左右为难，老吴已经从店员手里接过了打包好的包装袋，拉起高宝镜的手，用哄小孩子的口吻宠溺地说："走，再转转，给你添两件面试的衣服。"

半个小时后，高宝镜跟在老吴身后走出商场，她的手里已经拎了层层叠叠的高档购物袋。

老吴边走边亲昵地对高宝镜说："这周末，我朋友那儿需要站台的模特，我推荐了你，到时候你去直接报我的名字，保证你的酬劳跟那些大模一样。"

　　"真是太谢谢你了，吴哥！"高宝镜感激不已，"最近你给我介绍了不少实习机会，而且都特别靠谱。"

　　"嗨，这些都是毛毛雨，甭谢，一谢就见外了，"老吴边说边把自己的手搭在高宝镜的肩膀上，语气轻佻地说，"宝贝儿，咱们一会儿去哪儿吃饭啊？"

　　高宝镜别扭地看了看搭在自己身上的手，脸色有些微变，本能地向前快走了两步，甩脱了老吴的手，然后故作轻松地说："吴哥，今天让我请你吧，就当感谢你对我的照顾。"

　　"开玩笑，男人怎么能让女人请客呢？"老吴还想再说什么，高宝镜的手机突然响起来。

　　高宝镜故意提高音量，加重语气说："对不起啊吴哥，是我男朋友的电话，我接一下。"说完，她避开老吴，走到一旁去接电话，老吴耸耸肩膀，似乎对高宝镜的话无动于衷。

　　"喂？小镜吗，你总算接电话了！"高宝镜的手机听筒里，传出谢训焦急的声音，"你在哪儿呢？我打了一下午你的电话，不是通话中就是关机。"

　　"我在同学的生日派对上呢，没听见电话响。"高宝镜敷衍地回答。

　　"我说的不只是今天，最近这几个月你都对我爱答不理的，"谢训有些不满，但还克制着自己的情绪，尽量平静地说，"我知道你现在开始实习了，很忙，站台也很累，可你总是不回我的话，我会很担心的，你晓得吗？"

　　"好了，我知道了，"高宝镜抬起头，看见老吴正慢慢地朝自己走过来，急忙说，"嗯，就这样吧，我这边太吵了，听不清，晚些我打给你。"

　　"走吧，吃饭去！"老吴走上前，一把搂住高宝镜的腰，高宝镜虽然不情愿，但还是半推半就地跟着老吴朝停车场走去。

　　更深露重，礼仪学校的女生宿舍已经熄了灯，陷入一片安静之中。

　　谢训蹲在宿舍楼的墙根阴影中，一只手捐着烟，另一只手里捏着挂在脖子上的心形吊坠，吊坠的盖子内，镶嵌着谢训和高宝镜亲昵依偎在一起的合影，谢训怔怔地看着照片，一阵夜风吹过，将他脚下的一地烟蒂吹得四处滚动……

　　他已经在高宝镜的宿舍楼下等了一晚上，始终没有等到高宝镜的身影。

　　就在谢训越来越担心的时候，一辆宝马五系的高档轿车由远及近地开来，无声无息地停靠在宿舍的楼门口，一个熟悉的身影从宝马的车门内走出来，谢训心里不禁一惊，本能地躲进阴影中。

高宝镜踩着高跟鞋，从后车座里取出了一大堆购物袋，又和驾驶座的人亲昵地说了一会儿话，车窗才缓缓地合上，高宝镜站在楼下，甜甜地对着远去的宝马车挥手道别。

等宝马车走远了，高宝镜才提着大大小小的购物袋，转身朝宿舍的大门走。

谢训急忙摔掉烟头，大步流星地走上去，看到谢训，高宝镜吓了一跳，紧张地问："训哥？你、你怎么会在这儿？"

"怎么，怕我坏你的好事是吗？"谢训气不打一处来，"我说你最近怎么鬼鬼祟祟的，不接我电话，原来是傍上大款了！"

"你……太过分了！我、我不过是叫了辆私车而已，至于被你怀疑成这样吗？"高宝镜开始撒谎，"我不是跟你说了，我去参加舍友的生日派对吗？那个地方比较偏僻，打不到出租车，我是加了钱叫了拉黑活的私家车把我送回来的！"

"那这是什么？"谢训指着高宝镜手中的购物袋，不相信地问，"为啥子只有你一个人回来，你的舍友呢？"

"这、这些是我舍友收到的生日礼物啊，我只是帮她拎回来而已，"高宝镜急中生智地说，"她、她们还要去夜店耍，我不喜欢夜店，所以就自己回来了。"

"真的吗？你发誓没有骗我？"谢训还是不能释怀，又眼尖地指着高宝镜脖子

上的钻石项链说，"这，这项链又是咋回事？"

"这是我从淘宝上买的仿制品，连 A 货都不算，几十块钱而已，戴着玩儿的，"高宝镜有点不耐烦了，做出生气的样子说，"你爱信不信，我好累了，懒得再跟你玩儿这种小孩子的游戏。"

说完，不知是心虚还是逃避，高宝镜低下头，绕过谢训就要往宿舍里走，谢训赶紧拦住她，服软地说："小镜，你莫生气！我这不是担心你吗，谁让我有个这么漂亮的老婆呢？老婆，你咋个哭了？是不是我把你弄哭了？莫哭了，你莫哭了。"

谢训捧起高宝镜的脸，却发现她的眼中涌满泪水，他心疼地用拇指帮她擦泪，小声地问："是不是最近快毕业了，你心情不太好？"

没想到高宝镜哭得更委屈了，心酸地说："你知道我现在压力有多大吗？我上的是专科学校，现在马上就要毕业了，有门路的早就安排好工作了，没门路的只能收拾好铺盖卷，准备打道回府。只剩下我这种人，一厢情愿地想要留在上海，可到现在工作和房子都没有着落，我就像一只在玻璃上乱撞的苍蝇，看得到光明却找不到路。以前我总觉得时间走得太慢，恨不能亲手拨快时钟，扑棱一下就飞到外面。但现在，我发现时间过得太快，我还没做好准备去毕业、去租房、去工作、去处理各种各样边边角角的事情，可它们却一股脑全都来了！"

"对不起，对不起！"谢训自责地抱住高宝镜，难受地说，"我不该怀疑你，更不该对你发脾气！我也不晓得自己怎么了，整个人都毛焦火躁的，就是觉得你最近离我特别远，怕你被别人抢走了。我恨不得把你塞进我的背包里，拴在我的腰带上，走到哪儿都带着你。"

"傻瓜，你脖子里不是挂着个我吗？"高宝镜不禁被谢训肉麻兮兮的告白逗笑了，刮刮他的鼻子说，"好了，时间不早了，你该回去了。"

"都后半夜了，地铁和公交都莫得了，而且……"谢训抱着高宝镜的腰不撒手，坏笑着在她耳边撒气，"我都好久莫要你了，你舍友不是都没回来吗，今晚宿舍只有你一个人……"

"别闹了，"高宝镜心不在焉地推开谢训，尴尬地说，"我大姨妈来了，而且最近舍管阿姨也查得特别严，上周就有个带男朋友过夜的被逮到了，全校通报批评，丢死人了。"

"哦，好吧，那你好好照顾自己。"谢训一下子泄了气，恋恋不舍地又亲了亲高宝镜，一个人离开了。

高宝镜看着谢训落寞离去的背影，心里有些难受，但她还是咬着牙没有叫他，而是抹着眼泪独自上楼去了。

谢训回到学校已经是晚上十点半了，刚走到宿舍楼下，就遇到了同样脚步匆匆赶回来的李大鹏，他刚陪 Jennifer Baby 看完电影回来，两人一起上楼回宿舍。

330 寝室里，管超正躺在被窝里，戴着耳机看 iPad，林向宇则刚刚洗漱完毕，正准备上床，一看到谢训和李大鹏回来，林向宇就笑着说："哟呵，都回来得挺早啊。"

谢训情绪不太好地端着脸盆去水房了，李大鹏则认认真真地回答："还早？都十点半了。"

"唉，看来今天 Jennifer Baby 又失败了。"林向宇唉声叹气地摇着头。

"嘿嘿，我今天长记性了，"李大鹏得意地说，"她拉我吃饭，我一筷子都没动，她给我买饮料，我也一滴没喝。"

"你以为把嘴巴吊起来就能百毒不侵吗？你呀，太幼稚了！"林向宇看着一副虚心聆听状的李大鹏，滔滔不绝地说，"什么蒙汗药啦、啤酒加味精啦，都已经是上个世纪的陈谷子烂芝麻了，BB能想到这招，说明她的内心还是非常传统和淳朴的，你真正要提防的是那些修炼成精的女人，她们想要勾引你，不过是手拿把掐，分分钟的事儿。"

"那么恐怖啊，你、你赶紧教教我怎么防勾引啊！"李大鹏着急地催问。

"网上就有很多特别有意思的教学视频，我找给你看啊，"林向宇打开自己的 iPad，发现居然没有电了，不禁捶胸顿足地说，"糟糕，我忘记给平板充电了，哎，超，借我一下你的 iPad。"

管超正蒙着头躲在杯子里，一动不动地盯着 iPad 的屏幕，对林向宇的话置若罔闻。

林向宇只好跳下床，走到管超床前，伸手推推他："喂，用下你的 iPad！"

"啊——"管超突然像触电似的弹起来，惊恐地看着林向宇，整个人本能地往后躲，嘴巴里支支吾吾地说，"啊，好的，好的，你、你等等啊！"

管超羞得无地自容，一把将床上的帘子拉上，在里面弱弱地叫道："我警告你俩啊，要适可而止！"

"你到底在害羞什么啊？"林向宇的眼珠子一转，突然恍然大悟道，"我去，超超你不会是正在撸吧？"

李大鹏赶紧摸摸下巴，严肃地说："哎呀，这么看来，超哥的脱单大计要提速了。"

说完，林向宇和李大鹏煞有介事地搬来两个凳子，像国家领导人会见外宾一般，严肃地坐在管超的床前。

林向宇装模作样地打着官腔说："这个这个，必须要扩大管超同志和广大女生的接触面嘛！什么地方的女生最多呢？我们大家需要好好研究研究，小李同志，你来说说嘛。"

李大鹏规规矩矩地把双手放在膝盖上，认真地说："女厕所、女澡堂、女宿舍。请原谅，我对动物的交配工作略懂一二，但对人类的交配工作还是知道得太少，还请多多指教。"

"哎呀，这个小李同志还是很谦虚的嘛！智商也是提升得很快嘛，"林向宇拍拍李大鹏的肩膀，认真思索了一会儿，突然打了个指响，说，"有办法了！"

"什么办法？"李大鹏着急地问。

"让管超同志参加健美操班！"林向宇大声说。

"我不去！"管超再也忍不住了，从床帘后面探出头来抗议道，"大老爷们儿穿着紧身脚蹬裤，也太难为情了！"

"乖么，这是为了你好，也是为了给咱们宿舍省点儿卫生纸，"林向宇苦口婆心地劝道，"而且，我担心你再不去就弯了，我们兄弟儿个可不想菊花残啊，而且你要知道，健美操班可是全校漂亮女生最集中的地方！"

"哎呀，都是女生，我不好意思去。"管超的口气似乎有些松动了。

"放心吧，怎么能让你一个人去呢？"林向宇仗义地拍拍自己的胸脯，又摸摸李大鹏的脑袋，"我们330的兄弟陪你一块儿去，你还扭捏什么？"

"啥子？"谢训端着脸盆一进来，就诧异地张大嘴巴，"咱们要去健美操班？"

"对，大家一起去！"李大鹏挥舞着拳头，兴奋地说。

管超明显动心了，但还是有些犹豫地说："可现在又不是刚开学，选修课必须是学期开始的时候报名的。"

"放心吧，只要有中国人的地方就有后门！"林向宇胸有成竹地拿起手机，给夏星辰发了条语音微信："星辰啊，我记得你好像是学校健美操队的队长吧？我有个事儿想麻烦你……"

Chapter 4 健美男孩

艳阳高照，盛夏如火。

男更衣室里，330的四个男生穿着紧身的健美操服，扭捏地站在大穿衣镜前，不时有其他换衣服的男生窃笑着这四个不伦不类的奇葩，今天，是330四兄弟第一次去健美操班上课的日子，此时距离上课时间还有五分钟。

谢训上下打量着镜中的自己。

林向宇也盯着镜子中的自己，他转了转身体，顿觉内心一阵恶寒。

"我觉得……"管超低头看看自己的胸口，"我的乳头太激凸了。"

"唉，要不是为了给超哥脱单，我才不穿这么娘炮呢，"李大鹏叹了口气，递给管超两片创可贴，贴心地说，"给你贴乳。"

五分钟后，热热闹闹的健美教室里瞬间鸦雀无声，敞开的教室门外，出现四个穿着紧身衣、高大帅气又娘炮的男生——330的"健美男孩"相互壮胆，昂首阔步地走了进来。

教室里安静了几秒，立即炸开了锅，女生们叽叽喳喳地说笑起来，有讥讽的、调笑的、惊叹的、议论的、起哄的，热闹不已。夏星辰赶紧站出来，朝林向宇他们打了个招呼，落落大方地将四个人介绍给女生们："这几位是咱们健美操表演团邀请到的新力量，大家欢迎！"

女生们嘻嘻哈哈地鼓掌，四个男生赶紧四面八方地点头作揖问好，林向宇脸皮最厚，扯着管超站了出来，像推销商品般满脸堆笑地说："哦，我们给大家备了见面礼，这是我们班的学霸管超同学，他可是我们经贸系才貌双全的大帅哥！悄悄说一句，他还是单身哦！吹拉弹唱、修车补锅，样样精通，备考时节抄他的笔记，妥妥的高分！"

管超被赶鸭子上架，只好一脸娇羞地跟大家挥手："大家好，大家好，初次见面，请多多关照哈！"

"加他微信哦！"林向宇在一旁卖力为管超宣传，"他是多管闲事的管，超凡脱俗的超，欢迎单身的女生踊跃添加他为好友！"

"好了，上课时间到了，大家安静，我们开始上课，请大家站成队，"上课铃声响了，健美操老师走到教室中央，对大家说，"今天我们跳的曲目是——《我是女生》，几个新来的男生，你们站到队伍后面，试着跟上大家的动作走一遍，让我看看你们的基础。"

甜美的音乐声响起，女生们开始跟着节拍整齐地跳操，四个男生完全是门外汉，只能依葫芦画瓢，没一会儿就窘态百出，比如掐腰、抬脚跟、摆臀，这些动作女生做起来十分可爱，可男生做起来就无比滑稽，女生们边跳边被四个活宝逗得咯咯直笑。

154

林向宇高大帅气，即使娘炮也吸引了许多女生的注意；谢训长胳膊长腿，经常会抢到别人，女生们自觉地给他让出很大的位置；李大鹏动作做得很认真、卖力，但看起来却是一副智商不足的样子……跳操的气氛被四个男生搅得乱七八糟，老师不禁有些责怪地看着夏星辰，夏星辰只好对老师顽皮地吐舌头。

而和三个舍友不同，管超此时的状态只能用八个字来形容——欲死欲仙，欲仙欲死：女生们春情勃发的尖叫、银铃般清脆的笑、水蜜桃般粉嫩多汁的脸庞、笑弯了的杨柳细腰、滚圆又结实的半球体臀部、还有裸露在外面的莲藕般美好、光洁的手臂……一具具青春的肉体打打闹闹，令人眼花缭乱，青春的荷尔蒙四处飞溅……

音乐声戛然而止，健美操老师突然关掉了音响，怒气冲冲地走到管超面前，严厉地问："你在干吗？"

"我……"管超紧张地看着老师，"我没干吗啊。"

"你、你死乞白赖地托关系、走后门才进入这个课堂的，却一点都不懂得珍惜！"老师说道。

管超羞愧得逃出了教室。

几天后的一个上午，谢训把高宝镜约出来，一见面，他就迫不及待地拉起高宝镜的手，神秘兮兮地把她带进一处位于里弄的旧民宅区。

两人在鸡肠子般的民宅缝隙间穿行了一会儿，谢训把高宝镜带进了一栋二层民宅的陈旧单元门口，高宝镜累得气喘吁吁，嫌弃地看着周围脏乱差的环境，问："你干吗呀？"

"说出来还叫惊喜吗？跟我来，马上就到了。"谢训兴奋地说。

两人走进单元，狭窄的走廊两侧，有油腻腻的公用厨房、臭烘烘的公用厕所，还有几间小小的房间，里面住着一些年迈的老人，谢训把高宝镜带到一间房门前，掏出钥匙打开门，激动地举起双手道："当当当当！"

打开的房门是，是一间又小又简陋的房间，房间内陈旧而破败，墙皮斑驳剥落，墙角甚至还生着青苔，高宝镜当即露出一脸愁容，谢训还浑然不觉地拉着她往里走，期待地问："怎么样？你之前不是说，毕业了还没得房子住吗？我给你租了一间，别看这里老了些，但交通和生活很方便，出门就是地铁，还便宜，以后有空我就陪你来一起住哈！"

"什么方便？就是便宜吧，"高宝镜冷冷地说，"你带我来这儿干吗，体验一下绝望的底层人民是如何蜗居的吗？"

"你不开心吗？"谢训十分惊讶，"咋说话这么酸弯？"

"什么酸弯啊？你的重庆话又冒出来了，我都说了你好多次了，你要想融入这个城市，必须撇掉口音，"高宝镜不耐烦地扫视了一圈屋子，厌恶地说，"这就是上海人说的亭子间吧？"

"是啊，从此以后，你就有家了，不，是咱们的家，开心不？"谢训拉拉高宝镜的手，"喂，你又咋了？"

"这怎么住啊？"高宝镜的情绪有些激动地说，"我辛辛苦苦从重庆考到上海来，就是为了住在这种地方吗？"

"这地方怎么了，别人不都住得好好的吗？"谢训心里有些不是滋味，但还是耐着性子开导道，"这只是临时的，等我将来赚了好些钱，我们就搬家啊。更何况，这房子不管怎么说，总比你现在住的寝室强吧？八个人像螺丝一个一个拧到一张床上去，挤挤挨挨的，打嗝放屁都瞒不住。"

高宝镜打断谢训："你交过房租了吧？"

"交了，押一付三，现在我口袋里半毛钱都没了，"谢训拍拍口袋，脸上浮现出一抹憧憬，"不过，一想到以后能跟你随心所欲地在一起，我就激动地睡不着觉，一年的积蓄换来一个家，我一点儿都不犹豫！"

"这么大的事儿，你怎么事先不跟我商量下？"高宝镜不高兴地问。

"我想给你个惊喜嘛！"谢训笑嘻嘻地拉起高宝镜的手，来到走廊里，"来，我带你参观一下，这是公共厨房，这是公共卫生间。"

高宝镜看着脏兮兮、乱糟糟的环境，脸上的表情越来越阴郁，终于，当她看到卫生间斑驳的抽水马桶时，整个人再也撑不住了，用重庆腔怪叫起来："这个狗日的马桶！好像用了一万年了，脏兮兮的你让我咋个用？"

"哪有那么夸张？"谢训尴尬地说，"回头我用消毒液洗洗就好了。"

"一想到要用这样的马桶，我拉肚子都能忍成便秘，"高宝镜越说越伤心，"这些人祖祖辈辈的屎斑尿渍都粘在上面了，哪个洗得干净？"

"瞧把你高贵的，别人用得，为啥子你用不得？"谢训也有点不高兴了，"你去逛商场，尿急了上厕所，用的不也是别人用过的马桶？"

"那不一样！"高宝镜眼睛通红地喊道，"你买个新马桶，这间厕所锁起来，只准我用，其他人用隔壁厕所！"

"你这有点过分了啊，"谢训生气地说，"这是公共卫生间，再说了，新马桶不要钱啊？拆装不要钱啊？工人不要钱啊？我都说了，我现在一分钱都没得！"

"钱钱钱，你现在开口闭口都是钱！"高宝镜带着哭腔喊道。

"没错，我就是个财迷，把钱看得比铜盆还大，每一分洋钿我都要捏出汁来！"谢训面红耳赤地吼道，"整个大学，我都像头水牛一样埋头苦干，存一点钞票都是从牙缝里刮下来的，只要能多赚一点，就是油锅里的钱我都敢捞，我这么拼命是为了谁呀？还不都是为了你！"

"为了我？我花了你好多钱吗？"高宝镜难以置信地瞪着谢训。

"你是没花多少，可我还得给你家花，完了还得给你弟弟擦屁股！"谢训失控地大喊。

"都是我的错，花了你的钞票，我是个扫把星，这下你满意了？"高宝镜已经哭得泪流满面，伤心地转身跑走了。

愣了几秒钟，谢训才冷静下来，意识到自己好像说了冲动的话，不禁懊恼地用拳头砸了一下脏兮兮的卫生间门框，赶紧去追："小镜，小镜，我说错话了，你莫生气！"

高宝镜不理谢训，加快脚步跑，谢训追了好一会儿才追上她，内疚地说："好了好了，都是我的错，你要是实在不喜欢这房子，我再想办法找找。"

"先别说房子的事儿了，我学校还有事，先回去了。"高宝镜轻轻拨开谢训的手，独自走掉了。

这一回，谢训没有追，只是心情五味杂陈地看着她远去的背影，不知为什么，他突然觉得自己和高宝镜之间，变得越来越远了，他拼尽全力想要缩短这种距离，可每一次努力，好像都只是在把她推得更远……

不知不觉，一个学期又匆匆而逝，似乎只是一转眼间，就迎来了令所有学生谈之色变的考试周。

炎炎的夏日夜晚，学生宿舍楼里一片寂静，但如果仔细看，就会发现，许多宿舍里都亮着小灯，学生们都在临时抱佛脚地熬夜复习，或者是加班加点地制作着各种作弊的道具……

330宿舍也没有一丝睡意，林向宇、谢训、猴子和李大鹏紧密地围在管超周围，每个人手里都拿着笔，在纸上认真地书写着，一个个十分严肃认真。

"就这样吧，你们还有什么问题？"管超此时就像如来佛祖，居高临下地望着匍匐在自己脚边的诸位罗汉，"我已经练习了很久，关于咬字的问题，我只能做到这样，另外，速度我也不能再慢了，再慢我怕骂不完。"

"我提个建议，"李大鹏举手发言，"你骂之前，最好先大笑三声'哈哈哈'，这样我们就知道你要开始了。"

"这个建议提得好，"林向宇急忙在纸上做记录，并拍拍猴子的肩膀说，"猴子啊，这可是我们330的机密，看你平时跟大家不错，才带你玩儿的，你可千万管好嘴巴。"

"你们尽管把心揣进肚子里吧，"猴子拍着胸脯发誓，"就是给我上老虎凳我也不告密！"

"好了，我们抓紧时间，再练习一遍，"管超一声令下，众人纷纷拿起纸笔，竖起耳朵，就见管超拿起一张纸，定定地看了一会儿，突然扯起嗓子大笑三声，"哈哈哈，哎呀妈呀、小瘪三、小赤佬啊、坑爹、坑爹、坑爹啊小赤佬、哎呀妈呀、小瘪三、小赤佬呀、小瘪三、哎呀妈呀、哎呀妈呀……"

在管超又唱又骂的时候，林向宇四人眉头紧锁、精神高度集中，手中的笔飞速在纸上游走着……

WHO SLEEPS MY BRO

| 第八章 | 剪不断理还乱 |

Chapter 1 量变质变

七月底，沪都大学又进入了每学期最紧张的一周——考试周，教学楼里一片肃穆，每一间教室里都坐着神情紧张的大学生，监考老师站在讲台上，目光犀利地四下扫射着。

距离今年的最后一门——综合应用经济学考试，还有最后五分钟，330 的四个男生和猴子心情郁闷地看着讲台，今年他们的运气真是太差了，居然摊上了号称"监考四大名捕"之一的监考老师。

监考老师清清嗓子，厉声道："还有两分钟就要考试了，我出于善意提醒你们，把课本、笔记、手机，还有小抄，统统给我交上来！如果被我活捉现行，我保证你们的下场会很惨！"

一些胆子小的学生胆怯了，自觉地把相关物品上缴了，监考老师不满意地摇摇头，说："都交完了？完了我可要微服私访了。"

说着，他缓缓地走下讲台，在座位间巡查起来，很快，他的目光锐利地停在一个女生桌面的尺子上，女生紧张地想要把尺子收起来，但监考老师已经眼疾手快地先一步把尺子拿起来，就见尺子的反面赫然写满密密麻麻的参考答案，监考老师鄙夷地哼道："这是什么？上个世纪的招都敢拿来用，你是追求复古还是存心侮辱我的智商？"

女生当场吓哭了，尺子也被没收了，监考老师又走到一个穿着长风衣的男生面前，冷冷地说："大夏天的穿这么厚？把衣服脱了！"

男生的外套里子上，贴满了大大小小的小抄，教室里一片惊叹，男生捶胸顿足，林向宇他们不禁庆幸地交换着眼神，幸亏他们早有防备，没有携带任何违禁品进考场。

直到考试铃声响起的时候，监考老师手里已经像大丰收一样，捧满了各种千奇百怪的作弊道具，教室里一片唉声叹气的绝望气息。

监考老师得意地走回讲台，开始拆封分发试卷，骚动的教室渐渐恢复平静，所有人只能拿出自己的真本领，和试卷上的题目死磕。

每到考试，就是学霸管超如鱼得水的时候，只见他眼含自信，笔走游龙般在试卷上奋笔疾书，没有一道题能难住他；不远处的另一个座位却是一片死寂，林向宇居然趴在桌子上睡着了，手边的试卷上一个字也没写；李大鹏认认真真地在试卷上画着小动物；猴子抠着鼻屎，无聊地看着窗外乱飞的麻雀；谢训咬着笔头，眼睛一眨不眨地凝视着试卷，十分钟过去了，二十分钟过去了，谢训还持续着这个姿势，试卷上干干净净。

考试不知不觉进行了一个多小时，距离交卷还有十分钟，管超终于抬起头，盖上笔帽，认认真真地把试卷从头到尾扫了一遍，脸上不自觉地流露出满意的表情，随后，他四下看了看兄弟们，喉咙里咳嗽了一声。

林向宇瞬间收起口水，醒了；李大鹏停止了画小动物；猴子把手指头从鼻子里拔出来，还在课桌底下抹了抹；谢训深吸一口气，不再咬笔头了……

监考老师察觉到异样，警觉地看着几个人，冷冷地说："现在距离交卷还有五分钟，没写完的要抓紧，写完的仔细检查，心思活络的我劝你还是参加补考更安全。"

管超从容地站起来交卷，监考老师接过卷子，目光依旧紧紧地锁定在林向宇等人身上。

管超走出教室，站在门口的走廊上，闭上眼睛沉思了几秒钟，霎时间，他猛地睁开眼睛，仰头大笑三声，唱骂起了他的"管式RAP"："哈哈哈！哎呀妈呀小瘪三啊小瘪三坑爹啊小赤佬啊小瘪三啊哎呀妈呀坑爹啊坑爹啊……"

考场内，林向宇、谢训、李大鹏和猴子疯狂地奋笔疾书，在空白的试卷上迅速写下：ABBDCBADD……

突然有人在考场外骂大街，监考老师心里很是奇怪，然后他又看到林向宇等人突然开始奋笔疾书了，不禁觉得更奇怪，但又想不出这两者到底有什么关联，愣了一会儿，监考老师终于坐不住了，跑出考场，大喝道："谁在骂山门呢！不知道里面还有人在考试吗？"

管超立刻做出一个抱歉的表情，吱溜一声跑了，监考老师扭头回到考场，却发现林向宇、谢训、李大鹏和猴子齐齐起身交卷了，监考老师不放心地检查他们的试卷，但完全没发现什么异常，几个人的答案并不完全相同。

在监考老师不得其解又恼火的目光中，林向宇他们得意扬扬地走出了考场。

一走出教学楼，几个男生就再也忍不住了，抱在一起笑得快要岔了气，猴子气喘吁吁地说："看那监考老师，气得鼻子都歪了！"

"你们没忘记故意填错几个答案吧？"管超不放心地问。

"放心，咱们这计策多滴水不漏啊，"林向宇揽住管超的肩膀，"不得不说，学霸就是学霸，这记忆力没的说，一下子就把选择题答案全都记住了。"

"James，你娃儿咋不高兴呢？"谢训发现李大鹏闷闷不乐。

"我恐怕漏掉了一个'小瘪三'，"李大鹏郁闷地说，"这一漏不要紧，我后面的就全都跟着错了……"

大家愣了几秒，笑得更大声了，林向宇同情地拍拍李大鹏的肩膀，安慰道："没关系，反正你考试就是重在参与。"

几个人步履轻松地走在回宿舍的路上，考完这最后一门，这学期就结束了，接下来大家就可以收拾收拾行李，回家过暑假了……

这时，林向宇的手机响了，来电显示是夏星辰，他看了看管超，管超识趣地避到一边儿去了，林向宇有些愧疚地看看管超，接通了电话："喂，星辰，你找我？"

"学长，咱们健美操班马上就要汇报演出了，陈老师让我去买演出服，我联系了一家便宜的服装厂，在崇明岛，你能陪我去一趟吗？衣服太多了，我自己拿不了，"夏星辰在电话那头迅速地说着，她说得很流畅，令人不自觉地怀疑，这段话她是不是练习了很久了，"明天可以吗，你有空吗？哦对了，崇明岛上还有所海事大学呢，你可以顺便去找找女神。"

"可以，"林向宇没有理由拒绝，"找不找女神我都会去，义不容辞嘛。"

"好，明天见。"夏星辰声音愉快地挂断了电话。

第二天一大早，林向宇和夏星辰就坐上了长途汽车，一路经过跨海大桥，前往崇明岛，来到一家服装厂的库房，挑选健美操服装。

库房很大，里面的衣服堆积成山，夏星辰费劲地在其中翻找、挑选，没一会儿的工夫就累得满头大汗，林向宇不解地问："这些衣服你在网上买就好了，干吗要跑这么远啊？"

"陈老师害怕尺寸不合适，影响效果，所以让我拿着大家的尺寸来挑，"夏星辰脸色红润地回答，"还有，直接从厂家拿货不是便宜吗？这不，陈老师还让我多拿 100 套训练服，留着以后用，要不然我干吗让你来帮我呢？"

"这样也好，刚考完试，我也出来透透气。"林向宇干脆仰面躺在衣服堆上，舒服地打起盹儿。

一个多小时后，夏星辰终于把衣服挑选完毕，各种五颜六色的演出服、训练服足足装了两个大编织袋，她把袋口扎好，就对服装厂的人说："您好，我们能先把衣服寄存在这儿吗？"

然后，夏星辰拉起林向宇，心情愉快地朝外面撇撇嘴："走，我们去海事大学！"

阳光晴好，天气虽然很热，但还没有达到酷暑的地步，不时还有清凉的海风吹过，林向宇和夏星辰走在海事大学的校园里，不禁觉得神清气爽，心旷神怡。

"没想到你还惦记着我的事儿，"林向宇乐呵呵地说，"谢谢了。"

"谢什么？明明是我先求你帮忙的。"夏星辰说。

"好，既然来了，那就找找吧。"林向宇不抱任何希望地说。

"你把'手帕女神'的画像发给我，"夏星辰用手机接收了画像的照片，然后朝林向宇摆摆手，"海事大学还是挺大的，我们分头去找吧！"

林向宇没想到夏星辰会提议分头行动，有些意外地点点头。目送着夏星辰的背影远去，林向宇拿着手机的女神画像问了几个学生，均没有得到什么线索，他不禁没了兴致，把手机揣起来，漫无目的地低着头在校园里散起步来……

不知走了多久，一阵微风吹来，迷住了林向宇的眼睛，他不禁抬手揉眼睛，随后，他整个人惊讶地站住了。

在前方不远处的一棵大树下，正静静坐着一个女生的背影，逆光的角度下看去，女生的白裙和长发都被风吹荡着，一切都显得那么的纯净和美丽．看起来像极了林向宇第一次见到手帕女神的画面。

162

林向宇百感交集地放轻脚步，慢慢向着那个女生走去，随着距离的渐近，林向宇的情绪也越发激动，心跳更是咚咚作响。

突然间，那个女生好像察觉到什么，居然转过来，对林向宇恬静地笑了笑。林向宇呆住了，他发现那并不是他朝思暮想的手帕女神，而是夏星辰！

夏星辰完全不知道林向宇刚刚经历了怎样的心路历程，她热情地迎上来问："怎么样，找到了吗？"

"没找到，"林向宇恍恍惚惚地摇摇头，一时间，他觉得夏星辰在他眼中有了别样的感觉，为了避免尴尬，他紧接着说，"时间不早了，我们回去吧。"

两个人回到服装厂，取了服装，然后提着两个大编织袋去公交车站等车。

来往崇明岛的长途公交车班次很少，两人在车站前等了很久，也没有等到一辆车子，反而是晴朗的天空默默堆积起一片乌云，阳光被云层遮住了，远远地，有滚滚的雷声从天边沉闷地传来。

七月的天，孩子脸，说变就变，没一会儿的工夫，天色突变，暴雨倾盆而下，公交站台很简陋，没有片瓦可以遮雨，林向宇和夏星辰很快就被浇成了落汤鸡。

夏星辰抱着肩膀，消瘦的身体在风雨中被吹打得瑟瑟发抖，林向宇看了看她，突然毫不犹豫地脱下自己的外套，披在她身上。

"不行，那你怎么办？"夏星辰十分意外，本能地拒绝。

"我一个大老爷们儿，又不是豆腐做的。"林向宇仗义地挺直腰杆，夏星辰看了看林向宇宽阔的胸膛，沾满雨水的长睫毛感动地眨了眨。

林向宇的心也不禁跟着跳了跳，两人的视线不自觉地碰撞到一起，对视了几秒，朦胧的雨幕中滋生出朦胧的爱苗，两人赶紧慌张地各自把目光挪开。

远远地，一辆公交车终于晃晃悠悠地出现了，林向宇突然觉得有些遗憾，如果可以，他倒希望这车不要来，就让他和夏星辰一直就这样站在雨中……

当天下午，沪都大学的校医室里，浓烈的消毒水气味中，夏星辰有些焦急地询问着医生："医生，他没事吧？"

林向宇嘴里叼着一根温度计，一边被医生翻着眼皮，一边强打精神对夏星辰发笑："星辰，快给我来个自拍，你看我现在是不是特别像叼着牙签的许文强？"

"我真是服了你了！"夏星辰哭笑不得地看着林向宇，"你都烧得快冒烟儿了，还不忘了开玩笑。"

上午在崇明岛淋了雨，又在破旧的公交车上吹了一路海风，一回到学校，夏星辰就发现林向宇的脸色不太好，额头烧得滚烫，她打电话让健美操班的人来取走了服装，就不由分说地拉着林向宇来校医室挂号看诊。

_ 163

"笑一笑，十年少嘛，乐观的人，牙齿掉光了也不会老，"林向宇挤眉弄眼地对夏星辰做鬼脸，并对皱着眉头的校医说，"医生，你给我开点白加黑就得了！"

校医从林向宇的嘴里拔出温度计，看了一眼，瞪了他一眼："你都烧到39℃了，还白加黑呢，直接打吊针吧，连打三天！"

"不是吧？"林向宇立马笑不出来了。

几分钟后，医生给林向宇扎好针，贴好胶布，离开了，注射室里只剩下了林向宇和夏星辰两个人，林向宇让夏星辰把输液阀调快，加快点滴的速度。

夏星辰稍微调节了一下，林向宇还是嫌慢，夏星辰一本正经地拒绝了他，说："不能再快了，否则你的心脏要受不了了。"

"那就把我另一只手也扎上吧，"林向宇像多动症一样难受地动来动去，"这么坐着没事儿干太无聊了。"

"你直接拧开药瓶对嘴喝好不好啊？"夏星辰嗔怒地轻轻捶了林向宇一下。

"这个主意好！"林向宇半真半假地说，"不过，万一瓶盖上写着'再来一瓶'可咋办？"

"你怎么这么贫啊？"夏星辰被逗笑了，坐到林向宇身边，深深地看着他说，"不过，我要多谢你的照顾，要不是你把衣服脱给我穿，现在在这儿打吊针的人一定是我。"

林向宇不作声，只是看着夏星辰傻傻地笑着⋯⋯

Chapter 2　兔子女郎

月黑风高，一抹残月被乌云遮蔽，偌大的校园笼罩在寂静的夜色之中，330寝室里，大伙儿都已经上床了，林向宇塞着耳机用心酝酿睡眠，谢训躺在床上想心事，李大鹏已经打起了轻微的鼾声。

深夜十一点了，管超合上单词书，关掉床头的小灯，也准备睡觉了，突然，宿舍门外传来一阵敲门声，紧接着，一个奇怪的声音传进寝室："方便面来两袋！"

谢训老大不情愿地下床，开门，门外站着一个奇怪的人，该人穿着长风衣，头顶贝雷帽，半夜三更的，脸上戴着一副大墨镜，上唇上还蓄着两撇八字胡，看到谢训一脸吃惊的表情，那人笑了笑，摘下帽子、眼镜和假胡须："晚上好哦，大个子。"

这时，谢训脸上已经不是惊讶了，而是惊恐，难以置信地喊出对方的名字："Jennifer Baby！"

Jennifer Baby 推开谢训，径直闯进寝室，一进屋，她直接把身上的长风衣脱了，露出一身令人大喷鼻血的性感穿着，竟是一袭兔女郎装扮！

林向宇拔掉耳机，惊愕地从床上弹起来，"兔子！"

"我不会是在做梦吗？"管超尴尬地把被子往上拉了拉。

Jennifer Baby 抬手示意安静，大伙儿赶紧收声，谢训轻轻地关上宿舍门，钻回床上等着看好戏，只有李大鹏依然睡得呼呼作响。

"哼，就知道你会睡死，好乖乖哦！"Jennifer Baby 看着李大鹏的睡相，一脸坏笑地从腰间摸出四把粉红色的小手铐，就听"咔咔咔咔"四声，李大鹏的手脚全都被扣在床架上了，随后，Jennifer Baby 蹬掉高跟鞋，爬到了李大鹏的床上，还顺手把床帘也拉上了。

林向宇、管超和谢训全部都目瞪口呆。

正在熟睡的李大鹏也被惊醒。

Jennifer Baby 的手在李大鹏的肚子上滑动，在抵达他内裤边缘的时候突然停下，抬起来在李大鹏脑门儿上弹了一下，宠溺地说："小傻瓜，你真以为我要在这里把你办了啊？哈哈，人家都说了，只是想跟你摩擦一下荷尔蒙而已！"

说完，Jennifer Baby 俯下头，非常动情而认真地亲了一下李大鹏的额头，然后在李大鹏惊魂未定的注视下，利索地穿好衣服，跳下了床，掏出一把小钥匙在嘴边亲了一下，然后又把小钥匙放在李大鹏嘴唇上，妩媚地说："晚安，亲爱的，晚上我会跑到你的梦里，把刚才没做完的事做完哦！嘻嘻，拜！"

Jennifer Baby 一阵风般飘然远去，只留下痴呆状的李大鹏、林向宇和谢训。

管超淋完冷水回到宿舍的时候，谢训和林向宇正嬉笑着给李大鹏解开手铐，李大鹏浑身都是汗，哀怨地嚷嚷不停："你们还笑，你们到底是不是我的兄弟啊？"

"其实 BB 人挺好的，"谢训强忍着笑说，"虽然有点十三点兮兮，但人家好歹是个白富美，还对你这么痴情，我看你就将就将就一哈，凑合凑合得了。"

"No way！"李大鹏认真而气愤地说，"这根本就是个阴谋！这是我爸为了生意搞的把戏，我根本就不喜欢 BB，更不想成为我爸手中的棋子，我是自由的，我不喜欢被别人绑架！"

管超看着李大鹏因挣扎而勒得通红的手脖子和脚脖子，有些同情地说："唉，你也挺不容易的。"

"So，你们不能坐视不管，要帮我早日摆脱 BB，她真的太 Crazy 了，你们都是亲眼见识过的，我连在宿舍里睡个觉都要被折磨，我现在真的超级没有安全感啊！"李大鹏悲观而无助地看着大伙儿，"我根本就不敢想象，她下一步还会做出多疯狂的事！所以，你们快帮我想想办法啊！"

"我觉得嘛，最好的办法就是你赶紧去找个漂亮的妞儿，假装谈恋爱，"谢训积极地出着主意，"然后故意被 BB 撞见，再把她气跑！"

正当 330 的四个男生在宿舍里替李大鹏出谋划策，想办法摆脱 Jennifer Baby 的纠缠的时候，黄毛正在市区的一家足浴馆里，和老吴一起泡脚聊天。

"吴哥，你最近跟高宝镜处得咋样啊？"黄毛一边狗腿地给老吴点烟，一边八卦地询问。

老吴深深吸了一口烟，满脸困惑地说："高宝镜这姑娘吧，说句好听的话叫心性没定，眼眶子浅；说句难听点儿的，那就是想脚踏两条船，既想花我的钱，又不想和她那个小男友分手，两头占便宜，世界上哪儿有那么好的事儿？"

黄毛深有同感地点点头，坏心眼地在一旁煽风点火："我觉着吧，这姑娘之所以摇摆不定，关键还在于她那个土鳖的山炮男朋友太难缠了，尽管那人穷得叮当响，可他俩毕竟青梅竹马那么多年，打断骨头还连着筋呢，难啊！"

老吴吐着烟圈，恶狠狠地说："这有什么难的？找个利索点儿的斧头，我一使劲儿就把那筋筋拽拽全斩断了！"

"吴哥，你这话就不对了，"黄毛一脸坏笑地说，"杀鸡哪儿用得着牛刀啊？"

"你什么意思？"老吴眯起眼睛看黄毛。

"嘿嘿，我的意思是啊，您还是留着精力去办高宝镜吧，"黄毛献媚地说，"那点儿筋筋拽拽的东西，交给我帮您办就成了！"

Chapter 3　金钱诱惑

盛夏的傍晚，城市的街头车水马龙，在一间临街的咖啡馆里，老吴正坐在靠窗的卡座里，神情悠闲地品着咖啡，目光漫不经心地扫着外面的风景。

"不好意思啊，吴哥，让你久等了！"远远地，高宝镜踩着高跟鞋，一路小跑冲进咖啡厅，一脸歉意地坐到老吴对面，"今天下午的发布会比预期延长了半个钟头！"

吴哥招招说，服务员赶紧过来殷勤地给高宝镜倒了一杯冰柠檬水，高宝镜感激地笑笑，抓起杯子咕咚咕咚喝了一大半，老吴心疼地看着她，说："哎呀，早知道我就不给你介绍那么多活儿了，瞧把你给糟践的。"

"不不，吴哥，你给我介绍的活儿很靠谱的，结账爽快，又没人敢欺负我，"高宝镜赶紧说，"我现在马上就要毕业了，要租房子什么的，太需要这些活儿了。"

"要毕业了啊？"老吴点上一根烟，若有所思地瞟瞟高宝镜，"那你有什么打算，想要留在上海吗？"

"从我离开家的那天起，就没打算再回去，我喜欢上海，想留在上海。"高宝镜坚定地点点头。

"工作落实了吗？房子找得怎么样？"老吴漫不经心地盘问。

"面试了几家，还在等通知，房子……还没定下来。"高宝镜想起了谢训租的那套寒酸的亭子间，不由得一阵心酸，说话的声音也低了下来。

"工作的事儿急不得，要从长计议，但房子要紧，毕业离开学校后得有个落脚的地方，"老吴边说边察言观色地打量着高宝镜的反应，像刚想起似的说，"一说房子我倒想起来一件事，巧了，我有一个朋友，最近刚好有一套公寓要出租，因为他已经等不及先去美国了，所以就把钥匙交给我保管了，既然你需要租房，不如我带你去看看？"

"租金多少？"高宝镜脱口问道。

"哎，钱不要紧，你先去看看房子嘛，如果看得满意，其他方面我们可以再商量，"老吴把烟蒂掐灭在烟灰缸里，站起来，"走吧，我开车带你去。"

半个小时后，老吴和高宝镜停在一间公寓房门口，高宝镜兴奋地东张西望着，一路上她已经看得很仔细了，这是一座十分高档的居民区，小区里风景清幽，绿化怡人，住在里面的人也都穿得十分讲究，一看就非富即贵。

等到老吴打开房门，高宝镜更是不由得倒吸了一口气，这是一间相当高级的公寓，两室一厅，装修豪华，陈设完整，一应俱全。

老吴率先走进门内，回头招呼高宝镜："进来啊，还愣着干什么？"

"这、这……需要换拖鞋或戴鞋套吗？"高宝镜有些局促地看着屋内光洁明亮的地板，"万一踩脏了……"

"哪儿有那么多讲究，一个出租房而已，进来吧！"老吴把高宝镜拉进屋，带她参观房型，一路上，高宝镜看得目瞪口呆，觉得这房子里的每一个地方都是那么的美丽，令人有种遥不可及的不真实感，看了一圈后，老吴问她，"怎么样，房子还不赖吧？全套的高档家具、电器，虽然我也不知道是啥牌子，但都很贵的，而且都是国外进口的，年轻人肯定欢喜，用上海话讲，就是'有腔调'！"

高宝镜连连点头，她竭尽全力想要克制自己内心的惊羡之情，但仍不自觉地流露出来，老吴把她的表情尽收眼底，大步走到落地窗前，一把拉开窗帘，说："看，这房子位置也好，地段繁华，交通便当得很，周围的环境也不错。你看，隔一条马路就是高级商场，吃喝全都有，还有许多时髦的酒吧和夜店，不过你可少去，单身女孩子去那种地方不安全的。"

"嗯嗯嗯，我不去那种地方，"高宝镜连连点头，"酒吧的音响吵得我心脏疼。"

"真乖，"老吴抬手刮了高宝镜的鼻子一下，坐在沙发上，拍着旁边的位置，"来，坐，休息一会儿。"

高宝镜想了想，坐到了沙发上，但是刻意和老吴保持了一定的距离，老吴也不介意，就势挪了一下屁股，贴到高宝镜身上，亲热地说："这房子就是中介嘴里典型的'拎包入住'，除了日常的家电之外，还有抽湿机和烘衣机，马上就要到梅雨季了，这两样可少不了啊。"

"我晓得，我也是南方人嘛，"高宝镜认同地说，"一到了梅雨季，衣服晾一个星期也干不透，连皮肤都变得黏黏答答的，不清不楚。"

老吴顺手拧了一把高宝镜赤裸的手臂，轻佻地说："这不挺光溜的吗？一点儿都不黏腻。"

高宝镜手臂一麻，尴尬地往一旁躲，没想到老吴却越发地贴上来，不怀好意地伸手在她身上摸摸碰碰，急得高宝镜一下子从沙发上站起来，满脸通红地说："吴哥，洗手间在哪儿？"

"喏，在你左手边。"老吴面露一丝不悦，顺手一指。

高宝镜走进洗手间，一下子就看见了洁白的大浴缸和高档的花洒，她又忍不住扫了一眼一旁的高级马桶，情不自禁地俯下身去，伸手摸了摸光洁白净的马桶边，心里喜欢得不得了。

几分钟后，高宝镜从洗手间里走出来，老吴就像完全忘记了刚才发生的事，笑吟吟地问她："怎么样，这房子你满意吗？"

"太满意了，就像是杂志上的样板间一样，"高宝镜发自内心地说，但眼中又划过一丝隐忧，轻声说，"这房子地段好，又是精装修，月租一定很贵吧？"

"我不是说了，这房子是我朋友的，友情价很划算的，"老吴不在乎地挥挥手，"一个月一万块就可以了。"

"天呐！太贵了吧，"高宝镜吓得倒吸一口凉气，"不行不行，我看我还是再找找别的房子吧，这个价格完全不适合我这样刚刚大学毕业的……"

"一万块不贵了，这房子的市场价要两万块一个月呢，"老吴大方地说，"既然你喜欢，就不用考虑钱的事儿，不就一万块钱吗？毛毛雨啦，包在我身上。"

"那怎么能行呢？"高宝镜急忙摆手，"吴哥，我知道你平时很关照我，但租房是另一回事，我说什么也不能让你垫这笔钱。"

"有什么不行的？有钱难买我乐意，镜镜啊，既然你都管我叫哥了，当哥的给妹妹租一套房子，过分吗？"吴哥顺势把手搭到高宝镜的肩膀上，亲热地说，"这女孩子的第一个房子啊非常重要，会决定她的一生！你要是为了图省钱去住下只角的那些亭子间，那你这辈子估计都要在穷字上翻跟头了；反过来，如果你住在这样一个高档小区，你的眼界、你接触的人群都会不一样。我虽然是个粗人，但我也晓得'近朱者赤近墨者黑'的道理，你身为一个大学生，应该比我更懂这个道理对吧？"

"可是……"高宝镜的心里有点乱。

"既然喜欢，就别磨叽了，给你，拿着。"老吴边说边把房门钥匙递给高宝镜，高宝镜犹豫着不敢接，老吴直接拉过她的手，把钥匙放到她掌心，然后把她的手握拢，高宝镜还想推辞，但老吴的力气很大，她的手一动也动弹不得，最终，她老实了，捏紧了手里的钥匙。

"哎，这就对了！"老吴露出得逞的笑容，伸手捏了一把高宝镜的脸，她愣了愣，随即挤出一个勉强的笑容。

几天后的一个中午，林向宇带着李大鹏、管超和谢训来到学校附近的一家游泳会所，一个穿着紧身 T 恤、身材健美的高大型男正在会所里等着他们。

"我给大家介绍一下啊，"林向宇热情地跟型男撞了撞拳头，说，"这是服装学院的男模苏杭，也是跟我从小一起在西安长大的发小，苏杭，这就是我在电话里跟你说过的好哥们儿，James。来！两位，跟你们戏里的男朋友认识一下。"

"你好！"李大鹏和苏杭礼貌地和对方握了一下手，恭恭敬敬地说，"谢谢你能帮我一起搅基。"

林向宇三人在一旁强忍着笑，苏杭倒是很有模特的职业素养，居然一点儿都没笑，认真地回答："甭客气，这都是小意思，哥们儿抽烟吗？"

没等李大鹏开口，就见林向宇在一旁摇摇头，两条手臂交叉起来，呈现出"×"状，大声制止道："No！"

李大鹏和苏杭不解地看着林向宇，林向宇一本正经地说："你们这是最典型的两个大直男在打招呼嘛。真正的 gay 是从来不会握手的，他们会用拳头轻轻擂一下对方的胸口，然后用撩骚和充满雄性美丽的低沉嗓音说一句'Hi'！"

李大鹏按照林向宇的指导，握起拳头轻轻捶了苏杭结实的胸部一下，捏着嗓子说："Hi！"

"Hi！"苏杭也有模有样地来了一遍。

五个男生沉默了几秒，不禁同时露出恶心的表情，打了一个哆嗦。

林向宇清清嗓子，大声指挥起来："好了，咱们时间不多，抓紧时间开始练习！苏杭，你下水，李大鹏，你负责递毛巾给他，Action！"

谢训和管超饶有兴致地在泳池旁充当观众，就见苏杭三下五除二地脱掉衣服，露出一身令人艳羡的肌肉，扑通一声跳到水里，动作轻盈地游了几下，然后一跃上了岸，潇洒地甩甩头发，一串动作一气呵成，不愧是受过专业训练的模特！

该李大鹏出场了，就见他手里抓着手提袋，夸张地扭着屁股走过去，从袋子里拽出一条毛巾，像丢垃圾一样丢给苏杭。

大家都笑起来，只有谢训看起来心事重重，强颜欢笑的眼中，充满了散不去的忧虑之情，高宝镜又开始不接他的电话了，他为她租的房子，她也一次都没去过⋯⋯

Chapter 4　激情四射

夏日的校园，花草茂密，树木繁盛，昆虫在植被间生生不息地鸣叫，吸引着异性昆虫的注意。

午后的 330 寝室里，只有管超一个人坐在书桌前学习，他手边并排摆放着两只手机，一只是他自己的，另一只是李大鹏的。

突然间，李大鹏的手机响起来，而且播放的是 Jennifer Baby 的专属铃声，电话一通，管超就听到一个娇嗔的女声："鹏鹏哥——你怎么才接人家的电话啊，你这几天去哪儿了？怎么总是联系不到你，人家好担心你哦！"

"不、不好意思啊，我是管超，"管超故意用吞吞吐吐的语气开口道，"James 他去游泳馆了，忘记带手机了。"

"游泳馆？"Jennifer Baby 奇怪地问，"他去那儿干吗？"

"我、我也不知道啊，"管超压低声音，神秘兮兮地说，"James 最近有点怪里怪气的，行踪也很神秘。"

"行了，我知道了，我这就去游泳馆找他！"Jennifer Baby 焦虑地说。

挂断电话，管超立马拿起自己的手机，用微信语音在 330 的微信群里说："BB 已上钩了，她正前往游泳馆，收到请回话。Over！"

几秒钟后，微信里传来林向宇的回话："收到，Over！"

与此同时，在老吴为高宝镜出钱租的公寓里，高宝镜正站在阳台上，看着繁华的城市发呆，突然，放在一旁的手机响了起来，来电显示上是"吴哥"二字。

"镜镜啊，你赶紧到金凤凰温泉庄园来一趟，"电话里，老吴风风火火地说，"对，我正跟一个模特公司的总监谈事呢，她们公司准备签约几个平面模特新秀，我就顺便把你推荐给了她。"

"什么公司啊？"高宝镜有些犹豫，"为什么要在温泉山庄面试？要不然改天约到他们公司行吗？"

"哎！我跟她们都已经非常熟了，经常在一起泡温泉谈事情，择日不如撞日嘛，刚好我们今天谈得很开心，在兴头上就把你推荐过去了，她也说，正好可以看看你的身材，"老吴滔滔不绝地说，"这可是全上海最大的模特经纪公司，他们总监是个不折不扣的女强人，女人你怕什么啊？她可是捧红过不少嫩模呢，你赶紧过来吧，我让她给你相看相看，万一你被她看中了，哼哼，前途不要太好哦！好了，别磨洋工了，我们都等着你呢！机不可失，时不再来，你要拎得清啊，机会可是不等人的啊！"

"好！"吴哥开出的诱惑太大了，高宝镜咬咬牙说，"我马上就过去！"

高宝镜精心打扮了一番，来到小区楼下打车，此时位于沪都大学附近的游泳馆里，林向宇则对面前的李大鹏和苏杭说："我收到管超的报告了，BB大概十分钟后出现，大家准备好，立即启动掰弯模式！"

李大鹏和苏杭立马进入了如胶似漆的状态，谢训站在一旁观战，突然兜里的手机响起来，谢训还以为是高宝镜，急忙掏出手机，却发现是一则没有来电显示的匿名电话。

"喂？"谢训狐疑地接通电话。

"喂，是谢训吗？"电话里传出一个瓮声瓮气的奇怪声音，"你的女朋友是不是很久没有联系你了？"

"神经病吧，你谁啊？"谢训恼火地问，那声音显然是经过变声处理的。

"我说错了吗，难道你的女朋友不是高宝镜吗？"电话冷冷地反问。

"你到底是谁！"听到"高宝镜"的名字，谢训的手不禁有点抖，"你怎么知道小镜是我女朋友，她在哪儿？"

电话那头发出一声意味深长的笑，那瓮声瓮气的声音慢条斯理地说："今天下午三点半，金凤凰温泉庄园豪华套房，你会看到真相。"

"啥子真相？"谢训破口大骂，"妈的，老子才不会上你的当！"

"随便你信不信，"对方挑衅地说，"如果你不在乎你女朋友劈腿，也不想知道是谁在给你戴绿帽子，你现在就可以挂断电话。"

谢训果断地挂了电话，但眼中的怒火却燃烧得越来越旺了，他在游泳池边站了一会儿，突然猛地转过头，长腿大步地冲出了游泳馆。

林向宇远远地见谢训跑了，心里不禁有点奇怪，但Jennifer Baby随时会出现，他还得暗中帮助李大鹏，只能任由谢训去了。

下午两点整，Jennifer Baby风风火火地冲进游泳馆，她不顾工作人员的询问，一路气势汹汹地朝着露天游泳池奔去，此时正值一天中最热的时候，露天泳池前人不多，Jennifer Baby 一眼就看到了泡在水里的李大鹏。

"James！ James！"Jennifer Baby 兴奋地举起手大叫，可叫了两声后，她脸上的笑容骤然僵住了，继而浮现出极度的震惊和诧异，她看到李大鹏居然不是一个人，而是和一个高大健壮的肌肉男面对面地在水里嬉戏暧昧！

Jennifer Baby 站在泳池边，看到这一幕，整个人都傻了，嘴巴张得下巴都快脱臼了，吃惊之余，她的眉头嫌弃地皱起来，似乎快要按捺不住内心的怒火，要冲上去把李大鹏碎尸万段——

可还没等 Jennifer Baby 行动，一个比她更高大的女生突然从她身后跑过，怒发冲冠地来到泳池边，对着水里的苏杭咆哮道："苏杭，你给我滚上来！"

"亲爱的，误会，这是误会啊！"苏杭吓得浑身一激灵，像看到猫的老鼠似的，灰溜溜地放开怀中的李大鹏，游到岸边。

高大女生彪悍地揪住苏杭的耳朵，一点儿都不客气地把他拎出泳池，不仅李大鹏惊得用拳头遮住嘴，Jennifer Baby 都看得倒抽了一口凉气，这女生比她还猛啊！

"浑蛋！我说你最近怎么老往校外跑？还以为你在外面搞七捻三呢，没想到你居然来搅基！"女生扯着苏杭的耳朵，暴躁地骂道，"你真行啊，一边谈着女朋友，一边还吊着男朋友，男女通吃啊你！"

"我没有搅基啊，真没有，我这是在帮朋友演戏而已，我是如假包换的直男啊！我错了，我错了，我回去跪键盘还不行吗？"苏杭哭丧着脸认怂，扭头对水池里的李大鹏说，"哥们儿，对不住了，我只能帮你到这儿了。"

苏杭被高大的女朋友挟持而去，李大鹏猛地用浴巾拍打了一下水面，一脸懊恼和挫败地骂道："Shit!"

Jennifer Baby 眨巴眨巴眼睛，恍然大悟地大笑起来，笑够了，她呼喊着"亲爱的，我来了"，向着水池狂奔而来，李大鹏吓得脸色惨白，拼命在水里扑腾，想要逃命，怎奈他水性不佳，一激动起来就游得更慢了。

而在李大鹏身后，Jennifer Baby 跑到岸边，开心地一头跳了下去，手脚麻利地迅速向李大鹏游去……

郊区的某座温泉庄园里，鸟语花香，环境秀美，古朴的建筑层层叠叠，看起来美轮美奂，充满了皇家庭院的气息。

高宝镜在女服务生的指引下，顺着楼梯去往地下，因为豪华的温泉包房都建在地下，女服务生把高宝镜领到走廊尽头最豪华的套房门口，鞠了个躬，把门打开，毕恭毕敬地做出"请进"的手势。

高宝镜深吸一口气，面带微笑地走进包厢，可下一秒，她脸上的笑容不禁有些僵硬起来，因为她看见包厢里只有老吴一个人，他穿着浴袍，正泡在温热的温泉里抽着雪茄。

"你怎么才来啊？"老吴一看见高宝镜，就略带责备地问。

"吴哥，怎、怎么就你一个人呀？"高宝镜奇怪地问。

"人家总监等了你半天，左等右等你也不来，结果人家有事儿就先走了，"老吴看着面露懊恼的高宝镜，微微放轻了口气，说，"别急，坐下来歇歇，我陪你一块儿等，人家总监说了，处理完手头的事情，就马上回来。"

"她真的这么说吗？"高宝镜不确信地问，"人家会不会只是说客套话？"

"怎么可能，我们是认识那么多年的朋友，感情好得很，根本不需要耍这种虚头巴脑的客套话，"老吴板着脸说，"再说了，换成一般的酒肉朋友，我也不敢把你托付给对方啊，万一出了事儿算谁的？"

高宝镜硬挤出一个笑脸："谢谢吴哥。"

"谢啥？一谢就见外了，来，先泡会儿温泉，"老吴朝高宝镜摆手，"既然来了，总不能干坐着等啊。"

"我、我看还是算了吧，"高宝镜难为情地说，"而且我出来得太着急了，没带泳衣。"

"开玩笑，这里怎么会没有泳衣呢？喏，那边衣柜里就有，你打开看看，不合适就让服务员去调换，"老吴指着旁边的豪华木质衣柜，豪气地说，"别怕麻烦，这包间我花了五千大洋呢，要不是为了落实你工作的事儿，我才不当这个冤大头呢！"

"我……"高宝镜的脸越来越红，"我看还是算了。"

"什么叫算了！你这是什么意思？"老吴的脸色越来越不好了，瞪着高宝镜说，"我把你当妹妹一样照顾，你却把我当敌人一样提防！你这么做也太不地道了吧？"

"我、我……"高宝镜急得不知道该说什么，"吴哥，我不是那个意思，您别生气。"

"少啰唆了，赶紧把泳衣换上，"老吴不再看她，深深地吸着雪茄说，"不过是泡泡温泉而已，你的小脑袋瓜想那么多干吗？等会儿总监就来了。"

高宝镜没办法，只能打开衣柜，挑出一件相对比较保守的泳衣，走进更衣室，几分钟后，她换好泳衣，披着浴巾走了出来。

老吴的眼睛一下子就直了，兴奋地招呼道："快来！快来！池子里水温刚合适！"

高宝镜拘谨而羞涩地裹紧浴巾，一步步地走进温泉池，老吴不由分说地一把将她身上的浴巾扯掉，不以为然地说："裹着这玩意儿干什么，谁泡温泉还用浴巾啊？"

高宝镜难堪地在池子里坐下，老吴上下打量着高宝镜的身材，屁股一点点地往她身边挪，口中赞不绝口地说："我们家镜镜可真是个标致的美人啊！脸盘好，皮肤好，身材更是好得没话说，你要是不当模特，还有谁够资格当模特呢？"

"吴哥，你过奖了，我就是一个普通的女孩。"高宝镜尴尬地笑着，不动声色地往一边挪，躲着吴哥，"吴哥，你、你要不要给那个模特公司的总监打个电话，看她忙完手头的事儿了吗？"

"放心吧，她和助理忙完了准会过来的，"老吴把高宝镜逼到一个角落里，她再也没有地方退了，老吴色眯眯地贴着高宝镜，说，"再说了，就算她不来，我老吴好歹在上海滩混了二十多年，不能说神通广大、无所不能吧，给你物色一个合适的工作肯定不成问题，难道你还信不过你吴哥吗？"

"怎、怎么会呢？吴哥平时对我最关照了。"高宝镜低眉顺眼地说。

"你知道就好，我老吴还从来没有这么为一个人掏心掏肺呢。"老吴捏了捏高宝镜的下巴，手指又在她的脸颊上流连，高宝镜没有地方可以躲了，只能硬着头皮，承受着老吴越来越肆无忌惮的靠近……

温泉庄园的大门口，一辆出租车疾驰而来，没等车子停稳，谢训就跳了下来，对穿着制服的庄园门童说："豪华套房在哪儿？"

门童指着一个方向，耐心地回答："从这边进去，再到地下一层，左转到底就是。"

谢训冲进温泉庄园，一路畅行无阻地朝着豪华套房跑去，等谢训跑得没影了，门童转过身，对不远处的一个角落里点了点头。

黄毛带着一个跟班从角落里闪出来，望着谢训跑远的方向阴森森地冷笑，随即，黄毛用手机给老吴发出一条短信：**吴哥，那小子进去了！**

WHO SLEEPS MY BRO

Chapter 1 温泉陷阱

吴哥，那小子进去了！

老吴舒适地泡在温泉水里，手臂有意无意地蹭着高宝镜白皙的皮肤，听到手机传来一声短信提示音，他就拿起摆在池边的手机，淡淡地扫了一眼，嘴角勾起一丝不易察觉的冷笑。

突然间，老吴坐直身子，一把将高宝镜拉进怀里，捧起她的脸就亲起来，高宝镜大吃一惊，奋力地推开他，惊恐地说："吴哥，你别这样！别这样！我一直很尊敬你，把你当成我的大哥呀！"

"镜镜啊，哥对你是一片真心啊，难道你看不出来吗？"老吴死皮赖脸地缠着高宝镜，手在她身上上摸下摸，"哥照顾了你这么久，不如今天你就报答我一下吧！"

"不要啊！"高宝镜又怕又窘，猛地一用力，一下子把老吴推得在水中失去了平衡，她看到老吴的脸色不善，忙用开玩笑的语气，故作轻松地说，"不、不好意思啊吴哥，你再这样我可要生气啦！"

"你生气？哼，我还生气呢！"老吴不高兴地看着她，"难道我帮了你那么多，你都不知道感谢我一次吗？哪怕就一次也好啊，你以后还想不想让我再帮你了？"

"我、我……"高宝镜刚想开口拒绝，可她脑海中突然浮现了那些名贵的首饰和服装，还有那套令她做梦都不敢想的高档公寓，如果她今天拒绝了老吴，那一切是不是就全都不再属于她了？

高宝镜陷入了犹豫，老吴嘴角浮现出一丝嘲弄的笑，再次扑了上来，抱住高宝镜的脸就啃，这一次，高宝镜没敢再反抗，但出于矜持和内心的良知，她也没有去迎合，只是身体僵硬地任由老吴去亲吻和上下其手，她半推半就的样子，反而刺激老吴更加欲火中烧了……

豪华套房外，谢训气喘吁吁地从楼梯上冲下来，一个女服务生客气地迎上去问道："先生，您要去哪儿？"

"你好，请问，豪华套房在哪儿？"谢训强压住内心的焦虑和火气，"我朋友请我来的。"

"先生这边请。"女服务生引着谢训来到走廊尽头，替他将套房门打开，谢训一跨进温泉套房，整个人顿时像是被一记闷棍敲在头上，整个人都呆住了——

豪华的温泉池中，一男一女正泡在池水中，激情地拥吻着，其中的女人正是高宝镜！

"高宝镜！"谢训喊了一声，顿觉天旋地转，险些没站稳。

听到谢训的声音，高宝镜浑身一颤，像触电般猛然从老吴怀中弹开，她瞪着眼睛，惊恐地看向谢训，她的泳装已经被老吴揉得乱七八糟，一侧的吊带已经滑到肩膀下面，整个人面色潮红，令人遐想无限。

谢训被眼前的这一幕震惊了，一时间，他心中充满气愤，但更多的是羞辱，眼泪夺眶而出。

"训哥……"高宝镜手忙脚乱地走出温泉池，想要走到谢训面前。

"臭不要脸！"谢训怒气冲冲地骂了她一句，用拳头擦干眼泪，掉头就走。

高宝镜来不及穿衣服，只能站在套房门口，怔怔地看着谢训头也不回地跑走了，她的心中充满了痛苦和恐惧，一时间不知如何是好，身体无力地靠在门框上，泪流满面。

晚上，330 宿舍里，林向宇和管超正在宿舍里安慰李大鹏，下午的"搅基"彻底失败，李大鹏非但没能气跑 Jennifer Baby，反而被她按在泳池里，上下其手地"凌辱"了半天，吃尽了苦头。

"你和苏杭下午的表演真是绝了！"林向宇给李大鹏竖起大拇指，"丝丝入扣，入木三分啊！放在任何一个电影节上，都能拿个最佳演员什么的，整个游泳馆都被你俩搅得激情四射、基浪滔天！"

"可惜啊，偏偏半路杀出个女程咬金！"管超同情地拍拍李大鹏的肩膀。

这时，李大鹏的手机响了，他掏出来一看，愁眉苦脸的面上顿时又多了几分惆怅："Holly shit！又有附近的男生要申请加我好友，都已经是第 20 个！"

林向宇和管超忍俊不禁地看着李大鹏，就在这时，猴子突然气喘吁吁地推门跑了进来，大呼小叫地说："不好了！不好了！谢训、谢训在学校外面，出事啦！"

没等猴子喊完，林向宇三人已经争先恐后地冲了出去。

校门口的小酒馆里，一张桌子翻倒了，地上到处都是撞翻的桌椅和破碎的碗盘，还有好多空白酒瓶，谢训四仰八叉地躺在那儿，一动不动，嘴边还挂着腥臭的呕吐物。

李大鹏拿着钱包，点头哈腰地给小酒馆老板赔钱道歉，林向宇、管超和猴子则七手八脚地抬起不省人事的谢训，一路冲进停在路边的出租车。

半个小时后，谢训躺到了医院的病床上，他的鼻子上插着氧气管，手背上也粘着吊针的胶条，整个人形容枯槁，面色死灰，紧闭的双眼又红又肿，像一对烂桃子。

管超、李大鹏和猴子守在床边，担心地看着谢训，林向宇则在一旁问医生："医生，他怎么样？"

"你们这帮小青年啊！"医生反感地看着林向宇，嫌弃地数落道，"一个个风华正茂、人五人六的，学什么不好？非要学垃圾瘪三去斗酒，这酒是好东西吗？自古以来都是穿肠毒药，刮骨钢刀啊！"

"医生，我们没斗酒。"李大鹏在一旁插嘴，管超赶紧用胳膊肘拐他，示意他别说话。

"没斗酒怎么会酒精中毒？"医生瞪了李大鹏一眼，又瞪了刚刚恢复一点神智的谢训一眼，"一个人喝闷酒能把自己灌成这样吗？除非他是存心找死！"

"呵呵，医生，辛苦了，谢谢您，谢谢您。"林向宇好言好语地把医生送走了，赶紧回到病床前，半责备半关心地问道，"老谢，我看你今天下午急匆匆地就走了，是不是发生什么事了？"

"是啊，你怎么把自己搞成这样啊？"管超难受地问。

谢训不说话，只是兀自流着眼泪，看着令人十分心酸，李大鹏害怕地轻轻推推谢训的胳膊："你说句话好吗？你这样不说话，我真的好害怕啊！"

"高宝镜，"谢训终于张开了嘴，嘴唇哆哆嗦嗦、声音发颤地说，"她、她、她和别人劈腿了！"

李大鹏的嘴巴当即张成了 O 形，管超愤然道："这女的太不要脸了吧！"

"她和谁劈腿了？"林向宇相对冷静地问，"我的意思是，会不会只是你捕风捉影的一场误会？"

"没得误会，是我亲眼看到的，"谢训含着眼泪，咬牙切齿地说，"而且，她劈腿的对象就是上次蒙面派对时，混进来的那个有钱的老巴子！"

"是那个跟黄毛一起来的耍帅的男的？"猴子气得头发都快竖起来了，"她这是什么眼光啊？"

李大鹏满脸惊愕。

管超内心对爱情还充满了憧憬和幻想，不禁气不打一处来地说，"即便是浸猪笼的淫娃荡妇，也还有可能是因为爱情才犯错！可高宝镜这算什么啊？她一边花着老谢的钱，一边寻找更有钱的金主，这么无耻下作干脆去卖做鸡敲煤饼啊！"

"管超！"林向宇咳嗽道，"过了啊！"

"管超说得对，我不明白为什么不能骂这样的女人，"李大鹏还在一旁煽风点火，"训哥，你应该庆幸她在吸干你的血之前，认清了她的真面目！"

林向宇生怕谢训受不了刺激，赶紧在一旁降温灭火："老谢，虽然管超和大鹏说话有点儿过激，但说实话，我也认为高宝镜并不适合你。你把她当宝贝，她却这么对你。这次既然是她劈腿在先，而且还是为了那么个男人，我看你也就别犹豫了，塞翁失马，焉知非福。"

管超干脆从桌上抓起谢训的手机，不解气地说："老谢，你这就告诉那个荡妇，你们已经彻彻底底分手了，让她有多远滚多远，再也不要出现在你面前。"

谢训看着被塞进手里的手机，眼中流露出一丝犹豫，但李大鹏又激动地推他："发呀，还愣着干什么？"

"哥们儿，我也说一句，"猴子拍了拍谢训的肩膀，痛声说，"咱得给自己留点儿尊严，让她玩蛋去吧！"

在管超、李大鹏和猴子愤怒的撺掇下，谢训心里的火越烧越旺，他恨恨地用衣袖擦干眼泪，拿起手机迅速写下一条短信：**你这个荡妇，有多远滚多远，我以后再也不要看到你！**

然后，在兄弟们同仇敌忾的注视下，谢训咬着牙，狠了狠心，终于按出了发送键。

谢训并不知道，当他下午负气跑出温泉山庄后，高宝镜也哭得瘫倒在地上，不管老吴怎么哄劝，高宝镜都无法平复内心的内疚和悲伤。

"哎哟小宝贝儿，别哭啦！为那么个穷小子哭成这样，值得吗？"老吴赖在高宝镜身旁，趁机吃着她的豆腐。

"吴哥，你、你不懂，我……我从15岁就跟了训哥……"高宝镜泣不成声地说。

"那他也够本了！"老吴在一旁劝道，"你把自己水灵灵的花季都给他了，他还想怎样？即便现在分手，你也是九出十三归，亏大发了你。不过，现在分手也不算迟，炒股的人都知道有个词叫'止损'，说白了，你现在甩了他，就是停止损失，亡羊补牢，为时不晚啊！"

"可是，可是我从来没想过要和训哥分手啊！"高宝镜捂着脸恸哭。

"镜镜啊，你真是太让我失望了！我就跟你实话实说了，其实今天这事儿，也不算是意外巧合，"看着高宝镜惊诧地抬头看自己，老吴面不改色、理直气壮地说，"你不用这么看着我，好像我是个坏人似的。即便我真是坏人，那也是因为我太爱你了，太想让你做我的女人了，所以，我今天才故意安排了这么一个局。"

高宝镜气得从地上爬起来就要走，却被老吴死死拽住了，他得意地说："你往哪儿走？事情闹到现在这样，你以为你现在回去，他还会要你吗？"

高宝镜愣住，眼泪再次夺眶而出，老吴顺势把她拉到一旁的沙发上，搂着她颤动的肩膀，继续游说道："说白了吧，我这是替你做了回主，帮你的人生走向新的高度。"

"我、我去跟训哥解释，他会相信我的……"高宝镜还是心有不甘地小声抗拒着。

就在这时，她的手机响了起来，谢训发过来一条绝情的分手短信：**你这个荡妇，有多远给我滚多远，我以后再也不要看到你！**

高宝镜的心理彻底崩溃了，放声大哭，老吴斜眼瞄到短信内容，不禁喜上眉梢，直接把高宝镜搂在怀里，兴奋地说："镜镜啊，女人的青春是十分短暂的！你应该知道如何利用自己有限的青春，让自己活得更实惠点儿。我这么爱你，该走的就让他走吧！"

这一次，高宝镜没有再努力摆脱，只是弱弱地挣扎了两下，随即无力地把头靠到老吴的肩膀上，渐渐地，她竟然抬起双手，搂住了老吴的脖子。

老吴心中大喜，像捧着稀世珍宝般捧起高宝镜的脸，深情而用力地吻了下去……

Chapter 2 告别女神

沪都大学的校园里，阳光明媚，绿树浓荫，但林荫路上却是一片静谧，教学楼里空无一人，大厅的公告栏里，挂着几张"招聘暑期工"的广告，篮球场上也空荡荡的，自行车棚里只有几辆落满灰尘的自行车。

此时正是 2013 年的暑假，大学生都在各自的家里，优哉悠哉地消磨着美妙的夏天：

李大鹏家位于上海的别墅院子里，Jennifer Baby 正穿着性感的泳衣，戴着太阳镜躺在泳池边的躺椅上，一边喝着插有小洋伞装饰的饮料，一边欣赏光着膀子在草坪上奔走的李大鹏。

暑假，对于李大鹏来说，就是可以跟他心爱的动物们朝夕相处的美妙时光，草坪上还走动着一些李大鹏精心饲养的猫猫狗狗。

大鹏妈走出别墅，对着欣赏"美景"和为动物服务的二人大喊："大鹏，月月，开饭啦！"

而对于管超来说，暑假就意味着"暑期工"，每年的暑假，他都要同时给好几个中学生辅导功课，给自己的下一学年赚点零花钱。

此时此刻，他正身处一栋高档公寓的书房里，耐心地给一个初中生辅导功课："你看这道题，解法非常简单，就像打游戏一样好玩儿，第一步，输入 X 和值和 A，第二步，计算 A=X-2，第三步，判断 A 是否大于等于 0，你看，是不是很简单呢？"

初中生看着管超，一脸茫然地摇摇头。

这时，初中生的母亲端着一盘西瓜走进来，笑盈盈地说："来，小管老师，吃点西瓜！"

当管超咬了一口冰凉的西瓜的时候，谢训正满头大汗地站在一处尘土飞扬的工地上，炎炎的烈日下，谢训不得不眯起眼睛，才能一个一个地清点着排成一排的农民工。

然后，包工头按人头给了谢训几张钞票，作为他大老远从火车站把这些农民工接到工地来的好处费，谢训接过钱，点头哈腰地感谢道："谢了，谢谢了！"

比起卖力照顾动物的李大鹏、勤奋赚取零花钱的管超还有为生计奔波的谢训，林向宇的暑假就未免安逸了些，一整个暑假，他做的最多的事，就是懒洋洋地靠在床上，用 iPad 联网和夏星辰逗闷开心。

两个人一天不聊天就倍觉思念，但聊的却无一例外都是些无聊的话题，偏偏还聊得嘻嘻哈哈，特别高兴。

这会儿，夏星辰坐在摄像头前，正在给林向宇展示她手里的桂花糕："看吧，吃货！这是我们大南京的桂花酿米糕。"

"哼哼！"林向宇不以为然地撇嘴，"根据我的经验，这种看上去花哨的东西，吃起来往往味道很一般。"

"切，你这就是吃不到葡萄说葡萄酸，要我说呀，评价一种食物最好的办法，就是像这样——"夏星辰边说边夸张地咬了一口桂花糕，做出一副陶醉的表情，"嗯，味道好极了！"

林向宇不禁吞了口口水，大声抗议道："喂，你太过分了，这样折磨人，简直就是满清十大酷刑！"

夏星辰得意地哈哈大笑，结果把她妈妈吸引过来了，关切地走过来问她："星辰，你和谁聊天呢，笑得这么开心？"

"哦，没什么，就是我健美操课的一个同学。"夏星辰急忙遮住屏幕上的林向宇，支支吾吾地回答，等她妈妈离开后，她才松开屏幕，长吁了一口气说，"没事儿，我妈。"

林向宇故意扯开嗓子喊道："阿姨好——"

"你就贫吧！"夏星辰嗔怒地说，随即又补充道，"我可提醒你一句啊，一开学咱们健美操班就要汇报演出了，你得提醒自己和其他人，别忘了练习哦！"

"放心吧！"林向宇恬不知耻地回道，"我早就迫不及待地准备迎接观众的掌声和欢呼了，我连签名都练好了。"

"去你的，"夏星辰不知从什么时候起，已经不再称呼林向宇为学长了，而是亲昵地直呼其名，"林向宇啊林向宇，为什么没人拿你的脸皮去研究防弹衣啊？"

林向宇看着屏幕上的夏星辰，呵呵傻笑个不停。

暑假一晃就过去了，九月一日，沉寂了一个多月的大学校园再次恢复了生机和活力，迎新送旧，学校里永远都不会缺少新鲜事。

刚开学没多久，校内大礼堂贴出了健美操汇报演出——《我的青春会发光》，新生们对这种活动十分憧憬，往年的健美操会演，都会吸引大票的男生，而今天，由于有了 330 的四名帅哥的加入，许多学妹学姐也都沸腾了。

吃过晚饭，黄毛就和他的几个跟班蹲在路边，本想观摩一下新一届的小学妹们水准如何，却发现学生们都纷纷向着礼堂走去，一个个都对今晚的演出充满了期待。

"今晚有什么重要的演出吗？"黄毛奇怪地问。

跟班甲赶紧回答："听说是健美操的汇报演出。"

"哼，一个健美操而已，又不是脱衣舞，至于吗？搞得像集体发春一样。"黄毛不屑地抽着烟，对着一个路过的漂亮学妹吹口哨。

"不，不仅是跳操而已，我拍了海报的照片，老大你看，还有 330 那帮人呢。"跟班乙毕恭毕敬地把自己的手机递给黄毛。

"切，哪儿有男的跳健美操的？"黄毛看了一眼海报，只见 330 的四人被众多漂亮女生簇拥在中央，如同置身花丛中，不禁羡慕嫉妒恨地说，"一个个裤裆里像别了一串葡萄似的，恶心不恶心啊？"

"就是就是，"跟班丙献媚地说，"老大，咱们今晚上哪玩儿去啊？"

"玩儿个头啊！"黄毛的好心情都没了，郁闷地叫道，"回宿舍，睡觉！"

夕阳西下，教学楼的天台上突然传来一阵激动的欢笑声——

"干杯！"

三四十名男女大学生，每个人手里都举着可乐和啤酒杯，兴奋地围成一圈，挤来挤去地碰杯，庆祝健美操会演大获成功。

干完杯，管超有点儿担心地问：“我们在教学楼上边这么疯，学校知道了不会来找碴吧？”

“放心，出了事我扛着！”夏星辰豪气地说，众人被她的仗义感动，又是一阵嗷嗷乱叫。

酒过三巡，大家分散开来，三三两两地聚在一起，聊天、喝酒、抽烟、打闹，夏星辰站在人群中，目光四处逡巡中，终于在一个角落里发现了林向宇，她笑吟吟地端着酒杯走到他身边说：“你怎么躲到这儿了？”

“我刚给谢训打了个电话，本来今天的演出他也该出席的。”林向宇的表情有些失落，今晚的演出，谢训没有出现，庆功宴他也没来，自从和高宝镜分手后，谢训就像变了一个人似的，整天形单影只，行色匆匆，大伙儿经常好几天也见不到他一面。

“都过去一个暑假了，他还没好吗？”夏星辰关心地问。

林向宇摇摇头，自责地说：“我不知道怎么开导他，看他变成这个样子，我心里真难受。”

“你不用太自责，道理其实人人都懂，但那都是说给别人听的，丈八的灯，照见别人，照不见自己，”夏星辰感慨地说，“所以说，失恋这事儿没什么可开导的，让他完整地体验一下失恋的痛苦吧，这其实也是一种享受。”

“失恋也算享受吗？我倒是第一次听说。”林向宇饶有兴致地说。

“当然，故意不去拔胸口的那根刺，就让它留在原地，并不是依赖她，而是依赖想她的感觉而已，”夏星辰看着林向宇，轻声说，“谢训现在身退了，但他还需要一段时间来等心退。不过，我相信他迟早有一天会明白的，他一定会遇到一个真正适合他的女孩的。”

“我也相信会有那么一天，”林向宇看着夏星辰，这一刻，他觉得夏星辰的样子很美，不禁调皮地笑了笑，说，“夏星辰，过了一个暑假，我觉得你好像……”

“变美了吗？”夏星辰期待地问。

“不，是变胖啦！”林向宇大笑，“你是不是桂花糕吃多啦，甜食确实容易发胖哦！”

“你才胖呢！”夏星辰假装生气地嘟着嘴巴说，“你太坏了，我不给你吃了。”

“不给我吃什么？”林向宇好奇地问，只见夏星辰居然神秘兮兮地从背后拿出一个保温盒，揭开盖子，里面是娇滴滴的几块桂花酿米糕，林向宇顿觉食欲大振，伸手就要去拿糕，夏星辰却往后面躲，故意不给他吃。

"刚才好像有人说我胖了耶！"夏星辰挑衅地看着林向宇。

"没有没有，你还是女神，当之无愧的女神，"美食当前，林向宇当然能屈能伸，趁着夏星辰不注意，一把抓过两个米糕，边往嘴里塞边朝她眨巴眼睛，"微胖界的女神！"

"你！"夏星辰佯装生气，追着林向宇一阵追逐打闹，林向宇边跑边吃着米糕，还意犹未尽地舔掉指头上的米粒，夏星辰笑着说："你小心别把舌头吞下去。"

林向宇感慨地赞叹道："没想到这么花哨的东西还能这么好吃。"

"我都说了，评价一个食物不能光看外表，必须自己亲口尝一尝，才知道是不是自己的菜啊。"夏星辰语带双关地说，这时，她看见林向宇的嘴角黏了一粒米，便很自然地抬手帮他擦掉了。

面对夏星辰突如其来的举动，林向宇突然有点羞涩和心跳加快，不由痴痴地看着她，夏星辰也仰头看着林向宇，一时间，二人四目交织，空气中迸发出甜蜜的爱意。

几秒钟后，夏星辰居然情不自禁地主动踮起脚尖，吻了林向宇一下，林向宇有点儿意外，但并没有躲闪。

夏星辰有点儿不好意思地说："这是我第一次主动吻男生，这种感觉，你不是女生，你一定不会懂的。"

林向宇也学着她的话说："这是我第一次被女生主动吻。这种感觉，你不是男生，你一定不会懂。"

两个人都笑了起来，这时一个女生跑过来，一把搂住夏星辰，大喊："哈，原来你躲在这儿，快过来啊，大家一起拍合影啦！"

夏星辰看了林向宇一眼，大大方方地拉起他的手，两人一起朝着人群走去，一看到两个人牵着手过来，所有人都开始嗷嗷起哄：

"新情况啊！"

"光天化日，举案齐眉啊！"

林向宇洋洋得意地甩了甩头发，臭屁地说："怎么了，没见过校花和校草手牵手啊！"

众人的欢笑声和起哄声更大了……

因为这天是周末，结束了欢乐的天台庆功宴，管超和李大鹏就都各自回家了，只有林向宇一个人回到宿舍，谢训还是没有回来，他的床铺也叠得整整齐齐的。

林向宇一个人躺在床上，脑海中不断回放着刚刚和夏星辰接吻和牵手的细节，目光却落在墙上贴着的女神画像上，床头的铁栏杆上还系着女神的手帕，林向宇的表情时而甜蜜、时而怅惘，不禁辗转反侧，无法入睡。

终于，林向宇一个翻身从床上爬起来，小心翼翼地伸手把女神的画像揭下来，卷成一卷，然后用手帕把画卷系上，放进衣柜里。

关上衣柜门的时候，林向宇的手微微有些犹豫，但最终还是毅然决然地关上了。

李大鹏在天台的庆功宴上喝了一肚子的酒，坐车回到家的时候，感觉饥肠辘辘的，一进门就大声喊道："妈，我回来了，晚上吃什么呀？"

厨房里闪出了两个人，大鹏妈和Jennifer Baby，两人都系着围裙，表情还有点鬼祟，没等李大鹏开口问，大鹏妈就抢着说："月月刚从大兴安岭旅游回来，带了好多珍贵的补品，今天我给你好好炖一锅十全大补汤！这汤呀，保证好吃到打你耳光你都不肯放手！"

李大鹏有气无力地坐到餐桌前，等着开饭。

厨房里，煤气灶上正"咕嘟咕嘟"地烧着一锅热汤，Jennifer Baby 不断把各种药材丢进滚烫冒泡的汤锅里，大鹏妈不禁有点儿担心地问："这药吃不死人吧？"

"放心吧，阿姨，这都是药引子而已，会像天雷一样把男人体内的火给噼里啪啦地勾出来，"Jennifer Baby 胸有成竹地说，"到时候，大鹏被欲火烧烤，便会口干舌燥地想喝水，那水是什么？曹雪芹说得好，女人就是水嘛！"

"哎呀呀！"大鹏妈喜滋滋地看着 Jennifer Baby，"我真是巴不得现在就把你这碗水倒到我们李家的碗里来呀！"

Chapter 3 脱单行动

晚饭终于上桌了，李大鹏饿得都快前胸贴后背了，看到饭菜，他也顾不得 Jennifer Baby 和老妈古怪的眼神，抄起碗筷就吃了起来。

"慢慢吃，别噎着，喝点汤。"大鹏妈笑着把一碗汤递到李大鹏手里，李大鹏也不说话，接过汤碗，咕咚咕咚几口就喝完了，在他右手边已经摆了两只喝光的空碗了。

Jennifer Baby 搔首弄姿地假装过来收拾碗，眼睛却偷偷地瞄着李大鹏，观察他的反应，李大鹏只是看起来很饿而已，没有什么异常举止，Jennifer Baby 试探着问他："要不要再来一碗？"

"啊？不要了！"李大鹏打了个饱嗝，脸颊微微泛红地说，"我好热啊，给我一杯冰水，谢谢！"

Jennifer Baby 端着三只空碗回到厨房，对大鹏妈说："阿姨，三碗壮阳大补汤他都喝了，换作别人早就腾云驾雾、欲死欲仙了，大鹏的定力也太好了吧？"

"唉，看来关键时刻，还得靠这个！"大鹏妈叹了口气，把一颗药丸丢进冰水里，摇了摇，递给 Jennifer Baby，"你那补药是为了'蓄'，我这春药可是为了'发'！"

"哎呀，原来阿姨你也有准备，真是太棒了！"Jennifer Baby 感动地亲了大鹏妈一口，笑逐颜开地端着冰水朝李大鹏走去。

"月月啊，我这个未来的婆婆只能帮你到这儿了，剩下的就交给你自己了，"大鹏妈越想越开心，索性拎起自己的包包，走到门口说，"大鹏，月月啊，你俩在家好好玩儿，我去姐妹家打麻将了，估计要明天才能回来哦！"

说完，大鹏妈朝 Jennifer Baby 眨眨眼，开心地带门离开了。

李大鹏喝过 Jennifer Baby 递来的冰水，就独自回楼上的卧室里去了，天色渐渐黑沉下来，他靠在床头捧着一本书，努力地看着，却无论如何也看不进去，书上的字就像长了腿一样，居然一个个自己跑了起来，李大鹏的眼睛怎么追也追不上。

而且，李大鹏觉得浑身越发的燥热难耐，别说喝冰水，直接吞冰块也丝毫不能减轻这种难受的感觉，李大鹏早已把自己脱得一丝不挂了，但还是热，他一手拿着书，一边看了看自己的右手，终于决定不再苦撑着了。

夜色更深了，李大鹏扔掉书，关掉卧室的灯，躺到了床上，用被单盖住自己赤裸的身体，用右手帮着自己，被单下，李大鹏汗水淋漓，大口喘着粗气。

"喵——"突然间，卧室的门外传来一声奇怪的猫叫，反锁的门居然被人从外面打开了。

李大鹏的脑子浑浑噩噩地，丝毫没察觉到屋子里的异样，只是抬头看了一眼，就又继续躺下玩着自己，他不知道，Jennifer Baby 已经跪着爬进了卧室，她穿着清凉、暴露的情趣内衣，一路爬上床，从李大鹏的脚开始，慢慢向上爬，并轻轻地抚摸着他的身体。

恍惚中，李大鹏终于察觉到有人在抚摸自己，赶紧往脚下一看，借着淡淡的月光，他居然看到身上的被单拱起一个人形，然而，还没等李大鹏吃惊，突然一阵酥麻的感觉蔓延全身，他不由自主地呻吟起来。

Jennifer Baby 钻出被单，用身体紧贴着李大鹏，娇滴滴地发嗲道："James，我来了，现在我统统是你的，你吃了我吧！"

"BB，你、你不能这样。"李大鹏的声音微微颤抖着，但他整个人已经陷入了意乱情迷中，完全没有力气抵抗。

Jennifer Baby 将嘴巴凑到李大鹏的耳边，挑逗地说："我不能怎样？你真要让人家停止吗？你好坏，明明一直顶着人家嘛。来吧，别犹豫了！"

李大鹏脑中回荡着"不行、不行"的抵抗声，身体却失去了控制，直接吻住 Jennifer Baby，两个人激情地在床上翻滚起来……

阳光从窗外倾斜着照射进来，卧室的床上一片狼藉，一对男女赤裸地纠缠着躺在一起。

李大鹏终于睡醒了，他在被窝里舒适地伸了个懒腰，胳膊却碰到了一个人，他紧张地扭头一看，居然看到 Jennifer Baby 侧卧在他身旁，单手托着头，含情脉脉地看着他，见他醒了，Jennifer Baby 嘴唇一嘟，给了李大鹏一个飞吻。

"你、你要干吗？"李大鹏的后脊梁顿时一阵发凉，他整个人彻底醒过来了，想到昨天晚上发生的事情，他感觉无地自容，赶紧用被单裹住了自己的身体。

"老公，昨晚你真棒！"Jennifer Baby 娇羞地说。

"谁、谁是你老公？"李大鹏弱声抗议。

"当然是你啦！我整个早晨都在回味昨天晚上你我之间的暴风骤雨，一遍又一遍地全角度无剪辑地回放着我和你的 A 级镜头，真的好刺激哦，"Jennifer Baby 夸张地用被子遮住脸，随后又朝李大鹏扑过来，"放心吧，我会对你负责的！"

"Shut up！"李大鹏一脸绝望、懊恼和欲哭无泪，狠狠甩开要缠上来的 Jennifer Baby，"起开啦，不要碰我！"

因为李大鹏用力太猛，Jennifer Baby 一个跟跄被甩到了床下，没等她爬起来，李大鹏就恶狠狠地警告道："Don't touch me and get out！还有，我再也不想见到你，Never！"

说完，李大鹏用被单裹住下半身，头也不回地摔门而去。

Jennifer Baby 过了许久才抬起头，她的脸上写满了吃惊和意外，并渐渐转化为浓浓的失落……

李大鹏一大早就收拾东西，又羞又恼地回到学校，在宿舍床上狠狠地睡了一上午，一直到中午才被林向宇和管超从床上硬拽起来，拖到食堂去吃饭。

吃完饭，三个人在校园里漫无目的地闲逛，走着走着，林向宇突然看到不远处的一个安静角落里，静静坐着一男一女，居然是猴子和一个又高又白又胖的女生，女生戴着眼镜，很亲昵地坐在猴子身旁，听猴子口沫横飞地说着什么。

林向宇赶紧拉着管超和李大鹏躲起来偷看，猴子看起来很主动，女生则有点儿害羞。

"有新情况啊！"管超激动地说，"咦，那女生不是黄毛他们班的吗？"

"我认识她，她是学生会的，叫韩树，"林向宇很快想了起来，低声说，"她平时看起来挺正经的，穿得挺土的，我们都背后叫她女政委，怎么和猴子搅一块儿了？"

"这么看来，京沪大战的北京同志已经领先了，"李大鹏推了推管超，"超哥，我可在你身上押了不少赌注呢。"

"滚，我又不像你，半夜还有女生往你床上爬，"管超白了李大鹏一眼，"我上哪儿找女人去啊！"

李大鹏被管超戳到软肋，灰头土脸地不好意思说话了。

"我说上海同志啊，高数那么难的题目，你三下五除二就解决了，怎么去脱个单你就这么难啊？"林向宇怒其不争地说。

"如果解一道高数就能换一个美女，那我早就后宫佳丽三千了。"一想到自己毫无眉目的爱情，管超不禁有些破罐子破摔起来。

"我就不信了，条条大路通罗马，咱们这回也别再管什么游戏规则了，直接破！"林向宇看着一脸惊讶的管超和李大鹏，抬起一只手，做出一副开路的姿势，"咱们今晚就带超超去按摩房，帮你开光！"

"你疯了吧你！"管超立刻暴躁地跳起来，"去按摩房开光？亏你想得出来，信不信我把你扔到黄浦江去喂王八？"

当天晚上，管超战战兢兢坐在按摩床上，房间内灯光迷离、昏暗、充满诱惑，一直到前一秒，他还有点儿搞不明白，自己怎么就被林向宇真的弄到按摩房里来了！

管超的一只手被按摩女拿起来，放到她的胸脯上，指尖传来柔软的触感，管超瞪大眼睛，就快要把持不住了，就在这时，按摩房薄薄的墙壁另一头，突然传来一个熟悉的声音——

"哎哟——！"

紧接着，隔壁传来了女人的呻吟声和木床"吱吱呀呀"晃动的声音，管超突然打了个激灵，扭头跑出了按摩房。

隔壁，发出那声熟悉叫声的不是别人，正是高朝。

林向宇和李大鹏蹲在按摩房的门口，突然看到管超心急火燎地跑出来，不禁讶异地迎上去，林向宇哭笑不得地说："我擦，这么快，才12秒？"

"高、高、高朝在里面！"管超结结巴巴地说，并且还模仿着高朝的语气，拖长声音学了一句，"哎哟——！"

"不会吧？"

"Crazy！"

林向宇和李大鹏大吃一惊，随即笑得前仰后合，听高朝这声音，这回他是真的高潮了吧，管超边笑边说："所以啊，咱们赶紧走吧，万一跟他碰上就……"

管超背对着按摩房，话还没说完，就见林向宇和李大鹏的笑容僵在脸上，眼中开始冒出一丝丝惊恐，管超慢慢地回过头，果然看见高朝从按摩房里走出来，四个人看见彼此，全都愣住了，场面十分尴尬。

"你、你们怎么在这儿？"高朝紧张地问。

管超和李大鹏不知如何开口，林向宇赶紧站出来顺嘴瞎编："哦，我们来吃东西，这附近有家变态辣鸡翅，特别有名。

高朝脸上的尴尬缓和了一些，用罕见的和蔼语气说："哦，好好。"

偏偏就在这时，一个按摩小姐从门内走出来，看见高朝就亲热地和他打了个招呼："孙老板，以后要常来玩儿呀，我会一直等你哟！"

高朝的脸刷地红了，哼哼哈哈地不知该回什么，林向宇三人赶紧强憋着笑，齐齐给高朝鞠了一躬，清脆地说："高老师，我们走了！"

三人以迅雷不及掩耳之势跑走，留下高朝呆呆地站在原地，脸上一阵红一阵白……

林向宇、管超和李大鹏心情愉快地回到宿舍，虽然给管超开光的行动失败了，但他们却意外地撞到了高朝不可告人的"业余爱好"。

三人回到宿舍，发现谢训还是不在，李大鹏叹了口气："训哥今天晚上又不回来了吗？"

"已经两个星期了吧？"管超摇摇头，"课也不上，小卖部也关门了，他到底想干吗？"

"我们要不要给他报个失恋互助组啊？"李大鹏说。

"你以为这是美国啊？"林向宇不客气地对李大鹏说，然后接起滴滴响的电话，立马换了一个声音，温柔地说，"星辰啊，我刚回来，去看电影吗？好，我来你宿舍楼下。"

管超看着林向宇急匆匆离开的背影，羡慕地说："他最近也挺忙啊，不是甜蜜约会就是看电影，连打球都很少参加了。"

谢训一个人在一条僻静的小巷子里，漫无目的地晃荡着，突然，他的注意力被一家店铺的橱窗吸引了，上面用龙飞凤舞的艺术字写着：**专业激光洗文身**。

谢训低头看了看自己的左臂，上面有一个"镜"字文身，那还是当年他和高宝镜刚在一起的时候文上的，这些年来，不论他多穷多累，只要看到这个文身，整个人就可以像打了鸡血一般，再次鼓起斗志。

而现在，谢训突然觉得这个文身无比讽刺，这么想着，他已经迈开腿，走进了店铺。

"问题不大，用冷光和酸洗法应该都能洗掉，"文身师热情地招呼着谢训，并扳着他的手臂仔细研究着他的文身，"不过我可提醒你，文身时疼，洗文身比文文身要疼上十倍不止。"

"没关系。"谢训麻木不仁地说。

"所有人都这么说，"文身师不以为然地摇摇头，"我还见过比你更壮的呢，一米九的个头，虎背熊腰的，激光一打上去，立马哭成小猫了，所以呀——"

"我准备好了，"谢训打断文身师，沉声催促道，"开始吧。"

在文身师的引领下，谢训坐到了洗文身的椅子上，文身师最后确认地问他："你真的准备好了？我这一束光下去，可就什么都没有了。"

谢训咬着牙点点头，眼眶却已经有些湿润了。

文身师戴上口罩和防护眼镜，举起激光枪，对准谢训左臂上的那个"镜"字，突然间，谢训觉得心口一紧，就像有什么东西在他的心上挠了一下，疼得他浑身一颤，他本能地抽回手臂，尴尬地对文身师说："对不起，我、我不想洗了。"

文身师看着谢训落荒而逃地跑出店门，用意料之中的语气说："你看，我说什么来着，这还没开始洗呢，就吓跑了……"

夜深了，空旷的大马路上，只有一个喝醉的人，在孤独地走着"之"字，谢训一边仰头喝着啤酒，一边扯开喉咙，口齿不清、声嘶力竭地吼道：

"最爱你的人是我，你怎么舍得我难过，为你付出了这么多，你却从没感动过……"

Chapter 4　甜蜜负担

午夜十二点，宿舍楼里早就熄灯了，330里寝室里呼噜声和磨牙声此起彼伏，一派沉睡酣梦的气氛。

"开门，开门，快开门！"突然间，寝室的门外传来一阵暴烈的敲门声，谢训烂醉如泥地贴在门上，用巴掌和脚疯狂地折腾着门板。

林向宇三人全都被吵醒了，李大鹏闭着眼睛从床上爬起来，迷迷糊糊地摸黑去开门，门一打开，谢训就倒到李大鹏怀里。

"训哥，你又去喝闷酒了？"李大鹏赶紧扶着谢训往他床上走，"你没事儿吧？"

"没事儿！我能有什么事儿啊？"谢训挥挥手，满口酒气，话音刚落，就扭过头"哇"的一声狂吐起来。

李大鹏赶紧给谢训拍背，林向宇则跳下床，拿起暖壶给谢训倒热水，管超则光着脚跑去阳台，拿来扫把和拖布开始清洗呕吐物，三个人无声而默契地配合着，照顾着醉酒失态的谢训，彼此眼中没有一丝嫌恶，嘴里也没有一声抱怨……

一夜无话，等谢训再度恢复意识，已经是第二天的下午，准确地说，谢训是被饿醒的，他已经好几个天没有好好吃东西了，每天就靠酒精来麻醉自己。

谢训饥肠咕噜地下了床，突然看到桌上摆着一只保温饭盒，他揭开盖子，发现里面是尚且温热的饭菜，有鱼有肉，看起来十分可口，谢训坐下来准备开吃，又发现饭盒下边压着一张字条，看字迹是林向宇写的：

哥们儿，饿了就吃点儿，这是从James嘴里抢下来的。另外，桌上的笔记是管超帮你记的，你看不看都无所谓，反正期末考试还得指望它。如果你不开心，不想去上课也别担心，我口活儿很好，会帮你喊到的。兄弟们随时欢迎你归队哦！

落款是——**330的兄弟们。**

谢训的嘴里塞满了饭菜，眼泪大颗大颗地滴落在饭盒里，但这已经不再是伤心的泪水了，而是温暖的，感动的……

窗外是夏日充沛而明亮的阳光，阶梯教室里则是紧张而肃穆的气氛。

老师正在点名，当点到谢训的时候，林向宇捏起鼻子，正想帮忙喊到，却见敞开的教室门外突然冲进来一个人，那人跑得满头大汗，气喘吁吁地举着手大喊："到！"

此人不是别人，正是谢训，谢训喊完到，脸上冒出一个恢复了生机和活力的笑，挥着手朝同样笑容满面的林向宇、管超和李大鹏走过来，不知是有意还是无意，三人的旁边留着一个空座位……

下课铃一响，林向宇就第一个冲出教室，他要先去食堂占个位置，和夏星辰一起吃饭。

管超、谢训、李大鹏和猴子等人也不遑多让，一个个像离弦的箭一般冲向食堂，等他们坐到食堂里大快朵颐的时候，大拨的学生才纷纷涌进来，食堂里迅速人满为患。

黄毛和他的三个跟班打完了饭，发现没地方坐，黄毛东张西望，发现不远处的一条大长桌，一侧坐着管超、谢训一帮人，另一侧则坐着几个愣头青的大一新生。

在黄毛的示意下，跟班甲和跟班乙走到大一新生身后，不客气地把脚踩到板凳上，挑衅地说："喂，你们是大一新生吧？怎么那么没眼色啊，不知道给学长让座吗？"

"凭什么给你让座啊？"一个血气方刚的新生说。

"凭什么？"黄毛大摇大摆地走过来，用手里的勺子指着新生的鼻子，"我看你是屎壳郎趴在鞭梢上，光知道吃屎，不知道死在眼前了吧？"

"你——"新生怒气冲冲地要理论，却被身旁的几个朋友拉住了，大家小声议论了几句，显然是觉得黄毛一伙儿不好惹，一个个不情愿地端起餐盘走了。

"一群怂货！"跟班乙得了便宜还卖乖地骂道。

黄毛和他的跟班恬不知耻地坐在了新生们让出的位置上，对新生们愤恨而仇视的眼神视而不见。

谢训等人坐在桌子对面，目睹了黄毛一伙欺负新生的全过程，谢训实在看不下去了，放下筷子说："日谷子！黄毛你个龟儿子别欺人太甚了，你想打锤还是扯筋，老子陪你耍，干啥子欺负新生？"

"关你屁事儿啊？"黄毛阴阳怪气地说，"你管好你的女朋友吧！"

谢训站起来就要去揍黄毛，管超赶紧拉住他，一边往他手里塞筷子一边劝道："冤冤相报，没完没了，索性别理他，老天爷自会收拾他的，来，吃饭吃饭！"

"你受什么刺激了？"谢训无奈地抄起筷子继续吃饭，"超，你一向眼里揉不得沙子，怎么今儿个说话温吞吞的，不像你啊！"

"是吗，嘿嘿？"管超云淡风轻地站起来，"我去打碗汤。"

管超端着满满的一碗蛋花汤，颤颤巍巍地经过黄毛身后，突然，他脚下"一滑"，一个"不小心"，把汤碗精准无比地扣在黄毛头上，海带丝和蛋花像头饰一般，黏糊糊地贴了黄毛一头。

好多人都看到了这一幕，食堂里顿时呈现出忍俊不禁的气氛，黄毛的几个跟班也忍不住笑了一两声，但很快就憋回去了。

"哎呀呀，对不起啊，实在是不好意思啊！"管超一脸"真诚"地向黄毛鞠躬道歉。

"你少跟我装三装四的！"黄毛急了，一拍桌子站起来，一副想打架的阵势，"老子今天心情好，懒得搭理你，你倒给我蹬鼻子上脸了，找抽呢你？"

"谁，谁想打锤？"这时，谢训站起来，慢悠悠地走到管超身后，把手指关节弄得咯吱咯吱直响。

猴子也挺直胸脯走上来，黄毛一看对方就三个人，不禁气焰越发嚣张，拍着桌子叫道："谁怕谁啊？你们仨脓包，还敢跟我挑衅叫板？"

没想到，黄毛话音一落，就听哗啦啦一声，附近站起来一大群素不相识的男生，其中就包括刚刚被黄毛一伙儿羞辱的大一新生，他们都在一旁听很久了，早就对黄毛忍无可忍了，有几个男生甚至撸起袖子，准备大干一场。

热热闹闹的食堂里瞬间鸦雀无声。

一看这阵势，黄毛顿时害怕了，他的三个跟班早就吓得坐回了凳子上，突然间，谢训凌空飞来一拳，吓得黄毛赶紧后退好几步，谢训却只是把拳头收回去，抬起手做了个看手表的姿势，谢训看了看腕上并不存在的"手表"，讥诮地说："老子看个表都把你个瓜娃子吓成这样，到底谁才是脓包？"

"行，今天算你们狠，我迟早有一天会收拾你们！"黄毛战战兢兢地带着几个跟班往后退，退到人群外围后，四个人立刻转身撒丫子就逃。

食堂里爆发出男生们热烈的欢呼声。

林向宇在校食堂和夏星辰吃完浪漫的午餐，一回到宿舍，就发现屋内气氛热烈，管超、谢训、李大鹏和猴子他们正兴奋地聊着天。

"聊什么呢？这么激情四射的。"林向宇好奇地问。

"聊黄毛呢，你错过了一场好戏啊！"管超情绪亢奋地说，"我们刚才在食堂跟黄毛大干了一架，许多被黄毛欺负过的大一学弟也都站到了我们这边，哈，那架势，就好像我们是陈胜吴广，背后全都是一帮揭竿而起的兄弟。黄毛那瘪三吓得够呛，腿抖得像筛糠似的，最后夹起尾巴，屁滚尿流地跑了！"

"我去，这么壮观的场面我居然不在现场？"林向宇大呼遗憾，"这比我错失了十几个亿的红包还痛心啊！"

谢训在一旁插话："既然话赶话说到这儿了，我就再多说一句——我说老林啊，你最近有点儿脱离群众啊！"

"是嘛，典型的见色忘友型，"李大鹏赶紧附和，"你这样的要是在美国，会被兄弟会开除的。"

"你这个补刀党，还挺会见缝插针。"林向宇捶了李大鹏一拳。

这时，管超拿起手机，大声念道："林向宇，我喜欢你，在所有时候，当然，也喜欢有些人，在他们偶尔像你的时候。"

管超话音一落，谢训立马继续声情并茂地念起来："林向宇，我对你的爱，一直到《新闻联播》大结局那一天。"

"我去，被你们这么一念，怎么这么酸啊，整个寝室的铁器都要熔化了，"林向宇打着哆嗦抗议道，"喂，你们尊重一下别人的隐私好不好？"

"公开发到朋友圈的还叫隐私啊？"李大鹏也举起自己的手机，肉麻地念起来，"林向宇，为了你，我愿意低到尘埃里，扎进泥土里，只为在你出门时绊你一跤，摔你个大马趴！"

大家听得笑成一团，管超乐不可支地说："舍长啊，我们现在虽然很少见到你，但只要一看夏星辰的朋友圈，就知道你们今天去哪儿散步了，在哪儿打球了，吃了什么，说了什么……朋友圈简直成了你们俩的恋情发布会了！"

林向宇笑得一脸尴尬，管超赶紧问："怎么了，笑得这么违和，生气啦？"

"No way（没门儿）！"李大鹏指着手机朋友圈的某一条说，"你没看过夏星辰前几天发的这条吗，如果林向宇在该笑的时候不笑，那他一定是在憋大招！"

"没，没大招了，我就是有点儿累了。"林向宇无奈地叹了口气，默默爬上了自己的床。

"不会吧，还真生气了？"管超腆着脸趴到床上看林向宇，"干吗蹙眉奔眼的？"

"我……我不知道该怎么说，就是觉得夏星辰有点儿……太黏人了，"林向宇躺在床上，疲倦地说，"难道恋爱就得天天腻歪在一块儿吗？一起去吃饭、打球、散步、看电影……不管去哪儿，都必须像个连体婴儿一样。"

"听起来好像是绑架一样。"李大鹏不禁想起 Jennifer Baby。

"没你说的那么邪乎吧？"管超不解地说，"小女生不都喜欢这样吗？她们连上厕所都得找人陪着。"

"是啊，我看宇哥你也不必太纠结，女生刚谈恋爱的时候都这样，时间长了就好了。"谢训用一副过来人的口吻安慰道。

"但愿吧……"林向宇发出一声长长的叹息，其实，自从他和夏星辰确定了恋爱关系后，他已经跟她暗示过很多次了，别每次吃饭都自拍，拍完还发朋友圈，还逼他点赞、回复，两个人在一起好好的就可以了，搞那些东西有什么意义呢？

下午是每周一次的选修课，距离上课还有五分钟的时候，林向宇正趴在教室角落的桌子上看书，突然听到夏星辰的声音。

"林向宇！"夏星辰出现在教室门口，一边朝林向宇跑来，一边兴奋地挥着手，美女总是会带来很多回头率，许多男生都一脸羡慕嫉妒恨地看着林向宇。

"你怎么来了？"林向宇尴尬地问，"这可是航模选修课啊！"

夏星辰大大方方地坐到林向宇身旁："选修课人人都能来，我为什么不可以？"

"可你对航模没有一点兴趣啊。"林向宇辩解道。

"我最大的兴趣就是跟你在一起啊！"夏星辰双手托腮，大眼睛眨呀眨地看着语塞的林向宇，"对了，我昨天在网上收购了一个宝贝，你猜是什么？"

林向宇毫无兴趣地敷衍道："这你让我怎么猜啊？"

"算啦，看你那么可怜，我就给你一点提示好了，"夏星辰顽皮地刮挂林向宇的鼻子，"这个宝贝是我们目前最需要的！"

"难道是团购的桌游套餐？"林向宇终于有了点精神。

"桌游要很多人玩儿，多闹啊！"夏星辰着急地说，"你好好猜嘛，这个东西是只属于我们两个人的。"

林向宇头疼地说："我就是怕你觉得我们俩在一起太亲密无间、形影不离了，所以才想搞个桌游打散或冲淡一点嘛。"

"你少贫嘴，我买的这个东西绝对能让我们俩靠得更近，哒哒！"夏星辰从包包里掏出一根自拍杆，"看，拍照神器！有了它，再也不必担心拍不全了，来，笑一个嘛！"

林向宇被夏星辰逼得没办法，只能皮笑肉不笑地挤出个难看的笑脸，还比出一根娘炮的剪刀手，周围的男生终于没那么羡慕林向宇了，而是纷纷向他投来同情的眼神。

拍完照片，夏星辰一脸满足地低头开始美化照片，林向宇在一旁忍不住说："嗯，星辰啊！你以后能不能别老在朋友圈发一些咱俩的合影，秀恩爱啊？"

"为什么不？"夏星辰敏感地抬起头问。

林向宇一本正经地分析起来："你没发现吗，许多上过福布斯的富豪，最后都被捕了；许多晒幸福和恩爱的明星，最后都分手了。有些东西就像木耳，只能生长在暗处，不适合过度曝光。"

"不对！"夏星辰不假思索地反驳道，"我秀恩爱是对以前常年寂寞生活的一场平反。"

说完，夏星辰继续低头 PS 照片，林向宇只能无奈地仰天长叹，过了一会儿，她把手机伸到林向宇跟前，给他展示刚刚 PS 好的照片，照片上，林向宇的脸颊被 P 上了两团红脸蛋，头上还长了两只兔耳朵，夏星辰美滋滋地问："怎么样，是不是很可爱？"

林向宇烦不胜烦地挤着笑，这时，有一个陌生的男生走到林向宇面前，狐疑地问："同学，请问你是 face party 的创始人林向宇吗？"

"是啊。"林向宇点点头。

"太好了！"男生兴奋地说，"我终于见到本尊了，我想问，最近你们还有活动吗？我和我的小伙伴儿们都望眼欲穿啊！"

林向宇被对方的样子逗笑了，说："放心，这个月之内肯定会有新活动。"

"太棒了，到时候我们一定报名参加！"男生开心地走了。

夏星辰不太高兴地问林向宇："你还要参加 face party 吗？"

"当然！"林向宇理直气壮地回答，"我是这个活动的举办者和发起人，肯定要参加啊！"

夏星辰难得地没说话，只是漂亮的脸上没了笑容，眼里涌出丝丝缕缕的不悦……

WHO SLEEPS MY BRO

第十章	意外迭发之夏

Chapter 1 猫人派对

"对不起，您所拨打的电话暂时无法接通，请稍后再拨……"

电话里再次传来毫无感情的女提示音，Jennifer Baby 站在 7 号男生宿舍楼下，脸上写满了沮丧，她已经在楼下等了一个小时了，她甚至在楼下都能听见 330 的阳台里传来李大鹏的手机铃声，可他就是不肯接听电话，Jennifer Baby 又急又气地对着微信语音吼道："干什么嘛？说不理就真的不理我了！"

手机依然没有任何动静，Jennifer Baby 无奈，只能仰起脖子朝楼上大喊："李！大！鹏！ James！为什么不接我电话！"

330 的阳台上一片寂静，倒是隔壁几间宿舍里有了回应，有男生好奇地从窗口探出脑袋看 Jennifer Baby，还吹起了口哨，Jennifer Baby 气急败坏地从地上捡起小石子，朝那帮起哄的男生扔去，男生们大笑着尖叫躲避。

Jennifer Baby 还是不解气，干脆捡起更大的石子，朝 330 的阳台玻璃砸去——

330 寝室里，李大鹏像一尊雕像般坐在床上，管超和谢训坐在一旁，不放心地看着他，敞开的窗外不时传来 Jennifer Baby 的鬼吼鬼叫。

管超按捺不住好奇心，偷偷站起来想要顺窗户往外看看，没想到就听"嗖"的一声，一块石头凌空飞射进来，吓得管超像被踩到尾巴的猫一般叫起来。

仿佛是被管超的叫声挑衅的，更多的石子飞了进来，一时间，330 的阳台变成了枪林弹雨的战场，管超抱头跑回寝室，再也不敢踏进阳台半步。

"James 啊，你赶紧管管吧，再这么下去要出人命了，你倒是回她一句啊。"谢训愁眉苦脸地劝说道。

李大鹏的眉头越拧越紧，几乎能夹死一只蚂蚁，突然噌的一声从床上站起来，大步走到阳台里，抬手就要关窗户。

"李大鹏！你浑蛋，你明明就在宿舍里，为什么不理我？"Jennifer Baby 看见李大鹏，情绪更加激动了。

"No ！"李大鹏冷冷地回了一句，然后毫不犹豫地关上窗户。

一块大石头飞来，就听哗啦啦一声，窗户玻璃被砸碎了，李大鹏吓得一哆嗦。

在 Jennifer Baby 的"狂轰滥炸"下，整栋 7 号宿舍楼都沸腾了，男生们纷纷在阳台上敲盆子吹口哨，喧天地起哄，宿管阿姨急匆匆地跑到 Jennifer Baby 身旁制止她："这位同学，你再这样我要叫保安了啊！"

Jennifer Baby 心有不甘，气得直跺脚，眼泪夺眶而出，就在双方僵持不下的时候，夏星辰急匆匆地从远处跑过来，一把拉起几近崩溃的 Jennifer Baby，赔着笑说："学姐啊，你这是干什么呀？要上头条吗，快走啦！阿姨，对不起，对不起啊，我这就带她走，带她走！"

"James……"Jennifer Baby 带着哭腔，心不甘情不愿地被夏星辰拖走了。

管超趴在被砸了个大窟窿的窗玻璃后，对身后的李大鹏说："夏星辰把 BB 拖走了，哎，我说 James，你到底哪儿来的那么大魅力啊，能把 BB 迷成这样？"

"你说说你！"谢训一边清扫满地的碎玻璃和石头，一边说李大鹏，"你也就是长得帅点儿，家里有钱点儿，人又萌了点儿嘛！其他也没什么好的，人家虽然不是 Angelababy，可也是 Jennifer Baby 啊，长得漂亮又比你家有钱，你就从了得了！"

李大鹏别扭地嘟着嘴，一副"抵死不从"的样子。

这时，三个人的手机同时传来微信提示音，林向宇在微信群里招呼大家："诸位，好消息！约吧又可以正常营业了，你们赶紧来啊！"

自从童年派对上的"老鼠门"之后，约吧被封了数月，听到终于能恢复营业的消息，管超、谢训和李大鹏立刻欢呼、跳跃起来。

几分钟后，三个人兴冲冲地走出学校，打车去约吧了，谁也没注意到，就在校门口的一家奶茶店里，夏星辰正安慰着哭得梨花带雨的 Jennifer Baby。

"星辰，你说我哪里不好，为什么他就是不喜欢我呢？" Jennifer Baby 喊了一上午，口干舌燥，一口气喝光了一大杯奶茶。

"学姐，你真挺好的，直率活泼够仗义。"

"你也这样觉得对不对？"Jennifer Baby 眼泪汪汪地说，"论长相，我虽然谈不上倾国倾城，但也算耐看吧；论身材，我也不差啊！我和 James 从小青梅竹马，认识这么多年，知根知底的，他家卖丝袜，我家卖内衣，这简直就是绝配嘛！为什么我做了这么多，他还是无动于衷？我、我、我……"

Jennifer Baby 说不下去了，哭得一塌糊涂，哭累了，她又喝了几口奶茶，继续说："喜欢我的男生那么多，可我就是对 James 情有独钟，我追自己的真爱有错吗？这要是换成别的男孩子，早就被我拿下了，他怎么这么冷酷无情啊？我今天都丢人丢成那样了，他也不出来露个脸，我该怎么办，我该怎么办？星辰，你明白我的感受吗？"

Jennifer Baby 哭到动情处，一把抱住夏星辰，夏星辰是正处于热恋中的人，体会不到 Jennifer Baby 的痛苦，只能同情地轻轻拍着她的肩膀……

一个小时后，管超、谢训和李大鹏走进久违的约吧，酒吧门口的封条已经摘了，店内也重新装饰一新，添置了许多新玩意儿，看起来比之前更宽敞、有格调了。

林向宇正趴在吧台边，边喝酒边和张哥聊天，看到管超三人来了，张哥热情地充当服务生，亲自给三人各倒了一杯啤酒，并率先举起酒杯说："我这酒吧明天开始重新营业，来，咱们干一杯！"

干完杯，谢训兴奋地问："既然开业了，咱们的 face party 又可以办了吧？"

这几个月发生了好多事情，几个男生都很需要办一次热热闹闹的派对，来冲刷一下各自身上的晦气。

"今天张哥叫咱们过来，就是为了谈这个事儿，看看重新开业的第一次派对搞个什么主题合适？"林向宇说。

"之前闹老鼠的事儿，把许多人都吓坏了，尤其是女生，估计她们现在对 face party 都有心理阴影了。"管超叹了口气，喝了一口酒。

200

张哥笑着说："刚才我和小宇还提到了这个事儿呢，也许我们可以换个思路，把坏事变好事。"

"怎么变？快说快说！"李大鹏心急地催促。

"我们不如就办一个猫主题的 party，"林向宇兴奋地说，"猫捉老鼠，hello kitty，端午和妞妞，什么都行，来参加的人都穿上带有猫元素的服装。哈哈，或者带真的猫来都可以，你们觉得怎么样？"

"要得要得！"谢训第一个举手支持，"咱们还可以现场给猫相亲配对，哈哈哈！"

一提到猫猫狗狗，李大鹏也来了精神："给猫配对吗？听起来好好玩儿的样子。"

"这个主意好，邪不压正，我们开个猫派对，专治背后使阴招的龌龊鼠辈！"管超激动地说。

"既然大家没意见，那就这么定了，"林向宇高高举起酒杯，"这次派对的主题就叫——'猫人派对'，为我们重出江湖，干杯！"

五只酒杯用力地碰在一起。

第二天，上海市各高校的网站和论坛上，就贴出了 face party 最新一期的宣传帖子，沪都大学的公告栏上也贴出了画满猫咪的可爱海报，文字则十分简洁明了：

Face party 重磅回归！不管你是带上你的猫，还是把自己打扮成一只猫，周六晚上老时间、老地点，猫人派对，约吧见！

一大群学生围在海报前，兴奋地议论着，黄毛和跟班甲一脸不悦地从人群中挤出来。

"这帮浑蛋，放老鼠居然都搞不定他们，这么快就又开张了！"黄毛恶狠狠地吐着唾沫。

"他们一天天的是不是太闲了？还搞什么猫人派对！"跟班甲一脸羡慕嫉妒恨地说。

"呸！"黄毛摸着下巴，恶从胆边生地说，"让你们再蹦跶，这回老子非给你们来个大招！"

周六晚八点，"猫人派对"如期在约吧举行。

从上海各大高校慕名而来的学生，至少有一百多人，大家穿着造型各异的猫元素服装，有人扮成 Tom 猫，有人扮成 Hello kitty，甚至还有很多人带来了自己的爱猫，男生女生抱着猫咪，借着给猫咪相亲的话题交朋友，现场觥筹交错，喵言人语，好不欢乐。

林向宇跳上舞台，感慨地说："大家好，因为上次闹老鼠的事，我们 face party 停了一段时间，当然后来查清楚了，那都是因为有人栽赃陷害。今天来了这么多人，我很开心，感谢大家还能继续支持我们！希望大家今晚吃好、喝好、玩儿好，谢谢！"

热烈的掌声中，动感的音乐响起，乐曲中还穿插着猫咪的叫声，令人忍不住浑身都跟着蠢蠢欲动起来，忍不住想要跳舞。

一些胆大的学生率先跳进舞池，带头跳了起来，但更多的学生还有点儿放不开，局促地站在一旁观看，突然间，人群的后面传来一阵轻微的骚动，两男两女挤了出来，四个人穿着清凉而性感，一边往舞池里走，一边跳起了热辣的劲舞。

气氛一下子被带动起来，更多的学生加入到热舞之中，空气迅速升温，就连谢训和李大鹏也按捺不住地加入其中。

随着更多人的加入，那四个男女的动作越发的大胆、撩人，四个人在舞池中搜寻着异性，居然跳起了贴身的热舞，激情而撩人的动作引得现场爆发出阵阵刺激而兴奋的尖叫。

林向宇和管超本来在旁边鼓掌，渐渐地，两个人心里都觉得有点儿不对劲，他们想把李大鹏和谢训喊回来，但那两个人已经在舞池得跳得进入了忘我状态，完全听不见了。

这时，更失控的情况发生了，那四个男女居然开始脱起了衣服，一边脱还一边对人群做出挑逗而色情的动作，很快，四个人脱得只剩下胸罩和三角裤了，学生们哪里见过这种场面，一个个尖声大叫，兴奋地起哄，一些男生甚至开始对女生动手动脚起来，一些猫咪也失控地从主人怀里走失，满场乱跑乱抓，气氛越来越混乱了……

林向宇和管超终于意识到确实不对劲了，但这个时候，他们两个人已经无法控制局面了，就在两人焦急的注视下，那四个男女居然两两一对地走到一起，当众拥抱缠绵起来！借助着现场的桌椅，四个人的举止越发的淫乱和猥亵，两个男人居然把手伸进了三角裤里，掏出了避孕套！

大学生们见状震惊无比，一个个脸红心跳，男生们觉得好奇而刺激，女生们则纷纷害羞地捂住眼睛……

就在这时，酒吧的大门突然被轰地撞开了，几个穿着制服、戴着大盖帽的警察闯了进来，领队的警察一进来就大声喝道："把音乐关了！"

DJ赶紧把音乐关了，学生们也全都住了嘴，现场顿时安静下来，林向宇赶紧带头跑上前："警察叔叔，怎么了？"

"我们接到举报，有人在这家酒吧里办淫乱派对。"警察横眉竖眼地说。

"怎么可能？我们这都是大学生！"管超赶紧解释，"大家在一起就是聊聊天，交交朋友，怎么可能办淫乱……"

"这是什么？"管超的话没说完就被打断了，警察们已经拨开人群，指着那四个脱得只剩下内衣遮体的男女，其中一个警察从地上捡起一个避孕套，冷冷地问，"聊天交友需要用这个？"

领队的警察厉声问道："谁是组织者？"

林向宇和管超他们相互看看，只能硬着头皮站出来说："是、是我们。"

"把这几个，还有那几个！"领队的警察指着林向宇四人，还有那四个只着寸缕的男女，"把他们都带回局里！"

骚乱中，林向宇他们被押出了约吧，被塞进了停在门口的警用面包车里，在一众学生目瞪口呆的注视中，警车呼啸而去……

晚上九点多，派出所的审讯室里，林向宇、谢训、管超和李大鹏贴着墙，规规矩矩地站成一排，耷拉着脑袋听着警察大叔的训斥：

"你说说你们现在这些大学生，不好好学习上课，天天在外面搞这些乱七八糟、乌烟瘴气的事儿，这都是干吗啊？这种色情派对的性质是什么？是聚众淫乱，是犯罪，晓得伐？"

"大哥，不，警察叔叔，这里肯定有误会噻！"谢训面红耳赤地辩解。

"什么误会？我都亲眼看到了！我随时可以拘留你们，晓得伐？我已经通知你们学校了，你们等候处理吧！亏你们还是沪都大学的学生，说出去也不怕丢人！"警察大叔吼得更大声了。

四个人像泄了气的皮球，一个个垂头丧气，心里暗暗念叨，完了，居然通知了学校，这下事儿可闹大了……

这时，一个年轻的警察走过来，对警察大叔说："队长，那酒吧的老板来了。"

警察大叔一边往外走，一边对四个人吼道："看什么看？继续面壁，好好思过！"

Chapter 2　有妇之夫

约吧的老板张哥和警察大叔面对面对在桌前，两人都在谨慎地打量着对方。

"你就是酒吧老板？"警察大叔冷冷地问。

"对对对，警察同志，实在不好意思，今天我出去办事儿了，晚上没在，刚才发生的事情一定是有误会。"张哥低眉顺眼地笑着说。

"你说你，也好几十岁的人了吧？"警察大叔用手指头关节嗒嗒敲着桌子，"还跟着这帮小屁孩儿胡闹，分辨是非黑白的能力还有没有？"

张哥继续赔着笑，脸上看不出一点儿羞愧和紧张："这里面真的有误会，这几个学生都是我的学弟，学的是市场营销专业，沪都大学从大二开始就搞社会实践，这个'交友派对'是他们社会实践的一部分，这几年一直都是在我这儿办的，之前从来没有发生过这样的事儿，我跟您发誓保证！"

警察大叔狐疑地看着张哥，似乎在思量他说的话的真假，张哥继续一脸诚恳地说："这些您都可以去调查的，刚才想必您也看到了，除了那几个挑事儿的之外，其他参与者都是本分正经的大学生，这真的就是一个非常健康积极的交友活动，我以我的酒吧做担保，如果我说的话有半句虚假，您随时可以封了我的酒吧，我愿意承担所有的法律责任。"

听到张哥如此郑重的保证，警察大叔终于收起怀疑，露出了若有所思的表情。

半个小时后，警察大叔带着张哥一起走进审讯室，林向宇四人还对着墙面壁呢，听见有人走进来也不敢回头看，一个个看起来可怜巴巴的。

"行了，情况我们已经了解过了，有张老板出面给你们做担保，你们可以回去了，"警察大叔的语气比之前缓和了很多，但还是带着不怒自威的气势，"但这种事情，一定要下不为例，再有类似的事儿，你们可就没这回的好运气了，别怪我没警告你们。"

四个男生这才敢转过身，林向宇还不甘心地问："警察叔叔，那几个脱衣服的人呢？"

"我们也查过了，那几个不是学生，他们的学生证是伪造的。"警察大叔严厉地说。

"龟儿子，哪个故意使坏！"谢训忍不住骂了一句，看到警察大叔略显不快的样子，急忙捂住了自己的嘴。

几个男生对视了一眼，心里同时想到了一个人——黄毛！

四个人在派出所门口和张哥作别，就带着一肚子火回到学校，路上，大家还七嘴八舌地讨论着要怎么教训黄毛，结果一回到学校，几个人就被高朝叫到了系办。

"知道你们这是什么行为吗？这是拉——皮——条——"高朝一字一顿地拍着桌子，暴跳如雷地指着四个人骂道，"你们真行啊，专业学得可真好啊，都学会卖人了！我不记得我教过你们这些啊？一个个精明得真是不得了呀，哇！再这么下去，越做越大，简直都要成了我们商学院的骄傲了！哎呀呀，我是不是还得给你们送面锦旗啊？"

四个人被骂得一鼻子灰，一声不敢吱。

高朝一个一个地点着四个人，恶狠狠地说："警察饶过你们，学校不会！这事儿校长已经知道了，他让我严肃处理你们！"

"高老师，这真不能怪我们，是……"林向宇试图解释。

"闭嘴！还敢狡辩？"高朝拍案而起，"林向宇，你们几个里就属你最不老实，课不好好上，天天混日子，搞些乌七八糟的玩意儿，出去败坏学校的名声！"

林向宇气得一句话也说不出来了。

"还有你，谢训！"高朝又指向谢训，"别以为我不知道你天天都在打什么算盘，瞧你那没出息的样子，将来顶天儿了是个个体户！"

谢训的牙齿咬得嘎巴嘎巴响。

"你，李大鹏！"高朝稍微放缓了一些语气，"你别仗着自己是个富二代，就天天跟着他们游手好闲，自以为是，你的中文学利索了吗？就跑出去卖人！"

李大鹏的脸被骂红了。

高朝又指了指管超，一副恨铁不成钢的样子，酝酿了半天，最终还是没有骂出来，而是七窍冒烟地鬼吼道："沪都大学的百年清誉全让你们毁了！现在都给我听好了，周一全校通报你们的处分，等着完蛋吧！现在给我滚回去，哪儿凉快哪儿待着去，我不想再看见你们几个，赶紧滚！"

四个人灰溜溜地逃离了系办。

回宿舍的路上，李大鹏气愤地说："这事百分之百又是黄毛干的，我们找他算账去！"

"找他也没得用，和上次一样，我们没得证据，"谢训烦躁地说，"我们就是把他大卸八块，星期一的处分也还得背！"

"会是什么处分，会被开除吗？"管超忧心忡忡地说，"别说开除，就算是给个处分，我就完了，还保个屁研。"

李大鹏歪着头，认真地思索了一会儿，又说："刚才警察叔叔不是说，那几个脱衣服的男女是假学生吗？如果我们能找到他们，让他们承认是有人陷害我们，应该就没事了。"

"咋个找，去哪儿找？"谢训恨恨地问。

"警察应该知道，"管超焦虑地说，"可我估计警察才懒得关心我们受不受处分呢。"

"那咋个办？"谢训没辙了，推推林向宇，"你脑瓜子灵光，你娃想个办法啊！"

林向宇愁容不展地说："我刚才一直在想这个问题，James说的对，我们只能找到那几个人，但还得让他们同意给我们作证才行。但这很难，因为这几个人既然敢这么干，肯定是拿了黄毛足够的好处，就算警察找到他们，他们会承认吗？承认了，他们这就是栽赃陷害，要负法律责任；不承认，顶多批评教育一番，罚点儿钱了事。他们自己肯定会算这个账。妈的，想来想去，这回是个死局！"

谢训一屁股坐到路边的台阶上，索性不走了，"老子这次要是被开除了，非剁了黄毛不可！"

地上刚好有个空易拉罐，谢训抬脚踢飞了，怒火中烧的心中不禁涌出一丝感伤，自从发出那条分手短信后，他就再也没见过高宝镜了，不知道她现在怎么样了，过得好不好，可是，她过得好不好，已经和他谢训没有关系了……

高宝镜最近过得非常好，在老吴的照顾下，她住着高档的公寓，穿着名牌的衣服，每餐饭都可以喝到冰柠檬水，这样的生活，就是她从小最大的梦想。

她穿上了一件漂亮的小洋装，从试衣间里走出来，站到一尘不染的落地穿衣镜前。

销售员在一旁殷勤地推销道："哎呀小姐，非常合适你，这是今年最流行的薄荷绿色，你穿起来真洋气哦！"

高宝镜有些得意地欣赏着镜中的自己，果然是人靠衣装，她随口问道："多少钱？"

销售员笑吟吟地说："这是我们刚到的新款哦，1499元，您穿得这么好看，买一件吧？"

高宝镜点点头，忍不住又看了看镜子里的自己，突然，她在镜子里看到了老吴，老吴就站在街对面的一家服饰店门口，高宝镜心里一喜，抬腿就要出门，却被销售员拦住了："小姐，您要去哪儿？您穿的衣服还没买单呢……"

"我看到我男朋友，喏，就是那个，我去和他打个招呼，"高宝镜笑着拍拍服务员，"你放心吧，我不会走远的，一会儿就回来埋单，我自己的衣服和包包还在试衣间里呢。"

销售员看到试衣间里高宝镜的名牌包包，满脸堆笑地说："好的好的，我帮您看着包，您去吧。"

高宝镜脚步雀跃地穿过马路，来到老吴身后，从背后蒙住他的眼睛，顽皮地说："猜猜我是谁？"

老吴转头发现是高宝镜，表情不禁有些慌张："你怎么在这儿？"

"逛街呀，你呢，跟客户吃完饭啦？"高宝镜亲昵地挽起老吴的胳膊，"你怎么来这儿了，是不是又想给我买礼物啦？"

"嗯嗯，是啊，呵呵。"老吴不自在地敷衍着，不动声色地试图把自己的胳膊抽出来。

这时，不远处一个自己玩耍的小女孩儿突然跑到老吴身边，拽着他的衣袖，娇滴滴地说："爸爸，爸爸，这个阿姨好漂亮啊！"

"婷婷乖，先去那边儿玩啊，爸爸和这个阿姨有事情要说。"老吴甩开高宝镜，柔声地让小女孩儿去旁边坐摇摇车。

高宝镜一脸惊愕地僵在原地，等小女孩儿跑远了，老吴才走回来对她说："镜镜，你先走吧，改天我再跟你解释。"

高宝镜似乎明白了什么，眼泪流了下来，突然，服装店的试衣间打开了，一个身材臃肿的中年女人从里面走出来，对老吴说："老公，这衣服太瘦了，我穿不进去，咱们再转转吧。"

"姓吴的，你这个大骗子，臭流氓！"高宝镜再也忍不住了，崩溃地指着老吴大骂起来。

中年女人愣了愣，很快明白过来，不耐烦地冲老吴说："老公，这是谁啊，又是你在外面认识的野女人？"

"好了好了，你先带孩子走，我一会儿就来。"老吴赔着笑脸，小声安抚他老婆。

"好，你把屁股擦擦干净，"女人瞪了老吴一眼，拉起不远处的孩子就走，经过高宝镜的时候，她厌恶地骂了一句，"臭不要脸的贱货。"

高宝镜哭得泪流满面，浑身发抖，却张不开口还嘴。

"哎呀，镜镜，你听我解释啊！"老吴见老婆和孩子走远了，迅速换上一副色眯眯的笑脸，动手动脚地凑上来。

"臭流氓！"高宝镜用力推开他，转身就要走，可还没走几步，却被对面那家时装店的销售员拦住了。

"对不起，小姐，您还穿着我们的衣服呢！"销售员像抓小偷一样，紧紧拽着高宝镜不撒手，高宝镜尴尬至极。

老吴赶紧说："多少钱？我埋单。"

"滚！"高宝镜朝老吴大喊一声，负气地扭头跟销售员回店里。

高宝镜边哭边在试衣间里换衣服，老吴则在门口觍着脸喋喋不休地解释着："镜镜啊，我是真心爱你的呀。你看看我的那个老婆，我怎么会喜欢她呢？镜镜啊，对不起，我是跟你撒了谎，但你心里难道没有数啊？像我这样的中年男人，怎么会没有老婆呢，我以为已经和你心照不宣，达成共识了呀！镜镜，你要相信我，我是真的爱你的呀！"

高宝镜难受无比，强忍着屈辱和眼泪换上自己的衣服，走出试衣间，她将那件绿色的洋装丢给销售员，抬腿就要走，销售员此时看高宝镜的眼神，也再不像之前那么友善了，等高宝镜离开了，销售员朝她的背影厌恶地吐了口唾沫："呸，小三！"

老吴亦步亦趋地尾随在高宝镜身后，不停地哄劝着她："镜镜啊，你怎么不听劝啊，今天是个意外啦！为什么这么想不开跟自己过不去呢？现在的生活难道不好吗，你离开了我能干吗？你还能住这么好的房子，过这样衣食无忧地生活，还能想买什么就买什么吗？"

"大骗子，恶心，给我滚，我不想再看见你！"高宝镜哭喊着闪躲老吴。

老吴也没耐心了，不客气地一把拽住高宝镜，生气地质问："你说我恶心？你别忘了，你现在能过上这种生活，靠的是谁！"

高宝镜直接一口吐沫吐到老吴脸上，声嘶力竭地喊道："算我瞎了眼，滚开！"

喊完，高宝镜一把推开老吴，踉踉跄跄地跑走了……

Chapter 3　幕后主使

管超是上海本地人，住在一条市井气息浓厚的老弄堂里，因为周六晚上派对上的事，高朝扬言要跟330宿舍的男生"周一见"，一想到自己有可能会背上一个处分，管超的心情就非常沉重。

星期天的下午，管超神情沮丧地坐在自家门口，修着损坏的自行车链条，这时，一直帮忙照顾管超母亲的姨妈从屋子里走出来，操着一口地道的上海话对管超说："小超啊，侬去买点菜回来好伐？我要帮侬妈妈熬药，离不开人。"

管超点点头，调整好自行车，姨妈又补充道："买点排骨，侬妈妈想吃排骨饭，你再看看买点蔬菜，哎，侬有钱伐？"

管超已经一踩车蹬子滑出去十几米了，他的回音在狭长的巷弄里拖得很长："有——"

十来分钟后，管超在菜市场买好了排骨和蔬菜，心事重重地蹬着自行车往家骑，放在车后座上的塑料袋没系牢，一颗青菜掉到地上，管超浑然不觉。

路边，一个老阿婆正在晒太阳，看见掉到地上的青菜，赶紧捡起来大声招呼管超："小伙子，小伙子，侬蔬菜掉了！"

管超这才发现丢了东西，赶紧回头跟阿婆道谢，车子不自觉地横在了狭窄的巷弄间，一辆送快餐外卖的电动车被挡住了，开车的男子不耐烦地按着喇叭："让让，让让啊！"

让开了路，电动车在管超眼前一晃而过，管超的眼皮却不自觉地一跳，好像有点不对劲，管超下意识地朝巷弄深处看去，只见那辆电动车停在了一间店铺前，开车的男人正提着饭盒给店铺里送饭。

管超心里一紧，他认出来了，这个送外卖的男人，就是昨天晚上在"猫人派对"

上跳脱衣舞的四个人之一!

男人送完外卖,收了钱,跨上电动车再次经过管超,管超急忙低下头,避开对方的视线,然后迅速跨上自己的自行车,朝着电动车开走的方向追过去,一边追还一边掏出手机,给330的微信群发语音:"喂喂!你们在哪儿?你们在哪儿?我发现了那天跳脱衣舞的一个男的,现在正在追他!"

电动车开得很快,管超不得不拼命蹬自行车狂追,车后座上的蔬菜和排骨掉了一地,微信群顿时炸开了锅:

林向宇:"我和老谢在宿舍呢,你在哪儿?我们俩马上过来!"

李大鹏:"我在家呢,快汇报你的位置!"

管超正想告诉大家具体位置,就听脚下喀啦啦一声,自行车居然在这个时候掉链子了,管超懊恼地丢下车,拔腿就要徒步去追,但哪儿还追得上,电动车的屁股后冒着气,转眼工夫就不见了踪影。

管超恨恨地跺着脚,掏出手机说,"让他跑了,我的自行车掉链子了。"

谢训懊恼地叫道:"让他跑掉了?"

林向宇则若有所思地问:"他是干吗的,你怎么会骑着自行车追他?"

管超一下子被提醒了,激动地说:"等等,我有办法了!你们三个现在赶紧到我家来,越快越好!"

随后,管超一边拖着倒霉的自行车往家走,一边拨打了一个电话,大声说:"喂,某某外卖网吗?给我来两份排骨饭,对,送到塘沽路156号,不着急,好,再见!"

当林向宇和谢训气喘吁吁地赶到管超家时,管超正从一个送外卖的小哥手里接过两份排骨饭,管超一边给小哥递钱,一边客气地问:"哥们儿,打听下,你们店里有多少送外卖的小哥啊?"

"我们是全上海连锁,送餐员少说也有一百多人吧。"外卖小哥回答。

"那这附近有几个啊?"管超又问。

"七八个吧。"外卖小哥回答。

送走外卖小哥,管超把林向宇和谢训让进了屋,李大鹏正坐在管超的床上吃排骨饭,小饭桌上还摆着五六份一模一样的排骨饭,管超还举着电话不知道跟谁催促着:"喂?我刚才点的两份排骨饭什么时候送来啊?"

"这是什么情况啊?"谢训也不客气地端起一份排骨饭,边吃边问。

"那个在派对上跳脱衣舞的男的,是这家外卖网的送餐员,我刚才去买菜的时候撞见他了,"管超一边啃排骨一边说,"所以我就不停地打电话叫外卖,迟早能轮到这小子来送餐!"

林向宇不解地问："你怎么不直接去快餐店找呢？"

"第一，外卖网上的快餐店太多了，我也不知道在哪里能碰见他；第二，就算我碰见他，大庭广众的怎么抓？"管超神秘兮兮地说，"所以，我还是在我的地盘守株待兔更稳妥！"

谢训狼吞虎咽地吃完一盒饭，又开始吃第二盒："你哪个晓得哪个电话能找到那小子？"

"他车上印着电话呢，我记住了！"管超得意地说。

林向宇忍不住拍拍管超的肩膀，佩服地说："我等再次领教了管学霸的记忆力！"

"呀！"李大鹏趴在窗边，突然紧张地说，"又来了一个送外卖的！"

四个男生一起趴到窗前，果然看见一台电动车驶进了弄堂，随着车子的靠近，四个人不禁怒火中烧，牙根子痒痒——开车的男子就是"猫人派对"上的四名脱衣舞者之一！

"大家快散开，分头行动！"管超仗着对弄堂地形的熟悉，迅速给兄弟们布置任务。

四个人旋即分散开来，躲了起来，说话间，送外卖的小车停到了管超家门口，送餐的男子抬头看了看门牌，机械地询问："你要的排骨饭？"

管超认真看了对方一会儿，突然放声大喊："没错，就是他！"

男子一愣，这才看向管超的脸，霎时间电光火石，他仿佛也想起了什么，眼珠子一转，把排骨饭朝管超用力砸去，趁着管超躲闪的机会，男子夺路就逃，管超在后面穷追不舍。

男子刚跑出不远，巷弄左侧的岔路里就跳出了李大鹏和林向宇，男人心知不妙，要往右侧的胡同里拐，却被早就埋伏好的谢训一脚踹翻在地，管超一个饿虎扑食把男子压在身下，男子还想反抗，谢训又给了他一拳，直接把他打老实了，再也不敢乱动了。

一个小时后，330的四个男生把乌眼青的男子押送到了沪都大学的校长室，这回大家学乖了，不再经过高朝，直接去找校长，路上，管超还叫了校保卫部的人和几个保安人员。

"蹲着！"谢训一声吼，吓得那人颤颤巍巍地抱头蹲到地上。

校长耐心地听林向宇说明了原委，从椅子上站起来，一脸狐疑地确认道："你的意思是，他是受到宋子豪的收买，才故意去你们的派对上捣乱？可他为什么愿意给你们作证呢？"

管超、谢训和李大鹏齐齐点头如捣蒜，林向宇面不改色心不跳地回答：“因为我们告诉他，要么来这儿见您，说明原委，要么我们就带他去见警察。另外，刚才我们抓到他的时候，他已经承认了，为了防止他改口，我还用手机录了音。”

说完，林向宇亮了亮自己的手机，校长皱着眉头看了一眼那个战战兢兢的男人，说：“让他站起来说话吧。”

男人猥琐地站起来，结结巴巴地说：“是、是那个宋子豪，对，就是那个黄毛雇我们去闹场的，他给我们每人三千块，让我们装成学生混进酒吧跳脱衣舞，还要假装干那种事儿，必须要在警察到来之前脱得差不多，还得故意把避孕套丢到警察能看见的地方……”

“混账！”校长勃然大怒，抄起桌上的座机，拨了一串分机号，大喊道，“高老师，立刻让宋子豪来我办公室！”

十分钟后，黄毛一脸茫然地走进校长室，不过，他一看到林向宇他们和那个一脸瘀青的男人，顿时就傻眼了，没等校长开口问，他就激动地说：“这是栽赃！是污蔑！这人一定是林向宇他们找来的，想把脏水往我头上泼，我不认识他！”

“那就不要废话，直接通知警察！”谢训粗声粗气地说。

黄毛和那个男人更紧张了，校长想了想，抬头对义愤填膺的林向宇四人说：“先别急着通知警察，我理解你们的心情，但这事儿传出去对你们、对学校都没有好处，你们先别激动，这事儿我肯定秉公处理，如果你们真的是被冤枉的，我一定还你们清白。林向宇，你们先带这个人去校保卫处，把事情再说一遍，让保卫处备个案，我呢，要单独和宋子豪同学聊聊。”

林向宇四人互看了一眼，虽然心里有点儿不甘，但也没别的办法，只能点点头，押着那个男人，跟着保卫处长离开了校长的办公室。

等到办公室里只剩下校长和黄毛两人后，校长的表情更为严肃了，他大失所望地说：“没想到啊没想到，你居然能干出这种事儿来。这叫什么？这叫伤风败俗，叫污蔑陷害！你爸爸把你送到学校来，就是让你干这个的？你爸爸把你托付给我，是让你来好好读书，将来有所作为，不是让你来学校耍阴谋诡计，栽赃陷害同学的！你看看你，把学校弄得乌烟瘴气！”

黄毛耷拉着头，不服气地小声嘟囔：“林向宇他们也不是什么好鸟！”

“你还顶嘴？”校长气不打一处来，“别以为我不知道，你从入学开始就没消停过，我是看在你爸爸的面子上才一忍再忍，给你机会。我以为你能回归正道，结果呢？越来越没规矩，越来越放肆，不知好歹，这次的事儿不会再这么便宜你了！”

黄毛再也听不下去了，忍不住挺起胸脯，理直气壮地说："校长，您别忘了，咱们商学院的赞助，可是我爸给的！"

"哈，学会拿你爸说事儿了？好，好，好，我看你爸是信你的，还是信我的？"校长可不是高朝，任由黄毛摆布，他边说边拿起了话筒，居然真的拨起号来。

黄毛一看校长这么硬气，立刻怂了，慌张地上前按住电话，嬉皮笑脸地央求道："校长，那什么，您千万别告诉我爸爸，他知道了非废了我不可！"

"我不打也行，你必须向林向宇他们道歉，"校长严厉地说，"并且你要保证，以后再也不主动招惹是非！"

"我不道歉，"黄毛嘴硬地说，校长立马又开始拨号，黄毛赶紧改口，"行行行，我道歉，我道歉还不行吗？"

在保卫处做完记录，330 的四个男生又回到了校长室，四个人昂首挺胸地站成一排，看着垂头丧气的黄毛，证据确凿，这回看黄毛还怎么抵赖！

校长站在中间，看了看林向宇他们，又看了看黄毛："现在真相已经查清楚了，林向宇，你们确实是被冤枉的，之前说的处分呢，就此撤销。"

330 四人的脸上露出劫后余生般的喜悦，挑衅地看向黄毛，林向宇代表站出来说："校长，既然事情查清楚了，您也要赏罚分明，宋子豪同学这样栽赃陷害我们，得把他交给警察！"

校长怒其不争地看了黄毛一眼，说："这事儿我已经严厉地批评过他了，他也深刻认识到自己的错误了，是不是啊，宋子豪？"

黄毛不服气地抖着腿，从嗓子眼儿里哼唧了一声，校长又对林向宇他们说："我知道你们受了委屈，但这事儿闹到警察那儿去，对宋子豪不好，也会给学校带来很坏的影响，你们也是沪都大学的学生，我希望你们能考虑一下学校的荣誉，不要再追究了。学校也会给宋子豪一个通报警告处分，以此来还你们公道。"

林向宇他们显然不太满意，但校长已经说得很仁至义尽了，他们也没有理由反驳。

想了一会儿，林向宇又代表大家说："好，校长，我们可以不再追究这件事，但宋子豪必须给我们道歉，学校也得允许让我们的 face party 重新办起来。"

校长不禁皱了皱眉头，问："你们那个 face party，到底是干什么的？"

"伤风败俗！"黄毛在一旁接道。

没等林向宇四人开口，校长就大喝一声："别插嘴，你给我好好面壁反思，站到墙角去！"

黄毛吃惊地看着校长，但校长坚毅地板着一副不容置疑的面孔，黄毛无奈，只能愤愤地走到墙角罚站去了。

管超这才清了清嗓子，开口对校长说："我们的 face party 很健康，完全没有伤风败俗和色情的元素，就是单纯又健康的大学生交友派对。"

林向宇补充道："现在的大学生都埋头在手机里，都得了手机依赖症了，什么东西都是虚拟的，我们办这个派对的动机，就是希望大家能够放下手机，回归到传统的面对面交流模式，所以才叫 face party。"

"虽然很多人都是抱着谈恋爱的心情来的，但来了之后就会发现，不管能不能找到爱情，都可以在派对里面交到新朋友，开阔眼界，增长见闻。"谢训难得用标准的普通话发言。

"对对对！"李大鹏要说的话都被说完了，只能连连点头。

"好，听起来确实挺健康的，如果真的是这样，那学校支持你们继续把这个派对办下去，"校长若有所思地点点头，扭头朝黄毛叫道，"宋子豪，你过来，给四个学长道歉！"

黄毛歪脖晃脑，极度不情愿地从墙角走出来，哼哼唧唧地从嗓子眼里挤出三个字："对不起。"

"这算哪门子道歉？"谢训横眉竖眼地说，"我们不接受！"

黄毛梗着脖子犯倔，校长朝着他的后脑勺就拍了一巴掌，厉声喝道："真诚点儿！"

"对不起，我错了。"黄毛捂着后脑勺，哭丧着脸，道完歉，他很没面子地低下了头。

Chapter 4　**破镜重圆**

从校长室里出来，330 的四个男生像打了胜仗一般开心，勾肩搭背地走在校园中，不时发出爽朗而解气的笑声。

"你们刚才看见黄毛的那张脸了吗？"管超兴奋地说，"简直就像刚从茅坑捞上来似的！"

"Oh，Oh，太爽了，太爽了！"李大鹏高兴得直蹦。

"雄起！弄他个瓜娃子，"谢训痛快地说，"跟打了场大仗似的，饿死我了，走，喝酒撸串去！"

李大鹏面露难色地说："不行啊，今天我们家庭聚会，我爸非让我去不可！"

林向宇也摇摇头说："我和星辰早就约好了，去不了了。"

"去吧去吧，你们一个乖宝宝，一个老婆奴，"谢训摆摆手，"超超，咱俩回宿舍！"

"走！"管超搂住谢训的腰，两人乐颠颠地回宿舍了。

到了宿舍楼下，管超跟谢训说："那两个不靠谱的家伙，咱俩等会儿要开两瓶啤酒庆祝庆祝！"

"你要喝两块钱的，还是四块钱的？"谢训问。

"当然喝四块的，"管超回答完才意识到不对劲，"不会吧，这种大日子你还要收钱？"

"我不收钱，万一你给我喝光了咋个弄？亲兄弟还明算账呢。"谢训笑呵呵地说。

"不是我说你啊，"管超指着谢训说，"老谢，你也太小气了噻！"

谢训原本满脸笑嘻嘻的，突然间，也不知他看见了什么，笑容一下子僵在了脸上，面色严肃地停下了脚步。

214 _

管超还在继续开玩笑："怎么了，说你小气你还生气了？好了，我买，买两瓶四块的，我请你喝！"

谢训还是一动不动地看向前方，管超终于察觉到情况不太对劲，回头朝他视线的方向望过去，这才发现，高宝镜正站在那儿，怯生生地看着谢训。

管超长叹了一口气，拍拍谢训的肩膀："我先上去了。"

管超离开后，高宝镜才敢走上来，她的样子很憔悴，脸上不施粉黛，双眼又红又肿，一看就是刚刚大哭过，高宝镜走到谢训面前，想伸手碰谢训，但抬起手又犹豫了，难堪地问："训哥，你还好？"

"我好得很。"谢训梗着脖子，一副硬气的模样。

"训哥，对不起。"高宝镜突然流出眼泪，哭着扑进谢训的怀里，"我错了，我对不住你！是我糊涂了，我错了，老吴那个浑蛋，他、他明明就有老婆和娃儿咯！"

谢训本来还撑着，故意把双手垂在身体两侧，碰也不碰高宝镜一下，但一听高宝镜这么说，他不禁有些惊讶地低下头。

高宝镜在谢训的怀里哭得梨花带雨，内疚地说："训哥我糊涂，我傻我笨，你骂我吧。"

谢训的心一下子就软了，紧紧地把高宝镜抱在怀里，轻轻抚摸着她的头发，声音沙哑地说："莫事莫事，你回来就好。"

两人站在宿舍楼下，紧紧地相拥在一起。

此时此刻，李大鹏家的别墅里，一派喜庆祥和的气氛，长长的餐桌上摆满了丰盛的菜肴，李大鹏和父母，以及 Jennifer Baby 和父母，六个人围坐在餐桌前，融洽地共进着晚餐。

李父亲自为沈父斟酒，客客气气地说："老沈啊，我怎么感觉月月办满月酒还是昨天的事儿，这一晃二十年就过去了，月月都出落成大姑娘了！"

Jennifer Baby 腼腆地冲李父笑笑，目光顺势落到李大鹏身上，李大鹏急忙将目光移开。

沈父纵横商界几十年，此时也不禁充满感慨："是啊，年轻人都长大了，我们却老了！"

"说实话，我是喜欢女儿的，"李父笑眯眯地看着 Jennifer Baby，"年轻的时候，我就期盼着能有个像月月这么聪明乖巧的女儿，谁知道老天不遂我愿，非给我个臭小子！"

"小子也好啊，大鹏这么帅，在外面一定有很多小姑娘喜欢。"沈母在一旁笑着说。

"哪有？从小到大只有月月爱搭理他，别的小姑娘刚说两句话就被他气跑了。这就是一物降一物啊，我看只有月月能治得住他，来，老沈，咱俩喝一杯，"李父端起酒杯，充满热忱地说，"要我说啊，咱们两家知根知底的，都这么熟了，俩孩子也互相看得上，干脆咱两家联姻，早点把事儿办了！等咱哥俩老了，将来就把这江山都传给他俩，你说这多好！"

Jennifer Baby 顿时喜上眉梢，沈父与沈母对视了一眼，不动声色地说："这个事儿，我们做不了主，还得问月月。"

李父便笑呵呵地问 Jennifer Baby："月月，你愿意嫁给我们家大鹏吗？"

Jennifer Baby 娇羞地低下头，不说愿意，也不说不愿意，而是端起茶壶走到李父和李母面前，给未来的准公婆倒起茶来。

李母立刻笑逐颜开，赞不绝口地说："看月月多乖，人长得漂亮，性格又好，我们俩也合得来，将来肯定不会有婆媳问题。"

"对对，我们李家绝对不会亏待月月的。"李父也在一旁附和。

沈父微笑着点点头，又转过头看一直保持沉默的李大鹏，只见李大鹏的整张脸都涨红了，他还以为这是害羞，便问："大鹏觉得怎么样？"

"不，我不要！"李大鹏再也忍不住了，一下子站起来，大声说，"我被我妈和 Jennifer Baby 算计了！"

沈父和沈母一脸惊讶，Jennifer Baby 和李母的脸上浮现一抹慌张，李父生气地吼道："你胡说八道什么呢？这是什么场合，会不会好好说话？"

"没关系，老李，你让他说。"沈父定定地看着李大鹏，对他刚才的那句话很感兴趣。

李大鹏刚要开口，却被李母用力按坐下了，李父赶紧给沈父倒酒，赔着笑说："大鹏不懂事儿，在国外待的时间长了，情商都变低了。男孩子要勇于承担男人的责任，大鹏和月月现在的关系，岂能说不要就不要？"

"什么关系？什么要不要？"沈母有点儿不高兴地说，操着浓浓的台湾腔说，"现在都这么开放了，又不像以前那样，谈个恋爱不结婚就被说是耍流氓，现在的年轻人，结婚前多谈几个也不是什么坏事哦。我们沈家不图钱，选女婿的唯一标准就是要对月月好，爱月月。可我怎么看大鹏好像一样都不沾边儿呢？"

"这都是误会，"李母紧张地说，"他们俩在学校天天都黏在一块儿，这两天这俩孩子心情不太好，月月这么好的女孩儿，大鹏怎么会错过呢？"

说完，李母赶紧用手推李大鹏，示意他表态，李大鹏板着脸，拿起眼前的啤酒杯一饮而尽，然后猛地抬起头，红着眼睛说："我长这么大，所有的事都是我爸给我安排好的，出国、回国、学什么专业，无一例外。你们有考虑过我的感受吗？有没有问过我到底要不要？喜欢不喜欢？现在你们连我谈恋爱和结婚也要干涉，硬塞给我一个我不喜欢的女人，满足你们的私心，这样你们就开心了吗？我从小没说过一次 No, but this time, I say no！"

说完，李大鹏拿起餐巾擦擦嘴，起身扭头离开，留下脸色铁青的沈父沈母，还有慌张气愤的李父李母。

Jennifer Baby 愣了愣，突然放下茶壶，捂着脸无声地哭了起来。

沪都大学校门口的奶茶店里，林向宇端着两杯热奶茶走到夏星辰身边，把其中的一杯递给她，夏星辰津津有味地喝起来。

"你最近怎么迷上喝奶茶了？"林向宇奇怪地问。

"好喝呗，"夏星辰莞尔一笑，"喝一杯奶茶，晚上我就不吃饭了，减肥嘛！"

"你现在挺好的，不用减肥。"林向宇笑呵呵地说。

"那不行，等我真的胖了，你该嫌弃我了，"夏星辰眨巴着大眼睛看林向宇，"为什么我觉得你今天看起来特别开心啊？"

"哈哈，我们今天抓到了那个陷害我们的小混混……"林向宇立即打开了话匣子，滔滔不绝地把今天抓小混混、告校长、逼黄毛道歉的事儿说了一遍，说到兴奋处，不禁手舞足蹈，引得一旁的学生频频侧目。

夏星辰一开始还听得挺认真，渐渐就没了兴致，好不容易等林向宇说累了，安静下来，她才像是不经意似地说道："真是太好了……哦对了，我爸妈来了……"

林向宇不禁有些吃惊："来上海？"

"嗯，他们从南京开车来上海，来办点儿事情，"夏星辰看着一脸紧张的林向宇，说，"本来他们俩打算来学校，跟咱俩一起吃晚饭的，但临时有事儿来不了了。"

"还好还好！"林向宇这才长舒了一口气，"我脸皮这么薄的人，一见长辈就害羞！"

"得了吧，你的脸皮厚得都能挡枪子儿了，这点事儿还能难倒你？"夏星辰哑然失笑。

林向宇收起笑容，一本正经地说："你错了，别的还好说，可这见家长吧，一说起来就跟第二天就要去民政局领证了似的，我怕怕！"

— 217

夏星辰有点儿笑不出来了，板着脸问："你的意思是，不想跟我有未来？"

"不不不，我不是那个意思，你想太多了，"林向宇一看夏星辰生气了，赶紧笑嘻嘻地解释，"我的意思是啊，咱们还小，你看我才大三，你才大二，这么早就见父母不合适，在他们眼里咱们还是小孩儿，咱俩这谈恋爱在他们看来就是过家家而已。"

夏星辰不甘心地追问："吃一顿饭也不行吗？"

"我真的害羞，这次就算了，以后有的是机会，"说完，林向宇赶紧喝了一口奶茶，故意装作很享受的样子，转移着话题，"嗯，味道真不错，难怪你这么爱喝。"

夏星辰看了看林向宇，心里有些不是滋味。

330宿舍里，桌面上放着两个刚刚喝光的空啤酒瓶，谢训正在开第三瓶，管超则举着暖壶，用开水泡两盒方便面，这就是他们两个的晚餐。

"老谢啊老谢，你让我说你什么好啊？"管超一边泡面，一边怒其不争地说，"你被戴绿帽子了啊大哥！她那会儿可是劈腿啊，你的心还能再软点儿吗？她说要回来你就答应，她说要复合你也同意，好马还不吃回头草呢，你能不能行？"

谢训默不作声地闷头喝酒，管超把泡面端到谢训面前，拉过椅子坐在他对面，继续游说："我真的非常不认同你的这个决定，作为你的哥们儿，我没法眼睁睁看着你往火坑里跳！劈腿会成为习惯好吗？她高宝镜越劈筋越开，越劈越轻松，可你呢？天天戴着五十度绿的帽子，出街会被人笑话啊！"

"你不了解小镜，她有她的苦衷嗞！"谢训瓮声瓮气地说，"我俩好了这么多年，真是爱得要死要活，只要她一句话，我明天就能为她去跳黄浦江。我一直觉得，老天爷安排我俩在一块儿，就是要我陪伴她，保护她。你没谈过对象，你不晓得这种感受。哪天子你对个女娃有这感觉了，你就晓得了。"

管超抬手摸摸谢训的脑门儿："你是不是被她下药了啊？"

"别胡说八道，"谢训拨拉开管超的手，"我看你就是不懂爱。"

管超不服气地说："我没吃过猪肉也见过猪跑啊，她高宝镜能被那个有钱的老吴迷住，就还会被有钱的老李、老张迷住，你控制不住她的。"

谢训一脸坚韧地捏着拳头说："我会努力的，只要我让她过上好日子，过上她想要的生活，我也能成为迷住她的老谢。"

管超摇摇头，捧起泡面开始，边吃边说："走火入魔！不可理喻！你以后可别哭着来找我。"

"你盼着我点儿好嘛！可以不？"谢训憨憨地笑笑，埋头吃面。

WHO SLEEPS MY BRO

第十一章	临别前的冬天

Chapter 1 不欢而散

不知不觉，秋天匆匆而去，校园里来往的学生都换上了厚厚的冬衣。

令330宿舍寝食难安的"周一见"，最终没有发生，高朝虽然对于林向宇他们越过他去直接找校长的行为十分不满，但毕竟不敢忤逆校长的安排，一场风波总算平息下来。

星期一过得很平静，晚上七点，夏星辰打扮得整整齐齐地站在7号宿舍楼下，夜里的气温比白天更低了，夏星辰的脸蛋红扑扑的，不时抬起手在嘴边呵气取暖，许多来往的男生都不禁回头看这个漂亮的女生。

好半天后，林向宇才姗姗从楼上下来，夏星辰一点儿都不埋怨他的迟到，开开心心地迎上去挽住他的胳膊，两个人亲亲密密地走起来。

"看什么电影啊？"林向宇问。

"学校影协放的《教父》三部曲，去看那个吧！"夏星辰说，林向宇欣然点头，两人走了一会儿，夏星辰突然问，"对了，你吃饭了吗？"

"没吃，"林向宇摇摇头，"本来不饿，被你这么一说，突然有点儿饿了，要不咱们去放映厅旁边吃烤鱼去？"

夏星辰舔着嘴唇，顽皮地说："可我有点儿馋咱们学校小餐厅的酸汤肥牛和鲶鱼豆腐了，去吃那个吧？"

"你不减肥了？"林向宇忍不住逗她。

"走嘛！"夏星辰撒娇地摇晃着林向宇的手，"吃饱了才有力气减肥呢！"

两个人卿卿我我地走进学校的小餐厅，已经过了吃饭的时间，餐厅里客人很少，夏星辰却不着急坐，而是拉着林向宇的手在餐厅里转悠，林向宇不解地问："这不是好多位子吗，怎么不坐？"

这时，一个中年女人从一张饭桌前站起来，一把拉住夏星辰："星辰！"饭桌上还坐着一个中年男人。

夏星辰转过身，一脸惊讶地看着中年男女，大声说："妈，爸，你们怎么还没走呀？"

"那个，这不是因为晚高峰嘛，我跟你爸爸就想吃完饭，等高峰过去了再开车回去，"夏母表情不太自然地回答，说完看了眼林向宇，故作意外地说，"这就是林向宇吧？"

夏父谨慎地上下打量着林向宇，林向宇顿时有些慌张，夏星辰推了推他，他才强挤出笑容说："叔叔阿姨好。"

夏母热情地说："既然遇到了，你们也没吃饭吧？那就坐下一块儿吃吧！"

林向宇看了眼桌面，上面已经点好了菜，还摆放了四副碗筷，显然这并不是一场"意外的偶遇"，而是夏星辰和她父母计划好的局，林向宇心里有些恼火，但夏星辰已经欣然坐下了，碍于有父母在，林向宇只能压抑住情绪，别别扭扭地坐下了。

"没想到能在这里碰上，真是好巧啊，呵呵，"夏母此地无银三百两地找话说，夏星辰在桌子下踢了踢林向宇，他勉强地挤出一丝微笑，算是回应，夏母又说，"听星辰说，你比她大一届？"

林向宇规矩地回答："对，阿姨，我大三了。"

"噢，那明年下半年就得开始实习了。"林父终于插上一句话。

林向宇正襟危坐地点头："嗯，是的。"

"是准备留在上海，还是回老家呀？"林父不苟言笑地说，"你爸爸妈妈肯定希望你毕业回去吧？听说你是西安人，西安跟我们南京一样，都是古都啊。"

"如果不出意外的话，我希望能留在上海，"林向宇一一回答，"这方面我爸尊重我的选择，我妈很多年前就去世了。"

夏父和夏母略显意外地对视一眼，有些心疼地看着林向宇，夏母赶紧说："真是对不起，我们不知道这些。"

"没事儿没事儿，我爸把我拉扯得还算行，我感觉自己并不缺少母爱。"林向宇故作轻松地缓和了些许气氛，夏父和夏母不禁赞许地看着他。

"难怪我们家星辰每次一说起你，就眉飞色舞像换了个人似的，今天看到你是这么个阳光的孩子，才明白为什么。"夏母显然已经很喜欢林向宇了。

"妈！"夏星辰不好意思地说，"你说什么呢？别瞎说！"

"哎哟还不好意思了，你上大学之前爸爸妈妈是怎么跟你说的？好好学习，不要急着谈恋爱，"夏母宠溺地看着夏星辰，又对林向宇说，"说实话啊小林，阿姨和叔叔见你以前心里还有点儿打鼓，但见了你之后，我们就放心了好多。"

夏星辰一脸幸福地看着林向宇，林向宇赶紧说："星辰还是挺爱学习的，天天拉着我往图书馆跑，我都被她影响了。"

夏父满意地点点头，说："这是好事儿啊，你们还是大学生，谈恋爱就该这样，互相学习互相帮助共同进步！不要学那些电影电视剧里的男男女女，天天腻腻歪歪没点正经事儿干！恋爱如果可以让两个人互相影响、共同进步，那谈这恋爱，我们做父母的就支持，反之则不，你明白我的意思吗？"

林向宇尴尬地笑着点头。

吃完饭，夏星辰和林向宇跟在夏家父母身后走出小餐厅，夏母边走边从包里拿出一个包好的礼物，递给林向宇，笑吟吟地说："我们这次来得也突然，见面也仓促，没给你准备特别的礼物，这是阿姨亲手打的一条围巾，拿去戴吧。"

林向宇接过礼物，拆开，发现里面是一条大红色的毛线围巾，他不禁心情复杂地看了眼夏星辰，见她一脸期待地看着自己，就硬着头皮把围巾戴在了脖子上，说："谢谢阿姨。"

夏母笑得非常开心，不放心地叮嘱林向宇："我们家星辰从小被她爸爸惯坏了，有时候爱发个小脾气，耍耍小性子，但心眼可不坏，你是男孩子，可得多包容她，多担待着点儿。"

林向宇点头如捣蒜。

夏母的眼眶不禁有点红了，动情地说："那我就把星辰托付给你了，以后你们要互相照顾，互相帮助，在上海好好的。小林啊，阿姨今天见到你，觉得很投缘，很喜欢你，以后有什么困难就跟我们说，叔叔阿姨能帮你们的一定帮。"

夏星辰的眼睛也泛红了，夏父在一旁赶紧说："行了，走吧，还得开夜车回南京呢。"

"那行，我们走了，小林啊，放假如果不回西安，就跟星辰来南京玩儿啊，阿姨给你做狮子头吃！"夏母恋恋不舍又心满意足地朝车子走去。

夏星辰一个劲儿地挥手，一脸幸福开心的样子，直到车子开得看不见了，她才察觉到林向宇的脸上已经一丝笑容都没有了，便小心翼翼地试着缓和气氛说："我爸妈下午办完事儿顺道来看我，我以为他们走了呢，没想到这么巧碰见了。我妈就是个话唠，拉个人就能聊半天，你看这时间，《教父》都演一半儿了，要不，咱们去看晚场电影？"

"我不想看了，回去吧。"林向宇说完，拔腿往宿舍的方向走。

夏星辰赶紧跟上，边走边讨好地说："我就知道我妈一定喜欢你，果然，一晚上都在跟你说话，都没怎么搭理我！怎么样，我爸妈没你想象得那么恐怖吧？"

"他们挺好的。"林向宇淡淡地说。

夏星辰赶紧说："那是！他俩也是在大学里认识的，毕业后就结婚了，和咱俩还挺像的。"

林向宇突然停住脚步，拨下夏星辰挽在他胳膊上的手，认真地看着她的脸，一字一顿地问："为什么要骗我？"

"我哪儿骗你了？"夏星辰插科打诨地说，"我说你害羞，你还不承认，刚才吃饭的时候不是聊得挺好的吗？我爸那么难搞的人都对你印象不错呢！"

林向宇的脸色越来越差了，激动地说："你说这是凑巧遇到？刚才他们点好的菜明明是四人份的，还是四副碗筷，如果是碰巧，你妈怎么会送我她亲手织的围巾，还包装得那么仔细？夏星辰，这事儿是你跟你爸妈合起伙儿来骗我的吧？"

"什么叫骗你啊，干吗说得那么难听？"夏星辰嘴硬地说，"就是凑巧，你说你不想见我父母，我也没逼你啊，今天这就是个意外！"

"你这就是狡辩！"林向宇说，"我说过了，咱俩现在的情况，见父母太早了，时机成熟了我自然会去见你爸妈，你看今天仓促的，你给我打个措手不及，你让他们怎么想我？"

"什么是时机成熟的时候？"夏星辰不开心地反问，"难道我不是你的女朋友吗？是的话为什么不能见父母，又不是上门提亲，就像是见朋友的父母一样，不行吗？"

"你说得也太轻巧了！"林向宇大声说。

"这本来就不是什么大事，你干吗非得放那么大，有意义吗？"夏星辰也不高兴了，大声质问道，"还是你在怕什么，想逃避什么？"

"我没怕什么，也没想逃避什么，更没有小题大做！"林向宇不耐烦地说，"你换位思考看看，有一天我闷声不响地把你领到我爸爸面前，你会开心吗？"

"当然开心啊！"夏星辰失望地说，"但我怕根本没有那么一天！"

"你能不能不要这么无理取闹？"林向宇加重语气说，"你不觉得你的控制欲太强了吗？"

"我怎么无理取闹了，我的控制欲怎么强了？就因为我让你见一下我爸妈，你就这样，你这才是无理取闹好吗？林向宇，你心里到底有没有我啊？"夏星辰越说越委屈，"你心里根本就没有我，你不觉得你平时跟我在一起的时候，总是心不在焉的吗？不管我多么努力地想要靠近你，取悦你，你都对我很敷衍，很冷淡，你不觉得吗？"

"你不觉得咱俩黏得太近了吗？"林向宇被问得哑口无言，索性也挑明了说，"为什么我们就不能有一点各自的私人空间呢？"

"你就是不爱我！"夏星辰的眼泪流了下来，伤心地问道，"你是不是还对那个书店里的女生念念不忘，你是不是把我当成她的替代品了？"

林向宇突然觉得脑中嗡嗡响，冷冷地说："夏星辰，你、你要是这么说的话，那就太没劲了。"

说完，林向宇扭头走了，把夏星辰一个人留在原地。

夏星辰的眼中噙满泪水，呆呆地看着林向宇远去的背影，他似乎真的生气了，走得那么快，一次也没有回头，夏星辰忍不住想，他果然还是没有忘记那个所谓的"手帕女神"，严重到她连提都不能提一句……

天空应景地飘下一片片雪花，夏星辰擦干脸上的泪水，心灰意冷地也扭头走了……

这次不欢而散之后不久，这个学期也结束了，寒假里，夏星辰和林向宇没有任何联络，夏星辰每天都守着手机和电脑，期待着林向宇能来跟她道歉，但却什么也没有等到。

日月更替，冬去春来，一转眼，寒假也结束了，时间来到了 2014 年，林向宇、管超、谢训和李大鹏，迈入了大三的下学期，对于他们来说，大学生涯也几乎步入了尾声，因为再过半年，他们就要开始进入大四的实习，接受现实和命运的双重鞭打了……

而此时，他们却还要紧紧抓住这青春的尾巴，尽情地享受这大学时光的短暂和美好。

Chapter 2　甜蜜爱巢

4 月的某一天，330 寝室里的气氛有些沉重。

隔壁宿舍的猴子来找谢训买啤酒，发现谢训、林向宇和李大鹏都规规矩矩地坐在小板凳上，低眉顺眼地听着管超居高临下地说着什么。

"林向宇，你看看你，才 40 分！老谢，更低，15 分！"管超痛心地把两摞卷子分发给二人，那是英语四级模拟试卷。

谢训心不在焉地接过试卷，顺手举起手机，对着微信语音说道："鸭脖子 18

元一盒，满 30 元男生宿舍楼送，满 100 元全校送！"

管超刚要训斥谢训几句，猴子忍不住了，凑上去问："你们弄啥呢？"

"系里有规定，英语四级不过不是不让毕业吗？"管超指着林向宇、谢训和李大鹏，"这几个家伙，没一个能过的，兄弟们，你们这是集体 Out 的节奏啊！尤其是你，对，我就是在说你，James，你在加拿大待了那么多年，怎么才得了 55 分？"

"What the fuck！（意指惊讶）"李大鹏不可思议地接过试卷，边检查边说，"搞没搞错啊？这正确答案的用法都老掉牙了好不好，现在哪儿有外国人这么说话呀？拜托！"

"我说 James 啊，你错就错在在国外待的时间太长了！"管超不客气地说，"你管那语法是不是老掉牙呢？当务之急是得赶紧把四级过了，你得入乡随俗晓得伐？"

"入乡随俗？"李大鹏天真地瞪着大眼睛，"那是什么东西？"

"你连这个都不懂？"连猴子都听不下去了，抢着给李大鹏解释，"举个例子吧，假如你是只螳螂，但你嫁到屎壳郎家里了，虽然你本来不搬屎，但你现在就得搬，晓得？"

李大鹏一知半解地陷入了沉思，猴子则拽住管超，可怜巴巴地说："超哥，你也救救我吧，我这英格丽屎（Enghish）也真是屎到家了，你们也带我一块儿学吧！"

"你就来吧，猴子，反正我们管老师教一个跟教四个没多大区别，"林向宇看着自己满卷子的红叉叉，叹着气说，"太郁闷了，我从小英语就没好过。"

"太好了，我还正愁着要不要报个培训班呢，谢总，来两瓶啤酒，我得先喝个拜师酒！"猴子高兴地说，谢训打开柜门去拿酒。

"等等！"管超连忙拦住了谢训，严肃地说，"猴子，既然你要在我这儿学，就得遵守我的规定，以后你一进 330 的门，就得说英语，不管是来打网游还是来买东西。"

"等等等等，这是什么时候定的规矩啊？"林向宇一头雾水地说，"我怎么不知道啊？老谢，James，你们知道吗？"

谢训和李大鹏齐齐摇头，管超得意地说："这是我突然想到的，你们三个也不能例外，在这段时间，你们在宿舍里必须 use English for communication，现在就开始，猴子，你不是要买啤酒吗？ Please in English！"

猴子愣愣地看着谢训手里的啤酒，吞着口水，费劲地说："啤酒？屁、屁、屁儿！"

林向宇他们全都被猴子的发音逗笑了，管超抬手做出安静的手势，一本正经地说："行了，都别笑了！猴子，你要想参加的话，每天来我们宿舍一得说英语；二，你每天得背满 50 个单词，才能打 10 分钟的 dota（一款由暴雪公司出品的多人即时对战网络游戏）；三，打 dota 的时候也必须说英语；四，每周模拟测试一次，分儿最低的人要打扫宿舍一周！"

宿舍里顿时怨声载道，林向宇抗议道："超超，你这是借着学习好的优势，故意逃避打扫宿舍的义务！"

"这点儿福利我总得有吧，哼！"管超理直气壮地说，"没有竞争就没有进步，都别唠唠叨叨的了，赶紧抱佛脚吧！"

330 里发出一阵凄惨的哀号声，谢训突然看了看时间，站起来拔腿就往外走，边走边说："不行了，到点儿了，我得回家给小镜做饭去，走了，拜拜！"

猴子看着谢训急匆匆的背影，羡慕嫉妒恨地说："瞧他那点儿出息！"

管超立刻瞪着猴子说："In English！（用英语说）"

"See his……his……chuxi！（瞧他那点儿出息）"猴子被逼无奈，只能用汉语拼音装傻充愣。

谢训一路急匆匆地离开学校，来到一栋陈旧的居民楼下，这就是之前他带高宝镜来看过的那套亭子间。

来时的路上，谢训在菜市场买了两条鲫鱼和一些蔬菜，一进楼就冲进公共厨房，手忙脚乱地忙活起来，点煤气，热油锅，两条鲫鱼在油锅里滋滋煎炸着，谢训举着锅盖充当盾牌躲避四溅的热油。

很快，小房间的门开了，高宝镜拎着东西，疲惫地走进家门。

"晚饭马上就好了，你休息一哈子！"谢训笑眯眯地从厨房里探出头，亲热地挥了挥手里的锅铲。

高宝镜好奇地走到厨房门口，靠在门边看着谢训忙碌的身影，一脸幸福地说："都说男人做饭的时候最性感，你看着还挺像那么回子事儿的嘛！"

"那当然！你训哥的厨艺可不是盖的，小镜，你快出去，这里油烟重，莫熏着你。"谢训贴心地说，高宝镜没有走，而是走进了厨房，她看到砧板上还有没切的小葱，就洗洗手切起葱来，两个人并排在厨房里做饭，那画面看起来很温馨。

"小镜，让你住在这里，真是委屈你了，"谢训看着高宝镜麻利地干活，不禁有点儿心疼，"你放心，你每次上厕所前，我都会去把马桶给你刷干净。"

"你不用操心了，我买了一次性的马桶套呢，用一次，扔一次，"高宝镜笑着说，"我现在觉得这里的生活气息很浓厚，交通也挺方便，住在这里挺好的。"

谢训小心翼翼地用汤勺舀了一点鱼汤，递到高宝镜嘴边，看着她尝了一口，他赶紧问："味道怎么样？"

"要得，嘿嘿。"高宝镜用浓浓的重庆话回道，两人相视一笑，很自然地互相亲了一下对方的嘴唇。

几分钟后，热腾腾的饭菜端进了小房间，高宝镜刚坐下，谢训就叼着一枝玫瑰花，从公共洗手间里端了一盆热水进屋，放到高宝镜的脚边。

"哟，训哥还学会买花了。"高宝镜从谢训嘴里取下玫瑰花，惊喜地放在鼻子底下闻。

"那是，我家镜镜辛苦地站了一天台，这是哥犒赏你的小礼物，"谢训得意地介绍着盆里泡的药草，说，"这是生姜、香叶、八角和茶叶秘制的泡脚汤！"

"你炖猪脚呢？还放那么多调料。"高宝镜娇嗔着，笑眯眯地将双脚放进温热的水里，把玩着手里的玫瑰花，舒服地闭上眼睛说，"巴适！"

谢训从口袋里掏出一把有零有整的钞票，郑重地放进床头的饼干铁盒罐里，美滋滋地说："今天我赚了一百多，怎么样小镜，你第一天上班还适应吗？"

自从离开了老吴，高宝镜的求职之路就一直很不顺利，只能接一些廉价的站台工作，工作时间长不说，报酬也很低，即便是这样的工作，她也经常找不到一份，今天还是她一个月来的第一次上工。

"穿高跟鞋站了一整天，真是累死我了，不过赚了二百多。"高宝镜打开钱包，从里面取出两张红色的人民币。

谢训赶紧给高宝镜的碗里夹了一块鲫鱼，心疼地说："多吃点儿补补，明天做啥子？你带双平底鞋嘛，下班了就换上。"

"换了也没用，还是疼，"高宝镜小口地吃着鱼，说，"明天还要去科技馆做活动，脚痛死了！刚刚我简直是爬回来的，脚底板跟着了火一样。"

"吃完饭哥给你按摩一哈，哥真是舍不得你这么辛苦，明天我再去找找零工。"谢训说。

"没事儿，这样赚钱我心里踏实，"高宝镜欣慰地说，"你别再找零工了，都快考英语四级了，你好好复习噻！"

"没事儿，不耽误。"谢训不在乎地说。

两个人温馨地吃起饭来。

傍晚时分，7号男生宿舍楼里呼啦啦地走进了一群人，这些人里有学校的保卫处长，有宿舍的管理员，还有包括韩树和夏星辰在内的学生会干部们。

一群人径直上到了三楼，保卫处长又叮嘱了众人一遍："大家一会儿随机抽查，重点检查房间里有没有违禁品，比如热得快、电吹风、电磁炉等超过宿舍额定电量的电器，晓得伐？"

学生干部们面色凝重地点点头。

查寝的队伍率先来到了319宿舍，门一打开，就扑出来一股冲鼻的臭味，夏星辰和几个女学生干部不禁皱着眉头直捂鼻子。

保卫处长感慨地说："真有男人味儿啊！"

宿舍内一片狼藉，众人跨过各种篮球、臭球鞋、小桌子、脸盆以及不知道是什么东西的东西，仔细地在宿舍内检查。

韩树被熏得迷迷糊糊，终于无法忍受地说："孙老师，没有违禁品，咱们走吧！"

就在大家转身要离开的时候，保卫处长却突然瞪圆了火眼金睛，像发现新大陆似的眼睛亮了起来，一边大步走向阳台一边说："等等等等！"

阳台的门被拉开了，里面果然别有洞天，竟然是一间迷你小厨房——电磁炉、砧板、菜刀、小锅和老干妈等调味料被放在一堆鞋子中间，拖把上还长着一丛丛的"蘑菇"！所有人都被眼前一幕震惊了，纷纷掏出手机拍照留念。

"记下记下，你们几个，把这些东西收走，其他人，跟我去搜查下一间寝室——327！"保卫处长多年来在查寝方面拥有丰富的经验，对眼前的一切丝毫不感觉奇怪，神情自如地安排着大惊小怪的学生会干部们。

228 –

很快，一行人推开了327宿舍的门。

寝室里，只有猴子一个人躺在床上蒙头大睡，听到纷杳的脚步声，他"噌"的一声坐了起来，睡眼惺忪地看着在寝室里东翻西找的一大群人，迷茫地问："怎么了？"

"临时抽查！"保卫处长例行公事地说。

猴子又呆了几秒，才彻底清醒过来，然后他看见了韩树，不禁心头一颤，手忙脚乱地找了件衣服穿上，然后从床上爬下来，尴尬地解释道："我们宿舍、宿舍就是乱了点儿……今天就收拾……肯定收拾。"

保卫处长已经步入了阳台，327的阳台倒没有什么违禁电器，但地上却摆着两块砖，砖块的中央还有一堆黑乎乎的灰烬，旁边还丢着一本烧了一半的《新华字典》，处长生气地问："这是什么？谁允许你们在宿舍里点火了？"

"那个那个，不是不是，那个那个……"猴子支支吾吾地说不清楚。

一个学生会的男生眨巴眨巴眼睛，似乎想到了什么，赶紧走上前献媚地对保卫处长说："孙老师，看这黑灰的量，撑死也就能热一杯牛奶，要想煮方便面，估计得烧一本《辞海》才行。"

"你们烧了半本字典，就为了热一杯牛奶？"保卫处长难以置信地看着猴子。

猴子无言以对，只能低头认罪："那个，我们错了，一会儿就撤了，您看，我们也没用违禁电器，是不是能……"

"记下，在宿舍里违规烧火！"保卫处长对一旁负责记录的学生会干部说，然后一挥手，"下一间！"

查寝的队伍呼啦啦地走出了327，韩树故意落在最后一个出去，临走前同情地看了猴子一眼。

随后，保卫处长的脚步停在了330宿舍的门口。

夏星辰原本和韩树一起走在最后，一见这情形，赶紧加快脚步，走到了前头，抢先一步帮保卫处长打开了330的门，并带头走了进去，故意提高音量喊道："查寝了！"

330宿舍里很安静，四个男生全都不在。

夏星辰一走进寝室，立刻就看到谢训的床头放着一只"热得快"，趁着保卫处长还没进来，她快步走过去，顺手将"热得快"塞进自己随身携带的帆布包里。

"阳台和每个人的储物柜是检查重点，大家看得仔细点儿！"在保卫处长的吆喝声中，学生会干部埋头检查起阳台和柜子。

"星辰，这是林向宇的桌子，还是你来检查吧，"一个男生笑嘻嘻地招呼夏星辰，"顺便再查查岗，看看他有没有背着你干什么坏事儿！"

"谢谢啦！"夏星辰笑着走过去，她和林向宇已经很久没有联络了，说实话，她真好奇他每天都在干什么，为什么就能忍得住一个短信都不发给她，带着这样的疑问，夏星辰打开了林向宇的柜子，先趁人不备地把"热得快"扔进柜子角落，然后仔仔细细地打量起里面的陈设。

林向宇的生活习惯还不算糟糕，柜子里的衣服折叠得还算整齐，但也丢了几件还没有来得及洗的汗衫。

"发现什么违禁品了没？"保卫处长在一旁大声问。

"没有。"夏星辰和其他学生会干部稀稀拉拉地回答，回答完，夏星辰准备关上柜子，却突然看到柜门上还挂着几个钩子，其中一枚钩子上挂着一块手帕，夏星辰摘下手帕仔细端详，那显然是一块女性的手帕。

迟疑了片刻，夏星辰悄悄地将手帕揣进了自己的帆布包里……

Chapter 3　赌气焚帕

进入了夏季，天气一日赛一日地炎热起来，怕热的人恨不得每天都躲在空调房里。

唯有谢训偏偏反其道行之，这些日子，每到了一天中最热的正午时分，他都会跑到火车站门口，站在当头的烈日下，举着一个写有"南通三建，接无为民工"字样的牌子。

这是谢训从一个包工头那刚接下来的活儿，他给包工头接满一车民工，包工头就给他两百元的好处费，为了能多赚点儿钱，让高宝镜过上更好的生活，诸如此类的零活，谢训每天都要干好几票。

下午三点，谢训顶着被晒得黑红的脸颊，疲惫地回到学校，一进宿舍，管超就迎上来，跟谢训说了查寝的事儿，谢训心有余悸地从林向宇柜子里取出自己的"热得快"，感激地说："还好还好，没被没收，要不又损失不少钱。"

"哎哟老谢，你的'热得快'居然没被没收？"猴子推开寝室门走进来。

管超一看见猴子，立刻板起脸，严肃地提醒道："我昨天说什么来着？只要你踏进我们寝室的门，就得说英语！"

猴子一听，赶紧退到门槛之外，一脸庆幸地说："你看好，我可没踏进你们宿舍。"

就在管超拿猴子没办法的时候，林向宇晃悠着走进宿舍，谢训一下子扑过去搂住林向宇的脖子，夸张地喊道："宇哥，今天查寝了，多亏你的好媳妇，把'热得快'藏进你的衣柜里，不然闹到高朝那儿，又要给我记过加罚钱了！"

"这都是小事儿，"林向宇把谢训推开，"你有话好好说，别动手动脚的，别人还以为咱俩弯了呢。"

"果然是朝中有人好当官啊，宇哥，你必须替我好好谢谢我亲爱的好弟妹！"谢训唠唠叨叨地说，"哎呀呀，弟妹爱吃什么？从我这儿拿去，不收钱！你也趁这机会去跟人家和好吧，多好的小姑娘，你可别身在福中不知福！"

"哎哟，你们可都听见了，老谢居然不收钱了，真是太阳从西边出来了！"林向宇故意回避着重点，声东击西地打哈哈。

谢训不以为意地笑着说："你就知道埋汰我！"

管超终于抓到机会，赶紧显示自己的存在感："'埋汰'用英语怎么说？"

"我知道，maitai！"猴子站在门外，又开始卖弄他的拼音能力。

管超和谢训对视一眼，突然默契地扑上去，一人一边地拽住猴子的手就往寝室里面拖，三个人哇哇大叫地抱成一团。

林向宇看了看那三个大小孩儿，又想了想查寝的事儿，便下意识地打开自己的储物柜，首先就先去看藏在深处的女神画像，画像完好无损，林向宇心里暗暗松了一口气，正要关柜门，突然发现钩子上的手帕没了，他纳闷地在柜子里翻找了一番，还是没有找到，边有点儿着急地抬起头，问其他人："你们看见我的手帕了吗？"

"不是在你柜子里边挂着吗？谁敢动你的宝贝手帕呀！"谢训顺嘴回答。

管超也摇摇头，表示不知道，只有猴子恍然地说："刚才不是查寝了吗，会不会是谁有什么怪癖，把你手帕拿走了？"

林向宇二话不说地拿起手机，一边拨夏星辰的电话，一边走进阳台。

夏星辰正坐在寝室里，生气地看着那块手帕，她知道这就是传说中的"女神手帕"，没想到这么长时间过去了，林向宇居然还像宝贝一样地收藏着这块手帕，难道他从来没有放下过那个女生，难道她夏星辰真的只是一个替代品吗？

_231

这时，夏星辰的手机响了，她低头一看，竟然是林向宇的号码，这是两人闹掰之后，林向宇第一次主动打来电话，夏星辰心中的烦闷瞬间一扫而空，眼中闪耀着惊喜，她接通电话，故作平静地说："喂。"

电话那头却是一片沉默，几秒钟后，夏星辰有点儿急了，忍不住问："你打来电话却不说话，是什么意思啊？"

林向宇这才淡淡地说："听说你帮谢训藏了热得快，他让我谢谢你。"

"这点小事儿，不足挂齿，"夏星辰努力克制自己的情绪，主动给林向宇制造台阶，"你找我就为了这事儿？"

林向宇深吸了一口气，才又说："你把热得快藏进我柜子里的时候，看到什么东西没有？"

夏星辰的心一沉，拿着手帕的手攥紧了，但还是故意用一副轻松的腔调打趣地问："什么东西？你有什么事儿瞒着我吗？是不是藏了别的女孩儿的照片，还是类似的东西？"

电话另一头是令人窒息的沉默，许久之后，林向宇才说："算了，没事儿了。"

"你什么意思啊？"夏星辰再也克制不住了，连珠炮地喊道，"你一个寒假没联系我，现在突然给我打电话，就是为了问这种乱七八糟、无关紧要的事儿？你对我就这么没有话讲吗？"

"你又来了。"林向宇不耐烦地说。

"什么又来了，我说错了吗？"夏星辰激动地说，"林向宇，你自己看看，咱们俩这样还算是情侣吗？一个寒假不联系，开了学也不见面，不约会，咱俩还是男女朋友吗？"

"你别闹了，"林向宇烦躁地说，"回回跟你聊天，你三句话不到就开始审问我。"

"我怎么审问你了？"夏星辰愤怒地质问，"你心里根本就没有我，其实你一直都还惦记着那个女神吧！"

电话另一头又沉默了两三秒，林向宇声音冰冷地说："夏星辰，你要是继续这样，那咱俩真的没什么好说的，我以为过了一个寒假你能冷静下来，现在看来并没有。好了，管超他们找我了，先这样，挂了。"

说完，没等夏星辰再开口，电话那头传来了挂机的"嘟嘟"声。

夏星辰愤怒地把手机摔到床上，号啕大哭，哭累了，她看了看手里的手帕，一狠心，点开了打火机，火苗迅速吞噬了那条漂亮的手帕，夏星辰把手帕扔到装饼干的铁皮盒子里，手帕很快就化作了一堆灰烬……

午餐时间，学校食堂里熙熙攘攘。

从加拿大回来的海归李大鹏，早已习惯了国内的大学生活，此时他趿拉着拖鞋，就像一个普通的大学生一样，端着餐盘，排在打饭的队伍里。

"李大鹏！"这时，身后突然传来了Jennifer Baby的声音。

李大鹏浑身一麻，本能地想逃，但那声音就在他耳边，他心知是跑不掉了，只好别扭地回过头，自从上学期在沈李两家的聚餐上当众拒绝了和Jennifer Baby的婚事后，Jennifer Baby就再也没有来纠缠过他，李大鹏的耳根子已经清静了好几个月，他还以为自己终于摆脱了Jennifer Baby呢，没想到她居然又出现了。

数月不见，Jennifer Baby整个人都瘦了一圈，她的面色有些低落黯淡，但嘴角却挤着一抹故作轻松的笑："李大鹏，我马上要去法国留学了。"

"去法国？"李大鹏惊讶地张大嘴巴，"怎么这么突然？"

"不突然啊，本来我就在国内待烦了，国内大学里教的东西我也不喜欢，加上你又不喜欢我，所以干脆就出国咯，边玩儿边学，还不错吧？"Jennifer Baby的语速很快，仿佛是想掩饰话语间随时会泄露的哽咽，"其实我一直都有出国的打算，只不过提前了而已。当然了，本来我是想跟你一起出国的，你学企业管理，我学内衣设计，将来把你家的丝袜和我家的内衣做大做强，现在看来是没这个可能了。谁叫你不喜欢我，这种事儿也勉强不来。"

"可是，那边的人都说法语，你能适应吗？"李大鹏一时间还是不能消化这个信息。

"有什么适应不了的，我 Jennifer Baby 是什么人？这个世界上有什么是我搞不定的？噢不对，整个宇宙只有你让那个我搞不定，呵呵，"Jennifer Baby 嘴上开着玩笑，眼眶却有些泛红了，"李大鹏，其实这段时间，我一直努力想跟你在一起，所以才做了那么多不靠谱的事情，本来还以为你会对我动心的，没想到还是惹得你很不开心，成了你的负担。我能做的都做了，也没让你喜欢上我，恐怕你就是不喜欢我这款菜吧，这事儿我已经想明白了。"

李大鹏有点儿尴尬，不知道说什么好。

Jennifer Baby 顿了顿，让自己的情绪平静了一些才继续说："你别以为我是这两年才喜欢你的，其实从我们小时候一起玩儿的时候，我就喜欢你了。那时候你多可爱啊，动不动就哭鼻子。我们一起玩儿过家家的时候，我就好想自己能快点儿长大，长大了就可以跟你在一起，牵手接吻一起到处玩儿，我发誓，我对你的感情，和我们两家的生意没有半点儿关系。可惜，我在你心里真的没那么重要。所以我想明白了，不再勉强你了，你去追求你自己想要的爱情，大胆去追你喜欢的女生好了。"说到动情处，Jennifer Baby 不禁笑着流下眼泪，但她马上抬手擦干了。

李大鹏也有些伤感，轻声问道："你什么时候回来？"

"谁知道呢？我想趁着这个机会，边读书边把欧洲玩儿个遍！对不起啦，我不想把分别搞得这么伤感的，也不是想要你挽留我，现在，就算你当众跟我求婚，我也要坚决去法国啦，"Jennifer Baby 笑中含泪，坚强又乐观地说，"未来可不好说哦，你不喜欢我这样的，说不定老外就喜欢呢。万一我在塞纳河畔艳遇到一个超级大帅哥，他又对我死心塌地的，我就可能留在那儿跟他生个混血宝宝。到时候我女儿太漂亮，你可以追她，给我当女婿好了。"

"你还开玩笑。"李大鹏又被 Jennifer Baby 逗笑了。

"好了，我要走了，"Jennifer Baby 也笑了，最后看了看李大鹏，送给他一抹微笑，然后下定决心地转过头，"别送我了，也不用想我。"

Jennifer Baby 走了，再也没回头，李大鹏只能朝她的背影挥了挥手。

和 Jennifer Baby 分别之后，李大鹏也没心情吃饭了，其实，回国的这两年时间里，李大鹏几乎每天都在盼望着 Jennifer Baby 能消失，可她现在真的要消失了，他心里却并没有预想的那种轻松和解脱，而是觉得有些伤感，当然了，这伤感只是因为一个熟悉的朋友的离开，而不是失恋。

每当心情不好的时候，李大鹏就想和他的动物们在一起，想到这里，他放下了餐盘，直接走出学校，回家了。

而此时此刻的 330 寝室里，猴子和谢训正被管超摁着背单词，管超暴躁地对着天花板乱叫："苍天啊，一个单词你们俩背了半个小时了，还能不能行？不过你们俩也比林向宇和李大鹏强，这两个屁货，一听说要背单词，居然连宿舍都不敢回了！"

谢训郁闷地看着单词书："超爷，你是学霸，你当然觉得背单词不难了，可我天生就是英语渣渣，高考英语才考了 60 分，你这是强人所难嘛！"

"哈哈！"猴子大笑两声，得意地说，"我比你多考了两分。"

"你们俩就不能比点儿好吗？"管超气哼哼地说，"没几天就要考试了，你们还这么吊儿郎当的，还想不想毕业了？"

"算了，老子不学了！"谢训干脆把书一推，掐着手指头说，"有这背单词的功夫，老子不如再出去挣点儿钱，买考试答案去！"

"这个主意靠谱！"猴子当即竖起大拇指。

管超试图威胁二人："今天你俩别想 dota 了！"

"do 屁 ta！"谢训站起来，一边往宿舍外走一边说，"天无绝人之路，我今天上网搜搜哪儿有卖答案的！好了，我要打零工去了，走了，byebye gays！"

管超朝着谢训的背影怒吼道："gays 你妹啊？是 guys！"

谢训早跑得没影了。

接了一下午的农民工，赚了四百元钱，谢训身心疲惫地回到租住的亭子间。

小房间的饭桌上已经摆了两菜一汤，高宝镜靠在床头睡着了，谢训蹑手蹑脚地关上门，拿过毛巾被盖在她的身上。

"你回来了，吃饭吧！"高宝镜还是醒了，打着哈欠站了起来，"饭菜都有点儿凉了，我拿去热热。"

"等会儿再吃，我给你捏捏脚吧！"谢训看见高宝镜又红又肿的脚，不禁一阵心疼，小跑着冲去公共洗手间接水。

十来分钟后，水烧好了，谢训一边轻轻地揉着高宝镜的脚，一边不解地问："你的脚咋个肿成这样，还有好几个水泡？"

"没办法，站台必须得穿高跟鞋，除了这个，我又不会其他的，只能先这么忍着了，"高宝镜痛得直抽冷气，"对了，今天房东上门来催下个季度的房租了，你那儿的钱够吗？"

谢训有些奇怪："不是下个礼拜才交吗？"

"她看咱俩是学生，怕我们交不起呗，你没看见她那个眼神，哎哟，就好像咱俩不是什么正经人似的，哼，势利眼！"高宝镜愤愤地说，随即像想起什么似的说，"对了，训哥，以后的房租我跟你一起分担吧，一个月三千块全都让你出，你太辛苦了。"

"男人嘛，这点小事儿算得了什么？"谢训一感动，手上的力气就有点儿大了。

高宝镜皱了皱眉头，拉过谢训的手，看到他手上有好多新长出的茧子，她心里不禁一阵酸楚，谢训赶紧说："没事儿，哥的皮太嫩了，一磨就出茧子，慢慢习惯了就好了。"

高宝镜心疼地抚摸着谢训的脸，两人紧紧地拥抱在一起。

Chapter 4　四级风波

中午，谢训推着一个装满饭盒的小推车，脚步匆匆地在宿舍楼里奔走。

小推车上贴着一张招牌，上面写着：**食堂代购，每份三元，网上支付，童叟无欺**。牌子的角落上还印着"谢客隆"小卖部的二维码。

送完饭，谢训心急火燎地跑回330，管超、李大鹏和猴子都在宿舍里静坐着，一见谢训回来，三个人齐声叫道："超超，你可算回来了，饿死我们了！"

谢训擦擦额头的汗，把几个人的饭盒从小推车上拿下来，四个人支起桌子，开始吃饭，一边吃，谢训一边神秘兮兮地说："我有个大事儿要跟你们商量！"

"用英语说！"管超冷冷地说。

"我去，没你的事儿，"谢训白了管超一眼，问，"咦，林向宇呢？"

猴子狼吞虎咽地吃着饭，说："不知道他去哪儿了。"

"算了，这事儿他肯定同意，"谢训自信地说，"James，猴子，到了事关咱们性命、关乎咱们能否顺利毕业的关键时刻了！咱们几个，最近连一场dota都没打爽过，这样的日子，你们还想要吗？”

“不想！”李大鹏和猴子齐齐摇头。

“天无绝人之路，老天爷开眼了啊，他老人家看咱们这么可怜，派了个天使来救我们！”谢训激动地说，“事情是这样的，昨天晚上，我通过论坛、贴吧和淘宝，各种寻找，皇天不负有心人，老子在QQ上找到了一个专业卖四级答案的靠谱大哥！”

管超鄙夷地看着谢训，猴子摩拳擦掌，李大鹏却不作声，显然还没太听懂。

谢训继续说：“老子昨天一晚上没睡，把他祖宗十八代都聊出来了，听说他祖上还出过状元，人家也是名牌大学英语系毕业的！”

“可是，怎么能证明他卖的答案是靠谱的呢？”李大鹏歪着脑袋问。

“人家怎么可能告诉我渠道？这是机密！”谢训神叨叨地说，“但经过我的打听和分析，我感觉他就是相关机构负责四六级考试的内部人员！”

“太好了，我们有救了！”猴子兴奋地说，“对了，他怎么把答案发给咱们啊？要买那种耳塞式的无线电吗？”

“你傻啊？”谢训点了一下猴子的脑门儿，胸有成竹地说，“现在考试查得多严啊，咱们不能在考场上动脑筋，明天八点开始考试吧？那人早晨六点就准时把答案发给咱们！”

管超忍不住说：“我怎么听着挺悬的？现在网上这种骗子可多了，专挑你们这种急着过四六级的傻子骗！”

“你少唱衰，没有考试就没有买卖，别乌鸦嘴！”谢训不理会管超，继续说，“说实话，人家一开始还不想卖给我呢，是我软磨硬泡，把好话都说尽了人家才勉强同意的，怎么可能是骗子？我都成他好哥们儿了，还答应给他介绍对象呢！卖答案的就是咱们失散多年的亲兄弟啊，要把他们当作自己的亲人！”

“那这亲人要收咱们多少钱？”猴子急切地问。

“一千块！”谢训伸出一根手指，满脸激情地说，“这可是亲情价啊，咱们四个人，每人只要出250块就能解决四级的烦恼了，简直是太划算了有没有？别人都卖好几千呢！James，表个态啊！”

李大鹏终于点点头，摸着下巴说：“听起来还挺靠谱的。”

“我也觉得行！”猴子问谢训，“宇哥能答应吗？”

“不用问他，这种好事儿他肯定答应，就这么决定了！”谢训举起茶缸子，兴奋地说，“来，干一个，for English 4 level ！”

谢训、李大鹏和猴子碰茶杯，管超在一旁翻白眼儿。

“对了，咱们要不要多找些人一起买，这样大家分摊的钱更少。”猴子机灵地说。

"这你就不懂了，人多嘴杂，万一有人走漏风声，被发现了怎么办，高朝能饶了我们吗？"谢训压低声音，警惕性极高地说，"所以，就咱们几个知根知底的得利就行了，这叫肥水不流外人田！我这人平时虽然爱钱，但关键时刻从来不占小便宜，猴子，你可千万别跟你们宿舍的人说啊！"

猴子点头如捣蒜，管超又在一旁泼冷水："你们几个，大一和大二的时候如果好好学英语，还至于花这一千块冤枉钱吗？"

"超超，你这就不懂了，"谢训喝了口白开水，目光炯炯地看着管超，"人呢，总是会擅长一些事，再不擅长一些事的。比如我们就是没有学习英语的天赋，就算我们后天再咋个努力都改不了。你知道你的短板在哪里吗？哈哈哈哈，你看都大三了，你还是个处男！"

猴子和李大鹏哈哈大笑，管超郁闷地指着猴子说："笑个屁，好像你不是处男一样，你们知道处男用英语怎么说么？"

"爱怎么说就怎么说，老子都有考试答案了，还管你什么英语不英语的？"谢训得了便宜还卖乖，继续奚落管超，"face party 都办了两年了，有的人女朋友都换了好几个了，你说你咋个就这么不开窍呢？这种事儿别人也替不了你，要是可以的话，老子早就替你上了！"

管超红着脸，哼哼地不吱声，李大鹏却突然插嘴道："对了，咱们马上就要上大四了，要开始实习了，没有工夫弄 face party 了，怎么办？"

"没工夫搞就只能停了呗。"谢训顺口说。

"不行！"管超立马反对，"必须继续办，还有很多像我一样的人特别需要这个派对呢，不能停，要把这个派对变成我们学校的传统，一直搞下去！"

"你有时间搞？"谢训问，"就算你有时间搞，难道你不用毕业？毕业后，你还咋个继续搞？"

"不然，我们搞一个 face party 的接班人海选大赛好了，"李大鹏灵机一动地说，"咱们在全校范围内找几个适合的接班人，应该不是难事儿吧？"

"靠谱！"管超立马拍桌子赞同，"反正不能把主办权轻易交出去，也不能交到别的学校的人手里！"

很快，一天就过去了，隔天就是一年一度的英语四六级考试的日子，清晨五点五十分，校园里还是一片寂静，宿舍楼还沉浸在睡梦的气氛中。

铃铃铃，铃铃铃！

330 宿舍里突然响起一阵刺耳的闹铃声，谢训噌地从床上坐起来，林向宇和李大鹏也先后睁开了眼睛，三个人窸窸窣窣地下床穿衣，只有不用考试的管超还在蒙头大睡。

这时，宿舍的门被人推开了，猴子睡眼惺忪地走进来，一进屋就又躺到地上，半睡半醒地哼唧道："快起来抄答案了。"

四个人全都顶着一头邋遢的乱发，神秘而紧张地凑到电脑前，谢训看了看屏幕右下角的时间，五点五十九分，他赶紧打开 QQ，找出了卖答案的卖家，在对话框里发出了一条信息：**哥，我来了**。还补充了一个坏笑的表情。

等了几秒，没有回应，四个人传染似的此起彼伏地打着哈欠，谢训拍拍猴子的肩膀说："猴子，你看着点儿，我先去刷个牙洗个脸，精神精神。"

林向宇和李大鹏异口同声地说："我也去，我也去！"

三个人起身端着盆子去了水房，等三人洗漱完毕回来，已经是六点十分了，QQ 里还是一片死寂，卖家并没有把答案发过来。

到了六点四十，林向宇有点坐不住了，狐疑地问："靠不靠谱啊老谢，咋个回事儿？"

"说好六点的啊，"谢训不解地眨巴着眼睛，安慰大家，"你们别急，估计他睡过头了，咱们再等等。"

一晃，四个人等到了七点整，谢训从储物柜里拿出饼干和面包，一边分给大伙儿一边说："边吃边等。"

"对了，训哥，你有没有他的电话？"李大鹏啃了一口面包，莫名来了灵感，"你给他打个电话问一下嘛。"

"有道理，有道理！"谢训恍然大悟，拿起手机拨号，结果那头却传来一个机械的女提示音——

"对不起，你所拨打的电话已关机……"

四个人面面相觑，猴子这才反应过味儿来，怔怔地说："都七点多了，这人还没出现，咱们是不是被骗了？"

"瓜娃子，看我不弄死他！"谢训忍不住爆了粗口。

林向宇郁闷地说："先别急着骂他，咱们不能在这儿坐着等死啊，快上淘宝看看还有没有其他买答案的？"

四个人赶紧手忙脚乱地抄起手机、iPad 和电脑查起来。

时间已经到了七点四十，距离考试只剩下二十分钟了，林向宇、谢训、猴子和李大鹏全都一副衰透了的丧脸，无力地瘫坐在椅子上。

管超终于睡醒了，一边下床一边纳闷地看着四人："你们怎么还不去考试？"

"别提了，"林向宇沮丧地说，"我们被骗了，那家伙是个骗子！"

管超摆出一副"我早就知道会是这样"的脸，幸灾乐祸地说："别难受了，快去考场吧，万一你们今天运气好，都蒙对了呢？"

"二百五十块钱啊！"谢训仰天长啸，"老子要卖多少猪皮才能赚回来啊？"

管超端起洗脸盆，乐呵呵地说："我看你们就是四个二百五。"

"都这个时候了，你还说风凉话？"李大鹏可怜巴巴地看着管超。

"少废话了，"管超敲敲洗脸盆，"还有十分钟就要考试了，你们再不出门就来不及了！"

四个人这才如梦方醒，穿着拖鞋，顶着熊猫眼儿，哭丧着脸拿上证件冲向考场……

两个小时后，林向宇，谢训、李大鹏和猴子垂头丧气地回到了宿舍，管超一看四个人的表情，就知道他们肯定全都考砸了。

"你们啊你们，让我说什么好？"管超叉着腰，像训斥不听话的调皮小孩儿似的，一一点着四个人的脑门儿，"我早就说了，那人肯定是个骗子，不会靠谱，你们偏不信！"

谢训不甘心地又用手机拨打了一遍骗子的电话，得到的回音依然是："对不起，您所拨打的电话已停机……"

"妈的，别让老子捉到你，捉到了非弄死你！"谢训气得用头砰砰撞墙。

管超看了看李大鹏，不甘心地问："James，他们几个都是英语文盲，你总该还行吧？"

"听力肯定没问题，"李大鹏烦躁地揪着床单，"但那些完形填空都是些什么玩意儿啊？"

管超叹了口气，苦口婆心地劝道："我看你们啊，还是老老实实学英语吧，下半年继续考，别再想那些有的没的捷径了，哪儿有那么多天上掉馅饼的好事儿？"

谢训一边用头撞储物柜一边说："超超，你现在就像个法西斯，管我们管上瘾了，330都快变成英语集中营了！"

猴子阴阳怪气地叫道："得赶紧给超超开光，他这无处发泄的欲火，都发到咱们身上了！"

管超抄起一本书朝猴子丢去，两人追着满宿舍跑，谢训开始用头撞床，李大鹏在一边看着三个人嘻嘻笑。

几分钟后，谢训终于撞得心里平静下来了，郁闷地抓起自己的背包："妈的，赔了夫人又折兵，老子要去打工了，把那二百五赶紧赚回来，这礼拜还得交房租呢，衰死了！"

说完，谢训大步走出宿舍。

当谢训举着牌子，又开始在火车站门口卖力地接民工时，在一家商场里站台的高宝镜终于结束了上午的站台。

高宝镜一瘸一拐地走到后台，拖下高跟鞋，一手揉脚，一手伸进包里找平底鞋，却发现早晨出门太急，忘记带平底鞋了，她只好从包里拿出手机，想给谢训打个电话，让他来送鞋，结果却发现手机里已经有了五个谢训的未接来电，就给他打了过去。

"训哥，我刚完事儿，你到哪儿了？"高宝镜问。

"我这儿安排民工的时候出了点儿问题，我们在等工头，赶不过去了，"谢训在那头气喘吁吁地说，"你先自己回家吧，好不好？"

"可是，我今天忘记带平底鞋了，"高宝镜委屈地看看自己红肿的脚，说，"我实在走不动了，脚太痛了。"

"那你打车回去，哥给你报销！"谢训愧疚地说，"我还不知道今天什么时候能忙完，你别等我了，自己先吃饭吧。"

高宝镜有点失落地挂断电话，把布满水泡的脚硬塞进高跟鞋里，一瘸一拐地提着大包小包的服装和道具往商场外走，刚走到商场大门口，她就不禁眼皮一跳，因为她看到了一辆熟悉的车子。

老吴从车里走下来，殷勤地朝高宝镜挥手，高宝镜不禁愣住了……

WHO SLEEPS MY BRO

第十二章	实习前的疯狂

Chapter 1　彻底决裂

结束了一上午辛苦的站台，高宝镜忍着脚上钻心痛的水泡，一个人提着大包小包的站台服走出商场，却在门口遇到了许久没有露面的老吴。

高宝镜扭头就走，老吴却嬉皮笑脸地追上来，抓着她的胳膊说："镜镜啊，这么长时间了，你还没消气啊？别闹了，乖，咱俩谈谈！"

"滚！"高宝镜用力甩开老吴的手，结果却把自己手里的大包小包全都甩到地上，她气呼呼地蹲下去捡东西，老吴也想帮忙，却被高宝镜一把推坐在地。

老吴尴尬地爬起来，腆着脸说："我先道歉，之前是我不对，没告诉你实情，欺骗了你，但亲爱的，我是真的喜欢你啊！我知道你委屈，那天的情况你也看到了，我老婆她说白了就是个黄脸婆，哪儿能跟你比呀！别生气了好吗？我今天找你是有事儿想跟你商量。"

"别跟我废话，赶紧滚！"高宝镜冷冷地说，"我和你没商量。"

老吴好像没听见高宝镜的话似的，厚着脸皮继续说："说实话，我一直想要个儿子，可我老婆死活生不出来，所以，镜镜，你能给我生个儿子吗？我肯定不会亏待你的！"

"你脑子有病吧？"高宝镜噌地站起来，气愤地喊道，"无耻！"

"你先别急着说不嘛！"老吴倒腾着小短腿儿，气喘吁吁地跟在高宝镜身后说，"你看，你一离开我，就得自己出来工作赚钱，把自己搞得这么累，一天赚的还不够我一天的车油钱。你要是能答应我，大房子你照住，信用卡你照刷，继续过你衣来伸手饭来张口的姨太太生活。生个孩子有什么难的？你早晚也都得生，你给别人生不如给我生，我又不会亏待你。你仔细想想吧，干吗放着天堂不住，非去地狱受苦呢？"

"和你在一起才是地狱！"高宝镜厌恶地说。

老吴也不生气，自顾自地说："镜镜，你别忘了你家里的情况啊，你不为自己想，也得为你父母和你弟弟着想吧？我答应你，只要你能给我生个儿子，我就给你个大红包，大到你不敢想象，怎么样？"

"别再跟着我了！"高宝镜再也忍不住内心的厌恶，勃然大怒，然后她索性脱下高跟鞋，赤脚跑走了。

老吴被骂得愣模愣眼地站在原地，他没有看到，拎着高跟鞋跑远的高宝镜脸上，流满了屈辱而心酸的泪水……

沪都大学的女生宿舍楼里，夏星辰正和室友在水房洗衣服。

"哎，你和林向宇怎么了？"室友边洗边一脸八卦地问，"最近怎么没见你发朋友圈？"

夏星辰沮丧地说："就那样，不冷不热不好不坏。"

"真的再也没见面了？"室友难以置信地嗔道，"星辰啊，不是我说你，你这样可不行，哪儿有这样谈恋爱的，不见面也不打电话，这跟陌生人有什么区别？"

"他不找我，我有什么办法？"夏星辰泄气地说。

"你呀，长得这么漂亮，怎么就不能有点儿姑娘样儿？说话温柔点儿，多跟他撒撒娇，哪个男的受得了女朋友撒娇啊？"室友话说到一半，手机突然响了，她赶紧甩甩手，换了一副腔调接起电话，"喂？亲爱的，我在洗衣服呀。出去玩儿？不行哦，我的作业还没写完呢，但是如果你帮我写的话，我倒是可以勉强考虑一下下，嘿嘿，你真好，么么哒，那你等我会儿，我洗完了就给你打电话。"

挂断电话，室友又恢复了粗声粗气的语气，用胳膊撞了撞夏星辰："听见了吗？你跟男朋友说话得用这种语气！"

"那还不如让我死了呢。"夏星辰的手臂上冒出一层鸡皮疙瘩。

"好了，我得走了，"室友三下五除二地洗完衣服，走之前叮嘱夏星辰，"赶紧主动约你家那位，你天天这么放风筝，哪天线断了，风筝落到别人家院子里，就有你哭的了。"

夏星辰独自洗着衣服，突然若有所思地抬起头，对着墙上的镜子，挤出一个笑容，自娱自乐地说："亲爱的，今天天气这么好，咱们一起去吃饭吧？"

说完后，她摇了摇头，觉得这样不太符合自己的个性，便又收敛了一丝笑容，温柔地说："小宇，今天是咱们认识第500天，我们出去庆祝一下吧。"

几分钟后，夏星辰叹了口气，有点嫌弃地看着镜子里的自己，两年前，管超就是这样练习着邀请自己的，没想到如今自己也有今天，她嘲弄地摇摇头，甩干手上的水，从兜里摸出手机，犹豫了片刻才拨出了林向宇的号码。

林向宇很快就接了，他的声音听起来很正常："有事儿吗？"

"没事儿就不能给你打电话了吗？"夏星辰习惯地反问道，随即又觉得自己的口气太冲了，便柔和了一些说，"我们一会儿出去玩儿吧。"

过了两秒，林向宇才说："快期末了，我还有好多书没看呢。"

"那咱们一起去图书馆？正好我也要复习了，"察觉到了林向宇的冷淡，夏星辰有点委屈地说，"咱们都这么长时间没见面了。"

"那好吧，"林向宇无所谓地说，"一会儿图书馆见。"

夏星辰挂了电话，脸上终于露出一丝微笑，对着水房的镜子开始整理头发和衣服，半个小时后，她就打扮得漂漂亮亮地来了图书馆。

一走进图书馆，夏星辰就有点头大，临近期末，好多人都在临时抱佛脚，图书馆里人满为患，她转悠了好半天才找到两个挨在一起的空座，赶紧坐下了。

没等夏星辰把另外的座位也占上，一个男同学走了过来，拉开椅子就要坐，夏星辰赶紧把自己的包放在椅子上，抱歉地说："不好意思，这儿有人了。"

"我先坐会儿，等人来了我再让开。"男生的手抓着椅背，很固执地不想放弃。

"他马上就来了，你再找找别的空位吧。"夏星辰赶紧又把几本书放在座位上，面色坚定地丝毫不让。

男生不禁有点急了，口不择言地说："现在图书馆里人这么多，有人都坐地上了，你倒好，在这儿占着茅坑不拉屎！"

"你这人说话怎么这么难听？"夏星辰愠怒地说，"什么叫占着茅坑不拉屎啊？图书馆是茅坑吗，你来这儿是为了蹲茅坑吗？有你这么比喻的吗？"

两人的争执声引来了周围同学的侧目，一个女生抬起头，不客气地说："你们两个，要吵架到外面去吵，不要打扰别人复习。"

男生白了夏星辰一眼，气呼呼地扭头走了，夏星辰有点不好意思地看看周围的人，着急地四处寻找着林向宇的身影，几分钟后，她终于看到林向宇晃晃悠悠地走上二楼，她赶紧站起来朝他招手。

林向宇不紧不慢地走了过来，拉开椅子坐下，夏星辰压低嗓门，有些责备地问："你怎么才来？"

林向宇翻开书，边看边说："有点事儿。"

"什么事儿啊？"夏星辰亲热地看着他的侧脸，"我看你怎么好像瘦了？"

"没瘦。"林向宇头也没抬地继续看书。

"你看我呢？"夏星辰不甘心地又说，"我觉得我好像胖了，夏天到了，我得加快减肥，肚子上都长两圈肉了。"

"顺其自然吧。"林向宇始终淡淡的。

夏星辰积极地找着话题，想让两个人重新热乎起来，但林向宇不冷不热的态度让她很犯难，她有点委屈地问："你是不是还生我气呢？"

　　"没有，别瞎想了，看书吧。"林向宇拿起笔在书上做笔记。

　　夏星辰不甘心地翻开书，看了几眼，完全看不进去，又凑到林向宇耳边说："哎，我最近喜欢上了张震，他可真帅啊，那才是真爷们儿！他老婆嫁给他，上辈子得积了多大的德？还有韩国一个叫李阵郁的，那颜值和演技也不是盖的，好帅好帅！"

　　说着，夏星辰从书包里翻出张震和李振郁的照片，故意伸到林向宇眼前气他，结果林向宇只是看了一眼，眼里没有任何涟漪，夏星辰失望地问他："你不吃醋吗？"

　　坐在旁边的一个女同学用笔不客气地敲敲夏星辰的桌子，厌恶地说："你能安静点儿吗？"

　　夏星辰只好讪讪地收起照片，装模作样地看起书，这时，林向宇的手机收到一条微信，他看完后抬起头，在图书馆里看了一圈，不远处的一个女孩子正笑眯眯地朝他招手，林向宇便冲那个女生微微一笑。

　　"谁啊？"夏星辰一直用余光瞄着林向宇，当她看见林向宇对那个女生露出笑容的时候，心中不禁涌起一股酸意，自从进入图书馆，林向宇还没有给过夏星辰一丝笑容。

　　"我们班同学，要借我笔记抄，我过去一趟。"林向宇说着，拿起书起身，朝那个女生走去。

　　夏星辰装作不在意地低头看书，但没一会儿，她就按捺不住地偷偷朝那边看去，只见林向宇站在那女生身后，一只手撑在桌子上，另一只手在女生的笔记上指点着，两人不时微笑着对视一眼，看起来就像是一对甜蜜的情侣，而且，那女生居然还抬起手，极其自然地帮林向宇摘下一根肩膀上的线头。

　　夏星辰看了看身旁那张自己千辛万苦才占的座位，心中涌起了浓浓的醋意，那醋意又酸又涩，一下下地往鼻子上顶，她再也忍不住了，拿起书包头也不回地走出图书馆。

　　几分钟后，林向宇在林荫道上追到了夏星辰，不解地问："你怎么不打招呼就走了？"

　　夏星辰看看林向宇，满腹委屈地说："你知不知道，在你来图书馆之前，我被人骂了！"

　　"谁骂你了，为什么呀？"林向宇好奇地问。

　　夏星辰气鼓鼓地把刚才占座时发生的事儿说了一遍，林向宇忍不住笑了，说："你这不是噎得挺好的吗？"

"我以前也特烦那种占座的人，没想到现在自己也这样了。你倒好，不仅迟到了，来了以后，板凳都没坐热，就去给别的女生抄笔记，"夏星辰见林向宇笑了，心情也畅快了不少，半撒娇半生气地对他说，"我看啊，你根本就是不在乎我，哼！"

　　"我不是跟你说了吗？她是我们班同学，我借她抄个笔记是应该的，再说了，人家有男朋友的，"林向宇一听见"你根本就不在乎我"这几个字，心里就有些不痛快，收起笑容说，"你别老这么敏感多疑好不好？"

　　夏星辰没注意到林向宇的情绪变化，继续耍性子地说："那我说我喜欢张震和李阵郁，你也一点儿反应都没有，换成别的男生早就跳高了！"

　　"你又不会真的跟他们怎么样？我吃哪门子醋啊，别小题大做！"林向宇不耐烦地说。

　　"我小题大做，敏感多疑？你什么意思啊林向宇？"夏星辰被林向宇说得面红耳赤，"这么长时间了，你一次都没主动联系我。是，我是骗了你去见我的父母，我承认那是我的错，但那也是因为我想让我的父母肯定你，是因为我在乎你，你呢？你心里根本就没有我！"

　　林向宇被夏星辰问得连连后退，脑袋里嗡嗡直响，厌烦地说："你总这样咄咄逼人，一点儿都不相信我，我跟你在一起真的很累。"

　　"你终于说实话了！你跟我在一起很累，不快乐，你要说的就是这个！"夏星辰心里的醋意、恨意和压抑一股脑迸发，她死死拽住林向宇的袖子，泪光闪闪地看着他，"趁今天，咱俩把话说清楚吧，你到底还在不在乎我，爱不爱我？"

　　"我不想跟你吵架，"林向宇拨开夏星辰的手，"我跟你说过，爱情没有标准答案。"

　　"说不出口是因为你根本就不爱我！"夏星辰哭着说，"'我爱你'三个字有那么难说出口吗？林向宇，这么久了，我一直在努力地千方百计地想要走进你的世界，你却总是对我若即若离，你知道挡在我们之间的东西是什么吗？"

　　"你能不能别无理取闹了？"林向宇无奈地看着几近崩溃的夏星辰。

　　"就是你的那个女神！你一直都忘不了她，"夏星辰声嘶力竭地大喊，"林向宇，你有种就正面回答我的问题！"

　　"我不知道你在说什么。"林向宇额头的青筋在暴跳，他也在极力克制着自己的情绪。

　　"你撒谎！我都看见你柜子里挂着的手帕了，那就是女神的手帕对吧？"夏星辰看着一脸吃惊的林向宇，悲伤地说，"我一直以为，时间可以改变我们的关系，可以让我们成为亲密无间的恋人，直到我看到那块手帕，我才知道我之前为你做的一切都是徒劳！"

"你看到那块手帕了？"林向宇眼中隐隐跳动着火苗。

"你不是问我有没有拿那块手帕吗？"夏星辰泪流满面地勾起一抹嘲弄的笑，"今天我就告诉你，我拿了！我还告诉你，我不但拿了手帕，还亲手把它烧了！"

"你——"林向宇气愤地看着夏星辰，那一刻，他的眼中再也没有一丝温情，就像是看着一个从来不认识的陌生人。

"难道对你来说，我还不如一块手帕吗？"夏星辰被林向宇的眼神吓得一怔，她突然有点后悔自己说了手帕的事，但话已出口，无法收回，她只能像溺水的人一般，拼命地抓住最后一根稻草，满眼泪光地向林向宇走了一步，用近乎恳求的语气说，"林向宇，你知道今天是什么日子吗？今天是我们认识 500 天的纪念日。你把那个女神忘了吧，我们两个重新在一起，好好的，好吗？"

林向宇面容苦涩地摇摇头，不再看夏星辰，扭头就走。

"如果你今天就这么走了，咱们就分手！"夏星辰不甘心地对着林向宇的背影大喊。

但是，林向宇没有回头，他的脚步迈得更快了，夏星辰的心彻底凉了，她明白，她和林向宇，这回是真的走到尽头了……

Chapter 2　心理斗争

"管超，有人找——"

7 号宿舍楼的宿管阿姨站在楼下，叉着腰朝三楼的某间宿舍里发出一记河东狮吼，管超一路小跑下了楼，看见自己的姨妈正站在烈日下，满头大汗地等着自己。

没等管超开口，姨妈就紧张地把他拉到一旁人少的角落里，从贴身的口袋里掏出一个信封递过来，管超打开信封一看，里面居然是一摞厚厚的百元大钞。

"姨妈，侬这是做啥？"管超吓了一跳。

"小超啊，我听人家说，你现在已经到了保研的关键时候了，"姨妈刻意把声音压得很低，生怕被别人听见，"咱们家里虽然条件困难，但我跟你外婆还是凑了这三万块钱，你拿去给你们系主任。"

"干吗要给他钱？"管超吃惊地要把钱还给姨妈，"姨妈，这钱你拿回去，我不能收。"

姨妈又把钱塞给管超，急切地说："我跟你说，你妈妈最大的心愿就是让你保研留校，过上安安稳稳的日子，咱们全家能不能翻身，可就靠你了，晓得伐？你要是顺利保上研，我们大家就放心了，将来你留校成了大学老师，那才叫体面！那时候，你妈妈这辈子就算熬出头了，可以跟着你享几天清福啊！"

"姨妈，保研这事儿都是公开的，谁成绩好就保谁，我要凭着自己的本事考，才不想搞这种邪门歪道呢。"管超不高兴地说。

"要不就说你光会读死书，一点儿人情世故都不晓得！"姨妈点着管超的脑门儿，苦口婆心地说，"现在这个社会，光靠本事就行了？你太天真了！你成绩再好，系主任不愿意保你你能怎么办？你上哪儿说理去，谁会搭理你？说白了，保研就是你们系主任一句话的事儿！万一被别人捷足先登了，到时候没你屁事儿了，你上哪儿哭去啊？"

"姨妈！现在的信息都是公开的，怎么可能系主任一人说了算？"管超不甘心地辩解。

248

"暗箱操作你懂不懂？"姨妈一副过来人的嘴脸，滔滔不绝地说，"不想保你，你们系主任能找出一万个理由，想保别人，他也能找出一万个理由！小超啊，没钱没势没关系的三无产品，归根到底是要被社会淘汰的！你比不上官二代和富二代，就要争取让自己变成官一代和富一代，以后让你的孩子成为官二代和富二代，晓得伐？这事儿没得商量，你必须听我们大人的！赶紧把钱收起来，这人来人往的，别让其他人看见！"

说完，不管管超乐不乐意，姨妈大力将钱按在他怀里，看着姨妈苍老的背影，管超一阵心酸，没想到，他一向愤世嫉俗的管超，也终于走到了这一步……

两个小时后，管超敲开了系办的门，在高朝的注视下，他一言不发地走上前，把手里的信封放到桌面上，然后又后退了几步，还是不抬头，一副静候发落的样子。

高朝扫了一眼信封的厚度，嘴角勾起一丝会心的微笑，一脸热情地对管超说："来，坐下，坐下，管超啊，今天你能来找我，我很高兴啊。"

管超面无表情地坐到了沙发上。

"你啊，这几年你跟着林向宇他们，可真是没少胡闹啊，但我却一次又一次地原谅了你，给了你一次又一次改过自新的机会，你知道这是为什么吗？就是因为我觉得你很像年轻时的我，是个前途无量的孩子，"高朝一脸欣慰地看着管超，感慨地说，"我年轻的时候跟你一样，家境很一般，但成绩特别好，不过我比你听话得多，跟老师也更亲近，所以大四的时候，我如愿地得到了保研的机会，哎呀，那都是很多年前的事儿了。"

管超看着高朝，不知该做何反应。

高朝倒也不需要管超做出反应，他现在只是充满了倾诉自己心路历程的欲望："现在这个时代变了，但有些规则还和从前一样，光是学习好，并不能代表一个人的全部。除了本事，你还得拼爹！拼爹归根到底是拼什么？是钱和关系！你看看林向宇，他这么玩儿、这么作践自己，有问题吗？一点儿问题都没有！为什么？因为他有个混国企的爹，人家毕业之后，分分钟就能靠爹的关系找到个好工作！"

管超一脸忍耐地看着高朝。

高朝越说越来劲，口沫横飞地继续说："你再看看宋子豪，上回那事儿他为什么那么轻易就能过去？还不是因为他爹比林向宇的爹更牛！你看他在学校里横行霸道的样子，谁敢管他？你以为大家都不知道真相吗，那只是睁一只眼闭一只眼！至于宋子豪毕业后的前途，那就更不用愁了！而你呢？管超，你有什么？你连爹都没有啊，你只有我！"

管超的脸越来越红，几乎已经忍到了极限。

高朝还浑然不觉地吹嘘着："不是高老师我吹牛，你遇到我，就是你上辈子修来的福气！说得不好听点儿，我就是你的再生亲爹！只有我想着帮你争取各种机会啊管超，你出校门去看看，社会上的竞争多么残酷，谁会搭理你这么个小喽啰啊！"

管超的腿不自觉地发着颤，高朝的那些带有羞辱性的言语，每一句都像一记钢鞭，重重地抽打在他的身上，令他的五脏六腑都发出剧烈的痛意，他忍不住想到，如果自己接受了高朝的保研，自己未来的人生将会是什么样？

是不是要一辈子被高朝踩在脚下，还是索性自己也同流合污，变成了和高朝一样的人，也许多年以后，自己也会坐在这间办公室里，对着一个贫穷而走投无路的学生，大放厥词，视对方的尊严如尘土，因为只有那样，他才能抚平自己曾经所受到的屈辱和创伤……

不，管超突然摇了摇头，他不要那样度过自己的人生，他可以贫穷一辈子，但不能失去自己的尊严和人格，这么想着，他已经站了起来，朝着高朝走去。

"你要干吗？"高朝吃惊地看着管超。

管超走到办公桌前，伸手拿回了信封，装进了自己的包里，这信封里的钱，是阿姨和外婆从牙缝里辛辛苦苦存下的，高朝不配拥有它们！管超冷漠地看了高朝一眼，转身头也不回地走出了办公室。

高朝难以置信地看着管超决绝的背影，勃然大怒地说："嘿！"

商场里，高宝镜又结束了一天的站台工作，换好了平底鞋，她一瘸一拐地走了出去，到了门口的时候，她却不急着出去，而是小心地四下张望了一会儿，确定老吴没有来，才放心地走出商场大门。

谢训已经在大门口等了好一会儿了，一看见高宝镜出来，就赶紧迎上去，心疼地看着她说："怎么回事，你都穿上平底鞋了，怎么走路还是疼啊？"

"没办法呀，踮着脚站了一天，脚底板全都是水泡，穿什么鞋都疼，"高宝镜叹了口气，"要是牛皮的说不定能好点儿，这人造革的鞋子真是又硬又磨脚。"

"哥给你买一双牛皮的高跟鞋去！"谢训说，"今天哥刚拿了一笔钱，走，去商场！"

"真哒？"高宝镜的眼睛都亮了。

两人拉着手，开心地走进了商场，可是逛了一会儿，高宝镜却泄了气，她从一家鞋店里走出来，叹着气说："现在店里的鞋真是又丑又贵啊。"

"我不懂，刚才那些不是都挺好看的吗，你都没看上？"谢训一脸愣怔。

高宝镜摇摇头，突然指着远处的一家店面说："训哥，咱们去那家看看吧！我以前……"她的后半句硬生生地咽了下去，因为她突然意识到，她以前是花老吴的钱去那家店买鞋子的。

谢训没注意到高宝镜的失言，兴冲冲地点头说："走！"

一走进那家高档鞋店，高宝镜就被架子上琳琅满目的高跟鞋吸引了，一脸陶醉地一双双摩挲着鞋子，兴奋地说："哇！你看这大底，还有这皮质，不要说站一天不会挤脚，就算穿着跑都不会累！训哥，好看吗，好看吗？"

谢训谨慎地环顾着四周，远看还不觉得什么，一进来他才发现，这家店的装修档次太高了，他觉得到处都亮闪闪的，摸一把都怕摸脏了，边心虚地附到高宝镜耳边，悄悄地说："小镜，这家店的鞋子不便宜吧？"

"一分钱一分货嘛，"高宝镜点点头，"这才叫高跟鞋呀！"

"不好意思，小姐，请问您需要帮助吗？"店员盯了高宝镜许久，终于走过来，还算礼貌地询问。

"我试试？"高宝镜歪着头看谢训，谢训只能硬着头皮点点头，手心里却已经攥出了一把汗。

高宝镜迫不及待地穿上一只鞋，开心地把脚伸到镜子前照来照去，还拿起手机想要拍一张照片，店员赶紧上前制止："对不起小姐，我们店里不可以拍照。"

高宝镜撇撇嘴，悻悻地把手机收起来，然后她一只脚穿着自己的廉价平底鞋，另一只脚穿着新高跟鞋，顽皮地走到谢训面前，问他："好不好看？"

"好看是好看，"谢训由衷地叹道，又压低声音，难堪又内疚地说，"可是我看了价格，这双鞋要五千多，比我们一个月的房租还多呢，是不是……太贵了！小镜，如果等哥再多存点钱，或是换季打折的时候再来买好不好？"

高宝镜脸上的笑容褪去了，她低下头，默默地脱下了鞋子，依依不舍地把它放回原处，然后她低着头，看也不好意思看一脸讥讽的店员，情绪低落地走出了鞋店。

走出高档鞋店后，高宝镜没兴致再逛了，对谢训说："训哥，咱们回去吧。"

"咋个不转了？"谢训不解地问，"哥还没给你买鞋呢。"

高宝镜勉强地笑笑："我累了。"

两人走出商场，来到公交车站，站台上人很多，两人费了很大力气才挤上车，谢训眼疾手快，上车就占到了两个靠在一起的座位。

坐下后，高宝镜皱着眉头脱下鞋子，谢训赶紧拿过她的小腿，旁若无人地给她揉腿，高宝镜感觉自己的腿上刺刺的，她知道那是因为谢训手上的老茧更厚了，她知道谢训一直在辛苦地工作，比从前更累更拼，可即便这样，他们还是买不起区区的一双鞋子。

高宝镜心里难受又委屈，更心疼谢训，红着眼眶摸着谢训的手说："训哥，你别太累了……"

"没事没事，这茧子是男人的象征，"谢训美滋滋地说，"只要是为了你，为了两个的未来，长几个茧子算得了啥？哥向你保证，一定努力挣更多的钱，给你买双喜欢的高跟鞋。到时候呢，你也不用穿着高跟鞋去啥子展会，就是去享受生活！而且你放心，哥说什么也要在毕业前攒够钱，为咱俩买辆车，哪怕是二手的也行，到时候哥就是你的专职司机，你不是一直想出去旅游吗？到时候咱们天涯海角的，哥都开着小车带你去！"

高宝镜忍不住接着说："春天去婺源看油菜花，冬天去海南吃西瓜，我们买帐篷，买锅子，在野外住帐篷，看星星吃火锅！"

"要得！"谢训开心得直搓手，"哎呀，光想想就幸福得不得了，神仙在天堂过的也就是这种日子吧？就这么决定了，哥一定会努力的，镜镜，你相信哥，哥一定会让你过上好日子！"

高宝镜紧紧搂住谢训的脖子，轻轻在他额头亲了一下，说："训哥，只要咱俩好好的就行，我不要那么贵的高跟鞋了。"

"高跟鞋肯定会有的！"谢训心满意足地搂着高宝镜，"小镜呀，哥要把全世界最好的东西都给你！"

高宝镜依偎在谢训宽阔厚实的怀中，两人看向公交车窗外繁华的大上海，高宝镜鼻子一酸，流下了两行热泪，她对自己说，这眼泪不是因为辛酸，而是因为感动……

Chapter 3　大战高朝

炎炎夏日，学校的阶梯教室里，熙熙攘攘地坐满了大三的学生，黑板上写着四个铿锵有力的大字——**动员大会**。

"安静了，安静了！"高朝一本正经地站在讲台上，用力拍着桌子，等到偌大的教室渐渐安静下来，他才清清嗓子，开始训话，"各位，这学期马上就要过完了，再开学你们就是大四的学生了，大四有多重要，还需要我重复吗？好，为了某些同学，我再重复一遍！"

这时，高朝发现李大鹏和管超心不在焉地坐在教室的角落里，便抬起指头，用鼻孔看向两人："李大鹏，管超！看什么看？我就叫你们俩呢，林向宇和谢训呢？这么重要的动员会他俩为什么不来？"

李大鹏提高音量回答："他们两个生病了！"

"生病了？"高朝冷哼了一声，"他们是林黛玉吗？一有重要的会议就生病，当演员去得了！无组织无纪律。这个林向宇，天天无所事事没有正形，除了玩儿还会干吗？就是绣花枕头！还有那个谢训，大家都交'实习志向表'了吧，他的呢？他是要去门口的小卖部实习，还是要去哪个个体户上班？胸无大志，不思进取！他那成绩，红灯笼亮得都快把你们宿舍的走廊点亮了，再这么下去，我看他连拿毕业证都难！"

高朝在台上骂骂咧咧，李大鹏在台下小声地问管超："训哥去哪儿了？"

"还不是又去接民工了，"管超一脸鄙夷的样子，"为了挣那点儿钱，天天起早贪黑的，我看他是不要命了。"

"那能挣多少钱啊？总不至于为了那点儿钱就不毕业了吧，这可不是开玩笑的。"李大鹏担心地说。

"还不是因为他的那个女朋友？"管超更加愤愤不平了，"我看啊，就算高宝镜让谢训去死，他都不会多活一分钟。"

台上，高朝继续训话："我再说最后一遍，还没交'实习志向表'的，都给我尽早交，别拖拖拉拉的！除了实习的事儿，想要考研的也都赶紧给我准备起来，别稀里糊涂地再给我混日子，听见没有？"

"听见了……"台下响起稀稀拉拉的回应。

"好了，"高朝不在意地摆摆手，喝了口茶水，继续说，"既然说到考研，经过各项分数的排名，以及对大家三年来学习情况的综合考察，系里选出了五名有保研资格的同学，我宣布一下……"

猴子在后面开心地轻轻推了管超一下："超哥，熬出头了，一会儿请客啊！"

"吴一慧，刘依然，董乐，张小震，李思齐，你们五个一会儿到我办公室来，其他人，散会！"高朝念完保研名单，就头也不回地走出了教室。

教室里一阵骚动，所有人都将目光投向了管超，大学三年来，管超每次考试都是班上当仁不让的第一把交椅，所有人都没想到，最后的保研名单里会没有他的名字。

在一片困惑和同情的目光中，管超咬咬牙站起来，第一个走出了教室，李大鹏和猴子赶紧跟上他……

当天晚上，林向宇没出去瞎折腾，谢训也没有去陪高宝镜，四个人都回到了寝室，管超坐在床上，安安静静地看着一本书，但他显然没看进去，一晚上都没翻一页。

谢训一回到宿舍就背着双手，一脸烦恼地在屋子里走来走去，管超忍不住说："你别走来走去的了。"

"你怎么就一点儿不着急呢？"谢训停下来，直勾勾地看着管超，"真是皇帝不急太监急，谁不知道你是咱们这栋楼里数一数二的学霸，你没资格保研？放他娘的龟儿子屁！这高朝又在背地里玩儿什么阴招了？肯定是有人偷偷给他塞钱了！"

"妈的，本来我是懒得听他训话才没去开会的，早知道我就去了，非当场问问他怎么回事儿！"林向宇也拍案而起，"不能他说什么就是什么，还有没有王法了？有本事把成绩排名贴出来！"

"高朝他就是只千年老王八，万年老狐狸！"谢训恨恨地说。

"别侮辱王八和狐狸了，王八多憨厚，狐狸多漂亮，高朝算什么东西，猥琐！智障都画不出他那么丑的脸！"林向宇怒不可遏地吼道，"狡猾又没师德，他还为人师表当主任？我呸！"

李大鹏一脸认真地说："骂他也不能解决问题，还是想想怎么办吧，不然我们找校长去！超哥，只要你一句话，我什么都愿意帮你做。"

管超看到三个兄弟义愤填膺的样子，心里一阵感动，但又不想表现出那么强的得失心，只好极力装作没事儿的样子，强颜欢笑道："呵呵，我没想到，高朝居然真的背后玩儿阴的。没事儿，不就是保研吗？不保也好，要是真被保了研，跟了高朝，将来万一变成和他一样的人，别说你们，我自己都瞧不起自己。"

"妈的，我咽不下这口气！"林向宇激动地说，"这老狐狸，从大一开始就跟咱们过不去，这马上都大四了，他还这么明目张胆地欺负我们，不行，咱们一定要想办法修理他一顿！"

李大鹏和谢训立刻举手赞同："同意！"

"怎么修理？"管超犹豫地问，"咱们往他办公室里扔老鼠吗？"

"咱能不能不学黄毛？"林向宇想了一会儿，一拍头说，"有了，咱们扮鬼吓唬他！"

管超还是很矛盾地说："不太好吧，要是被抓到了，咱们就完蛋了，他会变本加厉地收拾我们的。"

254 _

"我们当然不会明目张胆地吓唬他了！"林向宇摸着下巴，亢奋地满屋子乱走，"我们得想个办法，不用我们亲自出马，到时候就算被高朝抓到了，他也找不到证据来跟我们问罪！"

"啥子办法嘛？"谢训绞尽脑汁也想不出来，头疼地说，"除非我们用真鬼去吓唬他，问题是，这世界上哪儿有真鬼啊？"

就在四个人陷入沉思的时候，宿舍的门突然被撞开了，猴子抱着一只大盒子走进来，嬉皮笑脸地放到李大鹏床上，不怀好意地说："James 啊，这是你的快递，这么大的盒子，看样子你是买了个金发大媳妇儿呀？"

谢训也凑过来，笑嘻嘻地说："BB 才走了几天，鹏鹏就忍不住了？这盒子怎么震啊！"

"低俗！"李大鹏白了两人一眼，小心翼翼地用小刀拆开盒子。

大伙儿好奇地伸头一看，发现里面是一架可操纵的高级遥控直升飞机，猴子惊奇地瞪着眼睛说："这玩具厉害，比咱们小时候玩儿的牛多了！"

"我的妈，这得卖多少猪皮嘞！"谢训望尘莫及。

李大鹏把飞机拿出来，像献宝似地捧到管超面前，讨好地说："超超，给你玩儿这个，好好散散心。"

管超刚要伸手接，林向宇噌的一声窜过来，大声叫道："不能玩儿！有了有了！我想到修理高朝的办法了！"

众人急忙用如饥似渴的眼神看着林向宇。

七月中旬的某一天，风和日丽，结束了一上午的课，放学铃一响，学生们就从教学楼里鱼贯而出，高朝也跟着人流走出来，朝食堂的方向走去。

不知是不是因为拿了不少保研的"礼钱"，高朝最近的心情特别好，连走路的时候嘴里都哼着小曲儿。

突突突，突突突！

不远处，路边的两棵树中间，突然升起了一架"直升飞机"，飞机以两棵树作为"起落架"，迅速升到半空，停留了片刻之后，就一打转，笔直朝着高朝的方向飞过来。

同学们看到这个新奇的玩意儿，纷纷驻足观看，这种小飞机造价高昂，大部分学生仅在影视作品里见过，在众人的注视下，直升机在高朝的头顶上停下，嗡嗡嗡地高空盘旋着。

几个顽皮捣蛋的学生立马开起玩笑：

"哎哟哟，这是来接高老师高升的吧？"

"高老师，搞了半天你是隐藏在咱们学校的都敏俊啊！这是要接你回外星球吗？"

高朝听了恭维话挺高兴，眯着大肚子朝头顶上看了看，乐呵呵地嘀咕："哪儿跑来的，还挺有意思，呵呵。"

说完他继续往食堂走，没想到那直升机居然也走了起来，寸步不离地跟着高朝，高朝见状，试探地停下脚步，直升机也停了，他又走，直升机也走，高朝往左，直升机就往左，他往右，直升机也往右飞，总而言之，直升机就像变成了一块乌云，一定要罩在高朝的头顶上。

高朝困惑地看着直升机，眉头不禁皱了起来。

突然间，就听咔嗒一声，直升飞机上放下了一个钩子，还没等高朝做出反应，飞机突然向前一个俯冲，那钩子凌空一荡，准确地钩住了高朝头上的假发，随后，飞机又猛然升高，假发被勾走了。

阳光下，高朝光秃秃的脑袋像一颗大灯泡，更难看的是，灯泡上还像开玩笑似的点缀着几根杂毛，软趴趴地随风摇摆。

学生们不再围观直升飞机了，而是一个个像看笑话似地看向高朝，高朝大惊失色，慌张地一手捂住光秃秃的脑袋，一边蹦跶着用另一只手去抓被钩走的假发。

那直升机也不急着走，而是不远不近地飞在半空中，还故意忽高忽低地挑逗着高朝，高朝肥硕的身体一蹦一跳，腰间的钥匙串叮啷乱响，可不管他怎么蹦跶，就是够不到近在咫尺的假发，反而沦为了众人的笑柄。

"哦哦哦！"学生们开始起哄、鼓掌，更多人纷纷掏出手机拍照、录影，并迅速将照片和小视频分享到朋友圈和微博。

"不许拍！不许拍！"高朝颜面尽失，气急败坏地大喊，但哪儿有人搭理他，高朝只能狼狈地继续追直升机，去够他那顶昂贵的假发，嘴里骂骂咧咧地叫骂，"哎哎哎哎！往哪儿跑呢？谁干的，别让我抓到你！"

直升机越飞越高，越飞越快，钩着高朝的假发，在学生们的笑声中，渐渐消失不见了……

不远处的一个隐秘的角落里，林向宇、管超、谢训、李大鹏和猴子远远看着像跳梁小丑般的高朝，笑得捂着肚子直不起腰来。

直升机在偌大的校园里跑了半圈，终于把高朝甩掉了，但也让更多的人亲眼目睹了高朝的丑态，林向宇他们收好飞机，解气又兴奋地返回宿舍。

"不行了，笑死我了，哈哈哈哈哈哈！"进了330的门，猴子还在笑。

谢训仰天大笑三声："哈哈哈，雄起雄起，太牛了！"

管超的心情也大好起来，喝着水说："终于出了一口恶气，解恨！"

"James，直升机你偷偷带回家去，千万别在学校里出现了，今天的事儿，咱们几个的口风都得严点，哈哈哈哈哈！"林向宇不放心地叮嘱李大鹏。

李大鹏捧着直升机，连连点头："没想到这个玩具起了这么大作用，太开心了。"

谢训搬出了一箱啤酒，准备大喝一场来庆祝，这时，林向宇的手机突然响了，他看了看来电显示，不禁皱起眉头对大家说："我爸来电话了，我出去接。"

"快些啊，等你喝酒噻！"谢训说。

林向宇一边走出宿舍，一边接通了电话，林父照旧是开门见山的风格："在干吗？有个事儿我跟你说一声，我在上海给你找了家单位实习，美邦保险。你可给我多上点儿心，我可是求了宋子豪他爸，费了挺大劲儿才把你塞进去的，那是世界五百强企业，你给我好好珍惜，别不知好歹！听见没有？"

林向宇不情愿地从嗓子眼儿里"嗯"了一声。

"本来呢，我要请子豪他爸爸吃饭表示感谢，但是他太忙了，这样，你请子豪吃一顿，好好谢谢人家。"林父又下达了新的指令。

这回，林向宇当即否定："不请，我没钱，再说了，他算老几啊？我干吗请他吃饭！"

"你别给我带情绪，这个社会就是这样，强者通吃，有本事你去制定游戏规则，不然就老老实实地按照别人给你的规则去办！"林父不容置疑地说，"我马上就往你卡里打钱，我告诉你林向宇，你别再给我一天天的没个正形！你看看你之前干的那些好事儿，找了各种乱七八糟的理由拒绝了那么多的实习机会，那都是我靠这张老脸给你换来的，你倒好，说不要就不要，把我那些老领导和老同事得罪了个遍！这次你少跟我玩儿这招，我警告你，你要是再跟我耍花样，我就亲自到上海把你抓回家，你信不信？"

林向宇脸色铁青，他完全相信老爸会干出这种事儿来，只好闷闷不乐地说："听见了。"

"听见了就赶紧去请宋子豪吃饭，别给我耍花样，我会问他爸的！就这样！"林父生气地挂了电话。

林向宇烦躁地捶了一下走廊的墙壁。

Chapter 4　最后缠绵

下午两点半，宿舍楼外的蝉声此起彼伏，吵得人心神不宁。

林向宇像尊雕塑似地站在117寝室的门口，他的手已经象征性地抬了好几次，但始终没有鼓起勇气敲下去。

就在林向宇犹豫不决的时候，117的门从里面被打开了，黄毛和他的几个跟班嘻嘻哈哈地走出来，黄毛看到林向宇，不禁有点吃惊，随即一脸得意地说："哟，这谁呀？不是大名鼎鼎的林向宇吗！今天太阳打西边出来了，怎么想起跑到我这儿了？"

林向宇准备好的说辞，一看见黄毛就全都变成了怒气。

"噢，我想起来了，我得恭喜你才对呀！"黄毛做出一副"恍然大悟"的样子，"听我爸说，他托关系把你塞进美邦保险了，你爸跟你说了吧？哦——所以，你这是给我道谢来了？哎哟哟，这真是百年难遇的场面啊！"

黄毛和他的跟班们放肆地怪笑，林向宇咬着牙说："你别太过分了！"

"啧啧啧！"黄毛阴阳怪气地说，"你之前那么嚣张，可到了最后关头，还不是得靠着我家往上爬？所以说做人啊，最好还是低调点儿！"

说着，黄毛还挑衅地拍了拍林向宇的肩膀，林向宇强忍着心里的怒火，说："关于'做人不要太嚣张'这句话，我送给你了，就当是谢礼。"

"哎，别急着走啊！"黄毛拦住林向宇，不怀好意地说，"听说你们在找 face party 的接班人，你要是真心实意地想谢我，就把派对的主办权交给我吧，选我当负责人，让我们哥几个也爽两把。"

"你想都别想！"林向宇一把甩开黄毛，扭头就走。

黄毛看着林向宇的背影，气得吱哇咧嘴，气呼呼地叫道："求人就别拿自己当大爷！你以后最好给我夹起尾巴做人！"

商场后台的休息室里，高宝镜疲倦地脱下高跟鞋揉着脚，默不作声地听着几个一起站台的小姐妹聊天：

"我最近用中药泡脚，发现能舒缓不少，但高跟鞋还是得买好的，别说纯皮和革的相差大，就是纯皮的，贵的和便宜也差了老远了呢。"

"穿再贵的高跟鞋也还是累，要我说啊，能找到别的工作，就赶紧换吧！"

"与其换工作，还不如擦亮眼睛找个靠谱的男人，找到一个好男人，等于二次投胎。"

"有道理哦，宝镜你说呢？"

听见小姐妹问自己，高宝镜不置可否地笑笑，这时，一个小姐妹走进休息室，对高宝镜说："宝镜，外面有个男的找你。"

几个小姐妹立即竖起耳朵，一个个用充满八卦欲望的眼神看着高宝镜，高宝镜好奇地问："谁找我啊？"

"他说他姓吴，"小姐妹神秘兮兮地说，"看上去很有钱哦！"

高宝镜尴尬地走出休息室，果然看到了老吴。

"我不是说让你别来找我了吗？你听不懂人话吗？"高宝镜冷着脸，看也不看老吴一眼。

"镜镜，别这么火药味十足的，我这不是挂念你吗？你天天这么累，你不心疼自己我还心疼你呢，你别急着走嘛，"老吴拽住高宝镜，满脸堆笑地说，"镜镜，我今天是真的有正事儿找你，我有一个朋友开了家贸易公司，缺个前台，天天坐着，不用干重活，就接接电话弄弄文件就可以，我觉得挺适合你，就帮你推荐了。"

"用不着你可怜我!"高宝镜甩开老吴的手,"我要过什么样的日子,我心里清楚,我选择过什么样的生活,也跟你没有任何关系!我再说一遍,你以后不要再来找我了,赶紧滚!"

"你骂,你随便骂。但话不要说得太满,不要不给自己留后路,你说你这辈子不想再见到我,可世事无常啊,谁知道你以后会不会自己来找我呢?"老吴冷冷地说。

高宝镜一句话也不想和老吴多说,扭头要走,手机却在口袋里响起来,她低头一看是妈妈打来的,不耐烦地直接掐断了,但没走几步手机又响了起来,她只好接通电话,没好气地说:"妈,我现在有事儿,一会儿再给你打过去!"

没想到,高母却在电话那头呜呜哭了起来:"镜儿啊,不好了,咱们家出大事儿了!"

高宝镜一愣,老吴趁机上来拉住她的手,她一时也忘了甩开,冷冷地问母亲:"咱家出啥子事儿了?你别急,慢慢说!"

高母带着哭腔说道:"你弟弟之前打伤的那个人,说是留下后遗症了,现在管咱们要三十万,要是不给钱,就要闹上法庭,让你弟弟坐牢,咋办嘛镜儿?"

"三十万?这简直是勒索嘛!"高宝镜大吃一惊,老吴则在一旁竖起耳朵仔细听。

_259

"我和你爸手里那点儿钱,上次都赔光了,这是要把咱们家往绝路上逼啊!"高母哭天抢地地说,"我打听过了,现在这情况,他们一告一个准儿,你弟弟要是坐了牢,这辈子就算完了,我下半辈子还咋个活啊?"

"妈你莫急,我来想办法。"高宝镜挂了电话,一筹莫展地开始翻找手机通讯录。

老吴又凑上来,腆着脸问:"镜镜,你家里出事儿了?"

"不关你事儿!"高宝镜冷冷地说。

"我都听见了,要三十万吗?我马上打给你!"老吴边说边打量着高宝镜的脸色。

高宝镜这才抬起头,目不转睛地看着老吴,一字一顿地说:"我不要你的臭钱!也不想再看见你,请你给我点尊严,马上从我眼前消失!"

老吴看了看高宝镜,眼中流露出一丝玩味的神情,然后,他终于转身走了。

看到老吴走远了,高宝镜拨通了一个号码,边往休息室里走边说:"喂?乐乐啊,是我,最近忙什么呢?哦不不,我不是让你给我介绍工作,是这样的,你那儿有钱吗?我家里出了事儿,急着要用钱,你能不能先借我点儿……"

对方本来还挺客气的,一听说要借钱,立即换了一副口气,表示借一两千还可以,再多就爱莫能助了。

挂了电话，高宝镜又拨出另一个号码，强颜欢笑地说："喂，小聪啊，是我……"

结果，对方没等高宝镜开口，就以"正在开会"为借口，把电话挂了，过了一会儿，小聪发来一条短信：不好意思宝镜，我最近手头也很紧，你再问问别人吧。

高宝镜的心沉到了谷底，乐乐和小聪是她从小到大最好的朋友，除了这两个人之外，她就不知道该打给谁了。

晚上七点多，高宝镜结束了站台的工作，一个人回到了家，谢训还在打零工没回来，高宝镜忧心忡忡地坐在床头，没有心情做饭，甚至连灯都忘了开。

咚咚咚！

这时，小房间的门被人敲响了，高宝镜起身去开门，发现门外站着管超，管超看见高宝镜，脸上不冷不热地笑笑，问："谢训在家吗？"

"他还没回来，"高宝镜没太在意管超的态度，没精打采地让了让身子，"你要不要进来等他？"

管超看了看高宝镜身后黑洞洞的房间，还以为高宝镜在睡大觉，不禁厌恶地皱了皱眉，从背包里拿出一份材料递给她："这是实习志向表，全系就剩下谢训还没交了，今天老师又来催了，你让他赶紧填了。"

高宝镜怔怔地接过表格，管超扭头要走，想了想又转回身来，表情严肃地看着高宝镜说："高宝镜，你知道谢训这个学期旷了多少节课吗？他为了挣那几个破钱，天天出去打工，连补考都忘了参加，再这样下去，他就毕不了业了，你知不知道？"

"什么？"高宝镜惊讶地张大嘴巴，"可是，他说他都是没课的时候才出去打工的啊！"

"这种话你也信？"管超嘲讽地说，"谢训天天带着民工去工地，有时候自己也干活，还有点儿学生样吗？有多少人削尖了脑袋想上沪都大学，他一点儿都不知道珍惜。明年就要毕业了，他这读的是什么书，上的是什么学？好，就算想挣钱，那也找个正经体面的工作啊，人人都在为了实习单位操心，他倒好，天天去打零工，这样下去他就要废了！"

"我……"高宝镜怔怔地看着管超，不知道该说什么。

"他这么过，归根到底就是因为你！"管超不禁加重了语气说，"堂堂一个大男人，来上海就是为了陪你，给你赚钱花，你要什么他都给你买，就差上天给你摘星星和月亮了，你都把他逼成个什么样了？你自己看看啊！"

高宝镜难堪地低下头，这一下午，她遭遇了家里的重大变故，又听了管超这么一番话，整个心都乱了。

"本来这是你俩的事儿，一个愿打一个愿挨，我这个外人按说不该多管闲事儿，但谢训是我哥们儿，站在他的立场上，就算得罪了你，这些话我也得说，你自己好好想想吧。"管超说完，扭头走了。

亭子间的窗外，灯火阑珊，远处的车声呼啸而过，公共厨房里散发出饭菜的香味儿，高宝镜呆呆地站在门口，许久才回过神儿，看了看时间，谢训应该快回来了，他一定又累又饿。

高宝镜从小冰箱里拿出晚饭要做的菜，端到公共厨房里准备起来，她一边淘米一边直勾勾地看着前方，脑中思绪翻涌，水从盆子里溢出来，她也没有察觉到……

晚上八点，谢训从工地上回来，一推开出租屋的门就愣住了，小小的饭桌上已经摆了满满当当的一桌子菜，有回锅肉、干锅肥肠、麻辣鸭血、手撕包菜、水煮肉片，两碗热腾腾的米饭，高宝镜还摆了两个小玻璃杯，并拧开了一瓶白酒……

"妈哟，我这是要上天堂了吗？"谢训吸着鼻子，"嘟个做冷多个菜？"

"这几天你干活太辛苦了，给你补补，"高宝镜解下围裙，故作镇定地笑道，"都是你爱吃的，快去洗手，趁热吃。"

谢训赶紧冲去公共洗手间洗手，他的两只手心上全是血泡，冷水一冲，不由疼得钻心，他咬牙冲干净手，拿起旁边的一条薄薄的小毛巾包住手，若无其事地回到房间，坐在餐桌旁，一脸幸福地说："我记得我小的时候，家里好穷，我老汉（爸爸）从厂子里头下班，骑车在幼儿园接上我，我们一回到家，我妈肯定做好一桌子菜，我爸每次吃口回锅肉，喝口白酒，都会高兴地拍拍我的头，再捏捏我妈的手。"

_261

高宝镜赶紧给谢训夹了片回锅肉，谢训吃了，又小口啜了口酒，高宝镜问："怎么样，好吃吗？"

"好吃啊！"谢训拉住高宝镜的手，感慨地说，"我现在突然也有了我老汉那种感觉，老婆孩子热炕头的幸福！"

"你才多大呀，大学还没毕业，怎么这么早想着成家？"高宝镜的眼睛微微有些潮湿。

"因为你啊，我想给你一个家。"谢训认真地说。

高宝镜忍不住说："可你成天这么干活，挂的科来不及补，不会毕不了业吧？当年你为了高考，脱了两层皮，费了多大的劲才考到上海，要是半途而废，你该多可惜啊！"

"不用担心，中国的大学进来难，出去易，再说，那个文凭，就是啦么回事儿，我最在乎的是能跟你在一起，能赚钱给你好的生活，"谢训给高宝镜夹了一筷子菜，说，"你莫得那么悲观，我现在不是好好的嘛？吃菜吃菜！"

高宝镜看到谢训包着毛巾的手，伸手抓住，谢训要挣脱，高宝镜却怎么也不撒手，而是小心翼翼地拆开了毛巾，当看到谢训满手触目惊心的血泡时，她再也抑制不住情绪，扭过头偷偷抹了把眼泪，随后，她站起来，从床头柜里拿出一盒小药膏，轻轻地涂抹在谢训的手心上，还吹了吹，心疼地说："训哥，你这是拿笔的手，怎么能去握钩钩铲铲？"

谢训看高宝镜难受的样子，赶紧安慰她："没关系，等这层泡破了，结了茧子就好了。"

高宝镜把谢训的手贴在自己的脸颊上，两人四目相对，片刻之后，情不自禁地动情拥吻在一起……

夜深了，小出租屋的灯灭了，简陋的双人床上，谢训和高宝镜的身体紧紧地缠绕在一起，二人的双手十指紧扣，室内一片旖旎……

一夜缠绵，谢训沉沉地睡去，天蒙蒙亮，他突然一个激灵从床上弹起来，看了看床头的闹钟，大声说："糟了，今天得起早去车站接工人，要迟到了！"

身旁没有动静，谢训扭头一看，床的另一端空着，而自己昨天穿的那件脏兮兮的衬衣，已经被洗干净了，正挂在房间的窗口，迎着晨风微微摆动着。

这时，高宝镜推门进来，手里提着买好的早餐，谢训愣愣地说："你再睡一会儿嘛，不用起得这么早。"

"没关系，"高宝镜淡淡地笑着，"你快点洗漱吃东西吧。"

谢训动作迅速地洗脸、刷牙、吃早餐，高宝镜在房间里安静地叠被子，等谢训穿好鞋子要出门的时候，她帮他背上了书包，又帮他整理了凌乱的衣领，谢训急着出门，高宝镜却拉住他，踮脚在他脸上亲了一下。

"小镜，你没事儿吧？"谢训被亲得直愣怔，"我怎么觉得你今天怪怪的，好像要再也看不到我了似的。"

"我哪个了？我很好啊。"高宝镜故作自然地说。

"那我走了，我一忙完就回来，你在屋里头乖乖等我。"谢训开开心心地下楼梯，高宝镜站在门口，目光恋恋不舍地追随着他的背影，直到再也看不见了，才关门进屋。

高宝镜站在出租屋的窗口，看着谢训大步流星地走出居民小区，一阵风吹过来，将谢训的衬衣吹得摇摇晃晃，衣服的下摆轻轻地扫到高宝镜的脸上，她忍不住闭上眼睛，享受着似乎带着谢训味道的衬衣，带给她的片刻抚慰，两行泪珠，顺着高宝镜紧闭的眼流了下来……

WHO SLEEPS MY BRO

第十三章   转眼各赴前程

Chapter 1　真爱再见

上午八点半，早高峰的城市一片车水马龙，各种交通工具上都已人满为患，上班族吃力地把自己的身体塞进车子里，就如同拼命想要把自己的人生融入这座繁华而耀眼的城市。

谢训顶着满头大汗，将一车民工带到了工地，工头迅速给民工们分了工，众人就抄起工具干起简单的粗活，谢训也二话不说，熟练地提起一把铁锹，跟着工人一起翻沙土，翻了几下，手心不禁传来一阵钻心的疼，他摘下肮脏的手套，看看自己的手，磨出的血泡已经被高宝镜涂了药，还精心地做了包扎，虽然碰到还是会疼，但谢训心里很美，吹着口哨，戴上手套接着干活。

谢训中午就在工地上，跟民工一起吃一顿清汤寡水的饭，然后继续干活，一直干到夕阳西下，工头才走过来，吩咐可以收工了，并将几张钱塞给谢训，客气地说："小谢，拿着！"

"谢谢王哥。"谢训感激地说。

工头摇摇头，半是同情半是不理解地说："你个大学生，还跟着大家干这些粗活儿，可惜哟！"

谢训不以为意地笑笑，把钱小心地揣进口袋。

晚上八点，一辆公交车晃晃悠悠地停靠在站台上，谢训一路上睡得昏天黑地，快到站的时候才本能地惊醒过来，随着稀稀拉拉的几个下车的乘客，疲倦了走下了车。

一路回到租住的亭子间，谢训掏出钥匙开门，屋内一片漆黑，高宝镜今天没有工作，按理说此时应该在家。

"小镜，嘟个不开灯嘞？"谢训纳闷地打开灯。

小小的房间收拾得整整齐齐，连床单都换了新的，换下的旧床单也洗过了，晾在窗外的撑衣杆上，可是整齐的屋子却透着一股清冷，高宝镜不在。

谢训心里有一些异样，下意识地拉开衣柜，柜子里空出了一大半，高宝镜的衣服全都没有了，床头的漱口杯里，也只剩下了孤零零的一只牙刷，谢训给高宝镜打电话，传来的是："对不起，您所拨打的电话已关机……"

一遍遍地打过去，都是关机；发短信，没有回应；谢训又打开微信，声音嘶哑地发语音信息："高宝镜，你跑到哪儿去了？快给老子回来！"

谢训的腿有点发软，失魂落魄地坐到床上，床头柜上放着高宝镜昨晚给他擦手的药膏，小小的药瓶下压着一封信，谢训的手不自觉地发抖，半天才把信封拆开：

训哥，当你看到这封信的时候，我已经走了，你不要找我了。

训哥，我们从老家考到上海，就是想改变自己的命运，到大城市落地生根。但现在我终于发现，想在这扎稳脚跟实在太难了！

人各有命，我们就像两只翅膀被捆绑在一起的鸟儿，使劲儿地飞还是会往下坠。我不能再拖累你了，所以这回我把绳子剪了。训哥，你应该去飞，去过属于你的生活。

至于我，希望在你的记忆中，留下的都是我最纯真、深情的模样，如果来生有缘，我们再做夫妻，希望那个时候，我们能不为生活所困，生一大堆胖娃娃，无忧无虑，白头偕老。

再见了，训哥，我此生最爱的人，保重！

谢训丢下信，发疯地冲出出租屋，像得了失心疯的人一般，在小区里奔跑，他拿出钱包里自己和高宝镜的合影，逮到人就问，见没见过这个女孩儿，所有人都像看神经病一样看着谢训，躲得他远远的。

不知不觉中，谢训跑到了车水马龙的街道上寻找，站在高高的天桥上寻找，又爬上高楼大厦上找，继而又来到黄浦江的东岸，对着滔滔的江水声嘶力竭地呐喊："小镜——你在哪儿！为什么，为什么要离开我——"

隔天的夜里，熄灯铃已经打响，330 寝室里还亮着微弱的台灯，林向宇和李大鹏正对坐在书桌前，一脸苦相地复习着功课。

宿舍门被推开，管超抱着篮球，满头大汗地走进来，幸灾乐祸地说："哟，这么刻苦啊，难得！"

"这不要最后一轮补考了吗？临阵必须磨磨枪，"林向宇咬着笔头，生气地说，"你等会儿帮我看看这道题，什么玩意儿，我连答案都看不懂。"

管超点点头，弯腰去脸盆里洗脸，李大鹏在一旁问："对了，训哥知道要补考的事儿吗？"

"我昨天去他租的那个房子找了，"管超一边擦脸一边说，"给他送了实习志愿表，他不在，就那个高宝镜在家。"

林向宇眨巴眨巴眼睛，饶有兴趣地说："听起来，你对高宝镜意见很大啊？"

"老谢现在这个德行，不都是那女的害的吗？"管超不满地回答。

"你没说什么吧？"林向宇又问。

"当然说了！"管超理直气壮地说，"马上就要大四了，谢训他不正经复习，不好好补考，一天到晚就知道挣钱，再这样下去根本毕不了业，我说这全都怪她高宝镜。"

李大鹏好奇地问："那训哥最近到底在忙些什么？高宝镜有没有说他什么时候回学校？"

"没有，她什么也没说，"管超鄙夷地说，"我看她呀，根本就不在乎谢训的死活。"

"不对劲啊，"林向宇连连摇头，"高宝镜以前可是从来不在嘴上吃亏的，你这么说她，她居然没跟你斗嘴？这太反常了，我得给谢训打个电话。"

说着，林向宇拨通了谢训的手机，可对方直接把电话挂了，管超也打了一个，也被挂了，李大鹏不安地说："我怎么感觉不太好啊，训哥不会出什么事吧，咱们要不要去找他？除了那个出租屋之外，他还经常去什么地方吗？"

夜深了，谢训就像一个无家可归的人一样，拎着一瓶啤酒边走边喝，不知不觉中，他走到了一栋施工到一半的高层大楼下面。

有几个戴着安全帽的工人认出了谢训，走了过来："哟，小谢，这么晚了还来工地，找人啊？"

谢训没吭声，摇摇晃晃地走进了工地，工人们闻到他身上的酒味，面面相觑地走开了。

谢训在工地干了很久的活儿了，对里面的设施十分熟悉，一路走进建设中的楼盘下，顺着半成型的、还没装栏杆的楼梯往上爬，他醉醺醺的，一不小心就摔倒在地，像条虫子一样拱了半天才爬起来，嘴里喷出一团酒气。

二十来分钟后，谢训跌跌撞撞地爬到了一个大开间，开间位于大楼的高层，四面的墙壁上光秃秃的，仅围着一层起防护作用的围栏，透过尚未完成的一整面落地窗，可以看到壮美而繁华的大上海，夜色中，这座城市五光十色，霓虹闪耀，不愧是一座斑驳陆离的魔都。

谢训仰头喝光了瓶子里的最后一口啤酒，一把将瓶子摔了个粉碎，双目迷离，一步一步地朝着落地窗走去……

林向宇、管超和李大鹏心急火燎地来到了建筑工地，他们刚刚从谢训租住的出租屋出来，屋子没锁，高宝镜留下的那封信被丢在床上。

看完那封"诀别信"，三人心知不妙，在林向宇的带领下一路来到这里。

李大鹏挠着脑袋，一脸不确定地说："训哥怎么会在这儿呢？这楼还都没盖好呢。"

"他既然不在家，那应该就在这儿了，其他地方我就真不知道了，"林向宇仰头看着尚未完工的高层，说，"前几天他给我发过微信，说这里有一栋高层，爬上去能看见大上海的风景，视线特好。"

"这家伙不会想不开做傻事吧？"事到如今，管超已经对自己昨天的一时冲动追悔莫及，一把抓住一个看门的保安，比手画脚地说，"师傅，您看没看见一个年轻人？高高壮壮的，剃着寸头。"

"知道知道，"保安热情地说，"那个重庆的大学生嘛，总来工地干活儿，刚刚上楼了，好像喝多了……"

三个人拔腿冲进高层，顺着没有任何安全护栏的楼梯，迅速朝楼上跑去，快接近顶楼的时候，三人终于听到了谢训熟悉的声音，那声音正在充满悲情地哭喊着——

"高宝镜，你个熊娘们儿！你忘恩负义，贱货！你给老子等到起，你跑得了和尚跑不了庙！你屋里还有几口人，他们可就那地待到起！别让老子找到你，老子非跟你同归于尽！老子的贱命，多少年前就给你了！早就给你了……给你了啊……"

_ 267

谢训痛苦万分地哭着念叨着，脚步着了魔地朝高楼的边缘走去……

林向宇三人跑得满头大汗，一冲上来就看见谢训正在大楼的边缘，他只要再往前迈一步，就会坠落下去，摔个粉身碎骨。

李大鹏吓得张嘴要喊，却被林向宇一把捂住嘴，管超压低声音，紧张地说："先别出声。"

谢训似乎感觉到什么，恍恍惚惚地回过头，看见三个兄弟正站在后面注视着自己，眼神充满了关切和担忧，管超的眼中还有一丝内疚和懊悔。

"老谢，你听我说，"林向宇抬起手，做出一个"请你冷静"的手势，用镇定的语气说，"我不知道你打算干什么，但我想跟你说，你即便什么都没有了，你还有我们。"

管超已经热泪盈眶，但还是克制着情绪地说："老谢，咱们说好了，要一起毕业的。"

李大鹏连连点头："兄弟之间说话是要算数的！"

谢训看看三个人，又扭头看了看窗外，沉默了好一会儿，终于回过神，缓慢地一步步走回来，然后一屁股坐到一个水泥袋子上，面朝着大上海的夜景。

林向宇、管超和李大鹏赶紧走上去，坐到了谢训的身边，管超从随身的口袋里摸出一包烟，可惜里面只有最后一根了，不由自嘲地笑笑，点燃，抽了一口后递给林向宇，林向宇抽了一口又递给了谢训，谢训猛抽了两口，用力吐出烟灰，正准备把烟递回管超手里，却被李大鹏劈手抢了过去。

李大鹏深吸了一口烟，然后猛地趴在地上咳嗽起来，这是他平生第二次抽烟，第一次抽烟是在约吧被查封那天晚上，管超拍拍李大鹏的背，从他手里接过烟……

一整个晚上，330的四个兄弟就那么坐在高层的落地窗前，望着灯火辉煌的夜上海，谁也没说什么，却似乎把什么都说了。

东方的天空渐渐泛起了鱼肚白，四个男生相互看了看彼此，不禁同时露出一个会心的笑容，大家相互搀扶着站起来，疲倦地离开了大楼，黑夜总会过去，不论发生了多么绝望的事，第二天的太阳总会在东方照常升起……

日子在平静中过去，林向宇、李大鹏和谢训总算有惊无险地都通过了补考，这就意味着，属于他们的大学时光，也很快就要迈入最后一年。

放暑假的前几天，330的四个男生在寝室里集合开会，讨论face party交接权的海选结果。

林向宇手里拿着厚厚的一叠资料说："这是从大一和大二收上来的face party承办方案和企划书，大家都看过了吧？"

几个人都点了点头，他们何止看过，还用心地给每一份企划书都打了分呢，李大鹏坐在电脑前说："网上的投票选举支持率也统计出来了。"

"终于要选出接班人喽，"谢训感慨地叹了一口气，"我们也要离开校园，步入社会了。"

"时间过得真快，一晃我们都办了两年face party了，"林向宇恋恋不舍地抚摸着face party的徽章，"想到要把主办权拱手让给别人，我还真有点儿舍不得。"

这时，猴子哼着小曲儿进来找谢训买啤酒，发现寝室里气氛有些伤感，就好奇地问："哟，你们这回是真打算把face party交接出去了？"

林向宇顺水推舟地说："对啊，我们该功成身退了。"

"不错不错，善始善终嘛！"猴子喝着啤酒，满脸都是笑容，两条腿还一哆嗦一哆嗦地乱踢，一副中了大奖似的兴奋劲儿。

管超敏感地问："猴子，你看起来心情很不错啊，什么情况？"

林向宇一脸坏笑地说："这还用说，肯定是有情况啊，怎么，是不是韩树跟你约会了？"

"咦？"猴子立刻露出被人猜中的表情，但很快又贱地笑道，"这是一个小秘密，就不告诉你，就不告诉你，就不告诉你！"

"个龟儿子，啥子时候开始晓得矜持了？"谢训照着猴子的后脑勺就是一巴掌。

李大鹏一本正经地说："书上说，哺乳动物进入发情期，跟交配对象互动以后，很容易出现体温升高、面红、多动、愉悦、反常规温柔等生理现象，而且智商会下降。"

"没事儿，他的智商本来就是负数，降不到哪儿去。"管超笑眯眯地说。

"讨厌！"猴子拿着酒瓶，娇嗔地戳了一下管超，扭头屁颠屁颠儿地带门离开了。

330的四个男生被猴子搞得浑身一阵阵冒鸡皮疙瘩，林向宇怔怔地说："看来这回猴子是来真格的了。"

下一秒，林向宇、谢训和李大鹏都意味深长地看向管超，管超只能仰天长叹："看来这京沪大战我是输定了，估计到毕业前都没戏了……"

Chapter 2　交接仪式

夜上浓妆，位于繁华地段的一条小巷子里，约吧门前聚集着许多大学生，橱窗上挂着一个 LED 的小横幅，上面写着：**face party 主办权交接仪式**。

酒吧内的气氛和以往的派对一样热闹，却又透露着些许的紧张氛围，酒吧的老板张哥叼着雪茄，微笑着站在人群的后面，所有人的目光都看向小小的舞台。

动感的音乐声戛然而止，酒吧里渐渐安静下来，林向宇走到舞台上，先环视全场一周，然后才清清嗓子，目光闪闪地说："各位同学，今天是我们 face party 的主办权交接的日子，作为派对的创办人之一，请允许我感慨几句。

"我们常常会还在青春的时候就开始感怀青春，青春是什么？我想，青春其实就是一群人，陪你度过的一生中最胸无大志、无欲无求的那段时光。这群人中有你想爱的，有你想揍的，也有无关痛痒的，他们和你组成了喧闹如梦一般的青春派对。这场派对生机勃勃、充满希望，似乎永不散场。这是我们的梦，属于青春的梦！

"face party 最初的创办，就是为了满足大家的这场梦，希望我们长大以后，无论人生是得意还是失意，想起这段日子时，都会想到一个个带着故事的闪光时刻！"

全场响起热烈的掌声，台下的许多学生都是 face party 的常客，许多拉着手站在一起的大学生，就是在这个派对上结缘的，face party 不论是对于几个发起者，还是对这些参与者来说，都已经是他们青春时光中极为重要而靓丽的记忆。

林向宇微笑着，等掌声慢慢平息下来，他才轻轻展开了手里的信封，提高音量说："下面我宣布最后的筛选结果，获得新一轮 face party 主办权的是，大二新闻系的 928 宿舍，恭喜以下几名同学——苏洋、史谦、周魁和张晓牛！"

立刻有四个大男孩在人群中兴奋地抱到一起，像得了奥斯卡金像奖一般激动："是我们！是我们！我们中了！"

"下面有请 face party 的副会长谢训、秘书长管超和执行会长李大鹏同学，同我一起，向 928 宿舍授予象征着主办权和荣誉的盾牌，希望你们能将 face party 的精神代代相传！"

928 的四个大男孩泪光闪闪地从四个人手中接过盾牌，并骄傲地轮流高举在手中，林向宇再次举起话筒，顽皮地朝台下眨眨眼睛说："下面我们要和 928 的几位同学，商讨和交代一些细节问题，同学们请自己玩儿自己嗨吧！"

张哥从林向宇手中接过话筒，高举着一只手臂，豪气地大声说："为了回馈大家对'约吧'的支持，今天全场的酒水和饮料免费供应！"

现场响起震耳欲聋的欢呼，派对的气氛达到了高潮。

330 宿舍和 928 宿舍走到了酒吧的安静角落里，小声而热烈地商讨起来，而在不远处的一个卡座里，猴子正和韩树坐在一起说悄悄话。

韩树不时捂着嘴巴笑，猴子趁机拉住了她的手，韩树娇羞地想要把手抽回来，却被猴子握得更牢了……

很快到了八月，喧闹的校园再次恢复了寂静，一栋栋教学楼里空空如也，一幢幢宿舍楼里也关门休业，暑假开始了，对于林向宇他们来说，这也是他们学生时代的最后一个暑假，很多人最大的暑假计划，就是彻彻底底地玩儿上一个月，因为从今以后，他们或许就再也不能像孩子一样放肆和任性了……

而对于李大鹏来说，他的所有闲暇时间和假期，都会交给他心爱的动物们，这个暑假也不例外，一放假，他就回到了自家的别墅，整天和后园里的动物们在一起，惬意又快乐，而且没有 Jennifer Baby 的骚扰……

这天，李大鹏一整天都在给兔子盖窝，直到老妈叫他吃晚饭，才满身大汗地冲进浴室冲凉，冲完凉，他穿着居家服装，拿毛巾擦着头发从浴室里走出来。

"大鹏啊，快来吃饭，都是你爱吃的菜！"李母笑盈盈地把一碗汤放到李大鹏面前，宠溺地捏捏李大鹏的脸，"看我儿子，吃学校的饭菜都瘦了，这是妈妈专门给你炖的灵芝甲鱼汤，还加了冬虫夏草，不知道有多营养呢！你快趁热喝了。"

李大鹏愣了愣，并没有碰那只汤碗，而是拿叉子挑旁边的水果吃。

"你怎么不喝汤？"李母催促道，"妈妈为你煲了一下午呢，凉了会有腥气的。"

李大鹏拿起勺子，在汤碗里搅和了两下，似乎想喝，但勺子到了嘴边又放下了，嘴角还露出一丝嫌弃的表情，李母有点不高兴地说："大鹏，你怎么回事，怎么不懂妈妈的好心？"

"妈，我是被你上次下药的事儿搞得有心理阴影了，"李大鹏闷闷地说，"我好怕喝了这碗汤，又不知道会发生什么事情。"

"怎么会呢！哪儿有那么多的药好下的嘛，真是的，再说妈妈又不会害你，要发生也只是会发生好事情啊，"李母嗔怪着说，李大鹏只好无奈地低头喝汤，李母又说，"这个暑假过完你就要上大四了，有没有想好要去哪里实习？想不想提前去咱们家公司，体验一下做接班人的滋味？"

"我不要，"李大鹏连连摇头，"妈，我不喜欢做生意管理公司。我想学习动物养殖和保护野生动物的工作，我从小的梦想就是办一家自己的动物园。"

"你这孩子，谁不想做霸道总裁啊？你没做过，所以不知道有多威风呢，"李母苦口婆心地劝道，"你愿意饲养什么动物，我和你爸爸都是不反对的，但那就是爱好嘛，你可以业余时间养着玩儿，家里那么大的生意，你不做，以后爸爸妈妈老了怎么办呀？你总不能让我们老无所依啊！你爸爸也一把年纪了，这两年身体大不如前，现在还要操持那么大的一个摊子。你也不是小孩子了，以后家里的顶梁柱就是你呀，你要学着替你爸爸分担呀！"

一想到爸爸，李大鹏就一肚子牢骚，上次当众拒绝了Jennifer Baby后，李大鹏足足被爸爸劈头盖脸地骂了一个月，每天在家里连头都不敢抬一下，想到这些，李大鹏忍不住嘀咕："我爸那人，不可理喻。"

"那他也是你爸爸！"李母叹了口气，说，"他老了、病了，你不还是得管他吗？自从上次跟月月家父母见面到现在，你都多久没和你爸爸讲话了？有半年了吧，你不知道，为了这个事情，他私下里有多难过。"

"明明是他不想好好跟我讲话，一看见我就吹胡子瞪眼睛了，"李大鹏委屈地说，"我完全不知道该跟他说什么。"

"好吧，就算你不理解爸爸，难道也不知道心疼妈妈吗？你从小都是个善良和孝顺的孩子，怎么现在变得这么不听话了？妈妈夹在你和你爸爸中间，不知道要受多少气，你是小辈，就不能先服个软吗？退一步海阔天空，都是一家人，何必搞成这样，"见李大鹏还是嘟着嘴一副不甘心的样子，李母变了脸色，用谈条件的口吻说，"那好，我给你看个东西，你看完之后再决定要不要先跟你爸爸道歉。"

"什么东西？"李大鹏没什么兴趣地抬起眼皮。

李母拿出了手机，调出一张照片，凑到李大鹏跟前，李大鹏一看到手机屏幕，两只眼睛立刻瞪得溜圆，还闪烁着兴奋的光芒，照片上居然是一只憨态可掬的羊驼，正一边吃着草，一边对着镜头卖萌痴笑。

"怎么样，喜欢吗？"李母看着李大鹏的表情，忍不住也跟着心情好了许多，"这是你爸爸专门在南美洲的智利买的，现在正在运送回国的路上，你看你爸爸多爱你，他这是在主动给你台阶下呢，你明白吗？"

李大鹏笑逐颜开，一个劲儿地点头，爱不释手地看着手机说："我已经给它取好名字了，就叫 Roger！"

大鹏妈笑着又问："那你要不要乖乖地去主动跟你爸爸说话，等会儿端碗汤送到他书房去？"

"要！"李大鹏想都不想，美滋滋地答应了。

学生时代的最后一个暑假，欢乐而短暂，很快，时间到了 2014 年的 9 月，又到了开学的日子，全国各地的学生拖着大大小小的行李返校了，与此同时，沪都大学也又迎来了一批新生。

各个学校的教学楼前都搭建起迎新报到的桌子，在"商学院经贸系报到处"前，新生络绎不绝，负责接待的老生却已换了一批，这一年迎新生的总负责人是夏星辰，她已经上大三了，是新生们口中不折不扣的大学姐。

夏星辰在迎新处忙碌着，突然手机里收到一条信息，她看了一眼，迅速做了回复，然后扭过头对身边的同学说："你帮我看一下，我有点儿事，一会儿回来，谢谢啊！"

夏星辰一路爬上了教学楼的天台，天台的围栏前站着一个高大的男生，他背对着夏星辰，似乎在看着风景，夏星辰招呼了一声，男生转过身来，面容清秀俊朗，是林向宇。

"来了？"林向宇笑容灿烂地跟夏星辰打招呼，这还是两人分手后的第一次见面，但如果仔细看，还是能从他的笑容里，看到一丝故作的轻松。

"你等半天了吧？"夏星辰的手不自然地抬起来，掖掖刘海，"我刚刚在迎接大一新生。"

"今年是你们负责迎新了？呵呵，"林向宇笑着说，"我突然想到我们迎接你们时候的情景，真是挺有意思。对了，你暑假过得怎么样，有没有出去旅游？"

"嗯，去了南京周边的古镇转了转，你呢？"夏星辰客气地说，

"我就在我奶奶家待着，陪陪家里人，"林向宇抓抓后脑勺，继续撑着笑说，"哦，偶尔还跟我爸去钓钓鱼，这恐怕是我的最后一个暑假了，以后不会有这么长的假期了。"

"哦，是啊。"夏星辰笑着说。

"对，是啊。"林向宇也笑笑。

然后两个人你看看我，我看看你，都不知道接下来该说什么了，气氛陷入了尴尬之中。

沉默了好几分钟，夏星辰才开口说："对了，我马上要去英国了，曼彻斯特大学，做交换生。"

"哦？"林向宇有些意外地张大嘴巴，好半天才说，"这么棒，恭喜你！"

夏星辰苦笑了一下，轻声说："谢谢你的恭喜。其实我今天约你，就是想跟你好好告个别，说声再见。"

林向宇又陷入了沉默，许久才开口说："星辰，对不起……其实这些日子，我一直都觉得很对不起你，在我们两个的问题上，因为我对那个缥缈身影不切实际的追求，我的执拗，让你受到了伤害，我心里清楚，这对你来说是不公平的。"

_273

"你不用自责，这段时间我也想了很多，"夏星辰笑笑，看着远处的天，淡淡地说，"你不爱我，不是你的错，也不是我的错，更不是那个令你一见钟情的女生的错。因为明明是我们两个先相识的，如果你那时候能爱上我，就已经爱上了。后来我们两个之间潜移默化的感情，并不是爱情，而是一种习惯和交情罢了，对吗？"

"不，我不是没有爱过你，"林向宇一脸苦涩地看着夏星辰，有些感伤地说，"一开始跟你在一起的时候，我的确很快乐。我也确实在某些时候，一些瞬间，以为自己有可能会给你想要的幸福。我承认我内心深处还对找那个女生抱有丝丝幻想，可能明天就会遇到，也可能到死都不会再遇见她，但如果我还心存这一点点想法，那我就没资格去好好爱你。"

夏星辰自嘲地笑笑，说："大学的这些日子，能遇见你，认识你，爱上你，我已经觉得很幸福了。因为我知道，当我离开这里之后，就再也不会像爱你一样去爱别人了，虽然我心里很痛，但是很过瘾。行啦，你不用自责，还是一句话，日子得过，生活得朝前看。说真的，跟你谈恋爱那段日子，还真是我最无理取闹、最敏感任性的一段日子，现在回头看看，自己都不敢相信，那会是我呢。"

说完，夏星辰的笑容舒展开，似乎已经打开了心里的结，林向宇也放松地笑了，

说："人不任性枉少年嘛！到了英国，见到那些外国的帅小伙儿，洋鬼子，你可得矜持点儿，保持住咱泱泱大国高逼格的女神风范！"

"放心，我跟你们混了这么久，眼光能差吗？"夏星辰朗然地昂起头，"等我嫁到英国王室，请你们来喝茶！"

"一言为定！"林向宇大大方方地张开双臂，"来，抱一下吧。"

两人很礼貌地相拥在一起，夏星辰抱得很用力，十分珍惜地拍拍林向宇的后背，说："行啦，你这风筝线，我就彻底放手了，好好飞，林向宇，多保重！"

然后，夏星辰主动放开了手，郑重地看着林向宇的眼睛，挥挥手说："再见，林向宇，你先走吧。"

林向宇看着夏星辰，露出了他那招牌的迷人笑容，扭头走了，午后的阳光在他的身影周围镀了一层金光，夏星辰看着他越走越远的背影，泪水渐渐迷住了她的眼睛……

Chapter 3 实习生涯

午后的 7 号男生宿舍楼，大四一层的走廊里十分安静，一些寝室的门已经上锁了，许多男生已经找到了实习单位，提前过上了朝九晚五的职场生活。

水房里传来哗啦啦的水声，猴子正在和一个男生在水池边洗衣服，另一个男生过来洗手，顺手无聊地摸了一把猴子的后脑勺。

"你几个意思啊？又拿你大爷我的头发擦手！"猴子嫌弃地撇着嘴，"马上要工作的人了，有没有点儿大人的样子，哎对了，你准备去哪儿实习啊？"

"一家外企，"男生故意装作不以为意的样子，眼里却是掩饰不住的得意，"你呢？"

"可以啊，挺洋气的，"猴子羡慕地叹了口气，"我投了好几十份简历了，都没回信儿。现在这世道，那些负责招聘的孙子太有眼不识泰山了，逼急了小爷我就回我大京城去。"

"回北京？你这口气还挺大的，"旁边的男生接道，"你以为北京就好混了？

北、上、广，全都一样不好混啊！"

猴子连连摇头，唉声叹气地说："也是，这年头，没关系到哪儿都不好混啊！"

330宿舍里，管超坐在书桌前忙碌着，桌上摊着打印好的几十份简历，还有各种各样的获奖证书复印件，他认认真真将这些东西装订在一起，整理成册。

谢训坐在一旁帮管超装订书钉，惋惜地问："超，你真的不打算考研了？干吗要放弃呢，你要是想考，保准能考第一，给那些走后门混到保研名额的孙子们看看！"

管超摇摇头，眼中没有怨恨和不甘，只是一片洒脱和平静："这个问题我已经看透了。就算我上了研究生又能怎样呢？还不是要继续跟在高朝屁股后面，到时候我的处境和现在又有什么差别？这么多年了，我已经忍够了，也学够了。"

"可你是我们这些人里公认的学霸啊，就这么放弃了，真是太可惜了。"谢训还是有些不能释怀。

"学霸学霸，不学也罢！"管超摇头晃脑地自嘲道，"人生不是做题和考试，根本没有标准答案。我想，我还是把自己的聪明和努力，尽快用到职场去吧。你呢？老谢，还打算继续做生意吗，不想找份正经的工作吗？"

谢训不以为然地撇撇嘴，把订书机递给管超，说："我倒是也想找个地方去实习，但实习生又没有工资拿，顶多补贴个伙食费，靠那点儿福利，我根本没法子活，所以，我只能先存点钱，等心里有底了再说吧。"

管超看了看谢训，想说什么，但最终没说出口，只是长长地叹了口气。

当天下午，管超乘坐公交车，来到了一家位于市区的出版社，他手里捏着自己的个人简历，紧张地在走廊里徘徊，不时紧张地朝主编办公室的大门看去。

出版社的员工在主编办公室里进进出出，每个人手里都拿着厚厚的文档，一派繁忙的景象，管超等了半天，好不容易才等到一个空隙，忙深吸一口气走上前，叩响了办公室的门。

"请进！"片刻之后，门内传出一个低沉的男声。

管超走进办公室，看到办公桌后坐着一个微微发福的中年男子，管超恭敬地鞠了一躬，礼貌地说："主编您好，我是沪都大学经管系的管超，是来应聘贵社的实习生的，之前投过简历给您。"

"哦，等等，我找找啊，哎，找到了，"主编清了清嗓子，从一旁的一大摞简历里抽出一份，快速浏览了一遍档案和各种获奖证书，然后随意把简历往一旁一丢，淡淡地说，"可以了，你被录取了，明天就可以来上班了。"

"这、这么快？"管超目瞪口呆地问，"您不用再问我点儿问题了吗？"

管超在网上查了好几天"求知面试指南",没想到现实中如此简单就被录取了,简直有种英雄无用武之地的感觉。

主编笑着说:"不用问问题了,你的简历上都已经写得很清楚了,像你这么品学兼优的学生,能来我们出版社实习,是我们的荣幸。"

"谢谢主编!"管超大喜过望地说,"我一定会加倍努力的,争取早日为社里做出贡献!"

"好,明天早晨八点,开始上班,"主编上下打量了管超几眼,说,"你就跟着我吧,算是我的实习助理,我会手把手带你。"

"真的?太谢谢您了!"管超越发受宠若惊,"那、那我具体做些什么呢?您可以提前布置一下,我回去早点做准备。"

主编摆摆手,极其轻描淡写地说:"不用准备,这工作对你来说轻松得很。是这样,我有个儿子,跟你差不多大,现在正在托福班学英语,我准备送他出国留学。小孩子嘛,读书很辛苦的,也不知道爱惜身体,早饭也不吃,他妈妈担心他营养跟不上,所以呢,从明天开始,就由你负责每天给他送早饭,一定要趁热送到托福班,这样他就能精力充沛地开始一天的学习啦!"

"送、送早饭?"管超听得一头雾水,困惑地看着主编。

"是啊,这个任务非常重要,呵呵,"主编笑了笑,突然板起脸,冷冷地问管超,"怎么,你不方便吗?"

"哦,没有没有,我方便,方便!"管超赶紧说,心里却在暗暗地说脏话。

"那就好,你一会儿去人事部备个案,"主编笑着站起来跟管超握了握手,"明天早晨就开始送饭工作!"

管超从出版社走出来的时候,心里五味杂陈,竟不知道是该高兴,还是悲哀……

而此时,谢训正满头大汗地站在火车站门口,手里高举着"欢迎民工"的牌子,热情地招呼着几个民工上一辆破巴士。

工头坐在巴士里,蘸着口水点了两张一百元、一张五十元、三张十元钱的钞票,递给谢训,居高临下地说:"你数数!"

谢训对着阳光,认真地看了看两张百元钞票,确认是真的无疑,便满脸堆笑地对工头说:"谢谢,谢谢,那我今天就不跟你们去工地了。"

"你去忙吧,回头电话联系。"工头喊了一嗓子,破巴士缓缓启动,开走了。

谢训小心翼翼地把钱揣进裤兜里,然后摸出了手机,熟练地调出通讯录里的"老婆",按了拨打,但话筒里传来的声音依然是:"对不起,你所拨打的用户已关机……"

谢训咬咬牙,给高宝镜的号码发出一条短信:小镜,你到底在哪里?

短信发送出去了，这已经是谢训给高宝镜发出的第 1000 条短信，这些短信统统有如石沉大海……

当谢训心情烦闷地往回走的时候，林向宇正一路小跑，脚步匆匆地冲进了一幢商务大楼，大楼的上方挂着巨大的 LOGO——美邦保险。

"大家要认真研究过去的理赔案例，这样未来才能做到熟能生巧，信手拈来……"

美邦保险的培训教室里，一名公司的讲师正在台上口若悬河地训话，台下坐着好几十名应届的实习生，每个人都听得十分认真，还唰唰地记着笔记。

突然，教室后面的门欠开一道小缝，林向宇偷偷溜了进来，他穿着皱皱巴巴的西服，衬衣松在裤带外面，领带也散着，斜背着一个挎包，猫着腰往座位上溜。

这是林向宇被老爸逼着进入"美邦保险"做实习生培训的第五天，也是林向宇第五次迟到。讲师目光如炬地朝林向宇的方向狠狠瞪了一眼，然后大声说："今天上午的培训就到这里，最后面，林向宇，你留一下。"

其他实习生收拾了纸笔，纷纷散去，只有林向宇尴尬地被讲师叫到前面。

"沪都大学，林向宇！"讲师把考勤表在林向宇眼前挥动着，生气地说，"你看看你自己的考勤记录，连着好几天迟到，你怎么回事儿？前天是堵车，昨天是起晚了，今天你还有什么理由？把你的领带系好了，我们做服务行业的，一定要重视个人形象！"

林向宇赶紧象征性地紧紧领带，还略微挺直了一下腰杆。

讲师白了他一眼，把一份资料递给他："这是上午我讲过的内容，你自己回去认真看看，明天别再迟到了，听见了没有？"

"知道了！"林向宇点头哈腰地接过册子。

走出教室，林向宇顿时觉得口干舌燥，刚才跑得太急了，出了一身的汗，体内严重缺水，于是他来到茶水间，倒水烧水，顺手把讲师给的资料放在了台子上。

等水烧开的时候，林向宇的手机响起来，是管超打来的，电话一接通管超就破口大骂："我们那个狗屁主编，气死爷爷我了！"

"别生气，慢慢骂。"林向宇端着热腾腾的茶水杯，边讲电话边往外走，把讲师给他的资料彻底忘到了脑后。

管超愤愤不平地牢骚道："每天不让我干正经工作，就让我给他做警卫员，围着他家里的人转，他一个破事业单位的领导，还真把自己当首长了？"

"他都让你干吗了？"林向宇配合地充当管超的听众，适时发问。

"让我给他那个儿子送早饭！那死胖子还学托福呢，我看他根本就是花钱在那儿发福！要么他就让我去给他岳母排队买烧鸡，一家子都是吃货！"管超越说越窝火。

"唉，实习都这样，你就忍忍吧，"管超也满腹牢骚地说，"我今儿还被我们培训老师骂了，唉！满楼的西装鸭，我都觉得要是我真一直这样干下去，迟早得抑郁。"

"他儿子给我打电话了，"管超郁闷地说，"回头再跟你聊。"

挂了电话，林向宇仰头把茶水喝光，然后晃晃悠悠地离开了美邦大厦，坐上了回学校的公交车，一上车，林向宇就戴上耳机，开始听歌。

耳机里传出的是 Leonard Cohen 的《In my secret life》，公交车内的嘈杂和喧嚣渐渐消失不见，整个世界只剩下美妙的旋律，林向宇单手抓着吊环，目光迷离地看着车窗后迅速褪去的城市，行人和车辆，大大小小的店铺……

十几分钟后，公交车行驶到一个路口，转弯的时候，车速减慢下来。

路口的红绿灯前，站着几个穿着一丝不苟工装的白领，有人手里拿着咖啡，有人在焦急地对着手机讲话，有人背着电脑包神情麻木，林向宇看着这些人，脑中胡乱地勾勒着自己的未来，不知道会不会有一天，自己也会变成和这些人一样……

正琢磨着，林向宇的余光无意中扫到了路边的一栋写字楼，心里突然一震，写字楼的旋转门后，走出了一个年轻的女子，女子穿着靓丽的职业套裙，步态优雅而轻盈，还不时抬手撩一下长长的黑发……

霎时间，林向宇听不见耳机中的音乐声了，他眼中的一切也都消失，只剩下那个走在人行道的靓丽身影，他绝对不会认错，那个年轻的女子，就是令他朝思暮想、苦苦寻觅了多年的"手帕女神"！

"师傅，停车，停车，麻烦停车，我有急事！"林向宇摘下耳机，一边向车门挤，一边大声呼喊着。

"这不是车站，不能乱停，"司机机械地回答，"你等下一站再下吧。"

说话间，车子又拐了个弯，隔着车窗，林向宇只能眼睁睁看着女神的身影消失在自己的视线里，几分钟后，公交车终于到站，林向宇发疯一般跳下车，朝着刚刚来时的方向狂奔而去，狭窄的人行路上，他不时撞到逆向走来的行人。

"对不起，我有急事，让一让！"林向宇边跑边胡乱地嘀咕着，一条马路，又一条马路，不知跑了多久，也不知跑过了多少个路口，直到他再也跑不动了，才沮丧地停下来。

此时正是每天的晚高峰时间，马路上的人流熙熙攘攘，早已找不到女神的踪影，林向宇气喘吁吁地坐在路边，神情无比的落寞和忧伤……

Chapter 4 擦肩而过

秋去冬来，魔都迎来了 2014 年的第一场雪，小片的雪花在半空中慢慢飘落，天空中如同蒙上一层淡淡的奶色雾气，商界街的店铺门前，都摆出了圣诞树的装饰，许多行人在路上，惊喜地接着雪花。

约吧的橱窗上贴着"Merry Christmas"和"Happy New Year"的字样，还画着各种雪花和冬日元素的图案，透过茶色的玻璃，可以隐约看见酒吧内人影攒动，好不热闹。

一辆美国产的道奇公羊大型皮卡，拉风地停在了约吧门口，车门缓缓打开，四个高大帅气的男子走了下来……

酒吧内，大厅的醒目位置拉着巨大的横幅，上面写着今天这场派对的主题：**告别过去，勇敢做自己。**

舞池里，年轻的男女大学生们扭动着身体，手中的酒杯觥筹交错，把酒言欢。

承接了 face party 派对主办权的 928 宿舍，派出了宿舍长史谦作为代表，上台发言："亲爱的同学们，今天是跨年夜，我们即将进入新的一年，让我们告别过去，勇敢地做自己吧。今天，我们非常荣幸地请来了几位特别来宾，一起陪我们度过这个特别的时刻，请大家屏住呼吸，为他们的到来报以最热烈的喊声和欢呼！"

聚光灯统统打到了酒吧的门口，在一片热烈的鼓掌和欢迎声中，隆重的音乐响起，酒吧的大门打开了，林向宇、管超、谢训和李大鹏走了进来，四个人皆穿着笔挺的黑色西装，锃亮的大皮鞋，脸上全都带着一种荣归故里般的自信笑容。

台上，史谦激动地大声呐喊道："请大家欢迎 face party 的创始人——沪都大学 330 宿舍的四位学长！"

现场的掌声和欢呼声掀起新的高潮，男生们吹着口哨，女生们发出看到偶像般的尖叫声。林向宇四人不禁相视一眼，故作镇定地走到酒吧的吧台前，帅气地各自摆着造型，接受学弟和学妹们羡慕而崇拜的目光。

史谦在台上清了清嗓咙，好不容易才把派对的焦点重新拉回到自己身上："各位，在今年的最后一天，我们这次派对的主题，就是希望大家能够撕掉过去虚假的外衣，在新的一年，愿你所愿，为你所想，做自己希望的自己！下面把时间交给同学们，希望大家能在众人面前，说出自己从未有过或马上要实施的创举！"

话音刚落下，一个戴着眼镜的呆呆的男生就冲上了台，兴奋地对着话筒喊道："大家好，我是文学院的邓硕！我想告诉大家，我今天没穿内裤！我的新年梦想是，妈妈再也不要帮我洗内裤啦！"

全场一片欢呼，几个男生冲上舞台，笑着去扒邓硕的外裤，其中一个男生大声喊道："确实没有！这家伙是货真价实的真空！"

在一阵哄堂大笑声后，一个梳着妹妹头的小女生跳上台，声音嗲嗲地说："我是沪南师范的张苗苗！我的爸妈一直希望让我做个乖乖女，嫁个好汉子，可是今天，我发现自己才是那个最可以依靠的好汉子！我是女汉子，我自豪！"

同学们一起起哄道："女汉子，真汉子，女汉子，真汉子！"

张苗苗红着脸跳下台，又有一个清瘦又奶油的男生抓过话筒，大声说："你们不要管我是谁！今天早晨起床的时候，不知道为什么，我情不自禁地亲了我们宿舍的宿舍长，我好开心！新的一年，我就是要说出我的爱！我爱我的舍长，我就是亲了你，我会对你负责！"

现场的起哄声更加激烈，林向宇他们在一旁看得津津有味。

这时，一个胖胖的女生有些腼腆地上了台，她拿着话筒的手有点微微发抖，轻声说："我是上海大学中文系的夏可可。今天，我偷偷看了我妈妈的手机，我妈在给隔壁一个叫老王的人发短信，说到我的时候，她用的是'咱闺女'这个称呼。"

台下的气氛终于沉静下来，大家都用同情的眼神看着夏可可。

没想到，夏可可却突然笑起来，高举起一只手，用力喊道："我想说，不管我亲爹是隔壁老王还是老李，我才不管他们！我最爱我的爸爸老夏，我希望老夏长命百岁！"

全场热烈鼓掌，为夏可可的选择喝彩。

史谦走上台，笑眯眯地说："好，下面我们把话筒交给今天的特别来宾，有请330的林向宇学长给我们说几句！"

林向宇举着一瓶啤酒，轻松而自在地跳上舞台，微笑地对着台下说道："各位同学，亲爱的朋友，今天大家欢聚一堂，我想代表前辈们说一句——生活不只是苟且，还有诗和远方，啤酒和兄弟！来，大家，干杯！祝我们的青春，永不散场！"

管超、谢训和李大鹏激动地跳上台，四个人将手里的啤酒瓶高高地碰在一起。

张哥坐在吧台里，一边叼着雪茄一边敲敲酒杯，大声说："各位注意啦，准备新年倒计时啦！"

在张哥的带领下，全场开始了齐声倒计时："十，九，八，七，六，五，四，三，二，一！Happy New Year！现在可以亲吻你此刻最爱的人啦！"

台下立刻沸腾了，相爱的男女情侣们动情地拥抱在一起，还有些男生和男生，女生和女生，也激情四射地吻在一起，角落里，猴子和韩树腼腆地看看彼此，终于，情不自禁地拥吻起来。

林向宇举着啤酒瓶傻笑，谢训冷不防地从一旁窜出来，抱住林向宇就亲，吓得林向宇呜哇乱叫："我的妈呀，老谢，我不想这么早就出柜！"

管超也笑嘻嘻地凑过来，捧住林向宇的脸就啃，李大鹏也不敢寂寞地扑上来，兴奋地大喊："还有我，还有我，我也要亲亲！"

四个人在舞台上嘻嘻哈哈地扭在了一起。

酒吧内充满了新年的喜悦，有人兴奋，有人唱歌，有人跳舞，有人喝醉……

约吧的外面的小巷上，人行道的路面微微潮湿，薄薄的积雪被行人踩过，留下一串串不知尽头的足印。

嗒嗒，嗒嗒……

巷子的远处，传来一串高跟鞋的声音，一个穿着风衣、戴着围巾的美丽身影，缓缓走了过来，那是一个举止优雅、长发飘飘的漂亮女子，她的双眼灿若星辰，她的笑容美若桃花，如果此时林向宇能看到她，一定会感动得泪流满面，因为她就是林向宇苦苦寻觅的"手帕女神"，哦，她的名字叫徐美心。

然而林向宇没有看到这一幕，他正在一窗之隔的约吧里，和三个兄弟玩儿着亲亲的游戏。

雪花飘落在徐美心的脸上，令她眉目更加如画般动人，她习惯性地抬手，挽了一下长发，然后紧了紧肩膀上质地柔软的羊绒围巾，嘴里哈出一口白气，把手机放在耳边，声音柔和地说："喂，Marry 啊，我刚下班，你们在哪儿呢？好的，我现在就过去跟你们会合！"

挂了电话，徐美心听到一阵欢乐的喊叫声，她不禁扭过头，朝路边约吧的橱窗里看了一眼，透过橱窗，能看到里面有许多年轻人正在欢庆着跨年夜。

徐美心的嘴角不禁勾起一抹微笑，心中暗暗怀着对年轻人的羡慕和向往，转身离开了。

远远地，外滩的上空腾起朵朵璀璨的烟花，缤纷的烟火在半空中绚烂绽放，所有人的脸上都写满了喜悦，和对新年的向往……

结束了跨年派对，林向宇、管超、谢训和李大鹏离开约吧，又坐进了那辆道奇公羊大型皮卡，在众多学弟们艳羡的目光中，拉风地绝尘而去。

皮卡一路开到沪都大学的 7 号宿舍楼，李大鹏第一个跳下车，手里拿着一个不知道从哪儿来的苹果，打开货厢的小门，恋恋不舍地说："Bye，Roger，我要回宿舍了，你跟司机回家，要乖哦！"

货厢里伸出一张嘴，啃起了李大鹏手中的苹果，林向宇他们走过来，看见货厢里居然有一只样貌古怪的生物。

"这不是羊驼吗？"谢训大吃一惊。

"James，你居然在后车厢里藏了一只羊驼！"管超瞠目结舌。

"我是舍不得把 Roger 一个人丢在家嘛，所以让它跟我们一起出来兜兜风，"李大鹏正色回答，"它是一只血统高贵的智利羊驼，你们可以叫它 Roger。"

喂完苹果，李大鹏拍拍羊驼的头，皮卡缓缓启动，开走了，林向宇怔怔地举起手，对着在后车厢里伸舌头喘气的羊驼说："拜啊，Roger，回去替我向 Coco 问好！"

四个人顺着楼梯，一路来到宿舍的三楼，进入了 330 寝室，自从开始实习以来，这还是寝室里第一次人这么齐全，谢训张罗着喝啤酒庆祝一下。

这时，宿舍的门开了，猴子手里拿着 50 元钱朝谢训的床铺走来，不过，当他发现宿舍里的四个人都在的时候，不禁有些不好意思起来，想把钱揣回去。

282 _

"猴子，你要买啥？"谢训怎能错过任何赚钱的机会，眼疾手快地夺过猴子手里的钱。

猴子居然有些扭捏起来，支支吾吾地不说话，谢训像王婆卖瓜似的把自己的储物柜打开，热情地兜售道："你看，香烟、啤酒、方便面、火腿肠、卤蛋，应有尽有，你到底要买啥子？"

"我要买……"猴子又羞又腆地用喉咙眼儿哼唧道，"那个……"

谢训立马会意过来，却故意坏笑着挑眉逗他："哪个呀？"

"那个呀！"猴子继续娇羞。

林向宇和李大鹏也跟着笑起来，只有管超还一脸愣怔，心说，猴子这是喝多了吗，自己要买什么东西都说不清楚。

这时，谢训神秘兮兮地走到床边，从枕头下面拿出一本厚厚的《金瓶梅》，一翻开封面，众人才发现书内别有洞天，书的内页已经被掏空，里面居然藏满了散装的避孕套！

"可以啊，猴子，终于要开荤啦！"林向宇哈哈大笑着问，"是谁啊，这么舍生取义？"

"去你的！"猴子不好意思地推了林向宇一把，从谢训手中抓起一把避孕套，笑嘻嘻地跑了。

管超张着嘴巴，愣愣地看着跑远的猴子，一脸的难以置信，林向宇凑过来搂住管超的肩膀，深感同情地说："兄弟，恭喜你成为本班最后一名处男！"

谢训收好了避孕套，也走过来，拍拍管超的肩膀，鼓励地说："小弟弟，要雄起！"

李大鹏握着拳头凑过来，一本正经地对管超说："要加油哦！"

管超看着三个人的脸，心情十分复杂，他怎么觉得，这三个人一点儿都不真心呢，看他们那表情，分明是幸灾乐祸！

大四的学生们，还不太适应朝九晚五的实习作息，好不容易盼来了一个周末，许多人都在被窝里贪睡不醒。

330的四个男生一直睡到日上三竿才起床，中午在食堂饱食一顿，四个人懒洋洋地坐到去往公共澡堂路上的长椅上。

此时此刻，Jennifer Baby 正在法国过着逍遥的留学生活，夏星辰也已经去了英国，高宝镜消失在茫茫人海，不知所踪，李大鹏、林向宇和谢训，终于都和管超一样，变成了"黄金单身汉"，身为单身汉最大的好处，就是可以像现在一样，边吃雪糕边色眯眯地看来来往往的漂亮女生。

从澡堂里走出来的女生，一个个全都洁白粉嫩，她们端着脸盆和浴巾，湿答答的头发上散发着洗发水的香气，令人陶醉和痴迷……

周末的下午，全体大四学生齐聚阶梯教室，召开"实习动员大会"。

高朝又换了一顶假发，精神抖擞地站在讲台上训话："实习都已经进行好长时间了，我看你们很多人还是玩儿心太重，根本不为自己的将来打算！今天把你们召回系里，就是要给你们拧拧螺丝，上上弦！再有不到一年，你们就要毕业进入社会了，你们准备好了吗？我看没有，我看你们就是赖着不想长大！"

林向宇、管超、谢训和李大鹏远远地坐在教室的最后一排，四个人全都低着头，专注地玩儿着手机联机游戏，对高朝的话置若罔闻。

高朝激动地说了一会儿，突然指向林向宇他们，暴躁地吼道："330的那几个，你们给我认真点儿！"

四个人抬起头，厚着脸皮对高朝咧嘴笑笑，低下头继续我行我素。

高朝气得干瞪眼儿，自从他偷梁换柱地撤了管超的保研名额后，就明显感觉到，330的这四个家伙越来越超出他的控制了，而高朝又偏偏拿他们没办法，因为在管超的帮助下，330寝室的四个人全都通过了英语四级，谢训的补考也全都过了，如今，只要结束实习，他们就能顺利拿到毕业证了，高朝的凶悍和威胁，统统失去了威慑力……

| 第十四章 | | 追女神大作战 |

Chapter 1 女神真身

　　黄昏时分，李大鹏家的道奇公羊大皮卡车，停在一栋尚未竣工的高层大楼下，因为开发商卷款潜逃，这栋盖了一半的大楼已经烂尾半年了，工地上早已人去楼空，楼层的缝隙间都生出了杂草，一片荒凉破败的景象，和远处高层林立的外滩形成鲜明的对比。

　　皮卡停稳后，车门和后面的货厢都打开了，一股脑涌出了二十几个男生，等所有男人都下了车后，皮卡严重超载的车轮才恢复了本来的形状。

　　330 的四个男生打头，一众男生拎着啤酒和各种小吃，呜嗷喊叫着爬上了烂尾大楼，顺着顶层的大开间，可以看到景观壮美的大上海。

　　大开间的墙壁上到处都是涂鸦，地上也扔满了空酒瓶和烟头，柱子间甚至还挂着吊床，男生们一进来就迅速行动起来，谢训带着几个男生支起简易的烧烤架，管超带人在铁皮桶里生火，李大鹏则在调试着几台轻便型的小音箱，林向宇则吆喝着开啤酒。

　　自从高宝镜离开的那天晚上，330 的四个男生在这里坐了一夜之后，这个大开间就成了大伙儿消磨无聊夜晚的固定地点。

　　猴子站在没有骨架和玻璃的"落地窗"前，看着夕阳下的上海，忍不住啧啧称赞："我去，这地儿忒牛了，我真该早来！"

　　林向宇拎着一瓶啤酒，得意地走过来说："牛吧！这里既可以眺望世界，还可以饮酒狂欢，还有哪儿比这儿更自由更嗨的！"

　　这时，李大鹏把音响调试好了，开间里响起了动感的音乐，猴子忍不住跟着音乐摇头尾巴晃，巴巴地问："这地儿是谁发现的啊？"

　　"老谢呗！他天天往工地带民工，把大上海的各大工地都混熟了，"管超丢给猴子一瓶啤酒，说，"这地儿离学校远，现在又没人管，咱们可以放开了玩儿！"

　　"喂，你们几个！"谢训在烧烤架前大声喊道，"赶紧过来给我搭把手，别尽想着吃现成的，老子要累死了噻！"

几个人赶紧笑嘻嘻地走过去帮忙，烧烤架上已经摆满了丰富的食物，肉串和鸡翅滋滋地冒着油花，散发出诱人的香味。

饥肠辘辘的男生们一拥而上，围着烧烤架争抢着吃肉喝酒，谈天说地，打闹逗闷，天色渐渐黑下来，借着篝火和几盏应急灯摇曳的光亮，林向宇举起酒杯，大声说："今天系里开会，难得帮咱们把人凑齐，今儿晚上大家不醉不归啊！"

二十几个男生应声碰杯，大口喝酒，每一个人都已经呈现出了微醺的状态。

猴子突然丢下肉串和瓶子，跑到墙根就解裤子，谢训赶紧大喊："哎哎，你干吗呢？莫在这儿撒尿嘛，等会儿风一吹，这里边儿全都是尿骚味，这还怎么待啊？"

"那怎么办啊？"猴子哭丧着脸说，"我憋不住了。"

谢训早有准备，随手指了指不远处成堆的啤酒瓶，说："你尿到瓶子里，一会儿拎走。"

猴子一脸为难地捡起一个酒瓶，正要尿，却又被林向宇拦住了，他把酒瓶子放到了距离猴子一米多远的地方，忍俊不禁地说："来，你站那，对这尿。"

"你坑人呢，这能尿准吗？"猴子憋尿难忍地说，"别闹了，我真憋不住了。"

这时，李大鹏站起来，一把搂住猴子说："来来，让你见识一下！"

管超早已和几个男生小声打好了招呼，大伙儿纷纷从地上捡起空啤酒瓶，整齐地摆成一排，然后所有男生都站到了距离啤酒瓶一米开外的地方。

"兄弟们，大家比赛啊，看谁对得准！"谢训兴奋地大喊，"Are you ready？"

众男生纷纷解开裤子，齐声回答："Oh yes！"

李大鹏高高举起的手臂猛地一落，大声叫道："Go！"

一瞬间，十几道尿柱喷涌而出，划着高高的抛物线，争先恐后地射向啤酒瓶口，而且基本上都准确无误，其中，林向宇的尿柱划的弧线最高，也最长，林向宇本人则是一脸得意。

猴子在一旁都看呆了，急忙也对准自己前方的瓶口，深吸一口气积蓄力量，然后开始撒尿，可惜，他的尿柱又细又软，怎么也尿不进去，只能一边尿一边尴尬地往前走。

众男生见状，爆发出哄堂大笑。

这时，林向宇的手机铃声响起，他止住尿，拿出手机看了看号码，脸上的嬉笑立刻收了起来，挤眉弄眼地对众人说："大家安静，安静一会儿啊，我爸！"

大伙儿会意地收起笑声。

"小宇啊，你在干吗？"林父威严的声音出现在电话另一端，"写论文？那怎么会有这么大的水声？"

林向宇赶紧向众人使眼色，拼命做手势，男生们只好硬生生地把尿了一半的尿憋回去，让林向宇先打发掉他那个恐怖的老爸。

"嘿嘿，爸，刚才是我舍友在倒开水，"林向宇皮笑肉不笑地跟老爸撒着谎，"嗯，美邦公司还在给我们实习生做培训，还没开始正式实习呢……"

"公司把你分到哪个部门了？"林父追问。

"不知道啊，"林向宇耸耸肩，不以为然地说，"我吗？我无所谓啊，哪个部门都可以。"

"你怎么什么都不知道？你的脑子里天天都在想什么啊！"老爸不高兴地说，"你是不是看不上保险公司啊？那你说，你想去哪儿，我再帮你想办法！不要一问三不知的好不好？"

憋尿的男生们纷纷用眼神催促和哀求林向宇，林向宇忍俊不禁地看着大家，强忍着笑对老爸说："我暂时真没什么想法，就先在保险公司干吧。"

"那你要好好表现！"林父又不放心地叮嘱了几句，才挂断了电话。

众人和林向宇一起松了一口气，开间里再次响起哗啦啦的撒尿声……

经贸系的男生们在烂尾楼里度过了欢乐的一夜，但第二天，所有人就都得收拾起自己的玩心，回归到各自的实习岗位上去，努力去融入这个城市。

美邦保险公司的大厦坐落在市中心，十分高大挺拔，建筑的外层是全玻璃的外墙，在阳光的照映下显得熠熠生辉。

培训教室里，一个穿着笔挺西装、一脸"我是高层"的中年男人，正对着台下的二十几个年轻实习生讲话："今天是各位结束培训后，正式开始在美邦实习的第一天，我代表公司欢迎大家！"

实习生们热烈地鼓掌，只有林向宇提不起兴趣，只是懒洋洋地象征性拍了几下手。

随后，实习生被分配到不同的部门，由各部门的负责人一一带走，林向宇双手抄着口袋，心不在焉地跟在一个四十多岁的女经理身后。

走廊的两侧都是玻璃墙，后面皆是宽大而敞亮的办公区域，上百平的办公区域里，员工们穿着笔挺的工装，忙碌地走来走去，电脑和电话的声音此起彼伏，一派繁忙的场景。

"VIP客户室是我们公司的重点部门，主要针对投保千万以上的大客户展开服务。公司已经安排了一位高级客户经理做你的师傅，你一定要珍惜这个来之不易的机会，好好学，知道了吗？"女经理一边走一边严肃地介绍。

林向宇不停地点头，心里却在暗想，这个女经理也太严肃了吧，是不是更年期综合征？

走着走着，女经理的手机突然响了，她赶紧换了一副面孔，毕恭毕敬地接通了电话："是，刘总裁，和对方见面我主要是想谈这么几个问题……"

女经理边说边走到了一旁，并用眼神示意林向宇原地等待，林向宇便百无聊赖地东张西望起来，办公区里的人都很忙，没有人注意他。

突然，林向宇的目光被一个熟悉的人影吸引住了——

高高的文件柜前，摆着一个用来取高处文件的小梯子，一个穿着套裙的年轻女子正站在梯子上，她穿着高跟鞋，身段纤长柔美，一只手高高地举着，在柜子顶部的档案中翻找着。

女子长发披肩，身材修长，因为踮着脚尖，所以腿部的线条更加优美。

不过，也许是站立的时间太久了，女子的身体渐渐失去了平衡，身体一阵晃动，似乎要从梯子上跌落，林向宇本能地屏住呼吸，拔腿就要往前冲，可还没等他行动起来，女子的手扶住了柜子，恢复了平衡。

随后，女子取出了一盒档案，低头扶着梯子走下来，长发随之滑落到脸上，又被她抬手轻轻捋到耳后，当她转过身的刹那，林向宇的呼吸几乎都凝滞了，他简直难以相信自己的眼睛，那女子的面容非常美丽，但更重要的是，她的眉眼和五官，是那么的熟悉，熟悉到几乎早已被林向宇镌刻在记忆的封皮上。

这个女子，就是令林向宇魂牵梦绕、苦苦寻觅多年的"手帕女神"！

三年了，林向宇曾无数次幻想过与女神见面的画面，却万万没有想到，就在此时，就在此地，他就这样猝不及防地看到了她。

在林向宇痴痴的注视中，女神一边翻着档案，一边走到了一个工位前，停下了，站在那里，举止优雅地看了档案。

这时，女经理打完电话走回林向宇身边，拍拍他的肩膀说："好了，走吧。"

"哦！"林向宇如梦方醒般地回过神来。

而接下来发生的事情，简直令林向宇原本就躁动不已的心，几乎震荡得快要脱口而出——女经理居然带着林向宇朝女神走了过去！

"Michelle！"女经理边走边对女神挥了挥手。

女神抬起头，笑着说："王总。"

"我给你们介绍一下，这是给你安排的那个实习生，林向宇，"王总指了指林向宇，又指了指女神，说，"小林，这是你的师傅，Michelle，中文名徐美心。"

"你好。"徐美心微笑着向林向宇伸出手，与此同时，她不经意地上下打量了林向宇一番，看在她眼中的是，一个高大英俊、健康阳光的帅小伙儿，正直勾勾地盯着她。

徐美心的手伸了半天，不禁有些尴尬地回避着林向宇灼热的注视，没想到，就在她想要把手收回去的时候，林向宇却突然像刚睡醒的人似的，热情地拉住了她的手，用力地晃了晃："师傅，你好你好！"

王总见状，点点头说："好了，那这几个月他就交给你了，Michelle，你好好带他。你们忙，我先走了。"

交代完毕，王总转身离开了，林向宇一直傻傻地看着徐美心笑，徐美心目送王总离开后，脸上的笑容迅速收了起来，严肃地指着自己对面的工位说："你就坐这儿吧。"

林向宇乐颠颠地应着，徐美心又丢给他一个U盘，冷冷地说："这是最近五年来的VIP理赔案例汇总，一共有487件，你必须全部了解。"

"嗯，好好！"林向宇小鸡啄米般点着头，目光始终不曾离开徐美心的脸，他简直无法相信眼前的一切是真的，他心心念念了三年的女神，居然就这样近距离地站在他的面前，而且他们现在的身份也是如此的神奇——他居然成了女神的徒弟！

_289

此时此刻，林向宇真想抱住自己的老爸，用力地亲他两口，谢谢你了老爸，如果不是你逼着我来这里实习，我恐怕一辈子都不会见到我的女神，哦，她的名字叫徐美心，还有一个洋气的英文名，Michelle。

就在林向宇陷入个人小思绪中幸福徜徉的时候，徐美心则在滔滔不绝地介绍着公司的规章制度："我们美邦的考勤制度非常严格，实习生原则上不能请假，迟到三次就立刻走人。对了，你抽烟吗？"

"嗯？"林向宇一愣，犹豫地回答，"偶、偶尔。"

徐美心不满意地看了他一眼，冷冰冰地说："在我面前不能抽烟。"

林向宇忙不迭地点头："哦，好，我在你面前一定不抽烟！"

徐美心坐下继续看档案，过了几秒，她抬头看了林向宇一眼，说："你还愣着干什么，坐下看U盘里的案例吧。"

"哦！"林向宇赶紧坐下，开电脑，插U盘，但眼神还是无法离开徐美心，不时透过透明的隔板，看看她张美得令人窒息的脸……

Chapter 2 心猿意马

上海市火车站的门口，出站的乘客密集如织。

谢训嘴里嚼着包子，手里举着牌子，牌子上写着"河南巩县土木工作组"的字样，一路小跑地奔向一群背着大包小包行李的农民工，嘴里还操着一口怪腔怪调的河南方言："老乡，老乡，哎，这边，这边，恁咋晚点啦？"

这就是谢训给自己安排的大四实习内容。

将一车河南民工送到大巴车前，谢训和工头清点了人数，美滋滋地说："28个，一个不少哈！"

工头从衬衣口袋里摸出几张百元大钞，递给谢训，扭头上车走了。

阳光下，谢训开心地数着钱。

市中心的某家出版社里，办公桌上堆满了书籍，显得十分杂乱无章，几个工作人员正在嗑着瓜子闲聊，一副优哉悠哉的样子。

管超端着一杯浓茶，恭敬地走进主编办公室，对着办公桌后那个戴着眼镜、一头灰发的中年男人说："主编，您的茶。"

主编喝了一口茶，指了指放在桌边的保温饭盒，对管超说："小管啊，侬以后送饭的时候稍微快些些好伐？我儿子说这几天的早餐都凉了。"

管超拿起饭盒，有点郁闷地解释道："是，主编，主要是路上有点堵车。"

"哎哟，托福班又不远，你跑几步不就好了嘛！"主编挥挥手，管超灰头土脸地走出了办公室。

位于上海郊外的李家别墅里，花园被隔成若干分区，里面饲养着羊驼、蜥蜴和蟒蛇等另类动物。

李大鹏正低头撅着屁股给蜥蜴喂食，羊驼看到了李大鹏的屁股，突然"性奋"起来，噌地窜了上去，两只前蹄扒住李大鹏的腰，迅速做起交配动作。

"哇啊啊啊，Rodger！ Rodger！雅蠛蝶啊！"李大鹏发出惊恐的尖叫声。

美邦大厦里，正值午餐时间，员工餐厅里熙熙攘攘。

徐美心踩着高跟鞋，步态优雅地走在前面，林向宇亦步亦趋地跟在她身后，眼神迷离地看着她的背影。

美女走到任何地方都能成为人群的焦点，许多男士都刻意绕路而来，跟徐美心打招呼，还有一些男士小声地窃窃私语，羡慕地看着林向宇。

两人刚走到取餐盘的地方，林向宇就长臂一伸，替徐美心拿了一个餐盘，毕恭毕敬地递到她面前，徐美心吓了一跳，本能地接过餐盘，几秒后才对林向宇说："谢谢啊。"

"应该的。"林向宇心花怒放，表面上还装作若无其事的样子。

排队打餐的时候，徐美心问林向宇："实习生一般都是二十一二岁，怎么看资料说你二十三了？"

"哦，我多上了一年高二，因为生病，住了几个月的医院，病好后我爸怕我跟不上高三，所以让我重读了一年，"林向宇恨不得把自己的家底都告诉给徐美心，手舞足蹈地比画着说，"你不知道啊师傅，当时是课间休息，我突然就不会说话了，然后就倒地不省人事了。同学们把我送到医院，医生说我脑袋里长了鸡蛋那么大一个瘤子，非说要做开颅手术！"

"天呐。"徐美心吃惊地看着林向宇。

"当然没开刀了，不然我就不可能在这儿了，"林向宇忍俊不禁地说，"其实后来一查，是个囊肿，然后治了几个月，就好了。"

"没留什么后遗症吧？"徐美心关心地问。

"留了，"林向宇一脸看着困惑的徐美心，一本正经地说，"我把哭和笑搞反了，别人是高兴就笑，我呢，是一高兴就哭；别人伤心了会哭，我一伤心就笑。还笑得特别大声。所以，很麻烦，很麻烦，唉！"

说完，林向宇期待地看着徐美心，可徐美心只是轻蔑而不屑地勾了勾嘴角，林向宇大失所望，这还是他的笑话第一次不灵呢。

"今天没什么事儿了，"徐美心显然对林向宇的笑话毫不感冒，她看了看手表，说，"你吃完饭就先回学校吧，下周一正式上班，不要迟到。"

"哦，好，"林向宇吃了瘪，有点郁闷，但很快又笑嘻嘻地说，"师傅，您今年贵庚啊？"

"你太直接了吧？"徐美心不高兴地白了林向宇一眼。

"哦，我只是好奇而已，"林向宇再度吃瘪，硬着头皮用他的三寸不烂之舌往回圆，"您看着比我小，怎么就先工作了呢？这得连跳多少级啊？"

徐美心还没来得及回答，就见一个打扮时尚的女子横插到两人中间，女人长着一对薄薄的嘴唇，声音泼辣，音调上扬，语速超快，笑嘻嘻地打岔道："哟——谁这么会说话啊？竟敢打听我们 Michelle 公主的芳龄？哈哈，我来告诉你啊，她都快 30 了！"

"喂，你不说话会死吗？"徐美心哭笑不得地说。

"嘿嘿，不好意思，我插个队啊！"女子一边说，一边毫不客气地硬把自己塞到徐美心和林向宇中间，她的胸部极为丰满，还故意高高地挺着，导致林向宇一阵尴尬，眼睛都不知道该往哪儿看了，女子上上下下地打量着林向宇，然后碰碰徐美心，问，"哎，这个小鲜肉是谁啊？"

"新来的实习生，小林，我徒弟，"徐美心又给林向宇介绍道，"这是总裁办的 Mary，我好朋友。"

"Mary 姐好。"林向宇嘴甜地说。

Mary 满意地看着林向宇，笑嘻嘻地说："嗯，相貌堂堂，一表人才啊，哎，这么帅的小鲜肉，借我玩儿两天呗！"

292 _

林向宇吓了一跳，徐美心赶紧用胳膊揉了一下 Mary，Mary 拍拍林向宇的肩膀："没事儿哈弟弟，逗你玩儿呢，我和你师傅都是正经人。"

林向宇不敢低头，生怕看到 Mary 的大胸，只能尴尬地对着天花板傻笑，徐美心看到林向宇的反应，嘴角难得地勾起一抹浅笑。

傍晚时分，7号男生宿舍的三楼总算有了点人气，考研复习的、实习下班的男生都回来了，走廊里人来人往。

330 寝室里，林向宇一脸兴奋地站在宿舍中央，管超和谢训站在他两侧，每人手里举着一本杂志给林向宇扇风，李大鹏则抱着宿舍里唯一的一台破风扇，对着林向宇后背吹风。

习习凉风之中，林向宇一脸幸福地说："我本以为，这辈子都找不到我心目之中的至爱——'手帕女神'了，没想到，命运的丝线是如此的神奇，没有早一步，也没有晚一步，就在正确的时间里，让我们相遇了……从我见到她的第一眼开始，我就知道我和她之间一定会有故事发生！"

"个瓜娃子，"谢训难以置信地说，"没想到老林居然真找到他的女神了。"

"是啊，缘分真是妙不可言。"李大鹏打心眼儿里替林向宇高兴。

管超则着急地问道："她长什么样儿啊，那张画像吗？"

林向宇陶醉地闭上眼睛，轻声沉吟道："她，美貌动人、身姿曼妙、气质优雅、知性大方、成熟自信……我去！都是我的菜！"

李大鹏激动地说："你要追啊！"

"当然！"林向宇坚定地点着头，"一定要追！"

"可她现在是你师傅啊，"管超不确定地问，"人家可是大客户经理，你就是个实习生，你敢吗？"

"怎么不敢？师傅怎么了，谁说徒弟不能追师傅？"林向宇一把搂住管超的脖子，"你知道你为啥到现在还是个雏吗？因为你脸皮太薄，看准了就要豁出去上啊！"

"上？"谢训一脸坏笑，"上什么？"

"滚！"林向宇推了谢训一把，笑着说，"低俗！"

第二天，林向宇破天荒地起了个大早，对着镜子穿西装、打领带，把自己捯饬得整整齐齐，然后精神抖擞地出门去了，自从进入美邦实习以来，这还是林向宇第一天起早。

不过，林向宇的第一站却不是美邦大厦，而是商场，在商场里逛了一大圈后，又去了一趟花鸟鱼虫市场，最后，他反背着一个鼓鼓囊囊的双肩背包，双手护着一盆可爱的迷你小仙人掌，一路高呼着"对不起，让一让，小心刺"，挤上了拥挤的地铁车厢。

当林向宇冲出地铁口的时候，已经是上午八点五十分，他一路甩着长腿，在上班的人流中狂奔，心里不停地给自己打气：快，快，快，师傅说了，不能迟到，不能迟到！

美邦大厦的 VIP 部，徐美心从工位上站起来，将一份资料递给隔壁工位的一个短发女子，并笑盈盈地说："Susan，这是你要的客户问卷表。"

Susan 没起身，接过问卷表，看也没看徐美心一眼，淡淡地回道："谢谢。"

徐美心抬手看了看腕上的手表，还差十几秒钟就要九点了，这个林向宇，不会第一天正式上班就迟到吧？

就在徐美心心里有些不悦的时候，林向宇满头大汗、呼哧带喘地冲进了办公室，巨大的脚步声和喘气声引来了办公室里其他人的侧目，林向宇也不在意，嬉皮笑脸地朝徐美心走来。

"师傅，早！"林向宇清脆地说。

"早，"徐美心不苟言笑，把手边的一份资料递给林向宇，"这是一份马术俱乐部的背景资料，你看看。"

"好！"林向宇毕恭毕敬地接过资料，然后将手里的小盆仙人掌放到徐美心的办公桌上，说，"师傅，我看你办公桌上少个绿色植物，就特意给你买了一盆，这样你看完电脑后，再看看它，眼睛就不累了。"

徐美心张了张嘴，还没来得及说话，林向宇突然哗啦一声，把胸前反背的书包拉开了，一股脑地拿出许多稀奇古怪的小玩意儿，如数家珍般地放到徐美心的桌上："师傅，还有呢。这是可以放一听饮料的迷你冰箱，天气慢慢热了，你要是想喝冷饮，随时可以用它冰……这个是小型天气预报器，听说咱们要经常外出，有了它就能随机应变了……这个呢，是充气腰枕，长时间坐着难保您不会腰疼，所以……"

徐美心的办公桌很快就被摆满了，隔壁的Susan看到这一幕，忍不住轻声嘀咕："切，马屁精！"

另一个同事立马附和道："是啊，当众贿赂师傅，脸皮真够厚的。"

林向宇滔滔不绝地介绍了半天，终于把所有宝贝都展示完毕了，美滋滋地安静下来看着徐美心。

徐美心却直接从桌子下面拖出一个纸盒，将所有的东西、包括那盆仙人掌，全都推进纸盒里，然后面无表情地把盒子塞到桌子下，对一脸失望的林向宇冷淡地说："谢谢你的好意，这些东西我都用不着，工作！"

在一阵幸灾乐祸的笑声中，林向宇讪讪地坐到自己的工位里，开始工作……

经过了一上午的繁忙工作，总算又到了午餐休息时间，徐美心和Mary面对面坐在员工餐厅里吃饭。

Mary边吃边压低声音对徐美心说悄悄话："你听说了吗？那个Susan为了拿优秀员工奖，居然跑去给总裁送礼了！"

徐美心笑了笑，似乎对这个话题并无兴趣。

突然间，一个饭盒凭空而来，放到了徐美心面前的餐桌上，饭盒里装满了热气腾腾的生煎包，随后，又有几个装着调料的小瓶子和小碟子摆在了饭盒旁边。

林向宇把餐具和生煎包布置完毕，才长出一口气，擦擦额头的大汗，讨好地说："师傅，这是我刚跑去宁波路给您买的小杨生煎，也不知道您的口味，所以我把各种调料都打包了一份，您将就着吃吧。"

徐美心和Mary都愣住了，一时不知道该作何反应，林向宇则开始殷勤地往碟子里倒起调料，并笑呵呵地说："那，今后师傅您想吃什么就告诉我，我都给你搞定！"

林向宇的这番举动，再一次引来了就餐的其他同事的小声议论。

"我没胃口，你自己吃吧。"徐美心冷冷地把饭盒推开。

林向宇很尴尬，倒调料的手悬在半空，Mary是最怕冷场的人，赶紧伸出筷子夹了一个生煎包，咬了一口，打圆场地说："哎呀，真好吃！小林你可真贴心哦，哎，美心啊，你也尝一个嘛，人家买都买了。"

"是啊，师傅，您尝一尝嘛。"林向宇顺着杆子往上爬。

"你拿我的饭卡去打饭，"徐美心从脖子上取下自己的员工饭卡，丢给林向宇，还不客气地补充道，"打完了拿一边儿吃去，离我远点儿。"

林向宇有点不乐意，但随后他看见员工饭卡上有徐美心的照片，便接过去开心地走开了。

Mary等林向宇走远了，才奇怪地问徐美心："哎？他怎么知道你最爱吃小杨生煎呢？"

"我哪知道？"徐美心纳闷地回答。

不远处，林向宇正爱不释手地摸索着饭卡上徐美心的照片……

Chapter 3　爱神降临

又是一个工作日的早晨，高楼大厦鳞次栉比，上班人群川流不息。

自从开始工作的时候，徐美心就养成了一个习惯，总是提前半个小时就来到公司，清理清理工作环境，给自己泡一杯热茶，心情愉悦、不慌不忙地开始一天的工作。

不过，这天徐美心一走进办公区就愣住了，因为她发现自己居然不是第一个到公司的，林向宇正站在自己的工位前，一手握着喷壶，另一手拿着抹布，卖力地做着清洁，看到徐美心来了，林向宇露出他招牌的"林式微笑"，一脸阳光灿烂地说："师傅，我在网上看到，办公桌要经常杀菌消毒才行。"

徐美心的嘴角抽搐了几下，逃避似地端着茶杯冲向茶水间，林向宇还在她身后大喊："师傅，你的茶杯我已经帮你消过毒了，你可以放心使用哦！"

八个小时后，徐美心身心疲惫地走出电梯，令她不堪忍受的不是繁忙的工作，而是她的那个新徒弟，这小子一天天几乎不干正经事儿，不是给她倒杯水，就是帮她买下午茶，就像一只挥不掉的苍蝇般围着她转，令徐美心烦不胜烦。

下班时间一到，她就迫不及待地收拾好包，第一个冲出了公司。

大厦的门口聚集了很多人，原来外面下雨了，而且还下得挺大，没有伞的人都被困在楼门口，徐美心也没带伞，只好郁闷地站在人群中，等着雨停。

就在徐美心等得有点不耐烦的时候，突然一把撑开的小雨伞出现在她头顶，还没等她反应过来，林向宇已经把雨伞塞到她手里，然后傻傻地笑笑，顶着书包冲进雨中，长腿大步地几下就跑没影了。

留下徐美心怔怔地站在原地，她看了看手里的那把小花伞，雨伞显然是女性款式，徐美心心里一沉，林向宇没事儿带着这么一把伞上班干吗……

第二天的中午，徐美心和 Mary 有说有笑地走进餐厅。

"师傅，Mary 姐，这边这边！"林向宇早就占好了位置，正一脸亢奋地朝两人摆手，而且连饭菜都点好了，不多不少三人份。

Mary 正庆幸着不用排队打餐了，徐美心却皱起眉头，拉着她的胳膊就往外拖："走走，我们出去吃，我请客。"

Mary 看看林向宇，又看看徐美心，忍不住八卦地问："美心，那小弟弟不会是想追你吧？"

"怎么可能？"徐美心烦不胜烦地说，"他就是想巴结我！"

下午，美邦大厦的门口停了一辆劳斯莱斯的豪车。

徐美心和一个油头大肚的中年男人走出大厦的正门，两人不时小声交谈着，林向宇低眉顺眼地跟在两人后面，看到中年男人走过来，劳斯莱斯的驾驶车门打开，一名穿着制服、戴着白手套的司机走下来，恭敬地拉开了后车座的门。

"董先生，您慢走。"徐美心微笑着跟客户道别。

董先生不急着进车，而是色眯眯地看着徐美心说："小徐，你真不陪我吃晚饭了？"

"下次吧，我还要加班。"徐美心陪着笑说。

董先生看看车子，又恋恋不舍地对徐美心说："哪天来我马场看看，让你开开眼。"

"当然当然。"徐美心客气地说

"那就再见了，"董先生一把拽过徐美心的手，反复地摩挲着说，"小徐啊，你可早点儿来啊！"

林向宇反感地皱皱眉头，徐美心不动声色地抽回手，说："好的，再见，董先生。"

董先生上了车，劳斯莱斯开走了，林向宇急忙走上前，对徐美心说："师傅，你想吃什么？我去买。"

徐美心转过身，冷冷地说："已经下班了，你可以回学校了。"

"我给您买完吃的再走。"林向宇讨好地说。

徐美心无奈地停下脚步，叹了口气，严肃地对林向宇说："你跟我过来！"

徐美心把林向宇领到了离美邦大厦稍远些的僻静角落，然后神情严厉地瞪着他说："林向宇。我警告你，不要再搞东搞西，你这套对我根本没有用，你想入职的唯一办法就是努力工作，好好表现。而不是天天想着怎么巴结我、讨好我，你听明白了吗？"

林向宇听得连连摇头，抢着说："师傅，你误会我了！"

"我怎么误会你了？"徐美心郑重地说，"像你这样的实习生我见多了，你少跟我来这手，再这样下去我会瞧不起你！"

"师傅，你真的误会我了！"林向宇心急地辩解着，"是，我的确是想巴结你、讨好你，但、但那和入不入职没半毛钱关系！"

"那是为什么，你倒是说啊！"徐美心不耐烦地催问。

林向宇脱口而出："因为我喜欢你！"

徐美心惊得一下子张大了嘴巴，目瞪口呆地看着林向宇，一连十几秒才回过神儿来，林向宇也反应过来，自己似乎太冲动了，但话已出口，他也不想收回了，便索性坏坏地挤了个眼睛，顽皮地说："不怪我啊，是你逼我说的。"

"咳咳！"徐美心尴尬地咳了几声，又咽了几口唾沫，才干巴巴地说，"你别胡思乱想了，快回学校去吧。"说完，她低头快步走回大厦。

"我没胡思乱想，我说的都是真的，我真的喜欢你！"林向宇对着徐美心的背影大喊。

徐美心加快脚步走进美邦大厦，满脸都是不可思议的受惊表情。

此时此刻，位于上海的李家别墅里，李大鹏一本正经地站在花园中，用手机调整着视频的拍摄角度，费了好大的力气，他才把羊驼和自己都框进了摄影框中。

"咳咳咳，Hi everyone，我这里有一匹来自南美洲智利的雄性羊驼，他叫Rodger，Rodger今天已经20个月大了，现在，我面向全球征求一只善良的适龄雌性羊驼，和Rodger一起共浴爱河。嗯，也就是Mating（交配）。另外，差旅费我来出。"

在李大鹏热情洋溢地发表"交友公告"时，正处于发情期的Rodger表现得十分活跃，不时凑上来，伸出舌头舔李大鹏的脸。

管超汗流浃背地奔跑在大马路上，手里提着一份内容丰富的盒饭，他的目的地是一所英语托福培训班，给主编大人的儿子送盒饭，这是他在出版社实习的主要工作内容。

托福班的走廊里，墙上贴满了乱七八糟的口号，比如什么"保90争100""奋斗几个月，幸福我一生"等等，现在正是下课时间，走廊里人流如织，管超拎着保温饭盒，一路小跑地冲上楼梯。

当走到一处楼梯拐角的时候，周围的人流终于少了一些，管超四下张望了一番，确定没有人看他，赶紧停下来打开了饭盒，狠狠地往里面吐了几口唾沫。

两分钟后，管超气喘吁吁地爬上了六楼，一个矮胖的男生正站在一间教室门口，见管超走过来，男生二话不说上前抢过了饭盒，打开盖子就狼吞虎咽地吃了起来，一边吃还一边用上海话抱怨："怎么又来晚了？我都快饿死了！"

"呵呵，您慢用。"管超看着矮胖男生吃着沾着自己口水的饭菜，心里一阵冷笑。

男生不满地白了管超一眼，捧着饭盒回教室了，管超看着他肥头大耳的背影，忍不住碎碎地骂道："小赤佬，老子抽死你！敢使唤老子，你个大傻子！"

管超恨恨地往楼下走，一边走还一边泄愤地挥舞着双手，做出一副左右开弓、扇对方耳光的样子，一边"扇"还一边骂："老子抽死你！"

正"扇"得忘乎所以之际，就听"啪"的一声，管超嘴里的骂声戛然而止，他的脚步也顿住了，整个人都僵硬起来，霎时间，四周的空气仿佛也凝固了——管超没注意看前面的路，居然真的扇到了一个人，而且还扇到了对方脸上，而且……

而且那还是一个非常漂亮的女孩儿！

管超当场就傻了，目瞪口呆地看着眼前的女孩儿，她长得非常清秀、白皙、大大的眼镜，如果不是她的眼镜被抽得斜挂在鼻子和右耳上，一侧脸上还留着一个"五指山"，管超几乎还以为自己是在做梦！

好好走着路，突然被一个迎面而来的男生扇了一个大嘴巴，遇到这种事儿，女孩儿的反应却十分淡定，她面无表情，目光淡定地看着管超。

"对、对不起……"管超总算恢复了一丝理智，语无伦次地说，"我、我抽风呢，没、没注意看人，你没事儿吧？"

女孩儿还是没反应，管超心里开始有些不安了，对方不会是被自己打傻了吧？无意中，管超的目光落到女孩儿丰满的胸部上，他发现那里正在剧烈地上下起伏着……

突然间，女孩儿抬起手，对准管超的脸，劈手还给了他一个清脆而响亮的耳光。

谢训最近又找了一份新的零工——在音乐厅门口兜售黄牛票。

今天，音乐厅里又有演出，谢训在附近的街巷里穿梭，向行人兜售门票："要票吗？俄罗斯皇家芭蕾舞团首演，最佳位置，最佳位置啊！"

这时，有一对男女亲密地牵着手走进音乐厅，谢训看见后急忙追上去，一把握住女人的手臂，激动地说："小镜，小镜！"

"你干吗？"男人愤怒地一拳打到谢训胸口，谢训这才看清，自己拉住的是一个面容十分陌生的女孩儿，仅仅是身材和背影看起来有点儿像高宝镜而已。

"对不起，对不起，我认错了。"谢训赶紧松开手道歉，那对男女骂骂咧咧地离开了，谢训失落地摸出手机，再次拨出了高宝镜的电话。

自从高宝镜不告而别，不知不觉已经快过去一年了，这一年里，谢训从未放弃拨打高宝镜的手机号，就算是听着那个陌生的女人一遍遍地说"您所拨打的电话已关机"，谢训也觉得心里一直都有希望，因为那意味着，高宝镜还在使用这个手机号，并没有停机，也没有销号，只是没有开机而已……

每当想念高宝镜的时候，谢训就会拨一次她的号码，这一次也不例外，这已经变成了谢训的习惯，然而这一次，期待中的女提示音却没有出现，电话响了两声后，居然接通了，一个带着重庆口音的女声接起了电话："喂，干吗？"

"小镜！"一瞬间，谢训喜极而泣，他根本没想到高宝镜还会再接自己的电话，如今听到她的声音，简直就像做梦一样，"你终于接我电话了，你、你最近有空么得？"

在同一个城市的某一栋高档公寓里，高宝镜穿着高档的丝质睡衣，神情慵懒地站在欧式阳台上，看着外面的风景，神情一阵倦怠地说："啥事儿？你在电话里说吧。"

"我、我想说……"谢训激动得几乎说不下去，好半天才让自己的心情平静一些，结结巴巴地说，"买车的钱，我、我已经攒哩差不多了，咱、咱们一起去选吧？"

"什么车？我已经忘了，"高宝镜无奈地摸了摸额头说，"你莫要再打电话给我了，你给你自己买吧。"

"莫挂，莫挂！"谢训觉察到高宝镜要挂断电话，心急地大叫起来，声音带着一丝绝望和呜咽，"小镜，我想你！"

电话的另一端沉默了许久，高宝镜的声音听起来十分疲倦："训哥，真哩，忘了我吧。"

"可我就是忘不了啊，"谢训一边抹着眼泪，一边哽咽着说，"当初你说怕穿高跟鞋走路脚痛，怕夏天挤公交太热，所以我向你保证，毕业前我一定要给咱俩买一辆车，现在我攒够钱了，可以买了，你却不要了……"

高宝镜正要说话，忽然听到身后的卧室里有响动，老吴裹着浴巾从卫生间里走出来，一脸狐疑地看着她："你干吗呢？"

高宝镜迅速关掉了手机，微笑着转过身走进卧室，柔声回答："没干吗……"

Chapter 4 　两个选择

市区郊外的高速公路上，一辆奥迪 Q5 平稳地行使着。

开车的人是徐美心，为了能更好地代表公司的形象，她每次出外勤见 VIP 客户，都会开着这辆公司配车，不过，今天出外勤的心情却十分不美妙，因为，副驾驶座上坐着林向宇，他一路上不停地偷瞄徐美心，令狭小的车厢内气氛十分尴尬。

没办法，徐美心只好谈起工作："现场查勘定损是保险理赔的重要环节，理赔员要根据现场真实情况给出理赔意见，听到了吗？"

"听到，师傅！"林向宇清脆地回答，徐美心不知道该继续说什么了，只好再度保持缄默，林向宇东摸西摸了半天，从挎包里掏出一张 CD，主动提议道，"师傅，咱们听听歌吧！"

徐美心不想搭理他，林向宇也不尴尬，乐呵呵地把 CD 塞进了车载的 CD 机里，音响中很快流转出一首热情而奔放的情歌：**我爱你，亲爱的姑娘，见到你心就慌张……**

咔嗒一声，徐美心抬手把音响关了，过了一会儿，林向宇的手机里居然又传出了这首歌：**我爱你，亲爱的姑娘，见到你心就慌张……**

徐美心忍无可忍地吼了一嗓子："关了！"

林向宇吓得浑身一哆嗦，赶紧把音乐关了，但他实在是坐不住，没一会儿就又蠢蠢欲动地打开了手机的摄影功能，开始对着自己拍摄，并自言自语地说："今天，是我第一次跟着心爱的师傅出外勤，内心无比激动，师傅就坐在我旁边，大家看，这就是我的师傅，她是那么的平易近人……"

徐美心的额头爆出一道道的青筋，再次大喊道："林向宇！要么把手机放下，要么下车！"

林向宇只好乖乖地关掉手机，见徐美心还是一脸怒气，他索性把手机塞进了书包里，然后把书包丢到了后座上，拿起腿上的 iPad，安静地玩儿了起来。

徐美心长出一口气，她总算可以安静地开车了。

可这安静是如此的短暂，几分钟后，林向宇用手指头划动着 iPad，又笑嘻嘻地扬起脸说："师傅，我提前做了功课，我发现不论是从星座、属相、血型、生日、面相、出生地和姓名笔画上来看，咱俩的速配指数都非常高。哦，特别是面相，速配指数达到百分之百了，绝对是俊男美女的绝配！"

说着，林向宇调出一张婴儿的照片，伸到开车的徐美心眼前，美滋滋地说："你看，可爱吧？这是电脑合成的未来咱俩生的孩子的样子，怎么样，是不是很漂亮？"

一声刺耳的刹车声中，奥迪 Q5 在高架桥上停下了，车门砰的响了一声后，车子再度启动，屁股后喷着烟开走了。

林向宇傻傻地看着绝尘而去的奥迪，满脸都是错愕，亲爱的师傅居然在高架桥上把他轰下车了……

两个小时后，徐美心从一栋二层小楼里走出来，她身后还跟着一个蓄着长头发、颇有艺术范儿的男子，两人在楼门口握手道别，徐美心独自走到停在不远处的奥迪 Q5 前。

"师傅，师傅！"

远远的，一阵呼喊声传到徐美心的耳中，她抬头一看，林向宇正汗流浃背地朝她跑过来，上气不接下气地说："师傅，我的钱包和手机都放在书包里，书包还在你的车后座上，我打不到车，只好跑过来找你了！我是不是迟到了？对不起，对不起！"

林向宇身上的衬衫已经被汗水湿透，但还是咧嘴一嘴白牙，笑眯眯地看着徐美心，徐美心愣了半天，她还以为把他丢在高架上，他就会知难而退地自己想办法回家去了，没想到他居然追到了客户这里，最重要的是，她居然连背包都没让他拿，就把他轰下车了！

徐美心心里有些不是滋味，默不作声地从车里拿了瓶矿泉水，丢给林向宇，他直接拧开瓶盖，仰起头，把水浇在脸上，阳光下，水珠在林向宇的脸上滚动，折射出五彩的光，他痛快地甩甩头发，将瓶里剩下的一点水一口喝完。

徐美心不自在地将自己的目光从林向宇的脸上移开，轻声说："上车吧。"

林向宇美滋滋地钻进副驾驶座里，车子启动后，林向宇像完全忘记了刚才被轰下车的事儿，充满期待地看着徐美心说："师傅，我请你看场电影吧，怎么样？"

　　"没兴趣。"徐美心冷淡地说。

　　林向宇腆着脸，赖皮兮兮地说："你就给次机会嘛，我真的喜欢你。"

　　"别闹了，林向宇，"徐美心不耐烦地说，"我们刚认识，谁都不了解谁，说什么喜欢不喜欢？"

　　"你想了解我吗？"林向宇的睫毛忽闪忽闪，自豪地说道，"我是西安人，O型血，双鱼座，身高一米八二，大学本科学历，喜欢吃面条，到目前为止谈过三个女朋友，第一个是……"

　　"停停停！"徐美心抬起一只手，打断林向宇的自我介绍，"我对你不感兴趣，再说了，就算我了解了你，你也不了解我啊！"

　　"嗯，说实话，这么短的时间，了解你的渠道确实太少，但也不是没办法，"林向宇边说边从后车座上拿过自己的手包，从里面掏出一摞厚厚的资料，资料里面夹着许多彩页、贴图，甚至还有徐美心的生活照，他如数家珍地说，"我从你的人人、开心、微博和朋友圈里，收集到了很多信息。"

　　徐美心惊讶地瞪大双眼，紧张地问："你都了解到什么了？"

　　"就拿微博来说吧，你从2008年4月19日发出第一条微博，到现在一共发了563条，每一条我都是当阅读理解在研究的，得到了不少信息哦，"林向宇一边翻资料，一边朗声说道，"比方说，你最喜欢的颜色是孔雀蓝，最爱的花是海芋，喜欢摩卡咖啡和柑橘味道的护手霜，下雨时爱听坂本龙一；你妈妈爱烫头，爸爸爱喝小酒；你大学时代有两个最好的女友，哦，她们跟你互为特别好友，其中一个远嫁澳洲，另一个在深圳工作；近五年，你有两年的情人节收发过玫瑰花的照片，由此可以推断，你大学毕业后短暂交往过两个男友。"

　　林向宇得意地看看徐美心，她的脸色已经有些微变。

　　林向宇继续滔滔不绝地卖弄他这些日子的"调查"结果："你喜欢的男明星大多数都是剑眉星目、身材高大的，喏，就是我这一款。你最喜欢的小吃是小杨生煎，但一次最多吃四个。你喜欢跑步和游泳，不爱球类运动，连续两年在健身中心有定位，时间一般是周三和周五的晚上，月初时除外，哦，当时你只发了一杯红糖姜茶，估计你的生理期就在那时候。其实，以我的了解，女性经期是可以适当做些运动的……"

　　嘎的一声，奥迪Q5再次急刹车，此时，车子已经开到了闹市区，徐美心看着林向宇，暴躁地吼道："下车——"

　　"啊？"林向宇正说得开心呢，被吼得一哆嗦，瞪着眼睛反应不过来。

"我让你下车！"徐美心的脸黑得像几百年没洗的锅底。

林向宇再次被轰下车，这一次，他的背包也被徐美心丢了下来，她坐在车里，看也不看林向宇一眼，猛一踩油门，车子又一次弃林向宇而去……

"今天也不是月初啊，"林向宇看着远去的车屁股，郁闷地嘀咕，"她的脾气怎么这么暴躁……"

晚上八点，Mary正在美容院里舒适地做着皮肤护理，突然接到了徐美心的电话，电话一通，徐美心就语气不善地说："在哪儿？出来陪我喝酒！"

半个小时后，徐美心和Mary坐在英迪格酒吧的露台上，两人手里端着红酒，露台外面就是灯火辉煌的黄浦江畔。

"姐弟恋怎么了，姐弟恋就不是爱情了吗？"Mary摇晃着红酒杯，哭笑不得地说，"这年头，六七岁算差距吗？你看人家那谁比那谁谁大十多岁呢，人家不是过得好好的吗？"

徐美心瘪着脸，摇头叹气地说："关键是他和我期待的人不一样，我怎么能和一个小男生谈恋爱呢？一个实习生，还是我的徒弟，这太不匹配，太不可思议了！"

"小男生怎么了？"Mary理直气壮地说，"那么阳光帅气、活力四射的嫩草，人家喜欢你，是你的福气，你敢说你对他一点感觉也没有吗？"

徐美心愣住了，眼前浮现出林向宇阳光灿烂的笑容，他跟在她身后巴结讨好的样子，他被她骂得灰头土脸却还是寸步不离的样子，他独自一个人在高速公路上卖力奔跑的样子……徐美心突然意识到，不知从何时开始，这个大男孩儿的形象，已经深深地烙印在她的脑海中，她觉得他特别讨厌、特别聒噪，但每当想起他的时候，她的心却不由自主地跳动加速。

也许，徐美心对林向宇也是有那么一点点感觉的，可是……她用力甩甩头，对Mary说："有没有感觉和要不要跟着感觉走是两回事，对于没有未来的爱情，我干吗要让它开始呢？"

"你呀，就是太理智了，反正你自己想清楚，"Mary无奈地看着徐美心，一时不知道该如何劝她才好，过了一会儿，她倒像想起什么似的说，"对于小林追你这事儿，一旦让你们部的王总知道，我看小林的前程也就毁了。"

"怎么说？"徐美心歪着头，表示没听懂。

"她都多大年纪了，还是个老处女吧？"Mary用一副高深莫测的表情看着徐美心，"你看她天天阴个脸，一看就是没被爱情滋润过的，她要是知道有个小鲜肉在狂追你，还不得恨死你？"

徐美心笑着摇摇头，喝了一口酒，扭过头看远处高楼林立的外滩，酒吧的灯光在她的一侧脸颊照亮，另半张脸却隐藏在黑暗中……

星期一，照样是一整天的外勤，徐美心故意对林向宇淡淡的，不论他说什么，她都一概不回应。

吃过午饭后，天空开始飘起了雨，等到徐美心下午回到美邦大厦的时候，雨越发的大了，林向宇百无聊赖，已经在副驾驶上睡着，刹车时的一阵摇晃把他惊醒了。

林向宇睁开眼睛，看见外面下着雨，便赶紧从脚下的书包里拿起雨伞，一边开车门一边说："师傅，你等一下再下车，我把伞给你撑开！"

"你别动！"徐美心叫住了一脸殷勤的林向宇，严肃地对他说，"车门关上。"

林向宇愣了愣，乖乖地关上车门，坐回了车座上，眼睛眨巴眨巴地看着徐美心。

"我想，我有必要跟你郑重地谈一次，"徐美心看着林向宇，沉声说，"我十分清楚自己想要嫁什么样的男人，但不是你这种。谢谢你喜欢我，但你的喜欢我不需要，而且你的喜欢已经让我感到困扰，我希望你能收回。"

林向宇嬉皮笑脸地应付道："我喜欢你就好了，我没要求你也必须喜欢我啊。"

"我就是讨厌你这种自负和自以为是！"徐美心提高音量，严厉地说，"我知道你很会追女生，很会讨女人欢心，但你用错了场合，也用错了对象！我到美邦是来求职的，不是求爱。你利用我们的师徒关系，施展你的泡妞手段，已经严重困扰到我，再这样下去，你会令我感到厌恶。"

林向宇懵了，轻声嘀咕道："没那么严重吧？"

徐美心不客气地说："我现在是你的师傅，必须经常和你接触，手把手地教你，但一想到你对我另有所图，我就十分别扭。别扭到我不止一次想去找王总，但一想到你可能会为此而丢掉入职的机会，我又于心不忍。所以将心比心，请你自重，别再厚着脸皮纠缠我。"

林向宇不服气地说："你可以去跟王总说啊，我根本不在乎这份工作，我只在乎你，离开美邦，我照样追你！"

"混账！"徐美心勃然大怒，怒其不争地朝林向宇喊道，"我最看不上你这种吊儿郎当没上进心的人，你不在乎这份工作，你干吗要来？多少人想来都来不了，你来了却不珍惜！大半个月过去了，你学到什么了？你天天混日子，还拽着别人陪你搭工夫，你不觉得你很自私吗？一个连自己的前途都不去珍惜的男人，凭什么让女人相信他承诺的未来？"

林向宇愣住了，他的嘴唇翕动了半天，还是找不到什么话来回应徐美心的指责。

徐美心的胸口剧烈起伏，好半天才平静下来，冷冷地说："行，既然你不在乎这份工作，那我给你两个选择——要么从明天起，你就别再踏入美邦大厦一步；要么你就乖乖当我徒弟，做好实习生的本分。但你记住，不论怎么选，都别再惦记我，否则我不会让你再见到我，听到了吗？"

徐美心等了好半天，也没有等到林向宇的回答，她扭头看着他，却见他轻轻地将手里的雨伞放到汽车的风挡下，然后推开车门，一个人默默地下了车。

透过被雨幕覆盖的车窗，徐美心看到林向宇远去的背影，看起来十分的落寞……

WHO SLEEPS MY BRO

第十五章

兄弟们的爱情

Chapter 1   洗心革面

正午时分，太阳高高地挂在头顶，沪都大学的食堂内熙熙攘攘，进餐的学生们嘻嘻笑笑，锅碗瓢盆的声音叮叮当当。

黄毛和他的几个跟班坐在一张餐桌上吃饭，黄毛吃饭也不老实，贼眉鼠眼地到处乱瞟，无意中，他看见一个又白又胖的女生从自己身边走过，女生走到不远处的猴子身边时，对他羞涩地笑了笑，猴子也含情脉脉地看了看女生。

"哎！"黄毛碰了碰身边的跟班甲，一脸坏笑地说，"咱班韩树被人开苞了！"

"不会吧！"跟班甲不可思议得怪叫，"谁啊，咱们学生会主席被谁上了？"

黄毛猥琐地笑着，朝远处努努嘴："大四那猴子。"

"我去！"跟班乙阴阳怪气地说，"这俩人都挺不挑食的啊！"

黄毛和几个跟班放肆地笑起来，这时，韩树打饭回来，刚好坐到了隔壁桌，黄毛不怀好意地伸长脖子凑过去，目光在韩树的胸脯上乱看："哎，韩主席！我发现你最近尺寸大了不少嘛，波涛汹涌啊，哈哈哈！"

"说什么哪？讨厌！"韩树白了黄毛一眼，低下头生气地吃饭。

黄毛又往韩树身边凑凑，故意提高音量问："猴子怎么样，带劲儿不？"

几个跟班放声大笑，旁边的学生也都听到了，一脸好奇地看韩树，韩树登时满脸通红，羞臊地站起来跑走了。

黄毛正笑得浑身乱颤，突然他的后脑勺被人用力地拍了一巴掌。

"你把嘴放干净点儿！"猴子不知何时走到黄毛身后，气愤地吼道。

黄毛一看猴子就一个人，立刻来了精神，站起来直接揪住猴子的衣领，把他按到餐桌上就要揍，他的几个跟班也趁机凑上来打便宜。

眼看着猴子就要吃亏了，林向宇、谢训、管超、李大鹏带着班上的一群男生及时赶来，林向宇冲在最前面，厉声喝道："住手！"

"你们都给我坐下！"谢训指着黄毛的几个跟班，吼了一嗓子。

几个跟班一看到谢训就蔫了，乖乖地坐下了，黄毛也松开了猴子，管超和李大鹏把猴子扶起来，谢训一把掐住了黄毛的脖子，要把他的脑袋也按到桌子上。

"放开我！"别看黄毛瘦不拉唧的，劲儿还不小，梗着脖子咬牙撑了半天，但他还是没有谢训力气大，挣扎了几下就被按到了桌子上。

"宋子豪，你还真把自己当衙内了？"谢训恶狠狠地说，"我警告你，你要再犯坏，下次我把你的脑袋塞茅坑里，听到了吗？"

黄毛咬着牙不吭声，斜着眼睛瞪林向宇，林向宇不自在地咳嗽了两声，避开了眼睛，管超上前一把抓住黄毛的裆部，用力往下一拉，问道："你听到了没有？"

"哎哟！"黄毛声嘶力竭地哭喊起来，"听到了，听到了！"

谢训这才撒开手，吼道："滚！"

黄毛捂着裤裆，在几个跟班的搀扶下，一瘸一拐地逃出了食堂……

繁华的陆家嘴，一栋栋楼宇耸入云霄，穿着工装的职业男女脚步匆匆地行走在路上，徐美心走在人群中，一副心事重重的样子，她已经把各种利害关系都给林向宇挑明了，如果他还是执迷不悟，那她只能去找王总了。

八点半整，徐美心走进了美邦大厦，一来到 VIP 部的办公区域，她脸上就浮现出一抹惊奇，林向宇已经坐在他的工位上了，正一脸严肃地往面前的隔板上贴着什么。

徐美心走过去，发现林向宇正在往隔板上贴小纸条，纸条上分别写着"加油""努力""珍惜"等手写的字，字还写得挺漂亮，徐美心不禁摇头笑笑，这个林向宇，毕竟还是个小孩子。

林向宇看到徐美心，立刻放下手里的"工作"，站起来一脸严肃地说："师傅，早。"

然后，林向宇则拿起桌上的一份协议，递到徐美心面前，认真地说："师傅，我昨晚仔细看了一下董先生的马术俱乐部的协议草稿，我感觉我们还要考虑一下不同马种的遗传病史对保费的影响，相关的调整意见我已经标注了，请您参考。"

徐美心将信将疑地接过协议，翻看了一会儿，然后有些意外地说："还不错。"

林向宇不苟言笑地点点头，坐下去开始对着电脑工作了，徐美心回到自己的工位，又把那份协议仔细翻看了一遍，林向宇很认真，他标注的地方虽然不都完全正确，但确实提出了不少建设性的意见，而且批注写得很整齐，可见确实是下了苦功夫。

徐美心忍不住抬头朝隔板另一端看了一眼，林向宇正在埋头工作，她不禁欣慰地松了一口气。

而接下来，徐美心就不仅仅是欣慰了，而几乎是有点惊喜了，林向宇的工作态度发生了一百八十度的大转弯，不仅不再迟到，工作的时候也不开小差了，每次开会的时候,他总是谦虚地坐在角落,认真地聆听每一名前辈的发言,还用心地记笔记。

不光徐美心,330的三个兄弟也看到了林向宇的巨大变化,每当下班之后,他不再游手好闲地东游西晃了,甚至连最爱的篮球也不打了,林向宇床铺的墙壁上贴满了便利贴,上面写满了各种理赔事故的重点,床头也永远堆着一堆保险资料和书籍,只要不是在吃饭和睡觉,林向宇永远在学习保险业务。

一天下午,正是工作时间,美邦大厦里一片忙碌紧张的气氛,林向宇和徐美心正凑在一起研究业务问题。

Mary突然兴高采烈地冲进VIP部,大声宣布:"诸位诸位,都停下手里的活儿,今晚有人要请客喽!"

一个同事心急地催问:"怎么回事儿?赶紧说,别装神弄鬼的!"

Mary清清喉咙,神秘兮兮地说:"公司年庆快到了,各部门都要评选一名优秀员工,被选出的人能得到大笔奖金哦!"

"谁呀?谁呀?请客!请客!"众人纷纷兴奋地起哄。

热闹的气氛中,徐美心隔壁的Susan情不自禁地站起来,Susan脸上挂着势在必得的微笑,甚至还不自觉地往前走了几步,仿佛是准备要接受"优秀员工"的头衔了。

没想到,Mary却绕过Susan,走到徐美心身边,亲热地搂住她的肩膀,大声说:"这位美女,晚上有空请大家日本烧肉走一趟吗?"

"恭喜你啊,徐美心!"同事们纷纷向徐美心道喜,林向宇用力鼓掌,把手心都拍红了。

Susan一脸失望,尴尬地走回自己的工位,悻悻地坐下了。

"好!咱们不醉不归!"徐美心的心情很好,叉着腰豪爽地说,又扭头看向林向宇,"小林,一起去吧!"

林向宇笑得更灿烂了,开心地大声说:"好!"

当晚,日式烧肉的包间里,两个男扮女装的丑角,正跳着搞怪的日本传统民间舞蹈助兴,美邦保险VIP部门的十几个同事把酒言欢,对酒当歌,气氛十分热烈。

酒过三巡,眼酣耳热的时候,一个男同事兴奋地站起来起哄道:"让咱们的优秀员工也上去跳个舞好不好?"

"好,好啊!"众人纷纷拍手赞同。

"不行,我不行!"徐美心被同事们灌了好多酒,满脸潮红地推辞着。

"怎么不行啊?你这么优秀,得让大家尽兴啊!"Susan一脸嫉妒,阴阳怪气地说。

众人纷纷附和Susan:"对啊,对!徐美心,来一个!徐美心,来一个!"

徐美心十分害羞,但实在推不过去了,只好硬着头皮慢慢地起身,这时,林向宇按住了她，他一手按着徐美心的手腕，另外一只手高高举起，大声喊道："我替师傅来！"

说完，林向宇大步蹦到两个表演的丑角身边，歪七扭八地跳起来，还不时挤眉弄眼，逗得大家哈哈大笑，徐美心也被逗笑了，不禁有点感激地看着替自己解围的林向宇……

隔天，徐美心上班再看到林向宇，破天荒地主动对他笑了一下，林向宇傻傻地看着她，居然红了脸。

徐美心笑着走到林向宇身后，拍拍他的肩膀说："马匹的信息再让我看一下。"

林向宇赶紧收拾好桌上的一堆资料，递过去，徐美心接过资料，余光无意中扫到林向宇的工位隔板上钉着的一张照片，那是一张年代久远的合影，照片上是一个七八岁的小男孩儿和三十来岁的年轻漂亮女人，男孩儿的头撒娇地靠在女人身上，背景是上海老城的城隍庙九曲桥。

徐美心的目光深深地被照片吸引了，当他看到照片右下角的拍摄日期时候，禁不住好奇地问："这是你小时候的照片？"

"是啊，这是我和我妈妈，"林向宇笑着回答，"那是 2000 年，我 8 岁，我妈带我来上海玩儿的时候照的。"

310

徐美心又把照片凑到自己眼前细细地看了一会儿，脸上竟划过一丝兴奋，用令人费解的眼神看着林向宇说："你妈妈挺漂亮的。"

"是啊，"林向宇幸福地笑着说，"我妈可是个美人坯子。"

"现在也很漂亮吧？"徐美心下意识地问。

林向宇脸上的笑容敛了敛，轻声说："她已经去世了。"

"去世了？"徐美心意外地看着林向宇，抱歉地说，"对不起。"

"没关系，她在我 13 岁那年，出车祸去世了，已经过去很多年了。"林向宇又重新恢复了灿烂的笑容。

徐美心抬起头，再次看林向宇，这一次，她的眼中多了某种复杂的情感……

当天深夜，徐美心在自己的公寓中，躺在床上翻来覆去地睡不着。

咔嗒一声，她扭开了床头的台灯，并顺手拿起了放在枕边的一本相册，从里面抽出了一张泛黄的老照片。

照片上，十几岁的徐美心甜甜地笑着，背景是老城隍庙的九曲桥，而在徐美心的身后不远处，有一对母子亲密地依偎在一起，也在拍照，照片右下角的小字是：2000 年 8 月 6 日。

"怎么会有这么巧的事……"徐美心不可思议地摇头微笑，她和林向宇居然在十几年前，就出现在同一张照片里了，难道这就是所谓的缘分吗？想到"缘分"二字，徐美心的脸颊不自觉地潮红起来，她举起手机，对准照片翻拍了一张。

在林向宇洗心革面、努力工作的这段日子里，330 的其他三个兄弟，也都在各自的人生轨迹上快马加鞭地忙碌着。

谢训日夜不休地辛苦打零工，终于存下了一笔积蓄，他用这笔钱买了一辆二手桑塔纳，他开着这辆车在大上海的街头行驶，车窗外是迅速后退的繁华，谢训的神情有些落寞，心中有一个声音在呐喊：终于买到车子了，可是，小镜，你又在哪里呢……

李大鹏最近则在为羊驼 Rodger 的"终身大事"奔走着，在对来自世界各地多只羊驼的考察之后，他终于选择了一只各方面条件都和 Rodger 比较般配的羊驼。

在一个风和日丽的午后，李大鹏带着 Rodger，前去和选中的羊驼见面，没想到，见了面却发现，对方的性别居然和 Rodger 一样，都是不折不扣的公羊驼。

那只羊驼的主人是一个蓄着朋克头的青年，对方一脸不在乎地拍拍李大鹏的肩膀，安慰他说："哥们儿，你上哪儿找那么合适的母羊驼去啊？我都找了两年了。要我说啊，让它们兄弟之间相互睡睡，其实也行嘛！"

"No，绝对不行！"李大鹏态度坚决地说。

突然，朋克男的羊驼在不远处嗷嗷叫了起来，李大鹏惊讶地抬头一看，只见 Rodger 已经骑到了它的背上，还用舌头舔着对方的背。

"No，Rodger！下来，快下来啊！"李大鹏惊慌失措地冲上去，拽住 Rodger 的缰绳往下拖……

Chapter 2 一见钟情

上海市的某家托福培训班里，二楼的教室正在上课。

老师站在讲台上说："'love at the first sight'是'一见钟情'的正确表达方式。"同学们都在认真地做着笔记，只有一个坐在靠窗位置的女生心不在焉，她不时扭头朝窗外看一眼，一副魂不守舍的样子。

这个女生，就是不久前被管超失手打了一记耳光的漂亮女生，名叫陆潇潇，自从和管超"不打不相识"后，以后每次管超来托福班送饭，两人都会离奇地在走廊里遇到，一开始，两人每次见面都怒目相视，后来不知道谁先收起了怒气，总之见面后两人开始打招呼了，再后来，两人居然会停下来聊两句。

不知不觉，两人熟悉了起来，而且还意外地发现，彼此有很多的共同语言，比如他们都从小就是学霸，比如两人都从来没有谈过恋爱……

渐渐地，两个人就有了暧昧的情愫，也说不清到底是谁先挑破了这层窗户纸，总之，管超和陆潇潇谈起了恋爱……

此时此刻，管超就站在托福班的楼下，坐在栏杆上，傻乎乎地对着二楼窗口的陆潇潇笑，陆潇潇被他笑得心猿意马，频频走神儿。

"那么，'我对他一见钟情'用英语应该怎么说？"台上，英语老师目光锐利地扫视了一圈，"陆潇潇，你来回答。"

陆潇潇赶紧从窗外收回视线，站起来朗声回答："I fell in love with him at the first sight."

"很好，请坐。"老师无奈，只能让陆潇潇坐下。

下课铃声一响起，陆潇潇就抓起书，第一个冲出教室，一路跑到楼下的围栏下，冲着管超笑，管超也笑着，伸出手拉住了陆潇潇的手。

两个人拉着手，肩并肩地走在街头，什么话都不说，却都能感受到彼此内心的快乐，管超不时看看陆潇潇，陆潇潇也偷偷看管超，两人皆是一脸的笑意。

当走到一个红绿灯的时候，人行横道上亮着红灯，两人静静地站在路边等着，信号灯的蜂鸣声有节奏地响着，两人的目光都看着红灯，内心却不约而同地压抑着某种情感。

红灯熄灭，绿灯亮起来，陆潇潇的身体动了动，管超突然像触电了一般张开手，一把将陆潇潇抱在怀中，陆潇潇的表情有些惊讶，但很快，那惊讶的表情被满满的幸福代替……

夜深了，管超依然拉着陆潇潇的手，两人羞涩地走进了一家小宾馆。

前台的服务员为两人办理入住手续，认真地比对着两人的身份证，管超内心紧张极了，外表却还强撑着，故作镇定地搂着陆潇潇的肩膀，就像对这样的情景习以为常的样子。

十分钟后，宾馆的小房间里灯光昏暗，将室内的一切晕染出一层暧昧的颜色，管超和陆潇潇面对面坐在床边，深情地看着彼此，两人的呼吸都不自觉地越来越快起来。

片刻之后，管超鼓起勇气，抓住了陆潇潇的肩膀，试着凑近她的嘴唇，陆潇潇虽然紧张，但也主动地微微向前迎去。

管超看到越来越靠近的陆潇潇的脸，突然一阵心慌，急忙摘下眼睛，哈了口气擦了擦，又重新戴上，他不知道自己为什么要这么做，只是没来由地想要找点事情做。

陆潇潇有点诧异地看着突然胆怯的管超，几秒钟后，她的嘴巴抿了起来，她知道了，原来管超比她还紧张，她以前还不相信管超是处男，现在她终于信了……想到这里，陆潇潇抿了抿嘴巴，笑眯眯地抬起手，一把摘掉了管超的眼镜，同时也摘掉了自己的眼镜。

管超得到了鼓励，一把抱住了陆潇潇，张嘴吻住了她，陆潇潇深情地环住管超的腰，两人激情地滚倒在床单上……

经过了很长时间的调研和修订，美邦保险与董先生马场的保险协议终于定稿了，周末，徐美心带着林向宇，来到董先生的马场，打算在正式商谈之前先和客户通通气。

在董先生的安排下，徐美心和林向宇一到马场就换上了标准的骑士服，骑士服很贴身，将两人原本就很有型的身材勾勒得更加凹凸有致，飒爽英姿。

林向宇和徐美心都情不自禁地多看了对方几眼，董先生则色眯眯地看着徐美心："怎么样，小徐，来匹马骑骑试试？"

"不不不，董先生，我不会骑马，要不就算了吧。"徐美心别扭地说。

"那怎么行？"董先生边说边往马场里走，"来我的马场怎么能不骑马？放心，我亲自教你，走！"

徐美心和林向宇只好跟着董先生走进马场，沿着围栏走起来，围栏内有十几匹骏马，正在悠闲地溜达着，那些马的身材都十分健壮高大，显然都有着高贵的血统，董先生得意地指着自己的爱马："怎么样，漂亮吧？"

"漂亮，漂亮！"徐美心和林向宇由衷地说。

董先生狡黠地看着徐美心，意味深长地说："所以说，这保费可是一笔大生意哦！"

徐美心尴尬地笑笑，说话间，三人来到了上马处，两个马童已经牵着两匹马在那里等候多时了，徐美心硬着头皮踏上了上马的小高台，扶着马鞍，踏上了脚蹬，骑到马背上后，她的双手紧紧地拽着缰绳，看起来十分紧张的样子。

"师傅，我帮您！"林向宇担心地走上去，没想到却被董先生抢先一步。

"我来帮你师傅，你上后边的那匹马吧！"董先生高傲地命令着林向宇。

林向宇只能无奈地上了后边的那匹马，还没等林向宇坐稳，董先生却突然一抬腿，跨坐到了徐美心的那匹马上，紧紧地贴在了她的身后，徐美心大吃一惊，全身都不自在起来，却一时没了主意，林向宇也惊得张大了嘴。

董先生自然而然地从徐美心身后伸出手，帮她拽住了缰绳，呼着热气在徐美心耳边说："小徐啊，拉住缰绳，别紧张，松弛点儿。记住，不要把缰绳拉得太紧，不然马跑不起来。"

徐美心难堪地向前挪了挪屁股，结果董先生也跟着往前凑了凑，恬不知耻地策马走了起来，笑嘻嘻地说："走，咱们一起溜溜。"

林向宇赶紧对一旁的马童说："快，跟上，跟上他们俩！"

徐美心被董先生牢牢地圈在怀里，漂亮的脸涨得通红，董先生却显然对这样的近距离接触十分满意，两只手不安分地晃动着，有意无意地擦碰和顶撞着徐美心的身体，徐美心不停地回头看林向宇，眼神显然是在求救。

林向宇笨拙地驾驭着身下的马匹，焦急地追赶着，他眼睁睁看着董先生在公然调戏徐美心，他的身体和脏手每在徐美心身上碰一下，林向宇心中的怒火就燃烧得越旺盛了几分，徐美心的脸色也越来越难看，似乎随时会翻脸发作。

就在这时，就听"哎哟"一声惨叫，紧跟着是"咕咚"一声闷响，林向宇一头从马背上栽了下去，重重摔到了地上，登时不省人事。

马童吓坏了，惊声叫起来："老板，老板，不好啦，客人坠马啦！"

徐美心和董先生大吃一惊，两人急忙跳下马，跑了过来，徐美心焦急地扑在林向宇身上大喊："小林！向宇，你别吓唬我啊，你醒醒啊！林向宇！"

"这、这、这是什么情况？"董先生也吓坏了，劈头盖脸地朝马童吼道，"你怎么搞的？"

马童脸色惨白，一句话也说不出来，徐美心用自己颤抖的手探了探林向宇的鼻孔，紧张地大喊起来："还有呼吸，快，快叫救护车！"

马童手忙脚乱地到处找手机打电话，眼看着电话就要拨出去了，林向宇却突然长出了一口气，猛地从地上坐了起来，一脸懵懂地看着徐美心："师傅？这是怎么了，发生了什么事？"

"你从马上摔下来了，怎么样，没事儿吧？"徐美心眼眶潮湿地回答。

"咳咳！"林向宇看到徐美心一脸关心的样子，心里不由得一阵温暖，为防止自己笑出声来穿帮了，他赶紧咳嗽了两声，装出一副虚弱的样子说，"没事没事，老毛病了，我小时候脑袋得过病，后遗症，后遗症，呵呵。"

徐美心还是担心地看着林向宇，不经意间，她看到林向宇朝自己眨巴了两下眼睛，一瞬间，她终于反应过来了，这个小屁孩儿是故意坠马的！可这一招实在是太危险了，很容易受伤的，想到这里，徐美心忍不住皱了皱眉头。

在徐美心的搀扶下，林向宇从地上站了起来，董先生不太甘心地在一旁询问："小林啊，你没事儿吧？还能骑吗？"

"不行了，我不能骑了。"林向宇连连摆手。

董先生又看徐美心，她也赶紧摆手说："太可怕了，我也不骑了。"

看着董先生扫兴的表情，林向宇在心里恨恨地骂了几句脏话，表面上却笑眯眯地说："请问洗手间在哪里？"

"在那边，"董先生不耐烦地顺手一指，然后扭头对徐美心说，"小徐啊，既然不骑马了，我们就去餐厅用餐吧。"

徐美心点点头，不放心地对林向宇说："你赶紧过来哦。"

林向宇大步急行，一走进洗手间，就立马收起了满脸的笑容，龇牙咧嘴地脱下了上衣，刚才坠马的时候，他的后背撞到了一块石头，被擦破了一大块皮，伤口渗出了大颗的血珠子，他赶紧抽出几张纸巾，背对着镜子，蘸着水轻轻地擦拭瘀血，每擦一下，都疼得倒吸一口凉气。

夜色弥漫了马场，餐厅里奏着高雅而轻柔的音乐，两名侍者穿着西洋风格的服饰，毕恭毕敬地围着餐桌布菜，林向宇、徐美心和董先生坐在桌前，董先生的身后还站着两个保镖装扮的手下。

_– 315_

"家宴而已，不成敬意，大家随便吃点儿，"董先生指了指满桌的珍馐佳肴，虚伪地说，"来，为我们的合作，干杯！"

徐美心没有举杯，赔着笑说："我一会儿还要开车回去，不能喝酒，不好意思。"

"来了我这里，怎么能不尝尝我酒窖里的拉菲呢？"董先生一脸不高兴地嗔道，"你不喝，这生意可没法谈啊！小林，你会开车吗？要是你也不会开，我就找人送你们回去，总之，小徐你非喝不可！"

徐美心无奈，只能对林向宇点点头，林向宇淡淡地说："我会开车。"

"好好，那一会儿回去你开车，让你师傅陪我喝点儿！"董先生喜笑颜开地把酒杯举起来，"Miss Xu, please！"

夜更深了，奥迪 Q5 行驶在乡间公路上，公路上没有灯，车灯仅能照亮前方一小片，远处的天边，隐隐滚来沉闷的雷声。

林向宇坐在驾驶座上，全神贯注地开着车，徐美心被董先生强灌了很多酒，离开马场的时候走路都有点打晃了，此时在副驾驶座上歪着，脑袋一磕一磕，一副困倦不堪的样子。

"师傅，你先睡会儿，到了我叫你。"林向宇轻声说。

徐美心舒展了一下身体，说："没事儿，我现在感觉挺好的，今天谢谢你哦。"

"嗨，谢什么，应该的。"林向宇不在意地笑笑。

"对了，你从那么高的马背上摔下来，没事儿吧？"徐美心不放心地问，"以后你可别再这样了，多危险啊。"

"没事儿，我皮厚。"林向宇没正形地开玩笑。

"你脸皮厚，"徐美心嗔道，然后放松地伸了个懒腰，说，"林向宇，你最近的表现很不错，值得表扬。看不出你整天没个正形，认真起来还真挺像那么回事儿。"

"都是师傅教导有方。"林向宇谦虚地说。

"主要还是你自己努力，我又不能一辈子当你师傅，你要自己好好加油啊。"徐美心笑着说。

林向宇脱口而出："可我真想一辈子让你当我师傅。"

徐美心听出了弦外之意，没有作声，林向宇也意识到自己又说错话了，有点心虚地闭上了嘴，车里突然就安静下来，气氛有些莫名的尴尬，徐美心咳嗽了一声，讪讪地说："咱们听个歌吧。"

说着，她打开了车载CD，没想到音响中流淌出的又是上次的那首歌：我爱你，亲爱的姑娘，见到你心就慌张……

林向宇赶紧关了CD，退出光盘，一脸窘相地说："不好意思啊，上次听完忘记把光盘退出来了，还是听收音机吧。"

几秒钟后，收音机里流淌出浪漫的音乐声，徐美心安静地靠在座椅上，看着车窗外黑茫茫的夜色，手指舒适地在腿上点着节奏，一副很悠闲愉悦的样子。

林向宇忍不住用余光不时扫向徐美心，觉得她现在的样子好美，徐美心仿佛察觉到了什么，有些不好意思地把脸扭向窗外，留给林向宇一个后脑勺。

不知不觉，汽车拐上了一段河堤小路，路况十分颠簸，奥迪Q5磕磕碰碰地在路上艰难行进着，突然间，就听砰的一声，车身猛地一沉。

"糟糕，车胎爆了！"林向宇大喊一声，危急关头，他的第一反应就是伸出右臂，挡在了徐美心身前，左手则紧紧地握住方向盘。

徐美心虽然系着安全带，却也因为惯性而身体猛地向前一冲，本能地抱住了林向宇的右臂。

在林向宇的努力控制下，车子晃了几下，终于停稳了，林向宇的右臂还坚定地护在徐美心身前，担心地看着她："你没事儿吧？"

徐美心惊魂不定地看着林向宇，眼中写满了感激："没事儿。"

林向宇向车窗外看去，外面黑漆漆一片，车子居然在这么一个前不着村、后不着店的地方抛锚了……

Chapter 3　命中注定

奥迪 Q5 在郊区的公路上抛锚了，附近荒凉而没有人烟，没办法，林向宇只能从后备厢中取出工具箱，自己换轮胎。

林向宇满头大汗地趴在地上，徐美心站在他身后，怀疑地问道："你行吗？"

"我试试。"林向宇的半截身体都钻到了车底下，声音听起来闷闷的。

天空中又传来几声闷雷，没一会儿的工夫，大雨瓢泼而下。

林向宇的衬衣迅速湿透了，他一边用扳手拧着螺丝，一边对徐美心喊："师傅，你先上车等着吧！"

徐美心的衣服也被淋湿了，她却很固执地站着不动，说："不用，我陪着你。"

林向宇对徐美心咧嘴一笑，继续忙活，徐美心则从后备厢里取出一把手电，站到林向宇身后给他照亮。

雨水打湿了林向宇的头发，一缕缕地贴在额前，林向宇毫不在意地抬手，用力抹掉脸上的水，徐美心看着他的样子，眼中渐渐流露出一丝爱意。

突然间，徐美心发现林向宇背后的白衬衣上渗出了鲜红的血迹，在雨水的浸淫下，触目惊心的血痕迅速扩散开，她惊恐地凑近查看，问道："小宇，你的后背受伤了吗？"

"刚才从马上摔下来的时候，后背顶到一块尖石头上了，"林向宇不在意地回答，"伤口不深，我自己看过了，没事儿。"

"不行，淋了雨会感染的，快上车，我帮你处理一下！"徐美心紧张地说。

"没事儿，我先把车胎换了，咱们快点儿赶回市区，再包扎也来得及。"林向宇说完继续干活，徐美心只好继续给他照亮，只是看向他的眼神，那爱意又更浓烈了几分。

十来分钟后，林向宇抬手抹了把头发上的雨水，沮丧地叹了口气说："不行啊，师傅，这扳手不趁手，费了这么大的劲儿才拧下一颗螺丝，照这个速度，明天早晨也卸不下旧轮胎。"

"那怎么办呀？"徐美心焦急地问。

林向宇直起身，向周围看去，只见远处的河滩边上，有几团稀稀拉拉的灯光，他猜测地说："那应该是汽车尾灯，我们过去问问他们有没有工具。"

两个人打着手电，顶着大雨，深一脚浅一脚地沿着凹凸不平的河滩走过去，河滩的另一边果然停着几辆车。

林向宇走到一辆车前，车窗内黑漆漆一片，什么也看不清，林向宇抬手敲了敲车窗，里面也没有一丝动静。

"没人吗？"徐美心不相信地说，"不可能啊，我刚才还看见这车身摇晃了呢。"

林向宇想了想，下意识地用手电筒朝车内一照，这一照不要紧，车内顿时传出一声女人的尖叫，还有两团肉色物体在车内仓皇地躲避着。

徐美心和林向宇愣了几秒，顿时明白过来了，车里面有人在"车震"，这时，驾驶座的车窗缓缓地摇了下来，一个头发蓬乱、上半身赤裸的男人伸出头，嬉皮笑脸地说："不好意思，不好意思，马上就走！"

后座上，明显有个女人用衣服胡乱地挡着自己的身体，紧张地看着车窗外，林向宇赶紧放下手电，解释道："大哥，我们不是警察，我们的车子抛锚了，想问您借扳手，打搅您了，不好意思啊……"

手电光移开了，车内的男人很快看清了车外的情形，当他看明白车外只是一对被浇得落汤鸡似的男女、而不是查夜的警察时，不禁破口大骂："什么？借扳手！你、你会吓死人晓得伐？滚、滚——"

林向宇还想跟对方解释，徐美心一把拉住他的手，扭头往回跑。

林向宇和徐美心气喘吁吁地回到奥迪 Q5 上，两人憋了片刻，同时爆发出大笑，徐美心笑得肚子都疼了，抹着笑出来的眼泪问林向宇："咱俩把别人都吓跑了，这回可怎么办呀？"

"没办法了，叫救援吧。"林向宇无奈地掏出手机，晃了晃。

拨打了救援电话后，两个人坐在车内开始等待，渐渐地，外面的雨小了些，树叶上的水滴滴答答地落下，敲打在车顶盖上。

车内的气氛越发的暧昧，林向宇和徐美心不约而同个地试图寻找话题，打破这种不正常的宁静。

"林向宇，你赶紧把衬衣脱下来，我给你贴上创可贴。"徐美心手忙脚乱地从手套箱里掏出几个创可贴，还有一包消毒纸巾。

"哦！"林向宇乖乖地脱掉湿漉漉的衬衣，徐美心已经打开了车内的照明灯，撕开了创可贴，当她抬起头的时候，刚好看到林向宇赤裸的上身，因为常年保持锻炼，林向宇的身材很棒，肩膀很宽厚，肌肉的线条也很饱满，徐美心有些害羞。

"转过去！"徐美心故作镇定地命令道。

林向宇朝徐美心眨巴眨巴眼睛，嘴角不禁勾起一抹笑容，她害羞的样子真可爱，他真舍不得移开眼睛，但他又不想惹她生气，只好慢慢地转过身去，背对着她。

徐美心看到林向宇的后背上，有一处半个硬币大小的伤口，皮肤已经破损，露出了组织，还不断向外渗着血，附近的皮肤也已经呈现一大片的瘀青，她轻轻地用消毒纸巾为伤口消毒，林向宇疼得不禁一哆嗦。

"很疼吗？"徐美心心疼地问。

"不疼，"林向宇咬紧牙关说，"嘿嘿，就是有点冷。"

"那你忍着点儿啊。"徐美心深吸一口气，继续清理伤口，她清理得很仔细，手上的动作也放得十分轻柔，伤口擦拭干净后，她又小心翼翼地贴上了几片创可贴，然后不放心地说，"先这么对付一下，到了市区我们先找个医院处理下。"

"嗯。"林向宇依然背对着徐美心，虽然背后的伤口像火烧一般的疼，但他心里却像吃了蜜糖一样甜，如果可以的话，他真希望时间能这样停止了……

徐美心的手指轻轻地按摩着林向宇背后的瘀青，嗔嗔又带着一点责怪地说："你看，这周围都瘀青了，你还说没事儿，真是的……"

车外面的雨声越来越稀疏了，车厢内的温度却开始上升了，林向宇陶醉地闭着眼睛，用心感受着徐美心温柔的手指，徐美心的手指尖，也传来了林向宇皮肤的温暖触感。

狭小的空间里，男女的肌肤相触，令车厢内的荷尔蒙指数急速上升，徐美心的手指，不知不觉地从轻轻按摩，变成了轻柔的抚摸，林向宇心中热血沸腾，几乎想要转过身去把她抱在怀中。

就在这时，徐美心突然回过神来，意识到了自己的失态，赶紧缩回手，悻悻地说："好了，你快穿上衣服吧，别着凉了。"

林向宇转回身，拿起衣服穿上，他发现徐美心的脸红得像一颗苹果，故意避开视线不看他，林向宇抿嘴一笑，觉得心情好极了，无意中，他的目光瞄到徐美心穿着丝袜的腿，喉结不禁上下蠕动了一下，讪笑着说："师、师傅，你、你丝袜破了。"

"哦！"徐美心用手揪住丝袜的口子，想要遮住露出的大腿，却失手将破洞撕得更大了，而她娇羞的样子，引得林向宇越发的心潮荡漾，狭小的车厢空间里，一时间只能听见两人越来越急促的呼吸声。

林向宇试探着，把身体向徐美心那边凑，徐美心明明感觉到了林向宇的靠近，却没有动，也没有躲避，只是脸颊越发的燥热，眼看着林向宇的嘴唇就要落到她的嘴上时，她才突然大喊一声："我要尿尿！"

没等林向宇反应，徐美心猛地转过身就要下车，可不知怎么回事儿，她的长头发居然被座椅的枕头卡住了，用力一扯，不禁痛得她"哎哟"了一声，狼狈地坐回来想要去解开，但头发被缠得很紧，她根本没法转过头看清楚，林向宇赶紧凑过去帮忙，小心地帮她把头发解开，不知不觉中，两人的身体离得更近了，几乎能感受到对方的心跳和燥热的体温。

有那么一瞬间，徐美心被迫侧着的头和林向宇的头近在咫尺，两人感受到彼此的呼吸，不禁都停住了动作，两张嘴巴相距不过寸余，时间仿佛突然停止了，林向宇忍不住将自己的嘴唇送上去，徐美心看了他一眼，轻轻闭上了眼睛。

车内安静无比，两人的嘴唇终于轻轻地触碰到了一次，林向宇稚嫩地亲吻着徐美心，他的心跳咚咚大作，徐美心温柔地迎合着他，手掌轻柔地抚摸着他的后背，在徐美心的安抚下，林向宇的躁动渐渐平复下来，两人深情而专注地继续拥吻着彼此，难舍难分……

当当当！

正当两人亲吻得如胶似漆、情难自已的时候，车窗的玻璃突然被人敲响了，两人吓了一跳，赶紧分开，林向宇慌乱地整理着衣服，徐美心则故意装作没事一般将了将头发。

林向宇有点紧张地摇下车窗，只见外面站着两个赶来救援他们的修车师傅……

经历了车内"惊心动魄"的一夜，林向宇和徐美心的感情迅速升温，但在办公室里，两人还维持着礼貌的师徒关系。

林向宇送给徐美心的小仙人掌，被她从桌子底下拿了出来，放在办公桌的醒目位置，小仙人掌的尖部已经有些发黄了，徐美心微笑着给它浇水。

林向宇坐在对面，看到徐美心的举动，赶紧给她发了一条微信，徐美心打开手机，发现林向宇发来的是一个索吻的表情和一个问号，她不禁抿嘴一笑，回给他一个笑脸和两个字：**别闹**。

看到微信，林向宇装作生气地嘟起嘴，眼睛忽闪忽闪地看着徐美心，徐美心看到林向宇的样子，不禁觉得心里暖融融的，为了不让其他同事察觉到，她赶紧别扭地看向别处……

下班后，林向宇和徐美心来到南京路步行街，一边吃冰激凌一边闲逛。林向宇舀了一小勺冰激凌，笑眯眯地伸到徐美心的嘴边，徐美心张开嘴吃了。

没想到，喂完这一口，林向宇自己也张开嘴，朝这徐美心"啊啊"地撒娇，徐美心无奈，只好也舀了一小勺冰激凌喂他。林向宇吃了冰激凌还不知足，又闭上眼睛撅起嘴巴索吻，徐美心无奈地看着他，想了想，直接舀了一大勺冰激凌抹在林向宇的鼻子上，然后扭头就跑。

林向宇被冰得大叫一声，拔腿就追，两人在人来人往的步行街上欢快地追逐打闹起来。

夕阳西下，奥迪 Q5 停在了黄浦江边的老码头，徐美心和林向宇手拉着手，走到江畔，看着夕阳下的外滩，一艘驳船正在江心航行。

徐美心突然心血来潮，十分开心地对着驳船挥手呼喊道："哦，哦——"

驳船上的人循声看过来，感觉很奇怪，林向宇也学着徐美心的样子，激动地大喊道："哦，哦——吼吼——"

这回，驳船上的人也被感染了，居然也挥起手，朝这二人回应似的喊道：哦，哦——"

两个人像得到了大人鼓励的小孩子，高兴得蹦蹦跳跳。

驳船渐渐开远了，两个人安静下来，深情地看着对方，对视了一会儿，林向宇不由分说地抱住徐美心，用力地吻住她，徐美心也放下了心中的顾忌，热烈地回应。

远远地，驳船上发出的悠长汽笛声，仿佛在为两人的爱情喝彩。

天色不早了，两个人恋恋不舍地离开江畔，回到车上准备打道回府，这时，徐美心突然想到什么，拿出手机，调出那张自己小时候在老城隍庙九曲桥的照片，给林向宇看。

"哇，老城隍庙，原来你也在这里照过相！"林向宇色眯眯地说，"师傅，原来你小时候就这么漂亮啊！"

"别贫嘴，你再仔细看看。"徐美心轻轻拍了林向宇一下。

林向宇将图片放大，终于在笑徐美心的身后不远处，看到了同样正在拍照的小林向宇和林母，他不禁一惊，赶紧掏出自己的手机，也把自己和妈妈的那张合影放大，就见自己和妈妈的身后，果然站着十几岁的徐美心。

而且，两张照片右下角上的日期，都是 2000 年 8 月 6 日。

"天呐，十几年前咱俩就在一个时空待过，"林向宇激动地看着徐美心，"天哪，咱俩这是缘分天注定啊！"

徐美心温柔地笑望着林向宇，说："是啊，缘分天注定！"

林向宇目光深邃地看着徐美心，突然深吸一口气说："师傅，其实这张照片并不是我们唯一的一次出现在同一时空……"

"什么？"徐美心不解地看着林向宇。

"那是在我上大二的时候，有一天我和同学去市区的一家教辅书店……"林向宇轻轻地拉起徐美心的手，将自己和她在书店的那次偶遇，以及后来为了寻找她而创办的 face party，都完完整整地说了一遍。

听完林向宇的讲述，徐美心呆住了，她终于知道，为什么这个大男孩儿会在公司里见到自己第一眼后，就对自己展开了疯狂的追求，她骂他，嫌弃他，驱赶他，都无法浇熄他对她的爱恋，原来这背后还有那么长的故事……

徐美心的眼眶湿润了，紧紧地抱住林向宇，黄浦江畔的夜灯亮了起来，斑驳陆离的霓虹灯下，两个人深情而忘我地拥吻在一起……

Chapter 4　恶性斗殴

周末的下午，沪都大学校门口的奶茶店里，李大鹏、谢训、管超和陆潇潇坐在一桌喝奶茶，聊天。

李大鹏和谢训一脸八卦地缠着管超，让他讲述和陆潇潇的"初恋故事"，并不时发出"啧啧"的称叹声。

四个人正聊得热火朝天，奶茶店的门突然被拉开了，一对身材修长、外表亮眼的情侣走了进来，两个人长得都太漂亮了，整个奶茶店的颜值似乎都被拉高了不少。

李大鹏这一桌人顿时全都噤声了，除了陆潇潇之外，三个男生全都惊讶而兴奋地张大了嘴巴，直勾勾地看着徐美心，这么多年了，他们还只是在画像中见过"手帕女神"的样子，没想到今天终于看到活的了，真实的女神，比画中的还要美上数倍啊！

"喂喂喂！"林向宇不满地挡住三人的视线，"差不多就行了，再看我可要收费啦！"

徐美心早就知道了自己在 330 寝室乃至 face party 圈的名气，对于这样的场景她并不感到意外和反感，举止成熟而优雅地朝众人摆摆手："Hi，大家好，经常听小宇说起你们。"

李大鹏他们还傻愣愣的，都忘了打招呼，只有陆潇潇笑眯眯地说：Hi！"

徐美心亲热地坐到陆潇潇身边，李大鹏、谢训和管超渐渐从惊艳中回过神来，眼中开始流露出嫉妒，三人互看一眼，突然就围住林向宇开挠，林向宇被挠得惨叫连连。

陆潇潇和徐美心无奈地看着四个长不大的大男孩儿。

喝完奶茶，谢训就急匆匆地离开学校，赶去体育场，兜售黄牛票。

天空中乌云密布，风雨欲来，谢训争分夺秒地推销着："要票不？18下第四排，18下第三排，最好的位置啊！"

突然间，谢训看到体育馆的大门口，有一个熟悉的女子背影，那女子正要入场，举手投足和身高体形，简直和高宝镜一模一样，谢训拔腿冲了过去，一把拉住女子的手，激动地说："小镜，是你吗？小镜！"

女子转过头，那熟悉的眉眼、清丽的五官，果然是久未露面的高宝镜！

看到谢训，高宝镜十分慌张，下意识地用手捂住自己的腹部，惊愕地说："训哥？"

谢训低下头，看到高宝镜的肚子，整个人都呆住了，高宝镜的腹部高高隆起，显然已经有至少五六个月的身孕了，谢训的嘴巴半张着，心里悲愤交加，根本说不出话来，屈辱的眼泪夺眶而出……

"训哥，训哥，你莫哭啊！"高宝镜手足无措地来拉谢训的手，"训哥，你莫这样，我跟你说了，我要的你给不了，为了家里人，我没资格再去谈情说爱。"

"那你就甘心去做二奶？"谢训伤心欲绝地咆哮道，"贱人，不要脸！"

高宝镜无言以对，低下头难受地啜泣起来，这时，老吴小跑着赶过来，一把扯开高宝镜拽着谢训的手，恶狠狠地问："干吗呢？"

"老吴？"高宝镜吃惊地说，"你、你不是去买零食了吗？"

"买个屁零食！我一猜就有问题，果然还是这个浑蛋！"老吴指着高宝镜的鼻子大骂。

"你骂谁浑蛋？"谢训擦干泪水，冷冷地问。

"骂你啊！"老吴指着谢训的鼻子，"我就骂你怎么了？"

"老吴，老吴，你别这样。"高宝镜赶紧拽住老吴，小声地劝着。

"妈的，臭不要脸！"老吴扬手甩了高宝镜一巴掌，"你这个臭婊子，花着我的钱，还敢跟这个小白脸藕断丝连！"

谢训看到高宝镜被打，心中怒火中烧，一记拳头挥上去把老吴打倒，然后抬起长腿就要踹，却被高宝镜拦住了，她哭着恳求道："训哥，别打他，我求你，他、他是我孩子的父亲啊！"

老吴狼狈地爬起来，吐了口血水，对不远处的一个小贩喊道："麻子，去把我的兄弟们喊过来！"

小贩转身跑走，老吴挥舞着拳头就要冲上来和谢训拼命，高宝镜挺着大肚子，死死地抱住老吴的腰，哭着对谢训喊："训哥,快走啊,走啊,别再来找我了,走啊！"

谢训看到这一幕，心都要碎了，绝望而崩溃地扭头跑走了……

夜色朦胧，沪都大学的林荫道上人烟稀少，猴子和韩树牵着手走在路上，两人的脸上都写满了幸福和甜蜜。

可这浪漫的气氛却被迎面走来的几个人打破了，黄毛带着他的几个跟班大摇大摆地散着步，一看到猴子和韩树，黄毛就阴阳怪气地喊道："猴子又上树了，哈哈哈哈！"

一边说，黄毛还做出了爬树的猥琐动作，几个跟班放肆地大笑，猴子气不过地喊道："你们胡说什么？"

黄毛挑衅地凑上前，猥琐地做了个抓韩树胸部的动作，坏笑着说："哟，猴子还摘桃呢！"

韩树赶紧拽住猴子，猴子一把甩开韩树，气呼呼地走到黄毛面前说："你再说一遍！"

黄毛看着比自己矮一截的猴子，鄙夷地问："你想听哪句？老子说给你啊！"

几个跟班起哄地大笑，猴子急了，用力推了黄毛一把，却被黄毛反手揪住，按到地上就打，几个跟班也凑上去抬腿乱踩。

"天哪，你们别打了！"韩树在一旁吓得直哭。

330 寝室，管超正和班上的几个男生联机玩儿极品飞车，几个男生的身体全都左摇右晃，模仿着急速开车的动作。

突然间，宿舍的门被推开，猴子蓬头垢面、满脸是血地走进了进来，管超等人大惊："猴子，你怎么了？"

"超，你那把菜刀呢？"猴子羞愤难当地说，"借我用下，我要去砍个人！"

几分钟后，330 宿舍的门轰的一声被踹开，管超叉着腰站在走廊里鬼吼鬼叫："出来，出来！11 市场班的爷们儿，都给我出来！"

林向宇正在水房洗衣服，闻声跑出来，楼道里已经聚集了好多人，一个个骂骂咧咧，义愤填膺，满脸是血的猴子站在中间，还挺醒目。

管超一看到林向宇就大喊："林向宇，过来！"

林向宇一头雾水地走过去，这时，谢训也黑着脸从楼梯下走上来，管超又吆喝道："老谢，你回来的正好，赶紧的！"

"咋的了？"谢训问。

"黄毛把猴子打了，他还骂咱们是一群傻子！"管超气愤地说。

"走，灭了他们！"谢训刚在体育馆门口伤透了心，吃够了屈辱，正愁一肚子恶气没地方撒，扭头就往楼下走。

管超像一个揭竿而起的农民将领似的，高举着一只手臂呼喊众人："走了，下楼，灭了117！"

有人小声问道："真的要打架吗？我还穿着拖鞋呢！"

"放心吧，打不起来，"另一个人胸有成竹地说，"117那帮孙子一看到咱们这么多人，肯定认怂，怂了就给咱们点儿啤酒，这事儿就了了！"

众人应声："对，多要几箱啤酒！"

眼看着几十个男生都呼啦啦地下楼了，林向宇还面有难色地站在原地，他虽然也讨厌黄毛，但如果真的去打黄毛，他老子还不扒掉他一层皮，想到这里，林向宇快步走到前面的管超身边，尴尬地劝道："我说，咱们都快毕业了，别打架！"

— 325

"少废话，走吧，"管超一把拽住林向宇，一边往楼下走一边说，"到时候你不用动手，在一边旁观助阵就行了。"

谢训闷着头走路，咬牙切齿地说："咱们一起下去，吓都把龟儿子吓死了，这架肯定打不起来，顶多要几箱啤酒教训教训他们。"

林向宇无奈，只能被裹挟着下了楼，二十几个大四男生跟在管超和谢训身后，浩浩荡荡，有说有笑地来到了宿舍楼的一层。

早有男生惊慌失措地在一楼的走廊里奔跑着报信了："不好了，猴子请救兵来了，猴子请救兵来了！"

一楼的走廊里响起一阵乒乒乓乓的关门声，眨眼的工夫，一楼所有的宿舍都反锁起来了。

管超率领一众男生来到一楼，发现四周出奇的安静，大家心知肚明，黄毛他们已经开始认怂了，接下来只要到117门口喊几嗓子，吓唬吓唬他们就行了。

于是，众人来到117门前，谢训和管超带头拍门呐喊："黄毛，出来！"

"黄毛，你有种出来，老子废了你！"猴子愤怒地冲上来，手脚并用地砸门，但屋内没有人应答，猴子狐疑地嘀咕，"没人吗？"

"不可能！"谢训说，"我刚才上楼的时候，看见他们屋里有人了。再不出来老子踹门啦！"

"装什么缩头乌龟，滚出来！"管超咆哮。

屋里依然没有动静，众人纷纷安静下来，觉得有些不对劲，按理说，如果认怂的话，黄毛他们起码应该在宿舍里应几句，谈谈条件，这么安静，实在不太正常。

谢训的耐心有限，抬起脚就踹门，一连踹了三下，门锁被撞断了，门开了，谢训也跌坐在地，管超和另外两个男生带头冲了进去。

还没等其他人往里冲，就听屋内传来一阵惨叫，跟管超冲进去的两个男生满头是血地跑出来，惊恐地尖叫道："不好了，他们有棍子，有棍子，管超被他们按住了！"

"天哪！"谢训看到同学头上的血，全身的寒毛都被刺激得竖立起来，带领着一众男生，"哇呀呀"地冲进了漆黑一片的117宿舍，像发疯了似的把黄毛和他的三个跟班拖到亮着灯的走廊里，发疯地狂揍。

管超此时也和猴子一样，被打得满脸都是血，他发狂地用胳膊夹住黄毛的脖子，膝盖顶撞得黄毛发出杀猪般的惨叫。

"老管，别打了，别打了！"林向宇担心地上前劝架。

"你闪一边儿去！"谢训已经打红了眼，用力把林向宇搡到一边儿，"刚才说了，你不要动手，在一边儿待着就行了！"

林向宇满头冷汗，手足无措地站在一旁，他想劝架，但没人听他的，一场二十多人对四个人的激烈群架，在7号宿舍楼的一楼走廊里爆发。

所有人都打成了一团，黄毛的几个跟班都被打得抱头鼠窜，口中哀号着救命。

谢训越打越亢奋，索性一把揪住黄毛那一头杂毛，和管超一起连拉带扯地把黄毛拖进了厕所，黄毛一路被拖拽着，喉咙里发出惊恐的嚎叫："你们干吗？你们要干吗！"

"老子说过，你要是敢再惹事儿，老子就把你的脑袋塞茅坑！"谢训恶狠狠地说。

安静了几秒后，厕所内突然传出黄毛声嘶力竭的半声惨叫："妈——"

第二天一早，学校的公告栏里就贴出了一张公告，林向宇、管超、谢训、李大鹏、猴子和昨天参与群架的男生们都围过来。

一个男生念起了公告内容："现通告全校，谢训聚众打架，带头踹门，致人受伤，情节恶劣，现勒令开除，即刻离校；管超，煽动情绪，最先动手，记大过处分；李阳，警告处分；邵岚警告；黄川警告；王宝江警告……"

谢训一下子就懵了，抱着头瘫坐在路边。

李大鹏激动地说："大家不是都说好了，只承认打架，不说细节吗？学校怎么知道得这么清楚？"

管超郁闷地捶着墙壁，气呼呼地说："去他的法不责众，肯定是有人把咱们卖了！"

"是谁？是谁把咱们卖了？"一个男生气愤地说，"昨天晚上，除了李大鹏不在宿舍外，咱们所有参与打架的男生都上榜了……咦，不对，林向宇，怎么没有你的名字？"

林向宇被问得满脸通红，激动地喊道："我哪儿知道？我什么都没说！"

"放屁！"又有一个男生跳出来，"你什么都没说，为什么只有你一个人全身而退？"

林向宇百口莫辩，一个男生愤怒地冲上来，揪住林向宇的衣领就要揍他："你和你爹不敢得罪黄毛那小子是吧？所以你就把我们所有人都卖了！"

"你再说一遍！"林向宇最恨别人骂他，不禁也急了，用力把男生推开。

管超和李大鹏赶紧冲上来，隔开了林向宇和那个暴走的男生，李大鹏焦头烂额地大喊："都别闹了，你们还嫌不够惨吗？"

"老林那天确实没动手，我可以给他作证！"管超极力维护着林向宇。

十几个男生全都骂骂咧咧、摔摔打打地离开了，所有人看向林向宇的眼神都充满了厌恶，他们全都认定了林向宇就是卖友求荣的叛徒，没有人要听林向宇的解释，林向宇也无法去证明自己的清白。

等到其他男生都走了，林向宇、管超和李大鹏这才发现，谢训一直沉默地坐在路边发呆，三个人赶紧过去搀谢训，谢训却瞪起眼睛，一把甩开了林向宇的胳膊。

"不会吧，老谢，你也不相信我？"林向宇难以置信地看着谢训。

谢训不由分说地推了林向宇一把，扯着脖子对他吼道："滚——"

林向宇没有防备，被推得一屁股坐到了地上，满脸都是震惊的表情……

| 第十六章 | | 分手的倒计时 |

Chapter 1 离愁别绪

周末的早晨，天空被乌云笼罩，看不到一丝阳光。

330 寝室里，谢训的床基本上已经被搬空，管超和李大鹏在帮谢训收拾最后的几件行李，男生们进进出出地帮忙搬运，只有林向宇，孤零零地坐在角落里，没人搭理他，甚至还有人厌恶地朝他吐着唾沫。

"差不多了，剩下的让超和 James 帮我拎就行了。"谢训笑着对几个帮忙的男生道谢，让他们到楼下去等自己。

男生们离开了，宿舍里只剩下了 330 的四位成员，谢训拉上最后一件行李的拉链，然后直起腰，目光不舍地环顾着宿舍，强撑着笑脸说："终于要走了，从此以后，老子可算是自由喽！"

管超和李大鹏站在一旁，都不知道该说什么，林向宇看看谢训，没作声，谢训在身上摸烟，没摸着，只好对管超说："超，陪老子再抽根得胜烟！"

管超赶紧从口袋里摸出烟盒，却发现里面只剩下一根烟了，不禁骂了一声，但还是把烟点上了，递给谢训，谢训接过烟深吸了一口，感慨地说："老子先走一步，你们几个娃儿在这继续耍哈！"

管超、李大鹏和林向宇都默不作声，屋子里的气氛沉闷而悲伤。

"干啥子哭丧个脸？老子又不是上刑场去了，"谢训苦涩地笑道，"比尔·盖茨和乔布斯大学都莫毕业，哪个干得不是一样牛？老天给我这个机会，就是要降大任于我，晓得不？"

管超和李大鹏尴尬地笑了笑，谢训把烟递给管超，管超用力地深吸着，谢训拍拍管超的肩膀，说："哦，还有，你们莫怕，他黄毛要是再敢找麻烦，你们就告诉老子，老子回来把他的脑袋拧下来。"

管超点点头，把烟递给李大鹏，李大鹏笨拙地抽着烟，谢训开玩笑地问道："大鹏，将来老子混不下去的时候，去投奔你行不？"

李大鹏郑重其事地挺起胸脯，目光坚定地回答："一定没问题！"说完，李大鹏习惯地将烟递给林向宇，林向宇犹豫了一下，伸手要接，谢训突然把烟夺了下来，扔到地上狠狠地用脚踩灭了，然后他愤怒地拎起行李，大喊一声："走了！"

林向宇的手尴尬地悬在半空。

管超和李大鹏拎起行李，跟上谢训，林向宇也想跟上去，却被李大鹏拦住了，李大鹏看着林向宇，轻轻地摇了摇头，林向宇恨恨地叹了一口气，孤零零地瘫坐回椅子上。

7号宿舍楼下，谢训的二手桑塔纳内已经塞满了衣服、被褥和各种行李，一众男人围在车边送行，每个人的眼中都噙着泪光。

谢训强颜欢笑地一一拍着每个人的肩膀，说："放心，老子不走远，老子还要看你们毕业呢，都回去吧，散了，有事儿电我哈！"

说罢，谢训转身上了车，头也不回地驱动车子开走了，远去的桑塔纳驾驶座里，谢训伸出了一只手，朝天竖起大拇指。

而车内，谢训却早已泪流满面……

不知不觉，一天过去了，傍晚时分，天空中依然是阴云密布，雨却迟迟没有落下来。

徐美心挽着林向宇的胳膊，两人安静地走在外滩，看着远处的楼宇和来往的行人，林向宇的情绪无比低落。

"打架肯定会影响毕业，你不参与是对的，"徐美心小心地宽慰着林向宇，"我觉得，同学之间的误会，迟早都会解开，反正你没有出卖大家，身正不怕影子歪，不用太在意。"

林向宇绷着脸，徐美心便伸出手指逗逗他的脸颊："好了，开心点啊，笑一个嘛！"

看着徐美心甜美的笑容，林向宇勉强挤出一丝笑容，此时，夕阳西下，光线和风景都很美好，路边有卖氢气球的小贩，林向宇给徐美心买了一个心形的红气球，徐美心美滋滋地拿出手机说："咱俩拍张照片吧？"

"好啊！"林向宇强打精神地说。

两人来到围栏前，徐美心亲密地依偎到林向宇的怀中，林向宇一手拿着气球搂着徐美心的腰，两人都撅起嘴，做出要接吻的亲密动作，还顽皮地数着"一二三"，"咔嚓"一声按下了快门。

这时，一个稚嫩的小女孩儿蹒跚着走到徐美心身边，甜甜地叫道："徐阿姨。"

徐美心和林向宇吓了一跳，赶紧分开，小女孩儿的身后站着一个女人，正是二人在美邦保险的同事 Susan，Susan 张着嘴巴，一脸惊讶地看着徐美心和林向宇，林向宇心里一紧张，手中的气球飞走了，越飞越高……

一家小宾馆里，从天台看出去，能看到苏州河两岸的灯光。

管超和陆潇潇依偎着坐在天台上，陆潇潇不时低头看一眼微信的朋友圈，管超则埋着头，用透明胶带反复地缠绕着他那把随身携带的菜刀。

"你干吗总是随身带着一把菜刀啊？"陆潇潇好奇地问，"是要砍谁吗？"

"不砍谁，"管超憨憨地笑笑，"带着它，我心里踏实。"

"踏实？我怎么觉得特别危险啊？"陆潇潇摇摇头，瘪着嘴说，"真搞不懂你。"

管超抬头看了看外面的风景，目光有些迷离地说："我爸妈离婚早，我从小跟我妈过。我妈在家开了家小卖部养活我，总有些不三不四的人来调戏我妈。我胆子小，每次都很害怕。13岁那年，有一天我在写作业，那个瘪三又来欺负我妈，还动手动脚的，把我妈都吓哭了，我也怕死了。我想保护我妈，但我打不过那个瘪三。最后，我一咬牙，跑到厨房找到这把菜刀，冲了出去。我大声喊道，王八蛋，你要是不滚，我就砍死你！你猜怎么样？那个瘪三一看到菜刀，居然掉头就跑，并从此再也没敢来过。从那以后，这把菜刀就再也没有离开过我。有它在，我就能保护我和我妈了。"

听完管超略带心酸的回忆，陆潇潇低下头想了一会儿，把自己脖子上的一枚玉牌摘了下来，挂到管超的脖子上，认真地说："这是我爸从蓬莱山给我请的平安符，据说里面住着一位神仙，这个神仙已经保佑我十年了，现在让他保护你和你妈妈吧！"

"不行不行，"管超连忙推辞，"你给我了，还拿什么保护自己？"

陆潇潇豪气地一叉腰，凶巴巴地说："哼！你别跟我叨逼叨，老娘说送你就送你了，你帮老娘好好保管就是了。"

"好好好，"管超笑着收下了，并放下菜刀，点了一支烟，吸了一口，故意装作不经意地问，"对了，你美国那边的大学申请了吗？"

"嗯，已经来了一个 offer 了。"陆潇潇轻声回答。

"你要去几年？"管超问。

"不回来了，"陆潇潇回避着管超的目光，"我要移民，然后把我父母也接走，我从小到大都是为了这事而活着的。你呢？不打算出去吗？"

管超深吸了一口烟，沮丧地说："我妈去年中了风，现在瘫在床上，幸好有我姨妈陪着她，我只能在上海找份工作，才能就近照顾我妈。"

陆潇潇和管超都抬起头，看向天台外的苏州河，一时间，两人都不知道该再说些什么……

上海老城区的一座破旧的亭子间里，小小的出租屋里乱七八糟，地上堆满了空啤酒瓶、方便面盒，以及抽完的烟头。

谢训躺在凌乱的床上，一边抽烟，一边看着脖子上的吊坠，吊坠里面镶着他和高宝镜的亲密合影，看着合影上两人甜蜜的笑容，回想着过去的美好，谢训不禁泪流满面……

上海郊县的一座农庄里，李大鹏牵着他的公羊驼 Rodger，有几个农民打扮的人，从李大鹏手里接过了几张人民币，却用不可思议的眼神看着李大鹏。

不远处的木桩上，一只大母羊正在悠闲地啃着草料，李大鹏松开 Rodger 的绑绳，拍拍它的屁股，鼓励地说："Rodger，去吧，好好享受一下！"

几个月来，为了给 Rodger 寻找到合适的伴侣，李大鹏真是操碎了心，可是始终没能找到适龄的母羊驼，为了防止 Rodger 继续发春，李大鹏今天带它来乡下，决定找一只母羊先给它开开荤。

结果，Rodger 站在原地，扭着脑袋，看也不看母羊一眼，一副一点儿都没有兴趣的样子……

星期一的早晨，林向宇精神抖擞地准时走进美邦大厦。

进入 VIP 客服部的办公区域后，林向宇像往常那样跟同事们笑着打招呼，可他很快就发现，同事们今天看自己的眼神都怪怪的，还有几个女同事故意躲避着他，聚在办公格子里传来阵阵窃窃私语的议论声。

林向宇不以为意地耸耸肩，当他路过 Susan 的工位时，依然笑容满满地打着招呼："早上好啊，Susan 姐！"

Susan 眼神闪烁地看着林向宇，回敬了一个皮笑肉不笑的表情，林向宇终于感觉到一丝别扭，默默地回到自己的位置坐下，这时，徐美心却突然站起来，热情地对他说："Hi！"

林向宇用目光询问徐美心，她只回了他一个不在意的笑容。

今天是英语托福考试的日子，一大早，管超把陆潇潇送到宾馆的房门外。

"准考证放好了吗？"管超不放心地问陆潇潇，见她一脸自信地拍拍背包，才伸嘴在她额头上亲了一下，拍拍她的肩膀说，"那好好考试，别紧张。"

"嗯，晚上见。"陆潇潇说完，转身走了。

管超看到陆潇潇的身影消失在宾馆的走廊尽头，立马拔腿就往反方向跑，边跑还边狂脱衣服。

陆潇潇低头走在僻静的巷子里，刚走过一个转角处，阴暗的角落里突然冲出一个戴着头套的人，那人抓住她的背包就要跑。

"啊！"陆潇潇惊叫一声，本能地抓住自己的背包，死不撒手，嘴里还大声喊道，"别抢了，没钱，没钱，我的包里没钱！"

蒙面人闷不作声，只是死命地抢包，拉扯之中，陆潇潇瞅准对方的手臂，一口咬了下去，那人"嗷"地惨叫一声。

听到那声喊叫，陆潇潇愣住了，那人也愣住了，两人对视了几秒，陆潇潇刚想说话，那人突然转过头跑走了……

当天结束了托福考试，陆潇潇气冲冲地找到管超，一见面，她不由分说地伸出手，撸起了管超的衣袖，管超的手臂上赫然有一道血红的牙印。

"无聊！"陆潇潇生气地甩开管超的手，说，"托福考试每个月都有，每次你都要来这一手吗？你想用这种方式留住我吗，自私鬼！"

"你，你……"管超难为情地问，"你就不能不出国吗？"

"不能！"陆潇潇斩钉截铁地回答。

_333

"那，那我们分手吧，"管超低着头，闷声说，"你知道的，我不可能陪你出国的。"

陆潇潇愣了几秒钟，呜呜地哭了起来，她哭得很伤心，管超心里也不好受，不禁也跟着流出了眼泪，两人就这么对坐着哭了一会儿，陆潇潇突然停止了哭泣，抬头目光闪闪地看着管超。

"那，我出国前，咱俩把应该经历的爱情阶段，都体验一遍再分手，好吗？"陆潇潇笑中带泪地说，"老天爷早就知道我要走，而你要留，但他还是让我们两个巴掌拍到了一起。我想他的意思就是说，去他的天长地久，去谈一场轰轰烈烈的爱情吧！"

管超看着陆潇潇，用力地点了点头。

一家游泳俱乐部的泳池边上，坐着两个身材诱人的女郎，其中一个优雅端庄，另一个性感妩媚，惹得路过的男士纷纷侧目。

徐美心和 Mary 坐在水池边，两人手里都握着一杯鸡尾酒，Mary 边喝边挥舞着拳头，亢奋地说："我全力支持你和小林，你们俩就放心大胆地去爱吧，别管别人怎么说！"

"对，"徐美心喝了一大口酒，自我激励地说，"我不在乎他们怎么说。"

"对，老娘就吃嫩草怎么了？气死他们！"Mary 附和着，又忍不住随口补充道，"不过啊，我听说，他们背后说小林说得可难听了。"

"说什么？"徐美心皱着眉头问。

Mary 左右张望一番，仿佛生怕被人听见了，确认没人偷听，她才压低音量说："他们说小林是小白脸吃软饭，把师傅上了，还要师傅帮他入职！"

徐美心手里的杯子一下子翻了，漂亮的脸上涌起一层怒意。

Chapter 2　轰轰烈烈

烈日当头，火车站前人流如织。

谢训高举着一块牌子站在站前广场上，牌子上写着几个大字：**欢迎山西临汾土木工作组**。经过一段时间浑浑噩噩的日子，谢训总算又活了过来，他每天天不亮就起床，在各大工地上穿梭，拼命地赚钱，整个人就像一只没有脚的鸟，只能拼命地飞，才不至于坠落。

熙熙攘攘的出站人群中，谢训满头大汗地吆喝着，脸上却是坚毅的神情……

距离沪都大学不远的一座居民小区里，某栋居民楼下停着一辆小推车，推车上放着一些行李箱、被褥和简单的生活用品。

管超和陆潇潇把东西一样样地搬运上楼，放进一间一居室里，这是他们共同租下的爱巢，从现在开始到陆潇潇出国前，这里就是他们共同的家。

在两人的装点下，小屋里很快充满了温馨的情调，管超打开了一瓶香槟，给自己和陆潇潇各倒了一杯，兴奋地说："来，为了你的签证，和我们的爱情，干杯！"

喝完酒，管超将一个小牌子钉到床头的墙壁上，木牌上写着几个字：**分手倒计时**。

周末，沪都大学的大四学生又都被召到了阶梯教室里，聆听高朝的训话。

"你们知道今年全国有多少万毕业生吗？900万！这个数字都快是一个小国家的人口啊，吓死我了！900万人都能找到工作吗？绝对不可能！我不是吓唬你们，能有一半人找到工作就不得了了！"高朝在台上情绪激昂地大呼小叫着，"还没签约的同学，要想尽一切办法和用人单位签约。不要眼高手低，也不要好高骛远。要和用人单位搞好关系，要尊重前辈，要低调！还有，那些实在没地方去的同学，要早做打算，是考研还是出国，还是就这么待业了，你们都要想清楚！即使不给学校，不给父母交代，也要给自己一个交代！听清楚了吗？"

"听清楚了……"台下传来稀稀拉拉的回应，林向宇、管超和李大鹏坐在教室的最后一排，三个人皆是一副心事重重的样子……

工作日的美邦大厦内，一派繁忙嘈杂的景象。

吃过午饭，一个女经理带着一个衣着考究的老人，急匆匆地走进业务部的办公室，女经理一进来就嗔叫着说："Susan，Susan，借口水喝，渴死我了！"

"Eva，你怎么跑到这儿来了？"Susan用眼神示意自己的助手去倒水。

"这不老大让我们总务处给新入职的实习生量身定做工服嘛！"Eva娇喘着说，"我们的人都去培训了，就剩下我一个，我和这位裁缝师傅跑上跑下大半天了，连口水都喝不上。"

Susan下意识地看了看林向宇，嘴角勾起一抹意味深长的笑容，把助手倒来的两杯水递给Eva和裁缝，Eva喝了口水，突然像想起来似的问道："对了，你们VIP部也有实习生吧？"

林向宇赶紧竖起耳朵，徐美心也不动声色地朝这边看过来。还没等Susan作答，Eva已经把手里的文件夹打开看了一眼，点点头说："对，有，叫林向宇，喂，林向宇在不在？"

"在！"林向宇十分兴奋地站起来，他开心地看了一眼徐美心，昂首阔步地走到Eva面前，礼貌地说，"您好，我是林向宇。"

"哦！"Eva看都没看林向宇一眼，随口对裁缝说，"师傅，给他量量。"

裁缝师傅点点头，拿起皮尺走过来给林向宇量身材，Eva又要了一杯水，继续和Susan瞎聊，林向宇抬高手臂，配合着裁缝师傅，嘴角露出难以掩饰的喜悦，不过，周围的其他同事却都用嫌弃的眼神看着林向宇，并响起了一阵窃窃私语声。

"好了，"几分钟后，裁缝师傅对林向宇点点头，转过身打开文件夹，要在上面做记录，可找了一会儿，裁缝师傅却皱了皱眉头，小声对不远处的Eva说："尹主任，好像不太对啊！"

"什么不对劲？" Eva 接过文件夹，仔细看了一遍，上面列着一长排实习生的名字，凡是名字后面带勾的，差不多都已经记录了身材尺寸，但林向宇的名字旁边并没有画勾，Eva 赶紧拍拍头，笑嘻嘻地合上文件夹说，"哟，还真看错了，原来你没被录取啊！"

说完，Eva 转过身，跟 Susan 打了个招呼："那行了，我走了啊！"

Susan 捂着嘴，一脸忍俊不禁地说："哦，你慢走啊！"

Eva 临走前，还对呆若木鸡的林向宇说："那个，那个，你叫什么名字来着？反正不重要了，对不起啊，刚才我看错了，哈哈哈哈！"

Eva 带着裁缝一阵风似的走了，林向宇尴尬地站在原地，同事们全都幸灾乐祸地看着当众出了大洋相的林向宇。

林向宇强忍着内心的羞辱和愤怒，脸色发白地回到自己的工位，徐美心心疼地看着他，不知道该怎么安慰，这时，她又听到 Susan 在工位里和几个同事窸窸窣窣地窃笑起来，不禁心头一阵光火，刚才的事儿绝对不是误会，一定是 Susan 和 Eva 事先串通好的，目的就是让林向宇当众出丑，可 Susan 和林向宇又有什么仇呢？还不是因为林向宇的师傅徐美心，夺走了 Susan 心心念念的"优秀员工"的头衔！

徐美心猛地站起来，朝总经理办公室走去。

王总正在办公，徐美心敲门走了进来，轻声说："王总。"

王总看到是徐美心，不冷不热地回了一句："进来吧，找我有事？"

"王总，我想问问实习生林向宇入职的事情。"徐美心有些心急地问。

"他？他实习期快结束了，你通知他尽快联系其他单位吧。"王总漫不经心地回答。

"为什么？"徐美心大为不解，"他各方面的表现都不错啊！"

"各方面都不错？"王总看着徐美心，语气有些严厉地说，"都不错的话，你俩的事儿怎么传得公司满城风雨？"

徐美心激动地说："那是我俩的私事，而且我们是真心想在一起的！"

王总放下手里的文件，靠在椅背上，目光锐利地看着徐美心说："爱情没有错，可有人会把它当作对付残酷竞争的武器。对不起，每年都有那么多的实习生挤破脑袋要进美邦，我没理由把机会给一个饱受质疑的人。"

"既然如此，那我走，让他留下！"徐美心听不进王总的话，赌气地说。

"混账话，幼稚！"王总气愤地拍案而起，徐美心跟了王总这么多年，这还是第一次看见她发火，不禁愣住了，王总从椅子上站起来，激动地说，"徐美心，你以为我会让你走吗？还是说，你以为你离开了，我就会留下他吗？亏我培养了你这么多年，你居然跟我说这种话！"

徐美心心虚地低下头，嘴上还是不服气地嘀咕："我就是不明白，林向宇为什么会因为和我的关系，而不能被公平地对待。"

"公平？"王总冷冷地笑道，"你比他年龄大，职位高，你俩只要在一起一天，大家都会觉得他在利用你的资源和权利！"

"可我从来没偏袒过他！"徐美心据理力争，"他的能力远超过入职的水平！"

王总立刻接道："所以，如果他真的这么优秀，你就甘心让他永远奋斗在你的阴影下吗？这对他公平吗？你想过没有，女人为了爱人和家庭会甘心退居二线，可男人却很少会这么想。"

"您凭什么这么说？"徐美心不满地说。

没想到王总越发激动了，用力地拍着桌子冲徐美心喊道："我当然可以这么说！"

徐美心想，王总今天的心情好像不太好，用 Mary 的话讲，她应该是"常年没有爱情滋润的更年期早发症"，看来自己今天是倒霉，撞到枪口上了，想到这里，徐美心叹了一口气，轻声说："那王总，我先出去了！"

"等等！"王总抬手看了看手表，又调整了一下呼吸，尽量用平静的语气说，"快下班了，我送你回家。"

_337

徐美心无奈，只能郁闷地低头跟在王总身后，坐上了她的那辆宝马。

宝马车行驶在城市的环线上，王总一边开车，一边对徐美心说："刚才在办公室，我有些失态了，抱歉。"

"没事的。"徐美心小声说，心里暗暗猜测着，不知道王总执意送自己回家的目的是什么，是要逼自己和林向宇分手吗？如果真的是那样的话，她徐美心明天就会提交辞职报告。

"我前夫，比我小 8 岁，"王总突然没头没脑地说了这么一句话，接着，她在徐美心惊讶的注视下，十分感慨地说，"你知道的，来美邦之前，我在银行工作，我像你这么大的时候认识的他，他也是我的徒弟。开始的时候，我们和你们一样，甜蜜、美好、无所畏惧，但非议和诽谤越来越多，他会先被击垮的。总有一天，他会变得面目全非，你会连如何去爱他都搞不清楚……"

徐美心有点惶恐，又有些困惑，尴尬地说："王总，您可以不跟我说这些的……"

"我说这些，也是为了你，"王总看了徐美心一眼，说道，"我们有个女儿，原以为这样的婚姻会坚不可摧，可后来但凡他取得一点成就，马上就会被人质疑是否跟我有关。很快，他就失去了信心，日益堕落了。他开始酗酒、赌博、玩女人，欠了一屁股的债。最后，我忍无可忍才决定离婚。我换了工作，他也被开除了。现在他依然会冷不丁地来骚扰我，因为他想通过这样的方式来报复我，报复我们的爱情。"

徐美心安静地听着王总的故事，心情越来越沉重了。

"其实现在想想，我也有错，"王总苦涩地笑笑，"女人对她爱的男人也承担着责任，尤其是当你比他大、比他更成熟的时候。我们要帮着他长大，不能让他因为我们而丧失了斗志，承担不该有的压力。男人闯世界本来就难，干吗还要让他难上加难？"

听到这里，徐美心的眼眶有些潮湿了，王总继续说："我知道，你也许会说，林向宇未必会是我前夫那样的人，但我想让你知道，现在的他太年轻了，走到那一步的可能性非常大，你愿意赌吗，你输得起吗？"

徐美心扭头偷偷擦了擦泪水，没有回答，也不知道该怎么回答。

王总看了徐美心一眼，叹气道："当初公司安排你们成为师徒，我真该强烈反对。"

说话间，车子停在了徐美心家的公寓门前，徐美心解开安全带，声音沙哑地说："谢谢您，王总。"

"不客气，"王总拍拍徐美心的肩膀，轻声说，"或许是我杞人忧天，但我的爱情失败，确实是你的前车之鉴，这世间有太多的难事，但真没有哪一件能难过终成眷属，你自己好好想一想吧。"

徐美心点点头，下了车，宝马车开走了，留下她孤独地站在路边，天空中不知何时飘起了绵绵的小雨，徐美心站在雨中，一时间分不清自己脸上究竟是雨水还是泪水……

一个小时后，一辆出租车停在徐美心家的公寓门口，车门打开，踩着七寸高跟鞋的 Mary 心急火燎地跑进公寓。

徐美心守在家门口，一看见 Mary 就扑上来，紧紧地抱住了她，声音哽咽地说："Mary，我好像做错了一件事，而且是大错特错。"

"什么事儿啊？"Mary 被勒得呼吸困难，"你先放开我，有话慢慢说，哎，上次我来你家过夜时多带的那瓶红酒还在吧，我们边喝边聊？"

接着红酒，徐美心将自己今天和王总的对话，统统跟 Mary 说了一遍，Mary 听得目瞪口呆，赶紧喝酒压惊："没想到你们王总还有一段这样的过往，看来我以前真是错怪她了，不过，说到你和林向宇的事儿，现在还真是棘手啊，现在公司里关于你俩的绯闻，传得是沸沸扬扬，依我看啊，干脆你俩都离开美邦算了！"

"这样做太对不住王总了，"徐美心摇摇头，满脸都写着纠结，"而且，这样做的话，我未免也太自私了，我不能为了我的爱情，而逼着林向宇也放弃这么好的一个工作机会，如果失去了美邦这么好的平台，我怕他将来有一天会怪我。"

"难道你以为，你自作主张地终结你俩才刚开始萌芽的爱情，他就不会怪你吗？" Mary 反问。

徐美心无言以对，神情落寞地喝了一口红酒。

Mary 叹了口气，无奈地说："不过说实话，王总说的那些话也不是没有道理，对小林这个年纪的男生来说，爱情的确不是最重要的。"

"我以前担心的只是姐弟恋会让我有压力，但完全没想过，这也会让他承受压力，"徐美心一口将杯中的红酒喝尽，目视着远方，眼中不自觉地浮现出一丝狠厉，"如果我真的爱他，真心为他好，我就必须这样做，也许他暂时会恨我，但未来终有一天，他会明白我的良苦用心的……"

林向宇，对不起……

Chapter 3　物是人非

周一，林向宇带着一种奔赴刑场的心情，来到了美邦大厦，如果不出意外的话，今天他就会收到公司的通知——实习期结束，他没有被录取，请赶紧卷铺盖卷走人。

果然，他在自己的工位上屁股还没坐热，就接到了人事部的传唤。

林向宇拖着沉重的步子走进人事部，人事经理坐在办公桌后，看到他进来，也不多说话，扬手将三份协议丢到他面前。

"这是三方协议，我这边已经签了，"人事经理态度冷漠，语气傲慢地说，"你拿回去仔细看看，给你们学校也看看，没问题的话就签上字、盖上章拿回来，等你毕业以后，就可以到我这儿报到、正式签订劳工合同了。"

"您的意思是，我被美邦录取了？哦，谢谢，谢谢您！"林向宇十分意外。

"你谢不着我，"人事经理不耐烦地摆摆手，"没事了，让下一个人进来！"

林向宇拿着自己的三方协议，难掩兴奋之情地小跑到徐美心身边，把协议伸到她眼前，徐美心微笑着站起来，向林向宇伸出手，大声说："恭喜你，林向宇，欢迎你加入美邦！"

听到徐美心的话，很多人都惊讶地抬起头，满脸不可思议地看着林向宇。

徐美心故意又提高了音量，用力摇晃着林向宇的手说："好好干，这是你应得的！"

旁边的 Susan 不屑地撇撇嘴，一个员工站起来鼓了两下掌，但发现根本无人响应，只得讪讪地坐下了。

即便如此，林向宇也感觉非常满足而兴奋了，因为这就意味着，以后他可以一直和徐美心在一起工作了，就算其他同事对他有成见又如何？他迟早能凭借着自己的能力，让所有人都对自己刮目相看的！

下班后，林向宇和徐美心并肩走在街上，因为拿到了三方协议，久久悬在林向宇心头的一块大石头终于落了地，连走路的步伐都变得轻盈起来，边走边雀跃地对徐美心说："我们去庆祝一下吧！"

"再等几天吧，我这几天有点忙。"徐美心笑着回答，她的表情很自然，看不出异样。

"好吧，"林向宇有些失望地笑笑，但很快，他的视线就被路边的一扇橱窗吸引了，那是一家手机店的展窗，林向宇停下脚步，目光闪闪地说，"师傅你看，新款的 iPone 哎，终于上市了！"

"你喜欢？"徐美心温柔地看着他。

"是啊，我一直在等它上市呢！"林向宇用手指头摸摸下巴，认真地盘算起来，"我第一个月的工资加上我现在的钱，刚好可以买一台，我要送给我爸，让他知道，我终于可以自己赚钱啦！怎么样？"

"真棒！"徐美心依然还是微笑，"你真是个孝顺孩子。"

"当然了！"林向宇得意地直了直腰杆，边走边畅想道，"以后我要是赚了更多的钱，就给咱俩买车，对，还要买房子！"

"好了，别想那么多了，"徐美心疼惜地给林向宇了整了整衬衣领子，"先回学校吧，你不是还要给三方协议盖章吗？快去坐地铁吧。"

"那你怎么回去？"林向宇不放心地问。

"哦，我还有点事儿，我打车，"徐美心说完，轻轻地碰了碰林向宇的嘴唇，转身边走边说，"走了，再见啊！"

林向宇回到 330 宿舍，寝室里空无一人，自从谢训离开后，330 似乎就空了下来，管超已经和陆潇潇搬到了校外同居，李大鹏整天都泡在自家的郊外别墅里，侍候他的那些"珍禽异兽"，一连多日，每天晚上只有林向宇一个人独睡空房。

当林向宇孤零零的一个人在宿舍里冲泡面的时候，管超正和陆潇潇亲密地趴在出租屋的阳台上，看着远处林立的高楼大厦。

这些日子，两个人形影不离，几乎连上厕所都要黏在一起，随着墙壁上"出国倒计时"牌上数字的慢慢减少，两个人连拥抱也变得更加用力，争分夺秒地相爱、厮守……

他们每天的日子，就和任何一对新婚不久的小夫妻一样，有甜蜜，有争吵，有花前月下，也有柴米油盐，他们一起洗衣服和晒被子，一起去市场买菜，在厨房煎炒烹炸，甚至还跑到婚纱影楼里，拍摄了一套浪漫的婚纱照。

照片上，穿着洁白婚纱的陆潇潇依偎在穿着黑色西装的管超怀里，两个人都笑得那么幸福，仿佛这一笑，就是永远。

某一天，两人甚至还心血来潮，决定要办一场浪漫的草坪婚礼！

接到管超发来的"婚礼邀请"短信的时候，谢训正赤裸着上身，趴在一张脏兮兮的床上，他身后站着的是一个手臂上覆满文身的刺青师，举着洗文身的仪器，最后一次向谢训确认："你真的想好了？我可要洗了！"

谢训点点头，目光坚定地说："洗吧！"

刺青师举起工具，开始正式处理谢训胳膊上的那个"镜"字，果然奇痛无比，谢训强忍着想要骂娘的冲动，眼圈里噙满了分不清是疼痛还是悲伤的泪水……

几天后，管超和陆潇潇的婚礼正式举办了，地点选在李大鹏家的郊区别墅，别墅的草坪被布置成了简单的婚礼现场。

李大鹏穿上牧师的装扮，一本正经地站在台上，他身后还站着羊驼 Rodger，出席婚礼的嘉宾阵容有林向宇、徐美心、谢训，还有李大鹏家的保姆、保安、司机、花匠、厨师等人，所有人都穿着正装，显得温馨而隆重。

管超和陆潇潇穿着结婚礼服和婚纱，穿过覆满鲜花的拱门，来到台前，李大鹏高声朗读着婚礼誓词，最后郑重地宣布："我宣布你们二人结为夫妻！"

众人鼓掌，管超和陆潇潇哭着拥吻在一起。林向宇握住徐美心的手，深情地看着她，徐美心只是回应了他一个浅浅的微笑。

结束了婚礼，管超和陆潇潇牵着手回到他们租住的小屋，卧室的墙壁上，写着"分手倒计时"的牌子上，只剩下一个孤零零的"1"，管超走上前，轻轻将"1"也撕掉了，今天，就是陆潇潇出国的日子了。

陆潇潇的行李都已经收拾好了，整整齐齐地放在门口，管超看着她，询问地说："我还是送你到机场吧。"

"不，就到楼下吧。"陆潇潇勉强地笑着。

叫好的出租车已经停在楼下了，司机下车来帮忙把陆潇潇的行李放进后备厢，管超掏出 200 元钱，递给司机，笑着说："师傅，麻烦等一会儿。"

司机接了钱，坐回车内，管超转身对陆潇潇说："那，再见了，到那边要多保重。"

"嗯，再见，你在这边也是。"陆潇潇轻声说，两个人都努力克制着自己的感情，试图将彼此的关系恢复到最初的彬彬有礼。

沉默了一会儿，管超强颜欢笑地说："我们最后再拥抱一下吧？"

陆潇潇再也忍不住了，一头扑进管超的怀里，泪如雨下，管超强忍着泪水，紧紧地抱着她，听着陆潇潇崩溃般的哭声。

哭累了，陆潇潇从管超的怀里挣脱出来，她神情复杂地看着管超，忽然抬手就是一巴掌，扇在管超的脸上，然后又搂住他的脖子，用力地吻了他，再然后，她毅然决然地上了车，对司机说："师傅，开车！"

直到出租车开远了，再也看不见了，管超才双腿一软，瘫坐在地，哑着嗓子放声大哭……

天空中乌云压境，气压低而沉闷，令人透不过气，心头涌动着莫名的烦躁。

林向宇双手抄着工装西裤的口袋，优哉游哉地走上美邦大厦的天台，天台的围栏前，徐美心早就等在那里多时了，听见脚步声，她回过头，撩动了一下脸上被风吹乱的头发，冲着林向宇粲然一笑。

"啊哈，你是打算在天台上帮我庆祝入职吗？"林向宇笑嘻嘻地走过去，伸出手想要拥抱徐美心。

徐美心轻轻推开林向宇，故作淡定地向他伸出手说："我正式恭喜林向宇同学加入美邦集团。你今后要奋发图强，一展宏图！希望将来，咱们一直都能是好同事和好朋友。"

"嘿嘿，谢谢师傅！"林向宇没心没肺地笑着拉住徐美心的手，过了几秒才若有所思地问，"好同事和好朋友，这是什么意思？"

徐美心轻轻抽回自己的手，平静地说："我们分手吧。"

"为什么？"林向宇大吃一惊，"你、你为什么要跟我开这样的玩笑？"

"我没开玩笑，我们在一起的时机不对，"徐美心镇定地看着他，轻声说，"你才刚刚站在起跑线上，不能因为我而提前出局，我的存在会干扰别人对你的判断。"

"我不在乎别人怎么想，真的！"林向宇心急地说，"我就要跟你在一起！"

"你已经二十三岁了，不能再这么幼稚了，"徐美心用有些严厉的口吻说，"你看看底下，有多少人仰着头往这上面看？他们都希望能在这栋楼里有一张属于自己的桌子。你现在有这么好的机会，不应该活在我们感情的阴影下，这会让你的奋斗迷失方向的！"

林向宇生气地大喊："这是什么狗屁逻辑？我坚决不同意分手！"

"我今天是来通知你，而不是询问你，"徐美心坚定地说，"你现在也许听不懂我的话，但你早晚有一天会明白的。从这里回去，把该做的事做好。等你将来成功了，你会遇到更好的女人，她会仰慕你、依赖你、陪伴你……"

"不！"林向宇的眼眶红了，死死地拉住徐美心的手，低三下四地哀求道，"Michelle，我花了那么多年的时间才遇到你，请你不要就这么离开我，我不能没有你！"

徐美心摇摇头，用力抽回自己的手，狠心说道："你当然能离开我，不管你找了我多少年，但我们实际认识才只有三个月，我不是你的第一个女人，也不会是最后一个。你就把我当成你爱情路上的过客，我们携手走了一小段，现在可以分开了。"

"你怎么能这么没心没肺？"林向宇哭喊着。

"是，这件事确实是我的错，是我没有把握好咱俩的关系，我向你道歉，"徐美心咬着牙说，"你不要哭了，其实我早就想跟你说分手了，之所以等到今天才开口，是因为我要等签证。"

"什么签证？"林向宇惊愕万分地问，"你要出国？"

"是的，我想给你留出点淡出的时间，"徐美心平静地说，"我从明天开始休假，咱们俩一个月不见面，等我再回来，咱们就是好同事和好朋友，不再是情侣了，好吗？"

"不好！"林向宇声嘶力竭地大吼。

"你不要再任性和幼稚了。"徐美心有些不耐烦地说。

"我就任性，我就幼稚，怎么了？"林向宇发飙地叫道，"难道就因为你比我大几岁，我就什么都得听你的吗？我不，我偏不！"

轰隆隆——

天边传来一声闷雷，徐美心闭上眼睛，顿了很久才慢慢睁开，她目光温和地说："好了，分个手没什么大不了的，我先走了，再次祝贺你，再见。"

说完，徐美心转身离开，一直到走进楼梯间，她一直紧紧地咬着牙关，没有让自己的泪水流下来，直到走下美邦大厦，坐进出租车里，她才彻底失去了控制，揪着衣服伤心地放声大哭起来。

"小姐，你没事吧？"出租车司机充满善意地问。

"没事，开车吧。"徐美心摆摆手，继续痛哭。

林向宇痛苦地站在美邦大厦的天台上，任凭瓢泼而下的雨水将他的衣服淋湿……

谢训在外面奔波了一天，直到天黑了才疲倦地回到学校，走到校门口的时候，他突然觉得肚子里饥肠辘辘了，这才想起来了，自己已经一天没有吃东西了，便信步走到路边的烧烤摊，点了一些烧烤和一瓶啤酒，狼吞虎咽地吃了起来。

十来分钟后，一大盘烧烤吃光了，啤酒也见了底，谢训心满意足地拍拍肚子，抬手招呼老板："结账！"

嘎吱——

这时，一辆黑色的 MPV 拖着尖锐的声响，停到了马路边，车门砰砰响了几声，老吴带着几个混混从车上跳了下来，面色不善地朝谢训走过来。

没等谢训反应过来，老吴已经抄起了桌上的空啤酒瓶，轰的一声砸到了谢训头上，啤酒瓶应声炸得粉碎，几道猩红的血流顺着谢训的头顶流了下来。

谢训捂着脑袋，一时间有些发懵，本能地用手撑着桌子，不让自己倒下去。

烧烤摊的老板想上前劝架，结果被一个小混混扇了一巴掌，推到一边不敢作声了，老吴用手指头指着谢训的鼻尖，恶狠狠地说："臭小子，你敢打我，今天老子就让你长点记性！"

说完，老吴抬腿就朝谢训的肚子踹去，没想到谢训居然一把捞住了老吴的腿，大喝一声，一拳捶到了老吴的脸上。

"嗷呜——"老吴惨叫一声，声嘶力竭地对身后的混混大喊，"你们还愣着干什么？快上啊！"

众混混这才反应过来，冲上前把谢训团团围住，七手八脚地拳打脚踢起来。谢训虽然人高马大，从小也混过社会，但此时他一虎难敌四狼，只能狼狈地松开老吴，随手抓起一把凳子拼命招架。

一时间，烧烤摊变得鸡飞狗跳，桌子翻了，酒瓶子碎了，肉和蔬菜滚得满地都是，食客们吓得尖叫连连，四下逃窜，烧烤摊的老板吓得脸色铁青，连滚带爬地跑到路边的角落里拨电话。

就在老吴和小混混们把谢训围在中间狂殴的时候，马路的对面缓缓走过一个神情落寞的人——林向宇，林向宇在美邦大厦的天台上遭遇了徐美心的"被分手"后，又失魂落魄地淋了一下午的雨，此时正痛不欲生地走在路上。

听到马路对面传来打架的声音，林向宇神情恍惚地看了一眼，这一看不要紧，他居然看到被围殴的人是谢训，此时，谢训已经被打得满头满脸都是血了，趴在地上狼狈地用双手护着头，根本没有反击的余地。

林向宇的呼吸一下子变得急促起来，似乎是为了宣泄一般，他张开嘴，声嘶力竭地大喊了一声："啊——"

然后，林向宇箭步冲过马路，抄起路边的一个板凳，勇猛地加入了战局……

谢训已经被打得有点神志不清了，突然看到有一个人冲了进来，抢着板凳狂砸老吴和混混，谢训揉了半天眼睛，才看清那是林向宇，霎时间，谢训心中燃起了一团火，整个人一下子就恢复了精神，"嗷"的一声从地上爬起来，使出浑身的力气继续打了起来。

很快，林向宇和谢训凑到了一起，两个人背靠着背，不约而同地表现出一副不怕死的架势，几乎只是一瞬间，两人之间过去的重重龃龉和不快，全都烟消云散，在同一间宿舍里、睡着上下铺的兄弟情谊全都回来了……

两个人纵情地大喊，放肆地挥舞着拳脚，一次次地被打倒在地，又一次次地爬起来，似乎是想用这样残酷的方式，向他们的青春致敬，向他们逝去的爱情告别……

最终，林向宇和谢训双拳难敌众手，被老吴一伙儿彻底打倒在地，混混们的鞋底像下雨似的，噼里啪啦地踩踹在两人身上，巨大的疼痛之下，两人还拼死地抱着彼此的头，试图替对方抵挡……

"好了，好了，差不多了！"不知过了多久，老吴扯着嗓子吼了一声，众混混纷纷停了下来，就听老吴狠狠地说，"妈的臭小子，这次只是给你上点药，如果你下次再敢找事儿，老子就给你上香！呸！"

老吴冲二人啐了几口唾唾沫，带着一众混混扬长而去……

Chapter 4　**最后一战**

轰隆隆——

漆黑的夜空中突然电闪雷鸣，豆大的雨点掉落在地。

林向宇和谢训躺在地上，看着彼此被泥污和血水弄脏的脸，两个人都慢慢地挪动着身体，挣扎着相互拉起手，想要站起来再战。

当老吴带着一众混混走向那辆黑色 MPV 的时候，瓢泼大雨倾盆而至，老吴洋洋得意地正要上车，突然就听"嗖嗖"几声，不知从哪儿飞来了七八根棍子，悉数砸在老吴和那群混混身上。

老吴和众混混诧异地抬头一看，顿时傻眼了——从沪都大学的校门口方向，呼啦啦涌出了近百名手持棍棒、拖把和板砖的大四男生，为首的是管超，连一向温文尔雅的李大鹏都抄起一根高尔夫球杆，气势汹汹地走在人群中。

瓢泼的大雨中，学生们全身都被淋湿了，百余双脚在地上踏起巨大的水花，慢慢向着那辆 MPV 包围上来。

"你们要干、干什么？"老吴登时吓得腿肚子发软，嘴硬地叫嚣道，"干什么？看你们谁敢惹我！"

管超仰天长啸一声："都少废话，抄家伙，上啊！"

林向宇和谢训看到这一幕，终于从地上爬了起来，两人顺手抄起木头凳子，林向宇带头扑向了老吴，喉咙里发泄般地喊道："哇啊——"

在林向宇的带领下，上百名毕业生发出震天的呐喊，一起扑向了老吴一伙儿，小小的马路上顿时乱成了一锅粥，老吴和七八个小混混被打得人仰马翻、抱头鼠窜。

烧烤摊的老板颤抖地看了看眼前的混乱，又看了看手里的手机，用一口河南腔郁闷地说："俺只是打电话报个信儿而已，咋来了这么多人，这帮孩子啊，咋恁大胆儿嘞！"

一个伙计颤声说："他们都已经拿到毕业证了，现在啥也不怕了。"

昏黄的路灯下，四溅的雨水中，主动送上门来的老吴一伙儿，成了毕业生们发泄的目标，被打得哭爹喊娘、满地找牙。

收拾完老吴一伙儿，毕业生们在校门口四下散去了，330 寝室的四个兄弟再次来到了那栋烂尾楼。

夜更深了，四个人浑身都是伤，脸上却都是灿烂的笑容，大伙儿彼此搀扶着，拎着啤酒往楼上攀登，并边走边痛快地聊着天。

李大鹏对谢训说："谢总，你知道上次把大家出卖的人是谁吗？"

谢训看看闷不作声的林向宇，问："谁？"

"是猴子，大家别忘了，他才是那场群架的导火索，"李大鹏平静地说，"黄毛他爸给学校施压，猴子他爸也找了人要保儿子，最后几方达成了交易，只要猴子能老实交代打架的细节，就能保他不被开除。所以，最后带头闹事的人就成了谢训，而林向宇则替猴子背了出卖朋友的黑锅。"

谢训还是看林向宇，只是眼中充满了愧疚，林向宇不以为意地笑笑，拍拍谢训的后背。

"咱们得找猴子算账！"管超说了一句，又刨根究底地问李大鹏："你怎么知道这个，有证据吗？"

"我爸认识猴子他爸，"李大鹏认真地回答，"另外，咱们恐怕没法找猴子算账了，因为他已经提前离校了。他走的时候特难受，偷偷托我转告大家，他非常对不起大家，特别是谢训和林向宇，他说将来一定赔罪。"

"唉，算了，"谢训叹了一口气，说，"也怪咱们自己当时太冲动了，都过去的事儿了，不想了。"

"对，不想了，"林向宇附和着谢训，随即又像想起什么似的说，"但咱们得收拾黄毛。"

"也收拾不了了，"李大鹏耸耸肩，嘲讽地说，"黄毛已经被警察带走了，因为他爸被双规了！"

"痛快！"林向宇第一个拍手称快，大家齐声大笑起来。

烂尾楼的顶层大开间里，铁皮桶内生起了火，四个人坐在火边，大口地喝着啤酒。

林向宇神情落寞地将自己和徐美心分手的事儿说了，谢训用酒瓶磕了磕林向宇的酒瓶，苦笑着说："算了，兄弟，你想开点儿吧，我觉得美心姐说的也不是没道理，她真的是为了你好。"

"为我好就一定要分手吗？"林向宇郁闷地喝了一口酒。

"我觉得吧，往近看，她和你分手一定是为了你能入职，"管超头头是道地分析起来，"那么往远看，她恐怕还是担心和你的爱情会一直让你承受压力，估计她怕这种压力毁了你。"

"我是有压力，但我不怕啊。"林向宇还是不能释怀。

李大鹏淡淡地说："可能她是不愿意为了爱情，而拿你的前途去做赌注吧。"

林向宇长长地叹了口气，没有再说话，又喝了大大的一口酒，起风了，吹动得铁桶里的火苗摇曳晃动，管超哑着嗓子说："唉，我们的爱情都挺失败的，错的时间遇到对的人……"

大伙儿都不再说话了，一个个低头喝着闷酒。

不知不觉，东方的天空泛起了一层鱼肚白色，李大鹏撑着哪儿都疼的四肢，一瘸一拐地走到开间的"落地窗"前，看着外面蒙蒙亮的城市，惊喜地回大喊："喂，你们快来看！"

林向宇、管超和谢训都走到李大鹏身边，四个人并排站在一起，眺望着外面的世界，晨曦中的大上海，一座座林立的楼宇大厦，正在准备着迎接新的朝阳，微凉的晨风拂面而过，四个人心中感慨万分……

谢训从烟盒里抽出最后一根烟，点上，抽了几口，递给了林向宇，林向宇抽了几口，又递给了管超。

李大鹏突然说："哎，你们说，十年后的咱们会怎么样？"

"鬼知道，"管超说，"反正我肯定不会大清早的站在这里发呆。"

谢训一把拽下脖子上的吊坠，打开，深深地看了一眼他和高宝镜的合影照片，恨恨地说："十年后爱咋个样就咋个样，反正不是现在这样就行！"说完，他扬起手，把吊坠抛向空中。

林向宇嘟嘟囔囔地说："我才懒得去想十年后呢，我倒是关心十年后的自己，会怎么回头看现在的我。"

管超把烟又递给了李大鹏，李大鹏抽着烟，突然又说："我想起书上的一个说法，说男生谈恋爱失败也有好处，因为呢，爱情除了能给人带来精神上的愉悦和肉体上的快感外，还可以制造挫折，而我们男人，正是经历挫折才能长大成人的。所以，恭喜你们三个，你们都长大了！"

林向宇、管超和谢训同时向李大鹏竖起中指，异口同声地说："切——"

七月的某天，阳光灿烂而耀眼，无数的白鸽飞向天空，沪都大学的校园里，上千名毕业生穿着学士服，在操场上嘻嘻哈哈地玩闹着，林向宇、管超和李大鹏也挤在人群中，三个人手里都拿着毕业证书，脸上皆是喜悦。

主席台上，校长正对着扩音喇叭发表毕业致辞："请大家记住，这里是终点，也是起点！明天，你们就将离校，我谨代表母校，预祝大家成功开启崭新的辉煌人生，前程似锦！"

操场上爆发出阵阵热烈的掌声，校长深提一口气，大声呼喊道："现在，我宣布，沪都大学 2015 届毕业生，正式毕业啦！"

上千名毕业生齐齐欢腾跳跃而起，将手中的学士帽抛到空中。

八月一日的早晨，林向宇准时来到美邦大厦大门口，他抬起头，向上望去，眼中写满了自信和朝气。

八点五十分，林向宇微笑着走进办公室，依旧用友善而灿烂的笑容向部门里的每一个人打招呼，同事中有人被他感染，也报以他礼貌的笑容。

王总正在跟 Susan 交代工作："Michelle 休假期间，她的案子都暂时由你来处理。"

Susan 唯唯诺诺地说:"是,王总。"

这时,王总看到林向宇,不禁也被他的阳光气质感染,面带微笑地看着他,林向宇走到王总面前,落落大方地说:"王总好,Susan 姐好。"

Susan 尴尬地笑笑,王总则大声招呼其他同事:"来,大家一起欢迎我们的新同事……"

没想到,林向宇却打断了王总,微笑着说:"对不起,王总,我是来辞职的。"

众人都愣住了,Susan 一脸惊愕,王总则困惑地问:"你说什么?"

"我是说,我来和大家说再见,"林向宇露出那个标准的"林式微笑",不卑不亢地对办公室里的众人说,"我十分感谢大家能接纳我,也十分感谢诸位对我的培养。我爱这份工作,但我更爱一个人,她就是我的师傅徐美心。她给了我别人都无法给予的爱情,我很爱她,我不能没有她。她为了我的前程,为了不让我面对一些压力而离开了我,我很难过。现在我要离开这座大楼,就是希望我和她的关系从此变得单单纯纯,只是男人和女人的关系。我要用我的方式去努力挽回这段爱情,就算她不愿回头,我也绝不后悔,谢谢!"

在一片激动的掌声中,林向宇昂首挺胸地离开了美邦大厦,他的脚步越来越快,最后居然奔跑起来,因为他还要参加今天上午的应届生招聘会!

＿349

这座城市,一如既往地喧嚣和繁华。

李大鹏的脸上粘着两片创可贴,那是毕业前的那场"光荣之战"留下的战果,也是李大鹏二十几年来头一次因为打架而留下的"作品",此时,他正牵着羊驼站在一家便利店门口。

"Rodger,我请你吃根冰棍吧?"李大鹏询问地看着羊驼。

Rodger 的嘴巴卖力地嚼动着,一副很开心的样子,李大鹏放下心来,将它拴在路边的一棵树上,拍拍它的头,嘱咐道:"别乱跑哦,等着我!"

道别了 Rodger,李大鹏走进了便利店。

Rodger 无所事事地站在路边,四处乱看,突然,它好像看到了什么,兴奋地嗷嗷叫起来,并用力挣脱绳索,飞奔而去。

片刻之后,李大鹏举着两根冰棍走出便利店,发现 Rodger 跑了,赶紧呼哧带喘地追上去,可当他追到街角后,却看到了神奇的一幕——公羊驼 Rodger 正和一匹拴在路边的母羊驼卿卿我我地站在一起,耳鬓厮磨得十分甜蜜。

李大鹏一脸惊喜走向那只打扮得十分可爱的母羊驼,并开心地逗着 Rodger:

"喂，Rodger，你要对人家温柔点儿哦！"

这时，从路旁的时装店里，走出一个穿着时髦又长相漂亮的姑娘，姑娘看看李大鹏，又看看 Rodger，不禁露出惊喜的微笑，李大鹏愣了愣，很快反应过来，这个姑娘应该就是那匹母羊驼的主人。

李大鹏赶紧把手里的一只冰棍递过去："你吃吗？"

姑娘开心地接过冰棍。

夕阳西下，李大鹏和漂亮的姑娘各自牵着自己的羊驼，幸福地走向远方……

陆潇潇终于到了她期待多年的美国，在留学生的宿舍里，她一件件地拆开自己的行李。

突然，陆潇潇愣住不动了，因为她在一个行李箱的深处，看见了一个由报纸和胶带捆绑起来的小包裹，她小心翼翼地拆开包裹，里面赫然是管超那把贴身携带多年的菜刀。

菜刀上用透明胶带缠着一张小纸条，纸条上写着：**这是我的护身符，它里面没有住着神仙，却住着曾经的我。现在我把它交给未来的你，不求别的，只求它能保佑你的平安。**

350

陆潇潇抱着菜刀，笑出声来，笑着笑着，她又哭了，哭着哭着，她又笑了……

管超坐在出版社的办公桌前，连续送了半年的饭后，他终于熬到主编的儿子出国了，主编对他这半年来的"工作"十分满意，给了管超转正的机会，现在，他已经是一名编辑了。

电脑屏幕上的天气栏里，显示的却不是上海的实时温度，而是：**洛杉矶，晴。**

路边的一个洗车房边，谢训正借用人家的自来水管，自己清洗着二手桑塔纳，阳光下，谢训洗得浑身大汗。

这时，一个瘦弱的身影走到谢训身后："训哥。"

谢训愣了数秒才转过头，他看见高宝镜面容苍白地站在他身后，她手里还拖着一个行李箱，两个人默默地对望了很久，直到彼此的眼眶都潮湿起来。

"他们告诉我，你住在这附近。"高宝镜看了看谢训赤裸的肩头，那个"镜"字的文身已经没有了，她的目光也不禁一暗。

谢训没有注意到高宝镜的眼神，而是低头看了看她的肚子，高宝镜的肚子十分平坦，他有些意外地说："你……"

"小娃儿死在肚子里了，他也就不要我了，"高宝镜抬头看看天，努力把要流出的眼泪憋回去，"训哥，我打算回老家了，来和你道个别。"

谢训没说话，只是眼泪流了出来，高宝镜轻声说："训哥，以后你一个人在这边，要好好的。"

谢训已经泣不成声，高宝镜难受地说："那，训哥，我先走了。"

高宝镜转身要走，谢训猛地一把拉住她，他抽了抽鼻子，指着一旁的桑塔纳说："这车就是为你买的，最后，就让我开着它，送你一次吧。"

高宝镜看着车，目光有些迷惘，深深地点了点头。

暮色下，陈旧的桑塔纳驶入了车河之中，车内，谢训和高宝镜都已经擦干了眼泪，嘴角微笑着看向车窗外。

一幢幢高楼大厦光影绰绰，车灯和街灯交相辉映，像一幅绚烂的梦境，高宝镜忍不住叹道："以前都没好好看看这座城，现在要走了，才发现它原来这么美……"

WHO SLEEPS MY BRO

尾声　　　迟来的毕业典礼

时光飞逝，不知不觉中，距离2015届毕业生离校，已经过去了一年。

时间来到了2016年七月的一个清晨，太阳早早就升上了天空，云层稀薄，空气清新怡人，早起的鸟儿在树枝上叽叽喳喳地叫着。

林向宇穿着一件印有"安泰保险"字样的T恤，随身斜背着一个挎包，走进一家早餐店，一进入店铺，他就轻车熟路地从摊主那端出两笼汤包，小心翼翼地放到一张餐桌上，随后又端来了两碗米粥。

正当林向宇用纸巾仔细地擦拭着桌面的时候，一辆奥迪Q5停到了小店外，徐美心踩着高跟鞋，一路接受着过路男士的注目，步伐优雅地走进了早餐店。

林向宇微笑着把手里的餐具递给徐美心，徐美心笑着接过去，坐下来，两个人开始有说有笑地吃早餐，举手投足间的默契，就像是早已在一起生活了多年的老夫老妻。

几分钟后，一辆红色的小摩托车停在路边，开车的是管超，后座上坐着李大鹏，两人都戴着骚包的彩色头盔，管超扬起手，朝着跟徐美心腻歪的林向宇大喊："快点快点，别吃啦，时间差不多了！"

林向宇把最后一颗汤包塞进嘴里，笑着对徐美心说："那我先走了！"

徐美心温柔地用餐巾纸帮林向宇擦擦嘴，轻声说："去吧。"

林向宇小跑向摩托车，接过李大鹏递给他的彩色头盔，硬挤地把自己的屁股放到了狭小的后车座上，三个人朝徐美心摆摆手，小摩托车吐着气，突突突地开走了……

半个小时后，小摩托车一路开进了沪都大学，停在了7号男生宿舍楼下。

林向宇、管超和李大鹏下了车，轻车熟路地走进宿舍楼，朝着三楼爬去，走廊内的一切似乎都和从前一样，男生们在走廊里打打闹闹，水房里传来哗啦啦的水流声。

几分钟后，三个人来到了330宿舍门口，寝室的大门上张贴着一张纸，上面用红色的大字写道：关门谢客，最后一天，卤蛋、猪皮买一送三！

林向宇三人含着笑，推门而入，宿舍里一片安静，只在靠窗的位置站着一个穿着学士服的男生，男生正背对着林向宇他们，臭美地照着镜子整理学士帽。

听到三个人在身后窃笑，那个男生转过身来，竟然是谢训！

谢训满脸堆笑，喜气洋洋地说："你们三个龟儿子总算来喽，快帮老子弄一哈，这个穗穗是往左偏还是往右偏啊？"

林向宇赶紧上前帮谢训整理学士帽，边整理还边打趣他："哎呀，你真是个土豆啊你！"

管超也拎了拎谢训的学士服，笑着说："行啊，今天咱也扬眉吐气了！"

"哎呀呀！"谢训美滋滋地说，"要不是校长法外开恩，让老子重读一年，修够了学分，老子这辈子都穿不成这样要耍噻！"

李大鹏抬手看了看手表，笑眯眯地催促道："行了行了，快走吧，毕业典礼要开始了。"

"走走！"谢训高举手臂，兴奋地说。

林向宇、管超和李大鹏拥着谢训，四个人嘻嘻哈哈地走出了330寝室。

在四个人离开后，一阵轻风吹过，将门上那张写着"谢客隆"的纸片吹落……